QUER
VERLAG

Eine Liebe in Ostpreußen

Pit Umber

Roman

Erste Auflage September 1997

Lektorat: Claudia Schoppmann

Umschlag und graphische Realisierung von Sergio Vitale
Umschlagmotiv: Paul W. John/Stiftung Preußischer Kulturbesitz
Gesamtherstellung: Fuldaer Verlagsanstalt
ISBN 3-89656-018-2
Printed in Germany

Bitte fordern Sie unser Gesamtverzeichnis an:
Querverlag GmbH, Akazienstraße 25, D-10823 Berlin

gewidmet meiner Feundin und Geliebten Anette

25. Juni bis 21. Juli 1944

Die ersten Sonnenstrahlen fielen in ihre Dachkammer. Auf dem Hof war schon alles auf den Beinen. Verschlafen rieb Antonia sich mit beiden Händen die Augen. Sie stand auf, zog ihr Nachthemd aus, ging zu einer kleinen Kommode aus Kirschbaumholz, kippte etwas Wasser aus einem Porzellankrug in eine Schüssel und wusch sich das Gesicht.

Sie war gerade dabei, ihr langes braunes Haar zu einem Zopf zu flechten, als sie aufgeregte Rufe auf dem Hof hörte. Rasch zog sie ihre Reithosen an, knöpfte ihre Bluse zu und lief zum Fenster. Unten sah sie einen der Angestellten beunruhigt mit den Armen gestikulieren.

„Markgraf und de Brick sin' weg!"

Sie riß das Fenster auf und sah den alten Mann nervös mit ihrem Vater sprechen. Sie lehnte sich hinaus, um besser zu sehen, was geschehen war.

„Papa, was ist denn los?"

Der hochgewachsene Mann, um die Sechzig, mit akkuratem Haarschnitt und schmalem Oberlippenbart, klopfte ärgerlich mit einer Reitgerte gegen seinen Stiefelschaft.

„Ännchen, paß auf. Du fällst noch aus dem Fenster!"

Sie beeilte sich, die kleine Luke wieder zuzumachen, stopfte ihr Hemd in die Hose, schlüpfte in ihre kniehohen Stiefel und rannte wie die Feuerwehr die Treppe hinunter in die Halle des Gutshauses. Dort traf sie auf eine füllige Frau in weißer Schürze.

„Marie, was ist passiert?"

„Oh, Fräulein Antonia. Juten Morchen ham wa wohl verjessen?"

„Guten Morgen. Was bitte ist denn hier los?"

„Ihr Friehstickche' steht in der Küche."

„Danke! Frühstücke später!"

Das Mädchen lief die Stufen hinunter auf den gepflasterten Hof.

„Papa! Warte auf mich! Was ist mit den Pferden?"

Der breitschultrige, schlanke Mann drehte sich um und machte eine lässige Handbewegung.

„Sie sind weg. Wahrscheinlich gestohlen!"

„Von der Koppel?"

„Nein, sie waren auf der Weide."

Antonia hatte ihren Vater inzwischen untergehakt und schaute ihn traurig an.

„Meine kleine Brick, gestohlen?"

„Ännchen, bitte sprich in ganzen Sätzen!"

„Verzeih, Papa. Was willst du jetzt tun?"

„Mit Rudolf und ein paar anderen erst einmal suchen." Er kratzte sich an seiner ergrauten Schläfe. „Tja, und wenn wir sie nicht finden, dann muß ich wohl in die Stadt zur Polizei."

Hinter ihnen war das Klappern von Pferdehufen auf dem Pflaster zu hören. Ein Wallach und eine Stute wurden gesattelt auf den Hof geführt.

„Gnädiger Herr, Se könn' jetzt los. Rudolf bringt Ihn' gleich dem Arnim."

Antonias Vater zog ein Paar dünne Lederhandschuhe aus seiner Rocktasche und schlug damit in die flache Hand.

„Na dann, du reitest wie besprochen rüber zum Nachbarn. Ihr sucht am See und westlich des Birkenwäldchens. Rudolf und ich nehmen den Wald und die östlichen Felder beim Moor in Angriff."

In diesem Moment kam ein kräftiger alter Mann aus einem der Stallgebäude; er führte einen stattlichen Fuchs zu Treskow, der kurz Zaum- und Sattelzeug überprüfte und den linken Steigbügel längte. Mit einem Schwung saß der Gutsherr auf dem großen Pferd, griff unter den Sattel und zog den Gurt nach.

„Papa, kann ich mitkommen?"

Er richtete den überlangen Steigbügel und beruhigte den tänzelnden Hengst.

„Das hält uns jetzt nur auf. Das wird kein Spazierritt!"

„Macht mir nichts aus!"

Ihr Vater gab den anderen Männern ein Handzeichen.

„Mag sein, aber mein Entschluß steht fest. Das ist nichts für mein Mädel."

Die anderen waren nun auch zu Roß und machten sich mit Treskow auf den Weg. Antonia sah den Pferden nach, die fast im Gleichschritt durch das mächtige gemauerte Hoftor marschierten. Zögerlich löste sie sich von dem Anblick und lief hinüber zum Stall. Dort traf sie auf einen etwa sechzehnjährigen Jüngling mit struppigem strohblondem Haar.

„Bitte sattle mir Bizerka!"

„Jawoll, Fräulein Treskow."

Sie rannte ins Haus, stürmte die Stufen nach oben in ihre Kammer und holte ihre Handschuhe. Ebenso rasant trabte sie wieder nach unten. Als sie gerade zur Tür hinaus wollte, stand ihre Mutter neben ihr.

„Antonia, du hast noch nicht gefrühstückt!"

„Guten Morgen, Mama! Essen kann warten!"

„Hat man dir das in der Schule beigebracht, ohne Frühstück aus dem Haus zu laufen und noch dazu an einem Sonntag und in solchem Aufzug?"

„Nein, selbstverständlich nicht, aber Markgraf und Brick sind weg, und ich will Vater und Rudolf noch einholen!"

„Daraus wird nichts werden! Frau von Opel und ihr Sohn sind zum Mittag hier, und du wirst dann nicht verschwitzt und zerzaust bei Tisch sitzen! Es reicht, wenn dein Vater es einmal mehr fertiggebracht hat, den von Opels aus dem Wege zu gehen."

„Mama!"

„Keine Widerworte! Du frühstückst jetzt, danach hast du noch etwas Freizeit. Spätestens um halb zwölf bist du gewaschen, gekämmt und in etwas anderem als diesen entsetzlichen Reithosen hier im Haus und begrüßt unsere Gäste!"

„Aber die Pferde!"

„Darum kümmern sich die Männer! Grundgütiger, konnten selbst sechs Jahre Internat deinen Übermut nicht zähmen? Du bist nun wahrlich alt genug, um zu wissen, was sich für ein junges Fräulein ziemt und was nicht!"

„Jawohl, Mama!"

Sie ging mit hängenden Schultern an ihrer Mutter vorbei ins Freie. Vor dem Stall stand die Stute aufgezäumt und gesattelt. Der blonde Junge strahlte sie an und hielt ihr die Zügel entgegen. Sie sah ihn traurig an.

„Tut mir leid, Wolfgang. Mußt sie wieder in den Stall bringen. Meine Mutter hat es befohlen."

Er zuckte mit den Schultern und sah zu Boden.

„Findet de Suche wohl ohne Se statt?"

Antonia seufzte, nickte leicht und stieg die Stufen zum Haus hinauf. Mit großen Schritten ging sie ärgerlich durch die geräumige Halle in die Küche. Sie setzte sich auf die Eckbank und besah sich lustlos ihr Gedeck, als Marie mit einem großen Stück Fleisch in der Hand aus der Speisekammer kam.

„Glauben Se! De Männer werden de Gäule schon finden."

„Ach Marie, weißt du. Ich dachte, jetzt wo ich wieder zurück bin, wird alles so wie früher."

Die kräftige Köchin stemmte beide Hände in die Hüften.

„Nu' neeche'! Das wird nie mehr so, wie's frieher war! Der verdammte Krieg wird noch alles kaputt kriejen."

Antonia machte eine abfällige Handbewegung.

„Ach der Krieg! Hier ist doch nichts davon zu merken. Selbst in Königsberg war immer alles ruhig. Wir hatten in der Schule zwar Luftschutzübungen, aber passiert ist nie etwas."

„Seit Monaten wird de Front immer weiter zerickjenomm'. Wenn die in Berlin nich' bald mit de Wunderwaffe komm', na denn jute Nacht jeliebtes Ostpreußen, denn kommt da Russe!"

Antonia legte etwas Tilsiter-Käse auf eine Scheibe Graubrot.

„Niemals! Es wird nie soweit kommen. Unser Gauleiter sagt das doch immer wieder!"

„Ach der Koch! Na, ich weiß nich', aber dariber soll man ja nich' schlecht reden."

„Wer soll uns denn hören?"

„Na, Se wissen doch. Pst, Feind hört mit."

Mit Hilfe von Grete, außer Marie der einzigen weiblichen Angestellten, frisierte Antonia ihr dichtes, dunkles Haar kunstvoll auf ihrem Kopf und befestigte es mit einem Dutzend Haarnadeln. Dann stellte sie sich vor den großen Spiegel und besah sich in ihrem bonbonfarbenen Taftkleid. Ihre Helferin zog noch hier und da etwas zurecht und stellte sich dann schmunzelnd neben sie.

„Se sehen aus wie 'ne Prinzessin!"

Antonia verzog das Gesicht zu einer Grimasse.

„Und der ganze Aufwand nur für diesen bleichen Hänfling und seine fette Mutter!"

„Na nu', der junge Herr is' so 'm netter Mann un' so jeflecht!"

„Ist und bleibt ein blasierter Schnösel!"

„Na, das könn' Se aber so nich' sachen, en vornehmer Herr is' er un' dazu noch aus altem Adel ..."

„Grete, weißt du was! Zieh du das Kleid an und hör dir das geistvolle Gerede von Hellmut von Opel an. Ich gönne es dir!"

„Nuscht lieber als das, aber ..."

„Ja, ja, weiß, ich muß jetzt runter!"

„Es is' schon nach halb zwölfe."

Antonia raffte den Tüll zusammen und rauschte die Treppe hinunter. In der Halle stand ungeduldig ihre Mutter und sah sie prüfend an.

„Wer sagt es denn, das Fräulein kann ja aussehen wie eine Dame!"

„Mama!"

„Kein Lamento! In ein paar Minuten kommen unsere Gäste."

Antonia fühlte sich mehr als unwohl bei dem Gedanken.

„Schon Nachricht von Papa?"

„Nein, das gehört auch nicht hierher! Bitte erinnere dich daran, was sich für eine junge Frau gehört. Schließlich ist Herr von Opel an dir interessiert!"

„Ich aber nicht an ihm!"

„Antonia!"

Von draußen war das Geräusch eines Autos zu hören, und Frau Treskow klatschte zweimal in die Hände. Grete kam in einem ordentlichen weißen Schürzchen gelaufen, öffnete die Eingangstür und eilte die Treppe hinab. Mit einer schwungvollen Bewegung riß sie den Schlag auf und lief dann hastig zur Wagentür des Mannes. Ein magerer, hellhäutiger, nicht allzu großer Mann in den Dreißigern stieg aus. Ohne Hast ging er um das Auto, reichte seiner beleibten Mutter den Arm, und langsam gingen sie die breite Treppe hinauf. Dort stand Frau Treskow, die die Gäste herzlich begrüßte und sie in die Halle zu ihrer Tochter geleitete. Von Opel verneigte sich kurz vor Antonia und griff nach ihrer Hand.

„Frau Treskow, Sie erlauben?"

Die Angesprochene nickte, und die schmalen, harten Lippen des bleichen Jünglings berührten Antonias Hand. Nach dem weiteren Begrüßungszeremoniell hatten sie sich nun am Tisch in einem großzügigen Salon versammelt. Seichtes Geplaudere begleitete den Aperitif und die Vorspeise. Dann wurde der Hauptgang serviert. Hellmut von Opel aß wie ein Spatz, während sich Antonia schon die zweite Portion Fleisch auflegen ließ. Die dickleibige Frau von Opel schien dem Mädchen jeden Bissen zu neiden.

„Na, in Ihrem Alter muß man noch nicht so auf die Figur bedacht sein."

Frau Treskow ließ die Gabel sinken und besah sich ihre Tochter.

„Unser Ännchen hat noch Nachholbedarf. Bei der Familie, bei welcher sie ihr Pflichtjahr absolviert hat, wurden meist Kartoffeln mit Quark serviert."

Die junge Frau nickte und erschauderte ein wenig bei dem Gedanken an die zurückliegende Zeit.

„Mein Gott, ich dachte manchmal, ich müßte verhungern."

„Ach, waren die Lebensmittel dort wirklich so streng rationiert?"

Antonia sah von ihrem Teller auf, direkt in die Augen des Mannes.

„Der Herr des Hauses meinte: Für die Landser an der Front haben wir gelernt zu verzichten, und wir tun es gerne."

Die Mutter des blassen Mannes faltete die Hände vor der Brust und schüttelte zaghaft den Kopf.

„Nun, aber man muß es ja nicht übertreiben."

Das Mädchen schaute forsch über die Tafel.

„Wohl wahr. Aber es muß ja nicht jeder so viel entbehren wie die Männer im Feld!"

Frau von Opel bekam einen merkwürdig steifen Hals.

„Soll das etwa ein Seitenhieb sein?"

Antonias Mutter griff nach der Serviette auf ihrem Schoß und betupfte sich den Mund.

„Nein, nein, bestimmt nicht! So haben es die Mädel im politischen Unterricht erklärt bekommen."

Der bleiche junge Mann strich sich mit einer Hand über sein pomadiges Haar.

„Wenn ich könnte, wäre ich auch lieber draußen an der Front."

Antonia legte ihr Eßbesteck ordentlich auf ihren leeren Teller und starrte ihm wieder in die Augen.

„Was steht dem im Wege? Inzwischen sind sogar schon die wehrfähigen Unterprimaner eingezogen worden."

„Mein Sohn würde sicherlich in sein Verderben rennen! Die rauhen Sitten bei der Armee schadeten mehr, als sie nützten. Und seine Hände, er muß doch seine Hände schonen, für sein virtuoses Klavierspiel!"

Frau Treskow winkte nach der Angestellten, die die Teller abräumte.

„Nun lassen Sie uns doch von etwas Erfreulicherem reden als von dem leidigen Krieg!"

„Antonia hat schon recht. Es kommt jetzt doch auf jeden Mann an und ..."

„Hellmut, bitte! Laß uns nicht wieder davon anfangen!"

Eine Zeitlang herrschte gespannte Stille, bis Marie endlich mit dem Nachtisch geeilt kam. Hastig und doch alle Regeln der Servierkunst beachtend, stellte sie das Dessert vor den Wartenden auf den Tisch und verschwand wieder. Zögerlich und immer noch wortlos begannen sie zu löffeln.

Im gleichen Moment hastete ein alter Mann in die Halle. Ohne auf Förmlichkeiten zu achten, stieß er die Tür des Speisezimmers auf und riß seine zerknautschte Kappe vom Kopf.

„'tschuldigung! Ham dem gnädigen Herrn verloren!"

Frau Treskow stand langsam auf und ging zu ihm.

„Rudolf, ich muß doch sehr bitten! Wir haben Gäste!"

Antonia sprang, jegliche Etikette vergessend, von ihrem Sitz auf.

„Was ist los? Habt ihr die Pferde?"

„Nein, wa ham alles abjesucht. Der gnädige Herr is' denn aber nich' zum ausjemachten Treffpunkt jekomm'. Wir haben unjefähr 'ne Stunde jewartet, bevor wir zerickjeritten sin'."

Die junge Frau raffte ihr rosafarbenes Kleid bis über die Knie und rannte aus dem Zimmer.

„Antonia!"

Die bellende Stimme ihrer Mutter hörte sie nicht mehr. Sie sauste die Stufen nach oben zu ihrem Gelaß und schälte sich aus dem Kleid. Nach wenigen Minuten stand sie wieder in der Halle, nun im Reitdress. Aufgeregt rief sie nach Rudolf und stürmte dann mit ihm aus dem Haus.

Frau Treskow war sichtlich bemüht, die Form zu wahren.

„Es tut mir leid! Meine Tochter hat nun nach sechs Jahren strengster Unterweisung immer noch nicht den Benimm ..."

Der bleiche Dürre stand auf.

„Ich wünschte, ich hätte die Energie Ihrer Tochter, und nun entschuldigen Sie uns bitte. Mama?"

Die Gastgeberin mußte zusehen, wie Hellmut von Opel, der heißersehnte Schwiegersohn, mit seiner Mutter das Haus verließ.

Ihr offenes Haar wehte im Wind, während sie die Stute im gestreckten Galopp den Weg entlangpreschen ließ. Als eine große Gruppe Eichen am Wegrand auftauchte, verlangsamte sie den Ritt, setzte sich wieder in den Sattel und trabte ein wenig. So hatte Rudolf endlich Gelegenheit, die forsche Reiterin einzuholen. Als er neben ihr ankam, ging ihr Pferd im Schritt, und sie schaute vornübergebeugt nach Hufspuren.

„Hier habt ihr euch getrennt?"

„Fräulein Antonia, Ihr Vater hätt' seine Freude an Ihn'! Se reiten ja wie der Teufel! Ja, es war hier an der Gabelung."

„Und wo habt ihr dann gesucht?"

„Im Wäldchen. Wir sin' zweimal durchjeritten."

„Hat Papa etwas gesagt, ob er noch hinüber zum Moor wollte?"

„Nee, hat nuscht davon erwähnt."

Ihre Stute machte den Hals lang, um an das Gras am Wegesrand zu gelangen, doch Antonia versammelte kurz ihr Pferd, und es war sofort wieder vollkommen aufmerksam. Im Arbeitstrab ging es den Weg entlang in das kleine Birkenwäldchen. Rudolf zeigte ihr durch Zurufen und mit kurzen Andeutungen, wo er mit den anderen gesucht hatte. Sie parierte ihre Stute durch und sah im Stand auf den Boden.

„Rüber zum Moor!"

Nach wenigen Minuten hatten die beiden Reiter den Rand des Morastes erreicht. Antonia besah sich den feuchten Moosboden und verzog enttäuscht das Gesicht. Da hob Bizerka witternd den Kopf, schnaubte zweimal und wieherte dann kurz. Ihr Ruf wurde sofort erwidert.

Rudolf stellte sich in den Steigbügeln auf und blickte suchend in die Landschaft.

„Arnim! Da verwett' ich mei'm Kopp drauf!"

Vorsichtig trieben sie die Pferde ins Moor. Antonia hatte ihre Zügel vollkommen losgelassen und ließ der Stute die Wahl des Weges. Rudolf folgte ihr mit einigem Abstand; Matsch schmatzte unter den Hufen. Plötzlich hielt Bizerka an, machte zwei Schritte zurück und wollte nicht weiter. Die Reiterin besah sich den Untergrund.

„Hier kommen wir nicht vorwärts!"

Wieder wieherte der Hengst, und Antonia schaute nach rechts. In einiger Entfernung stand das stattliche Tier so tief im Schlamm, daß seine Beine nicht mehr zu sehen waren.

Rudolf stieg ab und beguckte sich das Terrain.

„Hier könnt' 'n Pfad sein!"

„Ja. Gib mir das Seil. Bin leichter als du. Ich binde es mir um und versuche hinüberzukommen."

Der Alte warf ihr ein daumendickes Tau zu, und sie knotete es sorgfältig um ihren Brustkorb.

„Gehe jetzt los."

„In Ordnung."

Sie tastete sich in kleinen Schritten den unscheinbaren Pfad entlang und kam auch ohne Probleme zu dem bewegungsunfähigen Tier. Eilig band sie die Leine am Sattel fest und winkte ihrem Begleiter, der sein Ende bereits an Bonzos Sattel vertäut hatte. Schwer schnaufend zog das kräftige Tier an dem Tau, und Arnim bewegte sich. In erster Panik begann der Fuchs dagegenzuhalten, doch Antonia gelang es, ihn zu beruhigen. Plötzlich ging ein Ruck durch den mächtigen Pferdeleib, und er bekam die Vorderbeine frei. Antonia konnte nun beobachten, wie es Bonzos Kraft ermöglichte, den Hengst zu befreien. Nach einigen Minuten des Bangens war Arnim bei Rudolf angekommen, und er beruhigte das nervöse Tier.

„Komme jetzt zurück."

„Warten Se, Fräulein, 's is' ze jefährlich. Ich versuch' Ihn' 's Seil zuzewerfen!"

„Laß mal, ich gehe den gleichen Weg zurück. Passiert schon nichts!"

Der kräftige Mann konnte nicht hinsehen, doch Antonia lief behend mit immer größer werdenden Schritten über den Morast. Sie tippte dem Alten schließlich auf die Schulter.

„Kannst dich wieder umdrehen."

„Fräulein Antonia, wenn das Ihre Frau Mutter wüßt'!"

„Muß sie ja nicht erfahren, oder?"

Er grinste und rieb sich mit einer Hand über die grauen Bartstoppeln.

„Nee, von mir erfährt se zumindest nuscht."

„Gut. Nimm du jetzt den armen Kerl und führe ihn auf sicheren Boden. Komme gleich nach."

„Nee, nee, Fräuleinche'! Ich laß Se doch hier nich' alleine!"

„Rudolf, bitte, sieh dir Arnim doch an! Wenn du ihn nicht wegbringst, dann dreht er durch, und wir können ihn wieder aus dem Schlamassel da herausbugsieren!"

„Ja, ja. Aber Se machen doch nuscht Unüberlegtes?"

„Ganz gewiß nicht!"

Langsam ging der Mann mit den beiden Pferden zurück zum Weg, und Antonia schaute sich um.

„Papa würde niemals in den Sumpf reiten."

Sie nahm ihre Stute und ging einige Schritte zurück, dann stieg sie in den Sattel und ritt am Rande des Moores entlang.

Enttäuscht kam sie zu Rudolf zurück, der den nervösen Hengst immer wieder tätschelte, ihn aber trotzdem kaum beruhigen konnte.

„Bringen wir ihn heim."

Kupinski reichte ihr die Zügel des Fuchses und saß auf.

„Ja! Ham Se noch was jefunden?"

Antonia saß mit eingefallenen Schultern auf ihrem Pferd.

„Nein, nichts."

„Ich verbiete dir, noch einmal auszureiten!"

„Mama, bitte!"

„Du hast dich vorhin unseren Gästen gegenüber ungebührlich benommen! Schon alleine deswegen werde ich nicht zulassen, daß du glaubst, du könntest dir alles erlauben. Außerdem verdirbt dir die Reiterei noch die Figur."

„Was willst du denn tun? Mich einsperren?"

„Wo hast du nur dieses lose Mundwerk her?"

Die junge Frau hatte beide Hände tief in die Taschen ihrer Hose gesteckt und schaute ihre Mutter trotzig an.

„Kann ich jetzt nach oben gehen?"

„Ja, und nimm die Hände aus den Taschen, du stehst ja da wie ein Bauernkind!"

Ärgerlich stapfte Antonia die breite Treppe in den ersten Stock hinauf.

„Und zieh diese stinkenden Kleider aus!"

„Ja", murmelte sie und sah, wie ihre Mutter aus der Halle verschwand.

Sie setzte sich auf die schmalere Treppe, die ins zweite Geschoß führte, und stützte den Kopf in die Hände. So saß sie eine ganze Weile und versuchte ihren Ärger zu besänftigen. Ein lange nicht gehörter Ton ließ sie aufschauen. Es war das Cello ihrer Mutter. Seit Jahren hatte Frau Treskow das Instrument nicht in den Händen gehabt, doch nun spielte sie, und deprimierende Chopin-Töne erfüllten das Haus.

Antonia wußte ihre Mutter beschäftigt, stand auf und ging leise zur Brüstung. Vorsichtig schaute sie nach unten; dort war niemand zu sehen. Sie zerrte ihre Stiefel von den Füßen und tappte auf Socken die Treppe hinunter. Sie horchte noch einmal und vernahm nur die wehmütigen Klänge des Cellos. Hastig durchquerte sie die große Halle und schlüpfte durch die schwere Eichentür nach draußen. Rasch zog sie ihre Stiefel wieder an und rannte über den

Hof in den Stall. Sie schob eine Boxentür auf und trat neben einen wuchtigen Wallach, der neugierig den Kopf nach ihr drehte, als sie den Eingang wieder zumachte.

„Ruhig, Ludger!"

Sie tätschelte dem Pferd den Hals und besah sich vorsichtig eine abheilende Wunde an seinem Vorderbein.

„Braver Kerl! Verheilt ja schnell."

Sie verließ den Einstand und schloß die Tür. Leise schlich sie den Stallgang entlang bis zu einer schmalen Pforte. Beinahe geheimnisvoll hörte sie zwei Männer miteinander reden.

„An der Düna scheint de Front ze halten."

„Mag ja sein, aber wenn de Russen bei Pleskau nich' zum Stillstand jebracht wer'n, wird's langsam brenzlig für uns."

„Ich hab' den BBC abjehört ..."

„Biste verrückt, 'nen Feindsender!"

„Ach, wer soll mich schon hören, außer euch! Aber jetzt weiß ich, was bei Cherbourg wirklich los is'. De Alliierten sin' auf'm Vormarsch! Das 47. Infanterieregiment von die Amis hat das Fort du Roule einjenommen. Zweitausend verwundete Landser sollen dort unversorgt liejen."

„Ach, das is' doch alles Feindpropaganda!"

Vorsichtig klopfte Antonia an die Zwischentür, bevor sie eintrat. Die beiden, die sich unterhalten hatten, schwiegen schlagartig und starrten sie an, als wollte sie ihnen ans Leben. Sie lächelte verlegen die im Raum Versammelten an und ging dann zu dem jüngeren, der auf einem Stuhl am Ende des Raumes kippelte und in ein Romanheftchen starrte.

„Wolfgang, bitte sattle mir Bizerka!"

Der junge Mann sah von seiner Lektüre auf, wurde rot und nickte. Als er verschwunden war, sah sie Rudolf freundlich an, der nervös den harten Handschuh knetete, der als Ersatz für seine fehlende Hand diente.

„Fräulein Antonia, ham Se uns belauscht?"

„Nein! Würde ich nie tun! Ich hörte euch nur reden. Habe im Moment andere Sorgen."

„Ihr Vater? Na, der Eberhardt is' ja noch draußen. Vielleicht findet er ja den Herrn Papa."

„Eberhardt?"

„Ich weiß, was Se jetzt denken. Der alte Lorbaß kann ja kaum noch laufen. Aber, ich sag' Ihn', auf'm Pferd is' der wie 'n junger!"

„Meine kleine Brick! Hoffentlich ist ihr nichts geschehen!"

Wolfgang kam linkisch die Arme bewegend durch die Tür.

„Fräulein Antonia, Ihr Pferd is' fertig."

„Danke."

Sie hastete aus dem Stall, führte ihre Stute eilig hinter das Gebäude, überprüfte Sattelung und Zaum und war dann mit einem

Satz auf dem Rücken des gutmütigen Pferdes. In der Deckung einiger hochgewachsener Büsche kam sie bis zu dem mächtigen Hoftor. Nichts konnte sie nun mehr halten, und sie galoppierte davon. Die Sonne stand schon tief, und ein kühler Wind war aufgekommen. Die Felder, an denen sie vorbeiritt, zeugten von einem guten Sommer, und eine Lerche, die hoch über der sanft gehügelten Landschaft in der Luft stand, begleitete sie mit ihrem hellen Gesang.

Eigentlich war es ein wundervoller Juninachmittag, doch Antonia hatte heute keinen Sinn für die Schönheiten der Natur. Sie ritt im Galopp locker ausgesessen auf das Moor zu. Nach einer Weile verlangsamte sie das Tempo. Schließlich hielt sie an, stieg ab und machte Bizerka an einer alten Weide fest. Mit großen Schritten ging sie an den Rand des Moores, wo sie vor ein paar Stunden mit Rudolf zusammen Arnim gefunden hatte. Sie mochte einfach nicht glauben, daß ihr Vater, der die Gegend kannte wie kein anderer, freiwillig ins Moor geritten war. Mit dem Blick fest am Boden ging sie den sandigen Weg am Sumpf entlang.

Plötzlich entdeckte sie Pferdetritte, deren Eisenabdrücke jedoch anders waren als die ihrer Tiere. Sie ging in die Knie und versuchte eine Richtung aus den Spuren zu erkennen. Innerlich aufgewühlt lief sie den Hufabdrücken nach, die wenige Meter entfernt schlagartig aufs offene Feld führten.

Antonia konnte sich darauf keinen Reim machen, kehrte um und lief zurück zu ihrem Pferd. Zögerlich stieg sie auf und ritt dann noch mal zu der Stelle, wo die Fremden die Richtung geändert hatten. Sie reckte den Hals und schaute sich aufmerksam um, doch sie konnte nichts Ungewöhnliches erkennen. Ein auffliegender Eichelhäher erschreckte sie, und sie beschloß, zum elterlichen Gut zurückzukehren. Etwa zwanzig Minuten später ging sie, wieder vorsichtig ihr Pferd führend, hinter den Büschen zum Stall. Dort stand Wolfgang und rieb Eberhardts Pferd trocken. Sie machte Bizerka an einem dafür vorgesehenen Eisenring in der Stallwand fest und ging mit festem Schritt auf die Männer zu.

„Na, was ist?"

Wolfgang kam sofort zu ihr und zog sie beiseite, als wolle er ein strenggehütetes Geheimnis mit ihr teilen.

„De Männer ham nuscht jefunden. Aber Ihre Frau Mutter hat jemerkt, daß Se nich' auf'm Hof waren!"

„Na, das kann ja heiter werden! Reibe Bizerka ab, bevor du sie einstellst."

„Wird jemacht, Fräulein."

Antonia konnte ihn nicht mehr hören. Sie war schon zum Haus gelaufen und hinter dem wuchtigen Eingang verschwunden. Kaum war sie in der Halle, um möglichst unbemerkt nach oben zu verschwinden, als Marie sie entdeckte.

„Fräuleinche', das Donnerwetter wartet in de Bibliotheke auf Se!"
„O Marie, bitte, laß mich erst die Kleider wechseln! Mamas Ärger wird noch größer, wenn sie mich in Reithosen ..."
In diesem Moment erschien Frau Treskow in der großen Halle und winkte mit eiserner Miene ihre Tochter zu sich. Antonia wußte in diesem Moment nicht, ob sie wütend sein oder in Tränen ausbrechen sollte.
„Mama, bitte, laß mich erklären!"
„Das muß nicht hier vor aller Augen sein!"
Sie folgte ihrer Mutter in den Raum, der bis unter die Decke an allen vier Wänden mit Büchern bestückt war. Frau Treskow wies ihrer Tochter einen Stuhl an und schloß leise die Tür.
„Ich weiß nun langsam wirklich nicht mehr, warum du dich immer aufführen mußt wie ein Bauernlümmel. Deine Sorge um deinen Vater in allen Ehren. Aber ich kann es nicht länger hinnehmen, daß du dich meinen Weisungen widersetzt."
„Aber ..."
„Keine Widerworte jetzt! Ich habe lange darüber nachgedacht und weiß, daß Strafen jedweder Art bei dir schon als Kind nichts fruchteten. Du mußtest immer deinen Kopf durchsetzen, das konnte bisher niemand aus dir herausprügeln. Nun, du bist jetzt einundzwanzig und scheinbar immer noch nicht bereit, dich den Regeln zu unterwerfen. Deinem Vater hast du es zu verdanken, daß du das Abitur machen durftest, aber auch die Schule scheint an deinem unmöglichen Betragen offenbar nichts geändert zu haben. Wenn es nach mir gegangen wäre ..."
„Mama ..."
„Still! Herr von Opel ist, auch nach deinem ungebührlichen Benehmen heute mittag, immer noch interessiert. Ich sorge dafür, daß alles für deine Verlobung mit diesem reizenden jungen Mann in die Wege geleitet wird. Und ich hoffe für uns alle, vor allem für dich, daß die bevorstehende Ehe dich daran erinnert, was Frausein heißt!"
„Um Himmels willen!"
„Schweig! Andere junge Frauen in deinem Alter sorgen schon lange dafür, daß unser deutsches Volk ..."
Antonia stand auf, sah ihre Mutter kalt an und ging ohne ein Wort aus dem Zimmer.

Die Stimmung an diesem Morgen war davon geprägt, daß der alte Treskow immer noch verschwunden war. Antonias Mutter war früh aufgestanden und hatte sich von Rudolf in die Kreisstadt zur Polizei fahren lassen.

Antonia saß in der Küche auf der schweren Eckbank, ihren Kopf auf einen Arm gestützt, und schlürfte eine große Tasse Ersatzkaffee mit viel Milch.

„Setzen Se sich doch jerade hin! Wenn das Ihre gnä' Frau Mutter sehen tät."

„Ach, Marie. Wenn wir nur Nachricht von Papa hätten!"

„Fräuleinche', Se grübeln ze viel."

„Was soll ich denn sonst machen? Ausreiten darf ich nicht, und nach Handarbeiten steht mir wirklich nicht der Sinn!"

„Na nu', denn jehen Se doch zum Kartoffelkäfersammeln!"

„Mir ist nicht nach Scherzen zumute!"

„Nee, nee, sin' doch wieder Kartoffelkäfer-Suchtaje, damit de Ernte jesichert wird."

„Und wo?"

„Warten Se, ich schau' mal in de Zeitung."

Marie eilte aus der Küche, und Antonia nahm einen großen Schluck aus ihrem Becher.

„Drie'm, de südöstlichen Äcker von 'n Ahlheims."

„Herrgott. Sind ja mindestens sechs Kilometer von hier! Bis ich zu Fuß dort bin, ist kein Käfer mehr übrig."

„Der Wolfgang kann Se doch schnell fahren!"

„Und wie komme ich wieder nach Hause?"

„Nu', so schlecht auf die Füße sin' Se doch noch nich'!"

Die junge Frau zog ihren Pferdeschwanz zurecht und trank ihren Kaffee aus.

„Hast recht, Marie. Wohl alles besser, als hier zu sitzen und Trübsal zu blasen."

Etwa eine halbe Stunde später stand sie am Rande eines großen Kartoffelfeldes, auf dem schon mehrere Mädchen und junge Frauen gebückt ihrer Arbeit nachgingen. Eine große Brünette in weißer kurzärmeliger Bluse, dunkelblauem Rock und weißen Söckchen in den derben braunen Schnürhalbschuhen kam auf sie zu.

„Heil Hitler!"

Antonia erkannte an der grün-weißen Führerinnenschnur den Rang der Frau.

„Guten Morgen, Mädelgruppenführerin!"

„Ah, die junge Treskow! Hast du ein Kopftuch dabei?"

Antonia zog ein großes weißes Tuch aus der Tasche ihres Kleides.

„Ja, habe ich."

„Gut. Dort drüben kannst du dir einen Eimer holen. Wenn der Kübel voll ist, bringst du ihn dahin zurück!"

„Jawohl!"

Die BDM-Führerin deutete auf eine im Acker kauernde junge Frau.

„Dort hinüber, zur kleinen Romeike."

„Jawohl!"

Antonia band sich das Tuch um den Kopf, holte wie befohlen einen Kübel und ging dann durch die Furche zwischen den Kartoffelpflanzen zu der jungen Frau in vorschriftsmäßiger BDM-Uniform.

„Tach, ich bin Antonia Treskow."

Das sommersprossige Mädchen sah auf, lächelte und nickte.

„Heil Hitler! Ich bin Edith Romeike, guten Morgen."

Antonia stand etwas unentschlossen da und sah zu, wie flink Ediths Hände gelb-schwarz gestreifte Käfer von einer Pflanze sammelten und in den emaillierten Eimer warfen.

„Ziemlich eklig!"

„Ach, man gewöhnt sich dran! Hast du das etwa noch nie gemacht?"

Antonia ging in die Knie und beguckte sich eine Kartoffelpflanze, auf der es nur so wimmelte.

„Nee, während der Schule waren wir im Sommer zum Ernteeinsatz und im Herbst in den Beeren, aber Käfer haben wir nie sammeln müssen."

„Ach, dann bist du nicht von hier?"

Vorsichtig pflückte Antonia eines der etwa daumennagelgroßen Insekten von einem Blatt und ließ das Tier mit spitzen Fingern in ihren Eimer fallen.

„Doch, doch. Das Gut meiner Eltern ist ungefähr sechs, sieben Kilometer von hier."

Edith warf eine Unmenge von kleinen Wuslern in ihren Kübel und rieb sich mit dem Handrücken über die Stirn. Dabei verschob sie ihr Kopftuch ein wenig, und eine kupferrote Locke wurde sichtbar.

„Warte mal, Treskow. Ja natürlich! Dein Vater ist der Pferdezüchter. Tarantino ist doch euer bester Hengst, stimmt's?"

Langsam überwand Antonia sich und fischte immer mehr Krabbler von den Blättern.

„Hm, stimmt. Tarantino ist ein Sohn von Tempelhüter. Aber woher weißt du das alles?"

„Mein Vater ist Ortsgruppenleiter von Schloßwalde, da bekommt man so einiges mit."

„O Gott", würgte Antonia hervor und deutete auf die Pflanze vor sich. „Was ist denn das?"

Edith stand auf, streckte sich ein wenig und schaute auf den ausgestreckten Zeigefinger.

„Das? Ja, die sind richtig widerlich! Du darfst sie nicht zu fest anfassen, sonst hast du Pampe zwischen den Fingern. Das sind die Larven der Käfer. Die müssen auch runter."

Mit angewidertem Gesicht fummelte Antonia die rötliche, schwarzgepunktete, fette Made vom Blatt und ließ sie in den Eimer fallen.

„Glaube, ich wäre doch besser zu Hause geblieben."
„Wie? Das ist doch Pflicht! Bist du nicht im BDM?"
„Nein, oder doch ... ich war, aber nicht hier."
„Wie geht denn das?"
Schlagartig wurde ihr klar, was die Mädelgruppenführerin damit bezweckt hatte, sie ausgerechnet mit der Tochter eines Parteibonzen dieser ekelhaften Tätigkeit nachgehen zu lassen.
„Ich war in der Schule. In Königsberg. Danach habe ich das Pflichtjahr hinter mich gebracht."
Die bleichen, sommerbesprossten Finger warfen die nächsten Käfer in den Behälter.
„Aha! Du hast wohl Abitur gemacht?"
Antonia fand das Mädchen, das zunächst einen so freundlichen Eindruck auf sie gemacht hatte, plötzlich unsympathisch und aufdringlich. Sie schnappte ihren Eimer, stand auf und ging ein paar Schritte weiter. Die halbhohen Kartoffelpflanzen waren hier genauso mit Käfern bevölkert, und sie hatte das Gefühl, den neugierigen Fragen entkommen zu sein.
So verging die Zeit. Inzwischen hatte sie schon den zweiten vollen Eimer an den Rand des Ackers getragen. Ein alter hinkender Mann nahm sie in Empfang, warf die Krabbler in eine Tonne und gab aus einer silbernen Büchse dampfende Körner auf die Insekten.
Langsam änderte sich das Wetter. Die Junisonne stach recht gemein, und am Horizont türmten sich hohe grauschwarze Wolken auf. Antonia riß ihren Blick vom Himmel los und fingerte kauernd weiter Insekten von den Blättern.
Sie hatte während der Jahre ihrer Abwesenheit fast vergessen, wie es war, wenn über dem Ermland ein Gewitter aufzog. Es war eine Stimmung, die den tiefen Klängen eines Cellos glich. Bedrohlich und doch sanft, ja weich, schoben sich die Wolken über den blauen Himmel, und es stellte sich ein ganz sonderbares Empfinden ein. Von ferne war Grummeln zu hören; da winkte die große Brünette in Uniform die Mädchen zu sich. Eilig wurden die Eimer geleert und eingesammelt. Die jungen Frauen stellten sich schnurgerade ausgerichtet in eine Reihe und nahmen Haltung an.
„Mädel! Ihr könnt jetzt nach Hause gehen. Morgen früh um die gleiche Zeit geht es dann weiter."
„Jawohl, Mädelgruppenführerin!"
„Mädelgruppe, wegtreten!"
Einige hetzten zu ihren Fahrrädern, um noch vor dem Gewitter nach Hause zu kommen. Die stattliche BDMlerin und der alte Mann packten mit Ediths eifriger Hilfe die Utensilien der Käferjagd in einen kleinen Verschlag. Rasch wurde die Bretterbude verschlossen, und die BDM-Führerin ging zu einem Gespann, das im Schat-

ten eines Baumes stand. Der Alte band die Pferde los, kletterte auf den Bock, und sie fuhren los.

Antonia setzte, während sie der Staubwolke des davonfahrenden Fuhrwerks nachsah, ihr Kopftuch ab. Sie öffnete ihren Pferdeschwanz, schüttelte ihr langes, leicht gewelltes, dunkelbraunes Haar und blinzelte in das letzte Stück blauen Himmels über ihr. Ohne große Eile machte sie sich auf den Weg. Da rief jemand nach ihr. Sie blieb stehen und drehte sich um. Ediths rotes Haar hatte einen faszinierenden Glanz, und ihre graugrünen Augen strahlten.

„Mußt du zu Fuß gehen?"

„Hm, meine Mutter hat mir das Reiten verboten."

„Hast du kein Rad?"

„Nee, wozu denn? Habe doch Pferde!"

Die ersten dicken Regentropfen fielen, und Antonia begann zu laufen. In einiger Entfernung war eine große offene Remise, auf die sie zusteuerte. Der Regen prasselte auf den Feldweg. Es bildeten sich kleine Erdklümpchen, die sich schließlich in den Wasserströmen zu Matsch verwandelten. Schon ziemlich durchnäßt erreichte sie den Unterstand. Schwer atmend gesellte sich die junge Romeike zu ihr, setzte sich neben die Dunkelhaarige, die gerade ihre Schuhe aufschnürte, und betrachtete aufmerksam deren feingeschnittenes Gesicht: den vollen Mund, die hohen Wangenknochen, ungezupfte Augenbrauen und lange dunkle Wimpern.

Ein Blitz tauchte die Mädchen in ein bläuliches Licht, und kurz darauf zerriß ein knallender Donner das Rauschen des Regens. Antonia griff sich seelenruhig einen Strohhalm, beguckte ihn und steckte ihn in den Mund. Plötzlich spürte sie den warmen Körper der anderen Frau ganz nahe neben sich.

„Ich habe entsetzliche Angst vor Gewittern."

Wieder ein Blitz und ein Höllenschlag von einem Donner. Edith griff nach Antonias Hand und drückte sich noch näher an sie.

„Muß jetzt genau über uns sein."

„Was?"

„Na, das Gewitter!"

„Kann uns hier etwas passieren?"

Die junge Treskow nahm völlig gelassen den Halm aus ihrem Mund und besah sich das ängstlich dreinschauende Gesicht, in dem nun selbst die Sommersprossen blaß erschienen.

„Der Blitz kann hier einschlagen."

„O Gott, und dann?"

„Dann brennt die Scheune ab."

Es blitzte aus zwei verschiedenen Richtungen und donnerte dann zeitversetzt.

„Was machen wir dann?"

„Wenn noch etwas von uns übrig ist, rennen wir um unser Leben!"

Wieder erhellte ein Blitz die Umgebung, es krachte, und Edith begann leise zu weinen.

„Meinst du nicht, wir sind noch zu jung zum Sterben?"

„Du hast Sorgen! Da draußen, ein paar hundert Kilometer weiter, stehen junge Kerle kaum älter als wir an der Front. Der Donner, den die hören, ist wirklich tödlich."

„Das muß ja auch so sein. Schließlich haben wir Krieg."

„Nichts müßte so sein!"

Ein weiterer Blitz ließ Edith noch näher an Antonia heranrutschen, und sie schlang ihre Arme um die junge Treskow.

„Du bist gegen den Krieg?"

Antonia schreckte zusammen und erinnerte sich, daß die Tochter eines Parteioberen ihr gerade die Luft abdrückte. Sie schob Edith etwas von sich weg und legte den Kopf schräg, um draußen den Himmel zu sehen.

„Es zieht weiter; draußen wird es schon heller."

Edith saß mit eingefallenen Schultern da und nagte an ihrem Daumen.

„Weißt du, wo die Front liegt?"

„Die Ostfront? Irgendwo bei Pleskau und an der Düna. Aber das müßtest du doch besser wissen als ich."

„Wieso?"

Antonia spürte, daß ihr Ediths Nähe nicht unangenehm war, aber hinter diesen Fragen vermutete sie die übliche Bespitzelung, und ein kalter Schauer lief ihr über den Rücken.

„Weil du doch an der Quelle sitzt! Dein Vater weiß doch bestimmt schon vor den Landsern, ob es nach vorn oder zurück geht!"

Antonia nahm ihre Socken, die vor ihr lagen, stopfte sie in ihre Halbschuhe und marschierte barfuß aus dem Schuppen. Es regnete nur noch leicht; die Luft war kühler geworden und roch nach feuchter Erde und nassem Grün, wie frisch gewaschen. Von fern grollte noch der Donner, als sie einige Schritte ging. Sie blieb dann stehen, drehte sich um und besah sich die Abdrücke ihrer nackten Füße im Matsch. Edith trat aus dem Unterschlupf, ihr tiefrotes Haar leuchtete geradezu überirdisch im Zwielicht zwischen Regen und beginnendem Sonnenschein.

„Gehst du nach Hause?"

„Ja."

„Kann ich ein Stück mitkommen?"

„Wozu?"

„Ich werde erst in etwa einer Stunde abgeholt und möchte hier nicht alleine herumsitzen."

Aha, dachte Antonia, Madamchen wird abgeholt.

„Und zugleich!"

Zwei alte Männer schoben eine kleine Lore, beladen mit gestochenem Torf, auf uneben verlegten Schienen einen schmalen Weg entlang. Endlich kamen sie zu einem Fuhrwerk und begannen die Torfstücke auf den Pferdewagen zu werfen.

„Ich jeh' mal austreten."

„Is' jut."

Der etwas gebeugt gehende schmale Mann, der die Sechzig schon hinter sich hatte, trottete den Pfad, den sie gerade gekommen waren, entlang und verschwand dann im regennassen Gestrüpp. Der andere, kaum jünger, rieb sich mit den schmutzigen Fingern den struppigen Oberlippenbart und warf weiter große braune Brocken auf das Gefährt.

„Willem!"

Er drehte sich um und sah, wie sein Kumpel aus dem Unterholz rannte. Der alte Mann hielt mit einer Hand seine offene Hose fest und winkte aufgeregt mit der anderen.

„Willem, Mensch komm doch mal!"

„Was is' denn, Franz? Haste dir in Brennesseln jesetzt?"

„Da hinten, da liegt 'n Toter!"

Der Alte ging unwillig auf seinen Kameraden zu, der mit zitternden Händen seine Hose zumachte.

„Hast du jesoffen?"

„Kalbeek nich' un' komm mit!"

Die beiden hetzten ins Gesträuch und standen dann vor einem Mann in Reitstiefeln, der auf dem Bauch lag, das Gesicht in einer Pfütze. Wilhelm machte einen Schritt auf den Toten zu und beugte sich ächzend nach vorn.

„Jottche', der muß wohl vom Pferd jefallen sein!"

Einen Schritt weiter versank sein linkes Bein in bodenlosem Schlamm. Sofort war sein Kumpan bei ihm, half ihm, das Gewicht zu verlagern und den Fuß aus dem Sumpf zu ziehen.

„De Planke! Wa brauchen 's Brett."

Die bejahrten Männer hasteten zurück zum Fuhrwerk, zerrten eine etwa zwei Meter lange Holzbohle vom Wagen und eilten zurück zur Leiche. Schwer atmend wuchteten sie die Planke zurecht, und Wilhelm legte sich bäuchlings darauf. Mit viel Kraft zog er den Toten am Hosenbund zu dem nur den Torfstechern bekannten Weg. Dann sank er röchelnd auf dem Holz zusammen.

„Kannste ihn greifen?"

„Ja, hab' ihn!"

Dann zerrte er den Leblosen auf den schmalen Trampelpfad und half seinem Kameraden beim Aufstehen. Die beiden alten Männer schnauften vor Anstrengung, und Wilhelm bückte sich. Mit einem Ruck hatte er den toten Mann umgedreht.

„Marie un' Josef! Das is' der alte Treskow!"

„Seh' ich auch!"

„Der is' auch nich' jefallen."

„Nee, dem hat ma' erschossen!"

„Un' was machen wa jetzt?"

„Na, hier liejen blei'm kann er auf kein' Fall nich'. Wenn den jemand sieht, denn is' bald de Polizei hier und de Gestapo!"

Wilhelm schrubbte sich den Bart.

„Na, nu', denn missen wir wenigstens die Familie einweihen."

„Nee, nee! Kann ich mir nich' erlauben!"

„Hm, ich weiß, de Silbermanns …"

Franz spuckte ärgerlich in eine Pfütze.

„Ja. De fünf Juden in meine' Scheune, wenn da jemand was merkt, denn jehen nich' nur die hinter Jitter!"

„Un' deine Einnahmen wären flöten."

„Ach, de paar Mark."

„De Silbermanns waren doch reiche Leut'. Wollt' dir immer frajen, was die eijentlich bezahlen tun für 'n zugigen Bretterverschlag."

„Nich' jenug, um dafür mit den' in' Lajer ze jehen!"

Wilhelm zog einen Tabaksbeutel aus seiner dreckigen Jacke und fummelte nervös die Kordel auf. Aus einer Hosentasche nahm er ein kleines Bündel sorgfältig zurechtgeschnittener Stücke Zeitungsrand, fingerte ein Blättchen heraus und krümmelte den Tabak darauf. Er drehte eine unförmige Zigarette, befeuchtete das störrische Papier mit viel Spucke und pappte den Glimmstengel zusammen. Rußend flammte sein Benzinfeuerzeug auf, und er begann in tiefen Zügen zu rauchen.

„Willste 'n Zug?"

„Jottche, nee, is' doch Jift für mir! Weißt doch, meine Lunge …"

„Hab' ich janz verjessen, Gelbkreuz. Wo war's noch mal?"

„Bei Ypern! Mensch, du hast Nerven, jetzt von de alten Kriegsjeschichten anzufang'. Was machen wa mit 'm Treskow?"

Wilhelm nickte in Richtung Pferdegespann.

„Wir nehmen ihn nachher mit."

„Jetzt schlägst aber dreizehne! Willst 'n bei dir in de Jauchegrube werfen?"

„Blödsinn! Wir lejen ihn drü'm in Kakies sei'm Buchenwald ab. Wenn ihn dort jemand finden tut, denn ham wir nuscht mehr ze machen damit. Soll sich der Kakies ausfrajen lassen."

Franz besah sich seinen Kumpel, der genüßlich die letzten Züge seiner Eigenbau-Reval nahm.

„Hm, der bringt jetzt jerade 's Unterholz in Ordnung und verkauft für de Winterfeuerung. Ja, jefunden wird der arme Kerl dort schon, aber ..."

„Nix mit aber! Komm, wir müssen weiter, de Ladung wird erwartet."

Die beiden Männer ließen August Treskow vorerst auf dem schmalen Pfad liegen und gingen weiter ihrer harten Arbeit nach.

Die Sonne stand tief und glutrot am Horizont, als sich Franz und Wilhelm mit hochbeladenem Wagen auf den Weg in die nächste Ortschaft machten. Das Kaltblut kämpfte schwer, bis die Last ins Rollen gebracht war. Dann ging es gemächlichen Schritts auf den befestigten Weg, bis ein „Hooh" aus Wilhelms Mund den wuchtigen Gaul zum Stehen brachte.

„*Im mittleren Abschnitt der Ostfront dauert die Abwehrschlacht mit unverminderter Heftigkeit an. Die Sowjets wurden in den meisten Abschnitten abgewiesen. Südlich und östlich Bobruisk konnte der Feind jedoch einige Einbrüche erzielen*", krächzte es aus dem Lautsprecher des Radios. „*Auch im Raum östlich Mogilew gewann der feindliche Angriff nach blutigen Kämpfen nach Westen Boden*."

„Mama?"

„Ruhig! Der Wehrmachtsbericht!"

„*An der Düna sind ebenfalls erbitterte Kämpfe im Gange, während östlich Polozk und südöstlich Pleskau von Panzern und Schlachtfliegern unterstützte Angriffe der Sowjets scheiterten. In diesen Kämpfen hat sich die Sächsische 24. Infanteriedivision unter der Führung von Generalleutnant Versock hervorragend bewährt.*"

„Mama!"

„Grundgütiger Himmel, was gibt es denn?"

Die sehr gepflegte Dame erhob sich ärgerlich und schaltete das Radio aus. Ihre Tochter stand mit vor der Brust verschränkten Armen an den Türrahmen gelehnt und sah sie kalt an.

„Was war in der Kreisstadt?"

„Die Herren waren sehr nett und verwiesen mich auf die Zuständigkeit des Ortes."

„Du hast dich also abwimmeln lassen?"

„Antonia! Dein Ton gefällt mir nicht. Außerdem, wie stehst du denn da? Haltung!"

Die junge Frau löste sich aus der Tür, nahm die Arme herunter und ging auf ihre Mutter zu.

„Papa ist immer noch verschwunden. Wer weiß, was ihm passiert ist! Und du läßt dich einfach so abspeisen?"

Frau Treskow bekam einen sonderbaren Gesichtsausdruck und verschränkte ihre Hände vor dem Bauch.

„Morgen werde ich nach Schloßwalde fahren und mit dem Ortsgruppenleiter sprechen. Er wird wissen, was zu tun ist!"

Antonia stellte sich kaum eine Armlänge entfernt vor ihre Mutter und sah die Frau, die etwa einen Kopf kleiner war als sie selbst, ernst an.

„Wie? Sonst willst du nichts unternehmen? Meinst du vielleicht, Papa kommt einfach so wieder?"

„Ännchen, es gibt Dinge, von denen du nichts weißt. Das soll auch so bleiben."

„Du erzählst mir also nicht die ganze Wahrheit?"

„Ich verbitte mir diesen Tonfall!"

„Mama, sage mir doch, was ist mit ihm? Ist er freiwillig an die Front gegangen, oder hat er etwa eine Liebschaft?"

Frau Treskow drehte sich mit angewidertem Gesichtsausdruck um und setzte sich in einen mächtigen Sessel.

„Mehr mußt du nicht wissen! Ich hatte ihn immer davor gewarnt, daß sein Tun ihm einmal zum Verhängnis werden könnte, aber er wollte ja nicht hören. Diesen Dickschädel mußt du von ihm geerbt haben!"

Antonia schaute ihre Mutter, die nun zusammengesunken in den Polstern saß, grimmig an.

„Gut, du willst mir also nichts erzählen. Aber morgen nach Schloßwalde, da fahre ich mit!"

Sie drehte sich um und schritt aus dem Raum. Ohne lange zu überlegen, durchquerte sie die große Halle, ging zum Ausgang und verließ das Haus. Augenblicke später klopfte sie zaghaft an eine Tür in der Unterkunft der Bediensteten.

„Herein, wenn's kein Schneider ist!"

Sie schob die Tür auf, und zwei ältere Männer sprangen von ihren Stühlen. Einer rannte, sich ein Hemd über den nackten Oberkörper zu ziehen, der andere beeilte sich, die Tür aufzuhalten und Antonia einen Stuhl anzubieten. In dem Raum roch es nach Schweiß, Qualm und Branntwein. Fast schüchtern sah sie sich um, und die drei Männer waren sichtlich verlegen. Vor allem Wolfgang, der etwa sechzehnjährige Jungknecht, wurde abwechselnd rot und blaß. Rudolf Kupinski, der älteste der drei und Inhaber des Zimmers, nahm seinen kalten Stumpen aus dem Mund.

„Fräulein Treskow, was fiehrt Se zu uns? Is' was jeschehen?"

Sie spürte Unbehagen, da sie offensichtlich störte.

„Nein, nein. Wollte nur etwas fragen."

„Na, denn ma' raus damit!"

„Mein Vater ist doch verschwunden, und ich möchte wissen, warum."

Der Jüngste begann aufgeregt seine Hände zu kneten.

„Ham Se schon mit Ihre' Frau Mutter drieber jesprochen?"

„Ja, aber sie will mir nichts Näheres sagen, und ich will unbedingt wissen, warum!"

Rudolf zündete sich seine billige Zigarre an, setzte sich auf einen der derben Holzstühle und schaute ihr geradewegs in die Augen.

„Wenn Ihre Mutter drieber nuscht weiß, dann wissen wir erst recht nix!"

„Sie weiß schon etwas, aber sie will es mir nicht erzählen."

Eberhardt, der langjährige Futtermeister des Gutes, verzog den Mund und nickte anhaltend.

„Na nu', wenn se nich' will, warum sollen wir dann wollen?"

„Wißt also mehr?"

Kupinski sog an seiner Zigarre und blies den Rauch über den Tisch.

„Fräuleinche', wa sin' hier anjestellt. Was wa zufällig sehen oder heren, jibt's für uns jar nich'. Nu' bitte, bring' Se uns nich' in Bedrängnis! Frajen Se doch de Marie, die is' redselijer."

Das Mädchen rieb sich die Nase zwischen Daumen und Zeigefinger und zog eine Augenbraue hoch.

„Und wenn ich euch ganz lieb bitte?"

„Fräuleinche', wa könn' nich', und wa wollen auch nich'!"

Sie stand enttäuscht auf und ging zur Tür.

„Na gut! Aber eines ist gewiß: Hier geht etwas vor!"

Noch bevor einer der Männer sie hinausgeleiten konnte, war sie vor der Tür, zog sie mit einem Knall ins Schloß und stapfte auf den Hof. Sie besah sich das mächtige Wohnhaus und schaute, ob in der Küche noch Licht war. Doch zu ihrer Enttäuschung war das Fenster schon dunkel. Sie ging hinüber in den Pferdestall, trottete den Gang entlang und öffnete die Boxentür von Bizerka. Langsam näherte sie sich ihr von links, tätschelte ihre Seite und setzte sich neben dem Schimmel ins Stroh.

„Na, meine Kleine?"

Als ob die Stute sie verstünde, drehte sie den Kopf zu Antonia und stupste sie sanft mit ihrer weichen Schnauze.

„Morgen, wenn ich aus Schloßwalde zurück bin, da geht es hinaus ins Gelände! Egal, was Mama dazu sagt!"

Bizerka schnaubte kurz und schubste sie wieder. Die junge Frau stand auf und kraulte dem Pferd die Mähne. So blieb sie noch eine Weile und fühlte sich ungemein hilflos.

„Schlaf gut!"

Sie verließ den Stall und ging gemächlich zum Haus zurück. Langsam stieg sie die Treppe zum Eingang hinauf, schob die schwere Eichentür auf und machte sich auf den Weg in ihre Kammer.

Antonia fühlte sich in ihrem engen grauen Tweedkostüm nicht recht wohl.

„Mama, meinetwegen können wir fahren."

Frau Treskow sah ihre Tochter an, ging zu ihr hin und zupfte am Kragen ihrer Bluse. Dann drehte sie sich um und winkte Marie zu sich.

„Es kann sein, daß wir zum Essen nicht zurück sind. Bitte koche etwas, das du uns später aufwärmen kannst."

„Jawohl, gnä' Frau. Ich will Schwarzsauers mit Jekrös' machen. Das hat doch der gnädige Herr so jerne!"

„Antonia, wir gehen!"

Mit großen Schritten lief Antonia zum Ausgang und rannte die Treppe hinunter zu dem Zweispänner. Mit einem Satz saß sie neben Rudolf, der seine Kutscheruniform trug, auf dem Bock und lachte ihn an. Der alte Mann grinste und schüttelte den Kopf. Frau Treskow stand neben dem Wagen und schaute griesgrämig drein.

„Ännchen!"

Sie zog die Schultern hoch und stieg wieder vom Kutschbock.

„Ja, Mama!"

„Du läufst wie ein Bauer! Und zum ich weiß nicht wievielten Male: Der Platz einer Dame ist im Wagen und nicht an den Leinen!"

Antonia half ihrer Mutter beim Einsteigen und fühlte sich nun noch unwohler.

„Jawohl, Mama. Hatte es wohl vergessen."

Nach etwa einer Stunde gemächlicher Fahrt kamen sie in Schloßwalde an. Rudolf steuerte die Kutsche zielstrebig durch den Ort bis zu einem zweistöckigen Backsteingebäude. Sechs hohe Fenster gingen zur Straße. Unter dem mittleren im ersten Stock war ein großer Fahnenmast angebracht; darüber, an der Stelle, wo früher das Stadtwappen prankte, hing ein wuchtiger, in Stein gehauener Reichsadler, in seinen Fängen das Hakenkreuz.

Kupinski hielt an, Antonia sprang aus der Kutsche und reichte ihrer Mutter die Hand zum Aussteigen. Nebeneinander gingen sie zum Eingang und stiegen die fünf Stufen zum Portal hoch. Frau Treskow zögerte, doch Antonia schob die schwere Tür auf und trat in eine fahnengeschmückte Halle. Ihre Mutter folgte ihr; sie schien plötzlich noch kleiner geworden zu sein. Eine vollbusige, rotgesichtige Frau in Uniform kam auf sie zu.

„Heil Hitler, Frau Treskow!"

Die Gutsherrin hob zackig den rechten Arm.

„Heil Hitler! Ist der Herr Ortsgruppenleiter zu sprechen?"

Die Uniformierte schaute Antonia, die sich die Fahnen in der Halle besah, herausfordernd an. Die Angestellte blickte im Gehen immer wieder auf die junge Frau und drehte sich schließlich am Eingang des Büros des Parteileiters um.

„Grüßen haben wir wohl nich' gelernt?"

Antonia hob zögerlich den Arm, nuschelte etwas Unverständliches, und die Frau verschwand hinter der Tür. Nach ein paar Augenblicken stand sie wieder vor ihnen.

„Der Herr Ortsgruppenleiter erwartet Se."

Frau Treskow drehte sich kurz zu ihrer Tochter um.

„Das ist jetzt nichts für deine Ohren. Bitte warte hier."

Sie ging zu der von der Uniformierten aufgehaltenen Tür, und ihre Tochter starrte ihr verdutzt hinterher.

„Aber wozu bin ich dann mitgekommen?"

„Du wolltest es."

Frau Treskow verschwand in Romeikes Büro, die Uniformierte schloß die Tür und ging zurück zu ihrem Schreibtisch.

„Das is' doch nichts für so junge Dinger, wenn Erwachsene reden."

Antonia stand in der Halle und sah die Dicke hinter dem Tisch zornig an.

„Ach, und woher wollen Sie das wissen?"

Sie bekam keine Antwort und setzte sich in einen Sessel, neben dem ein niedriges Tischchen mit Zeitungen stand. Ohne hinzusehen, griff sie nach der obersten Schrift und hielt die neueste Ausgabe des *Deutschen Wochenblattes zum Kampf um die Wahrheit* in den Händen. Schon die hetzerische Titelseite war nicht dazu gemacht, ihren Ärger zu besänftigen. So warf sie die Streicher-Schrift wieder auf den Stapel und schaute immer noch zornig in dem hohen Raum herum. Gerade wollte sie aufstehen, um an der Uniformierten vorbei unaufgefordert in das Zimmer des Parteimenschen zu gehen, als sich die Eingangstür öffnete und Edith hereinkam.

„Heil Hitler, Frau Pawelcke!"

„Heil Hitler, Fräulein Romeike!"

Ein Lächeln huschte über Ediths Gesicht, als sie sah, wer da in der Ecke saß.

„Heil Hitler, Antonia."

Die Angesprochene verzog mißmutig das Gesicht.

„Tach, Edith."

Die Rothaarige zog die Augenbrauen hoch und machte, mit einem Seitenblick auf die Frau hinter dem Schreibtisch, eine auffordernde Kopfbewegung. Antonia atmete tief durch, stand demonstrativ auf, riß den rechten Arm höher als nötig und nahm stramme Haltung an.

„Heil Hitler und guten Morgen, Fräulein Romeike!"

Edith schüttelte den Kopf und ging auf sie zu. Sanft nahm sie Antonia am Arm und zog sie zu sich.

„Darf ich dir mein Zimmer zeigen?"

„Selbstverständlich, Fräulein Ortsgruppenleiter!"

Nun wurde es Edith zu bunt; sie zerrte die junge Treskow zur Treppe und schob sie die ersten Stufen hinauf.

„Mußt du dich so unmöglich aufführen?"

„Glaube, ich höre meine Mutter ..."

„Wo?"

„Aus deinem Mund!"

Ohne darauf einzugehen, lief Edith die Stufen hinauf in den ersten Stock. Antonia folgte ihr zögerlich und blieb dann wieder stehen.

„Moment, meine Mutter weiß doch gar nicht, wo ich jetzt hingehe."

„Aber Frau Pawelcke weiß es!"

Augenblicke später schob Edith die Tür ihres Zimmers auf und ging hinein. Antonia staunte ob der Größe des Raumes und folgte ihr.

„Lieschen und Lottchen! Allein dein Zimmer?"

„Ja, und?"

„Das ist ein Saal!"

Edith bot ihr mit einer lässigen Handbewegung einen Platz an und setzte sich auf ihr Himmelbett, das mit dem Kopfende an einer breiten Wand zwischen zwei großen Fenstern stand.

„Neidisch?"

„Hättest du wohl gerne!"

„Blödsinn! Ich kann doch auch nichts dafür, daß es keine kleineren Zimmer in diesem Haus gibt. Aber verrate mir einmal, ob du dich in der Schule auch so unmöglich verhalten hast?"

„Wie?"

„Na, daß du nicht richtig grüßt und so."

„Mein Vater sagt immer, statt Heil Hitler sollten wir mit Gnade uns Gott grüßen, und ich finde, er hat recht!"

„Pst! So etwas sagt man nicht in der Öffentlichkeit!"

Antonia sah sich im Zimmer um, stand auf und zog die Jacke ihres knappen Kostüms aus.

„Benimmunterricht kann ich anderweitig, zum Beispiel bei meiner Mutter, bekommen."

Edith schaute ihr nach, wie sie zu dem Koffergrammophon ging und den Kasten aufmachte.

„Herrgott, bist du aufsässig!"

Antonia bewunderte den Plattenspieler und hob lässig eine Hand.

„Na und? Das hier ist tadellos! Hast du auch Platten?"

„Natürlich. Schau doch einfach in dem Schränkchen darunter nach."

Antonia ging in die Knie und zog eine kleine Tür auf. Kommentarlos besah sie sich die große Sammlung, zog eine Platte heraus und hielt sie hoch. Edith war aufgestanden und besah sich die Scheibe.

„Nee, nach der Leander steht mir nun wirklich nicht der Sinn!"

„Menschenskind, ein eigenes Grammophon! Tolle Sache. Hätte ich auch gerne. Wir haben nur so ein altes Tütengrammophon im großen Salon. Mutters Heiligtum, ausschließlich Beethoven und Wagner vorbehalten. Manchmal kratzt die alte Nadel auch in Rillen mit Mozart herum."

„Aber ein Radio hast du doch bestimmt?"

„In meinem Zimmer? Nein! Der große Kasten steht im kleinen Salon. Ein Schaub KW 40, Mordsding, in Wurzelholz. Dann haben wir noch eine kleine Goebbelsschnauze in der Küche. Hat Marie in Beschlag. Den ganzen Tag Radio Königsberg!"

Edith schaute das schlanke, beinahe schwarzhaarige Mädchen mit schräggelegtem Kopf an.

„Mußt du so komisch reden?"

„Wie?"

„In deinen Sätzen fehlt die Hälfte."

Antonia erhob sich und beguckte sich einige Bilder und Zeichnungen an der Wand über dem Plattenspieler.

„Angewohnheit. Stört es dich?"

„Nein. Es klingt nur seltsam. Beinahe wie ein Telegramm."

Das Mädchen im grauen Kostüm zuckte mit den Schultern und deutete auf die Wand.

„Du gemalt?"

Edith zeigte auf eine Zeichnung.

„Das ist nicht gemalt, das ist gezeichnet! Ein Teil ist von mir, die anderen sind von Albert Speer, dem Architekten unseres Führers."

„Häuser. Wozu malst du Häuser?"

„Ich will Architekt werden. Später, wenn der Krieg vorbei ist, will ich wie Speer ein neues, schöneres Deutschland bauen!"

Antonia ging zurück zu ihrem Stuhl, setzte sich und sah Edith ernst an.

„Hat dir das dein Vater eingebleut?"

„Nein, warum sollte er?"

„Siehste! Warum sollte er auch!"

„Was meinst du?"

„Nach dem Endsieg werden wir Frauen dazu gebraucht, um viele, viele stramme Nachkommen zu produzieren. Der Platz der deutschen Frau ist in der Familie. Hast du das vergessen?"

„Ja, ja, jetzt im Krieg vielleicht ..."

„Nicht jetzt! Im Moment ist der Platz der deutschen Frau in der Fabrik, oder sie macht Dienst als Flakhelferin. Zur Zeit sind Männer Mangelware. Frauen fahren Züge und Straßenbahnen, arbeiten in Munitionsfabriken, bauen Panzer und was weiß ich noch alles. Aber wenn die Männer von der Front zurück sind, dieser Krieg tatsächlich vom Gröfaz und den Seinen gewonnen wird, dann können wir froh sein, wenn wir Frauen überhaupt arbeiten dürfen!"

„Wer erzählt dir so etwas? Das ist Defätismus! Und wer, in Gottes Namen, ist dieser Fatz?"

„Gröfaz, der größte Feldherr aller Zeiten, und erzählen muß mir das niemand! Weißt du, wie schwer es für mich war, überhaupt Abitur machen zu können? War das einzige Mädchen in der Klasse. Nach und nach mußten alle Jungs an die Front. Zum Schluß war ich alleine mit einem Halbblinden, einem Beinamputierten und einem Jungen, der das Wasser nicht halten konnte. Und trotzdem wurde mir fortlaufend bedeutet, daß es Verschwendung sei, eine junge Frau im besten Gebäralter an einer Schule versauern zu lassen."

„Hm, mein Vater ist ähnlicher Ansicht. Er meint, daß Frauen ihrer natürlichen Bestimmung nachkommen sollten und daß zuviel Bildung Mädchen nur abträglich sei."

„Siehst du!"

„Na, so schlimm wird es schon nicht werden! Ich mache auf jeden Fall nach dem Krieg erst einmal das Abitur und gehe dann an die Universität, am liebsten nach Königsberg."

„Ja, mach das mal, wenn dieser Krieg denn irgendwann vorüber ist. Aber sei darauf gefaßt, daß du im Höchstfalle als Volksschullehrerin mit einer Horde blonder, blauäugiger Söhne am Rockzipfel enden wirst."

Edith ballte beide Fäuste und schaute Antonia wütend an.

„Du bist einfach unmöglich!"

„Weiß."

„Deine Eltern haben es wohl nicht einfach mit dir."

„Mag sein. Und was ist mit dir?"

„Wie?"

„Hat dir deine Mutter nicht auch schon den idealen Ehemann ausgeguckt?"

Edith sah traurig zu Boden.

„Meine Mutter? Ich möchte nicht über sie sprechen. Sag mir lieber, was deine Mama bei meinem Vater möchte."

Antonia stand wieder auf, ging erneut zum Plattenspieler und nahm die Platte, die sie vorher herausgesucht hatte, wieder in die Hand.

„‚Eine Frau wird erst schön durch die Liebe.' Das ist aus dem Film *Heimat.*"

„Ich glaube ja. Was ist nun, warum ist deine Mutter hier?"

„Sage ich dir, wenn du mir von deiner Mutter erzählst!"

Edith nestelte am Saum ihres blauen Chiffonkleides.

„Du zuerst."

„In Ordnung. Also, mein Vater ist seit ein paar Tagen verschwunden. Kein Mensch weiß, wo er abgeblieben ist."

Sie erzählte dann in knappen Worten von den verschwundenen Pferden, der Suchaktion und vom Hengst des Vaters im Moor. Edith hörte aufmerksam zu, rutschte auf ihrem Bett zurück und lehnte sich gegen das Kopfteil.

„Eine furchtbar traurige Sache."

Antonia ging zu dem großen Himmelbett und setzte sich auf die Kante.

„Ja, jetzt aber du!"

„Tja, wo soll ich anfangen?"

„Mir egal!"

„Meine Mutter ist vor ein paar Jahren weggegangen."

„Ach, warum?"

„Es gab wohl Unstimmigkeiten zwischen meinen Eltern."

„Haben sich scheiden lassen?"

„Das kam später."

„Und was war davor? Laß dir doch nicht alles einzeln aus der Nase ziehen!"

„Mein Vater war damals der Meinung, daß meine Mutter, sie war Pianistin und liebte ihre Musik, ihren Beruf aufgeben und repräsentativ an seiner Seite stehen sollte. Er mochte es nicht, daß sie im Rampenlicht stand und er, der gerade in der Partei vorwärtskam, nicht soviel Ansehen hatte."

„So wird es dir eines Tages auch noch gehen!"

„Hoffentlich nicht! Meine Mutter ist damals dann mit einem Juden zusammen nach Amerika gegangen. Mein Vater haßt sie heute noch dafür!"

„Weil sie wegging?"

„Nein, wegen des Juden!"

„Rassenschande?"

„Ich glaube nicht, daß meine Mutter etwas mit ihm hatte. Sie waren Kollegen, er war Cellist im gleichen Orchester. Aber mein Vater, ich weiß nicht, er haßt sie eben seit dieser Zeit, und manchmal wirft er mir vor, ihre Tochter zu sein."

„Wann ging deine Mutter fort?"

„Im Frühjahr 1939. Manchmal schickt sie mir Ansichtskarten aus Amerika, aber mein Vater schwärzt jedesmal den Text darauf. So habe ich noch nicht einmal ihre Adresse."

„Gottchen, Edith, das ist die traurigste Geschichte, die ich seit langem gehört habe."

Edith setzte sich auf und sah ein wenig furchtsam in Antonias dunkelbraune Augen.

„Aber das bleibt unter uns!"

Antonia nahm Ediths linke Hand und drückte sie an ihre Brust.

„Großes Indianerehrenwort!"

Edith fühlte sich plötzlich seltsam geborgen.

Antonias Gefühle auf der Heimfahrt von Schloßwalde waren zwiespältig. Einerseits ärgerte sie das eiserne Schweigen ihrer Mutter, andererseits hatte sie ein ungewohnt wohliges Empfinden, das sie nicht einordnen konnte. So saß sie im Wagen und schaute auf die hügelige Moränenlandschaft, die an ihr vorbeizog. Für einen Junitag war es ungewöhnlich warm. Sie zog ihre graue Jacke aus und berührte dabei den Arm ihrer Mutter.

„Entschuldigung!"

Frau Treskow drehte sich zu ihrer Tochter und sah sie mit verweinten Augen an.

„Kindchen, das macht doch nichts."

„Du hast geweint! Was ist passiert?"

Frau Treskow nahm ein kleines Spitzentaschentuch aus ihrer Handtasche und tupfte sich damit die Augen. Dann nahm sie die Hand ihrer Tochter und drückte sie fest.

„Man wird weiter nichts unternehmen!"

„Wie, die wollen nichts machen?"

Die Haltung der Gutsherrin stand in krassem Gegensatz zu dem, was ihre Tränen auszudrücken schienen.

„Der Ortsgruppenleiter sagte, daß in dieser Sache nichts unternommen werden könne."

„Und die Polizei?"

„Er riet mir ab, noch einmal zur Polizei zu gehen."

„Warum?"

„Ännchen, weil das vielleicht gefährlich für uns sein könnte."

Antonia schüttelte den Kopf und sprach dann sehr laut.

„Mama, ich will jetzt von dir die ganze Wahrheit wissen! Was für eine Gefahr, warum tust du so geheimnisvoll? Dein Mann und zwei Pferde sind verschwunden, und niemand will sich offenbar darum kümmern?"

„Kind, nicht so laut!"

„Und", flüsterte Antonia, „warum?"

„Nun gut. Du bist schon fast erwachsen, und ich habe die Befürchtung, daß du sonst keine Ruhe gibst. Also, dein Vater hat Kontakte zu Leuten, die unserem Land feindlich gesonnen sind. Es geht wohl um Spionage oder was weiß ich. Das konnte nicht unentdeckt bleiben, und Romeike meint nun, daß sich dein Vater vermutlich zu dieser Gruppe abgesetzt hat, um den Russen in die Hände zu arbeiten.

Wenn wir das an die große Glocke hängen, dann kommt die Gestapo. Romeike meint, wir sollten uns ganz still verhalten, dann werde uns nichts geschehen."

Antonias Herz raste vor Aufregung, und sie schob ihre Mutter von sich weg.

„Was weißt du von dieser ominösen Gruppe?"

„Nichts."

„Du lügst!"

Frau Treskow schlug ihrer Tochter unvermittelt mit der flachen Hand ins Gesicht.

„Unverschämtheit!"

Antonia schreckte zurück, griff nach ihrer Jacke, sah ihrer Mutter kurz in die Augen und sprang aus der fahrenden Kutsche. Rudolf, der auf dem Kutschbock Gesprächsfetzen gehört hatte, drehte sich kurz um und sah Antonia am Wegesrand liegen.

„Hooh!"

Die Kutsche hielt, und er drehte sich auf dem Bock zu Frau Treskow um.

„Gnädige Frau, wollen Se Ihre Tochter wirklich da liejen lassen?"

Sie knetete ihr Taschentuch mit den Händen, sah sich rasch um und nickte.

„Fahre! Wer nicht hören will, muß fühlen!"

Der alte Mann schnickte kurz mit den Leinen, und der Wagen ruckte los.

Antonia rollte sich zur Seite und sah den Wagen davonfahren. Sie stand auf, rieb sich ihren aufgeschürften Ellbogen und klopfte ihren Rock ab. Dann hob sie ihre Jacke auf und ging zum naheliegenden Waldrand. Dort setzte sie sich auf einen mächtigen Baumstamm, der am Wegesrand lag und blickte zornig in die Landschaft.

„Ich könnte sie alle in der Luft zerreißen! Die behandeln mich wie ein kleines Kind!"

Sie hob ein paar Kiesel auf und schleuderte die Steine mit ganzer Kraft in das angrenzende Feld.

„Wenn die nicht suchen wollen, mache ich es eben selbst!"

Sie warf einen letzten Stein auf den Acker und begann dann ihre Schuhe aufzuschnüren. Wenige Minuten später war sie barfuß unterwegs nach Hause. Von weitem konnte sie ein Fuhrwerk sehen, das, eine mächtige Staubwolke hinter sich lassend, auf sie zugefahren kam. Sie trat an den Rand, um dem Fahrzeug den Weg freizumachen. Antonia sah ihm noch einen Moment nach und ging dann weiter. Ihre Wut war nun langsam verraucht, und sie dachte an Edith und deren luxuriös eingerichtetes Zimmer. Ein leichter Schauer überlief sie und sie ging etwas langsamer. Vor ihrem geistigen Auge stand das Bild der hübschen Frau.

Ihre Gedanken wurden jäh gestört durch laute Rufe aus dem Wald. Plötzlich stand ein großer, braungebrannter Mann mit nacktem Oberkörper neben ihr.

„Frräulein, spazieren?"

Sie schreckte zusammen und sah in ein Gesicht mit struppigem Vollbart.

„Nein, bin auf dem Weg nach Hause."

„Gutt, zu Hause, gutt!"

Langsam dämmerte es ihr: Der muskulöse Mann mußte einer von Petrikats Ostarbeitern sein, die im Wald Holz rückten.

„Sie sind Arbeiter bei Petrikat?"

„Da, Petrrikat, gutt Mann. Viel Arrbeit, gutt essen!"

Wieder rief eine Männerstimme etwas aus dem Wald. Der Pole antwortete in seiner Muttersprache und rannte auf einem Pfad ins Gebüsch. Antonia wollte gerade weitergehen, da kam er im Sauseschritt zurück.

„Frräulein, komm', gucke'!"

Sie fühlte Beklemmung in sich aufsteigen. Weit und breit war niemand, den sie hätte um Hilfe rufen können. Da zog der baumlange Kerl sie am Ärmel.

„Komm', da Pfärd!"

Sie spürte, wie ihre Handflächen feucht wurden, und ihr schossen die Geschichten durch den Kopf, die ihr Marie erzählt hatte, als Antonia noch ein kleines Mädchen war: von Polen aus Maries Heimatdorf, und daß kein Rock vor ihnen sicher war.

„Nein, nein! Muß nach Hause, die warten auf mich!"

Der zweite Pole, ein etwas kleinerer Mann in einer ausgedienten Uniformjacke, kam aus dem Wald und sprach mit dem Vollbärtigen. Der zog Antonia daraufhin etwas kräftiger am Arm, und sie war erschrocken über dieses fordernde Zerren. Da hörte sie das Wiehern eines Pferdes. Es kam ihr bekannt vor, und sie befreite sich vom Griff des Mannes. Der andere wischte sich mit dem Handrücken über die schweißnasse Stirn und machte eine einladende Kopfbewegung. Antonia ballte beide Fäuste und besiegte ihre Angst. Mit großen Schritten ging sie in den Forst, und die beiden Polen folgten ihr in geringem Abstand. Schmerzhaft spürte sie kleine Äste und Steine unter ihren nackten Füßen. Ein paar Meter weiter traute sie ihren Augen nicht, ließ ihre Schuhe fallen und rannte los.

„Brick! Meine kleine Brick!"

Sie eilte auf das Pferd zu, das an einen Baum gebunden war, und schlang ihm die Arme um den Hals. Dann tätschelte sie das Roß und besah es sich. Die Stute machten einen müden Eindruck und zerrte mit dem Kopf an dem Strick, der sie mit dem Baum verband. Antonia löste den Knoten und rieb dem Pferd die weiche Schnauze. Dann drehte sie sich um und versuchte die beiden Männer anzulächeln.

„Das da ist mein Pferd! Ist irgendwo noch ein Pferd?"

Der baumlange Kerl legte den Kopf schräg.

„Dein Pfärd?"

Ihre Stimme überschlug sich beinahe vor Freude, und sie wies auf den Hinterbacken der Stute, wo das Brandzeichen war.

„Ja! Die doppelte Elchschaufel, das ist meine Brick!"

„Brrick?"

„Ja, Brick! Das ist ihr Name. Ist hier noch ein Pferd?"

Der Kleinere sah sie herausfordernd an, und ihr wurde wieder bang. Dann verschwand er im Dickicht und kam nach wenigen Minuten mit einem zweiten Pferd zurück.

„O Gott, Markgraf!"

Antonia sprang vor Begeisterung auf der Stelle, rannte zu dem großen Polen, umarmte ihn spontan und lief dann zu dem Pferd. Der Wallach schien sie zu erkennen, nickte mit dem Kopf und machte einen langen Hals. Sie schrubbte ihm über die Mähne und klopfte heftig auf seinen Rücken.

„Hier, seht ihr, das gleiche Brandzeichen! Sind unsere verschwundenen Pferde!"

„Große' Glick, Pfärd!"

„O ja, Pferde sind das Schönste, was es gibt!"

Es war schon dämmrig geworden, als sie auf Bricks Rücken auf den elterlichen Hof geritten kam. Hinter ihr ging der Wallach mit den beiden Polen. Antonia sprang von der Stute und rannte zum Stall. Sie riß die Tür auf und lachte Rudolf, der gerade Sattelzeug flickte, strahlend an.

„Markgraf und Brick sind zurück! Bitte kümmere dich um sie!"

Der alte Mann machte einen Sprung, ließ alles fallen und eilte nach draußen. Derweil verschwand Antonia im Haus und kam mit ihrer Mutter am Arm wieder heraus.

„Hier, Mama! Die beiden Männer haben eine Belohnung verdient! Haben unsere Pferde gefunden!"

Frau Treskow besah sich die Männer und wollte ins Haus zurück.

„Mutter, was soll das? Die beiden haben sich ..."

„Sie haben gar nichts! Das sind Russen oder Polen und dazu noch nicht einmal ordnungsgemäß gekennzeichnet. Das Pack hat hier auf meinem Grund nichts zu suchen!"

„Aber ..."

Hilflos ging sie hinter ihrer Mutter her, welche die Tür hinter sich schloß.

„Mama?"

„Kein Wort mehr!"

Antonia rannte die Treppe hinauf in ihr Zimmer. Dort griff sie in ein Regal und zog hinter einer Reihe von Karl-May-Büchern ihren Sparstrumpf heraus, dessen Inhalt eigentlich für einen Dressursattel bestimmt war. Mit etwas Geld eilte sie zurück auf den Hof. Sie drückte es den beiden verlegenen Männern in die Hand, dankte ihnen mit einem Lachen, das die beiden bestimmt nicht vergaßen, und wies Rudolf an, sie schnellstens zu Petrikat zu fahren. Kupinski schaute sie mürrisch an.

„Fräulein Antonia, Se wer'n Ärjer bekomm'."

„Den habe ich schon!"

„Monsieur, Monsieur!"

Einer der französischen Kriegsgefangenen, die Gregor Kakies als Hilfe zugeteilt worden waren, rannte aufgeregt auf den Kreisbauernführer zu.

„Ici, un homme, mort!"

Kakies sah sich den untersetzten Franzosen an, der vor Aufregung nicht ruhig stehen konnte.

„Hast du's Grüßen vergessen?"

Der Franzose nahm Haltung an und riß den rechten Arm in die Höhe.

„O pardon, Monsieur! 'eil 'itler!"

„Schon besser, und jetzt sprich deutsch mit mir!"

„Un homme … Mann, tot!"

Der dickleibige Gutsherr schüttelte teilnahmslos den Kopf und klopfte sich mit seiner Hundepeitsche sacht auf die flache Hand.

„Dann bringt ihn weg, beerdigt ihn irgendwo!"

„Non, non, Monsieur! Kein' von uns! Etranger, tot!"

Kakies winkte mit seiner Knute einem alten humpelnden Mann zu, der Reisigsäcke abzählte.

„Heinrich, der faule Franzos' will was, und ich versteh' dem nich'!"

Der Alte hinkte herbei und zog den Kriegsgefangenen beiseite. Murmelnd sprach er mit ihm, und der Franzose antwortete gestenreich in seiner Muttersprache. Nach einigen Augenblicken stand Heinrich vor seinem Vorgesetzten, straffte seinen müden Körper und versuchte die Hacken zusammenzuschlagen.

„Kreisbauernführer, die Arbeiter haben einen toten Mann im Unterholz gefunden. Er trägt Reitstiefel und Reitkleidung."

Der jähzornige Gutsherr schlug mit der Peitsche in die Luft.

„Verdammt, dann geh und schau nach!"

Der Alte schlurfte los und verschwand mit dem Franzosen im Buchenwald. Nach einem ihm endlos erscheinenden Marsch sah er die anderen Arbeiter in einer Gruppe zusammenstehen. Er warf einen Arm hoch und schnappte nach Luft.

„Travail! Ne rester pas … travail!"

Die Männer sprangen auseinander und gaben den Blick frei auf einen Toten, der mit dem Gesicht nach unten im Gestrüpp auf dem Waldboden lag. Heinrich stellte sich neben die Leiche und bedeutete einem der Arbeiter, sie umzudrehen.

Der alte Mann zuckte kurz zusammen. Das Gesicht des Toten war mit einem Gewusel von Kleingetier bedeckt, doch das war nicht der Grund für den Schrecken, der ihm durch die Glieder fuhr.

„Treskow? Ja, verdammt, das is' Treskow!"

Völlig entkräftet erschien der Humpelnde vor Kakies und berichtete von dem schrecklichen Fund. Der Dicke wurde grau im Gesicht.

„Bist du janz sicher, daß es der alte Treskow is'?"

„Ja, Herr Kakies! Der Körper ist zwar schon was verwest, aber ich bin janz sicher."

Kakies drehte sich um und ging zu seinem Einspänner. Er wuchtete seinen mächtigen Leib in die Kutsche und brüllte nach seinem Fahrer. Der rannte zu dem Wagen, als ob es um sein Leben ginge, sprang auf den Bock und fuhr los.

Eine halbe Stunde später rollte Kakies in seiner Kutsche durch das große gemauerte Tor auf den Hof der Treskows. Rudolf kam und nahm das Pferd am Zügel.

„Heil Hitler, Kreisbauernführer!"

„Heil Hitler, Kupinski. Ich muß mit der Herrschaft sprechen."

Wenige Minuten später saß der Dicke im kleinen Salon. Ohne zu wissen, warum der Mann gekommen war, schien die Hausherrin wenig erfreut über seinen Besuch.

„Nun, Herr Kakies, ich hoffe nicht, daß diese alte Geschichte der Anlaß Ihres Besuches ist. Wenn ja, muß ich Sie leider enttäuschen, mein Mann ist nicht im Hause!"

„Ich bin nich' wegen der leidigen Grenzanjelegenheit hier. Das hab' ich schon lang' ei'm Anwalt in Königsberg anvertraut. Aber wenn Ihr Mann nicht da ist, wissen Sie bestimmt, wo er ist?"

Frau Treskow legte die Fingerspitzen beider Hände aneinander und sah den schwitzenden Mann eindringlich an.

„Ich wüßte nicht, was Sie das anginge."

„Se wissen es also nicht?"

„Kreisbauernführer, danke für Ihren Besuch. Ich habe zu tun!"

Er wuchtete sich aus dem Sessel und grinste.

„Dem kann man wohl so sagen. Bereiten Se die Beerdigung Ihres Mannes vor!"

Frau Treskow zuckte zusammen.

„Wie? Haben Sie ihm schließlich doch etwas angetan?"

„Nein! Aber er liegt in meinem Wald, drüben am Seegrund, und er ist mausetot!"

Sie legte den Kopf schräg und kniff die Lippen zusammen. Der schwitzende Besucher ging ohne ein Wort an ihr vorbei und verschwand aus dem Salon. Draußen wischte er sich mit einem großen Sacktuch über das breitflächige Gesicht und ging zu Rudolf, dem er kurz und ohne Sentimentalitäten die Fundstelle der Leiche beschrieb. Dann ließ er sich, sichtlich erleichtert in seinem Einspänner nieder.

Frau Treskow trat vor das Haus und ging langsam die Stufen zum Hof hinunter. Rudolf stürmte zu ihr und bot ihr seinen Arm. Sie wies ihn ab.

„Wo ist Antonia?"

Er stand neben seiner Herrin, das Gesicht in Kummerfalten gelegt.

„Se kümmert sich jerade um Brick."

„O mein Gott! Hat das Mädchen denn noch irgend etwas anderes im Sinn als diese Pferde?"

Rudolf nahm Frau Treskow sanft am Arm und führte sie zu der Holzbank, die neben dem Treppenaufgang stand. Die inzwischen wieder gefaßte Dame nahm Platz, und er versprach ihr, ihre Tochter zu holen.

Von weitem sah er Antonia auf der Umzäunung der Koppel sitzen. Neben ihr stand Romeikes rothaarige Tochter. Die beiden Mädchen plauderten angeregt. Als Antonia Rudolf entdeckte, hüpfte sie von ihrem Sitz und winkte ihm fröhlich zu. Edith drehte sich um.

„Wer ist das?"

„Rudolf, unser Stallmeister. Ihm fehlt eine Hand, wahrscheinlich haben die ihn deswegen noch nicht von unserem Hof geholt wie all die anderen Männer."

„So genau wollte ich es gar nicht wissen."

Rudolf atmete schwer und lehnte sich gegen die Umzäunung. Als er wieder Luft bekam, verzog er das Gesicht und legte seine Hand vertraulich auf Antonias Schulter.

„Fräulein Treskow, kommen Se bitte, is' was passiert."

Die schlanke Dunkelhaarige lächelte ihn an.

„Was gibt es denn wieder Wichtiges?"

Rudolf schaute in Ediths Richtung.

„Das wer'n Se sehen, wenn wir da sin'."

Edith verstand den Blick des alten Mannes sofort, ging zu ihrem Fahrrad, das am Zaun der Koppel angelehnt stand, und schob es zum Weg.

„Bis bald, Antonia!"

„Edith, nicht so eilig! Was ist denn jetzt, soll ich dir Reiten beibringen?"

„Na, warum denn nicht? Probieren kann ich es ja."

„Gut, wie wär's mit übermorgen?"

„Das geht leider nicht."

„Nächste Woche?"

„Ihr habt doch Telefon! Ich rufe dich kurz an, wenn es klappt."

„Finde ich primich!"

Die junge Frau mit dem kupferroten Haar schwang sich auf ihr Rad und trat kräftig in die Pedale.

„De Tochter vom Ortsgruppenleiter?"

„Ja, aber sie ist trotzdem nett."

Antonia ging zu Brick und führte sie aus der Koppel.

„Na, Rudolf, sollen wir es zu zweit versuchen?"

Der Alte wurde ein wenig verlegen, doch dann dachte er an den Rückweg und willigte ein. Antonia hielt die Stute fest, und Rudolf stieg auf. Die junge Frau kletterte ebenfalls auf den Pferderücken, und Brick setzte sich in Bewegung.

„Fräulein Antonia, es ist wirklich was Schlimmes passiert."

„Na, heraus damit!"

Rudolf schluckte kurz und drehte dann den Kopf.

„Se ham Ihr'm Herr Vater jefunden."

„Verdammt, was ist? Ist ihm etwas zugestoßen?"

„Jottche', ja!"

„Ist er …"

„Ihr Herr Vater is' tot."

Antonia liefen die Tränen übers Gesicht, ihr Körper bebte, und sie schüttelte den Kopf.

„Nein, das ist nicht wahr!"

„Immerhin muß ich mich vorläufig nicht mit diesem Lachudder von Opel verloben."

Mit diesem Satz beendete Antonia ihren Tagebucheintrag. Sie schlug die Kladde zu und verstaute sie sorgfältig unter einem Wäschestapel im Schrank. Dann ging sie zu dem kleinen Fenster, das ihr einen Blick auf den Hof ermöglichte, und sah durch die Scheibe nach unten. Da stand noch der Wagen, mit dem sie ihren toten Vater zum Haus gebracht hatten. Marie und Grete waren gerade dabei, Treskow für das Begräbnis fertig zu machen. Die sonst übliche Aufbahrung im Hause entfiel, da der Leichnam zu entstellt war.

Antonia ertappte sich dabei, wie sie an ihrem Daumen knabberte; eine Angewohnheit, die sie seit langem abgelegt hatte, doch die innere Anspannung ließ diese Marotte wieder zum Vorschein kommen. Ärgerlich besah sie sich den geröteten Finger.

„Laß das! Bist kein Kind mehr!"

Von unten ertönte der Gong zum Abendessen. Sie schaute kurz in den Spiegel, fuhr sich nervös durch ihr offenes, langes braunes Haar, faßte es zum Zopf zusammen und befestigte es mit einer Spange. Dann machte sie sich auf den Weg nach unten.

Ihre Mutter hatte im kleinen Salon decken lassen, und als Antonia den Raum betrat, lief das Radio.

„... im Mittelabschnitt der Ostfront dauern die erbitterten Kämpfe im Raum Bobruisk und Mogilew an. Nach Räumung der Städte Orscha und Witebsk hat sich die schwere Abwehrschlacht in den Raum östlich der mittleren und oberen Beresina verlagert."

Sie setzte sich an den Tisch und sah ihre Mutter an, die abwesend dem Gekrächze aus dem Äther lauschte.

„Südöstlich Polozk scheiterten wiederholte Durchbruchsversuche der Bolschewisten. Südöstlich Pleskau brachen örtliche Angriffe des Feindes zusammen. Schlachtfliegerverbände unterstützten die Abwehrkämpfe des Heeres und vernichteten zahlreiche feindliche Panzer, über einhundert Kraftfahrzeuge und eine große Zahl Geschütze ..."

Das Mädchen stand auf und drehte das Radio aus. Die Gutsherrin zuckte kurz mit den Mundwinkeln und schaute durch ihre Tochter hindurch. Antonia ging wieder zu ihrem Platz und setzte sich.

„Mama, wollen wir nicht anfangen?"

Frau Treskow nickte schwach, und ihre Tochter begann mit dem ihr eigenen Appetit zu essen. Zwischen zwei Bissen sah sie auf.

„Findest du es nicht auch merkwürdig, daß man Vater in Kakies' Wald gefunden hat, wo doch Papas Kleider ganz deutlich zeigen, daß er im Moor gelegen haben muß? Und wer hat ihn erschossen?"

„Morgen früh kommt der Sarg."

„Mama?"

„Es wird eine Bestattung im kleinen Kreise; es muß ja nicht jeder wissen, daß dein Vater tot ist."

„Warum mußte er bloß auf diese Weise sterben?"

Die ältere Frau saß kerzengerade vor ihrem Gedeck und blickte ihre Tochter müde an.

„Das weiß nur der Himmel."

Antonia legte ihr Besteck beiseite und lehnte sich zurück.

„Ach? Aber du hattest doch Vermutungen! Die würde ich zu gerne hören!"

Frau Treskow faltete die Hände vor dem Mund und starrte vor sich hin. Antonia kannte diesen merkwürdigen Blick nicht und sah ihre Mutter besorgt an.

„Mama?"

Die Gutsherrin stützte beide Arme auf den Tisch und nickte abwesend.

„Dein Vater war immer ein Mann von Grundsätzen, die er unter keinen Umständen verwerfen wollte."

„Weiß ich, Mama."

„Ännchen, bitte erinnere dich daran, daß es ganze Sätze gibt!"

„Verzeihung!"

Frau Treskows Augen blitzten plötzlich auf, und sie starrte die Tochter an.

„Politik! Immer diese endlosen Debatten über den Staat! Und dauernd mußte er weg! Früher war dies ja auch kein Problem, da blieb er zu Hause. Politische Gespräche waren unter unserem Dach sozusagen an der Tagesordnung. Wir hatten häufig Gäste, und es war dann oftmals der Fall, daß sich die Männer nach dem Essen in das Herrenzimmer zurückzogen und debattierten. Es gab hitzige Auseinandersetzungen, vor allem zu Zeiten der Republik."

„Sprich bitte weiter."

Frau Treskow stand auf, ging zu einem kleinen Schrank, nahm eine Karaffe heraus und goß sich einen Sherry ein. Mit dem Glas in der Hand lehnte sie sich gegen das Möbelstück und nahm einen kleinen Schluck.

„An einem dieser Abende lernte dein Vater den zweiten Bürgermeister von Königsberg kennen. Das war etwa ein Jahr nach deiner Geburt, im März 1924. Carl Goerdeler war ein wirklich feiner Mann. Er entstammte einer bürgerlichen Familie, sein Vater war Richter. Es dauerte nicht lange, da waren August und er gute Freunde geworden. Goerdeler ging bis etwa 1930 bei uns ein und aus, wie ein Mitglied der Familie. Danach ebbte der persönliche Kontakt ab, sie schrieben sich dann öfters."

Antonia sah, wie ihre Mutter mit einem Schluck das Glas leerte und sich nachschenkte.

„Mama, nicht so hastig."

„Wie bitte?"

„Der Likör!"

„Das bißchen Alkohol schadet doch niemandem. Wo war ich? Genau! Als der Führer im Januar 1933 an die Macht kam, schien sich dein Vater plötzlich überhaupt nicht mehr für Politik zu interessieren. Seine einzige Leidenschaft galt diesen Pferden. Zucht, Handel und Verkauf beschäftigten ihn vollkommen." Frau Treskow nippte am Sherry und ging zögerlich zu ihrem Stuhl zurück. „Bis dein Bruder im Sommer 1943 erschossen wurde."

„Wieso erschossen? Ich denke, er ist in Rußland gefallen?"

Die ältere Frau setzte sich und stellte ihr Glas auf dem Tisch ab.

„Hartmut wurde von einem Standgericht erschossen, weil er sich geweigert hatte, Partisanen exekutieren zu lassen."

„O Gott! Das ist einfach nicht wahr!"

„Wir wollten das auch nicht glauben. Dein Vater hat sich bei der Truppe deines Bruders umgehört. So erfuhren wir, daß diese Partisanen eine Gruppe russischer Frauen und Kinder war. Eine Zeitlang setzte August alles daran, den Ruf deines Bruders wiederherzustellen. Zu erreichen, daß ihm die Ehrenrechte wieder zuerkannt würden oder er zumindest soldatisch beerdigt werden würde. Er hatte wenig Erfolg damit. Seit dieser Zeit, nachdem auch noch der größte Teil seiner Pferde requiriert worden war, war er nicht wiederzuerkennen. Öfters war er für ein oder zwei Tage einfach verschwunden. Durch Zufall fand ich einen Brief auf seinem Schreibtisch und erfuhr so, daß er wieder Kontakt zu Goerdeler hatte."

„Und was stand in dem Brief?"

„Ich bitte dich! Ich hätte niemals die Post deines Vaters gelesen!"

Antonia stand auf und strich sich mit einer Hand über ihr langes Haar.

„Und dann?"

„Mehr weiß ich nicht! Romeike schien mehr darüber zu wissen, und was er meinte, sagte ich dir bereits."

Die junge Frau sah aus dem großen Fenster des Salons in die Dunkelheit hinaus.

„Mama, wo sind diese Briefe?"

Frau Treskow schenkte sich nach und führte ihr Glas zum Mund. Nach einem Schluck drehte sie den Kopf und sah ihre Tochter ernst an.

„Ich kann es dir nicht sagen. Abgesehen davon, wäre es mehr als geschmacklos, in seinen Dingen zu wühlen, bevor er seine Ruhe gefunden hat!"

Antonia drückte ihre Stirn gegen die kühle Scheibe.

„Aber dort liegt wahrscheinlich das Geheimnis! Nur mit den Briefen können wir Vaters Mörder finden!"

„Kind! Wer sich aufs Eis begibt, muß damit rechnen, einzubrechen. Dein Vater nimmt vielleicht ein Geheimnis mit ins Grab, aber wir müssen hier weiterleben. Romeike deutete an, daß die Partei sowieso schon ein Auge auf uns habe. Wir können nichts mehr für ihn tun, dein Vater ist tot!"

Frau Treskow stand sehr aufrecht in der Halle ihres großen Hauses. Neben sich ein Tisch mit einem Kondolenzbuch und einem Porträt ihres Mannes im Silberrahmen mit Trauerflor. Ihr Unterkiefer bebte, als Frau von Opel ihr die Hand reichte und ihr Beileid aussprach. Hellmut von Opel sah in seinem schwarzen Anzug noch schmächtiger aus, als er ohnehin war. Er verneigte sich vor der trauernden Witwe und drückte sein tiefes Mitgefühl aus. Auf der anderen Seite des Tisches stand Antonia, in einem bodenlangen schwarzen Kleid, ihr dunkles Haar streng nach hinten gekämmt, so daß sie um Jahre älter wirkte. Der blasse junge Mann nahm ihre Hand und verbeugte sich vor ihr. Antonia spürte den kalten Schweiß auf seiner Handfläche und fühlte Unbehagen in sich aufsteigen. Von Opel hüstelte kurz und sah sie weinerlich an.

„Liebste Antonia, ich bin zutiefst bestürzt über den plötzlichen Tod deines Vaters. Wenn du oder deine Mutter Hilfe brauchen, ich werde stets ein offenes Ohr für euch haben!"

Sie war froh, als er ihre Hand losließ und zu den wenigen Trauergästen hinüberging.

Erst als Frau Treskow nach dem Essen Bohnenkaffee und Weinbrand reichen ließ, lockerte sich die Stimmung ein wenig. Hellmut von Opel war dem Kognak mehr zugetan als dem Kaffee. Nach dem zweiten Glas schien er Mut genug zu haben, um zu Antonia hinüberzugehen, die mit ihrer Tasse in der Hand alleine in einem Sessel in der Ecke saß. Unter den aufmerksamen Blicken der beiden Mütter stellte er sich vor die junge Frau und verbeugte sich vor ihr.

„Antonia, würdest du mit mir etwas an die frische Luft gehen?"

Sie war hin- und hergerissen. Einerseits graute ihr davor, mit dem mageren jungen Pianisten vor der Tür Konversation zu machen, andererseits war die Stimmung im Raum derart trocken, daß sie sich entschied, ihm nach draußen zu folgen.

Auf der weitläufigen Terrasse vor der Verandatür sah Hellmut von Opel die schöne Dunkelhaarige mit Hundeblick an.

„Ich möchte dir versichern, daß ich nach einer angemessenen Trauerfrist um deine Hand anhalten werde. An meinen Gefühlen zu dir wird sich niemals etwas ändern!"

Innerlich schüttelte es sie bei diesen Worten. Die Vorstellung, eine Ehe mit diesem Mann eingehen zu müssen, war beklemmend.

„Hellmut, ich bitte dich, sprich nicht davon. Laß mir und meiner Mutter Zeit, bis die Wunden verheilt sind."

„Natürlich, natürlich! Ich will dich in keinem Falle bedrängen!"

Das lange Kleid etwas gerafft, ging Antonia über den Rasen bis zu dem kleinen Teehaus, das von Clematis und Rosen umrankt war. Dort setzte sie sich in einen der Korbstühle und blickte ernst zum großen Gutshaus hinüber. Hellmut von Opel war ihr gefolgt und blieb, an die Brüstung gelehnt, neben ihr stehen.

„Ich will nicht neugierig sein, aber was hat diesen jähen Tod deines Vaters verursacht? War es ein Schlaganfall? Eine der Damen erwähnte so etwas."

„Bitte, frage nicht danach!"

„Verzeihung, es war taktlos von mir."

Antonia nahm, Tränen in den Augen, ein Taschentuch aus ihrem kleinen Handtäschchen und schneuzte sich laut und kräftig.

„Schon gut."

„Es gibt auch andere Gerüchte."

Sie verstaute das Tuch wieder an seinem Platz und sah auf den Boden.

„Gibt immer Gerüchte."

Seine Erregung kaum verbergend, knetete er seine schmalen, langfingrigen Hände.

„Ja, aber in diesem Falle könnten sie von besonderer Tragweite sein."

„Wohlan, frage!"

Von Opel lächelte verlegen und trat einen Schritt näher an die junge Frau heran.

„Du glaubst, ich sei neugierig?"

„Könnte sein!"

Trotz seines sehnlichen Wunsches, der Schönen nahe zu sein, ließ es der junge Mann nicht an Benimm fehlen.

„Verzeih, daß ich einen solchen Eindruck gemacht habe. Es ist nur, ich finde, du bist wunderschön! Mein ganzes Herz gehört nur dir, und ich möchte nicht, daß du in Gefahr gerätst."

„Was redest du da!"

Nun gingen seine Gefühle mit ihm durch. Er griff nach ihrer braungebrannten, schlanken und doch kräftigen Hand.

„Antonia, kann es sein, daß dein Vater Geheimnisse hatte?"

Als er auch noch vor ihr auf die Knie ging, sah sie ihn ernst an.

„Bitte, steh wieder auf."

Sein Kopf neigte sich nach vorn, und er berührte ihre Hand sanft mit seinen Lippen.

„Laß mich, bitte! Ich möchte dir alles zu Füßen legen, aber das kann ich nur, wenn ich alles über dich weiß."

„Habe keine Geheimnisse."

„So ist es gut. Also, was war mit deinem Vater?"

Antonia entzog ihm ihre Hand und stand auf.

„Marie sagt, daß alle Männer kleine Geheimnisse haben. Warum also nicht auch mein Vater?"

„Das meine ich nicht."

Sie blieb stehen, drehte sich um und sah ihn ärgerlich an.

„Was dann?"

Er hakte sich bei ihr unter und drückte sich mehr als nötig an sie.

„Es heißt, er hatte Kontakt zu politischen Gruppierungen."

Antonia lief ein kalter Schauer über den Rücken. Sie sah die große Glastür aufgehen und die beiden Mütter herauskommen. Erleichtert winkte sie den beiden älteren Damen und ging mit gerafftem Kleid und großen Schritten durch den Garten auf das Haus zu.

„Hallo! Hier sind wir!"

„Schön, schön, aber wenig schicklich, sich angesichts solch traurigen Anlasses zu vergnügen!"

Der junge Mann räusperte sich verlegen.

„Mama, ich bitte dich! Wir haben nur ein wenig frische Luft geschnappt."

„Mag sein, aber nun ist es Zeit für uns zu gehen!"

Geradezu überkorrekt verabschiedete sich Hellmut von Opel und folgte seiner Mutter zum Wagen.

Auch die anderen Trauergäste brachen auf. Binnen weniger Minuten war wieder Ruhe auf dem Gutshof eingekehrt, und Frau Treskow zog sich in den Salon zurück.

Antonia hatte nichts Eiligeres zu tun, als das schwarze Kleid loszuwerden. Nachdem sie das Prachtstück der Schneiderkunst auf einem Bügel an ihren Kleiderschrank gehängt hatte, suchte sie nach ihrem Tagebuch. Nachdem sie kurz darin gelesen hatte, begann sie die Ereignisse des Tages einzutragen.

„Der Geck von Klavierspieler ahnt wohl etwas. Werde zusehen müssen, daß ich ihn mir vom Leib halte. Nach wie vor geht mir die Sache mit Vaters Kleidung nicht aus dem Kopf. Er muß im Moor gewesen sein. Ist wahrscheinlich dort niedergeschossen worden. Aber wer hat ihn dann in den Wald gebracht?"

Eifrig schrieb sie weiter, stellte Vermutungen an, wie ihr Vater zu Tode gekommen sei und wer wohl dieser Gruppe, von der ihre Mutter erzählt hatte, angehörte. Sie schlug das Diarium zu und nahm sich vor, möglichst bald die Unterlagen ihres Vaters zu sichten.

Draußen dämmerte es bereits. Eine Amsel sang direkt vor ihrem Fenster ein Abendlied, und Antonia wurde wehmütig. Sie ertappte sich dabei, daß sie sich nach Königsberg zurücksehnte. Sie dachte daran, wie sie manchmal unerlaubt abends aus dem Internat geschlichen war, um etwa die Auslagen der Geschäfte zu betrachten und hin und wieder ins Kino zu gehen.

Versonnen lachte sie, als ihr wieder einfiel, wie sie nach einem solchen Kinobesuch – sie war in *Die große Liebe* mit Zarah Leander gewesen – von ihrer Deutschlehrerin vor dem Lichtspielhaus ertappt worden war. Die sonst so gestrenge Pädagogin hatte eine stattliche Frau mit Pagenschnitt und in grauem Kostüm am Arm und entließ Antonia, für sie damals vollkommen unverständlich, mit einem Klaps auf den Hintern und der Bemerkung, daß diese Begegnung unter ihnen bliebe, ins Internat.

„Ich weiß, es wird einmal ein Wunder gescheh'n. Dann werden tausend Märchen wahr ...", summte Antonia und beschloß, noch ein wenig vor die Tür zu gehen.

Seit Edith Romeikes Anruf kurz nach dem Frühstück lief Antonia ungewohnt unruhig auf dem Hof und im Haus umher. Sie erledigte dies und das und kümmerte sich sogar, zu Maries großer Verwunderung, um das Unkraut im Gemüsegarten. Außerdem half sie wenig später ihrer Mutter, einen alten schwarzen Rock zu verlängern.

„Ännchen, Ännchen, in welchen Zeiten leben wir? Früher haben wir die alten Kleider den Angestellten geschenkt, und nun, ich kann es kaum glauben, werde ich diesen Fetzen noch einmal anziehen."

„Ach, Mama, daß die Kleiderkarte gesperrt wurde, ist doch nicht so schlimm. Außerdem finde ich diesen Rock noch ausgesprochen hübsch."

„Viel zu eng ist er, und schau hier, an der Naht ist er schon abgetragen."

Antonia befestigte eine weitere Stecknadel am Saum, da kam Marie herein.

„Fräuleinche', Besuch für Se."

Wie vom Donner gerührt, zuckte Antonia zusammen und rannte ohne ein weiteres Wort aus dem Zimmer. Erst in der Halle fiel ihr auf, daß sie das Nadelkissen noch um ihr Handgelenk hatte. Sie rannte zurück zu ihrer erstaunten Mutter, warf es auf den Tisch und war ebenso schnell wieder verschwunden.

Vor der Tür im Hof stellte Edith gerade ihr Fahrrad an die Stallwand. Antonia wurde plötzlich heiß und kalt, als sie das vom Wind zerzauste rote Haar sah.

„Tach, Edith!"

„Hallihallo!"

„Willst du im Kleid reiten?"

„Warum nicht?"

„Na gut, für das erste Mal wird es so gehen. Später gebe ich dir dann eine Reithose von mir."

Edith lachte, ihre Zähne blitzten in der Sommersonne, und sie winkte ab.

„Das ist nett von dir, aber dazu müßte ich wohl erst abspecken."

„Na, das werden wir ja bei einer Anprobe sehen."

Dann verschwand Antonia für einige Augenblicke und führte Bizerka und Bonzo auf den Hof. Mit der Leine, die sich am Stallhalfter aller Pferde befand, band sie den Wallach an einen der Eisenringe, die in der Mauer befestigt waren. Eilig ging sie wieder zurück und holte ein paar Putzutensilien. Sie drückte Edith eine Kardätsche in die eine und einen Striegel in die andere Hand.

„So, am besten lernst du deinen zukünftigen Freund Bonzo beim Putzen kennen."

„Wie, ich soll dieses Riesentier saubermachen?"

„Nein, sauber ist er schon. Aber Pferde wissen, daß, wenn man sie putzt, es an die Arbeit geht. Außerdem ist es wichtig, daß er dich riecht. Über den Geruch lernt er dich kennen."

Antonia zeigte Edith, was zu tun war und wie man auftrenst und sattelt. Erklärte ihr, wie man die Zügel hält und aufsteigt. Während Antonias Ausführungen konnte Edith aus dem Augenwinkel Frau

Treskow sehen, die über den Hof ging, um mit einem alten Arbeiter zu sprechen, der, auf einen Besen gestützt, zuhörte. Sie sah, daß Antonias Mutter in Schwarz ging.

„Ist bei euch etwas passiert?"

Antonia zog gerade den Sattelgurt von Bizerka fest.

„Warum?"

„Na, deine Mutter. Sie sieht aus, als sei sie in Trauer."

Antonia tätschelte ihrer Stute den Hals und nickte.

„Ja, meinem Vater ist etwas zugestoßen. Wir haben ihn am Freitag beerdigt."

„O Gott! Das tut mir aber leid!"

Antonia nahm ihr Pferd links am Halfter und ging langsam los.

„Schon gut, aber jetzt wollen wir reiten."

Edith griff vorsichtig nach dem Zügel, der über dem Hals des Pferdes hing, und zog daran. Antonia drehte sich um und schüttelte den Kopf.

„Nicht am Zügel! Nimm ihn am Halfter, siehst du, wo ich mein Pferd halte."

„Ja! Aber vielleicht beißt das Tier mich!"

„Niemals, du bist doch keine Karotte!"

Ängstlich tastete Edith nach einem schmalen Ledergurt und hielt sich daran fest. Bonzo verstand, schnaubte kurz und ging los.

Nach wenigen Minuten waren die beiden Frauen bei der Koppel angekommen, und Antonia band ihre Stute fest. Dann geleitete sie Edith und Bonzo in die Koppel und stellte sich breitbeinig neben das Pferd. Das rothaarige kräftige Mädchen kletterte auf den Wallach und schaute dann ein wenig ängstlich nach unten. Antonia sah sie lächelnd an.

„Na, oben bist du schon mal. Hoffe, das bleibt auch so."

„Und jetzt?"

„Na, jetzt machst du, was ich dir vorhin erklärt habe. Linkes Bein im Steigbügel nach vorn, Sattelgurt nachziehen."

„Wozu eigentlich?"

Antonia fingerte an einer langen Leine herum, die über ihrer rechten Schulter hing.

„Pferde halten beim Satteln manchmal die Luft an, wahrscheinlich mögen sie den strammen Gurt nicht besonders. Tja, und wenn sie ausatmen, ist der Riemen zu lose. Wenn du dann losreitest, sitzt du bald kopfüber."

Edith versuchte sichtlich verkrampft das Gleichgewicht zu halten und dabei das linke Bein im Bügel nach vorn zu bringen. Nun sollte sie sich auch noch zur Seite beugen und den Gurt anziehen.

„Nein, das kann ich nicht! Ich falle bestimmt runter!"

„Schon gut!"

Antonia trat an das Pferd heran, griff unter das Sattelblatt und zog den Sattelgurt enger. Edith schaute ihrer jungen Reitlehrerin aufmerksam zu.

„Und nun?"

„Fangen mit ein paar Sitzübungen an."

Sie klinkte den Karabinerhaken der langen Leine in eine Öse am Halfter des Pferdes und führte den Wallach samt Reiterin auf den weitläufigen, tiefsandigen Platz. Dort ließ sie das Pferd los und ging etwa in die Mitte der umzäunten Koppel. Edith schaute recht hilflos drein und griff instinktiv nach den Zügeln.

„Nein! Laß sie hängen."

„Aber ich muß mich doch irgendwo festhalten"

„Eben nicht! In erster Linie sollst du ein Gefühl für das Pferd und für dein Gleichgewicht bekommen, und dazu brauchst du die Zügel nicht."

„Wie du meinst. Und was soll ich machen?"

„Nicht viel! Aufrecht sitzen und mit dem Becken den Bewegungen des Pferdes folgen."

„Welchen Bewegungen?"

Antonia grinste, nahm die Leine in die linke Hand, straffte sie, bis sie nur noch wenig durchhing, und schnalzte mit der Zunge.

„Und Sch-e-ritt!"

Wie von Geisterhand gerührt, setzte sich der Wallach in Bewegung und lief im Kreis.

„Nicht verkrampfen! Ganz locker!"

Edith tat, was sie konnte, doch sie fühlte sich recht unwohl, gut eineinhalb Meter über der Erde auf einem wackligen Lebewesen, das noch dazu streng roch.

„Du, ich denke, das ist nichts für mich. Bitte halte den Zossen an und laß mich hier runter!"

„Blödsinn, so schnell wirst du doch nicht aufgeben?"

Edith zuckte mit den Schultern, seufzte und ließ sich weiter durchschütteln.

„Etwas mehr Spannung im Kreuz! Nimm einmal beide Arme waagerecht nach oben."

Edith hob zögerlich die Arme. Doch Antonia war immer noch nicht zufrieden.

„Mehr Spannung, du sitzt da wie im Lehnstuhl! Arme oben lassen! Halten! Heh, nicht die Knie aufmachen! Schenkel dicht an den Sattel!"

Edith spürte ihre Arme kraftlos werden.

„Schon gut, schon gut! Sonst noch was?"

„Ja, nimm die Arme wieder runter und stütze die Hände in die Hüften. Gut, jetzt drehst du den Oberkörper langsam hin und her, aber ohne die Schenkel aufzumachen!"

Edith tat, was von ihr verlangt wurde, und stöhnte.

„Ich dachte, du bringst mir Reiten bei, aber was machen wir? Du stehst herum, der Gaul läuft im Kreis, schüttelt mich durch, und ich mache Turnübungen."

„Mund zu, Knie an den Sattel!"

„Ja, ja! Aber irgendwie habe ich mir das amüsanter vorgestellt."

„Klappe zu, es zieht! Sonst lasse ich dich traben."

Nach ein paar weiteren Runden hatte sich Edith an das rhythmische Schaukeln des Pferdes gewöhnt und saß wesentlich lockerer im Sattel.

„Kann sich doch schon sehen lassen. Jetzt beugst du dich ganz nach vorn, bis auf die Mähne, und bleibst ganz locker liegen."

Edith war geradezu betäubt von dem Geruch des Pferdes und sehnte sich nach nichts mehr, als wieder Boden unter den Füßen zu haben.

„Was dann?"

„Und haaalt!"

Bonzo blieb tatsächlich stehen, und Antonia löste die Longe.

„Nimm jetzt die Zügel auf, so wie ich es dir gezeigt habe."

Die großgewachsene, dunkelhaarige Frau ging ein paar Schritte zum Zaun der Koppel, wo ihre Stute angebunden stand. Sie machte Bizerka los und war ruckzuck im Sattel. Pferd und Reiterin bewegten sich auf Edith zu, die damit kämpfte, daß der Wallach immer wieder den Kopf nach unten nahm und sie mit ihren Zügeln nach vorn zog.

„Also, Hintern und Hüften bleiben ganz entspannt, Kreuz anspannen, Knie und Fußspitzen auf eine Linie bringen, Oberarme locker hängen lassen. Die Arme, nicht die Schultern!"

„Mensch, und das soll bequem sein?"

„Kopf zurück!"

„Tyrann!"

„Reiten lernt man beim Reiten!"

„Ha, ha, ha!"

„Und jetzt fang an zu treiben. Zeig Bonzo, was du von ihm willst!"

„Mache ich doch, aber das Vieh hört ja nicht!"

„Hm, also ich erkläre es dir noch einmal. Spannung im Kreuz! Mach dich schwer und nimm die Schenkel zu Hilfe."

Edith ließ die Schultern fallen und war den Tränen nahe.

„Tu ich doch alles."

Antonia sprang von ihrer Stute und ging zu Bonzo. Sie tätschelte ihm kurz den Hals, schob Ediths linken Fuß aus dem Bügel und stieg ebenfalls auf den Fuchs. Sie rutschte in den Sattel und legte ihre Hände auf Ediths Schenkel.

„Jetzt zeige mir, wie du treibst."

Edith mühte sich ab, und Antonia spürte, wie die Freundin ins Schwitzen geriet.

„Und?"

„Ich treibe!"

„Hm, teils, teils."

„Aha!"

„Also, laß alles los. Gut! Jetzt Anspannung, Zügel nachgeben und preß die Beine zusammen!"

Edith bekam vor Anstrengung einen hochroten Kopf, Bonzo machte ein paar Schritte vorwärts und blieb wieder stehen.

„Weiter treiben! Treibe doch! Abwechselnd! Mach schon! Nicht so schlaff!"

Edith beugte sich nach vorn, Tränen liefen ihr über das heiße Gesicht.

„Schrei mich nicht so an!"

Ohne lange nachzudenken, umarmte Antonia sie von hinten und drückte sie an sich.

„Na nu', Edithchen, nicht heulen. Hab' es nicht so gemeint."

Sie atmete den Duft des roten Haares ein und spürte eine sonderbare Leichtigkeit, so als ob sie gleich abhöbe. Edith faßte nach Antonias Hand, die nur wenig unter ihrer linken Brust lag, nahm sie in ihre feuchten Hände und hielt sie an ihre linke Wange.

„Ist schon wieder in Ordnung. Manchmal bin ich ein wenig empfindlich."

Antonia hörte diese wohlklingende Stimme wie durch einen Nebel, beugte ihren Kopf etwas nach vorn und vergrub ihr Gesicht in dem roten, welligen Haar. Edith versuchte sich umzudrehen.

„Ist was?"

Antonia war versucht, den heißen, verschwitzten Hals der vor ihr Sitzenden zu küssen, als die sich noch etwas weiter drehte. Ehe sie irgend etwas sagen oder tun konnte, machte Bonzo einen raumgreifenden Schritt seitlich nach vorn. Edith verlor das Gleichgewicht, Antonia reagierte nicht, und schließlich landeten beide unsanft auf der Erde.

Nachdem der erste Schreck überwunden war, lagen sie laut lachend im weichen Sand der Koppel. Antonia sprang als erste auf, wischte sich kurz übers Gesicht und half dann lächelnd Edith auf die Beine.

„Na, das mit dem Absteigen müssen wir noch üben!"

Edith klopfte sich den Sand vom Kleid und blinzelte ihre Reitlehrerin an.

„Du bist ungemein fröhlich, dafür daß dein Vater gerade verstorben ist."

„Warum soll ich herumsitzen und heulen? Mein Vater war verschwunden, das weißt du ja, und insgeheim haben wir alle damit gerechnet, daß etwas Furchtbares geschehen ist."

„Was ist denn mit ihm passiert?"
„Er wurde erschossen."
„Das sagst du so kalt?"
„Was soll ich denn tun? Ich kann ihn nicht wieder lebendig machen! Das Leben geht weiter."
„Hm, eigentlich hast du recht. Außerdem, wenn jemand sich in Gefahr begibt, muß er damit rechnen, darin umzukommen."
Antonia stellte sich vor Edith, die Hände in die Hüften gestemmt.
„Wie meinst du das?"
„Na, mein Vater hat so etwas angedeutet, daß dein Vater wohl in die falschen Kreise geraten sei. Erst jetzt am Wochenende, wir hatten Besuch von ein paar Leuten, habe ich wieder zufällig so etwas gehört."
Antonia stampfte mit dem Fuß auf.
„Verflucht! Was weißt du?"
Antonias vehementes Auftreten verängstigte Edith ein wenig .
„Ich? Ich weiß gar nichts!"
Der jungen Treskow zog es das Herz zusammen. Was wollte die Tochter des Ortsgruppenleiters bewirken? War sie etwa ein Vorposten ihres Vaters? Sie straffte sich und ging zu Bonzo hinüber. Der streckte seinen Kopf durch die Umzäunung der Koppel und angelte mit dem Maul nach dem satten Grün. Mit einem Schwung war sie auf dem Pferderücken und ritt hocherhobenen Hauptes an Edith vorbei.
„Hee, was ist denn los?"
„Ganz einfach, du bist die Tochter eines Parteibonzen!"
Edith rannte ihr nach. Am Rand der Koppel stieg Antonia ab und führte den Wallach zu der Stute hinüber. Die Rothaarige hatte ein bisher unbekanntes Gefühl in der Magengegend und schnaufte tief.
„Toni, ich kann doch nichts dafür, daß mein Vater ein Parteiarsch ist!"
Antonia starrte ungläubig in das sommersprossige Gesicht.
„Hast du gerade Arsch gesagt?"
Ediths Wangen leuchteten vor Röte, und sie drehte sich verlegen um.
„Ja, verdammt! Ein Arsch!"
Antonia nahm sie an der Schulter, ging um sie herum und sah ihr in die Augen.
„Du hast mich Toni genannt. Warum?"
„Ach, ich weiß auch nicht. Aber wenn ich etwas über deinen Vater herausbekommen kann, dann wirst du es von mir erfahren!"
„Wie soll das denn gehen?"
„Ich laß es dich wissen! Und jetzt möchte ich bitte gehen."

Schweigend gingen die beiden zum Gutshof zurück. Edith nahm wort- und grußlos ihr Rad und fuhr davon.

Frau Treskow torkelte vom Salon in die Halle, durchquerte sie schwerfällig und wankte in die Küche.

„Marie, ham ... haben wir noch etwas von dem Portwein?"

„Na nuche', gnä' Frau, der is' wohl denn leer."

„Was haben wir sonst noch?"

„De Kristallkaraffe mit 'm Sherry."

„Is' auch leer."

„Nu', Weinbrand is' noch da. Aber heren Se, der is' selbst für de Männer stark!"

„Bring ihn mir in'n Salon!"

Frau Treskow verließ auf wackligen Beinen die Küche, und Marie eilte in die Speisekammer. Antonia saß mit aufgerissenen Augen vor ihrem Abendbrot. Noch nie hatte sie ihre Mutter derart betrunken gesehen. Von dem Anblick völlig angewidert, ließ sie ihr Essen stehen und ging nach draußen. Zuerst saß sie eine Weile auf den warmen Treppenstufen vor dem Haus, dann ging sie hinüber zum Stall. Aus dem Raum, im dem sich die Angestellten immer aufhielten, vernahm sie lautes Gelächter. Neugierig näherte sie sich der geschlossenen Tür und sperrte die Ohren auf. Das Gelächter verebbte, und eine Männerstimme im Singsang war deutlich zu hören.

„Es jeht alles vorüber, es jeht alles vorbei, auch Adolf Hitler und seine Partei."

„Oder kennt ihr den? Demnächst steht an'n Altersheimen, wejen Einberufung jeschlossen!"

Prustendes Lachen dröhnte nach draußen.

„Der ist auch gut. An der deutschen Uhrzeit fehlt 'ne Stunde. De Stunde von de Verjeltung."

Dieser Witz schien weniger Erfolg zu haben. Antonia ging etwas näher an den Eingang heran und bekam den nächsten Scherz zu hören.

„Goebbels is' in Berlin ausjebombt wor'n. Er rettet zwei Koffer uff de Straße und jeht noch mal ins Haus, um'n paar andere Sachen ze holen. Als er wieder rauskommt, sind de beiden Koffer jestohlen. Goebbels weint und schreit. Kommt einer und fragt, was denn so Wertvolles in den Koffern jewesen wär'. Und der Klumpfuß antwortet: In dem einen war de Verjeltung und im andern da Endsieg!"

Kreischendes Lachen der Männer. Die junge Frau grinste kurz, und im Weggehen nahm sie noch eine Baßstimme wahr, die sie Rudolf zuordnete.

„Beim letzten Angriff auf Berlin ham de Engländer Heu abjeworfen. Für de Esel, de noch am Endsieg glauben tun."

Durch das Lachen ein wenig erheitert, ging sie weiter in Richtung der Koppel, auf der sie am Tage mit Edith gewesen war. Sie setzte sich auf den Stamm einer Birke, die im Frühjahr gefällt worden war, und schaute in die Dunkelheit. Melancholie überkam sie bei dem Gedanken an ihre Mutter. Sie beugte sich nach vorn, stützte ihre Ellbogen auf die Oberschenkel und legte ihr Kinn in beide Hände. War es nur die Trauer um den verlorenen Ehemann, die ihre Mutter dazu brachte, sich wie ein Bürstenbinder zu betrinken? Selbst nach der Nachricht von Hartmuts Tod war ihre Mutter sehr gefaßt gewesen. Zumindest hatte sie sich nicht derart merkwürdig verhalten.

So saß Antonia eine Weile und grübelte, bis sie ein Geräusch hörte. Plötzlich stand Wolfgang neben ihr und trat verlegen von einem Bein auf das andere.

„Juten Abend, Fräulein!"

„Mensch, hast mich jetzt aber erschreckt! Wo kommst du denn her? Ich dachte, die hätten dich schon an die Front geholt. Sehe dich so selten hier."

„Nee, der Romeike hat nur anjeordnet, alle Jungs missen jeden Tag zur Übung bei ihm."

„Mußtet ihr das bei der HJ nicht sowieso? Dienstpflicht."

Wolfgang nestelte nervös an einem Knopf seines zerschlissenen Hemdes.

„Nich' jedem Tach, nee. Mal waren wa zu die Wehrertüchtigung, un' denn hatten wa de Heim- oder de Sportabende. Aber jetzt missen wa richtig ran."

„Aha. Und da kommst du jetzt aus Schloßwalde? Für den Weg brauchst du doch bestimmt gut zwei Stunden?"

Er setzte sich neben sie auf den Baumstamm.

„Na nu', das mach' ich jeden Abend. Sonst muß ich in'n Schlafsaal pennen, mit fuffzehn andere. Da bin ich lieber hier."

„Ach, dann ist es wohl nicht so weit her mit der Kameradschaft?"

Der Junge starrte auf seine staubigen nackten Füße.

„Am Anfang bin ich dort geblieben. Da haben fünf andere sich über mich hergemacht und mir eine Uniform aus Lumpen angezogen und mich auf'n Hof gejagt. Und alle haben über mir gelacht, weil ich doch … Na nu', jetzt bleib' ich nich' mehr auf de Nacht!"

„Das ist ja entsetzlich! Hat denn der Scharführer nichts dagegen unternommen?"

„Ach der! Der sagt immer, daß ich ze allem ze blöd wär', und gestern hat er mir, als wir im Gelände waren, über die Füße jepißt, weil ich doch keine ordentlichen Schuh' hab'."

„O Gott! Geh nachher in die Küche und sage Marie, daß sie dir ein Paar von Hartmut geben soll!"

„Jeht nich'! Ham wa schon versucht. De passen mir nich'!"

„Schade! Du, die Männer sind noch wach, ich habe sie vorhin in der Sattelkammer gehört. Hast du sie schon mal gefragt?"

„Die ham doch selber nur ein Paar. Un'", lenkte er von dem peinlichen Thema ab, „was machen Sie jetzt noch hier?"

„Nachdenken."

„Aha. Un' was denken Se so?"

„Dies und das."

„Sin' Se eijentlich wirklich de Verlobte von dem von Opel?"

Antonia lachte kurz und schüttelte den Kopf.

„Meine Güte, Wolfgang, wie kommst du denn darauf?"

„War nur so 'ne Frage. Ich jeh' dann mal."

„Ja, und gute Nacht."

Wolfgang Sparwein drehte sich noch einmal um.

„Denken Se nich' mehr soviel nach, das macht Falten auf de Stirne!"

„Ich versuche es!"

Der Junge verschwand im Dunkel, und Antonia fühlte eine merkwürdige, bisher nicht gekannte Leere in sich. Sie besah sich den Nachthimmel und wünschte sich sehnlichst, jetzt eine Sternschnuppe zu sehen. Nach einer Weile begann ihr vom Nach-oben-Schauen der Nacken zu schmerzen, und sie machte sich auf den Weg zurück zum Haus.

Müde schlurfte sie in die Küche, holte sich ein Glas Milch und trottete in ihre Kammer unter dem Dach. Sie zog sich aus, streifte ihr Nachthemd über und entzündete ein Hindenburglichtchen. Mit der Lichtquelle verschwand sie in ihrem Bett. Aus dem Spalt zwischen Bett und Wand zog sie ein kleines Buch, *Anja. Die Geschichte einer unglücklichen Liebe* von Anna Elisabet Weirauch. Sie hatte es von ihrer Deutschlehrerin zum bestandenen Abitur geschenkt bekommen. Sie stützte den rechten Arm aufs Kissen und begann zu lesen.

Edith saß angespannt lauschend in ihrem großen Zimmer. Langsam verhallten die Stimmen auf dem Flur, und sie stand auf. Zögerlich ging sie zur Zimmertür und öffnete sie einen Spalt. Gerade wurde das Licht in der Halle gelöscht. Sie eilte zu einem der großen Fenster, die den Blick auf die Autos der Abfahrenden ermöglichten, und im Schein der Außenbeleuchtung sah sie ihren Vater in ordensgeschmückter Uniform in einen der Wagen steigen.

Ihr Herz raste, als sie langsam die Stufen in die Halle hinabging. Vorsichtig sah sie sich um; es schien wirklich niemand mehr im Hause zu sein. Nach einigen weiteren Stufen setzte sie sich auf die

Treppe und horchte erneut in die Dunkelheit. Plötzlich hatte sie Antonias Bild vor Augen. Sie rieb sich mit kalten Händen über ihr aufgeregt heißes Gesicht, stand auf und lief die restlichen Stufen hinab.

Sie sah sich noch einmal um und drückte die Klinke der Tür zum Büro ihres Vaters herunter. Abgeschlossen. Fast erleichtert trat sie einen Schritt zurück. Doch dann überkam sie der Ehrgeiz; sie lief wieder nach oben und kam mit Haarklammern in der Hand wieder zurück.

Nach einigen Versuchen knackte das Schloß verheißungsvoll. Sie drückte die Klinke, und tatsächlich – die Tür zum Büro des Ortsgruppenleiters tat sich auf.

Abwechselnd wurde ihr heiß und kalt, während sie durch den großzügigen Raum ging. Sie knipste die Schreibtischlampe an und ging weiter. Vor dem großen Aktenschrank blieb sie stehen und rieb sich ihre kalten, schweißigen Hände an ihrem Kleid ab. Aufmerksam besah sie die Aufschriften an den einzelnen Schubladen. Mit zitternder Hand zog sie die Lade auf, an welcher der Buchstabe T angeklebt war. Nervös fingerte sie zwischen den Aktendeckeln, bis sie den Namen Treskow fand.

Aufgewühlt nahm sie die Unterlagen heraus und begann darin zu blättern. Sie fand Namen, Geburtsdatum und eine Fotografie von August Treskow. Ein Eintrag über die Erschießung von Hartmut Treskow erschreckte sie. Ihre Augen flogen weiter über die eng beschriebenen Seiten.

„Antonia Frederike Treskow, geboren am 7. Dezember 1922 auf Gut Treskow, Kreis Preußisch Holland/Ostpreußen."

Ein Lächeln huschte über ihr Gesicht, als sie den Vermerk las. Beim Weitersuchen blieb ihr Blick an einem Stempelaufdruck hängen: – Geheim –.

Sie fühlte das dünne Papier zwischen ihren Fingern und begann eilig zu lesen. Es waren viel zu viele Orte, Daten und Namen aufgeführt, um sich alle merken zu können.

Carl Goerdeler, den Namen hatte sie irgendwo schon einmal gelesen. *Gebhardt Schoenhals* war dick unterstrichen. Hinter *Matthias Sendler* stand etwas Unleserliches in Klammern.

„Das muß fürs erste reichen!"

Hastig stellte sie den Ordner zurück an seinen Platz. Dann rannte sie zum Schreibtisch ihres Vaters und notierte die drei Namen auf einem Blatt Papier. Noch einmal sah sich Edith um, schob die Lade des Aktenschrankes zu, steckte den Zettel ein und löschte das Licht.

Nebenan hörte sie ein Geräusch. Das Blut gefror ihr in den Adern. Sie hatte nicht damit gerechnet, daß noch jemand im Haus sei.

„Fritz, du noch Arbeit?"

Edith duckte sich hinter den mächtigen Schreibtisch, da ging die Tür auf. Schemenhaft sah sie Mara, eine polnische Bedienstete, im offenen Eingang.

„Nix zugeschlossen, schlächt!"

Die Bedienstete ließ die Tür offen und eilte, um den Schlüssel zu holen. Edith blieb fast das Herz stehen. Ängstlich ging sie zum Eingang und spähte nach draußen. Niemand war in der Halle. Tief Luft holend, rannte sie wie vom Teufel verfolgt nach oben.

„Wärr da?"

Wieder war es die Polin, die Edith hörte. Das Mädchen war noch völlig außer Atem.

„Bin nur ich, Mara! Ich wollte nur gerade in die Küche, etwas zu essen holen."

Das letzte Wort schnürte Edith regelrecht den Hals zu. Sie verschwand in ihrem Zimmer und warf sich röchelnd in einen Sessel. Sie versuchte, möglichst schnell wieder zu Atem zu kommen, vermutete sie doch, daß die Angestellte nach oben kommen würde. Doch nichts dergleichen passierte. Langsam entspannte sich Edith und besah sich das Papier mit den Namen darauf, das sie in ihrer Angst in der schweißnassen Faust zerknittert hatte. Sie strich es glatt und versteckte es in ihrem Tagebuch.

„Na, so früh schon auf de Beine?"

Edith mochte Frau Pawelcke nicht sonderlich. Deren wuchtige Gestalt thronte den ganzen Tag im Eingangsbereich des Hauses. Wie eine Spinne im Netz sah und hörte sie beinahe alles, vor allem das, was nicht für ihre Augen und Ohren bestimmt war. Das Mädchen lächelte die Uniformierte süßlich an.

„Heil Hitler!"

„Und wo geht's heute hin?"

Edith fand, daß das niemanden etwas anging und sah die Dicke hinter dem Schreibtisch keck an.

„Nach draußen, das Wetter ist so schön."

„Na, so gut möcht' ich es auch mal haben."

Edith ignorierte diese Worte und ging zum Ausgang. Sie wollte gerade die Tür öffnen, als ein SS-Mann in schwarzer Uniform hereinstürmte, vor der Schreibtisch-Spinne Haltung annahm und den rechten Arm hob.

„Heil Hitler!"

Pawelcke sprang von ihrem Stuhl auf und grüßte zurück. Der SSler ließ den Arm sinken.

„Ist Romeike da?"

„Selbstverständlich, Untersturmführer!"

Die Angestellte rannte förmlich zur Bürotür und öffnete sie. Der SS-Mann ging zackig hinein, und sie schloß die Tür langsamer als nötig. Mit einem zufriedenen Lächeln ging die Dicke zurück zu ihrem Schreibtisch, setzte sich und begann auf der Schreibmaschine zu hämmern. Edith sah noch einem Moment lang zu, wie die Wurstfinger der Sekretärin überraschend leicht und schnell die Tasten berührten.

Vor der Tür blinzelte sie in die bleiche Morgensonne. Ein heftiger Wind blies und ließ die Blätter der großen Bäume neben dem Haus rauschen. Der Fahrer des SS-Mannes stand neben seinem Auto, rauchte eine Zigarette und starrte die junge Frau wortlos an. Sie kümmerte sich nicht weiter um ihn und ging um das große Haus herum, um ihr Fahrrad zu holen.

„Heil Hitler, Fräulein Romeike!"

Als Edith sich umsah, tauchte der Chauffeur ihres Vaters in Arbeitskleidung hinter dem Mercedes des Ortsgruppenleiters auf.

„Heil Hitler, Pröck! Na, schon bei der Arbeit?"

„Ja, heut' is' der Ölwechsel fällig, und ich muß mir beeilen."

„Ach, will mein Vater noch weg?"

„Nee, aber mein Gliederreißen sagt mir, daß es heut' noch Regen geben wird."

Edith schaute den Himmel an; ein paar Wölkchen wurden vom Wind getrieben.

„Es sieht doch gut aus."

„Alles trügerisch! Auf mein Rheuma konnt' ich mir immer verlassen."

Er sah der Rothaarigen nach, die zum Schuppen ging und darin verschwand. Mit einem gedehnten Seufzer ging er wieder in die Knie und setzte seine Arbeit fort. Er hörte noch die Schuppentür und dann das sanfte Quietschen des Fahrrades.

„Müßte auch mal jeschmiert wer'n", brummte Pröck und hantierte weiter mit dem Schraubenschlüssel.

Edith fuhr langsam durch die kleine Stadt. Vor der Bäckerei stand eine lange Schlange Frauen und Kinder. Einige davon grüßten sie mit erhobenem Arm, als sie vorbeifuhr. Sie winkte im Fahren und bog an der nächsten Ecke ab.

Die leicht abschüssige Straße ließ sie sich hinunterrollen und fuhr an den letzten kleinen Häusern von Schloßwalde vorbei. Langsam radelte sie einen Feldweg entlang und hielt an einer Kreuzung. Sie stieg ab, lehnte ihr Rad an einen Baum und setzte sich am Wegesrand in das noch taufeuchte Gras. Unschlüssig betrachtete sie den Weg und überlegte, ob es nicht zu aufdringlich sei, unangemeldet zum Gut der Treskows zu fahren. Edith nahm eine Münze aus der Tasche ihres Kleides, besah sich beide Seiten, schloß die Augen und warf das Geldstück in die Luft. Sie machte die Augen auf, suchte den Groschen und hob ihn auf.

„Zahl! Na dann, Antonia Frederike, mach dich auf meinen Besuch gefaßt."

Sie stand auf, schwang sich auf den Fahrradsattel und radelte in östlicher Richtung los.

Unterwegs sah sie russische Kriegsgefangene, die dicke Steine von einem Acker schleppten. Die zerlumpten Gestalten nahmen die junge Frau nicht wahr, doch der Soldat, der sie bewachte, hatte Edith sofort bemerkt. Er warf sich in die Brust und grinste breit.

„Na, schöne Frau, wohin des Weges?"

Sie hielt nicht an und hörte nur, daß der Mann in Uniform fluchte.

Langsam bekam die Sonne Kraft, und Edith hielt an, um ihre Strickjacke auszuziehen. Nachdem sie die Wolljacke auf den Gepäckträger geklemmt hatte, besah sie sich die sanft gehügelte Landschaft. Das Korn wiegte sich im Wind, und die Luft roch nach Sommer. Edith atmete tief durch, spürte ihre Freude am Leben und auch ein unglaublich intensives Gefühl, das sie bisher nur einmal empfunden hatte. Sie schwang sich wieder auf ihr Rad und trällerte lauthals einen Schlager.

Etwa eine halbe Stunde später fuhr sie die Eichenallee entlang und sah das große gemauerte Tor vor sich. Oben über der Durchfahrt prangten zwei Elchschaufeln. Sie sprang von ihrem Drahtesel und schob das Rad durch den Torbogen.

Auf dem kopfsteingepflasterten Hof war nur wenig Betrieb. Ein alter Mann fegte vor dem Haus. Sie stellte ihr Rad an der Stallwand ab und ging zu dem Alten hinunter.

„Heil Hitler!"

Der Mann mit dem Besen zuckte zusammen, ließ das Kehrgerät fallen, richtete sich, soweit es ihm möglich war, auf und hob mühsam den Arm.

„Heil Hitler!"

Edith bückte sich und hob den Besen auf.

„Ist Fräulein Treskow da?"

„Nee, oder doch? Ich weiß es nich'! Jehen Se in de Küche, de Marie kann Ihn' das sachen!"

„Danke! Aber wo finde ich die Küche?"

Er deutete auf die lange Hausfront.

„Ne nu', entweder durch de Halle oder hier, durch'm Dienstboteneinjang."

„Vielen Dank!"

Der alte Mann zitterte mit dem Kopf und kehrte weiter. Edith betastete ihr sorgfältig zu zwei Zöpfen geflochtenes Haar, strich ihren Rock glatt und klopfte an eine Tür etwa fünfzehn Meter neben dem Haupteingang. Es dauerte nur einen Augenblick, bis die Tür aufgerissen wurde. Edith sah einer dicken Frau ins rotwangige Gesicht, die sich die Hände an ihrer Schürze abwischte.

„Na nu', Marjell, was fiehrt Se ze uns?"

„Heil Hitler!"

„Nee, nee, der hat Se bestimmt nich' jeschickt!"

Edith besah sich verlegen ihren Rocksaum.

„Ich wollte nur fragen, ob Fräulein Treskow im Hause ist."

„Na, komm' Se erst mal rein!"

Edith folgte der korpulenten Angestellten in die große Küche. Marie schob einen dampfenden Topf vom Herd, faßte Edith am Arm und schob sie zu einer weiteren Tür.

„De Antonia is' in ihr'm Zimmer. Durch de Halle, de Treppe rauf, zweete Etage!"

„Danke!"

Edith kam nicht dazu, mehr zu sagen, denn die resolute Bedienstete hatte sie schon in die Halle bugsiert und war wieder in der Küche verschwunden. Zögerlich, fast ängstlich ging sie die Treppe hinauf. Sie schlich gerade am ersten Stockwerk vorbei, als Frau Treskow eine Tür öffnete und auf sichtlich wackligen Beinen an der jungen Frau vorbeitaumelte, ohne zu grüßen. Edith schaute der Frau im Morgenmantel nach, die sich fest an das Treppengeländer klammerte, während sie tapsig die Stufen nach unten ging. Edith faßte sich ein Herz und rannte das letzte Stück nach oben. Dort gingen sechs Türen vom Flur ab. Sie stand einen Augenblick unschlüssig herum und atmete tief durch.

„Antonia?"

Nichts rührte sich.

„Hallo! Antonia?"

Eine Tür ging auf, und vor ihr stand die junge Treskow mit offenem Haar, in Reithosen und Unterhemd. Edith stockte der Atem.

„Heil ... äh, Tag!"

„Na, Tagchen! Was führt dich zu mir?"

Edith konnte ihren Blick nur mit Mühe von Antonias Unterhemd lösen. Sie spürte, wie ihre Knie butterweich wurden.

„Ich ... ich habe dir etwas mitgebracht."

Antonia lächelte strahlend.

„Dann komm doch herein! Meine Kemenate kann mit deinem Zimmer zwar nicht mithalten, aber ich schäme mich nicht!"

Edith fuhr sich nervös mit beiden Händen übers Gesicht und ging dann staksig auf Antonia zu. Diese grinste und machte eine einladende Handbewegung.

„Immer herein!"

Edith betrat das kleine Zimmer, sah sich um, und Antonia ließ sich auf ihr Bett fallen.

„Nicht so toll wie bei dir."

Ediths Blick fiel auf ein postkartengroßes Bild über der Bettstatt, auf dem Zarah Leander, in einem tiefausgeschnittenen Kleid, schwermütig blickte. Daneben hing ein Foto von Kristina Söderbaum. Ansonsten war der Raum recht schmucklos, fand sie. Weiß gekalkte Wände, eine kleine Kommode mit einem Spiegelaufsatz, einer Schüssel und einem Wasserkrug darauf, ein Schrank, ein schmaler Schreibtisch, das ungemachte Bett und zwei Stühle.

„Aber es ist recht gemütlich."

Antonia lehnte sich gegen die Wand, an der die Bilder hingen, und verschränkte die Arme im Nacken.

„Setz dich doch, bitte. Früher, bevor ich ins Internat ging, hatte ich ein größeres Zimmer im ersten Stock, neben dem Schlafzimmer meiner Eltern. Hier hatte mein Bruder sein Reich. Hatte das halbe Stockwerk für sich."

„Dein Bruder Hartmut ist tot?"

Antonia zog die Stirn kraus.

„Woher weißt du das?"

„Ich weiß auch, wie er ums Leben kam."

„Ach, ich verstehe, dein Vater! Wahrscheinlich ist bei der Partei über jeden von uns eine Akte angelegt, und der Herr Papa liest zum Abendessen daraus vor!"

Edith stand erbost auf und verschränkte die Arme vor der Brust.

„Wie kannst du nur einen solchen Blödsinn erzählen!"

„Was heißt hier Blödsinn! Woher solltest du denn sonst von der Erschießung meines Bruders wissen?"

Edith strich ihr Kleid glatt und setzte sich wieder.

„Ich hatte dir doch versprochen, etwas über deinen Vater in Erfahrung zu bringen. Und dafür habe ich heimlich im Aktenschrank meines Papas geschnüffelt."

„Also gibt es doch ein Dossier über jeden von uns!"

Edith fühlte hilflose Wut in sich aufsteigen.

„Wenn du alles so genau weißt, dann kümmere dich doch selbst darum!"

Die junge Treskow sah, wie Ediths Augen verschwammen und eine Träne über ihre Wange rollte. Sie ging zu ihr und berührte mit der rechten Hand Ediths Schulter.

„Aber hoppla! Deswegen mußt du doch nicht gleich heulen."

Edith schob Antonias Hand unwirsch von sich weg und stand auf.

„Ich möchte jetzt gehen!"

„Gut, gut, wie du willst. Halte dich nicht auf!"

Edith ging zur Tür und legte ihre Hand auf die Klinke.

„Damit ich nicht ganz umsonst hierher gekommen bin. Ich habe drei Namen für dich herausgefunden: Carl Goerdeler, Gebhardt Schoenhals und Matthias Sendler."

„Aha."

Sie warf Antonia einen Zettel vor die Füße.

„Auch wenn du es mir nicht glaubst, ich bin auf deiner Seite!"

Sie drückte die Klinke herunter, öffnete die Tür und verschwand aus dem Zimmer. Antonia lief ihr nach und sah, wie Ediths rote Zöpfe hüpften, während sie die Treppe hinunterrannte. Kurz vor dem Ausgang holte sie Edith ein, griff sie am Arm und drehte sie um.

„Ist das wirklich wahr?"

Wieder füllten sich die grünen Augen mit Tränen.

„Ja, aber bitte, laß mich jetzt gehen."

Edith besah sich ihr Frühstück und bohrte mit dem Messer in der Innenfläche eines aufgeschnittenen Brötchens herum.

„Muß ich wirklich mit?"

Romeike belud seine Gabel mit einer gehörigen Portion Rührei, die auch sogleich gierig verschlungen wurde.

„Selbstverständlich! Und jetzt kein Wort mehr darüber! Morgen früh um acht ist Abfahrt!"

Die junge Frau schien an diesem Morgen noch appetitloser als in den letzten Tagen zu sein. Sie schob ihren Teller von sich und sah ihren Vater bittend an.

„Darf ich dann wenigstens jemanden mitnehmen?"

„Kommt darauf an. Ein Kerl kommt auf keinen Fall mit!"

„Nein, es ist kein Mann."

Der Ortsgruppenleiter wischte sich mit seiner Serviette über den Mund, warf das Stück Stoff auf den Tisch und strich sich mit der flachen Hand über seine Glatze.

„Raus damit! Wer ist es?"

„Antonia Treskow."

Erbost schlug er mit der flachen Hand auf den Tisch, so daß die Tassen klirrten.

„Willst du uns in Teufels Küche bringen?"

Edith faßte Mut, stand auf und ging zur Tür.

„Entweder mit Antonia oder gar nicht!"

Sie öffnete die Tür und ging in die Halle. Die Pawelcke stocherte gerade mit ein paar Haarklammern in ihrem dichten dunkelblonden Haar.

„Edith!"

Die dicke Sekretärin ließ bei diesem Schrei erschrocken die Haarklammern fallen und fluchte leise. Edith zuckte ebenfalls zusammen und kehrte zu ihrem Vater zurück. Erhobenen Hauptes stellte sie sich vor den zornroten korpulenten Mann, der bedrohlich die Augen zusammenkniff.

„Du! Du wirst deiner gottverdammten Mutter immer ähnlicher!"
Sie zuckte mit den Schultern, womit sie den nächsten Ausbruch provozierte.
„Glaub bloß nicht, daß du so mit mir umspringen kannst! Ich sage nur: zwei Wochen Zimmerarrest!"
Langsam wurde es Edith mulmig, doch ihr Wunsch, Antonia mitzunehmen, war so stark, daß es ihr gelang, sich ihre Angst nicht anmerken zu lassen.
„Dann wirst du ohne schmückendes Beiwerk nach Königsberg fahren müssen. Oder nimm doch Frau Pawelcke mit, die freut sich, an deiner Seite einer solchen Veranstaltung beiwohnen zu dürfen."
Sie war selbst überrascht über ihre forsche Art. Ihr Vater schaute sie verdutzt an, griff in die Innentasche seiner offenen Uniformjacke und zog eine Zigarre heraus. Mit frostigem Blick biß er ein Ende ab, zündete sie sich an und blies den dicken Qualm in die Luft.
„Du versuchst mit aller Macht, deinen Kopf durchzusetzen! Eines möchte ich nur noch wissen: warum ausgerechnet diese Treskow?"
Edith zitterte am ganzen Körper, teils aus Furcht vor einem weiteren unkontrollierten Wutausbruch ihres Vaters, teils aus einem Gefühl heraus, das sie nicht einordnen konnte, und sie zog den Kopf etwas zwischen die Schultern.
„Warum denn nicht?"
Romeike zog heftig an der Zigarre, pustete nicht minder kräftig den Rauch in Ediths Richtung und besah sich die Glut.
„Das Mädchen ist kein Umgang für dich!"
Sie fühlte die Unsicherheit ihres Vaters.
„Bitte, dann erkläre mir, warum."
„Parteiräson!"
„Was?"
„Davon verstehst du nichts!"
Sie sah, wie die Zigarre in der Hand ihres Vaters leicht zitterte.
„Bitte, Papa, so erkläre es mir."
„Nichts für Mädel."
Sie drehte sich um und ging zur Tür. Romeike sah seiner Tochter nach.
„Edith!"
„Ja, Vater?"
„Meinetwegen nimm diese Person mit. Aber sie soll sich im Hintergrund halten, und niemand darf davon erfahren!"
„Warum denn nicht?"
Romeike zögerte einen Augenblick.
„Weil sie keine offizielle Einladung hat!"
„Ach so! Ich werde schweigen wie ein Grab."
Nachdem sie die Tür hinter sich geschlossen hatte, rannte sie durch die Halle nach draußen. In der warmen Sommerluft fühlte sie

sich wie ein Schmetterling, der gerade geschlüpft war. Sie lief ums Haus herum, durch den Hof und am Schuppen vorbei in den großen Garten. Mit einer nie geahnten Leichtigkeit sprang sie an den Blumenbeeten vorbei zu der Bank neben den Rosensträuchern und ließ sich darauf fallen. Ein Rotschwänzchen saß knicksend auf dem Gartenzaun, und ein Tagpfauenauge flatterte zwischen der Blütenpracht.

„Sie darf mit! O mein Gott, sie darf wirklich mit!"

Noch eine Weile freute sie sich an der Natur, dann ging sie leichten Schrittes zurück zum Haus und fragte Frau Pawelcke, ob sie das Telefon benutzen dürfe.

„Hier Anschuß ... Anschluß 553, Gut Treskow."

Die lallende Stimme am anderen Ende der Leitung erschreckte Edith, doch sie faßte sich gleich wieder.

„Hier spricht Edith Romeike. Ich hätte gerne Fräulein Treskow gesprochen."

Ein lautes Krachen war zu hören, dann war es einen Moment still.

„Antonia Treskow!"

„Hallo, Antonia, hier spricht Edith."

„Na hoppla, was ist denn nun passiert? Willst du eine Reitstunde?"

„Gott bewahre! Ich wollte nur fragen, ob du morgen mit mir nach Königsberg fährst."

„Kann nicht ganz folgen! Wie, was, warum nach Königsberg?"

Edith sah den neugierigen Blick der Pawelcke auf sich ruhen.

„Keine langen Erklärungen. Sag ja oder nein."

Antonia schwirrte der Kopf, und sie spürte, wie sich ihre Magengegend verkrampfte.

„Na gut, ich komme mit!"

„Primich! Noch was, hast du eine BDM-Uniform?"

„Was? Warum denn das?"

„Wir fahren zur 400-Jahr-Feier der Universität."

„Aha, und was soll ich dort?"

Ediths Jubellaune verflüchtigte sich schlagartig.

„Erkläre ich dir morgen, vielleicht. Kannst du um acht in der Früh hier sein?"

„Probiere es."

„Kannst du oder nicht?"

„Na ja, wenn du es möchtest."

Ediths Stimme überschlug sich fast.

„Dann kommst du?"

„Gut. Bin da, um acht morgen früh."

„Heil Hitler!"

Antonia verzog das Gesicht zur Grimasse.

„Ja, ja, der mich auch ..."

Überall in der Stadt hingen blutrote Hakenkreuzfahnen. Viele Menschen waren auf den Straßen, als sie am Hauptbahnhof vorbeifuhren. Antonia betrachtete ein wenig wehmütig den langgezogenen Bau mit der geräumigen Eingangshalle, deren Ausgang auf einen großen Vorplatz führte. Hier war sie bei Ferienende immer angekommen und in die Straßenbahn gestiegen, um zum Internat zu gelangen. Edith deutete aus dem fahrenden Wagen auf die Front des Bahnhofes, wo hoch über dem halbrunden, von acht schmalen Säulen getragenen Spitzbogen aus Glas eine Skulptur aus der Wand ragte.

„Was ist denn das?"

„Habe ich mich auch immer gefragt. Sieht aus wie ein durch die Mauer springender Widder."

Die alte Universität lag auf der Dominsel im Herzen der Stadt. Der Fahrer des Ortsgruppenleiters fand den Weg, ohne auf den Stadtplan sehen zu müssen.

Romeikes Mercedes wurde in einer langen Reihe ähnlich aussehender Fahrzeuge abgestellt. Die letzten hundert Meter mußten sie zu Fuß gehen. Sie stiegen aus, und Romeike brachte seine Uniform in Ordnung. In einer langen Kolonne von Männern in schwarzen, feldgrauen, blauen, graugrünen und braunen Uniformen, begleitet von Damen im Sonntagsgewand, trotteten Antonia und Edith zum Hauptgebäude der alten Albertus-Universität. Romeikes Tochter trug einen überknielangen dunkelblauen Rock, eine weiße Bluse, weiße Söckchen in festen Halbschuhen, und das dunkelblaue Tuch war ordentlich um den Blusenkragen gelegt. Antonia dagegen trug ein elegantes braunes Kostüm aus feinem Wollstoff und eine beige Seidenbluse darunter. Am Eingang stand auf beiden Seiten jeweils ein Mann der Waffen-SS in schwarzer Uniform.

Nach langem Schlangestehen kamen sie in die große, mit Fahnen und Spruchbändern geschmückte Aula.

Edith mußte in den vorderen Reihen neben ihrem Vater Platz nehmen. Antonia wurde ein Stuhl ganz weit hinten zugewiesen. Sie war über diesen Umstand gar nicht unglücklich, denn derartige Feierstunden waren so gar nicht nach ihrem Geschmack.

Während von mehreren Männern, teils in Uniform, teils in Zivil, Reden gehalten wurden und das Hochschulorchester musizierte, überlegte sich Antonia, wo sie nachher mit Edith hingehen wollte. So verging für sie die Zeit wie im Fluge. Sie war noch vollkommen in Gedanken, als Edith sie am Ärmel zupfte.

„Träumst du?"

Unruhig stand der Ortsgruppenleiter neben seiner Tochter und mahnte zum Aufbruch. Antonia sah ihn verständnislos an.

„Wie? Wir fahren gleich wieder zurück?"
Der Dicke in seiner braunen Uniform wurde ungehalten.
„Was denkst du Göre dir eigentlich! Dies hier ist doch keine Vergnügungsfahrt! Sei froh, daß ich dich überhaupt mitgenommen habe. Deinen Platz hier hätte durchaus jemand Verdienteres einnehmen können!"
Antonia stand vollkommen gelassen auf und stellte sich vor Romeike.
„Herr Ortsgruppenleiter, für Sie immer noch Fräulein Treskow! Nun entschuldigen Sie mich."
Sie drehte sich um und machte zwei Schritte zum Ausgang hin. Romeikes Kopf sah aus wie eine rote Billardkugel, und in dem Moment, wo er losschreien wollte, nahm ein SS-Mann neben ihm Haltung an.
„Heil Hitler!"
Ein Ruck ging durch Ediths Vater; er riß den Arm hoch und grüßte.
„Heil Hitler, Albert."
Der schlanke Mann in schwarzer Uniform sah auf den kleineren Romeike herab.
„Onkel Fritz, du solltest doch einmal etwas gegen deinen hohen Blutdruck unternehmen."
Friedrich Romeike schnappte nach Luft und sah aus dem Augenwinkel, wie Antonia aus der Halle verschwand. Der SSler begrüßte Edith herzlich und plauderte kurz mit ihr. Die rieb sich derweil aufgeregt die Hände, unterbrach den Verwandten und sah ihren Vater an.
„Ich bin gleich zurück."
„Edith! Wenn du jetzt gehst, hat das Konsequenzen!"
„Ich will nur schauen, wo Antonia abgeblieben ist."
„Wenn du dieser Treskow nachläufst, muß ich mir ernste Sorgen um dich machen!"
Romeikes Neffe zuckte kurz zusammen.
„Treskow?"
Der Glatzköpfige verkniff das Gesicht.
„Ja, verdammt! Aber jetzt muß ich mich um Edith kümmern."
Er ließ den Jüngeren stehen und eilte seiner Tochter hinterher, die sich den Weg nach draußen bahnte.
„Huhu, Edith, hier bin ich!"
Edith sah sich um und entdeckte Antonia, die aufgeregt winkte. Einen Augenblick später stand sie neben ihr.
„Mein Vater, der ..."
Da stand er auch schon vor den beiden jungen Frauen.
„Edith, du kommst jetzt mit! Wenn diese Person noch etwas anderes vor hat, dann soll sie sehen, wie sie nach Hause kommt!"

Edith zupfte nervös am Kragen ihrer Bluse und schaute Antonia hilfesuchend an. Die seufzte kurz und trat einen Schritt vor. So stand sie knapp eine Armlänge entfernt vor Ediths Vater, dessen Gesichtsfarbe erneut ein bedrohliches Rot aufwies. Noch bevor er ein Wort sagen konnte, verzog sie den Mund.

„Herr Romeike, ich biete Ihrer Tochter an, sich die Schönheiten Königsbergs mit mir anzusehen. Entweder Sie haben die Güte, auf Ihre Tochter zu warten, oder ..."

Der Dicke schnappte Antonia am Kragen und zog sie zu sich heran.

„Du hast hier gar nichts zu sagen!"

Seine Tochter schrie kurz auf und suchte ihn zu beruhigen. Schließlich ließ er von der jungen Treskow ab. Ediths Stimme klang wie ein schwaches Säuseln.

„Vater, bitte, nur eine Stunde!"

Romeike zog seine Uniformjacke glatt und warf sich in die Brust.

„Wenn du jetzt nicht sofort mitkommst, dann werde ich dir zu Hause schon zeigen, wo Barthel den Most holt!"

Edith überlegte einen Augenblick und ging dann zu Antonia, die sich immer noch hustend den Hals rieb. Romeike machte auf dem Absatz kehrt und marschierte wütend zu seinem wartenden Fahrer. Edith sah Antonia gerade in die Augen.

„Ich bin auf deiner Seite!"

Langsam taten ihr die Füße weh vom Herumlaufen. Schließlich hatten sie eine große Runde durch die Stadt gemacht. Antonia hatte Edith das monumentale Telegraphenamt gezeigt, die Altstädtische Kirche, das Schloß mit Schloßplatz und Hauptwache, die Schloßteichbrücke, den Münzplatz und den wunderbaren Backsteingotikdom, der Edith besonders fasziniert hatte. Er hatte nur einen Turm und seine mächtige Architektur war ganz im Stil einer großen Wehrkirche. Sie waren die Treppen der Katzenstiege hinaufgelaufen und hatten den Fischmarkt am Pregel inspiziert. Nun waren sie wieder auf der Einkaufsstraße an der Altstädtischen Kirche angekommen.

„Du, ich kann nicht mehr. Das ist ja die reinste Wanderung."

Antonia lachte und zeigte ihre blitzend weißen Zähne.

„Aber es gibt noch so viel zu sehen; die alten Gemäuer am Kneiphof werden den zukünftigen Architekten bestimmt interessieren!"

„Nee, nee! Du, mir schmerzen die Füße!"

„Dann wenigstens noch der Tiergarten?"

Edith hatte sich neben eine alte Frau auf eine Bank gesetzt und schüttelte den Kopf.

„Ich kann wirklich nicht mehr! Außerdem ist der Tiergarten das einzige, woran ich mich hier in Königsberg erinnern kann. Da war ich mit meiner Schulklasse."

Die alte Frau sah Edith schräg an.

„De Marjell will nuscht nich' mehr?"

Antonia strahlte die Alte freundlich an.

„Ja, se hat wohl nur de Kraft von 'ne Homske."

Die Frau lachte, stand auf, griff ihre Einkaufstaschen und ging.

Edith sah Antonia mit verzogenem Mund an.

„Nach diesem Gewaltmarsch zu behaupten, ich hätte nur die Kraft einer Ameise, ist wirklich nicht nett!"

Antonia setzte sich neben sie, hob die Beine an und besah sich ihre Schuhe.

„Hast du Marken dabei?"

„Nein, warum?"

„Na, dann könnten wir uns etwas zu essen besorgen."

Edith sah Antonia mit schräggelegtem Kopf an.

„Ich habe noch nicht einmal Geld. Ich konnte doch nicht wissen, daß du mich entführst!"

Antonia schaute in die faszinierend grünen Augen der Freundin und fühlte sich wie im Rausch.

„Na, macht nichts. Habe noch ein bißchen Geld, dafür werden wir zwar nichts essen können, aber wenn es deine müden Füße noch bis zum Steindamm schaffen, dann können wir wenigstens ins Kino gehen."

Ediths Blick hing an Antonias warmen braunen Augen, und sie verspürte ein bisher nie gekanntes Glücksgefühl. Einmal mit Antonia im dunklen Vorführsaal sitzen zu können, dafür hätte sie auf alles Essen der Welt verzichtet.

„Kino? Bis ins Kino schaffe ich es bestimmt noch!"

Sie gönnten sich noch eine Pause und machten sich auf den Weg, als es bereits dämmerte. Antonias Geld reichte für zwei Eintrittskarten im Alhambra-Kino, und sie setzten sich in den wenig besuchten Zuschauerraum, um *Die große Liebe* anzusehen.

Nachdem die Vorstellung zu Ende war, gingen die beiden jungen Frauen hinaus in den lauen Abend.

„Habe den Film jetzt schon zum dritten Mal gesehen. Immer wieder schön!"

„Mich hat es gewundert, daß sie einen Film mit der Leander bringen. Seit die nach Schweden abgehauen ist, kräht doch kein Hahn mehr nach der."

„Na ja, Königsberg ist nicht gerade der Nabel der Welt, da bringen sie schon mal so alte Kamellen. Aber ich bin froh darum! War sie nicht hinreißend in der Szene, wo sie am Klavier steht und vor den Verwundeten singt?"

Edith blieb stehen und hielt Antonia vom Weitergehen ab.

„Ich fand sie im Lazarett am besten, nachdem sie endlich eingesehen hat, daß nicht alles nach ihrem Kopf gehen kann."

Antonia bekam einen verklärten Gesichtsausdruck.

„Ach, Zarah ..."

„Und Viktor Staal, den fand ich auch nicht schlecht. Schmuck sah er aus in seiner Fliegeruniform!"

„Wie, der Staal hat dir gefallen?"

Edith zuckte mit den Schultern.

„Na ja, wie er da ..."

„Hast du eigentlich einen Verlobten oder so etwas?"

Edith verstand diese Frage überhaupt nicht.

„Ich habe vor allem Hunger."

Die junge Treskow sah sich um. Der Platz vor dem Kino war nur wenig belebt. Straßenbeleuchtung gab es ja schon lange nicht mehr, und bedingt durch die verordnete Verdunkelung drang auch kaum Helligkeit aus den Häusern auf die Straße. Edith zerrte an Antonias Arm.

„Du, was machen wir denn jetzt?"

„Mist! Habe nur noch, warte mal, eine Mark und fünfundzwanzig."

„Und was wird nun? Ich möchte jetzt einfach nur nach Hause!"

„Das wird schwierig."

„Wie?"

„Na ja, der letzte Zug ist schon weg, und für ein Hotel reicht das Geld nicht."

„Vielleicht wäre ich doch besser mit meinem Vater ..."

„Unsinn! Wir kommen schon irgendwie unter. Müssen nur vor der Sperrzeit beim Internat sein!"

Die graumelierte Dame mit dem Pagenschnitt hatte einen dunkelblauen Hausanzug aus Seide an und saß, mit ihrem Weinglas in der Hand, lässig in einem großen Ledersessel. Sie schaute den zwei jungen Frauen zu, die mit Appetit aßen.

„Karin, bring doch noch etwas von dem Käse, unsere Mädel scheinen rechten Hunger zu haben!"

Eine schlanke Blonde eilte ins Zimmer; sie trug ein sehr elegantes, champagnerfarbenes Chiffonensemble und fuhr sich mit einer Hand durch ihr glänzendes Haar.

„Was hast du gesagt, Theo? Ich konnte dich nicht verstehen, das Wasser für den Tee kochte gerade."

Die hochgewachsene Frau im Hausanzug stellte ihr Glas auf einem kleinen Beistelltischchen ab, stand auf, faßte der Blonden kurz an die Schulter und lächelte sanft.

„Schon gut, setze dich zu unseren Gästen, ich erledige das."

Edith nahm sich eine weitere Schnitte Brot und legte eine dicke Scheibe Tilsiter darauf.

„Frau Krause, wegen mir müssen Sie keinen Käse mehr holen, ich bin dicke satt!"

Sie bekam keine Antwort. Die Blonde setzte sich zu Antonia und Edith an den Tisch.

„So, ihr beiden Racker, jetzt erzählt einmal! Ihr wart also den Tag über in der Stadt und dann im Kino."

„Zarah Leander, Frau Morin. Wir haben wohl die Zeit ganz vergessen."

Antonias ehemalige Deutschlehrerin nickte lachend.

„Ja, ja, bei der Leander vergißt du offenbar immer die Zeit!"

Edith sah in diesem Moment Antonia das erste Mal, seit sie sie kannte, rot werden. Die schluckte ihren Bissen und sah sichtlich verlegen auf ihren Teller.

„Nun ja, aber dann dachte ich, wenn wir schon kein Geld für ein Hotel haben, könnten wir im Internat unterkommen."

Frau Morin lehnte sich auf dem Stuhl zurück, die Fingerspitzen beider Hände aneinandergelegt.

„Wie in alten Zeiten? Hinein durch die lose Latte im Zaun, dann an der Dachrinne hoch auf das Vordach vor den Schlafsälen, dort das kaputte Fenster aufgedrückt und schon ist man in Sicherheit."

Antonia hustete plötzlich heftig.

„Sie wußten davon?"

„Treskow, Treskow! Ich konnte buchführen über deine abendlichen Ausflüge. Immer wenn Zarah oder die Reichswasserleiche auf der Leinwand waren, hielt dich doch nichts mehr im Internat."

„Und Sie haben mich nicht gemeldet?"

Frau Morin besah sich verschmitzt lächelnd ihre Hände.

„Kindchen, du warst das einzige Mädchen an unserer Schule, und ich war mir vollkommen sicher, daß du nur ins Lichtspielhaus läufst und nach der Vorstellung wieder unversehrt zurückkommst. Bei den Jungs war das etwas ganz anderes."

Die Dame im Hausanzug kam herein, stellte einen Teller mit tiefgelbem Butterkäse auf den Tisch und goß den Mädchen Pfefferminztee ein. Sie ging zurück zum Ledersessel, setzte sich und schlug die Beine übereinander.

„Karin, hast du deiner Schülerin schon über ihren Jahrgang berichtet?"

„Nein, ich wollte gerade erfahren, wie die zwei an unsere Adresse gekommen sind."

Edith legte sorgfältig ihr Besteck auf den Teller und tupfte sich mit ihrer Serviette über den Mund.

„Genau wie Sie es gerade beschrieben haben, wollte Antonia in das große Haus. Ich hatte schreckliche Angst, daß uns jemand entdeckt und daß wir, wenn wir einmal drinnen sind, kein freies Bett finden, oder etwa bei den Jungs landen. Und vor allem hatte ich keine Ahnung, wie ich eine Dachrinne hochklettern sollte."

„Hätte dich schon hoch gekriegt!"

„Ja, mag sein. Für dich war das ja alles bekannt, aber ich ...! Nun, wir haben tatsächlich diese lose Latte gefunden. Aber als wir dann in dem Garten waren, rannte plötzlich ein großer Schäferhund auf uns zu, bellte und knurrte, daß mir der Schreck in die Glieder fuhr. Ich dachte, der frißt uns gleich!"

Frau Morin sah Edith belustigt an und schaute dann zu ihrer Freundin hinüber. Die stand sofort auf, nahm die Weinflasche und ein Glas, goß der Blonden ein und stellte den Kelch vor ihr auf den Tisch. Die Deutschlehrerin nippte und setzte das Glas sanft wieder auf dem Tisch ab.

„Ja, der gute alte Hasso. Na, Treskow, hast du wieder eine Leckerei für ihn in der Tasche gehabt?"

Antonia fiel die Käsescheibe, die sie gerade genommen hatte, vor Schreck von der Gabel auf den Teller.

„Auch das wußten Sie?"

Sie schmunzelte und nippte erneut an ihrem Wein.

„Weiter! Was war dann?"

Die junge Treskow fühlte einen Kloß im Hals und räusperte sich. „Unser Pedell kam angerannt. Hatte nämlich nichts für Hasso, der mich zwar erkannt hat, aber ohne Wurststück nicht zu beruhigen war."

„Ja, und der Hausmeister hatte ein Gewehr! Ich dachte, mein letztes Stündlein hätte geschlagen. Wenn uns nicht der Hund beißt, dann erschießt uns eben der dicke Mann!"

Antonia hatte nun endlich den Käse auf ihre Brotscheibe manövriert und hielt sie in der Hand.

„Model erkannte mich gleich wieder, brüllte vor Lachen."

Die Lehrerin sah Antonia streng an.

„Treskow! Sprich bitte in ganzen Sätzen!"

Das Brot samt Käse landete auf der Tischdecke, und Antonia war bemüht, das Fallgut wieder auf ihren Teller zu plazieren.

„Ich bitte vielmals um Entschuldigung, Frau Morin! Es tut mir wirklich leid!"

Theodora Krause lachte herzlich und beugte sich nach vorn.

„Laß dich nicht einschüchtern. Lehrerinnen sind wohl immer so, das müssen die mit der Muttermilch eingesogen haben!"

Die Blonde drehte den Kopf und sah die Frau im Ledersessel liebevoll an.

„Danke, Theo! Ich wäre von alleine nicht darauf gekommen."

Edith sah zwischen den beiden Frauen hin und her und wußte nicht, was sie in diesem Moment empfand, fühlte sich aber ausgesprochen gut aufgehoben.

„Ja, das ist mir auch schon aufgefallen, manchmal redet Antonia im Telegrammstil."

Das dunkelhaarige Mädchen hatte zu ihrer gewohnten Selbstsicherheit zurückgefunden und biß in ihr Brot. Nach kurzem Kauen zog sie eine Augenbraue hoch.

„Es freut mich, daß alle hier Versammelten einer Meinung sind."

Edith zuckte zusammen.

„Toni! Wir sind hier nur Gäste! Da kannst du doch nicht in solchem Ton sprechen!"

Antonia sah Edith verwundert an, während Frau Morin und Frau Krause einander nachdenklich zulächelten.

„Schon gut! Der Schuldiener hat euch dann wohl unsere Anschrift gegeben?"

Edith nickte; man konnte ihr die Erleichterung ansehen.

„Ja, und er meinte, Frau Morin sei die einzige der alten Lehrerschaft, die noch in der Stadt ist."

Die blonde Frau seufzte gedehnt.

„Nicht ganz, nur die männlichen Kollegen wurden eingezogen, sogar der alte Laumer."

„Wie? Unser Lateinschleifer!"

„Ja, auch er. Auch die Schüler deines Jahrganges sind alle nun im Feld."

„Auch Hannes?"

„Ja, auch der! Seine defekte Blase konnte ihn nicht retten. Wie ich hörte, steht er nun als Panzergrenadier bei Mogilew."

Antonia schüttelte den Kopf und schaute ihre ehemalige Lehrerin traurig an.

„Dann muß es ja wirklich schlimm stehen, wenn der Führer schon Kranke und Sieche einziehen läßt."

Frau Krause stand auf; ihre überlaute Stimme irritierte zunächst, und sie machte demonstrativ das Radio an.

„Wir sollten das nicht beurteilen!"

Edith nickte heftig und erhob ihre Stimme.

„Richtig! Unser Führer wird uns bald zum Endsieg führen! Das im Moment ist nur eine vorübergehende Phase, um dem Feind vorzutäuschen, wir seien schwächer geworden. Im Hinterland werden die Kräfte neu gesammelt, und mit der Wunderwaffe unseres Führers werden wir den Bolschewiken niederringen!"

Man konnte die Spannung im Raum förmlich greifen, und nur der Gesang von Luise Ullrich war zu hören. Antonia sah Theo ärgerlich an.

„Wunschkonzert! Können Sie das bitte wieder ausmachen?"

Frau Krause warf ihrer Freundin einen eindringlichen Blick zu. Karin Morin stand auf und stützte beide Hände auf den Tisch.

„Nein, solange wir darüber reden, brauchen wir Musik!"

Aus dem Äther trällerte nun Magda Schneider.

„Frau Morin, Edith ist die Tochter unseres Ortsgruppenleiters."

Die beiden älteren Frauen wurden blaß, und Frau Krause drehte das Radio noch lauter. Nun begriff Edith und schaute zerknirscht auf den Tisch.

„Aber ich bin auf Antonias Seite. Ich habe es ihr versprochen!"

Frau Morin beugte sich zu Edith hinüber.

„Was hast du ihr versprochen?"

Edith schniefte kurz, und Sturzbäche von Tränen liefen ihr übers Gesicht.

„Na, die Sache mit ihrem Vater; daß ich ihr zur Seite stehen werde, egal, was passiert!"

Das Radio blieb lautgedreht, und ein langes Gespräch folgte. Eine zweite Flasche Wein wurde geöffnet, und die Mädchen bekamen ebenfalls Gläser.

Nachdem die wichtigsten Neuigkeiten ausgetauscht und alle schon recht müde waren, ging Theo Krause an ihren Sekretär. Sie öffnete eine Schublade und zog eine Schellackplatte heraus. Der letzte Rest Wein wurde verteilt, die Platte entstaubt und aufgelegt. Claire Waldoff sang mit ihrer leicht plärrenden Stimme ein Lied von Friedrich Hollaender:

Raus mit den Männern aus'm Reichstag!
Und raus mit den Männern aus dem Landtag!
Und raus mit den Männern aus dem Herrenhaus!
Wir machen draus ein Frauenhaus!
Raus mit den Männern aus dem Hiersein!
Raus mit den Männern aus dem Dasein!
Raus mit den Männern aus dem Dortsein!
Die müßten längst schon fort sein!
Raus mit den Männern aus dem Bau!
Und rin in die Dinger mit der Frau!

Knisternd verstummten die letzten Takte des Liedes, während die Betten für die beiden Gäste gemacht wurden. Antonia sollte auf dem Sofa schlafen, und ihre Gefährtin bekam einen Platz auf einem Kanapee im selben Zimmer.

Edith verschwand im Badezimmer der großzügigen Wohnung, um sich mit einem seidenen Schlafanzug von Frau Morin für die Nacht fertig zu machen. Die beiden älteren Frauen standen vor dem Eingang ihres gemeinsamen Schlafzimmers und blickten Antonia wohlwollend an, die darauf wartete, ins Bad zu können. Die Blonde löste sich vom Türrahmen und legte ihre rechte Hand an Antonias Wange.

„Wir werden dafür sorgen, daß ihr beiden morgen mit dem ersten Zug nach Schloßwalde zurückkommt. Und, Antonia, riskiere nicht zuviel. Es ist unsicheres Terrain, auf dem du dich bewegst!"

Antonia nickte, während Theo Krause sie sanft ansah. Sie legte freundschaftlich ihre Hand auf Antonias andere Wange.

„Toni. Ich finde, Toni paßt zu dir! Den Goerdeler kennst du ja, wie du sagtest. War ein Freund eures Hauses. Schoenhals, auch ein guter Mann; ich lege dir zum Frühstück seine Adresse hin. Was Sendler angeht – niemals von ihm gehört. Vorsicht!"

Karin Morin zog ihre Freundin zu sich heran.

„Theo, bitte sprich in ganzen Sätzen!"

Antonia sah die beiden älteren Frauen überrascht an.

„Sie kennen Schoenhals? Woher? Warum? Erzählen Sie mehr darüber!"

Die Deutschlehrerin hob resigniert die Schultern.

„Treskow, du mußt dir jetzt an meiner Freundin wirklich kein Beispiel nehmen! Also bitte, vollständige Sätze!"

Edith wunderte sich über das laute Gelächter im Flur. Sie trocknete sich die Hände ab, schlüpfte in die kühle Seide und kam aus dem Badezimmer. Sie war ein wenig aufgeregt. Der Tag war schon abenteuerlich genug gewesen, und nun noch eine Nacht mit Antonia im selben Zimmer, das schien ihr wie eine Illusion. Frau Krause vertröstete Antonia auf das Frühstück, und alle gingen zu Bett.

Antonia sank hundemüde auf ihr Lager, und Edith starrte an die Decke.

„Antonia?"

„Hm?"

„Die beiden haben ein gemeinsames Schlafzimmer."

„Hm."

„Meinst du, die sind nicht, ich meine ja nur so, normal?"

Antonia schlug kurz die Augen auf.

„Was ist schon normal? Und jetzt schlafe endlich!"

In Romeikes Haus herrschte hektische Betriebsamkeit, als Edith am frühen Vormittag mit einem mulmigen Gefühl im Bauch die Halle betrat. Zwei HJ-Scharführer standen neben dem Schreibtisch der Sekretärin und sahen Edith neugierig an. Die ging grußlos an den beiden vorbei zur Treppe, als die Tür von Romeikes Büro aufging und die Pawelcke herauskam. Sie zuckte zusammen, als sie Edith sah und drehte sich wieder um.

„Herr Romeike, Ihre Tochter!"

„Später! Gleich ruft Koch wieder an!"

Frau Pawelcke schloß die Tür und schaute Edith abschätzig an.

„Na, das gibt noch was!"

Edith legte den Kopf schräg und verzog angewidert den Mund.

„Frau Pawelcke, Sie müssen es ja wissen."

Sie drehte sich um und lief die Treppe hinauf in ihr Zimmer. Dort öffnete sie zuerst eines der beiden großen Fenster. Unten auf dem Hof standen ein paar alte Männer mit Schippen und Hacken, umringt von einer Anzahl halbwüchsiger Jungs in HJ-Uniform.

Edith interessierte der Betrieb auf dem Hof nicht sonderlich. Sie zog ihre Schuhe aus, legte sich auf ihr Bett und schloß die Augen. Mit großem Wohlgefühl dachte sie an die letzten vierundzwanzig Stunden und räkelte sich. Sie wollte gerade nach dem Buch auf ihrem Nachttisch greifen, als die Tür ihres Zimmers aufflog. Ihr Vater stürmte herein und fuchtelte mit einer Hundepeitsche in der Luft herum.

„Du verdammte Schlampe! Ich weiß nicht, wo mir der Kopf steht, und du tauchst hier auf, als sei nichts gewesen!"

Edith setzte sich auf und umschlang ängstlich ihre bis an die Brust gezogenen Knie. Sie wollte gerade etwas zu ihrer Entschuldigung sagen, als der Ortsgruppenleiter außer sich vor Zorn auf sie einprügelte.

Als ihr Vater das Zimmer wieder verließ und absperrte, schienen ihr Stunden vergangen zu sein. Sie klammerte sich an ihr Bett, neben dem sie lag, und zog sich langsam hoch. Obwohl ihr ganzer Körper schmerzte, stand sie auf und besah sich im Spiegel. Ihre rechte Wange war geschwollen, und man konnte deutlich die Spuren erkennen, die Romeikes dicke Finger hinterlassen hatten. Sie schwankte zurück zum Bett und ließ sich daraufsinken.

„Ich hasse dich!"

Ihr Schrei war im Erdgeschoß nicht zu hören. Dort standen inzwischen etliche Männer und Jungs in strammer Haltung, die Hände an der Hosennaht. Romeike wischte sich mit seinem Taschentuch kurz übers Gesicht und zeigte dann auf einen jungen Kerl.

„Du da, vortreten!"

Der tat, wie befohlen. Romeike deutete auf das Hemd des Jungen, an dem ein Knopf fehlte.

„Steh nicht da wie ein Wichs! Der deutsche Mann hat darauf zu achten, daß seine Uniform in Ordnung ist! Raus mit dir auf den Hof! Hundert Liegestütze!"

„Jawoll, Ortsgruppenleiter!"

Der Junge drehte sich militärisch exakt auf der Stelle um und rannte aus dem Haus.

Romeike schrie unnötigerweise, so daß es in der hohen Halle widerklang.

„Und nun zu euch! Anweisung vom Gauleiter: Abwehrstellungen bauen! Pläne verteilt meine Sekretärin. Ich will gute Arbeit von euch!"

„Jawohl, Ortsgruppenleiter!"

„Kein Meter ostpreußischer Boden wird an die Bolschewiken fallen, dafür werdet ihr nun sorgen!"

„Jawohl, Ortsgruppenleiter!"

„Also, an die Arbeit! Abtreten!"

Die Pawelcke schritt mit einem Packen Papier unter dem Arm hinter den Männern her und schloß dann mit einem Knall die Haustür. Romeike stand in der Halle und wischte sich mit seinem Sacktuch über den verschwitzten Nacken.

„Mara!"

Die Polin kam geeilt, sah sich um und ging dann zu ihm. Sie strich ihm mit einer Hand über die schweißfeuchte Glatze.

„O Fritz, du viel Ärger. Nix gut für dich."

„Ja, ja, ja! Oben sitzt Edith; ich habe ihr Zimmerarrest gegeben. Heute kriegt sie nichts. Verstanden, gar nichts!"

„Ja, Fritz. Mädchen nicht essen."

„Wie es dann weitergeht, hängt ganz von der kleinen Schlampe ab."

Mara drückte sich an den dicken Mann.

„Wenn Mädchen versperrt, dann komme ich diese Nacht!"

„Ja, ja, ja. Aber jetzt habe ich anderes im Kopf!"

Er stieß die schlanke Polin brüsk von sich und ging in sein Büro.

Antonia sah kauend Marie über die Schulter, die in einem großen Topf kochender Marmelade rührte.

„Sieht gut aus."

„Fräulein, machen Se kei'm Schmus mit mir. Wenn Se fertich jejessen ham, denn nuscht wie rieber ze Ihre' Frau Mutter!"

Antonia biß von ihrer Stulle ab und ging zurück zur Eckbank.

„Hat doch Zeit. Ist doch nichts passiert! War eine Nacht in Königsberg, bei meiner Lehrerin."

Marie legte einen Deckel auf den Topf und drehte sich um.

„Na, heren Se! Da sin' Se einfach so verschwunden. Ihre Frau Mutter war janz dwatsch, un' nu' sitzen Se wieder hier un' tun so, als wär' nuscht nich' jewesen."

„Jetzt ist aber gut, Marie! Wäre meine Mutter gestern, als ich heimkam, nicht blau gewesen wie eine Haubitze, dann hätte ich schon ..."

„Fräulein, Fräuleinchche'! Verzeihen Se, aber Se ham ja en richtig loses Mundwerk! So spricht man nich' über seine Mutter!"

„Ich sage doch nur, wie es war!"

„Un' de Gnädigste hat sich solche Gedanken gemacht, daß Ihn' vielleicht was jeschehen is'. Das se dabei ze tief ins Glas geguckt hat, na das kann man doch in die Situation verstehen!"

Antonia zögerte einen Moment, stand dann auf, umarmte die rundliche Haushälterin und drückte sie.

„Ja, ja, Hartmut hatte auch immer tausend Ausreden, warum er gesoffen hat wie ein Loch. Aber vielleicht ist tatsächlich etwas passiert. Fühle mich, na, ich weiß nicht. Irgendwie wie ein Schmetterling im Sommerwind! Habe lauter verrückte Ideen im Kopf."

Marie schob Antonia von sich.

„Nu', Se wer'n doch nich' verliebt sein? In Ihr'm Alter sin' de Jefühle manchmal übermächtich!"

„Weißt du, Marie, ich habe Hunger, aber ich kann nichts essen."

Sie beguckte sich den letzten Bissen Brot und steckte ihn in den Mund.

„Zumindest nicht so viel, wie ich Hunger hab!"

Die Köchin lachte kurz und wischte sich ihre Hände an der Schürze ab.

„'ne richtig krätsche Marjell is' aus Ihn' jeworden, und glauben Se mir, Ihre Frau Mutter wird das bestimmt auch freuen, wenn Se so 'n richtiger Backfisch sin'! Nich' immer nur de Pferde im Kopp!"

Antonia schaute angestrengt auf den Tisch und wußte nicht, was sie sagen sollte. Marie wertete dieses Schweigen auf ihre Weise und lief aus der Küche in den Salon. Nach wenigen Augenblicken war sie wieder in der Küche und strahlte.

„Na nuche', jehen Se mal ze Ihre' Mutter, die hat schon Verständnis!"

Antonia stand auf und ging langsam durch die Halle zum Salon. Vor der Tür angekommen, spürte sie einen dicken Kloß im Hals. Sie klopfte kurz und trat ein. Ihre Mutter hielt ein Glas in der Hand und kam auf sie zu.

„Nein, Antonia, du hättest mir doch sagen können, daß du verliebt bist. Ich hätte deine Fragen doch auch beantworten können. Deswegen mußt du doch nicht zu Frau Morin nach Königsberg fahren!"

„Aber Mama, es ist nicht so, wie du denkst!"

„Papperlapapp! Setz dich! Natürlich hat ein junges Mädchen Geheimnisse, die es nicht teilen möchte, und Fragen, die es meint, der Mutter nicht stellen zu können. Aber, Antonia, wir leben doch nicht mehr im Mittelalter!"

„Mama ..."

„Du kannst mich alles fragen, über die Ehe, auch über die geschlechtlichen Dinge."

„Aber laß mich doch erst einmal erklären ..."

Frau Treskow stellte ihr Branntweinglas weg und setzte sich.

„Kein Aber! Dein Zukünftiger ist ein Mann aus feinem Hause, der weiß, was sich schickt. Ihr laßt alles einfach ganz langsam angehen, und dann ..."

„Bitte, Mutter, du verstehst mich falsch!"

Frau Treskow lächelte versonnen.

„Schon gut, ich will nicht weiter in dich dringen. Es ist schön, daß du wieder hier und endlich zur Heirat entschlossen bist. Wenn du Fragen hast, bitte tu mir die Liebe und sag wenigstens vorher Bescheid, falls du noch einmal zu deiner Lehrerin fährst. Aber wie gesagt, ich stehe dir liebend gerne zur Verfügung!"

Antonia war schwindelig, als sie den Salon verließ. Sie lief nach draußen auf den Hof und setzte sich auf die Stufen vor dem Eingang. Langsam schlurfte Eberhardt, seinen Besen auf der Schulter, über den Hof zum Stall. Er grüßte Antonia mit einem kurzen Winken. Sie schaute ihm nach und fühlte sich vollkommen alleingelassen auf dieser Welt.

Deshalb stand sie auf und ging zu den Stallungen. Der Hengst ihres Vaters stand unruhig in seiner Box. Antonia sah Tarantino einen Moment lang an.

„Na, Kleiner, du brauchst dringend Bewegung!"

Sie machte kehrt und ging zur Sattelkammer. Dort standen Wolfgang und Rudolf. Der Ältere hielt Zaumzeug in der Hand und wedelte damit in der Luft herum.

„Der Romeike hat doch keine Ahnung! Von wem soll der Befehl sein?"

Wolfgang strich über das noch etwas steife braune Hemd seiner neuen Uniform. Auf seinen für sein Alter recht breiten Schultern prangten rotpaspelierte Schulterklappen, am Arm trug er das Gebietsarmdreieck und die HJ-Armbinde.

„Vom Gauleiter Koch."

Rudolf warf das Zaumzeug auf einen alten Tisch.

„Panzergräben, daß ich nich' lach'! Da soll mal die Wehrmacht so richtig ran. Die werden's dem roten Brüdern schon zeijen, allerspätestens bei Tannenberg, da wird der Bolschewik endjültig jeschlagen, wie damals beim Hindenburg!"

Der alte Mann setzte sich auf einen wackligen Stuhl neben den Tisch und stützte sich mit einer Hand auf.

„Außerdem haben wir doch noch die Wunderwaffe. Noch bessere Raketen sollen das sein oder neue Flugzeuge – die einjesetzt, hat der Iwan nuscht mehr zum lachen! Aber Gräben, das is' doch der größte Quatsch!"

Der Junge nickte heftig mit dem Kopf und sah hinunter auf seine glänzenden Schnürhalbschuhe, in denen er, erstmals in seinem Leben, Kniestrümpfe trug.

„De Raketen, hab' ich jehört, da soll flüssiger Sauerstoff auf'm Feind jeschossen wer'n, un' denn wird alles damit vereist. Die erfrorenen Leut' sollen dann von Sondereinsatzkommandos wechjeschafft werden."

Rudolf schlug mit der flachen Hand auf die fleckige Oberfläche des Tisches.

„Ja, das is' was! Aber diese dammligen Panzergräben, magritscher Einfall. Stell dir mal vor, wieviel Mann an den Dingern buddeln missen, un' bald is' Erntezeit. Was sollen dann werden? Dann brauchen wa einen janzen Haufen Leut', hat der Koch daran auch jedacht?"

Antonia klopfte kurz an den Türrahmen und trat ein.

„Laßt euch nicht stören. Will nur rasch das Sattelzeug von Tarantino holen."

Wolfgang Sparwein warf sich in die Brust, steckte den Daumen seiner linken Hand in den Bund seiner fast knielangen Hose und grüßte militärisch zackig.

„Heil Hitler!"

Rudolf verzog kurz den Mund, und Antonia schaute an dem jungen Kerl in nagelneuer Uniform herab.

„Na, wenigstens hat der dir endlich zu Schuhen verholfen. War ja auch Zeit."

Stolz wie ein Pfau ging der HJler ein paar Schritte hin und her.

„Na, wie schau' ich aus?"

Antonia lud sich den Sattel auf ihren kräftigen rechten Arm. Zielsicher griff sie eine Decke, warf sie auf den Sattel und nahm die Trense in die andere Hand. Sie lächelte den Jungen kurz an und ging mit großen Schritten nach draußen.

„Solange der Inhalt dieser neuen Verpackung der alte bleibt ..."

Wolfgang ließ enttäuscht die Schultern sinken.

„Mensch, Antonia!"

Sie sah sich kurz um und ging dann auf den Hof. Rudolf zuckte zusammen und stand ärgerlich auf.

„Nu' is' aber reichlich! Deine neue Kledage, die macht dir noch lang' nich' ze was Besserm! Paß auf, Freund, du bist hier anjestellt, und keine Uniform der Welt bringt dir auf eine Ebene mit eine Treskow!"

Der junge Mann schaute den Alten traurig an.

„Se hätte doch wenigstens sachen könn', daß ich schmuck aussehen tu!"

„Sag mal, Junge, von was träumst du eijentlich nachts? Du kannst doch nicht wirklich meinen, daß de mit so 'n paar Lappen ein neuer Mensch wirst!"

Wolfgang trat in den Türrahmen und schaute auf den Hof.

„Mann, sie sieht so gut aus!"

„Ja, da kannste vorm Einschlafen dran denken, aber komm doch nich' tagsüber auf so 'ne dwatsche Ideen!"

Der Junge sah seinen älteren Kumpel traurig an.

„Se is' für mich de schönste Frau, die auf die Welt rumläuft!"

„Ja, ja, aber schlag se dir um Himmels willen aus'm Kopp! Un' jetzt komm auf andere Jedanken! Kennste den? Wer der Partei fünf neue Mitglieder zuführt, darf selbst austreten. Wer zehn neue Mitglieder werben tut, kriegt sojar 'ne Bescheinigung, daß er nie in die Partei jewesen is'."

Wolfgang fand diesen Witz überhaupt nicht erheiternd. Er stürmte verärgert auf den Hof und rannte davon. Rudolf schüttelte den Kopf und sah ihm besorgt nach.

Antonia verlas sorgfältig das Schweifhaar des nervösen Hengstes und kämmte es schließlich durch. Damit war die Prozedur des Putzens zu Ende. Sie tätschelte das Pferd kurz und griff dann die Trense, die Tarantino sich ohne zu mucken über den Kopf streifen ließ. Geradezu begierig nahm er das metallene Gebiß in sein Maul. Routiniert und schnell, aber doch sorgfältig sattelte Antonia das Pferd und stieg auf. Zuerst hatte sie Probleme, den unruhigen Hengst in den Griff zu bekommen. Doch dann fügte sich das rassige Tier ihren Befehlen.

Rudolf hatte ihr eine Weile zugesehen und war begeistert, wie die junge Treskow mit dem Tier umzugehen verstand.

Antonia wählte den Weg an der Koppel vorbei ins offene Feld. Am Waldrand, etwas entfernt, sah sie Wolfgang auf einem Baumstamm sitzen und Steine werfen. Er kümmerte sie nicht weiter, und im Trab ging es hinaus in die Natur. Mit einer halben Parade machte sie Tarantino aufmerksam, stellte das Pferd kurz nach innen, und im Galopp sauste sie dann mit einem herrlich freien Gefühl den staubigen Feldweg entlang. Sie ließ Tarantino alle Freiheit, und der rannte, als gelte es, ein Championat zu gewinnen. So war sie nach etwa einer halben Stunde am Rande einer kleinen Ortschaft angekommen. Sie band den kräftigen Hengst an eine junge Birke und marschierte zu Fuß in das Dorf. Vor einem etwas heruntergekommenen Haus blieb sie stehen und besah sich das Grundstück.

Ein alter Mann mit handgeschnitztem Gehstock schlurfte die staubige Dorfstraße hinauf. Er sah die Unbekannte und steuerte auf sie zu. Die schlanke, hochgewachsene junge Frau in Reitkleidung überragte ihn um Hauptеslänge.

„Na, Marjell, suchste was?"

Sie sah ihm ins faltige Gesicht, in dem unerwartet jugendliche blaue Augen funkelten.

„Nicht direkt. Eine Freundin hat mir erzählt, daß hier im Dorf ein gewisser Schoenhals wohnen soll."

Seine Augen blitzten kurz auf.

„So, so, den Schoenhals suchste ..."

Antonia fühlte Beklemmung in sich aufsteigen.

„Ach nein, ist schon gut."

„Nee, nee, mir kannste nuscht vormachen! Du suchst bestimmt dein' Verlobten oder dein' Bruder!"

Sie starrte auf die Spitzen ihrer Reitstiefel und wußte nicht, was sie sagen sollte. Der Alte drehte sich um.

„Na, denn komm mal. De wirst dein' Liebsten schon wiederfinden."

„He, hallo! Ich muß erst noch mein Pferd holen!"

„Haste Angst, der Zosse wird jeklaut?"

„Genau das! Erst vor kurzem sind uns zwei Pferde gestohlen worden!"

Der Alte lehnte sich gegen einen Gartenzaun und winkte, daß sie sich beeilen solle. Wenige Augenblicke später stand der mächtige Hengst neben dem Mann, der nicht schlecht staunte und trocken hustete.

„Ho, ho, das is' einer vom Feinsten."

Er tätschelte dem Pferd den Hals und meinte Antonia aufklären zu müssen.

„Ein edel gebautes Pferd, gutartig, gelehrig un' energisch! Trockener Kopf, breite Stirn, kleines Maul, aufmerksame Augen, lange, spitze Ohren, langer, kräftiger Hals, gute Schultern, hoher Widerrist, elastischer Rücken, schlanke, harte Beine und sehr jute Hufe. Wirklich ein Prachtkerl von ei'm Trakehner."

„Tarantino, unser Deckhengst."

Der Alte bekam noch leuchtendere Augen.

„Laß überlejen, Sohn oder Enkel vom Tempelhüter?"

„Ein echter Sohn, aber woher wissen Sie das?"

„Hab' auf Trakehnen gearbeitet, bis '41, aber de Knochen wollten nich' mehr."

„Tut mir leid für Sie."

Er besah neugierig den Hinterschenkel des Tieres, wo die Doppelten Elchschaufeln ins Fell gebrannt waren.

„Tarantino?"

„Ja."

„Der ging an einen Treskow! Oh, là, là! Etwa dein Vater?"

„Ja, aber Sie wollten mir doch ..."

„Der Herr Papa is' ein rechter Schlaukopf! Der weiß, wie man einen solchen Hengst behält. Halb Trakehnen ist leer, fast alle Pferde an der Front ..."

„Mein Vater ist ..."

„Ach, jetzt versteh' ich! Das Fräulein Tochter will den Papa wiederholen und bringt dazu seinen janzen Stolz mit! Na, Marjellche', das hättste doch gleich sachen könn'. Komm!"

Vor einem unscheinbaren zweistöckigen Haus angekommen, verabschiedete sich der Alte mehr von dem Pferd als von der Reiterin und schlurfte von dannen. Sie sah ihm nach, wie er mühsam seinen Weg die Straße hinab nahm. Im Vorgarten band sie Tarantino an und besah sich die Haustür. Plötzlich bekam sie Angst vor der eigenen Courage und ging zu ihrem Pferd zurück. Da wurde die Haustür aufgezogen und ein kräftiger, trotzdem schlanker, blonder Mann trat heraus. Sein kräftiges Haar war militärisch kurz, und auch seine Bewegungen ließen darauf schließen, daß er ein Offizier war. Zackig grüßte er mit hochgerecktem rechtem Arm.

„Heil Hitler!"

Mit einem Schritt stand der Blonde vor ihr und sah sie aus kalten Augen an.

„Darf ich fragen, warum Sie das Tier hier in den Garten stellen?"

Antonia lockerte den Sattelgurt ihres Pferdes.

„Ich will hier jemanden besuchen."

„Aha, und wen?"

„Sage ich Ihnen vielleicht, wenn ich weiß, wer Sie sind."

„Auch gut, und wer sind Sie?"

„Jemand, der jemanden sucht."

Der Mann trat nahe an sie heran.

„Sie sind wohl eine ganz Schlaue?"

„Mag sein."

Im ersten Stock wurde ein Fenster geöffnet, und ein hageres Gesicht blickte hinunter.

„Sendler, was ist nun mit dem Gaul?"

In Antonias Kopf verbanden sich die Aussagen von Frau Krause mit den Gesichtern der beiden Männer und dem Namen Sendler. Sie trat einen Schritt zurück, um den Mann am Fenster besser sehen zu können.

„Heil Hitler und guten Tag, Herr Schoenhals. Ich hätte gerne mit Ihnen gesprochen!"

Der magere Mann in einem grauen Flanellanzug kniff die Augen zusammen, besah sich die junge Frau eingehend und winkte dann einladend.

„Fräulein Treskow, wenn ich nicht irre?"

Sendler schaute Antonia an, dann wieder hoch zum Fenster. Als er wieder nach ihr sehen wollte, war sie schon im offenen Hauseingang verschwunden. Sie nahm zwei Treppenstufen auf einmal und stand dann vor einer angelehnten Tür. Gebhardt Schoenhals öffnete, lächelte das Mädchen, das etwas größer war als er selbst, freundlich an und bat sie herein. Sie gingen in ein Wohnzimmer, in dem ungewöhnlich viele Sitzgelegenheiten herumstanden. Einfache Holzstühle, alte, zerschlissene Sessel und zwei wuchtige Sofas. Er bat sie, Platz zu nehmen, und setzte sich in einen durchgesessenen Ohrensessel.

„Nun, Fräulein Treskow?"

Sie kam nicht dazu, etwas zu sagen. Sendler stürmte in den Raum und sah den Dürren ärgerlich an.

„Das kann doch nicht angehen! Da kann ja jeder kommen!"

Der Mann im grauen Flanell bekam einen merkwürdig eingefallenen Gesichtsausdruck.

„Matthias, bitte störe uns nicht!"

Wie ein zurechtgewiesener Schulbub verließ Sendler den Raum, und Schoenhals' Gesicht entspannte sich wieder.

„Entschuldigen Sie die Unterbrechung, Fräulein Treskow, oder darf ich Sie Antonia nennen?"

Sie knetete ihre feinledernen Reithandschuhe in beiden Händen.

„Ich denke, wir bleiben beim Sie."

„Was führt Sie zu mir?"

„Herr Schoenhals, das können Sie sich doch denken."

„Hm, Sie haben recht. August. Ich habe auf Umwegen vom plötzlichen Tod Ihres Vaters erfahren. Woran verstarb er so schnell?"

„Er wurde erschossen."

„Ach du liebe Zeit! Und wie kann ich Ihnen behilflich sein?"

„Muß ich Ihnen das erklären?"

Er sah die forsche junge Frau an und atmete tief durch.

„Ich kann Ihnen nur bei allem was mir heilig ist versichern, daß ich nichts damit zu tun habe."

Antonia rutschte unruhig auf ihrem Stuhl herum und sah sich in dem spärlich eingerichteten Raum um.

„Aber Sie können mir wahrscheinlich helfen, seinen Mörder zu finden!"

„Mag sein. Immerhin war Ihr Vater ja anscheinend so offen, daß er meinen Namen und meine Adresse preisgab, und wenn er noch mehr erzählt hat, dann wissen Sie doch genug."

„Mein Vater hat zu Hause überhaupt nichts erzählt. Ich habe ganz alleine herausgefunden, wo Sie wohnen, und erwarte nun von Ihnen eine Erklärung!"

Schoenhals stand auf und lehnte sich an eines der Sofas.

„Sie sind recht tatkräftig für ein Mädchen Ihres Alters. Aber ich kann Ihnen beim besten Willen nicht weiterhelfen!"

Der Rest des Gespräches bestand aus Belanglosigkeiten, und Schoenhals beteuerte, daß er mit dem Tode von August Treskow nichts zu tun habe. Eine kurze, fast herzliche Verabschiedung folgte, und Antonia verließ den merkwürdigen Raum. Sendler stand draußen und rauchte eine Aktive. Sie ging an ihm vorbei, ohne ein

Wort zu verlieren. Er lief ihr ins Treppenhaus nach und hielt sie am Arm fest.

„Wußte gar nicht, daß der alte Treskow so eine bezaubernde Tochter hat!"

Sie riß sich los, rannte aus dem Haus und band Tarantino los. Als sie den Garten verließ, stand zu ihrer Verwunderung der alte Mann mit dem Stock gegenüber. Sie sah ihn kurz an, stieg auf, überprüfte den Sattelgurt und ritt davon.

Die Tür ging auf, Mara stellte ein Tablett auf den Fußboden und sperrte gleich wieder zu, als hätte sie Angst. Edith stand von ihrem Schreibtisch auf, ging zur Tür und besah sich die Speisen. Ohne das Tablett aufzuheben, ging sie langsam zurück, setzte sich wieder und schrieb weiter.

Nach etwa einer Stunde – Edith war gerade dabei, an einer Bluse einen Knopf anzunähen – ging zögerlich ihre Zimmertür wieder auf. Frau Sattmann stand im Rahmen und blickte besorgt auf das unberührte Serviertablett.

„Fräulein Edith, nehmen Sie's doch nicht so schwer mit 'm Arrest. Wenigstens essen missen Se doch!"

Das Mädchen stand auf und stellte sich neben ihren Schreibtisch.

„Nein, ich nehme gerade ab. Der Speck um die Hüften muß runter!"

Die weißbeschürzte Hausangestellte hob das Tablett auf und lächelte Edith wohlwollend an.

„Na, wie Se wollen."

„Sattmännchen?"

„Ja?"

„Ich habe eine kleine Bitte."

„Nur raus damit! Soll ich Ihnen 'nen Pudding kochen, den möjen Se doch so jern?"

„Keinen Pudding, bitte! Hungerkur! Aber ein Brief wäre wegzubringen."

Frau Sattmann besah sich das Kuvert in Ediths Hand und nickte.

„Wenn Se mir dafür versprechen, zum Abend alles zu verputzen!"

„Wird gemacht."

Die Angestellte schob den Umschlag vorsichtig unter ihre Bluse und entfernte sich dann. Edith hörte den Schlüssel im Schloß und ging zum Fenster. Unten im Hof stand die Pawelcke neben Pröck und unterhielt sich angeregt mit dem Fahrer. Edith lehnte sich weit aus dem Fenster, um dem Gespräch folgen zu können.

Wie so häufig jammerte die Sekretärin dem alten Mann die Ohren voll.

„Nu', wissen Se, Pröck, die Fleischer ham am Montag zu, die Bäcker am Dienstag, die übrigen Kaufleute am Mittwoch und die verschiedenen Handelsgeschäfte an ganz unterschiedlichen Tagen in der Woche. Man müßte sich von allen 'ne Tabelle anlegen. Viele Läden und vor allem das Wirtschaftsamt in Preußisch Holland haben nur vormittags offen. Ich als Berufstätige hab' doch keine Möglichkeit nicht, meine Besorgungen zu erledigen!"

Pröck nickte und fuhr geradezu liebevoll über den Lack des frisch polierten Mercedes.

„Na, Frau Pawelcke, das is' der Krieg, un' Se ham doch bestimmt noch Ihre Vorteile."

„Och, seit die Polin in der Küche das Sagen hat, da krieg' ich doch auch nuscht mehr ab von die Fleischtöppe."

Der Fahrer hatte auf dem Dach noch eine stumpfe Stelle gefunden und wienerte mit einem Lappen darauf herum.

„Ja, de Mara, ich weiß ja nich', aber unsereins soll ja nix sagen."

Die Sekretärin stellte sich dicht neben Pröck, und Edith konnte beim besten Willen nicht verstehen, was die Vorzimmerspinne dem Mann ins Ohr flüsterte. Sie setzte sich auf ihr Bett, griff nach Nadel und Faden und nähte weiter. Sie war nicht ganz bei der Sache und stach sich. Einen Moment lang war sie ärgerlich über die blutende Wunde. Doch dann lächelte sie versonnen, besah sich den dicken Blutstropfen auf ihrem Finger und eilte zu ihrem Sekretär. Mit der anderen Hand fingerte sie ihr Tagebuch aus einem Geheimfach und schlug es auf. Sie nahm einen Federhalter, drückte dessen Spitze in das Blutströpfchen und schrieb damit einen Namen in ihrer schönsten Schrift ins Tagebuch. Sekundenlang besah sie ihr Werk und verstaute das kleine, mit rotem Samt bezogene Buch dann wieder an seinem Platz. Nun leckte sie kurz an ihrem Finger und schaute ihn an. Außer einem winzigen roten Punkt war nichts mehr zu sehen. Sie setzte sich wieder, machte noch zwei Stiche an der Bluse, und der Knopf saß.

Unten vom Hof konnte sie das Knattern eines Motorrads hören. Sie eilte zum Fenster und sah einen Kradmelder absteigen, der hastig zum Nebeneingang des Hauses lief und darin verschwand. Sich mit beiden Ellbogen auf die äußere Fensterbank stützend, besah sie sich den Himmel. Schwalben flogen ziemlich dicht über den Giebeln der Häuser, die Luft war schwer und schwül. Am Horizont konnte sie große schwarzgraue Wolken sehen. Pröck latschte im Unterhemd über den Hof zur Garage und kam mit einen Ölkännchen wieder heraus. Gemächlich ging er wieder zurück und spuckte dabei zweimal auf das Pflaster.

Der Melder kam von vorn um das Haus gelaufen und setzte sich auf sein Motorrad. Er öffnete seine Uniformjacke und faßte in eine der Außentaschen. Edith konnte mehrere Zigaretten in seiner Hand erkennen. Er nahm eine davon, steckte die anderen wieder in die Brusttasche und ließ sein Benzinfeuerzeug auflodern. Nach einem tiefen Zug blies er den Rauch in die feuchte Spätnachmittagsluft. Nun kam Frau Pawelcke um die Ecke geeilt und drückte dem Wehrmachtssoldaten etwas in die Hand.

„Ein bißchen Schokolade."

Der nickte und murmelte etwas. Die Dicke faßte sich in den Blusenkragen.

„Ganz schön drückend."

Der Melder beguckte sich die Rundungen der Sekretärin.

„Na, gibt's was Neues?"

„Bis jetzt wart ihr hier in den Ostprovinzen ja fernab von allem Kriegsgeschehen."

„Ja, und?"

Er zog gierig an seiner Kippe und glotzte unverwandt auf die in eine weiße Bluse gehüllten Brüste.

„Das kann sich schnell ändern."

Frau Pawelcke wurde sich endlich der Blicke des Soldaten bewußt und drehte sich etwas zur Seite.

„Na, wie meinen Sie das denn?"

„Hab' ich gerade Ihrem Chef gemeldet!"

„Ach ja?"

Er rauchte seine Zigarette so weit, daß er sich mit dem letzten Zug fast die Finger verbrannte. Neugierig wandte sich die Dicke erneut dem Soldaten zu. Der starrte wieder ohne Scham auf ihre üppige Oberweite.

„Na, die Offensive im Mittelabschnitt der Ostfront. Seit dem zweiundzwanzigsten Juni sind die Russen dort heftig zu Gange."

„Um Gottes willen! Davon hat der Ortsgruppenleiter nie was gesagt!"

Der Soldat drehte den Benzinhahn seines Motorrades auf und sah die Dicke schräg an.

„Das betrifft fürs erste auch nur die östlichen Teile von eurem schönen Ostpreußen. Aber wenn ihr hier in der Scheiße steckt, na dann komm' ich doch gerne noch mal vorbei."

Dann trat er mit einem Kick sein Motorrad an und griff der Pawelcke noch kurz an die Brüste, bevor er davonfuhr. Edith zog sich sofort in ihr Zimmer zurück. Doch in der Spiegelung der Scheibe konnte sie noch sehen, wie sich die Sekretärin aufgeregt umsah und ihre Bluse wieder in Ordnung brachte.

Am Abend vorher hatte Antonia von ihrer Mutter die Erlaubnis bekommen, das Arbeitszimmer ihres Vaters zu betreten. Lange hatte sie darum nicht bitten müssen. Doch um so länger hatte Antonia den Redeschwall ihrer Mutter ertragen, die ihr in glühenden Farben Hellmut von Opel als zukünftigen Ehemann schilderte sowie das Eheleben an sich und die Vorzüge des Adels im besonderen. Antonia hatte ihr nicht widersprochen, zumal sie froh war, daß ihre Mutter endlich wieder die Finger vom Schnaps ließ. Frau Treskow war ganz damit beschäftigt, die Aussteuer ihrer Tochter zusammenzustellen und zu überlegen, wo ein standesgemäßes Brautkleid aufzutreiben sei.

Antonia saß hinter dem großen Schreibtisch ihres Vaters, von wo aus er viele Jahre lang die Geschicke des großen Gutes geleitet hatte. Sie fühlte sich beklommen, als sie in den Papieren zu suchen begann. Die Zeit verging, und sie hatte nun fast alle Unterlagen über die finanzielle Lage des Hofes durchgesehen. Es waren zwar einige Schulden vorhanden, doch wenn die bevorstehende Ernte gut ausfiel, hatten sie und ihre Mutter einen guten Stand. Nur das, wonach sie wirklich suchte, fand sie nicht. Keine geheimen Papiere, keine ungewöhnlichen Aufzeichnungen. Es klopfte kurz, und Marie kam herein.

„Fräuleinche', in fünf Minuten wird gejessen!"

„Ja, danke!"

„Un' das hier ist für Se abjejeben wor'n."

„Danke, leg es bitte dort vorn hin."

Die Haushälterin sah Antonia konzentriert über einem Schriftstück sitzen und lächelte.

„Muß man Ihn' lassen, Fräulein Antonia. Se machen sich jut als Jutsbesitzer!"

Sie sah kurz auf und bedeutete Marie, daß sie gehen solle. Verärgert lehnte sie sich zurück und besah sich die herausgezogenen Schubladen des Schreibtisches. Sie wollte gerade aufstehen, um zum Essen zu gehen, als ihr auffiel, daß sich ein Fach nicht so weit wie die anderen Schubladen hatte herausziehen lassen. Sie beugte sich darüber, schob vorsichtig die Hand in die eilig geleerte Lade und stieß in deren Mitte auf ein schmales Brett. Antonia betastete das Holz, dann spürte sie einen kleinen, kalten Knopf und drückte darauf, doch nichts passierte. Sie befühlte das etwa kirschgroße, sich nach hinten verjüngende Metallstück eingehend und zog schließlich daran. Ein Knirschen, und das schmale Brett klappte nach hinten. Sie zog ihren Arm heraus, und tatsächlich ließ sich das Schubfach noch einmal etwa zwanzig Zentimeter weiter aus dem Tisch ziehen. Nun war diese Lade exakt so lang wie die anderen. Ein dicker Stapel teils handbeschriebenen Papiers lag darin. Sie griff sich einige Seiten; offenbar waren es Briefe, doch ohne Briefkopf und Datum. Sie brütete über den Blättern und versuchte einen Überblick zu bekommen.

Noch einmal klopfte Marie an und mahnte zum Essen, doch Antonia wies sie ziemlich rüde ab. Auch als etwas später ihre Mutter kam, meinte sie nur, sie habe zu tun.

Es war Nachmittag geworden, und sie hatte einen großen Teil des Papiers gesichtet. Bequem lehnte sie sich im Schreibtischstuhl ihres Vaters zurück und rieb sich die Augen. Nun hatte sie endlich ein wenn auch noch verschwommenes Bild von August Treskows Aktivitäten. Er hatte sich offenbar einigen Männern angeschlossen, die Widerstand gegen Hitler für notwendig hielten. Soweit Antonia erkennen konnte, hatten diese Leute zunächst noch keine rechte Vorstellung davon, wie sie ihre Ambitionen umsetzen sollten, was eine kurzgefaßte Notiz belegte. Ein ausgiebiger Briefwechsel mit Carl Goerdeler, der zunächst beinahe ausschließlich privater Natur war, entwickelte sich nach und nach auch in politischer Hinsicht. Ihren Vater und Carl Goerdeler verband, soweit sie das erfassen konnte, vor allem das Interesse an wirtschaftlichen Problemen. Einem anderen Schriftstück entnahm sie, daß Schoenhals, der offenbar die treibende Kraft des kleinen Widerstandszirkels war, wenig von dem hielt, was ihr Vater über seine Kontakte zu Goerdeler offenbarte.

Antonia las wie besessen weiter. Nach und nach stellte sich heraus, daß Goerdeler ein vehementer Befürworter eines Umsturzes war. Schließlich schloß sie aus einem Brief, daß sich die beiden im Frühjahr 1944 getroffen haben mußten. Darauf bezog sich zumindest ein Briefwechsel bezüglich voraussichtlicher Wirtschaftsprobleme nach dem Sturz des Hitler-Regimes.

Ihr Nacken schmerzte, und sie gönnte sich eine Pause. Sie ging in die Küche, die sie leer fand, und machte sich ein paar Brote. Mit den Stullen und einem Glas Milch in der Hand ging sie zurück an den väterlichen Schreibtisch. Sie aß ein paar Bissen und trank ihre Milch, während sie weiterlas.

In Hinblick auf sozialwirtschaftliche Dinge war Goerdeler, der 1934/35 Reichskommissar für Preisüberwachung gewesen war, eher liberaler Gesinnung, während ihr Vater geradezu staatssozialistische Ansichten vertrat.

Das nächste Dokument, das sie in Händen hielt, war nur mit einer kurzen freundschaftlichen Note Goerdelers versehen. Es war ein Exemplar einer Denkschrift von Ludwig Erhard mit dem Titel *Kriegsfinanzierung und Schuldenkonsolidierung*.

Nun war der Papierstapel nahezu bewältigt, und Antonia war am Rande ihrer Kräfte. Sie las die Briefe und Notizen wie in Trance.

Offensichtlich gab es eine Annäherung an Goerdeler. Dies wurde aus kurzen, kaum leserlichen Notizen August Treskows deutlich.

Seine Mitstreiter schienen nun eine einheitliche Linie in ihre Überlegungen gebracht zu haben, zumal offenbar lange über Regierungsform und -personen in einem künftigen Deutschland diskutiert worden war. Sie fand spätere Protokolle der geheimen Zusammenkünfte, die wie Streitschriften anmuteten. Und zuletzt eine Liste in der grauenhaft zu lesenden Kurzschrift ihres Vaters, die sich las, als sei sie von einem anderen Stern.

Für den Fall, daß wir Erfolg haben, stand dick unterstrichen darüber. *Generalstatthalter und Oberster Befehlshaber der Wehrmacht: Generaloberst Beck. Falls statt Monarchie – Republik, dann Reichspräsident: Wilhelm Leuschner. Staatssekretär: Graf Schwerin von Schwanenfeld. Reichskanzler: Carl Goerdeler.*

Auch für einen großen Teil der Ministerien waren schon Kandidaten vorgesehen, ebenso für den Oberbefehl der Wehrmacht, den Generalfeldmarschall von Witzleben übernehmen sollte.

Ihr schwirrte der Kopf, und sie beschloß, an die Luft zu gehen. Nachdem sie den dicken Packen Papier an sicherem Ort verstaut hatte, streckte sie sich kurz und ging in die Halle. Es war schon spät und sehr ruhig im Hause. Sie stand einen Moment in der Halle, genoß die Stille und spürte eine ungewohnte Unruhe in sich. Das Klacken einer Tür ließ sie aufmerksam werden, als auch schon Marie neben ihr stand.

„Na, Se missen's ja nich' gleich übertrei'm mit die Arbeit!"

Antonia nickte, ging zur Tür und wollte hinausgehen. Marie lief ihr nach.

„Ihre Frau Mama is' sehr glicklich, un' der Herr von Opel wird morjen hierherkomm'. De Gnädige hat's arrangieren können."

Antonia war schon aufgestanden und hatte ihr dichtes, dunkles Haar zu einem Zopf geflochten, als die ersten sanften Sonnenstrahlen des beginnenden Tages ihre Kammer erhellten.

Ihr größter Wunsch war es, nur etwas zu essen und dann auszureiten. Endlich angezogen, rannte sie die Treppen hinunter und eilte in die Küche, in der Marie trotz der frühen Stunde bereits ihrer Arbeit nachging.

„Morgen, Marie!"

„Na, Fräuleinche', schon so frieh?"

Antonia lachte, wie nur sie es konnte.

„Ja. Will mit Brick raus!"

Marie servierte geschwind ein einfaches Frühstück, das hungrig verschlungen wurde. Als das Mädchen gerade aus der Küche wollte, hielt ihr die Angestellte einen Brief unter die Nase.

„Hier, den ham Se jestern wohl janz verjessen?"

Antonia nahm das Kuvert und steckte es in die Tasche ihrer Reithose.

Eine Stunde später hatte sie ihre Ruhelosigkeit auf Brick ausgetobt. Die Stute stand verschwitzt und gemächlich schnaufend am Rande eines kleinen Waldes und graste. Antonia hatte sich, an einen Baum gelehnt, hingesetzt. Sie zog den Umschlag aus ihrer Hosentasche und riß ihn auf. In akkurater Schönschrift konnte sie auf geschöpftem Papier ein Gedicht von Agnes Miegel lesen:

FLIEDER

Die Nacht ist gar zu dunkel,
Und durch mein Zimmer zieht
Der Fliederduft, wie ein süßes
Trauriges Liebeslied.

Ich habe das Beten vergessen,
Die Bitten weiß ich nicht,
Immer schmeichelt der weiche
Duft mein Gesicht.

Ich sitze wach im Dunkeln
Und weine vor mich hin,
Zitternd und ganz verstohlen
Weil ich so einsam bin.

Wie im Traum starrte sie auf die Zeilen und schnupperte am Briefpapier, das jedoch ziemlich gewöhnlich roch. Noch einmal las sie das Gedicht und besah sich dann den Umschlag. Kein Hinweis, noch nicht einmal eine Andeutung, von wem die Zeilen sein konnten.

Brick hatte sich inzwischen von dem scharfen Ritt erholt und schnaubte kurz, als Antonia an sie herantrat. Sie steckte den Brief ein, rieb der Stute den Kopf und legte ihre Wange an die weiche Pferdeschnauze.

„Ach, ihr Pferde habt es leicht, ihr verliebt euch wenigstens nicht."

Sie stieg auf und machte sich gleichmütig auf den Rückweg.

Nachdem sie Brick abgesattelt, mit dem Schlauch abgespritzt und trockengerieben hatte, führte sie die Stute zu Bonzo und Bizerka auf die Koppel. Eine Weile sah sie den drei Pferden zu, die einander auf dem umzäunten Terrain freundschaftlich beschnupperten, etwas herumtollten und dann friedlich beieinander standen. Auf dem Weg zurück zum Hof besah sie sich noch einmal den Brief und fühlte sich unglaublich traurig.

In der Halle wartete schon ihre Mutter mit der Botschaft, daß Hellmut von Opel ohne seine Mutter käme und daß sie sich selbstverständlich auch zurückzöge, sobald sie den junge Mann begrüßt habe.

Ohne einen sichtbaren Anlaß brach Antonia in Tränen aus. Frau Treskow stand wie vom Donner gerührt vor ihr, denn sie hatte ihre Tochter seit deren Kindheit nicht mehr so weinen sehen.

„Ännchen, was ist denn?"

Antonia wischte sich mit dem Handrücken über die Nase.

„Du verstehst mich nicht! Kein verdammter Mensch auf dieser Erde versteht mich!"

Frau Treskow machte einen Schritt auf ihre Tochter zu und wollte sie in die Arme nehmen.

„Kind, so schlimm ist das alles doch nicht! Wenn du möchtest, leiste ich dir und deinem Zukünftigen gerne Gesellschaft."

Sie stieß ihre Mutter von sich und rannte die Treppe hinauf in ihr Zimmer. Frau Treskow schaute ihr ratlos nach.

Antonia warf sich auf ihr Bett und schluchzte hemmungslos. Als sie wieder etwas zur Ruhe gekommen war, holte sie den inzwischen arg ramponierten Brief aus ihrer Hosentasche und bekam erneut einen Weinkrampf.

„Edith, ich weiß nicht mehr weiter! Wünschte, das Gedicht wäre von dir!"

Sie stand auf und verstaute den Brief in ihrem Tagebuch. Gerade als sie die Kladde in ihr Versteck zurücklegte, klopfte es kurz. Ihre Mutter trat ein, setzte sich und sah in Antonias verweintes Gesicht.

„Kindchen! Ännchen, bitte sage mir doch, was dich so verwirrt."

Antonia zog die Nase hoch und lehnte sich gegen den Schrank, dessen Tür sie beim Hereinkommen der Mutter schnell zugeschlagen hatte.

„Kann ich nicht. Weiß doch selbst nicht, was mit mir ist."

„Ach, Mädchen, das ist wohl alles ein wenig zuviel für dich. Erst die Sache mit deinem Vater und nun noch verliebt. Ich wäre an deiner Stelle auch am Rande meiner Kraft. Aber glaube mir doch, Hellmut von Opel wird dir bestimmt Zeit geben, bis du dich wieder etwas gefestigt hast."

Antonia ließ sich an der Schranktür hinabgleiten und setzte sich auf den Boden. Zu ihrer tiefen Traurigkeit kam heilloser Zorn. Wieder schniefte sie, wischte sich mit dem Handrücken über die Nase und schaute ihrer Mutter fest in die Augen.

„Ich werde diesen klavierspielenden Lackaffen nicht heiraten!"

„Antonia! Erstens benutze ein Taschentuch, du bist doch kein Straßengör! Zweitens gefällt mir dein Ton nicht! Und drittens sollst du den zweifelsohne musisch begabten jungen Mann nicht gleich heiraten, sondern dich mit ihm verloben!"

Antonia stand auf, ging zu ihrer Zimmertür und öffnete sie.

„Mama, ich möchte bitte alleine sein!"

Ihre Mutter bekam einen harten Zug um den Mund und machte keinerlei Anstalten aufzustehen.

„Du wirst dich jetzt waschen und umziehen. In einer Stunde kommt Herr von Opel, und ich rate dir, dich nicht erneut daneben zu benehmen!"

Antonia stand in der offenen Tür und sah ihre Mutter kalt an.

„Entweder du gehst jetzt, oder ich gehe!"

Frau Treskow erhob sich und ging zum Kleiderschrank.

„Wohin willst du schon gehen?"

„Das werde ich dann schon sehen!"

Die ältere Frau öffnete den Schrank und besah sich kurz die Kleider.

„Du hast eine Stunde ..."

Antonia ließ ihre Mutter vorbei und ballte die Fäuste, daß es sie schmerzte.

Frau Treskow stand glücklich lächelnd dem jungen Mann gegenüber und reichte ihm die Hand.

„Herr von Opel, ich freue mich, daß Sie sich die Zeit nehmen konnten."

Der blasse Mann nahm schüchtern Frau Treskows Hand zwischen seine kaltfeuchten Finger und deutete einen Kuß an.

„Für Ihre Tochter werde ich mir immer und überall Zeit nehmen!"

„Das ehrt mich, aber kommen Sie doch herein."

„Danke."

Er ging mit hängenden Schultern und kleinen Schritten hinter der Gastgeberin her. Im Salon wartete er, bis Frau Treskow sich gesetzt hatte und nahm dann Platz. Marie servierte Kaffee und Gebäck. Von Opel nippte an seiner Tasse und verzog entzückt das Gesicht.

„Oh, echter Bohnenkaffee!"

„Ja, für besondere Gelegenheiten haben wir immer einen kleinen Vorrat."

Mit seinen schmalen Fingern nahm er ein Stück Gebäck aus der kleinen Silberschale und knabberte daran.

„Wie lagern Sie den Kaffee? Er verliert doch schnell sein Aroma."

„Ach, das dürfen Sie mich nicht fragen. Marie, unsere Küchenfee, sorgt für solche Dinge."

„Verzeihung, wie dumm von mir! Natürlich kümmern Sie sich nicht selbst um solcherlei Profanitäten."

Die Zeit verging mit belangloser Plauderei. Hellmut von Opel schaute mehrfach auf die wuchtige goldene Uhr an seinem Handgelenk und wirkte zunehmend nervöser. Gerade als Frau Treskow aufstand, um nach ihrer Tochter zu sehen, ging die Tür zum Salon auf. Antonia kam mit großen Schritten herein. Ihre Mutter starrte sie entsetzt an, und der dürre junge Mann stellte seine Tasse klappernd auf den kleinen Tisch neben sich. Antonia hatte beide Hände tief in den Taschen ihrer Reithose vergraben und stellte sich breitbeinig vor den Mann.

„Will es kurz und schmerzlos machen! Herr von Opel, ich bin nicht bereit, Ihre Verlobte zu werden."

Er sprang aus seinem Sessel hoch.

„Aber Antonia, warum so förmlich? Nenne mir deine Gründe, und ich werde versuchen, sie zu verstehen."

Antonia besah sich von Opel, der etwas kleiner war als sie selbst.

„Ich wurde dahingehend erzogen, ehrlich zu sein! Aber mehr als nötig müssen Sie nicht wissen. Es ist Ihnen bekannt, daß mein Vater erst vor kurzer Zeit verstarb, und meine Frau Mutter hat sich nie mit der Verwaltung eines Gutes befaßt. Ich muß mich um die Geschicke unseres Besitzes kümmern und bin in Trauer über den Tod meines Vaters. Muß ich Ihnen tatsächlich noch mehr sagen?"

Hellmut von Opel sank in sich zusammen und sah betreten auf den Boden.

„Nein, das ist nicht nötig. Nur eines noch, Antonia, ich werde nicht aufhören, dich zu lieben!"

Er drehte sich um, verabschiedete sich kurz von der mehr als entsetzten Mutter und verließ sichtlich verletzt den Salon.

Antonia nahm die Hände aus den Taschen und schaute ihre Mutter an. Die stand auf und ging zu der Vitrine mit den Alkoholika. Mit zitternden Händen goß sie sich ein und nahm, noch bevor sie sich umdrehte, den ersten großen Schluck.

„Ich bin entsetzt!"

„Glaube ich dir!"

„Dein Benehmen war mehr als unmöglich! Was hast du dir dabei gedacht?"

Antonia sah ihre Mutter gierig das Glas leeren.

„Ich laß mich doch nicht verschachern wie einen Sack Lumpen auf dem Trödel!"

„So siehst du das! Willst du etwa als Jungfer auf diesem Hof versauern? Meinst du, daß die jungen Männer Schlange stehen werden? Eine so gute Partie wie diesen wirklich noblen jungen Mann ..."

„Laß mich in Ruhe mit dem Gerede von Heirat. Wer soll denn den Hof führen?"

Ihre Mutter goß sich einen doppelten Branntwein ein und setzte sich.

„Du wußtest schon als Kind immer deinen Kopf durchzusetzen."

„Ja, und das ist auch der einzige Weg, der uns bleibt. Vater und Hartmut sind tot, und wir leben weiter! Was hast du dir denn dabei gedacht? Sollte dieser ach so musische Schnösel, der eine Kuh nicht von einem Pferd unterscheiden kann, unseren Besitz, der nun seit mehr als zweihundert Jahren besteht, verwalten? Ist es wirklich dein Wunsch, daß dieser Hänfling junge Hengste zureitet? Mama, in welcher Welt lebst du eigentlich?"

„Schweig! Dieser Ton ist unglaublich!"

„Was meinst du denn, was Papa an deiner Stelle jetzt täte? Er sähe den Dingen ins Auge und säße nicht da, täte sich leid und tränke dieses widerliche Zeug!"

Frau Treskow nahm einen Schluck und sah ihre Tochter traurig an.

„Schon gut! Geh deinen Weg, aber komm mir nicht mehr unter die Augen. Ich will dich nicht mehr sehen!"

„Ich soll also verschwinden?"

„Ja, verschwinde aus meinem Haus. Was du zur Arbeit auf dem Gut benötigst, steht dir zur Verfügung, auch das Arbeitszimmer deines Vaters. Aber ich will nicht wieder mit dir an einem Tisch sitzen!"

Antonia sah ihre Mutter an, deren Blick vom Branntwein langsam glasig wurde.

„Ist das dein letztes Wort?"

„Ja! Und jetzt entferne dich!"

Antonia ging langsam zur Tür und drehte sich um. Ihr Herz pochte bis zum Hals.

„Noch etwas! Ich bin auch tatsächlich verliebt, nur nicht in ..."

„Raus! Fort mit dir!"

Sie trat in die Halle, die ihr noch größer erschien als sonst, und ging langsam hinüber zum Arbeitszimmer. Auf dem Schreibtisch lag wie zu Lebzeiten ihres Vaters die neueste Tageszeitung. Marie mußte sie dorthin gelegt haben. Antonia nahm das Blatt und überflog die erste Seite. Sie griff sich die Sportseite und las die immer spärlicher werdenden Meldungen aus dem Pferdesport. Derbysieger war Nordlicht aus dem Gestüt Erlenhof geworden. Sie warf die Gazette auf den wuchtigen Ledersessel, der wie ein Thron neben dem großen Schreibtisch stand, und ging zu einem Rollschrank. Daraus nahm sie ein großes Buch, setzte sich damit hin und vertiefte sich in die Seiten, um mit der Buchhaltung vertraut zu werden.

So verging etwas mehr als eine Stunde, bis der Hunger sie in die Küche trieb. Marie saß auf der Eckbank und übertrug ein Rezept aus dem *Redlichen Ostpreußen* in ihr dickes handgeschriebenes Kochbuch. Antonia ging ohne etwas zu sagen zur Speisekammer und holte einen großen Marmeladentopf heraus. Die Angestellte sah vom Kalenderblatt auf und schaute zu, wie die junge Frau sich zwei dicke Schnitten machte.

„Na, heren Se, Ihr'm Eifer in alle' Ehre', aber das heut' mittag war nu' nich' jerade en Glanzstück."

Antonia holte sich einen Becher aus dem Geschirrschrank und schüttete Milch hinein.

„Vielleicht nicht, aber es war notwendig."

„Ihre Frau Mama is' janz dwatsch. Jehen Se doch wenigstens hin un' entschuldigen Se sich."

Das Mädchen nahm einen großen Schluck und wischte sich den rahmigen Milchbart ab.

„Ich mich? Nein! Soll dem dünnhäutigen Trottel mein Leben widmen, das Gut sich selbst überlassen und darf dann vielleicht auch noch jedes Jahr ein Kind kriegen! Das kann niemand von mir verlangen!"

Marie stand auf und stocherte mit einem Haken im Ofenloch des großen gußeisernen Herdes.

„Aber so kann's doch auch nich' weiterjehen."

„Warum nicht? Werde jetzt gleich hinübergehen und nachsehen, ob ich mir das Gärtnerhaus zurechtmachen kann."

Die Köchin schreckte hoch, starrte sie entsetzt an und verbrannte sich die Finger an einem Zündholz.

„Se wollen ausziehen?"

„Mama wünscht es."

„Jottche', nee, das is' der Unterjang!"

Mara stand im Zimmer und sah Edith angewidert an.

„Du schneller essen. Ich nix mehr Zeit!"

Edith kaute an dem Schmalzbrot, das ihr die Polin zusammen mit einem ungeschälten Rettich und einem Krug Wasser gebracht hatte, und sah die schmächtige Person an.

„Dann komm später wieder und hol das Tablett."

„Nix später, nix Zeit! Du jetzt essen!"

„Dann schick Frau Sattmann herauf. Die kann das doch erledigen."

Mara überlegte einen Moment und nickte dann. Ohne ein weiteres Wort ging sie aus dem Raum und schloß ab.

Edith sah den Rettich an und schüttelte sich. Das angebissene Brot legte sie auf den Teller und schob das Tablett von sich. In der Hoffnung auf Frau Sattmanns Erscheinen holte sie einen Brief unter ihrem Kopfkissen hervor und steckte ihn in die kleine Tasche ihres Kleides. Da war auch schon das Knirschen des Schlüssels im Türschloß zu hören. Edith wartete nicht, bis jemand hereinkam.

„Sattmännchen, den Fraß da kannst du getrost wieder mitnehmen und an die Schweine verfüttern!"

Die Tür flog krachend auf; ihr Vater stand in Ausgehuniform vor ihr und grinste schmierig.

„So, so, an die Schweine! Eigentlich wollte ich fragen, ob das Fräulein wieder zur Vernunft gekommen ist und zu dem Empfang beim Kreisleiter mitkommt."

Edith sah in das fette, gerötete Gesicht und fühlte erstmals wirklichen Ekel ihrem Vater gegenüber. Sie drehte sich um, als er sie ansprach.

„Na, ein bißchen Ausgang?"

Sie versuchte ihrer plötzlichen Tränen Herr zu werden, schluckte mehrfach und drehte ihren Kopf zu ihm.

„Um nichts in der Welt komme ich mit! Du hältst mich hier wie ein Tier und erwartest, daß ich deine Parteigenossen anlächele und so tue, als sei nichts gewesen! Man könnte meinen, du hättest den Verstand verloren!"

Ein harter Schlag mit der flachen Hand traf Ediths Gesicht, und sie taumelte. Der nächste Hieb brachte sie zu Fall.

„Du verdammte Kröte! Dir werde ich Benimm beibringen! Du wirst nicht so verdammt arrogant werden wie deine verkommene Mutter!"

Die Tür knallte zu, der Schlüssel drehte sich im Schloß, und das Mädchen rieb sich tief gekränkt die Wange. Sie biß die Zähne aufeinander und ging in den kleinen Waschraum, der von ihrem Zimmer abging. Dort befeuchtete sie einen Waschlappen und drückte ihn sich ins Gesicht.

Sie hatte kein Empfinden dafür, wieviel Zeit vergangen war, als sie Geräusche auf dem Hof hörte. Sie ging zum Fenster und sah hinunter. Pröck riß gerade die Wagentüren auf. Mara, in einem der schönsten Kleider ihrer Mutter, stieg in das Auto. Ihr Vater kam um die Ecke und wuchtete in der ihm eigenen Art seinen mächtigen Körper in den Fond des Automobils. Der Fahrer schloß sacht die Türen und setzte sich hinters Steuer. Edith warf sich auf ihr Bett und fühlte sich grauenvoll.

„Ich muß hier weg, irgendwie, einfach weg!"

Vorsichtig zog sie den Brief aus ihrer Tasche und sah ihn an. Ein seeliges Lächeln huschte über ihr Gesicht, und sie küßte den Umschlag.

Es war inzwischen dunkel geworden. Sie saß mit einem Hindenburglichtchen an ihrem Schreibtisch und beschrieb eifrig die Seiten ihres Tagebuches. Ein schüchternes Klopfen schreckte sie auf.

„Ja?"

Der Schlüssel drehte sich, und die Tür ging auf.

„n'Abend, Fräulein Edith."

„Sattmännchen, dich schickt der Himmel!"

Die Angestellte verzog das Gesicht.

„Hier, ein bißchen Pudding ..."

Edith nahm der Frau das Schälchen mit dem Schokoladenpudding aus der Hand, stellte es auf den Boden und umarmte die hilflos dreinschauende Frau. Plötzlich ließ Edith sie wieder los und rannte zu ihrem Bett. Mit einem Kuvert in der Hand eilte sie zu der Angestellten.

„Hier, bitte bring den weg! Und noch etwas, egal, was von meinem Vater angeordnet wird, ich möchte nichts essen und auch sonst nichts haben!"

„Nee, nee, Fräuleinche', essen missen Se schon!"

„Ja, ja, aber nicht morgen! Bitte!"

Die Angestellte schob den Umschlag unter das Brustteil ihrer Schürze und nickte.

„Na ja, wenn Se unbedingt immer noch 'ne Abmagerungskur machen wollen ... Ich versuche mein Bestes."

„Danke, ich werde es dir hoffentlich irgendwann einmal lohnen können!"

„Muß nich' sein, dazu bin ich doch da."

Augenblicke später war Edith wieder alleine und löffelte den geliebten Pudding. Dann begann sie ihr Bettlaken zu zerreißen und die langen Streifen aneinander zu knoten. Ängstlich sah sie aus dem geöffneten Fenster hinunter auf den Hof. Dann befestigte sie das Seil aus Bettuch am massiven Fuß ihres Schrankes und warf es hinaus. Sie blickte nach unten und stellte fest, daß es bis auf den Boden reichte. Ihr Herz raste, als sie sich mühsam auf die Fensterbank quälte, das schmale Tuch umfaßte und schließlich, ihre Angst vor der Höhe besiegend, sich abzuseilen begann. Nun hatte sie nur noch eines im Sinn: nach Gut Treskow zu gelangen.

Zum zweiten Mal band Antonia ihr Pferd im Garten des Hauses an. Diesmal war es nicht Tarantino, der den Hals nach den Geranien auf der Fensterbank im Erdgeschoß lang machte, sondern Bizerka, und die junge Treskow wußte genau, was sie von Schoenhals wollte. Sie steckte zwei Finger jeder Hand in den Mund und pfiff. Bizerka schreckte kurz auf und drehte den Kopf.

„Schon gut, Kleine, ganz ruhig. Und laß die Blumen zufrieden, die bekommen dir nicht."

Sendlers Kopf tauchte in einem der Fenster im ersten Stock auf.

„Was ist denn jetzt schon wieder?"

Antonia sah zu dem Mann hinauf, der diesmal eine Wehrmachtsuniform anhatte.

„Ich muß mit Schoenhals reden!"

Der Kopf verschwand, und wenige Augenblicke später stand der Oberleutnant grinsend in der Haustür.

„Worüber?"
„Soll ich Ihnen das wirklich hier vor der Haustür sagen?"
„Na gut, kommen Sie eben rein."
Antonia ging ganz selbstverständlich die Treppe hinauf, und er trabte hinter ihr her. Sie trat durch die offenstehende Wohnungstür. Diesmal wurde ihr ein Platz in einem anderen Zimmer angeboten. Hier stand ein mickriger Schreibtisch mit einer alten Schreibmaschine darauf. Ansonsten sah sie nur noch zwei Stühle und einen Druck von Picasso an der Wand. Sendler lehnte sich an den Tisch und beäugte die schlanke Frau neugierig.
„Also, was ist?"
„Wollte eigentlich mit Herrn Schoenhals sprechen."
Er konnte seinen Blick nur schwer vom wohlgeformten Busen der jungen Frau losreißen.
„Der ist im Moment nicht hier, aber ich kann Ihnen gerne mein Gehör schenken."
Antonia schüttelte energisch den Kopf.
„Nein, danke! Dann möchte ich nur wissen, wann ich ihn hier antreffen kann."
„Tja, das kann ich Ihnen nicht so genau sagen."
Sie konnte buchstäblich spüren, daß der Mann log; außerdem empfand sie seine unverhohlenen Blicke als ungemein aufdringlich.
„Na gut. Warte ich eben."
„Das kann aber dauern."
„Macht nichts, ich habe Zeit. Bräuchte nur einen Eimer Wasser für mein Pferd."
Der Oberleutnant öffnete den obersten Knopf seiner Uniform und wischte sich mit zwei Fingern über den Hals.
„Wasser? Ein Wasserhahn ist im Garten."
„Gut, und wo finde ich einen Eimer oder eine große Schüssel?"
Er fuhr sich durch sein kurzes blondes Haar.
„Bestimmt ist so etwas auch im Garten."
Antonia merkte, daß er sie loswerden wollte, und lauschte, ob sie andere Personen in der Wohnung hören konnte. Ein leises Pfeifen drang an ihr Ohr, das jedoch gleich wieder verstummte. Sie sprang von ihrem Stuhl und lief in den Flur. Der hagere Schoenhals kam mit einer emaillierten Kaffeekanne aus der Küche und sah die junge Frau überrascht an. Antonia lief auf den schmächtigen Mann zu und schob ihn zurück in die Küche.
„Kann ja verstehen, daß Sie hier nicht jeden zu jeder Tageszeit hereinlassen wollen! Aber warum lügt mich Ihr Freund so schamlos an?"
Schoenhals hatte etwas Kaffee verschüttet und starrte auf den braunen Fleck auf dem Küchenboden.

„Welcher Freund? Wer hat sie überhaupt hier hereingelassen?"
Dumpf war das Schlagen der Wohnungstür zu hören.
„Na, der Oberleutnant."
„Sendler? Der ist hier?"
Antonia verzog das Gesicht und deutete zum Flur.
„Jetzt wohl nicht mehr. Haben Sie nicht die Tür gehört?"
Der Hagere schüttelte den Kopf und sah sie mit traurigen Augen an.
„Nein."
„Sind Sie taub?"
„Nicht ganz."
„Aha, also nur halb?"
„Ihnen bleibt nichts verborgen. Eine solch rasche Auffassungsgabe ist bewundernswert, wirklich! Ich leide tatsächlich unter einer Schwerhörigkeit, die ich mir im letzten Krieg eingehandelt habe."
„Dafür verstehen Sie mich aber recht gut."
Er deutete mit der freien Hand auf sein Jackett.
„Ich trage einen Apparat, der es mir ermöglicht, besser zu hören, aber Geräusche an der Peripherie bekomme ich meist nicht mit."
Sie rieb sich mit dem Daumenballen die Nase und schaute ihn neugierig an.
„Und Ihr Freund da weiß davon."
Schoenhals griff nach einer Tasse und bedeutete Antonia, daß er nicht länger in der Küche herumstehen wollte. In seinem Arbeitszimmer bot er ihr einen Platz an und schenkte ihr den frisch gekochten Ersatzkaffee in die mitgebrachte Tasse. Seinen auf dem Tisch stehenden Becher füllte er ebenfalls mit dem Getränk und setzte sich schließlich hinter seinen Schreibtisch.
„Ich bin Ihnen wirklich zu Dank verpflichtet, Fräulein Treskow."
„Ah, und warum?"
„Mit Ihrem ersten Besuch haben Sie mich hellhörig gemacht, und gerade eben haben Sie meinen Verdacht bestätigt."
Antonia probierte ihren Kaffee und verzog das Gesicht.
„Was ist denn das?"
„Kaffee aus Bucheckern. Man gewöhnt sich daran."
„Bißchen stark geröstet. Aber egal, mit etwas Zucker wird es wohl gehen."
„Es gibt leider keinen Zucker. Ich habe keine Bezugsscheine."
Ihr wurde schlagartig klar, daß dieser Mann hier nicht gemeldet sein konnte. Sie stellte die Tasse neben sich auf den Boden.
„Macht nichts. Kommen wir zum Thema."
„Kleines Fräulein, Sie wissen, was Sie wollen. Eine echte Treskow! Also, Sie hatten sich doch erkundigt, ob ich etwas mit dem Tod Ihres Vaters zu tun habe."
Sie sah ihn an, während er einen großen Schluck aus seinem Becher nahm.

„Ja, und?"
„Ich sah mich in der Pflicht, Erkundigungen einzuholen. Ich bin zwar nur ein kleines Licht, aber es reichte, um Wichtiges zu erfahren."
„Primich! Was haben Sie festgestellt?"
Schoenhals schob ein paar Papiere zur Seite und stützte einen Ellbogen auf den Schreibtisch.
„Um nicht bei Adam und Eva anfangen zu müssen, wäre es gut zu erfahren, was Sie wissen und aus welchen Quellen."
Antonia lehnte sich zurück und überlegte kurz.
„Tja, als die Leiche meines Vaters auf den Hof gebracht wurde, fand ich es sehr merkwürdig, daß seine Kleidung voller Moor war, obwohl er in einem Buchenwald gefunden worden war. Dann brachte ich in Erfahrung, daß es eine Akte über uns beim Ortsgruppenleiter Romeike gibt."
Sie nahm einen Schluck von dem bitteren Gebräu und erzählte von all den Dingen, die sie in Königsberg erzählt bekommen und wie sie seine Anschrift erfahren hatte. Schoenhals hörte aufmerksam zu und machte sich Notizen in Kurzschrift. Dann sprach Antonia von den Unterlagen aus dem Geheimfach ihres Vaters und daß sie der Grund waren für ihren neuerlichen Besuch. Der Mann nestelte an dem Hörgerät in der Innentasche seiner grauen Anzugjacke und leerte dann seine Tasse.
„Sie sind ja ganz schön im Bilde!"
„Mag sein, aber ich kann daraus einfach kein in sich logisches Bild zusammensetzen."
„Zuallererst: Vernichten Sie bitte die Unterlagen Ihres Vaters so schnell wie möglich! Und vergessen Sie einfach alles, was Sie mir gerade erzählt haben."
„Ho, ho, Herr Schoenhals! Mal langsam!"
„Jetzt mein Teil der Geschichte; danach werden Sie verstehen, warum ich Sie um all das bitte."
Er goß sich nochmals Bucheckernkaffee ein und trank. Geruhsam stellte er die große Tasse auf den Tisch.
„Oberleutnant Sendler war ein nicht sehr aktiver Teil unserer Gruppe. Er sah sich auch nicht in der Lage, Verantwortung zu übernehmen, was er damit begründete, daß er aufgrund seiner Stellung in der Wehrmacht unter schärferer Beobachtung stünde. Wenige Tage vor der Ermordung Ihres Vaters gab Sendler vor, einen Einsatzbefehl zu haben. Zu dieser Zeit hatten wir erstmals ganz konkret über unsere Zielsetzung gesprochen. Einige wunderten sich über die plötzliche Abberufung, aber schließlich hielten wir ihn alle für integer."
„Herr Schoenhals, bitte erzählen Sie mir doch nicht jedes Detail!"

„Warten Sie, gleich werden Sie verstehen, warum ich das tue. Also, ich habe einen Freund in der Kreisleitung, der mir heute morgen eine Notiz zukommen ließ. Ich hatte ihn nach Ihrem Besuch gebeten, nachzuschauen, ob etwas in den Akten sei. Seine Auskunft haute mich fast um. Gegen Ihren Vater war eine anonyme Anzeige eingegangen, just zu der Zeit, als Sendler angeblich an der Front war."

„Dann hat Ihr Kumpan meinen Vater auf dem Gewissen?"

„Mag sein, zumal er, wie ich in Erfahrung bringen konnte, zu dieser Zeit nicht an der Front war. Aber es wäre ungewöhnlich, wenn er sowohl die Anzeige gemacht, als auch den Mord ausgeführt hätte. Das ist nicht die Handschrift der Partei!"

„Na, und? Wer war es dann?"

„Ich vermute Gestapo oder SS."

„Verstehe jetzt, warum ich die Papiere vernichten soll."

„Sehen Sie! Und machen Sie es bitte bald, am besten noch heute!"

„Ja, ja, aber warum die Eile?"

„Weil ich vermute, daß Sendler Akten von hier mitgenommen haben könnte. Er tauchte nämlich Ende Juni wieder hier auf. Meine Freunde waren alle schon in Berlin oder sonstwo; er hatte also leichtes Spiel. Ihrem Vater konnte offenbar damals keine Beteiligung an irgend etwas nachgewiesen werden, sonst hätte die Gestapo Ihr ganzes Anwesen auf den Kopf gestellt. Warum er letztendlich umgebracht wurde, weiß nur der liebe Gott. Aber wenn Sendler wirklich ein Judas ist und tatsächlich etwas von hier mitgenommen hat, könnte Ihnen noch eine Durchsuchung ins Haus stehen."

„Verdammt noch mal, Schoenhals! Wissen Sie denn nicht, ob er etwas hat verschwinden lassen?"

„Fräulein Treskow, dieser Satz könnte auch aus dem Mund Ihres Vaters stammen. Er war immer verstimmt darüber, wie ich meine Papiere überall herumliegen ließ. Ich kann wirklich nicht sagen, ob etwas fehlt. Außerdem, warum hat diese anonyme Anzeige nur Ihrem Vater gegolten? Eigentlich ist es doch die Gruppe, die von Interesse wäre, ich meine, für die Partei."

„Sie sind gut! Was ist, wenn diese Liste über die Aufgabenverteilung in einer zukünftigen Regierung, die ich bei den Sachen meines Vaters fand, in seinen Händen ist?"

„Das halte ich für unmöglich, da es hier keine schriftlichen Exemplare davon gibt. Außerdem haben wir diese Einzelheiten in jenen Tagen erfahren, als Sendler nicht da war."

„Trotzdem könnte er doch jetzt etwas unternehmen."

„Natürlich kann er, aber wenn er tatsächlich ein Verräter ist, wird er an Anweisungen von oben gebunden sein."

„Sie glauben noch an seine Unschuld?"

Schoenhals stand auf und vertrat sich die müden Beine.

„Ach, Fräulein Antonia, wir haben weder für das eine noch für das andere handfeste Beweise. Außerdem ist das bald alles vorüber, und dann kann sich Sendler, falls er überhaupt Papiere von uns hat, damit den Hintern abwischen! Die Zeit arbeitet für uns."

Antonia rieb sich mit dem Zeigefinger die Stirn und schaute den Mann ungläubig an.

„Ihr Wort in Gottes Ohr!"

Der Wecker riß Antonia aus einem wunderbaren Traum. Sie drehte sich um und blinzelte. Fünf Minuten vor fünf. Sie streckte sich unter ihrer Decke. Ohne Eile stand sie auf, wusch sich kurz mit kaltem Wasser und besah sich ihre neue Heimstatt, die sie noch am Abend zuvor versucht hatte wohnlicher zu gestalten. Das Gärtnerhaus war schon seit Anfang der vierziger Jahre unbewohnt. Der Gärtner war damals zur Wehrmacht eingezogen worden und seine Familie zu Verwandten nach Breslau gezogen. Entsprechend heruntergekommen war das Fünf-Zimmer-Haus auch. Wenigstens die geräumige Küche und ihr Schlafzimmer hatte Antonia gründlich gesäubert und auch einige Dinge aus ihrem ehemaligen Zimmer herübergebracht.

Sie saß auf einem groben Holzstuhl in der Küche, aß eine dicke Stulle mit Käse und trank einen großen Becher Milch. Dann machte sie sich daran, die Dachrinne zu reparieren, damit sich der ganze Platz vor dem Eingang nicht beim nächsten Regen wieder in Sumpfgebiet verwandeln würde. Mit etwas Blech, einer Blechzange, einer rußenden Lötlampe, Lötwasser und Zinn ausgerüstet, stand sie auf einer Leiter und flickte die Löcher. Die Zeit verging wie im Fluge, und die Julisonne brannte gehörig auf sie herab, bis sie endlich mit der leidigen Arbeit fertig war. Nachdem sie ihr Arbeitsgerät sorgfältig gereinigt und verstaut hatte, ging sie in ihre Küche und trank in großen Zügen ein Glas Wasser. Ein Blick auf die Uhr bestätigte ihr Hungergefühl. Sie wusch sich rasch die Hände und ging dann den staubigen Weg hinüber zum Gutshaus. In Maries Reich saßen Rudolf und Eberhardt und löffelten Schabbelbohnen mit Karbenad. Sie grüßte kurz und setzte sich dazu. Für die Alten war es ungewohnt, daß die junge Frau mit ihnen aß, und sie bemühten sich sichtlich, Tischmanieren zu zeigen. Antonia bekam von Marie einen Teller und begann gierig zu essen. Da flog die Tür wie durch einen Windstoß auf, und Wolfgang stürmte herein.

„Heil Hitler!"

Die alten Männer sahen noch nicht einmal von ihren Tellern auf, und Antonia warf den Löffel hin.

„Der hat das Essen hier nicht gekocht!"

Der junge Sparwein, gerade noch in zackiger Haltung, sank in sich zusammen und wurde eine Spur rot. Marie drückte ihn auf einen freien Stuhl und stellte einen Teller vor ihn hin.

„Nu' iß dir ma' satt!"

Wolfgang ließ sich nicht lange bitten und haute rein. Rudolf zündete sich, als er fertig war, einen Zehner-Stumpen an und qualmte genüßlich. Der Junge in HJ-Uniform vertilgte drei Teller Bohnen und saß dann zwar gesättigt, aber wenig zufrieden am Tisch.

„Wißt ihr schon, wer Meister geworden ist?"

Einer der alten Männer öffnete seinen zahnarmen Mund.

„Im Vielfressen? Wolfgang Sparwein!"

Kurzes prustendes Gelächter, das jäh abbrach, als Antonia mitzulachen begann. Die Männer schauten betreten auf ihre leeren Teller.

„Daran müßt ihr euch gewöhnen, daß ich hier mit euch am Tisch sitze. Also keine falsche Scham!"

Rudolf nickte kurz und blies Rauchkringel in die Luft.

„Na, wer ist denn Meister geworden, und vor allem in was?"

Wolfgang beugte sich nach vorn, als wolle er ein Geheimnis preisgeben.

„Der deutsche Fußballmeister is' der Dresdner SC. De alten Schlammsohlen ham tatsächlich vier ze null gegen den LSV Hamburg gewonnen!"

Antonia sah den jungen Kerl ungläubig an.

„LSV?"

Eberhardt hustete kurz und nickte.

„Das heißt Luftwaffensportverein."

„Aha, kann ja nicht alles wissen."

Wolfgang stand ruckartig auf, so daß Marie, die zufällig hinter ihm stand, seinen kippenden Stuhl auffangen mußte. Der Junge bekam einen tiefroten Kopf und sah starr auf den Tisch.

„Fräulein Treskow, ich hab' da noch was für Se."

Er nestelte an der Brusttasche seines braunen Uniformhemdes und streckte ihr einen zusammengefalteten Umschlag entgegen.

„Und nu' muß ich wieder weg. De Pflicht ruft!"

Wie der Wind verschwand der junge Kerl aus der Küche, und Marie setzte sich behäbig auf den freigewordenen Stuhl. Rudolf qualmte, Eberhardt war eingenickt, und Antonia stand, nur den Brief im Sinn, auf und nickte.

„Mahlzeit."

Sie bekam keine Antwort. Zumindest nahm sie keine wahr, als sie mit starrem Blick auf das Kuvert aus der Küche ging. Die Schrift, der Umschlag, alles glich dem ersten Brief, der das Gedicht von Agnes Miegel enthalten hatte. Enttäuscht steckte sie den Umschlag ein und machte sich auf den Weg zurück zum Gärtnerhaus.

„Herrgott, entweder Wolfgang oder der von Opel! Können die mir nicht meinen Frieden lassen?"

Für den Nachmittag hatte sie sich vorgenommen, die Toilette und das Badezimmer in Ordnung zu bringen. Mit einer großen Metallspirale kurbelte sie im stinkenden Wasser des Abtritts herum und versuchte die Verstopfung zu beseitigen. Glucksend und gurgelnd lief die Brühe langsam ab, und Antonia besah sich die schmutzverkrustete Schüssel.

„Überall nur Scheiße! Nur Dreck, wo man hinschaut! Und der verrückte Sparwein schreibt mir vermutlich auch noch Liebesgedichte! Der Klavierspieler käme doch eher gleich selbst vorbei ..."

Als sie endlich mit ihrer schmutzigen Arbeit fertig war, gönnte sie sich eine kalte Dusche. Ihr Haar war noch feucht, als sie Eberhardt die große Spirale zurückbrachte. Er fragte kurz nach dem Ergebnis der Aktion. Sie nickte nur und ging hinüber zum Eingang des Hauses. Traurig setzte sie sich auf die warmen Stufen in die tiefstehende Sonne und starrte vor sich hin. Als sie ihren Kopf nach einer Weile hob, sah sie, wie Rudolf den Hufschmied, der Bonzo zwei neue Eisen angepaßt hatte, verabschiedete und ihn zu seinem Wagen brachte.

„Alles geht seinen Gang. Wenigstens etwas."

Kupinski schaute auf seinem Weg zum Stall zum Eingang des Hauses hinüber und sah die junge Frau, ihren Kopf in beide Hände gestützt, auf der Treppe sitzen. Er ging zu ihr und sah sie mit milder Strenge an.

„Na, ham Se nuscht mehr zu tun?"

„Arbeit hätte ich noch und nöcher, aber es geht mir eben nicht aus dem Kopf, daß mir Wolfgang den Hof macht."

Der Alte steckte den kleinen Finger der rechten Hand in sein Ohr und rieb darin. Dann besah er sich den Finger.

„Wie? Hab' ich das richtich verstanden? Er hat Ih'n anzügliche Anjebote jemacht? Dem schlag' ich's Kreuz ein, dem Saukerl!"

Antonia stand auf und ging zwei Stufen hinunter.

„Nein, er hat nichts gesagt! Schreibt mir Gedichte."

Rudolf konnte nicht anders, er mußte einfach laut lachen. Sie sah ihn ärgerlich an und wollte hinüber zum Stall.

„Schön, daß wenigstens du das lustig findest!"

Der alte Mann stubste sie kurz am Arm.

„Unser Hitlerjunge hat zwar 'nen Narren an Ih'n jefressen, und ich hab' ihm auch schon jesagt, daß er sich so Sachen gleich aus'm Kopp schlajen soll. Aber Jedichte, nee, Jedichte schreibt der bestimmt nich'!"

„Habe hier schon den zweiten Brief. Du warst doch beim Essen dabei, als er mir den Umschlag gegeben hat!"

„Nee, nee, Fräulein! Janz im Vertrauen, der Wolfgang is'n juter Kerl, immer emsig, drückt sich nich' vor keiner Arbeit, aber er war'n mieser Schüler. Ich verwett' meine letzte Hand, der kann noch nich' mal dem Namen von seine' Mutter fehlerfrei schreiben! Un' Jedichte, nee, der weiß noch nich' mal, was 'n Jedicht is'!"

Sie sah den alten Angestellten kurz an und lief dann den Weg zurück zu ihrem neuen Domizil. Vor der Tür setzte sie sich auf die altersschwache Holzbank, kramte den zerknitterten Umschlag aus ihrer Hosentasche und riß ihn hastig auf. Die gleiche runde Schönschrift wie im ersten Brief lächelte ihr entgegen.

Noch immer wie an jenem ersten Morgen
Erschrickt mein Herz vor deiner Schönheit Licht,
Und immer forsch und errate nicht,
Was so geheimnisvoll und tief verborgen.

Vieldeutig hinter deiner Schönheit stehe.
Oh Qual des Grübelns, wie ein wildes Tier
Folgt sie mir schleichend, bin ich fern von dir,
Und duckt sich scheu in deiner holden Nähe.

Doch hör ich deiner dunklen Stimme Klang
Traurig und süß im blühenden Heckengang
Wie eine Geige süßen Wohllaut schweben,

Dann ist des Grübelns dumpfe Pein vergessen,
Und vor mir sehe ich dein ganzes Leben,
Wie Kinder, die am Gartentore stehn
Und ihre Stirne an das Gitter pressen
Und ganz verloren all das Blühen sehen.

„Unsere wunderbare Agnes Miegel hat dieses Gedicht *Gesine* genannt, doch für mich will es *Antonia* heißen ..."

Es war schon sehr spät geworden, doch Antonia saß immer noch in der Küche des Gärtnerhauses. Unter spärlichem Licht sichtete sie die Buchhaltungsbücher. Ein Stapel von Notizzetteln und ein Buch über doppelte Buchführung lagen neben ihr. Sie schaute auf und rieb sich mit Daumen und Zeigefinger die angestrengten Augen. Beim Abendessen hatte sie sich einen großen Becher Milch aus der Küche des Haupthauses mitgenommen und trank den letzten Schluck. Dann räumte sie die Unterlagen beiseite, wusch sich rasch Hände und Gesicht und zog sich dann aus. Im Bett las sie noch einmal das Gedicht und löschte dann das Licht. Draußen rauschten die Bäume im Sommerwind, und Nachtgrillen zirpten. Zwischen Schlafen und Wachen machte sie sich noch einmal Gedanken über die Herkunft der Zeilen.

Sie kannte die Geräusche der Nacht, sie waren wie ein Schlafmittel für sie. Doch da war ein Knacken und Knirschen, das sie nicht einordnen konnte. Antonia setzte sich im Bett auf und lauschte angestrengt. Nun war sie sich sicher, daß jemand herumschlich. Sie griff nach der Pistole, die sie im Arbeitszimmer ihres Vaters gefunden hatte, und stand auf. Mutig durchquerte sie die Küche und sah durch ein Fenster nach draußen. Es war nichts Ungewöhnliches zu entdecken. Sie schob den Riegel der Eingangstür zur Seite, entsicherte die Waffe und ging langsam um das Haus herum. Als sie einen Schatten sah, stellte sie sich breitbeinig hin, nahm die Waffe, wie es ihr beigebracht worden war, in beide Hände und legte den Zeigefinger der rechten Hand an den Abzug.

„Halt! Wer da?"

Edith sprang erleichtert über die bekannte Stimme aus dem Schatten eines Busches.

„Toni!"

„Edith?"

Die rannte bereits auf sie zu und umarmte sie. Antonia war überrascht, ja geradezu entsetzt.

„Bist du alleine hier, oder ist das eine Falle?"

Edith verstand die Frage überhaupt nicht und begann zu weinen.

„Was für eine Falle? Ich bin von zu Hause weggelaufen. Mein Vater hatte mich eingesperrt!"

Antonia entspannte sich und brachte die schluchzende Frau ins Haus. Bei Licht sah sie, daß Edith ziemlich ramponiert aussah.

„Na, zieh dich erst einmal aus und wasch dich."

Während sie sich wusch, erzählte sie Antonia ihre Leidensgeschichte und von ihrer nächtlichen Flucht. Etwas später saß sie in einem von Antonias Nachthemden am Küchentisch und verspeiste einen letzten Rest Brot.

„Mein einziger Wunsch war, zu dir zu kommen."

„Na schön. Und wie hast du dir das weiter vorgestellt? Meinst du, dein Vater läßt nicht nach dir suchen?"

„Dem bin ich doch egal!"

„Wie du meinst. Besprechen wir morgen noch einmal. Gibt nur noch ein kleines Problem. Habe hier kein zweites Bett."

„Warum bist du überhaupt hier, in dieser verrotteten Hütte?"

„Habe meinem zukünftigen Verlobten den Laufpaß gegeben, und nun will meine Mutter nichts mehr mit mir zu tun haben."

„War er dir nicht reich genug?"

„Dem hätte ganz Ostpreußen gehören können, hätte ihn trotzdem nicht genommen!"

„Dann ist er bestimmt fett und häßlich."

Antonia fühlte sich entsetzlich müde bei dem Gedanken an den dürren, kleinen Klavierspieler.

„Hör zu, ich habe nur ein Bett und ich bin müde wie Blei. Leg dich doch einfach zu mir, und morgen früh sehen wir weiter."

Ediths Herz tat einen Hüpfer, als sie Antonia mit der Petroleumlampe in der Hand durch die Tür verschwinden sah. Sie eilte ihr nach und schloß die Tür. Sie sah Antonia in ein schmales Bett steigen und folgte ihr. Bevor die junge Treskow das Licht löschte, zeigte sie Edith den Brief, der auf einem Stuhl neben dem Bett lag. Edith beugte sich über sie und pustete das Petroleumlicht aus. Antonia spürte das Gewicht des Mädchens auf sich, und ein Schauer lief ihr durch den Körper. Edith machte keine Anstalten, sich von ihr herunterzurollen. Ihr Gesicht war so nahe vor Antonias, daß sie ihren Atem spüren konnte.

„Weißt du, von wem das Gedicht ist?"

Antonia wurde es heiß und kalt.

„Nein, aber ich wünsche mir, daß es von einem ganz bestimmten Menschen kommt."

Edith war, als bliebe ihr gleich das Herz stehen.

„Mann oder Frau?"

Antonia zog ihre Arme unter der Decke hervor und legte sie sanft um die Frau, die halb auf ihr lag.

„Du …"

Edith seufzte tief und drückte ihre heißen Lippen auf das Gesicht der Geliebten.

Frau Sattmann saß, die Hände im Schoß gefaltet, wie ein Häufchen Elend auf dem Stuhl vor Romeikes Schreibtisch.

Die Uniformjacke des Dicken stand offen, und sein Speckbauch zitterte, während er vor Wut mit der Faust auf den Tisch schlug.

„Da ist man einmal aus dem Haus, und schon geht es hier drunter und drüber! Entlassen sollte ich dich, mit einen dicken Vermerk in deiner Akte! Ins Lager sollte ich dich bringen lassen!"

„Herr Romeike, als ich oben bei Edith war, war sie ganz normal. Vor allem, sie war in ihrem Zimmer."

Er zog mit beiden Händen seine Hose hoch.

„Papperlapapp, aufpassen hättest du sollen."

„Ham wir doch! Die kleine Sigrid war noch vorm Schlafengehen oben und hat nachgesehen, ob Ediths Zimmertür abgeschlossen ist."

„Grob habt ihr eure Pflicht verletzt! Ich warne dich, noch eine solche Verfehlung, dann gnade dir Gott. Und jetzt raus mit dir!"

Frau Sattmann stand auf und verließ mit hängenden Schultern das Büro. Romeike schrie nach der Pawelcke. Die rannte auch sofort in das Büro.

„Ortsgruppenleiter?"
„Machen Sie mir ein Gespräch zur Kreisleitung!"
„Sofort, Ortsgruppenleiter."

Er hatte seine Uniformjacke, die heute noch mehr als sonst über dem Bauch spannte, sorgfältig zugeknöpft und nahm den Telefonhörer ab, als es klingelte.

„Romeike hier!"

Er sah mit rotunterlaufenen Augen auf ein paar Akten auf seinem Tisch.

„Was, der Schnelldorfer ist nicht da? Dann geben Sie mir eben gleich den Kreisleiter."

Er setzte sich auf seinen wuchtigen Stuhl und nickte kurz.

„Auch nicht da? Schöne Bescherung! Dann richten Sie aus, daß ich mir jetzt endlich einmal das Gut Treskow vornehmen werde. Ich warte auf Bestätigung!"

Ärgerlich warf er den Hörer auf die Gabel.

„Die ist bestimmt bei ihrer Busenfreundin. Wenn ich sie dort erwische, dann ist das das Ende von dieser Querulantin!"

Unruhig ging er im Zimmer hin und her und wartete auf den Rückruf der Kreisleitung. So verging der Vormittag, und Romeikes Zorn steigerte sich ins Unermeßliche. Er zog den zerkauten Zigarrenstummel aus dem Mund, als es klopfte und Frau Pawelcke hereintrat.

„Hier ist Oberleutnant Sendler von der Kreisleitung."

„Nur herein mit ihm!"

Der Dicke begrüßte den Offizier korrekt und bot ihm eine Zigarre und ein Glas Schnaps an. Sendler nahm dankend an und kippte gleich den Selbstgebrannten.

„Holla, das ist aber ein echter Rachenputzer."

Romeike war ungeduldig und winkte ab.

„Ja, ja! Was ist? Habe ich freie Hand bezüglich Treskow?"

„Was liegt denn Ihrer Meinung nach vor? Welche Beweise haben Sie, und wofür?"

„Na, das müßten Sie doch noch besser wissen als ich. Der alte Treskow war doch ein Spion oder etwas ähnliches."

„August Treskow ist tot, das wissen Sie genausogut wie ich. Haben Sie Anhaltspunkte, daß Familienangehörige, zum Beispiel die Tochter, auch in bestimmter Richtung aktiv sind?"

Romeike bekam einen hochroten Kopf.

„Ja, diese Antonia, die hat es faustdick hinter den Ohren!"

Sendler hatte sich die dicke Zigarre angezündet und schmauchte.

„Anhaltspunkte, Beweise?"

„Die finden wir bestimmt, wenn wir das Gut auf den Kopf stellen, da bin ich sicher! Sie haben doch ein paar Leute mitgebracht?"

„Romeike, das ist eine eher dürftige Antwort. Außerdem bin ich alleine. Befehl von oben: nicht zuviel Aufhebens machen!"

„Na, ich muß schon bitten, Ihr Ton ..."

„Gefällt Ihnen nicht. Stört mich überhaupt nicht. Ich habe meine Anweisungen! Also, was wissen Sie über die Aktivitäten von Treskow?"

Romeike sah dem schlanken, blonden Mann in die grünen Augen.

„Wie, was weiß ich?"

„Stellen Sie sich nicht dumm! Beantworten Sie meine Frage!"

„Na ja, der alte Treskow soll für die Russen spioniert haben, mit ein paar anderen Leuten hier aus der Gegend."

„Woher haben Sie diese Informationen?"

Romeike schüttelte den glutroten Kopf und kratzte sich am Hals.

„Was ist das hier – ein Verhör? Ich bin ein Mann der ersten Stunde, ich war schon in der Partei, da konnten Sie noch nicht einmal Ihren Namen schreiben. Mir können Sie so nicht kommen! Ich rufe jetzt den Kreisleiter an, ob der Sie überhaupt geschickt hat!"

Sendler knöpfte lässig die beiden obersten Knöpfe seiner Uniformjacke auf und zog einen Umschlag heraus. Mit einem zweideutigen Lächeln gab er dem Dicken das Kuvert. Der riß den Brief auf und las:

„Lieber Romeike!

Ich habe den Fall vertrauensvoll in die Hände von Oberleutnant Sendler gelegt. Er hat freie Hand, und ich erwarte, daß Sie ihn nach Kräften unterstützen."

Romeike erkannte die Unterschrift des Kreisleiters, wurde blaß und schnaufte tief.

„So ist das also. Da ist wohl richtig die Kacke am Dampfen. Herr Oberleutnant, ich bitte Sie, mein Verhalten zu entschuldigen!"

Sendler stand auf, legte die Zigarre weg und nickte.

„Schon gut, Romeike. Also, mehr wissen Sie wirklich nicht?"

Der Ortsgruppenleiter begann sich fahrig am Hals zu kratzen.

„Nein, und das, was ich weiß, sind eigentlich nur Gerüchte. Ich meine, wenn Sie ... Also ich denke ..."

„Mir egal, was Sie meinen oder glauben! Stellen Sie mir Ihren Fahrer zur Verfügung. Der kennt doch den Weg zu den Treskows?"

„Selbstverständlich!"

Romeike ging zur Tür und wies Frau Pawelcke an, den Chauffeur zu holen.

Etwa eine Stunde später rollte Romeikes Mercedes auf den Treskowschen Hof. Pröck sprang heraus und öffnete noch zackiger als sonst den Fond des Wagens. Sendler stieg aus und besah sich das große Herrenhaus. Marie rannte aus der Küche herbei.

„Oh! Was wünscht denn der Herr Offizier?"

„Ich möchte Fräulein Treskow sprechen."

Marie strich ihre Schürze glatt.

„Na nu', das is' schwierig. Die is' reiten."
„Aha, dann warte ich eben."

„Gut, Edith, weiter so!"

Der jungen Romeike tat nicht nur ihr Allerwertester weh, sie fühlte auch einen dauerhaften Schmerz in beiden Oberschenkeln. Antonia saß locker im Sattel ihres Pferdes und schaute ihrer Freundin aufmerksam zu, wie sie versuchte, Brick im Schritt zu halten.

„Primich! Jetzt der Trab, also halbe Parade. Beide Unterschenkel gleichzeitig ans Pferd! Kreuz anspannen und das Gewicht etwas nach hinten verlagern. Versuch dich einfach fester in den Sattel zu setzen!"

Sie sah, wie Ediths Teint langsam einer roten Rübe glich und irgendwie gar nicht zur Haarfarbe der Angebeteten passen wollte.

„Locker! Nicht verkrampfen! Wenn die Kleine den ersten Trabschritt macht, die Hilfe etwas verstärken! Und dann aussitzen, wie ich es dir gezeigt habe. Also, vorwärts!"

Antonia trabte mit Bizerka langsam an und sah sich um. Edith mühte sich, den Anweisungen zu folgen, doch Brick war offenbar wenig überzeugt von dem Tun ihrer Reiterin. Erst als Antonia schon ein ganzes Stück entfernt war, besann sich die Stute und begann plötzlich zu traben. Edith holperte auf dem Sattel herum, bis ihr Pferd Antonias erreicht hatte. Die Stute verfiel wie von Geisterhand geführt in den Schritt, um dann abrupt anzuhalten.

„Nee, nee, Toni! Das ist für mich alles ein Buch mit sieben Siegeln! Der Klepper macht doch mit mir, was er will."

„Ein Pferd ist kein Fahrrad! Wenn du dem Tier nicht klarmachst, was du willst, dann macht es natürlich, was es will."

„Ich brauche jetzt eine Pause. Mir tut wirklich alles weh!"

Die schlanke Dunkelhaarige sah sich um und deutete auf eine grüne Insel zwischen zwei Feldern.

„Bis dorthin wirst du es doch noch schaffen?"

Edith nickte und versuchte erneut mit aller Kraft, Brick zum Laufen zu bewegen. Doch erst als Antonias Pferd vorneweg ging, trottete die Stute hinterher. Wie der Folterbank entkommen fühlte sich Edith, als sie neben ihrer fröhlich lächelnden Freundin ins Gras sank.

Antonia beugte sich zu ihr herunter, nahm ihr Gesicht in ihre warmen Hände und küßte sie auf die salzig schmeckende Stirn.

„Den nächsten Ausflug machen wir mit dem Rad."

„Hoffentlich! Puh, mir ist fruchtbar warm."

Antonia machte die Pferde im Schatten einer großen Trauerweide fest.

„Dann zieh doch deine Bluse aus!"
„Hier – vor aller Welt?"
Antonia krempelte ihre Ärmel hoch, und Edith sah neidisch auf deren gebräunte Arme. Zögerlich öffnete sie zwei Knöpfe ihrer Baumwollbluse. Antonia ließ sich auf ihrer Jacke neben Edith nieder und sah sie liebevoll an.
„Kann weit und breit niemanden sehen!"
„Und wenn zufällig jemand vorbeikommt?"
Antonia rückte dicht zu ihrer Freundin und begann langsam die anderen Knöpfe des Hemdes zu öffnen. Ediths Atem beschleunigte sich und sie fühlte ein Prickeln auf ihrer Haut. Dann hielt sie die kupferbraunen Hände fest.
„Bitte nicht."
„Warum?"
Zwei smaragdgrüne Augen sahen sie flehentlich an.
„Ich will nicht, daß du diesen dummen Büstenhalter siehst."
„Gut, ich mache die Augen zu."
Antonia befreite ihre Hände und begann vorsichtig, mit geschlossenen Augen, die Bluse zu betasten. Sie machte die letzten beiden Knöpfe auf und legte eine Hand auf Ediths warmen Bauch. Die andere ließ sie langsam nach oben wandern und befühlte zaghaft den festen Stoff, welcher der üppigen Brust Halt gab. Edith erschauerte und spürte, wie sich die weiche Hand in ein Körbchen des BHs schob. Sie schloß die Augen und fühlte sanfte Lippen sich einen Weg vom Hals zu ihrem Busen ertasten.
„Bitte, wenn jetzt jemand kommt ..."
Antonia konnte sich nur widerwillig von dieser wohlriechenden Frau losreißen und machte die Augen auf.
„Immer noch niemand zu sehen."
Ihr Blick fiel dann auf den Büstenhalter ihrer Freundin, und sie lachte leise.
„Wo hast du denn dieses Großmutterstück her?"
Edith zog verärgert Antonias Hand aus dem Wäschestück.
„Du hast gesagt, daß du nicht guckst. Das unmögliche Ding ist von einer Angestellten. Meine passen mir nicht mehr, und mein Vater weigert sich beharrlich, mir Geld für neue Unterwäsche zu geben."
Antonia lächelte, stand auf, nahm ihre Freundin bei der Hand, und sie schlenderten in den Schatten der wuchtigen Weide, deren Äste fast bis zum Boden reichten. Die junge Treskow zog ihr Hemd aus und gab den Blick auf ihre festen Brüste frei. Edith schaute sie fasziniert an.
„Du bist unglaublich schön! Deine Brust braucht keine Stütze."
Antonia schnaufte tief und legte ihren Kopf zwischen die großen Brüste ihrer Freundin.

„Hm. Meine Mutter ist da völlig anderer Meinung. Sie sagt, ein Büstenhalter gibt erst die richtige Form. Aber du bist die schönste Frau, die ich jemals gesehen habe."

„Ich? Blödsinn! Sieh dir nur mein Haar an, die Farbe muß dem Herrgott ausgerutscht sein! Kein Mensch hat Haar, das sich nicht zwischen Roter Bete und Karotte entscheiden kann."

Antonia drückte ihre Lippen auf den Mund der Geliebten und küßte sie leidenschaftlich.

„Pst! Zarah Leander hat genauso rotes Haar wie du. Also halte dich zurück mit deinem Urteil!"

„Du spinnst doch! Kein normales Wesen hat eine solche Haarfarbe!"

„Doch! Habe ein Farbbild von ihr gesehen, in der *Filmwelt*! Fast genau deine Farbe!"

Edith streckte ihre Arme nach Antonia aus und spürte, wie ihre Hände zitterten.

„Ich glaube dir kein Wort. Aber ich ..."

Antonia nahm sie in den Arm und zog ihr die Bluse aus. Sie umfaßte die Geliebte, drückte sie an sich und machte sich an den Haken des Büstenhalters zu schaffen. Endlich hielt sie ihn in Händen und legte ihn neben sich. Ediths hellhäutiger Oberkörper war genauso von Sommersprossen bedeckt wie ihr Gesicht. Kurz bedachte Antonia die beiden rosafarbenen Brustwarzen mit einem Kuß, drückte den rundlichen weichen Körper an sich und legte sich auf ihn.

„Glaube, ich werde wahnsinnig! Mein Gott, du bist einfach unsagbar schön!"

Edith schwanden fast die Sinne, als Antonia auf ihr lag und ihren Haaransatz küßte. Sie sah nach oben und konnte kaum den Himmel durch das dichte Laub der Trauerweide sehen. Ein Windstoß ließ das Blätterdach rauschen, und sie suchte mit ihren Lippen den Mund der Freundin. Der nächste Kuß ließ Antonia in Schweiß ausbrechen. Noch nie in ihrem Leben hatte sie solche Erregung gespürt, und sie begann ihren ganzen Körper an Edith zu reiben, die wie im Rausch keuchte.

„Toni, bitte ..."

Antonia rollte von ihr herunter und fühlte sich wie ein Luftballon kurz vor dem Platzen.

„Was?"

Edith fuhr sich mit schwitzigen Händen über ihr heißes Gesicht. Sie drehte sich um und sah den wunderschönen, schlanken und doch ungemein kräftigen Oberkörper an.

„Ich weiß nicht, ob es richtig ist, was wir hier machen."

Antonia atmete tief durch, schlug die Augen auf und verschränkte die Arme im Nacken.

„Weiß es auch nicht. Aber ich fühle, daß ich mehr von dir will."

Edith setzte sich auf und öffnete den Knopf am Bund ihrer engen Reithose.

„Ja, das will ich doch auch, aber ich habe keine Ahnung, wie das werden soll. Es ist doch nicht normal, was wir hier tun. Es ist doch irgendwie entartet. Frauen sollen so etwas nicht miteinander machen."

Antonia drehte sich um und stützte ihren Kopf auf. Großer Ernst und etwas Angst lagen in ihrem Blick.

„Glaube, daß wir das einzig Richtige tun, wenn wir uns lieben. Natürlich weiß ich auch nicht, wie das funktionieren soll. Aber ich will nur dich!"

„Toni, für so etwas sind Frauen schon ins Lager gekommen. Es ist Wehrkraftzersetzung, wenn wir uns nicht unserem biologischen Schicksal fügen!"

Antonia stand auf, griff ihr Hemd und zog es über.

„Ja und? Ich liebe dich nun mal. Und ich weiß, daß ich lieber ins Gefängnis gehe, als mich von irgendeinem Mann schwängern zu lassen. Von mir bekommt der Führer kein Kind!"

„Sei nicht so laut!"

Antonia streckte die Arme in die Höhe, schüttelte den Kopf und holte tief Luft.

„Für jeden, der es hören will! Ich liebe dich!"

Edith sprang auf und umklammerte ihre Liebste.

„Du mußt wahnsinnig sein! Bitte schrei doch nicht so!"

Antonia umarmte Edith und drückte sie fest an sich.

„Vielleicht bin ich wahnsinnig, aber ich bin es gerne."

Sie ließ die Liebste los und fuhr mit beiden Händen durch deren volles rotes Haar.

„Übrigens paßt dir die Hose von mir doch wirklich gut."

Edith schob die Angebetete von sich und sah an sich herab. Ihr Blick glitt über ihren Busen bis zu ihrem geöffneten Hosenbund.

„Um den Bauch ist sie ein wenig eng, aber sonst – ich hätte wirklich nicht gedacht, daß ich da hineinpassen würde."

Antonia nahm sie mit beiden Händen an den Hüften, beugte sich vor und küßte den hellhäutigen Bauch.

„Marie kann den Bund bestimmt etwas weiter machen. Dann kannst du sie behalten."

Edith umfaßte den Kopf der Freundin und drückte ihn gegen ihren Körper.

„Mein Vater schlägt mich tot, wenn ich jetzt auch noch in Hosen herumlaufe!"

„Den hätte ich beinahe vergessen. Was willst du jetzt eigentlich tun? Irgendwann mußt du zurück nach Schloßwalde."

„Ich bleibe bei dir, egal, was passiert!"

„Nichts lieber als das, aber wenigstens einmal mußt du noch zurück. Du brauchst noch ein paar Sachen."

„Ich gehe da nicht mehr hin! Mein Vater haßt mich wahrscheinlich noch mehr als meine Mutter. Sie hat er zumindest nie eingesperrt."

Es verging noch eine Weile mit Küssen und Kosen, bis die beiden jungen Frauen sich auf den Weg zurück zum Gut machten.

Der Einfachheit halber hatte Antonia auf dem Rückweg die Zügel von Brick in die Hand genommen, und das Pferd trottete friedlich mit Edith auf dem Rücken neben Bizerka her.

Ohne Eile kamen sie auf dem Hof an, wo Edith mit einem kurzen Aufschrei auf einen Mercedes deutete, der vor dem Treppenaufgang stand. Antonia sprang aus dem Sattel und warf Edith die Zügel ihres Pferdes zu.

„Na, das mußte ja kommen! Drinnen hockt jetzt bestimmt der Herr Goldfasan und parliert mit meiner Mutter."

Edith machte sich daran, von ihrem Pferd zu klettern.

„Ich habe Angst!"

„Bleib oben! Am besten, du versteckst dich erst einmal, und ich rede mit deinem Vater. Bisher weiß ja noch niemand, daß du hier bist."

„Aber es hat mich doch bestimmt jemand gesehen, als wir vorhin losgeritten sind."

„Kann sein oder auch nicht. Du reitest jetzt rüber zum Gärtnerhaus. Sattle Brick ab, vergiß aber die Trense nicht! Dann gibst du ihr einen festen Klaps auf den Hintern. Die Kleine findet dann schon den Weg zurück zum Stall. Den Sattel und das Zaumzeug packst du auf den Küchentisch und stellst die Dose Lederfett dazu, die unter dem Spülstein ist. Und dann versteckst du dich in der kleinen Remise!"

„Wie du meinst."

Antonia drehte die Stute in die entsprechende Richtung und schlug ihr auf die Hinterhand. Edith hatte Mühe, sich auf dem losjagenden Pferd zu halten.

Antonia schleppte geruhsam Sattelzeug und Trense ihrer Stute in die Sattelkammer. Sorgfältig rieb sie alles ab und wusch das Gebiß der Trense. Als alles an seinem Platz war, schlenderte sie auf den Hof. Da sah sie ihre Mutter auf der Treppe, und neben ihr stand zu ihrer Verwunderung nicht der dicke Romeike, sondern Sendler.

„Das kann nichts Gutes bedeuten."

Ohne Eile ging sie zum Haus.

„Guten Abend, Mama. Heil Hitler, Herr Oberleutnant!"

Ihrer Mutter war das Glück förmlich anzusehen.

„O Antonia, ich dachte schon, du kommst heute gar nicht mehr. Aber dieser nette junge Mann hat mir die Wartezeit wirklich angenehm erscheinen lassen."

Die junge Frau sah den Wehrmachtsoffizier ausdruckslos an.

„Was verschafft uns die Ehre?"

Ihre Mutter lächelte entrückt.

„Ach, meine Liebe, zieh dir doch rasch etwas anderes an. Wir warten noch einen Augenblick in der Bibliothek."

Antonia ahnte, was die plötzliche Freundlichkeit ihrer Mutter zu bedeuten hatte.

„Nein, Mama! Zumal ich annehme, daß der Herr Oberleutnant mich alleine sprechen möchte."

Sendler schlenderte die Treppenstufen hinunter und nickte.

„Ganz genau! Sie hatten wohl schon mit meinem Besuch gerechnet?"

„Nicht ganz, aber jetzt, wo Sie hier sind, kann ich mir denken, was Sie wollen."

Frau Treskow stand sichtlich gekränkt vor der Tür, als sich Sendler zu ihr drehte.

„Ich danke Ihnen für den angenehmen Nachmittag, Frau Treskow! Nun entschuldigen Sie uns bitte."

Beleidigt verschwand die ältere Frau im Haus. Sendler stand lässig vor Antonia und schaute sie unverhohlen von oben bis unten an.

„Ich schlage vor, wir gehen in das Büro Ihres Vaters."

„Wie Sie wünschen."

Im Arbeitszimmer angekommen, setzte sich Antonia hinter den großen Schreibtisch und machte eine Kopfbewegung, daß sich Sendler setzen möge. Er blieb demonstrativ stehen und stützte beide Hände auf den wuchtigen Tisch.

„Nun, was hat Ihnen Schoenhals über mich erzählt?"

„Wüßte nicht, was Sie das angeht."

Er löste sich vom Tisch und ging zu einem der Regale. Ausgiebig besah er sich die Bücher.

„Na, wie dem auch sei. Ich bin hier, um Ihnen wesentliche Dinge über den Tod Ihres Vaters zu berichten."

„Ach?"

„Als Gegenleistung dafür möchte ich von Ihnen ein paar Papiere."

„So, so. Und welche genau? Eine Abschrift der Buchführung oder ..."

„Fräulein Treskow, stellen Sie sich nicht blöd! Ich kann auch anders!"

„Denke ich mir."

Er ging zu ihr hinter den Schreibtisch und stellte sich neben sie.

„Na, was ist? Wollen Sie wissen, wer Ihren Vater auf dem Gewissen hat?"

Antonia fühlte sich unwohl, so dicht neben dem Offizier. Sie stand auf und ging zu einem der Fenster. Mit verschränkten Armen lehnte sie sich mit dem Rücken gegen das Fensterbrett und schaute den Mann kalt an.

„Natürlich möchte ich Klarheit über den Mord an meinem Vater. Nur habe ich keine Unterlagen, die Sie interessieren könnten, oder wollen Sie etwa doch die Buchführung sehen?"

Er trat neben sie. Sie spürte seinen Arm an ihrer Schulter und ging zur Mitte des Raumes. Sendler fuhr sich mit einer Hand durch sein kurzes blondes Haar und grinste.

„Noch nichts gefunden?"

Antonia hatte beide Hände in den Taschen ihrer Reithose versenkt.

„Wonach sollte ich denn suchen?"

„Na, kommen Sie, Schoenhals hat Ihnen das doch bestimmt gesagt!"

„Und wenn ich nichts gefunden habe?"

Wieder trat der Mann in Uniform dicht neben sie.

„Na, dann gibt es etwas anderes, was Sie mir für die Auskünfte bieten könnten."

„Wüßte nicht was!"

Sein Gesicht war ihrem Hals so nah, daß sie seinen Atem spüren konnte. Als sie wieder versuchte, von ihm wegzukommen, hielt er sie fest.

„Sie sind nicht nur ein gewitztes, sondern auch ein ungemein gutaussehendes Fräuleinchen."

„Könnten Sie mich bitte wieder loslassen?"

„Ihre Frau Mama erzählte mir, daß nicht jeder gut genug sei für Sie."

Antonia drehte ihren Kopf von ihm weg.

„So, sagt sie das?"

Er zog sie an sich.

„Kann ich auch verstehen, daß einer wie der von Opel, der noch nicht einmal kv ist, ein solches Vollblut wie dich nicht reizt."

Mit einem kraftvollen Ruck entwand sie sich ihm.

„Sendler, Sie wollten mir etwas über meinen Vater erzählen. Tun Sie das, oder lassen Sie es!"

Er sah erregt der schlanken Frau nach.

„Erst müssen wir die Gegenleistung aushandeln."

„Herr Oberleutnant, ich sagte Ihnen bereits, daß ich keine Papiere habe!"

„Einen Kuß?"

Antonia warf den Kopf in den Nacken und sah zur stuckverzierten Decke auf.

„Was wissen Sie?"
Er ging zu ihr hinüber und stellte sich breitbeinig vor sie.
„Es war ein SS-Mann."
„Aha, und warum?"
Er trat einen Schritt näher.
„Der Kuß ..."
Antonia war hin- und hergerissen. Nach kurzer Überlegung drückte sie dem Mann ihre gespitzten Lippen auf die Wange.
„Weiter!"
Der Wehrmachtsoffizier schnaufte kehlig.
„Ah! Ihr Vater hat wohl einen Sturmbannführer ziemlich in die Bredouille gebracht. Es ging um die Sache mit Ihrem Bruder."
„Ja, ja, weiter!"
Er schürzte die Lippen und sah sie auffordernd an. Es ekelte sie, aber sie überwand sich und küßte den Mann auf den Mund.
„Ihr Bruder hatte im Feld einen Befehl verweigert. Der Sturmbannführer hat ihn dafür nach geltendem Recht zur Verantwortung gezogen."
„Ja und, was sonst?"
Sendler legte seine Arme um Antonia und drückte sie an sich. Sie konnte seine Erregung spüren. Übelkeit stieg in ihr auf, und sie versuchte angewidert, sich ihm zu entziehen. Er fühlte sich durch ihre Abwehrversuche angestachelt und setzte ihr weiter zu. Die junge Frau atmete tief durch.
„Wenn Sie nicht sofort loslassen, schreie ich das ganze Haus zusammen!"
Schweiß stand ihm auf der Stirn, und er schüttelte grinsend den Kopf. Seine rechte Hand legte sich gewaltsam über ihren Mund, und er drängte seinen Körper wollüstig an sie. Zu ihrer Abscheu kam eine unbestimmte Furcht, die sie sich mit aller Kraft winden und wehren ließ. Doch er ließ nicht los. Als er sie mit seinem Gewicht an eine Wand gedrückt hatte, begann er mit der freien Hand an seiner Hose zu nesteln. Antonia nutzte seine Unaufmerksamkeit, griff mit ihrer Rechten in die Hosentasche und zog langsam den Hufkratzer heraus, den sie meist bei sich trug. Sendler schnaufte ihr ins Gesicht und machte sich daran, ihre Hose aufzureißen. Dazu hielt er sie mit seiner Linken fest im Griff und preßte seine Lippen hart auf ihren Mund. Sie nutzte den kleinen Abstand, der nötig war, um ihren Gürtel zu lösen. Mit dem Mut der Verzweiflung rammte sie ihm den metallenen Gegenstand zwischen die Beine. Automatisch ließ er sie los. Sie rannte zur Tür und riß sie auf.
„Marie! Bring mir sofort ein Jagdgewehr!"
Die Köchin kam natürlich ohne die Flinte und lief an Antonia vorbei in das Arbeitszimmer. Dort lag Sendler zusammengekrümmt auf dem Boden. Marie half ihm auf und sah Blut auf seiner offenen

Hose. Antonia war inzwischen in ein Nebenzimmer gelaufen und kam mit einem geladenen Gewehr zurück. Breitbeiniger als nötig stand sie vor dem Mann, dessen Knie zitterten.

„Ich zähle bis drei, und wenn Sie dann nicht verschwunden sind, knalle ich Sie ab wie einen räudigen Hund!"

Die Angestellte starrte die junge Frau mit vor Entsetzen geweiteten Augen an.

„Fräulein Antonia!"

Sendler machte mit flattrigen Händen seine Hose zu und schlurfte gebeugt aus dem Raum in die Halle. Antonia folgte ihm bis zur Tür, riß sie auf und entließ den Mann ins Freie. Ihre Mutter stand neben ihr und sah sie fassungslos an. Antonia drückte der älteren Frau die Flinte in die Hand.

„Ich gehe ja schon!"

Sie rannte die Treppe hinunter und sah, wie Pröck dem Offizier in den Wagen half. Als er endlich saß, starrte er sie mit haß- und schmerzverzerrtem Gesicht an.

„Das wird Folgen für dich haben!"

Sie blickte ihn kalt an.

„Oder für Sie!"

„Das kann nicht wirklich dein Ernst sein!"

Antonia kaute auf ihrem Brot und zog die Schultern hoch.

„Mensch, ich habe dir doch die ganze Geschichte erzählt. Dieser Sendler wird alle Hebel in Bewegung setzen, um mich am Schlafittchen zu kriegen."

Edith sah traurig in ihre Tasse.

„Aber du hast diese Papiere doch verbrannt. Was soll er denn noch hier finden?"

„Dich!"

„Ja und? Ich besuche dich eben."

Antonia warf ärgerlich ihre angebissene Stulle auf den Tisch.

„Hast du ganz vergessen, daß du von zu Hause weggelaufen bist?"

„Nein."

„Na also! Dürfte dir doch auch bekannt sein, daß die Partei zusammenarbeitet!"

„Du meinst, dieser Sendler geht zu meinem Vater?"

„O Jesses! Du müßtest doch die ganze Maschinerie besser kennen als ich! Bin mir sicher, daß diese miese Gestalt schon gestern zu deinem Vater gerannt ist."

Edith schluchzte herzzerreißend.

„Ich will aber nicht zurück! Mein Vater sperrt mich doch wieder ein, und dann werde ich dich vielleicht nie wiedersehen!"

Antonia stand auf und nahm die Geliebte in den Arm.
„Wenn die Gestapo dich hier findet, dann sehen wir uns bestimmt nicht wieder."
Edith drückte ihren Kopf an den warmen Körper der Liebsten.
„Die Gestapo?"
„Na, was denkst du denn? Ich habe diesen Oberleutnant verletzt und in Schimpf und Schande vom Hof geworfen."
„Du meinst wirklich ..."
„Edith! Unsere einzige Möglichkeit ist, daß du zurückgehst und ich abwarte, was hier passiert."
Edith rieb ihr Gesicht an Antonias Hemd.
„Gleich?"
„So schnell wie möglich."
Zwanzig Minuten später standen die beiden jungen Frauen vor dem Gärtnerhaus und verabschiedeten sich.
Keine von beiden mochte die andere loslassen, war doch ungewiß, was geschehen würde. Doch dann löste sich Antonia wortlos aus der Umarmung und ging, ohne sich umzusehen, den Weg zum Haupthaus entlang. Edith rannen Sturzbäche von Tränen über das Gesicht. Sie drehte sich langsam um und marschierte los.
Frau Treskow sah ihre Tochter im Arbeitszimmer verschwinden und ging ihr nach. Sie versuchte, Antonia möglichst energisch gegenüberzutreten und warf, ganz gegen ihre sonstige Gewohnheit, die Tür zum Büro mit einem Knall hinter sich zu.
„Du behauptest, das Wohl des Gutes zu vertreten! Bisher war dein Benehmen nur beschämend, aber nun wirst du uns mit deinem Eigensinn alle ins Unglück stürzen!"
Antonia sah, daß ihre Mutter zitterte.
„Was hätte ich deiner Meinung nach denn tun sollen? Mich von dem Kerl entehren lassen, nur weil er eine Uniform anhat?"
„Dieser Sendler machte einen sehr guten Eindruck auf mich. Ein Offizier in seiner Stellung würde so etwas nie tun! Wahrscheinlich hat er dich nur gefragt, ob du ..."
„Mama! Es reicht!"
Frau Treskows Stimme überschlug sich.
„Jawohl, meine Liebe, es reicht! Bald wird bestimmt die SS oder die Gestapo hier sein und unser Haus auf den Kopf stellen!"
Antonia setzte sich hinter den Schreibtisch und legte die Fingerspitzen beider Hände aneinander.
„Nun, wenn die gewollt hätten, dann wäre unser Haus schon lange durchsucht worden. Meinetwegen können die Herren kommen. Oder hast du etwa etwas zu verbergen?"
„Ich? Nein!"
„Na, also!"
„Aber diese Schmach, diese Schande!"

Antonia schlug ein Heft auf und sah einen Moment lang auf den letzten Eintrag.

„Kann damit leben."

„Auch damit, daß du dafür verantwortlich bist, wenn die herkommen und alles aus den Schränken zerren?"

„Du scheinst dich ja gut auszukennen."

Ihre Mutter ging einen Schritt auf den Tisch zu.

„Impertinent!"

Die junge Frau stand auf und sah ihre Mutter fest an.

„Vielleicht! Warten wir es doch einfach ab, ob jemand kommt und was die dann hier finden. Und nun möchte ich dich bitten, mich zu entschuldigen. Habe zu arbeiten. Es ist bald Erntezeit, und ich muß mir einen Überblick verschaffen."

Frau Treskow sah ihre Tochter verächtlich an.

„Du bist eine Schande für die Familie!"

„Kann dich wahrscheinlich nicht vom Gegenteil überzeugen. Also laß uns dieses unsägliche Gespräch abbrechen!"

Die ältere Frau eilte aus dem Arbeitszimmer. Tränen der Wut und der Enttäuschung standen ihr in den Augen. Sie begab sich in den kleinen Salon und versuchte ihre Verwirrung im Alkohol zu ertränken.

Sie hatte gerade ein Familienalbum mit alten Fotografien auf den Knien und nahm einen kräftigen Schluck aus ihrem Glas, als es klopfte. Marie kam herein und nickte einen Gruß.

„Frau Treskow, Bludau is' hier, er hat's Eis jebracht fier'm Kühlkeller un' will gleich bezahlt wer'n."

Die Dame mit dem Album auf dem Schoß schwankte kurz in ihrem Sessel nach vorn.

„Geh' su meiner Tochter, die bezahlt jess!"

Die Hausangestellte erschrak und sah ihre Herrschaft mitleidig an.

„Nu', Se sollten sich vielleicht nich' alles so ze Herzen nehm'!"

Die Frau im Sessel machte eine fahrige Handbewegung.

„Antonia is' jetzt Herr im Haus! Un' wer anschafft, bezahlt auch!"

Marie hielt sich beide Hände vor den Mund.

„Jottche', wo soll uns das nur hinführen!"

Voller Entsetzen marschierte die kräftige Köchin durch die Halle und betrat das Arbeitszimmer, ohne anzuklopfen.

„Fräuleinche' ..."

Antonia sah von ihren Unterlagen auf.

„Na, Marie! Hat meine werte Mama jetzt auch das Klopfen verboten?"

Die Köchin umklammerte mit einer Hand den Saum ihrer Schürze.

„Ich wer' Ihn' jetzt mal sagen ..."

„Bitte! Ich kenne die Meinung meiner Mutter zur Genüge, und ich kann mich nicht erinnern, daß es hier im Hause Usus war, sich dem Dafürhalten des Personals zu beugen!"

„Se sprechen wie Ihr Herr Vater."

„Gibt es sonst noch etwas?"

„Ein Geld bräuchte ich, fürs Eis vom Bludau."

Antonia stand auf und ging zu einem Schrank.

„Aha, und meine Mutter will dir nichts geben?"

„Se sacht, daß ich mir an Sie wenden soll."

„Wird immer besser! Wieviel?"

„Sieben fuffzehn."

„Na hoppla! Willst du uns alle auf Eis legen?"

„Nee, da steht noch 'ne Schuld offen, un' er will jetzt sein Jeld. Man wüßt' ja nich', was nächste Woche is'."

Antonia kramte in einer Geldkassette und hielt Marie den Betrag abgezählt unter die Nase.

„Damit hat er gar nicht so unrecht."

Die Angestellte sah die junge Frau bedrückt an, drehte sich um und ging zur Tür. Als sie sie öffnete, stand Rudolf davor. Sie ging wortlos an ihm vorbei, und der alte Mann trat ein.

„Tach, Fräulein Treskow."

„Hm, was gibt es?"

„De Trine hat in der letzten Nacht 'ne schlimme Kolik jehabt."

„Ach du liebe Zeit, das Milchvieh gibt es ja auch noch. Hätte ich jetzt beinahe vergessen."

Rudolf knetete den Rand seiner Mütze.

„Ja, ja, das dauert, bis man so 'nen Betrieb im Griff hat."

„Kann man wohl sagen! Also, was ist mit der Kuh?"

„Se war bis jetzt de Beste im Stall, aber letzte Nacht, da hat se de Kolik fast umjebracht. Ich hab' alles jemacht, was ze tun war. Aber se is' immer noch nich' auf'm Damm."

Antonia hatte inzwischen ein kleines Glas für den alten Mann aus einem Schränkchen geholt und goß ihm einen Selbstgebrannten ein.

„Hier! Müssen wir notschlachten?"

Er nahm den Schnaps freudig an.

„Ich hoff' doch nich'! Aber dem Tierarzt müßt' komm'."

Die junge Frau ging durch den Raum zurück zur Geldkassette.

„Wie teuer?"

Rudolf kippte den Schnaps und keuchte kurz.

„Mit zehn oder fuffzehn Mark missen wa schon rechnen."

„Hm. Was ist das Tier wert, ich meine gesund, und was bringt eine Notschlachtung?"

„Na, mit de Viehpreise, darum missen Se sich kümmern. Un' 'ne Schlachtung, warten Se, vierzig, kann sein auch fuffzig Mark."

„Hol den Doktor! Wenn er da ist, soll er zu mir kommen. Wenn ich nicht mehr hier bin, dann findet er mich im Gärtnerhaus."

Rudolf stellte das kleine Glas auf den Schreibtisch, griff seine Mütze und setzte sie wieder auf.

„Wird jemacht!"

Müde schleppte sich Edith die Treppen zum Eingang hinauf. Auf ihrem Weg vom Gut war sie nur ein kurzes Stück von einem französischen Kriegsgefangenen auf einem Fuhrwerk mitgenommen worden. Den Rest hatte sie zu Fuß laufen müssen. Trotz ihrer Müdigkeit war sie unruhig, als sie die große Tür aufschob und in die fahnengeschmückte Halle des Hauses trat. Wie erwartet, saß die Pawelcke hinter ihrem Schreibtisch. Edith ging mutig auf sie zu.

„Heil Hitler!"

Die Sekretärin erwiderte den Gruß nicht und sah die junge Frau nur abfällig an.

„Na, das Fräuleinchen geruht zurück nach Hause zu kommen. An Ihrer Stelle würde ich mir schon einmal eine gute Ausrede einfallen lassen! Haben Sie sich vielleicht mit einem Juden rumgetrieben wie Ihre Mutter, oder war es nur ein russischer Kriegsgefangener?"

Edith ballte wütend beide Fäuste, als die Tür des Büros ihres Vaters aufging und Romeike herauskam. Sie zog den Kopf zwischen die Schultern und erwartete zumindest ein verbales Donnerwetter. Doch ihr Vater rieb sich nur die Glatze und schien sie gar nicht zu registrieren. Er verlangte von Frau Pawelcke, mit irgend jemandem verbunden zu werden, und ging ohne Eile zurück in sein Büro.

Edith konnte sich nicht verkneifen, die Frau hinter dem Schreibtisch hämisch anzugrinsen. Dann drehte sie sich um und ging zur Küche. Hungrig wie ein Bär eilte sie die fünf Stufen hinunter und stieß die Küchentür auf. Ihr Wunsch, die Küche leer vorzufinden, wurde nicht erfüllt. Mara stand am Herd und rührte in einem Topf. Der Geruch von frischgebratenem Fleisch ließ Edith das Wasser im Munde zusammenlaufen.

Die Polin drehte sich um und machte eine abwehrende Handbewegung.

„Du weg! Nix gutt!"

Die junge Frau ließ sich von der Küchenhilfe nicht beeindrucken.

„Für dich immer noch Fräulein Romeike!"

Sie suchte sich zielstrebig die Sachen für einen deftigen Imbiß zusammen, packte alles auf ein Tablett und verschwand damit nach oben.

In ihrem Zimmer schloß sie von innen ab und machte sich über das Essen her. Ihr war inzwischen recht warm geworden, und sie öffnete ein Fenster. Sie schluckte einen Bissen hinunter und sah am Rand ihres Blickfeldes eine schwarze Uniform. Vorsichtig lehnte sie sich aus dem Fenster.

„Cousin Albert – hier?"

Sie verschlang gierig ihr Brot und trank einen kräftigen Schluck Wasser dazu. Antonias Erzählungen schossen ihr durch den Kopf.

„Ein SSler, ein Sturmbannführer ..."

Ihr verging schlagartig der Appetit, als sie sich daran erinnerte, daß Albert vor nicht allzulanger Zeit schon einmal für ein paar Tage im Hause gewesen war. Sie versuchte sich fieberhaft zu erinnern, wann das gewesen war, suchte hastig ihr Tagebuch und blätterte darin.

„O mein Gott, Antonias Vater! Albert war hier ..."

Ihre Müdigkeit war verflogen; sie schnappte ihr Tablett und stürmte hinunter in die Küche. Beinahe hätte sie Mara umgerannt, die in gestärkter Servierschürze das Essen für Romeike nach oben trug.

„Sattmännchen?"

Sie stieß die Küchentür auf und fand ein schwarzhaariges Mädchen vor, das umständlich an einer Mohrrübe herumschabte. Edith schaute die kaum Fünfzehnjährige an.

„Na, wer bist du denn? Und wo ist Frau Sattmann?"

Die Kleine schaute Edith neugierig an.

„Nix versteh'!"

„Sattmann?"

„Nix versteh'!"

Da kam Mara zur Tür herein. Sie sprach das Mädchen auf polnisch an, und die antwortete brav. Die Frau in der steifen weißen Schürze drehte sich zu Edith um.

„Sattmann, nix gutt! Weg!"

„Mara, warum?"

„Alle nix gutt! Alle weg! Polska besser!"

Edith fühlte sich, als hätte ihr jemand den Boden unter den Füßen weggezogen. Tränen stiegen ihr in die Augen, und sie verließ die Küche. Sie lehnte sich gegen die Wand und weinte. Nach einer Weile – Mara war inzwischen zweimal an ihr vorbeigeeilt – entschloß sie sich, nach oben zu gehen. Mit bleiernen Beinen stapfte sie die Stufen hoch und war schon auf halbem Weg zu ihrem Zimmer, als ihr harte Schritte folgten.

„Na, kleine Edith! In Königsberg hatten wir ja nicht viel voneinander. Da warst du ja gleich wieder verschwunden!"

Sie drehte sich um und sah den Schwarzuniformierten an.

„Albert, ich bin müde. Ich möchte gerne zu Bett gehen."

„Dussliges Gequatsche! Es ist doch noch viel zu früh für die Koje. Du wirst doch noch ein Gläschen Wein mit uns trinken?"

Ehe sie sich's versah, hatte er sie untergehakt und zog sie mit sich in den großen Salon. Inmitten der Louis-Seize-Möbel standen dort eine Menge leicht angetrunkener SS-Männer. Dazwischen sah sie ihren Vater, der einmal mehr von der Systemzeit sprach und mit großen Gesten den Marsch auf die Feldherrnhalle in Szene setzte. Sie wußte, daß ihr Vater zu dieser Zeit noch Finanzbeamter in Schlesien gewesen war, und konnte die Begeisterung der Zuhörenden kaum nachvollziehen.

Cousin Borkenhagen schnappte sie am Arm und zog sie zu einem grauhaarigen, sehr aufrecht stehenden Mann hinüber.

„Standartenführer, das ist meine bezaubernde Cousine, die Tochter unseres Gastgebers."

Der Mann sah sie mit weinseligem Blick an.

„Schlicht gekleidet, keine Farbmatsche im Gesichte! So lob' ick ma das deutsche Mädel!"

Edith versuchte sich dem stählernen Griff ihres Verwandten zu entziehen. Doch der ließ nicht los und schleppte sie zu einem dicken Kerl in brauner Uniform.

„Kreisleiter! Entschuldigen Sie, daß ich störe."

Der Dicke nahm den letzten Schluck aus seinem Weinglas, stellte es weg und griff Edith am Nacken. Er zog sie zu sich heran, wankte ein wenig und grinste.

„Fräulein Romeike. Na, unser Teil wird erledigt. Jetzt ist es an Ihnen, dem Volk zu dienen!"

Er ließ sie wieder los, und Borkenhagen hielt ihr ein volles Glas vors Gesicht. Sie lehnte erst ab; dann hörte sie die kehlige Stimme ihres Vaters, der alle zu übertönen versuchte.

„Meine Herren, es ist ein guter Anlaß zum Feiern. Wir, und ich betone das besonders, da man ja immer annimmt, daß die ostpreußischen Provinzler nichts zustande bringen, haben einen Weg in die Höhle des volksfeindlichen Löwen gefunden. Und darauf trinken wir!"

Kurzer Applaus, Gläser klangen, und dann ein markiges: „Auf den Führer!"

Edith begriff nicht genau, was ihr Vater da gesagt hatte, doch sie ahnte, daß es nichts Gutes bedeutete. Sie griff nach dem angebotenen Glas und verdrückte sich damit in eine Ecke des Raumes. Mit vorsichtigen Schlucken nippte sie am ungewohnten Alkohol und versuchte einzelne Gesprächsfetzen aufzuschnappen.

Edith erwachte ungewöhnlich früh. Draußen dämmerte es gerade. Sie setzte sich in ihrem Bett auf und bemerkte einen ungewohnt schalen Geschmack im Mund. Sie stand auf, um ein Glas Wasser zu trinken.

„Stillgestanden!"

Sie ging mit dem Glas in der Hand zum Fenster und sah unten etwa dreißig Jungs in HJ-Uniform stehen. Ein hochgewachsener älterer Knabe riß den Mund auf.

„Parole!"

Die Jungs brüllten aus Leibeskräften.

„Für Führer, Volk und Vaterland!"

Der Ältere reckte den Kopf.

„Und rührt euch!"

Ein Ruck ging durch die Gruppe junger Männer, und sie standen, für Ediths Begriffe ziemlich schief, das Gewicht auf ein Bein verlagert. Einer wurde herausgewunken und begann Schaufeln und Hacken an die anderen auszugeben. Ediths Blick wanderte über die blutjungen Gesichter und blieb an einem mit ungewöhnlich struppigem Haar hängen.

„Wolfgang."

Hastig zog sie sich an und kritzelte etwas auf einen Zettel. Barfuß rannte sie aus ihrem Zimmer und erreichte die abmarschierende Kolonne gerade noch. Schnaufend lief sie neben der Formation her, bis sie den jungen Sparwein entdeckte. Sie hielt ihm den Zettel vors Gesicht.

„Hier, gib das Antonia! Es ist wichtig!"

Wolfgang verzog den Mund, griff hektisch nach dem gefalteten Papier und steckte es in die Hosentasche. Eine barsche Stimme ertönte.

„Ruhe im Glied!"

Ehe Edith sich's versah, stand der große Kerl neben ihr.

„Na, kannst du dich nicht von deinem Freund trennen?"

Sie sah den Mann verdattert an, während der Trupp weitermarschierte.

„Nein, äh ... ja."

Der HJ-Führer schaute sie aufmerksam an, zuckte kurz mit den Mundwinkeln und nahm korrekte Haltung an.

„Fräulein Romeike, ich hatte Sie nicht gleich erkannt."

Edith konnte nichts sagen; der junge Kerl drehte sich zackig um und holte mit großen Schritten den Trupp ein.

„Ein Lied!"

Schräg, dafür aber laut, begannen die Marschierer auch sofort zu singen. Edith sah ihnen noch einen Augenblick nach und ging dann langsam zurück zum Haus. In der Halle spürte sie die eiskalten Steinfliesen unter ihren nackten Füßen und erschauerte. Fröstelnd lief sie die Treppe hoch und wollte gerade in ihr Zimmer gehen, als sie im Augenwinkel eine Bewegung wahrnahm. Mit wirrem Haar und nur halb bekleidet kam Mara aus dem Schlafzimmer ihres Vaters. Edith verschwand in ihrem Zimmer in der Hoffnung, daß die junge Polin sie nicht bemerkt habe.

Etwa eine Stunde später betrat Edith den Raum, in welchem das Frühstück angerichtet war. Zwei SS-Männer saßen am Tisch und schlürften mit rotgeränderten Augen aus ihren Tassen. Sie setzte sich. Die neue Hilfe kam schnell herbei und goß ihr dampfenden Bohnenkaffee ein. Angesichts der Uniformierten verging Edith langsam der Appetit. Da ging die Tür auf, und Albert kam herein.

„Heil Hitler!"

Die SSler sprangen auf.

„Heil Hitler, Sturmbannführer!"

Als Borkenhagen seinen Stuhl nahe an Ediths rückte und ihr vertrauensselig einen guten Morgen wünschte, streikte ihr Magen endgültig. Hatte sie doch noch gut in Erinnerung, wie sich Albert am Vorabend mit seinen Taten in Rußland gebrüstet hatte. Sie sah ihn vor sich, wie er vor Begeisterung darüber, daß er ein Dorf „judenrein" gemacht hatte, den Rotwein aus seinem Glas über die Hose goß. Die dunkelrote Flüssigkeit tropfte auf den hellen Teppich. Er hatte nur kurz an sich herabgesehen und gebrüllt: „Wo's Judenblut vom Messer spritzt ..."

Drei weitere Männer waren inzwischen in den Raum gekommen, und die Pawelcke stürmte herein.

„Die Kopfschmerztabletten!"

Edith ertrug das alles nicht länger, stand auf und wollte gehen. Sie hatte gerade ihren Stuhl wieder an den Tisch geschoben, als ihr Vater hereinkam. Er strahlte, und sein Gesicht wirkte noch aufgedunsener als sonst.

„Heil Hitler, die Herren! Und wohl bekomm's!"

„Heil Hitler!"

Er rieb sich mit einer Hand das Kinn.

„Na denn, wollen wir doch mal Hundehaare auflegen, wie man bei uns so sagt!"

Ein Uniformierter stand auf und griff über den Tisch nach einer Scheibe Brot.

„Wat wollen wa?"

„Mit einem ordentlichen Schoppen den Kater vertreiben! Was sind Sie denn für ein Landsmann, Hauptsturmführer?"

„Icke? Ick bin aus'e Mark Brandenburg. Aber gejen en Schnäpschen hätt' ick nüscht einzewenden!"

Ediths Magen krampfte sich zusammen, und ohne etwas zu sagen, eilte sie aus dem Raum. Geradezu in Panik rannte sie in ihr Zimmer und schloß ab. Sie warf sich auf ihr Bett und umklammerte ihr Kissen.

„Toni! O Toni! Ich wünschte, ich könnte bei dir sein!"

Die Küche glich einem Dampfbad. Marie stand vor einem großen Kessel und kochte Einmachgläser aus. Rudolf starrte ins Leere und zog immer wieder an seinem Stumpen. Antonia hatte ein Blatt Papier vor sich und kaute auf einem Bleistift.

„Mir raucht vielleicht der Schädel! Habe jetzt alles noch einmal durchgerechnet, und es ist mir schleierhaft, wie wir diesen Winter schaffen sollen!"

Der alte Mann griff mit seiner kräftigen Hand nach dem Zettel und zog ihn zu sich herüber. Eine Weile schaute er mit krausgezogener Stirn auf das Papier.

„Na, Se ham ja auch de Ernte noch nich' mit in Ihre' Rechnung."

„Ich weiß, ich weiß. Jetzt, Ende Juli, ist der Roggen dran, der Hafer dann Mitte August, und dann kommen die Kartoffeln. Nur, wer soll die Arbeit machen? Meine Mutter lehnt nach wie vor die Ostarbeiter ab. Sie will keine Russen und Polen auf dem Hof."

Marie kam an den Tisch und wischte sich die Hände an ihrer Schürze ab.

„Dann nehm' wa doch Franzosen!"

„Und wo soll ich die herbekommen?"

Rudolf kaute auf seiner billigen Zigarre und schob den Zettel zurück.

„Na, de missen Se beantrajen, in Preußisch Holland."

„Wie, ich gehe einfach hin und sage, ich brauche Hilfe?"

„Nee, Se jehen zum Amt, die ham doch de Unterlagen über'm Jut, un' je nach die Größe von die Felder und was ze ernten is', kriejen Se Erntehelfer. Das könn' auch irjendwelche Leut' aus de Stadt sein."

„Na gut, dann fahre ich eben in den nächsten Tagen in die Kreisstadt. Aber jetzt muß ich raus an die Luft!"

Marie sah der hochgewachsenen jungen Frau hinterher und setzte sich zu Rudolf an den Tisch.

„Se is' ja schon bemüht, unsere junge Herrin. Aber ob das alles so jeht, wie se sich das im Kopp jesetzt hat?"

Rudolf nahm seinen durchweichten Stumpen aus dem Mund.

„Es muß! Un' se macht ihre Sache wirklich jut. Wenn nur die gnä' Frau en bißchen mit ihr am Strang ziehen tät', denn wären wa aus'm Schneider. Aber so jeht das nich' lang' jut."

„Na heer ma', so wie's Fräuleinche' kann ma' doch nich' mit seine Mutter umjehen!"

„Wenn das der Hartmut wär', dann tät de Frau Mutter auch vom Jeldsack uffstehen! Weißte, daß de junge Frau dem Doktor aus de eijene Tasche bezahlen mußt'? Nee, wenn des da Hartmut wär', der so umsichtig auf'n Hof aufpassen tät, denn wär' ..."

„Aber es is' eben nich' da Bruder!"

„Ja, un'?"

„Ach ihr Männer! Versteht doch von nuscht was! De Antonia soll verheiratet wer'n, se is' jetzt im richtigen Alter dafür. Ihr Mann kann sich ja denn ums Jut kümmern!"

Rudolf steckte seine aufgequollene Zigarre wieder in den Mund.

„Blödsinn! Die Kerle, die bis jetzt hier waren, vor allem der Lorbaß da, der von Opel, wie soll der denn 'n Gut führen? Wenn 'ne Kuh kalbt, da fällt doch so einer in Ohnmacht. De Antonia, die packt da mit an! Un' wenn ihr denn ma' der Richtige über'n Weg läuft, denn kann se immer noch heiraten."

„Un' ruckzuck is' de bliehende junge Frau 'ne alte Jungfer!"

Rudolf stand auf und nahm den Kater hoch, der neben ihm auf der Holzbank hockte.

„Na, Tiger, was hältste davon? Weiberjeschwätz, nich'?"

„Laß de Katze los!"

„Mann, Marie, wenn sich jetzt niemand um den Hof kümmern tut, denn könn' wa hier bald einpacken. Is' dir lieber, auf de alten Taje noch 'ne neue Stellung ze suchen?"

„Pomuchelskopp! De Antonia muß sich jetzt vor allem um ihre Mutter kümmern, de is' sonst bald vor de Hunde."

„Wie, vor de Hunde?"

„Na", Marie machte eine eindeutige Handbewegung, „se glüht in de letzte Zeit jeden Abend wie 'ne Bijohn."

Rudolf setzte den getigerten Kater wieder auf die Bank, stapfte zur Küchentür und drehte sich um.

„Frauen, de saufen, de taugen ze nuscht. Auch nich' ihre' Tochter en Mann ze suchen!"

Marie wollte etwas erwidern, doch Rudolf hatte sich schon auf den Weg nach draußen gemacht. Vor der Tür sah er, wie Antonia Bizerka sattelte.

„Na, Fräuleinche', jetzt noch 'n Ritt?"

Antonia schwang sich in den Sattel und machte einen wesentlich entspannteren Eindruck.

„Ja, ich muß endlich Luft um die Nase haben."

„De Schreibtischstube bekommt Ihn' nich', wie?"

„Alles zu seiner Zeit. Muß jetzt nachsehen, wie die Felder stehen. Das Wetter war in letzter Zeit so gut. Muß mir ein Bild machen, wann wir ernten können."

Rudolf schaute ihr nach, wie sie locker aussitzend vom Gelände trabte.

„De machst schon dei'm Weg!"

Antonia mußte Bizerka mehr als sonst antreiben. Trotzdem ging es im fliegenden Galopp über einen breiten, von vereinzelten Bäumen gesäumten Feldweg. Der Wind ließ ein großes Roggenfeld in sanften Wellen wogen. Die mit starken Grannen versehenen Ähren füllten die Sommerluft mit einem singenden Rauschen.

Nach wenigen Minuten machte sie erstmals Station und stieg ab. Mit großen Schritten ging sie zu einem Getreidefeld, riß eine Ähre ab und drehte sie zwischen den Fingern. Sie besah sich die herausgelösten Körner, schnupperte daran und steckte ein paar in den Mund. Sie kaute kurz darauf und spuckte dann die Reste aus.

„Noch ein paar heiße Tage, dann können wir ran an den Speck."

Ohne Eile ging sie zu ihrem Pferd und stieg auf. Bizerka wollte an diesem Spätnachmittag nicht so recht laufen, und so ging es im Schritt weiter. Antonia besah sich die riesigen Felder, der Wind strich ihr übers Gesicht, und sie fühlte sich rundum wohl.

„Drum kauf mir einen bunten Luftballon, und mit etwas Phantasie fliegst du in das Land der Illusion und bist glücklich wie noch nie ..."

Sie hörte zu singen auf, als sie an einem der großflächigen Kartoffeläcker, die im Besitz ihrer Familie waren, angekommen war.

„Verfluchte Hacke!"

Sie besah sich das Feld mit den verkümmerten Pflanzen. Ein großer Teil davon war kaum noch vorhanden.

„Warum hat denn hier kein Mensch Käfer gesammelt?"

Sie sprang mit einem Satz aus dem Sattel und rannte auf den Acker.

„Scheiße, Scheiße, Scheiße! So schaffen wir es nie!"

Sie ging in die Knie, suchte eine Pflanze ab und besah sich die nächste. Von den gefräßigen Insekten konnte sie nur noch wenige entdecken, aber sie wußte, daß sich die Pflanzen nur schwerlich erholen würden.

Die Sonne war schon am Horizont verschwunden, als Antonia langsam die von uralten Eichen gesäumte Allee auf den mächtigen gemauerten Torbogen von Gut Treskow zuritt. Sie stoppte an einem vor langer Zeit vom Blitz gespaltenen Baum und fühlte sich grauenvoll. Eine solche Mutlosigkeit hatte sie bisher nicht gekannt.

Resigniert trieb sie Bizerka an und sah auf dem Hof Rudolf winken. Sie stieg ab und machte ihre Stute an einem der Eisenringe am Stall fest, um abzusatteln. Der alte Mann kam zu ihr und wollte ihr die Arbeit abnehmen.

„Wolfgang is' da. Für Se hat er sich unerlaubt von seine' Truppe entfernt. Soll wichtig sein. Wahrscheinlich is' er in de Küche und schlägt sich dem Bauch voll."

„Danke, kann warten."

„Wie Se mein'."

Sie sattelte ab, holte Stroh, rieb ihr Pferd trocken und sah den Alten traurig an.

„Kartoffeläcker sind alle hinich!"

„Wie? Was?"

Sie machte den schmalen Gurt unter Bizerkas Backen auf und zog das Halfter nach vorn. Die Stute gab das stählerne Gebiß frei, und Antonia wusch es unter dem Wasserhahn ab, der aus der Stallwand ragte.

„Alles in Dutt! Die vermaledeiten Käfer!"

Rudolf stemmte die Hände in die Hüften und spuckte kurz aus.

„Viermal verfluchter Scheißdreck! Ich dacht', Ihr Herr Vater hätt' de Sammelaktion für de Biester noch vor sei'm Able'm orjanisiert."

Antonia wusch die Beine der Stute ab und rieb sie trocken.

„Habe drei von den fünf Pflanzungen angesehen, fast alles abgefressen!"

„De Kartoffeln, de wären unsre Rettung jewesen."

Die junge Frau führte ihr Pferd in seinen Stall.

„Kann man nicht mehr ändern. Haben ja noch das Korn. Steht gut da! Der Roggen kann in einer Woche runter, wenn das Wetter so bleibt."

Sie versorgte das Pferd und ging nach draußen, um den Sattel zu holen. Den hatte Rudolf schon auf dem Arm und ging damit zur Sattelkammer. Sie nahm die Trense, die sie an den eisernen Ring an der Mauer gehängt hatte, und folgte dem Alten.

„Fräulein Treskow. Sin' Se jetzt nich' enttäuscht, Se machen de janze Sache wirklich erstklassig! Un' irjendwie komm' wa schon ze Rande."

„Ja, irgendwie. Bei meinem Vater wäre das alles bestimmt primich gegangen."

„Na nuche', Ihr Vater is' nich' mehr, damit missen wa le'm. Aber es is' noch kein Meister vom Himmel jefallen!"

„Davon wird es auch nicht besser!"

Sie ging mit großen Schritten über den Hof zur Küchentür, und Rudolf sah ihr nach.

„Fräulein Antonia! Jehen Se jetzt bloß nich' zu de Marie, die kalbeekt Ihn' nur was."

„Danke, aber viel schlimmer kann es jetzt wirklich nicht mehr werden!"

Sie ging in die immer noch feucht-warme Küche und wollte sich ein paar Stullen machen. Marie stand am Herd und war mit dem Einmachen beschäftigt. Antonia legte nacheinander einen Kanten Brot, ein großes Stück Käse und einige Mohrrüben auf ein Küchenhandtuch und packte es ein. Die Köchin drehte sich um und sah, wie Antonia wieder durch die Tür zum Hof verschwinden wollte.

„Kommen Se jetzt nur noch klammheimlich her un' versorjen sich? Un' Ihre Frau Mutter?"

„Was soll mit ihr sein?"

„Fräulein, Ihre Frau Mutter, se braucht Se doch!"

„Marie! Auch wenn du es nicht verstehen willst, es ist der ausdrückliche Wunsch meiner Mutter, daß ich …"

„Dammliges Jeschwätz! Se wartet doch nur auf 'ne Entschuldigung."

Antonia legte ihr Päckchen auf den Küchentisch und trat nahe an Marie heran.

„Sage es dir jetzt ganz ehrlich. Meine Mutter hat nichts anderes im Kopf, als mich irgendwie unter die Haube zu bringen. Moment, noch etwas kann sie anscheinend nicht lassen, das Trinken. Und das kannst du ihr auch gleich brühwarm erzählen! Dadurch, daß sie auf dem Geld hockt und ordentliche Arbeit auf dem Gut verhindert, macht sie nichts besser."

Wütend schnappte die junge Frau ihr Bündel und verließ die Küche.

Vor der Tür, die sie mit einem Knall geschlossen hatte, merkte sie, daß ihr Tränen in den Augen standen.

„Verflixte Hacke! Versuchen die mich nun alle gleichzeitig fertigzumachen?"

Sie wischte sich mit dem Handrücken über die Nase.

„Wenn sich da nichts ändert, dann schmeiße ich einfach alles hin! Sollen die doch zusehen, wie sie mit dem ganzen Mist fertigwerden!"

Sie ging gerade an einer Buchsbaumhecke vorbei und sah einen aufgeschreckten Zaunkönig davonflattern, als sie ein Schnaufen hinter sich hörte. Sie blieb stehen, drehte sich um und sah Wolfgang Sparwein ins verlegene Gesicht.

„Fräulein Antonia, ich hab' da was für Sie!"

„Hat mir Rudolf schon gesagt. Wo warst du denn? Dachte, du wärst bei Marie in der Küche?"

„War ich auch. Se hat mir jut verköstigt!"

Sie sah den Jungen in der HJ-Uniform schräg an.

„Schön. Also, was gibt es?"

Bei ihrem direkten Blick in seine Augen wurde er unwillkürlich noch röter, als er sowieso schon war. Seine Hände zitterten, als er ihr einen Zettel hinhielt.

„Den hat mir's Fräulein Romeike gegeben. Wäre wichtig."

Sie griff nach dem Papier und schlug mit einer Hand sacht auf Wolfgangs Schulter.

„Dank dir! Laß dir noch etwas zu essen einpacken, und Rudolf soll dich zurückfahren. Bist du wirklich wieder den ganzen Weg hierher gelaufen?"

Der Junge fuhr sich durch sein strohiges Haar.

„Ja, für Sie renn' ich auch nach Königsberg, wenn's denn sein muß!"

Antonia gab ihm einen Klaps und schenkte ihm ein Lächeln, das ihn für lange Zeit in seinen Träumen begleiten sollte.

„Nett von dir, danke!"

Er stand da und war unfähig, sich zu rühren. Sein Blick hing gebannt an ihrem Körper, auch als sie sich von ihm abwandte. Ein paar Augenblicke sah er ihr noch nach, wie sie mit großen Schritten den schmalen Weg entlangging, dann drehte er sich um und rannte zum Haus.

Antonia warf ihr Bündel auf den Tisch und setzte sich. Freudig faltete sie das Zettelchen auseinander. Ediths Schrift schien das einzig Schöne an diesem Tag zu sein. Noch bevor sie las, hielt sie sich das Papier unter die Nase, in der Hoffnung, etwas von dem Geruch ihrer Geliebten zu atmen. Doch der Zettel roch mehr nach dem Schweiß des jungen Mannes, der ihn zum Gut befördert hatte.

„Wieder SS im Haus, wie kurz vor dem Tod deines Vaters. Auch Borkenhagen ist da, der SS-Mann aus Königsberg. Von Sendler wurde gesprochen und von anderem. Habe mitgehört. Könnte sein, daß demnächst etwas auf dich zukommt. Liebe und küsse dich. E."

Ärgerlich warf sie das Papier mit der geliebten Schrift auf den Tisch.

„Na, wenn das so ist, dann übernachte ich wohl besser im Büro."

Sie ging ins Nebenzimmer, griff sich eine Wolldecke, schnappte ihr Fressalienbündel und stapfte zurück zum Haupthaus.

Antonia nutzte die Zeit im Arbeitszimmer, um weitere Unterlagen durchzusehen. Es war nach zwei Uhr, als sie sich mit einem Kissen und der mitgebrachten Decke ein Lager auf einem der Teppiche vor dem Schreibtisch bereitete.

Als Antonia sich auf die Eckbank in der Küche setzte und auf das Eintreffen der anderen zum Essen wartete, spürte sie eine bleierne Müdigkeit in sich hochkriechen. Der Vormittag war im Fluge damit vergangen, daß sie mit Rudolf bei den Schweinen aus der ehemals großen Mästerei war, das Kleinvieh gezählt und die Kühe, einschließlich der vor kurzem erkrankten, inspiziert hatte. Sie nickte kurz weg und schreckte hoch, als ihr eine kehlige Männerstimme im Ohr klang.

„Mahlzeit."

Sie riß die Augen auf und sah die beiden Alten bereits mit dicken Backen essend am Tisch sitzen. Vor ihr auf dem Teller dampfte Kartoffelbrei mit Spirkel, und sie langte kräftig zu.

Nachdem alle fertig waren, hielt sie es nicht länger in der Küche, und sie stürzte in den Pferdestall. In Windeseile hatte sie Brick gesattelt und ritt entspannt in den heißen Sommertag hinaus. Der beständige Wind in dieser Region ließ die Hitze angenehm erträglich erscheinen. Im Trab ließ sie eine lange Reihe Erlen am Rand des sandigen Weges an sich vorbeiziehen.

Sie mied heute Wege, die sie an Treskowschen Feldern vorbeiführten, und genoß das kleine Stückchen Freiheit. Brick galoppierte weich, und sie entlastete das Pferd durch leichten Sitz. Endlich konnte sie all die Dinge hinter sich lassen, die in den letzten Tagen auf sie eingestürzt waren. Erleichtert dachte sie an ihre Geliebte, was sie sich bisher nur kurz vor dem Einschlafen erlaubt hatte. Ein glückliches Lächeln spielte um ihre Mundwinkel, als sie bei einem der Fischteiche des Gutes ankam.

Schon lange waren keine Netze mehr ausgebracht worden. Früher war es Aufgabe des Inspektors gewesen, sich um die Teiche, den Fang und den Verkauf zu kümmern. Nachdem der Krieg die Anzahl der Männer auf dem Gut immer weiter verkleinert hatte, waren Hechte in den Gewässern ausgesetzt worden, um den Fischbestand nicht zu groß werden zu lassen.

Brick zog mit langem Hals an den Zügeln. Antonia verstand die Geste des Pferdes und machte halt. Sie führte die Stute zum Wasser und ließ sie trinken.

Wieder in Gedanken bei Edith, setzte Antonia sich ins Gras, sah auf Seerosen und ein paar Enten, die gründelten. Plötzlich wurde Brick unruhig und schnaubte. Die junge Treskow stand auf, um nachzusehen, ob vielleicht eine Schlange ihr Pferd erschreckt hatte. Vorsichtig zog sie am Halfter, und die Stute machte zwei Schritte zurück. Sie konnte im Gras nichts Ungewöhnliches entdecken. Trotzdem trat Brick unruhig hin und her. Ein Schatten ließ Antonia sich umdrehen, und sie sah auf dem Weg einen Reiter in schwarzer Uniform. Er blickte sie aus zusammengekniffenen Augen an.

„Sie sind doch Antonia Treskow?"

Nun erkannte sie den SSler wieder, den sie kurz in der Albertus-Universität gesehen hatte. Sie fühlte Beklommenheit in sich aufsteigen und mußte an Ediths Zettel denken.

„Warum fragen Sie denn? Sie kennen mich doch!"

„Ich will mich nicht irren."

„Wobei?"

Er sprang von seinem Pferd und ging auf sie zu.

„Schöner Tag heute."

Der Mann kam mit großen Schritten immer näher, und Antonia verspürte aus unerfindlichem Grunde grauenvolle Angst.

Kaum einen Augenblick später sah sie ihre Furcht begründet. Er packte sie am Arm und schleifte sie zum Wasser. Mit Kraft griff er in ihr Haar und beugte sich mit ihr nach unten. Sie stemmte sich mit Macht dagegen; trotzdem gelang es ihm, ihr Gesicht ins Wasser zu tauchen. Sie hielt die Luft an und konnte seine Stimme geradezu fühlen.

„Ertrunken ist man ganz schnell."

Mit ihrer freien Hand griff sie zittrig in die Tasche ihrer Jacke. Lange konnte sie die Luft nicht mehr anhalten. Todesangst mobilisierte ihre letzten Kräfte; sie riß die Pistole ihres Vaters aus der Tasche und drückte sie mit allerletzter Kraft dem Kerl vor den Bauch.

Borkenhagen fühlte den Lauf und lachte nur gemein. Mit dem Mut der Verzweiflung drückte Antonia die Waffe fester in den Leib des Mannes. Nun ließ er kurz los. Antonia riß den Kopf nach oben, hustete und schnappte nach Luft. Er faßte nach der Pistole und wollte sie ihr entreißen. Die junge Frau warf sich zur Seite, entglitt so seinem Griff und entsicherte die Waffe. Wieder langte er zu und hielt hart ihren Arm. Sie beugte das Handgelenk so, daß die Pistole auf ihn gerichtet war.

„Wenn Sie nicht loslassen, dann drücke ich ab!"

Er dachte nicht daran, ihr die Waffe zu lassen. Ein Knall zerriß die Stille am See und die Enten flogen laut quakend auf. Die beiden Pferde schnaubten und rannten gemeinsam los.

Borkenhagen sank nach hinten und hielt sich den Arm. Antonia hatte nun die Pistole mit beiden Händen fest umklammert und stand auf. Sie richtete sie auf den Kopf des Mannes, der dabei war, mit der Hand seines intakten Armes nach seiner Waffe am Gürtel zu fingern. Sie sah ihm dabei zu.

„An Ihrer Stelle würde ich das lassen!"

Er verzog das Gesicht, begann zu lachen und hatte endlich seine Waffe aus ihrem Halfter befreit. Wie in Zeitlupe sah sie, wie er die Pistole auf sie richtete. Und sie drückte ab. Knapp vor seinem Unterleib wirbelte Erde hoch. Er schrak kurz zusammen, und sie konnte die Entschlossenheit in seinen Augen erkennen. In diesem Moment warf sie sich zur Seite und landete hart auf dem Boden. Sein Schuß verhallte, und sie sah auf. Er war inzwischen aufgestanden und versuchte, trotz seiner Schmerzen möglichst ruhig auf sie zu zielen.

„Du kleine Sau machst es mir nicht leicht."

Antonia rollte herum, pure Panik bestimmte ihr Tun. Sie sprang auf und zielte ebenfalls auf ihn.

„Du große Sau hast es auch nicht besser verdient!"

Sie sah, wie Blut am Ärmel seiner Uniformjacke herunterlief und wie ihm ein wenig die Knie wegknickten.

Sie nahm all ihren Mut zusammen, zielte, so gut sie in der Aufregung konnte, und drückte ab. Er tat dasselbe im gleichen Moment. Doch durch seinen unsicheren Stand verriß er den Schuß. Antonia warf sich wieder auf die Erde, und er sackte jaulend nach vorn. Schweißnaß vor Angst sah sie auf und erkannte, daß sie Erfolg gehabt und seinen rechten Fuß getroffen hatte.

Sie stand auf und ging zu dem SSler. Mit tattriger Hand nahm sie seine Pistole, warf sie ohne hinzusehen hinter sich in den See und ging wieder auf Abstand. Ihre Knie zitterten, und sie setzte sich, immer auf den Kerl zielend.

„Borkenhagen! Sie heißen doch Borkenhagen? Wer hat Ihnen den Auftrag erteilt, mich umzubringen?"

Der Mann stemmte sich hoch und sah sie haßerfüllt an.

„Dir Schlampe werde ich …"

„Sie werden mir gar nichts!"

Sie war selbst überrascht über ihren Mut. Schließlich hatte sie es mit einem SS-Mann zu tun. Sie wußte, daß diese Leute geschult waren, Menschen zu töten, und ebenso darauf trainiert, niemals ihre Ehre als Elitesoldaten aufzugeben. Diese Überlegung ließ sie zögern, und er hatte tatsächlich die ungeheuerliche Energie aufzustehen. Mit schmerzverzerrtem Gesicht bewegte er sich auf sie zu.

„Mein Gott! Wenn Sie noch einen Schritt weitergehen, sind Sie ein toter Mann!"

Er stand schwankend, aber aufrecht vor ihr.

„So tot wie du es jetzt schon bist!"

Nun gaben seine Beine nach, und er kippte nach vorn. Sie robbte zur Seite, setzte sich wieder auf und zielte, die Waffe mit beiden Händen umklammernd, erneut auf ihn.

„Warum bin ich jetzt schon tot?"

Er grunzte kurz und versuchte, sich wieder auf die Beine zu bringen. Langsam stemmte er sich hoch und klatschte dann wieder auf den Boden. Eine ganze Weile lag er da und regte sich nicht. Antonia wußte nicht, was sie nun tun sollte. In einiger Entfernung sah sie Brick, die gemächlich wieder auf den Teich zukam. Borkenhagen bewegte den Kopf.

„Holen Sie einen Arzt!"

Antonia tat der von ihr verletzte Mann inzwischen leid, und sie stand auf, um nach ihm zu sehen. Sie kniete sich neben ihn.

„Muß den Arm abbinden."

Er drehte sich blitzschnell um und versuchte sie zu fassen. Sie ließ sich nach hinten fallen, dabei entglitt ihr jedoch die Pistole. Er begann sofort auf die Waffe zuzukriechen. Doch Antonia hatte sie wieder in Händen, noch bevor er sie erreichte. Nun wußte sie, daß sie tatsächlich keine andere Wahl hatte. Sie setzte den kalten Lauf an seinen Kopf und faßte all ihren Mut erneut zusammen.

„Wenn du ekelhaftes Tier mir erzählst, wessen Auftrag du hier erledigst, dann hole ich dir einen Doktor."

Borkenhagen fühlte den Druck der Knarre an seiner Kopfhaut, und ihm schossen tausend Anweisungen durch den Kopf, wie sich ein Elitesoldat in einer solchen Situation zu verhalten habe. Doch eines hatte all das, was er gelernt hatte, nie beinhaltet: die Angst. Er hatte plötzlich Angst vor der Entschlossenheit dieser Frau, Furcht vor dem Tod. Als er einen Arm zu heben versuchte, wurde der Druck auf seinen Kopf prompt größer. Er drehte sich ein wenig.

„Bleib liegen!"

Der SSler fühlte, daß er keine Chance hatte; trotzdem versuchte er es.

„Wenn Sie mich umbringen, dann haben Sie die ganze SS am Hals und die Gestapo noch dazu! Die stecken Sie ins KZ, dort kommt man nur noch durch den Schornstein raus! Glauben Sie mir, ich weiß, wovon ich rede!"

Antonia schloß die Augen, sortierte ihre Gedanken und drückte dann mit aller Kraft den Lauf auf den Schädel des Mannes.

„Das hier ist eine P38, eine Wehrmachtswaffe! Kein Schwein kommt auf die Idee, daß eine Frau dich abgeknallt hat. Wenn du überhaupt gefunden wirst! Dieser Teich da ist nicht tief, aber mit ein paar Steinen beschwert bleibt deine Leiche eine ganze Weile verschwunden."

Sein Verstand signalisierte ihm, daß sie Ernst machen würde, und er fühlte nur noch Panik. Sein Herz raste, seine Gedanken wirbelten wie im Sturm in seinem Kopf, und er vergaß darüber, seine Blase zu kontrollieren. Eingenäßt wie ein Kleinkind lag er unter der Waffe der jungen Frau.

„Sie holen wirklich einen Arzt?"

Antonia schlotterte am ganzen Körper, sah auf ihn nieder und nickte. Ihr war jeder Grund recht, hier zu verschwinden, doch sie wußte, daß dies die einmalige Gelegenheit war, mehr über den Tod ihres Vaters zu erfahren. So zwang sie sich zu bleiben.

„Wer hat dich Schwein beauftragt?"

„Romeike."

„Und warum?"

„Herrgott, irgendwas mit seiner Familie!"

„Raus damit!"

Er überlegte kurz, was er sagen könnte.

„Weil ihm jemand seine Tochter abspenstig machen will."

„Ich?"

Wieder versuchte er sich zu bewegen und fühlte einen Ruck an seinem Kopf.

„Ja, verdammt! Er kann es, seitdem seine Frau abgehauen ist, nicht ertragen, wenn ihm jemand etwas wegnehmen will."

„Und das soll ich wollen?"

„Weiß ich doch nicht! Ich habe nur einen Befehl auszuführen."

Antonia sah zum Himmel hinauf; kleine weiße Wölkchen wurden vom Wind nach Westen getrieben, ein Greif stand hoch in der Luft und zog seine Kreise.

„Befehle kannst du nur von der SS entgegennehmen."

„Der offizielle Befehl lautet: spurlose Beseitigung eines Wehrkraftzersetzers."
„Also doch nicht von Romeike?"
„Ja oder doch nein."
„Was jetzt?"
„Offizieller Befehl von einem Standartenführer. Aber Romeike ist wohl die treibende Kraft. Er hatte zu einem Umtrunk geladen, wie schon einige Male zuvor, wenn er irgendwelche Schwierigkeiten hatte, und wir sind gekommen."
Antonia war versucht, die Waffe, die langsam schwer wie Blei in ihren Händen lag, vom Kopf des Mannes wegzunehmen. Er spürte sofort den verminderten Druck und witterte eine Chance. Geschickt lenkte er ab und spannte seinen geschwächten Körper an.
„Für Romeike ist Edith doch sein ein und alles. Die soll nicht so werden wie seine Frau, die Judennutte, die ihm weggelaufen ist."
Die junge Frau sah, wie das Gesicht des Soldaten rot wurde, und preßte instinktiv den Stahl wieder an seinen Schädel. Ein Zucken ging durch seinen Körper, und er schnaufte tief.
„Mensch, Sie haben wirklich keine Chance!"
Sie mußte grinsen.
„So, meinst du? Ich kann dir nur verraten, das nächste, was ich dir wegschieße, ist dein Gemächte!"
„Ich bin friedlich! Und wann holen Sie einen Arzt?"
„Wenn ich alles weiß."
„Und was ist alles?"
„Was war mit meinem Vater?"
„Er hat Dinge getan, die man besser lassen sollte."
„Aha, und was war das?"
„Das hat man mir nicht gesagt!"
„Ist es wegen der Sache mit meinem Bruder?"
Borkenhagen war dankbar für diese Idee.
„Ja, ja! Er hat versucht, Ihren Bruder zu rehabilitieren. Er hat alles in Bewegung gesetzt, um denjenigen, der den Erschießungsbefehl für diese Partisanenbrut an Ihren Bruder gegeben hat, vor ein Kriegsgericht zu zerren."
„Ist das ein Grund, mich aus der Welt schaffen zu wollen?"
„Ihr Vater hatte außerdem wahrscheinlich Kontakte zu Umstürzlern. Und Sie wissen bestimmt davon!"
„Dafür hätte man ihn vor ein Gericht stellen können. Wer wollte, daß er umgebracht wird?"
Borkenhagen stöhnte vor Schmerz.
„Romeike fand, daß die Partei nicht aktiv genug war. Schließlich bin ich sein Neffe."
Sie riß die Augen auf.
„Dann hast du meinen Vater ..."

Er zuckte und sah die junge Frau aus angstgeweiteten Augen an.

„Ich hatte einen Befehl!"

Antonia stand auf und machte einen Satz zur Seite, um aus der Reichweite des Mannes zu kommen.

„Ich reite jetzt los und hole einen Arzt. Wenn du lebend davonkommst, dann erwarte ich, um deinetwillen, daß du mir alle Schwierigkeiten vom Halse hältst! Sonst bist du und dein sauberer Onkel dran!"

„Mein Ehrenwort! Ich tue, was in meiner Macht steht!"

Sie pfiff einmal kurz durch die Zähne, und Brick kam langsam auf sie zugetrottet. Borkenhagen hob den Kopf, rollte herum und sah, wie sie auf ihr Pferd stieg.

„Dinge, die schon geplant sind, kann ich jedoch nicht mehr aufhalten!"

Sie trieb Brick zu ihm hinüber und sah aus dem Sattel auf ihn herab.

„Habe dir dein Leben geschenkt, vergiß das nicht!"

Sie parierte die Stute durch, und wenig später war sie aus der Sichtweite des Soldaten verschwunden.

Müde und abgekämpft kam Antonia am frühen Abend auf den Hof zurück. Sie hatte Doktor Saucken, einen langjährigen Freund der Familie, noch zu dem verletzten SS-Mann geführt und war dann die ganze Strecke zurück zum Gut galoppiert. Das verschwitzte Pferd überließ sie Rudolf und eilte ins Arbeitszimmer. Auf dem Schreibtisch lag ein Brief; die rote Zwölf-Pfennig-Marke mit dem Bild Hitlers war in Berlin abgestempelt. Hastig riß sie das Kuvert auf und las die knappen, von Schoenhals geschriebenen Zeilen.

„Nun endlich werden sich die Verhältnisse zum Guten wenden. Wir haben alles dafür Notwendige in die Wege geleitet. Ich werde Sie immer in gutem Andenken behalten und alles für Sie tun, was mir in meiner neuen Position möglich ist. Bleiben Sie so geradlinig, wie ich Sie kennengelernt habe, dann werden Sie Ihren Weg schon machen. Es grüßt Sie herzlich Gebhardt Schoenhals."

Sie warf den Brief auf den Tisch und schüttelte befremdet den Kopf. Dann ging sie durch die Halle in die Küche. Marie stand an dem großen Spülstein und wusch Geschirr ab. Wortlos ging Antonia an ihr vorbei zur Speisekammer. Sie goß sich einen Becher Milch ein und trank mit gierigen Schlucken. Die Köchin trocknete sich die Hände ab und schaute die junge Frau ernst an.

„Fräulein Antonia, Se sollen dann rieber ze Ihre' Frau Mutter komm'."

Antonia schnitt sich eine dicke Scheibe von dem selbstgebackenen Brot ab und biß hinein.

„Fehlt mir gerade noch!"

„Es is' wohl wichtig."

Sie löffelte sich etwas Quark auf ihren Brotkanten.

„Den wievielten Magrietsch hat meine liebe Mama denn schon intus?"

Marie schüttelte ungehalten den Kopf und steckte ihre Hände wieder ins warme Wasser.

„Es is' unjehörich, was Se da sachen!"

Antonia aß mit großem Appetit ihre Stulle, wischte sich den Mund mit einem der Küchenhandtücher ab und ging zur Tür.

„Wo?"

„Im kleinen Salon."

Sie ging durch die Halle und betrat den Salon absichtlich ohne anzuklopfen. Ihre Mutter saß mit dem Rücken zur Tür vornübergebeugt auf einem Stuhl und blätterte in einem Buch. Aus dem KW 40 dröhnte ohrenbetäubend der Wehrmachtsbericht.

„Das Vergeltungsfeuer auf London dauerte die ganze Nacht an."

„Guten Abend, Mama!"

Die ältere Frau ließ sichtlich erschreckt das Buch fallen, drehte sich um und legte den Zeigefinger der rechten Hand auf den Mund.

„An der Ostfront stehen unsere Divisionen im Raum östlich Lemberg in schweren Abwehrkämpfen. Feindliche Durchbruchsversuche in Richtung auf die Stadt selbst wurden aufgefangen. Von Kowel her vordringende starke sowjetische Kräfte wurden am Bug zum Stehen gebracht.

Auch am Mittelabschnitt dauern nördlich von Brest heftige Kämpfe an. Im Raum Grodno auf das Westufer des Nejemen übergesetzte sowjetische Kampftruppen wurden im Gegenangriff zurückgeworfen."

Antonia lief zu dem wuchtigen Radio und drückte eine Taste.

„Kann es nicht mehr hören! Also, was willst du von mir?"

Frau Treskow stand mit hängenden Schultern auf und umarmte ihre Tochter. Dann löste sie sich wieder und deutete mit ausgestrecktem Arm auf den Tisch.

„Hier! Ich kann dich zwar nicht verstehen, aber ich sehe ein, daß ich das Gut nicht führen kann. Ich habe dir schriftlich alle Vollmachten übertragen."

Antonia ging zum Tisch und besah sich das Dokument.

„Großartig! Mama, wenn du nun noch mit dieser unseligen Trinkerei aufhörst, dann sind wir aus dem gröbsten Schlamassel bald heraus."

Ihre Mutter ging zurück zu ihrem Stuhl, hob das Buch auf und plazierte es wieder auf ihren Knien. Wortlos schlug sie die nächste Seite auf. Antonia ging hinüber, sah ihrer Mutter über die Schulter und erkannte die alte Familienchronik.

„Über zweihundert Jahre, und niemals mußte dieses Gut von einem Mädel geführt werden."

Antonia legte eine Hand auf die Schulter ihrer Mutter.

„Das kriegen wir schon hin."

Die nach vorn gebeugte Frau schubste sie weg.

„Das kann nur unser Untergang sein!"

Antonia verzog ungläubig das Gesicht. Sie schrieb dem Alkohol diese absurde Bemerkung zu und verließ ohne ein weiteres Wort den kleinen Salon. Sie lief hinauf in ihr ehemaliges Zimmer und nahm dort etwas frische Unterwäsche und eine frische Bluse aus dem Schrank. Dann ging sie in den ersten Stock des Hauses und nahm im geräumigen Badezimmer eine kalte Dusche, denn das Vorheizen des Badekessels erschien ihr zu langwierig. So stand sie fröstelnd vom kalten Schauer da und trocknete sich ab.

Kaum war sie wieder angezogen und auf dem Weg nach unten, rief Marie nach ihr. Doktor Saucken stellte keine Fragen, als er sein Honorar entgegennahm, doch sein Blick verriet, daß er ihr mißtraute.

Endlich war der Arzt verabschiedet, und sie wünschte sich, all die Ereignisse des Tages einfach zu vergessen.

Antonia ging in den Weinkeller, zog wahllos eine der verstaubten Flaschen aus dem Regal und hielt einen französischen Rotwein in der Hand. Sie löschte das Kellerlicht, ging nach oben und machte sich auf den Weg hinüber zum Gärtnerhaus.

In der Küche ihres Domizils angekommen, entkorkte sie den Wein und goß sich etwas davon in eine Tasse; Gläser hatte sie nicht. Sie holte Ediths Gedichte und legte sie vor sich auf den Tisch. Vorsichtig nahm sie den ersten Schluck, der ungewohnt herb schmeckte.

Die zweite Tasse trank sich schon leichter, und sie merkte, wie ihr Gesicht warm wurde. Das Klopfen, das sie hörte, wertete sie als erstes Anzeichen eines Schwipses. Doch dann wurde die Küchentür vorsichtig aufgeschoben, und Ediths rotes Haar schimmerte wie Gold im fahlen Licht der Lampe. Antonia sprang auf, rannte zu ihr und schloß sie in die Arme.

„Mensch, Edithchen, wenn du wüßtest, was ich heute alles erlebt habe!"

Edith schmiegte ihre Wange an die der Geliebten und schloß die Augen.

„Toni! Ich liebe dich über alles in der Welt!"

Minutenlang konnten die beiden nicht voneinander lassen. Dann faßte Edith sich ein Herz.

„Bei mir zu Hause ist ein Durcheinander, ich kann es dir nicht beschreiben!"

Antonia warf den Kopf in den Nacken und sah an die rußgeschwärzte Decke der Küche.

„Und ich kann dir was erzählen, das glaubst du nicht!"

Endlich saßen die beiden jungen Frauen Hände haltend am Tisch, jede eine Tasse Wein vor sich. Edith rieb kurz ihre Wange am Handrücken der Freundin und sah sie dann ernst an.

„Ich habe mitbekommen, daß heute um 12.42 Uhr ein Attentat auf den Führer im Führerhauptquartier stattgefunden hat. Stell dir vor, ein paar verrückte Offiziere sollen versucht haben, Hitler in der Wolfsschanze in die Luft zu jagen. Überall ist die höchste Sicherheitsstufe ausgerufen. Wehrmacht, SS, Polizei, Gestapo und SD, alles ist außer Rand und Band!"

Antonia wurde heiß und kalt. Sie wußte nicht, ob es der Wein war, die Anwesenheit dieser wunderbaren Frau, die Ungewißheit, was diese Ereignisse für sie bedeuteten, oder vielleicht die pure Angst, die in ihr hochkroch. Sie dachte an den Brief von Schoenhals, der noch auf dem Schreibtisch im Arbeitszimmer lag. Nun war ihr klar, was diese Zeilen zu bedeuten hatten und daß sie schnellstens verschwinden mußten.

Edith schmiegte sich an ihre Schulter und besah sich die Gedichte auf dem Tisch.

„Weißt du, daß ich wirklich dachte, ich sei verrückt, als ich diese Zeilen an dich geschrieben habe? Ein Mädchen muß doch einen Jungen lieben und ..."

Antonia stand auf und merkte, daß der ungewohnte Alkohol ihren Gleichgewichtssinn etwas beeinträchtigte.

„Muß noch einmal rüber."

„Wieso?"

„Ist wichtig! Mir ist da noch etwas eingefallen, das ich sofort erledigen muß."

„Kann ich mitkommen?"

„Nein. Ist besser, wenn vorläufig niemand weiß, daß du hier bist."

„Dann laß mir etwas von dir da. Ich habe solche Angst alleine ohne dich."

Antonia war schon an der Tür, als sie die Waffe ihres Vaters aus der Jacke zog, die dort an einem Nagel hing. Ein metallisches Klicken war zu hören.

„Habe sie entsichert. Wenn jemand außer mir oder den Leuten hier vom Hof auftaucht, ziele auf die Beine. Am besten auf die Füße!"

Antonia legte Edith die Pistole auf den Tisch und rannte aus dem Haus. Hastig, mit leicht schwankendem Gang, hielt sie auf das ungewöhnlich hell erleuchtete Haupthaus zu. Sie blieb stehen und konnte mehrere Autos auf dem Hof erkennen; etliche Männerstimmen waren zu hören. Schlagartig war sie vollkommen nüchtern. Einen Eibenbusch als Deckung nutzend, trat sie näher heran.

„O verdammich!"

Sie ging festen Schrittes aus ihrem Versteck auf den Hof. Zu ihrer Verwunderung blieb sie unbehelligt. Eilig lief sie die Stufen hoch in die Halle. Überall waren SS-Männer, aber auch ein paar Kerle in Parteiuniform waren dazwischen. Sie flehte zu allem, was ihr heilig schien, daß noch niemand im Arbeitszimmer war. Von ferne hörte sie Marie, die ungewohnt hysterisch war und mit noch stärkerem ostpreußischem Tonfall als sonst sprach. Antonia schlüpfte durch die Tür ins Büro, brachte den verräterischen Brief an sich und überlegte, was sie damit tun sollte. Zunächst riß sie ihn in kleine Stücke und suchte nach einem Versteck. Verbrennen konnte sie ihn nicht mehr, das würde auffallen. Immer noch hielt sie die Schnipsel in der Hand, als die Tür aufflog und etliche Männer polternd hereinstürmten. Einige begannen Bücher aus den Regalen zu reißen, andere durchsuchten den Schreibtisch, Rollschränke und Schubladen und sahen unter den Teppichen nach. Während Papierstapel wild durch die Luft flogen, und die Blätter sich auf dem ganzen Fußboden verteilten, stopfte sie die Papierreste in den Mund und kaute aufgeregt darauf herum. Angewidert schluckte Antonia nach und nach das zu einem klumpigen Brei zerkaute Papier. Sie hatte noch einen Teil davon im Mund, als ein Mann in einem Kleppermantel an sie herantrat.

„Fräulein Treskow?"

Sie schob die Briefreste in die Backe und nickte.

„Ja. Und wer sind Sie?"

„Tut nichts zur Sache! Wer ist alles hier auf dem Gut?"

Sie sah den Mann, der wie ein Beamter wirkte, möglichst treuherzig an.

„Meine Mutter, Marie Lotz, unsere Köchin, Rudolf Kupinski, der Stallmeister, Eberhardt Plotnitz, der Futtermeister, und sonst niemand."

Er blickte ihr starr in die Augen.

„Ziemlich wenig für so 'n Gut."

„Heutzutage ist es nicht einfach, Personal zu bekommen."

„Kein Mädchen, keine Dienstmagd?"

„Bis vor kurzem hatten wir Grete, Grete Streif. Aber meine Mutter hat sie entlassen."

Von draußen ertönten Rufe, und Antonia hörte in der Halle Edith jammern. Ein Obersturmführer kam auf harten Sohlen ins Zimmer.

„Haben junge Frau gefunden. Bewaffnet!"

Antonia Treskow konnte Häme im Gesicht des Gestapo-Mannes erkennen. Sie sah ihn nur mit hochgezogenen Augenbrauen an und hoffte auf ein Wunder.

Augenblicke später waren alle im Arbeitszimmer versammelt. Antonia nutzte diesen Moment der Verwirrung, um die letzten Papierreste herunterzuwürgen. Frau Treskow stellte sich neben ihre

Tochter und blickte streng auf die Anwesenden. Nachdem etwas Ruhe eingekehrt war, richtete sie sich an ihre Angestellten.

„Herrschaften! Schlimmes ist geschehen! Obersturmführer Fischer hat mich darüber in Kenntnis gesetzt. Auf unseren geliebten Führer ist ein Anschlag verübt worden, und nun wird im ganzen Reich nach Verdächtigen gesucht. Wir, die wir hier stehen, haben uns nichts zuschulden kommen lassen, und ich bitte in unser aller Namen darum, das Gut nach Leibeskräften zu visitieren, um von allen Verdächtigungen reingewaschen zu werden!"

Der Obersturmführer trat zwei Schritte in die Mitte des Zimmers vor.

„Danke, Frau Treskow! Können Sie uns auch sagen, wer diese", er deutete auf Edith, die von zwei Schwarzuniformierten festgehalten wurde, „Person ist und was sie hier sucht?"

Noch bevor die ältere Frau etwas antworten konnte, ergriff Edith das Wort.

„Heil Hitler! Und Gott bewahre, daß unserem Führer ein Leid geschieht! Ich bin Edith Romeike, die Tochter des hiesigen Ortsgruppenleiters, und nach den entsetzlichen Nachrichten aus dem Führerhauptquartier habe ich mich alleine und ohne Anweisung auf den Weg gemacht, um hier nachzusehen. Ich weiß, daß dies ein Fehler war. Frauen sollten solche Dinge Männern überlassen! Doch meine Liebe zu unserem Führer Adolf Hitler hat mich dazu getrieben, hier zu spionieren!"

Ein Murmeln ging durch den Raum. Antonia sah ihre Geliebte verstohlen an und küßte sie insgeheim für diesen Einfall. Fischer drehte sich um.

„Gut, gut. Ich werde mit Ihrem Vater telefonieren!"

„Obersturmführer, ich bitte geradezu darum!"

Nach wenigen Augenblicken war die junge Romeike rehabilitiert und wurde im Wagen des Obersturmführers nach Hause gefahren.

Die Durchsuchung des Treskowschen Hauses, der Stallungen und der Nebengebäude dauerte noch bis in den dämmernden Morgen.

Müde und glücklich darüber, daß Edith sich hatte herausreden können, saß Antonia auf dem Stuhl hinter dem mächtigen Schreibtisch ihres Vaters. Ein Sturmscharführer kam ins Zimmer und stellte sich vor sie.

„Wir gehen jetzt. Glauben Sie aber nur nicht, daß die Sache für Sie ausgestanden ist. Wir haben jetzt zwar nichts gefunden, aber wenn sich unser Verdacht bestätigt, dann kommt noch einiges auf Sie zu!"

Antonia sah den noch recht jungen Mann, der in ihrem Alter war, an.

„Aha, und was, wenn ich fragen darf?"

Der SSler grinste schief.

„Haft!"
Die junge Treskow lehnte sich im Stuhl ihres Vaters zurück.
„Wir sollen alle ins Gefängnis?"
„Nein, nur Sie!"
„Ach, nur ich? Sturmscharführer, erlaube mir anzumerken, ganz formlos und im Vertrauen, bevor Sie weitere Schritte unternehmen, mit Sturmbannführer Borkenhagen zu sprechen."
Wenig später zog das Rollkommando ab. Marie stand bleich vor Entsetzen in der Halle, als Antonia ausgelaugt und müde aus dem Büro trat.
„De Kerle ham nu' alles von oh'm nach u'n jedreiht! Jottche', das is' da Unterjang!"
Die junge Frau nahm die mollige Köchin in den Arm.
„Nee, Marie! Das Schlimmste haben wir jetzt hinter uns."

Die Uniformierten eskortierten Edith in das Arbeitszimmer ihres Vaters.
„Heil Hitler! Ihre Tochter."
Romeike nickte gelassen.
„Danke für Ihre Mühe. In der Küche ist ein kleiner Imbiß vorbereitet."
Einer der beiden Soldaten tippte mit dem Zeigefinger an seine Mütze.
„Nett von Ihnen. Aber wir haben Befehl, sofort zum Standort zurückzukehren."
Der dicke Ortsgruppenleiter hob den rechten Arm zum deutschen Gruß.
„Heil Hitler. Sie können wegtreten!"
Zackig drehten sich die beiden um und marschierten grußlos im Gleichschritt aus dem Raum. Donnernd fiel die Tür ins Schloß. Romeike öffnete seine Uniformjacke, ging um den Tisch herum und schaute seine Tochter aus Schweinsäuglein an.
„Nun zu dir! Was sollte das?"
Edith zog automatisch die Schultern hoch.
„Ich wollte doch nur ..."
Der Dicke griff zu der Hundepeitsche auf seinem Schreibtisch und schlug seiner Tochter ohne Vorwarnung ins Gesicht.
„Ich weiß, was du wolltest! Die kleine Treskow warnen! Ich verbiete dir jeglichen Umgang mit dieser Person!"
„Ja, aber ..."
„Und dann hast du noch die Stirn, mit einer Waffe auf unsere Leute loszugehen und eine solch hanebüchene Geschichte aufzutischen! Du als mutige Rächerin des Führers, daß ich nicht lache!"

„Vater ..."

„Du bist es nicht wert, meine Tochter zu sein! Ich habe dir alles gegeben. Du lebst hier wie eine Prinzessin und hintergehst mich nach Strich und Faden!"

Wieder sauste die Peitsche auf Edith hinab. Sie fuhr sich mit dem Handrücken über ihren blutenden Mund.

„Aber ich ..."

Er war nun voll in Fahrt. Speichel triefte ihm aus dem Mund, und sein Schädel war noch röter als sonst.

„Ich habe alles versucht, um aus dir einen Menschen zu machen. Aber du bist und bleibst die Tochter einer Judenschlampe!"

Er schlug mit aller Kraft auf Edith ein. Noch bevor er innehielt, war die junge Frau bewußtlos geworden. Im ersten Moment schreckte er zusammen, als er auf den leblosen Körper seiner Tochter sah. Doch dann fühlte er sich bestätigt.

„Du kommst mir nicht mehr weg!"

Edith schlug die Augen auf und versuchte sich zu bewegen. Es war nichts als Dunkelheit um sie herum, und ihr Körper schmerzte unerträglich. Unter sich fühlte sie feuchte Kälte. Nur langsam kam sie zur Besinnung und versuchte sich zu orientieren. Sie fuhr sich mit einer Hand vorsichtig über das schmerzende Gesicht. Grauenvolle Angst stieg in ihr auf. Schon seit frühester Kindheit fürchtete sie sich im Dunkeln, und in diesem Raum war noch nicht einmal spärlichstes Licht. Panik trieb sie, trotz ihrer Schmerzen aufzustehen. Sie wankte auf wackligen Beinen zu einer Wand und lehnte sich gegen das klamme Gemäuer. Ihre Eingeweide krampften sich zusammen, und sie fühlte ein Würgen im Hals.

„O mein Gott! Wo bin ich hier?"

Mit der Zeit gewöhnten sich ihre Augen an die Dunkelheit. Sie konnte die Umrisse des Raumes erfassen und erkannte einen der ungenutzten Kellerräume im Haus ihres Vaters. Panisch tastete sie sich an der Wand entlang zur Tür. Sie befühlte das modrig riechende Holz und fand das Schloß. Der Riegel ließ sich bewegen, doch die Tür blieb geschlossen.

„Hilfe!"

Der Schrei ließ ihren Kopf fast platzen, und sie rutschte auf den kalten Boden. Ängstlich umklammerte sie ihre angezogenen Beine und begann hemmungslos zu weinen.

Es verging eine Weile, bis sie sich wieder faßte. Sie kniff die brennenden Augen zusammen. In der gegenüberliegenden Ecke sah sie eine Decke, und sie schlurfte kraftlos darauf zu. Die Decke roch sehr streng; trotzdem legte sie sich die kratzige Wolle um die Schultern.

„Das Ding riecht nach Pferd."

Völlig durchnäßt kam Antonia in die große Eingangshalle. Sie fuhr sich mit beiden Händen über ihr offenes, feuchtes Haar, schälte sich aus der durchweichten Jacke und zog die zu großen Gummistiefel aus. Auf Socken ging sie in die Küche, um sich am Herdfeuer aufzuwärmen.

Marie und eine junge Aushilfe waren dabei, die in der Nacht durchwühlte Vorratskammer wieder in Ordnung zu bringen. Das Mädchen saß auf einem Hocker und sammelte mühselig die Trockenerbsen aus einem Gemenge von Hülsenfrüchten und hellgrauem Roggenmehl. Antonia mußte bei dem Anblick grinsen.

„Na, Marie, hast du uns ein Aschenputtel mitgebracht?"

Die korpulente Köchin kam aus der Speisekammer.

„Wenn ich das machen sollt', bekäm' Se de nächsten Taje nuscht ze essen."

Antonia kniete sich vor das Mädchen.

„Dann danke ich dir schon mal für deine Hilfe! Hungerkost wäre das letzte, was ich im Moment gebrauchen könnte."

„De Marie, was meine Tante is', hat versprochen, für's Helfen kriechte ich en Sack Mehl."

Die Köchin gesellte sich dazu und nickte.

„Ibrigens, Fräulein Treskow. Das is' de Jerlinde, de älteste Tochter von meine' jüngste Schwester."

„Die mit den sechs Kindern, deren Mann schon '40 gefallen ist?"

Ohne zu antworten, ging Marie wieder an die Arbeit und verschwand in der Speisekammer. Antonia stand noch einen Augenblick unschlüssig herum, ging dann zur Köchin und tippte ihr auf die Schulter.

„Wenn Gerlinde fertig ist, gib ihr noch ein paar Kilo Kartoffeln dazu."

„Ihre Frau Mama hätt' nuscht soviel iebrich! Is' doch auch für Se 'ne schwere ..."

„Laß mal gut sein. Haben hier immer noch satt zu essen, und deine Schwester kann es wirklich brauchen."

„Wenn die mal ze Hause wär'. De schuftet über zehn Stunden am Tag in'er Fabrik, kommt nur am Sonntag nach Hause. De Kleine da is' de Woche über de Ersatzmutter."

„Himmel Herrgott! Die ist doch nicht älter als sechzehn?"

Marie wuchtete einen großen Kübel Schweineschmalz auf ein Regal.

„Se is' jerade vierzehne jeworden."

Die junge Treskow drehte sich um und ließ Marie alleine.

„Das sind vielleicht Zeiten!"

Sie verließ mit großen Schritten die Küche, überlegte einen Moment und ging dann hinüber zur Bibliothek. Die Tür stand offen, und sie konnte ihre Mutter mit einem Stapel Bücher im Arm auf der Leiter sehen.

„Mama?"

Frau Treskow sortierte einige Bände ein und drehte dann den Kopf.

„Ja?"

„Kommst du hier alleine zurecht?"

Die ältere Frau besah sich die vielen Bücher, die im Raum verstreut lagen, und atmete tief durch.

„Du siehst doch die Unordnung. Also was fragst du noch?"

Antonia rieb sich mit einer Hand über den nassen Hosenstoff, der auf ihrem Oberschenkel klebte.

„Weil dies hier nicht das einzige Chaos auf dem Hof ist. Habe jetzt mehr als zwei Stunden gebraucht, um die Futterkammer wieder in Ordnung zu bringen. Rudolf ist immer noch dabei, zerstochene Säcke zu flicken, und drüben im Melkhaus haben die Besucher letzte Nacht alle Milchunterlagen wild verstreut. Vom Arbeitszimmer ganz zu schweigen!"

Frau Treskow kletterte mühsam die steile Holzleiter hinab und ging vor einigen Bänden in die Knie.

„Du bist doch jetzt Herrin auf Treskow! Also tu, was du für richtig hältst."

Antonia spürte die Kälte in der Stimme ihrer Mutter und lief aus dem riesigen Zimmer. Mit einem Kloß im Hals rannte sie zu den Gummistiefeln, schlüpfte hinein und nahm ihre Jacke. Der Stoff war zum Auswinden naß. Sie warf sie wieder auf die wuchtige Eichenkommode, die neben dem Eingang stand, und stürmte im Hemd aus dem Haus.

Es goß wie aus Eimern und war vollkommen windstill. Drückend hingen graue Wolken, so weit das Auge reichte. Dünne, kalte Rinnsale liefen Antonia über das zum Himmel gewandte Gesicht, und sie fühlte sich mutlos. Trotz des strömenden Regens ging sie langsam über den Hof und besah sich das mächtige Haupthaus. Einige Augenblicke verharrte sie und spürte eine unglaubliche Müdigkeit in sich. Dann schlurfte sie in den zu großen Stiefeln einen schlammigen Weg entlang zum leeren Kuhstall und ging in den kleinen Raum, der als Melkkammer eingerichtet war. Triefend vor Nässe begann sie die Papiere über die Milchleistung der einzelnen Kühe zusammenzusammeln. In dem kleinen Büro fand sie ein fleckiges Handtuch, das sonst dazu benutzt wurde, den Kühen das vor dem Melken gewaschene Euter abzutrocknen. Ohne zu zögern, wischte sie sich damit über Kopf und Gesicht. Dann streifte sie die unförmigen Stiefel von den Füßen und zog das durchnäßte Hemd aus. Im Unterhemd begann sie die Blätter nach dem Datum zu sortieren und bekam so erstmals einen Überblick über die Tagesmilchleistung der einzelnen Kühe. Einem weiteren Ordner, der vom Rollkommando geradezu zerfetzt worden war, konnte sie entnehmen, daß jede Kuh ungefähr drei- bis dreieinhalbtausend Liter Milch im Jahr gab. Unermüdlich stapelte, sortierte und heftete sie ab. Zwei Ordner hatte sie nun vor sich liegen, als die Tür knarrte und Rudolf mit Regenmantel und breitkrempigem schwarzem Regenhut hereinkam. Sie sprang von ihrem unbequemen Hocker und ging freudig auf den alten Mann zu.

„Und, wie schaut es aus?"

Rudolf stockte der Atem, er hustete kurz und drehte sich um. Die junge Frau konnte seine Reaktion nicht nachvollziehen.

„Mensch! Ist etwas passiert?"

Der Alte blieb zur Tür gedreht stehen.

„Fräuleinche', Se sin' ja halbnackt!"

Sie sah an sich herunter und mußte grinsen. Eilig suchte sie ihr Hemd, schlüpfte in den immer noch feuchten Stoff, knöpfte es zu und lächelte.

„Rudolf, kannst dich umdrehen."

„Se missen entschuldigen, aber 'ne Frau im Unterhemde ..."

„Schon gut, schon gut! Also, was gibt es?"

Er sah sie schräg an und rieb sich über die Bartstoppeln.

„Na, nuscht. Nur Essen."

In Windeseile brachte sie ihre Arbeit zu Ende, stieg in die großen Stiefel und rannte hinter dem müde dahintrottenden Alten her. Zu ihrer Verwunderung bog Rudolf plötzlich zur Gesindeunterkunft ab. Die unförmigen Stiefel ließen sie stolpern.

„Rudolf, ißt du heute nichts?"

Er drehte sich kurz vor der Tür des Gesindehauses um und schaute sie mit gerunzelter Stirn an.

„Ihre Frau Mama hat in 'n Salon jeladen. Da muß ich mir erst umziehen."

Nun spürte sie wieder den kalten Regen auf der Haut, doch ihr schauderte nicht nur deswegen. Mit einem dumpfen Krachen schloß der alte Mann die Tür hinter sich. Graue Regenschleier zogen über das Land, und von weitem konnte sie die kleine Kuhherde sehen, die sich langsam auf das Gut zubewegte. Sie spürte, wie ihr das Wasser langsam die Beine hinab in die zu weiten Stiefelschäfte rann.

Wenige Augenblicke später trat Rudolf in einem Anzug neben sie. Beide standen nun im langsam schwächer werdenden Regen und sahen zu, wie die Kühe mit dicken Eutern in den Stall verschwanden. Rudolf schüttelte kurz den Kopf.

„De warten mi'm Essen auf uns. Wollen Se sich nich' umziehen?"

Antonia sah ihn an, und ihr fiel auf, daß der Alte sein sonst so wirres, schütteres Haar mit viel Brillantine glatt über den Kopf gestriegelt hatte.

„Primich, Rudolf! Siehst aus, als ob du zum Ball in Königsberg gehst."

Er nahm die junge Frau sanft am Arm und zog sie neben sich zum Haus hin.

„Fräuleinche', de da drin warten wirklich auf uns."

Von Kupinskis Eile getrieben, liefen sie über den Hof. Er zupfte sich in der Halle noch am inzwischen durchnäßten Anzug herum, während Antonia ganz gelassen ihre Gummistiefel in die Ecke neben der Kommode warf und auf Strümpfen zur offenen Tür des kleinen Salons lief.

Tatsächlich hatte Frau Treskow für alle hier auftischen lassen. Sehr aufrecht saß sie am Kopf der Tafel. Rudolf ging schüchtern zu dem Platz, den ihm die Köchin, die Antonia zum ersten Mal seit langem ohne die gewohnte Schürze sah, durch ein Winken anwies. Frau Treskow besah sich ihre Tochter mißbilligend.

„Möchtest du dich nicht etwas frisch machen?"

Antonia ließ sich auf einen Stuhl an der Tafel fallen, streckte ihre Beine aus und schüttelte demonstrativ ihr langes, nasses Haar. Ihr war sowohl die ungewöhnliche Einladung zum gemeinsamen Essen als auch die zur Schau getragene fröhliche Freundlichkeit der Mutter mehr als suspekt.

„Falls es dir entfallen sein sollte: Ich esse seit einer Weile in der Küche, und dort gibt es bisher noch keine Kleidervorschriften. Hatte auch nicht vor, solche einzuführen."

Frau Treskow stand auf und besah sich den gedeckten Tisch.

„Herrschaften. Die letzte Nacht war für uns alle wenig angenehm. Wir haben uns offenbar nichts zuschulden kommen lassen, und so blieb diese Durchsuchung für uns ohne Folgen, abgesehen davon, alles wieder in Ordnung bringen zu müssen."

Alle sahen sie gespannt an, als sie in Gedanken versunken eine Pause machte. Ruckartig hob sie den Kopf.

„Leute, ich danke euch für eure Loyalität und Arbeit. Nun habe ich hierher geladen, um eines klarzustellen: Meine Tochter wird von nun an dieses Gut führen."

Antonias Mutter erhob ihr Glas, alle Angestellten standen auf und nahmen ihr Getränk. Nur Antonia blieb sitzen.

„Mutter, ohne dich in deiner Rede stören zu wollen – zusammen ginge es besser."

Frau Treskow preßte zunächst die Lippen aufeinander, dann schaute sie ihre Tochter traurig an.

„Mein Entschluß ist endgültig! Also darauf, daß Gut Treskow noch lange bestehe!"

Alle tranken von dem kredenzten Wein und setzten sich wieder. Marie stand auf, eilte hinaus und reichte dann die Vorspeise.

Antonia rührte auch von dem Hauptgang nichts an. Müde und trotzdem aufgebracht saß sie auf ihrem Stuhl und sah zu, wie die anderen zulangten. Marie war gerade in der Küche und holte das

Dessert, als der noch jämmerlicher als sonst aussehende Futtermeister im Sonntagsanzug in den Salon kam. Frau Treskow selbst sorgte dafür, daß der alte Mann zu essen bekam. Als sie ihm ordentlich aufgetan hatte, ging sie zu dem wuchtigen Radio, das auf dem Kaminsims stand, und schaltete es ein. Antonia zuckte kurz zusammen und verschränkte die Arme vor der Brust. Ein paar Augenblicke tönte die übliche Tanzmusik aus dem Äther. Sie verstummte, und eine Fanfare klang markig durch das Zimmer. Es folgte der Wehrmachtsbericht, doch niemand schien sich so recht dafür zu interessieren.

„An der Straße Kauen-Dünaburg sowie zwischen Dünaburg und Peipussee griffen die Bolschewisten mit starker Panzer- und Schlachtfliegerunterstützung an zahlreichen Stellen an. Sie wurden unter Abschuß einer großen Anzahl von Panzern abgewiesen und aufgefangen."

Antonia stand auf, ging auf Socken hinüber zum KW 40 und schaltete ihn ab. Langsam näherte sie sich dann der Tür und drehte sich um.

„Eine gute Nacht allerseits!"

1. August bis 27. September 1944

Das Wetter an diesem Nachmittag paßte zu Antonias Gemütslage. Grau und schwer hingen Wolken über dem Land, und nur ab und zu zeigte sich blaß die Sonne, um gleich wieder zu verschwinden. Rudolf schlurfte schweren Schrittes über den gepflasterten Hof und sah in den Regen verheißenden Himmel.

„Na nu', Fräulein Antonia, en Wetter könn' wa nu' wahrhaft nich' jebrauchen!"

Die junge Frau sah von ihrem Stiefel auf, den sie gerade mit wenig Elan putzte, und verzog das Gesicht.

„Schöner Bockmist! Habe gedacht, wir hätten die Roggenernte schon in der Tasche, nachdem es mit dem Mähen doch noch geklappt hat."

Der Alte setzte sich ächzend neben sie auf die Stufen vor dem Haupthaus, stützte beide Ellbogen auf die Oberschenkel und beugte sich nach vorn.

„War doch nett vom Kakies, das mit seine' Mähmaschine."

„Hat wohl ein schlechtes Gewissen gehabt wegen Papa."

„Mag sein, aber nu' stehen de Kebsen auf'n Feldern. Wenn nu' nuscht passiert un' es auch noch regnen will, denn is' der Roggen hin!"

Antonia zog den linken Arm aus dem Stiefelschaft und stellte den Stiefel energisch neben sich auf die Treppe.

„Bekomme einfach keine Erntehelfer zugeteilt! Das geschnittene Getreide vergammelt auf dem Feld! Bodenlose Schweinerei! Alleine solche Mengen dreschen, wer kann das schon?"

Rudolf hob den Kopf und sah der jungen Frau ins scharfgeschnittene Gesicht.

„Ich will Ihn' ja nich' ze nah' treten. Aber wer sich mit de Partei anlegt ..."

Sie sprang auf, lief die zwei Stufen hinunter zum Hof und schüttelte den Kopf.

„Nein, Rudolf! Laß mich nicht kleinkriegen! Vater wäre bestimmt etwas eingefallen. Ich muß einfach nur nachdenken. Wir brauchen die Ernte!"

Kupinskis Knie schmerzten, als er sich langsam erhob. Er sah, wie Antonia im Pferdestall verschwand, und rieb sich über das schlecht rasierte Gesicht.

„Se is'n echter Dickschädel! Noch mehr der Großvater als der Vater!"

Antonia rief nach Tarantino. Der schwarzbraune Hengst drehte den Kopf und nickte, als ob er sie auffordern wollte. Sie zog die Boxentür auf, tätschelte ihn kurz und führte ihn nach draußen. Mit großen Schritten leitete sie das mächtige Pferd aus dem Stall, rannte, ihn am Halfter haltend, den ganzen Weg zur Koppel und ließ dort den Hengst laufen. Der machte einen kurzen Bocksprung, schnaubte und tobte wie der Wind los. Eilig hob sie die beiden Holzstangen, die die Koppel verschlossen, in ihre Halterung und sah Tarantino noch eine Weile zu, wie er hin und her trabte. Dann eilte sie zurück zum Stall. Nacheinander brachte sie ihre geliebte Brick, Ludger, Bizerka, den Fuchs Arnim, Bonzo und Markgraf auf die Koppel und warf eine Ladung Heu über die Umzäunung.

Sie trottete zurück zum Stall, band sich ein Kopftuch um und begann mit dem Ausmisten. Sie war bereits beim Einstreuen der Boxen, als Eberhardt, gebeugt wie immer, auf sie zuschlurfte.

„Da is' einer für Se, vorn am Tor. Der traut sich nich' rein, weil Ihre Frau Mutter das verboten hätt'."

Antonia wischte sich mit dem Handrücken über die Nase.

„Und wer soll das sein?"

„Na nu', weiß ich nich'. Er hat kein Volkstumsabzeichen auf sei'm Hemde! Wird 'n Pole oder Russe sein."

Sie setzte ihre Arbeit fort, bis alle Boxen mit reichlich Stroh ausgelegt waren. Dann wusch sie sich kurz das verschwitzte Gesicht und band das Tuch vom Kopf. Mit großen Schritten ging sie den Weg hinab zum gemauerten Torbogen. Vor dem Tor, im Gras, saß einer der beiden Männer, die Brick und Markgraf gefunden hatten.

Sie lächelte ihn an, und er sprang sofort auf, riß die Kappe vom Kopf und verbeugte sich.

„Dzien dobry!"

„Ja, guten Tag! Was führt dich zu mir?"

„Sie gutt zu uns! Wir sehen, daß Korn noch auf Feld. Nix gutt! Wenn Regen, dann alläs kaputt!"

Antonia sah dem Mann ins sonnengegerbte Gesicht und nickte.

„Weiß, daß der Roggen dort steht. Aber ich kann nichts daran ändern."

„Nix Dreschmaschin'?"

„O doch, sogar eine recht neue. Mein Vater hat sie erst kurz vor dem Krieg gekauft."

„Dann Vater soll machen bald! Wenn Regen …"

„Mein Vater ist tot!"

Der kräftige Ausländer sah auf seine nackten Füße, knetete seine Mütze zwischen den Händen und murmelte etwas. Sie stieß ihn freundschaftlich an und lächelte.

„Danke, und noch alles Gute."

Antonia ging langsam durch den wuchtigen Torbogen. Der Arbeiter lief hinter ihr her und brachte sie an der Grundstücksgrenze zum Halten.

„Prosze, nix gehen! Du Hilfe?"

Die junge Frau machte kehrt und sah den freundlichen Polen mit hochgezogenen Augenbrauen an.

„Wie willst du mir denn helfen?"

Er nickte eilig und überschüttete sie mit einem polnischen Redeschwall.

„Habe kein Wort davon verstanden!"

Er hob die Schultern und warf sich in die Brust, so daß die Knöpfe seines zerschlissenen Hemdes spannten.

„Wir dräsche'!"

Einige Augenblicke standen sie da und sahen einander hilflos an. Da fiel Antonia Marie ein, die mit Polen großgeworden war.

„Bitte warte hier! Bin gleich zurück!"

Der kräftige Mann nickte und lehnte sich an das gemauerte Tor. Antonia eilte in die Küche und zerrte Marie ohne Erklärung mit sich über den Hof. Am Rande des Grundstückes angekommen schaute sie die schnaufende ältere Frau auffordernd an.

„Der Mann ist Pole, und ich verstehe ihn nicht."

Ohne den Mann anzusehen, drehte sich die korpulente Frau um und wollte gehen.

„Ihre Frau Mama mag de Polen nich'. Un' ich bin da janz ihre' Meinung!"

„Marie, bitte warte. Glaube, er will uns helfen."

„Ja, nu', das glaub' ich wohl! Der hilft uns de Speisekammer leerzefressen!"

Antonia hielt die Köchin am Knoten ihrer Schürze fest und zerrte am Stoff.

„Bitte frage ihn, was er will!"

Marie preßte die Lippen aufeinander, kniff die Augen zusammen und ging energisch auf den Mann zu. Antonia hörte einen Satz, der wie das Kommando eines Feldwebels klang.

Der Pole sackte sichtlich in sich zusammen und antwortete stockend. Wieder bellte die Köchin den Mann an, und er murmelte etwas. Schlagartig wurde Maries Tonfall sanfter, und der Mann straffte seine Haltung wieder. Es gingen noch ein paar Sätze hin und her, bis Antonia es nicht mehr aushielt.

„Und, was will er?"

Marie steckte ihre linke Hand in die Schürzentasche und zog die Schultern hoch.

„Is' schwer ze glau'm! Der sagt, der will helfen, unsre Ernte einzebring'."

„Primich! Aber wie soll das denn gehen? Will er das alleine machen?"

Die dicke Frau sah dem Mann hart in seine graugrünen Augen und zischte etwas. Er warf die Arme in die Luft, wurde ein wenig rot und plapperte ohne Atem zu holen auf die Köchin ein. Marie schnappte nach Luft.

„Na nu', ich kann's nich' fassen! Der Kerl kann kein Polack' sein!"

„Was ist?"

Marie hob zunächst beide Hände und ließ sie dann kraftlos auf den Bauch sinken.

„Tagsüber missen de Kerle beim Petrikat arbeiten. Aber abends und nachts ham se frei. Er hat schon seine Kumpane zusamm'jerufen. Wenn wir Pferde ham, denn könnten se noch heut' nacht mi'm Dreschen anfang'."

Antonia rieb sich mit beiden Händen über den Mund und rannte auf den Polen zu. Freudig umarmte sie den baumlangen Mann, der sichtlich verlegen wurde. Die Köchin besah sich das Geschehen mit krausgezogener Stirn.

„Na Fräuleinche', das muß doch nich' sein!"

Dann schaute sie den Polen an und murrte etwas. Er lachte und legte den Kopf schräg, während er antwortete. Marie traten Tränen in die Augen, und sie legte einen kräftigen Arm um Antonias Hüften.

„Muß ma' Ihn' lassen, Mensch sin' Se! De wollen hier für Se arbeiten, weil Se den' ..."

„Marie, inzwischen weiß ich, warum er hier ist, und es ist gut so! Sag ihm, daß gut für die Männer gesorgt wird, wenn sie hier arbeiten. Muß los, bei Bewernick die Kaltblüter für den Viererzug holen."

Es war inzwischen dunkel geworden. Die Lampen, welche die Tenne erleuchteten, versorgten auch den Hof mit genügend Helligkeit. Das monotone bedrückende Rattern der Maschine, die auf dem großen, nach vorn zum Hof offenen Dreschplatz stand, erfüllte die Umgebung. Es roch nach frischem Korn, Stroh, Pferden und Männerschweiß. Getreidespelzen flogen durch die Luft.

Rudolf war gerade wieder mit dem großen, von vier Kaltblutpferden gezogenen Wagen auf dem Weg vom Gut auf das Feld, wo vier Polen und drei Russen im Eiltempo den vor Tagen geschnittenen Roggen aufluden.

Marie kam dann und wann aus der Küche gelaufen, brachte den Männern an der riesigen Maschine dünnes Bier oder trug einen reichlich gefüllten Korb zu Rudolfs Wagen. Antonia war mit all ihrer Kraft dabei, drei Polen beim Dreschen zu helfen, als Eberhardt kam und seine müde Hand auf ihr schweißdurchtränktes Hemd legte, das ihre kräftigen Schultern bedeckte.

„Fräulein Treskow, da is' jemand für Se."

Sie rieb sich mit dem Unterarm über ihre nasse Stirn und nickte den Männern auffordernd zu, während sie eine weitere Garbe Getreide in das hungrige Eisenmaul der Maschine warf. Sie nahm ihr Tuch ab und fühlte die kühle Nachtluft am erhitzten Kopf. Mit schweren Beinen ging sie hinter Eberhardt her, der sie zum Stallgebäude lotste.

„Da drin is' de Marjell. Was se will, hat se mir nich' jesacht."

Antonia lief ein Schauer über den Rücken.

„Danke dir. Sag Marie, daß die Männer in ungefähr einer Stunde reinkommen, sie soll die Flinsen bald fertigmachen."

„Wird jemacht."

Der alte gebückte Mann trottete über den Hof zur Küchenpforte, und Antonia zog die Stalltür auf. Es roch nach frischer Einstreu und dem herben Duft der Trakehner. Sie sah in das Dunkel des langgezogenen Raumes, konnte aber niemanden erkennen. Auch hörte sie zunächst nichts, außer den Pferden, die sich schnaubend umdrehten.

„Toni?"

Sie zuckte zusammen, sah sich noch einmal um und schaltete das Stallicht ein.

„Edith?"

„Ich bin hier, bei meinem Freund Bonzo."

Hastig zog Antonia die Tür zur Box des Wallachs auf und sah, wie sich Edith mühsam aufrappelte. Sie streckte ihr die rechte Hand entgegen, zog sie zu sich heran und schloß sie in die Arme.

„Grundgütiger, du zitterst ja wie Espenlaub! Hast du Angst vor dem Pferd?"

Ein Sturzbach warmer Tränen rann aus Ediths Augen und bahnte sich seinen Weg über Antonias Hals.

„Er hat mich geschlagen! Er hat mich gehalten schlimmer als ein Stück Vieh. Ich war die ganze Zeit im kalten Keller eingesperrt, ohne Licht ..."

Antonia drückte die Geliebte fest an ihren schweißfeuchten Körper und zog sie dann aus der Pferdebox.

„Um Gottes willen, wer hat so etwas mit dir gemacht? Dein Vater?"

Edith konnte sich, von einem Weinkrampf geschüttelt, kaum auf den Beinen halten. Antonia stützte sie, geleitete sie über den Hof und durch den Seiteneingang in die warme Küche. Marie war am Herd mit den Flinsen beschäftigt und bemerkte sie erst, als Antonia aus dem Schiffchen des großen holzbefeuerten Herdes heißes Wasser holte.

„Na, sin' wa schon fertig?"

„Nein, die Männer schuften immer noch wie die Rösser. Aber ich bräuchte ein frisches Küchenhandtuch."

Marie drehte sich um und wollte zum großen Schrank hinüber, um das verlangte Tuch zu holen. Ihr Blick streifte Edith zunächst nur, dann schrak die Köchin zusammen.

„Heiliger Herrjott! Wie sieht de Marjell denn aus? Hat se 'nen Unfall jehabt?"

Antonia trug die Schüssel mit dem warmen Wasser zum Tisch hinüber und sah die Geliebte traurig an, die zusammengesunken auf der Eckbank saß.

„Weiß auch nicht, was genau geschehen ist, Marie. Bitte hol das Handtuch."

Die Köchin wischte sich die feuchten Hände an ihrer Schürze ab und beeilte sich, ein großkariertes Leinentuch zum Tisch zu bringen. Vorsichtig begann Antonia, mit dem befeuchteten Tuch ihrer Freundin das geschwollene Gesicht abzutupfen. Edith zuckte kurz zusammen, als Antonia über eine rötlichblau unterlaufene Stelle unter dem Auge strich.

„Gute Güte! Jetzt sag mir doch endlich, wer dich so zugerichtet hat!"

Edith nahm zittrig Antonias Hand mit dem Lappen darin zwischen ihre kühlen Hände und sah sie unsäglich traurig an.

„Mein Vater."

Marie war zum Tisch gekommen und setzte sich, die Stirn in tiefe Falten gelegt.

„Unser Ortsgruppenleiter? Nee, Kinder, das is' da Unterjang!"

Ein strenger Geruch stach zuerst Antonia in die Nase.

„Brennt da nicht gerade etwas an?"

Marie sprang auf und hetzte zum Herd.

„So en Dwatsch! Nu' sin' se hin, de Flinsen!"

Edith lehnte sich nach hinten und betastete vorsichtig ihre Lippen.

„Antonia, ich würde mich jetzt gerne irgendwo hinlegen. Mir ist übel, und ich habe entsetzliche Kopfschmerzen."

Antonia nahm ihre Freundin sacht bei der Hand und half ihr beim Aufstehen.

„Schon gut. Bringe dich rüber zu mir. Später macht dir Marie noch etwas zu essen."

„Bin schon dabei! Ich hab' noch ebbs Hühnerjekrös', draus wird 'ne jute Suppe werden!"

Edith hatte gerade ihren Arm um Antonias Nacken gelegt und beide wollten hinüber zum Gärtnerhaus, als die Tür aufflog.

„Hier bis 'u also!"

Frau Treskow mußte sich am Türrahmen festhalten, da ihre Beine sie nicht mehr trugen. Mit glasigen, rotunterlaufenen Augen und vorgeschobener Unterlippe sah sie sich in der Küche um. Antonia schob ihre geschundene Liebste wieder auf die Holzbank und ging mit großen Schritten auf ihre Mutter zu.

„Ja, hier bin ich!"

„Schaff das Pack da von mein' Hof!"

Antonia sah ihre Mutter mit angewidert heruntergezogenen Mundwinkeln und zusammengekniffenen Augen an.

„Welches Pack?"

Frau Treskow fuchtelte mit einer Hand in der Luft herum, mit der anderen hielt sie sich am Rahmen der Tür fest.

„Diese Polacken, dieses Gesindel!"

Marie stemmte beide Hände in die Hüften.

„Frau Treskow, de Männer dreschen fier uns."

„Diese Untermenschen haben augenblicklich zu verschwin'en, sonst hole ich ein Gewehr!"

Antonia schüttelte den Kopf und trat nahe an ihre Mutter heran.

„Leg dich einfach ins Bett! Bis du wieder nüchtern bist, sind die Leute vom Hof."

Marie übernahm die Initiative und schob die schlanke junge Frau ein wenig zur Seite.

„Se kimmern sich jetzt wohl besser um de Marjell."

„Wirst wohl recht haben."

Die Köchin zog Antonias Mutter vom Türrahmen weg und beförderte sie mit sanfter Gewalt in die Halle.

„Das is' er, da Unterjang! Ich weiß, es is' unser Unterjang!"

Edith schlüpfte fröstelnd in das Nachthemd, das auf dem Bett lag.

„Und eines schwöre ich: Das Schwein bringe ich eines Tages um, und wenn es das letzte ist, was ich auf Erden tue!"

Antonia schüttelte ein Kissen auf und schlug die Bettdecke zurück. Zaghaft faßte sie Edith bei den Schultern und setzte sie auf die Matratze.

„Du solltest jetzt erst einmal ein wenig schlafen."

„Ich kann jetzt nicht schlafen! Schon gar nicht, wenn du nicht an meiner Seite bist!"

Antonia drückte ihre Freundin wieder auf das Lager und setzte sich neben sie.

„Leg dich einfach hin und erzähle ein wenig. Wirst schon schläfrig werden."

Unwillig sank Edith auf das Kissen und ließ sich zudecken. Antonia küßte sie kurz auf die Stirn und lächelte.

„Wie bist du denn aus dem Keller herausgekommen?"

„Na, Mara, diese Kokotte, hat mir irgendwas zu essen gebracht. Auf dem Tablett stand der übliche Krug mit Wasser, den nahm ich herunter. Als diese polnische Hexe den Rest auf den Boden stellte, habe ich ihr den Krug über den Kopf gehauen."

„Mensch, du hast die Frau totgeschlagen?"

„Nein, nur bewußtlos! Ich habe genau gesehen, daß sie noch atmete."

„Ja, und dann?"

„Ich habe eine Weile gehorcht und bin dann über die Hintertreppe raus auf den Hof. Und dann nichts wie weg! Eine Straße weiter habe ich mir ein Fahrrad geliehen und bin hierher gestrampelt."

„Du hast dir ein Rad geliehen? Von wem?"

„Na ja, so gut wie geborgt, es stand unabgeschlossen da."

„Also geklaut. Und wo ist der Drahtesel jetzt? Doch nicht etwa hier auf dem Hof?"

Ediths Lider begannen schwer zu werden, und sie schloß die Augen.

„Meinst du, ich bin verrückt? Den letzten Kilometer bin ich zu Fuß gegangen, es war ja auch schon dunkel."

Antonia sah, wie die Anspannung aus Ediths angeschwollenem Gesicht wich und ihre Atmung gleichmäßiger wurde. Noch eine Weile betrachtete sie die Schlafende, stand dann langsam auf, zündete eine Kerze an und zog beim Hinausgehen leise die Tür zu.

Geräusche, die von der Geschäftigkeit auf dem Gut zeugten, drangen von weitem an ihr Ohr. Schlagartig erinnerte sie sich der Verantwortung, die sie zu tragen hatte, und lief hastig den schmalen Weg hinüber zum Hof. Die Dreschmaschine war verstummt, und Rudolf knurrte dem anderen Alten etwas zu. Eberhardt schlurfte, einen Besen in der Hand, zu Kupinski hin, und sie sprachen miteinander.

Mit zwei Sätzen sprang Antonia die Stufen zum Eingang des Hauses hoch und verschwand durch die wuchtige Tür. Sie lief durch die Halle zum Arbeitszimmer, nahm rasch eine bereits abgezählte Summe Geldes aus der Schublade des Schreibtisches und eilte in die Küche. Dort saßen die Männer schweigend um den Tisch. Marie trug einen Krug Bier durch die Küche und füllte die leeren Gläser.

„Ihre Frau Mutter is' denn schlafen jegangen."

„Danke, Marie. Weiß nicht, was ich getan hätte ..."

„Schon gut, nich' vor de Männer!"

Antonia nahm ein Glas aus einem Regal, ging zum Tisch und goß sich ebenfalls von dem Bier ein.

„Marie! Brauche dich zum Übersetzen."

Die Köchin nickte, und Antonia hob ihr Glas.

„Ich danke euch für eure Hilfe!"

Ein Teil der muskulösen Helfer lachte, und alle hoben ihr Glas. Marie stieß die junge Frau an.

„Na, das muß ich nich' übersetzen."

„Nastrowje!"

Alle tranken einen kräftigen Schluck, und die junge Frau begann, jedem der Helfer ein paar Geldscheine in die Hand zu drücken. Die gerade noch lachenden Gesichter der Polen und Russen wurden starr, und einer murrte etwas. Ein anderer antwortete nickend, und alle warfen das Geld auf den Tisch. Die Köchin sagte etwas auf polnisch, worauf sie eine schroffe Antwort bekam.

„Fräuleinche', de Männer wollen kein Jeld nich'. Se sachen, das is' Freundschaft, und de kann man nich' kaufen."

Die Gutsherrin stand einen Moment da und besah sich die kantigen Gesichter ihrer Helfer. Dann ging sie zu dem, der ihr am nächsten saß, und umarmte ihn spontan.

„Freundschaft! Also, auf Freundschaft!"

Nachdem sie alle umarmt hatte, stimmten die Männer spontan ein Lied an. Zu Antonias Verwunderung sang Marie nach der ersten Strophe leise mit und schmetterte dann aus voller Brust gegen die dröhnend lauten Männer an.

Als Edith wach wurde und auf dem Kissen neben ihr herumtastete, war Antonia schon lange wieder auf den Beinen.

„Toni?"

Als sie keine Antwort bekam, öffnete sie langsam ihre brennenden Augen und drehte den Kopf. Ihr Nacken war verspannt, als hätte man ihn in einen Schraubstock geklemmt. Auf dem Nachttisch fand sie ein Glas mit einer lachsfarbenen Rose darin und einen Zettel. „Guten Morgen, Liebste. Habe viel zu tun. Schlaf, so lange du willst. Um deinen Hunger wird sich Marie kümmern. Bitte verlasse vorläufig den Hof nicht. Wenn du meiner Mutter begegnest, ignoriere sie einfach. Ich küsse dich."

Edith reckte und streckte sich, soweit ihr geschundener Körper dies zuließ, und krabbelte dann aus dem Bett. Über dem Stuhl hingen Unterwäsche, eine sommerliche Baumwollbluse und Reithosen. Kopfschüttelnd hielt Edith die Hose hoch, ließ sie wieder auf den Stuhl fallen und schlurfte ins Badezimmer. Beide Hände auf das einfache Waschbecken gestützt, besah sie sich im Spiegel.

„O mein Gott! So kann ich keinem Menschen unter die Augen treten!"

Nachdem sie den ersten Schrecken überwunden hatte, begann sie sich ausgiebig zu waschen. Sonst haßte sie kaltes Wasser, doch heute war es ein erfrischend befreiendes Erlebnis. Wieder im Zimmer angekommen, zog sie sich an. Als sie die Hose zumachte, stellte sie fest, daß diese am Bund weit genug war, um eine Hand hineinzustecken.

„Meine Güte, habe ich so viel abgenommen?"

Wenig später ging sie zögerlich den schmalen Weg zum Hof entlang und hoffte inständig, niemandem zu begegnen. Erst in der Küche traf sie auf Marie, die mit Rudolf im Gespräch vor dem Tisch stand. Der alte Mann saß auf der Eckbank und qualmte. Ediths Magen krampfte sich beim Geruch der Zigarre zusammen, und sie wollte schon wieder gehen. Die Köchin ging freundlich lächelnd auf sie zu.

„Na, Se sehen ja wieder aus wie's bliehende Le'm!"

Ehe Edith sich's versah, saß sie auf der Eckbank und hatte eine dampfende Tasse Ersatzkaffee vor sich. Während Marie ihr einiges zu essen auf den Tisch stellte, riß die Unterhaltung zwischen den beiden alten Angestellten nicht ab. Rudolf war einfühlsam genug, seinen Stumpen ausgehen zu lassen.

„Du alte Schwarzseherin! Wa ham unjefähr neun Millionen Männer im Feld. Mit der SS sin's über zweihundertachtun'zwanzig Division'. Was soll uns denn passieren?"

Marie knallte einen Marmeladentopf hart auf den Tisch.

„Alter Stiesel! Hörste auch manchmal Radio? Hab' mir mal Hartmuts alten Schulatlas jeholt un' die letzte Taje geguckt, wo wa so unsre Verteidigungslinien ham. Na, was denkste? De roten Brieder stehen uns doch schon auf de Fußmatte!"

Edith trank einen Schluck Kaffee und legte eine Scheibe dunkles Brot auf ihr Holzbrett. Bedächtig schmierte sie goldgelbe Butter darauf. Rudolf sah ihr dabei zu und nickte dann.

„Na, was sachen Se denn, wie unsere Lage is'?"

„Du Singbeutel! Laß de Marjell in Ruh' essen."

„Schon jut. Denn sag' ich dir mal, wie's aussieht. Unser Ostpreußen wird von de Heeresgruppe Mitte verteidigt. De besteht aus drei Armeen. De dritte Panzerarmee im Norden, de vierte Armee in der Mitte und de zweite Armee im Süden. Ich kann dir nich' sachen wieviel, aber es sin' en Haufen Divisionen. Un' die halten uns dem Russ' schon vom Hals!"

Marie ging zum großen Küchenschrank und holte den zerfledderten Atlas heraus.

„Armee im Norden, Armee im Süden, Divisionen un' so 'n Magritsch! De sin' doch alle schon Hunderte Kilometer unterwegs! Vorwärts, es jeht zerick! De sin' doch ausjelaugt un' abjekämpft. De ham doch schon alle bluten missen. Kann mir keiner erzählen, daß de armen Kerle noch wie am ersten Tag kämpfen tun."

Rudolf steckte den kalten Stumpen in den Mundwinkel.

„Du hast von nuscht 'ne Ahnung! Da komm' doch immer Neue dazu. Fronturlauber, Reservisten und junge Landser."

„Ach so! Un' wie komm' die dahin? Un' de Fressalien und de Munition und de neuen Panzer? Da mißten doch jeden Tag Kolonnen direkt an unsre Haustüre vorbeirollen oder zumindest durch Schloßwalde!"

Der alte Mann stand auf und ging zur kleinen Tür, die direkt zum Hof führte.

„En Weiberhirn is' einfach nich' jemacht, um sich so was vorstellen ze könn'! Das jeht doch alles über de Reichsbahn ..."

Mit einem Knall warf er die Tür hinter sich zu. Marie besah sich die Landkarte und drehte den Kopf zu Edith, die kraftlos nickte.

„Ach, irgendwie werden wir den Krieg schon gewinnen."

„Kind, ich sach' nur, s' is' unser aller Unterjang!"

Edith begann an ihrer Schnitte Brot zu kauen und sah Marie zu, wie diese gekonnt Gemüse putzte und würfelte. Sie nahm gerade einen Schluck von ihrem inzwischen lauwarmen Kaffee, als Antonia hereinkam.

„Guten Morgen! Schon auf den Beinen?"

Ediths Augen bekamen ein Leuchten, und sie legte den Kopf etwas schräg.

„Bist du schon lange auf?"

„Ja, der Kobbelschuster war heute morgen hier. Ein Pferd brauchte neue Eisen, da konnte ich nicht im Bett bleiben."

„Der wer?"

Maries Lachen erfüllte die Küche.

„De Marjell is' wohl nich' von hier?"

Antonia setzte sich auf die Holzbank neben ihre Freundin, biß ein großes Stück von deren Stulle ab und kaute mit dicken Backen.

„Kobbelschuster, das ist der Hufschmied."

„Komischer Name."

„Nein, der heißt nicht so, das ist die Berufsbezeichnung."

Marie verschwand in der Speisekammer, um etwas Fett zu holen. Antonia nutzte den unbeobachteten Augenblick und drückte Edith einen dicken Kuß auf die Wange.

„Schön, daß es dir besser geht!"

Ediths sommersprossige Wangen glühten, und sie nickte.

„Wenn du da bist, fühle ich mich gleich noch viel wohler."

Antonia nestelte am Kragen ihrer Bluse und grinste verlegen.

„Freut mich! Aber lange kann ich nicht bleiben. Gibt noch viel zu tun. Muß mich um das Stroh kümmern, das von letzter Nacht noch auf der Tenne liegt. Dann müssen die Roggensäcke auf den Trockenboden. Später muß ich rüber zu Bewernick, ihm die Rösser zurückbringen und bezahlen."

Edith faßte die Geliebte am Oberarm und sah sie hilfesuchend an.

„Und wann bist du wieder hier? Oder könnte ich vielleicht mitkommen? Was soll ich denn alleine die ganze Zeit machen?"

Marie kam mit einem Tiegel Schweineschmalz aus der Kammer und schien die beiden Frauen gar nicht zu beachten. Antonia sah die Köchin kurz an und knuffte Edith dann liebevoll.

„Kannst dich nützlich machen und den Gemüsegarten jäten."

Die Angestellte drehte sich spontan um und nickte lachend.

„Das is' 'ne jute Idee!"

„Na siehste. Marie wird dir nachher alles zeigen."

„Ja, gut. Aber wann kommst du zurück?"

„Spätestens zum Abendessen bin ich wieder hier."

Marie rührte kurz in einer Pfanne und drehte den Kopf.

„Na, Fräulein Antonia, zum Mittag wer'n Se doch auch hier sein!"

„Ja, natürlich, aber das ist ja bald."

Die Köchin briet weiter das Gemüse an.

„Un' nach'm Essen, da jehen wir im Jarten, und dort verjeht de Zeit dann wie von selbst!"

Edith schaute weinerlich auf den Tisch. Antonia nahm sie kurz in den Arm und drückte sie.

„Nur eines: Geh bitte meiner Mutter aus dem Weg."

„Wie soll das denn gehen, wenn ich im Garten bin?"

„Meine Mama zieht es zur Zeit nicht so sehr an die frische Luft. Da mußt du keine Befürchtungen haben. Nur in und unmittelbar um das Haus ..."

Marie bewegte sich mit hocherhobenem Kochlöffel auf die beiden zu.

„Jetzt verschwinden Se, Fräuleinche'! An de Arbeit! Ich kann schon janz jut allein uff de Marjell aufpassen!"

„Daß du mir die Arme nicht zu schwer schuften läßt!"

„Dummschack!"

„Hoppla, Marie!"

„Jehen Se un' machen Se sich nich' mei'm Kopp!"

Antonia verschwand lachend aus der Küche und ging ums Haus herum zur großen Tenne. Im vorderen Drittel der überdachten Fläche stand noch die gewaltige Dreschmaschine, die bis ins Morgengrauen ihre Arbeit getan hatte. Seitlich davon standen aufeinandergetürmt die Säcke mit Getreide, die schnellstmöglich zum Trocknen in die Scheune gebracht werden mußten. Es gab eine bestimmte Art der Belüftung und des Stapelns, die dafür sorgte, daß der Roggen seine Feuchtigkeit verlor und dann schließlich eingelagert oder zum Müller gebracht werden konnte. Im hinteren Teil lag eine enorme Menge Stroh, die ebenfalls fortgebracht und als Einstreumaterial für die Tiere gelagert werden mußte. Antonia holte sich eine Schubkarre, die neben der Tenne stand, schob die quietschende Karre vor die Getreidesäcke und versuchte, einen der groben Säcke anzuheben.

„Guter Gott, ist das schwer!"

Resigniert ließ sie davon ab und setzte sich in die Schubkarre.

„Hört das denn nie auf? Woher soll ich jetzt schon wieder Männer kriegen, die diese verfluchten Dinger auf den Trockenboden bringen?"

Eberhardt schlurfte gerade mit seinem Besen an der Tenne vorbei. Er entdeckte die junge Frau und ging gebeugt auf sie zu.

„Nee, nee, allein komm' Se da uff kein' grün' Zweig!"

„Sehe ich auch so! Wie hat das denn mein Vater gemacht? Gab es in der Zeit, die ich weg war, hier noch mehr Männer, oder hat Papa die Säcke alleine geschleppt?"

Der Alte nahm den Besen von der Schulter und stützte sich auf den Stiel.

„Frieher hat der Herr immer Tajelöhner jeholt und denn, de letzten Jahre, hat er sich Franzosen schicken lassen."

„Habe doch Leute beantragt! Kommt nur keine Sau!"

„Fahren Se doch rieber ins Lajer. Der Kommandant is' froh, wenn Se ihm en paar von de Iwans abnehm'. Se missen Se dann nur verpflejen."

„Kriegsgefangene? Wer soll die denn bewachen?"

Eberhardt schulterte seinen Besen und wackelte mit dem Kopf.

„De Bewachung bring' de schon mit, keine Angst nich'!"

Er schlurfte behäbig weiter, und sie schaute ihm nachdenklich hinterher. Dann ging sie mit großen Schritten hinüber zu dem Unterstand, wo die vier wuchtigen Kaltblüter standen, und gab jedem noch eine reichliche Portion Grünfutter.

„Ihr seid mir zehnmal lieber als diese stinkenden Traktoren!"

Rudolf hatte sie am Vortag auf die Landmaschine angesprochen, die ungenutzt in einer Remise stand. Ihm war es unverständlich, warum Antonia von weit her die vier Pferde geholt hatte, wo doch eine Zugmaschine auf dem Hof war.

Sie tätschelte einem der mächtigen Tiere den Hals und ging langsam zu dem großen Holztor hinüber, hinter dem sonst die Dreschmaschine stand. Sie zog einen Flügel auf und ging hinein.

Da stand der streng nach Dieselöl riechende 55-PS-Ackerluftbulldog, den ihr Vater Mitte der dreißiger Jahre gekauft hatte, als sie auf dem Hof zwar Pferde, aber keine Zugtiere hatten. Von Anfang an hatte sie dieses lärmende Ungetüm mit seinen riesigen Hinterreifen nicht leiden können. Nun stand sie unschlüssig vor dem Fahrzeug, auf dessen großer Schwungscheibenummantelung in dicken schwarzen Lettern LANZ stand. Sie ging um den eingestaubten Trecker herum und kletterte zögerlich von hinten ans Steuer. Während sie sich auf den Sitz fallen ließ und das dünne, kalte Metallenkrad in die Hände nahm, war ihr zumute, als ob sie ihre besten Freunde, die Pferde, verriete. Sie sah über das Fahrzeug nach vorn. Zwei wuchtige Metallzylinder, einer davon war der Auspuff, versperrten ihr die Sicht. Sie schüttelte den Kopf, stand auf und sprang wieder von dem Gefährt.

„Soll Rudolf das Monstrum fahren, wenn es ihm Spaß macht!"

Edith war hin- und hergerissen. Einerseits tat es ihr gut, neben ihrer Geliebten am großen Holztisch in der Küche zu sitzen, andererseits fühlte sie sich angesichts der beiden alten Männer, die beim Essen noch mehr schmatzten als ihr Vater, und Marie, die alles zu sehen und zu hören schien, mehr als fremd. Fast lustlos schob sie ihren Teller mit Eintopf hin und her, während die anderen schon mit dem Essen fertig waren. Eberhardt lehnte sich grunzend zurück und schloß die Augen. Rudolf zündete sich einen billigen Stumpen an. Edith starrte ihn an, als sie bemerkte, daß der Handschuh, den der alte Mann trug, keine bäuerliche Marotte war, sondern der Ersatz für eine fehlende Hand.

Marie, wie immer geschäftig, fragte Edith, ob sie etwas Kompott zum Nachtisch haben wolle. Noch bevor diese etwas sagen konnte, ließ Antonia klappernd ihren Löffel fallen.

„Zwei Portionen, Marie!"

Edith legte leise ihr Besteck neben ihren halbvollen Teller und rückte möglichst unauffällig etwas näher an Antonia heran. Sanft berührten sich die Außenseiten ihrer Oberschenkel, und ihr entfuhr ein Seufzer. Rudolf schien dies als Auftakt für eine Unterhaltung zu werten, nahm die Zigarre aus dem Mund, fisselte sich ein Stückchen Tabak von den Lippen und beugte sich vor.

„Se heißen doch Edith?"

Sie nickte zaghaft, und er zog einen Mundwinkel nach hinten.

„Un' Se sin' doch de Tochter vom Romeike?"

Edith kratzte es im Hals, und sie mußte husten.

„Ja."

Marie stellte zwei Schälchen mit frisch gekochtem Kompott auf den Tisch und gab den jungen Frauen kleine Löffel. Antonia ließ sich nicht lange bitten und langte gleich zu. Rudolf zog an seinem Stumpen und blies den Rauch über den Tisch.

„Na, jibt's denn Meldungen aus dem Reich?"

„Wie? Was?"

„Na, wissen Se vielleicht was, was nich' im Radio kommt?"

Edith setzte sich kerzengerade auf.

„Wie soll ich diese Frage verstehen?"

Antonia hatte ihr Kompott aufgegessen und schubste die Freundin an.

„Keine Angst! Unser Rudolf will keine Staatsgeheimnisse erfahren. Will nur wissen, was sonst so passiert."

Der Alte nickte zustimmend, und Marie setzte sich mit interessiertem Blick. Edith nahm ein Stückchen Obst auf ihren Löffel und starrte es an.

„Das, was ich weiß, ist nicht mehr auf dem neusten Stand."

„Macht nuscht! Immer noch mehr, als se uns bei Radio Kenigsberch erzählen."

Sie ließ den Löffel sinken und faltete die Hände.

„Ich habe vor kurzem gehört, daß die Zivilbevölkerung nicht mehr ungefährdet sein soll vor den heranrückenden Sowjet-Truppen. Eigentlich soll es ja einen vom Oberpräsidium ausgearbeiteten Plan zur Evakuierung der ostpreußischen Bevölkerung geben. Aber bis vor ein paar Tagen zumindest hatte mein Vater nichts dergleichen bekommen. Einige hohe Offiziere halten wohl die Räumung der östlichen Teile unserer Provinz für dringlich. Aber soweit ich weiß, ist bisher diesbezüglich nichts geschehen."

Rudolf schlug mit der flachen Hand auf den Tisch, so daß etwas Kompott auf Ediths Hemd spritzte.

„Siehste, Marieche', wo nich' jeräumt wird, da is' auch keine Jefahr!"

Marie stand auf und sah den alten Mann kopfschüttelnd an.

„Ihr Männer werdet nie nich' klug! De wirst sehen, das is' unser Unterjang!"

Antonia griff sich Ediths Kompott, spuckte einen Kirschkern in die Hand und legte ihn auf den leeren Teller.

„Rudolf, wir brauchen Männer!"

„Na, nu', meine Rede!"

„Gut. Werde welche holen. Russen aus dem Lager."

Der alte Mann verschluckte fast seine Zigarre. Edith wurde so blaß, daß ihre Sommersprossen verschwanden.

„Leute, entweder wir wollen hier weiterleben. Heißt, ernten, dreschen, Vieh und Pferde halten. Oder wir machen einfach zu! Ohne Männer keine Ernte, kein Drusch, kein Korn, kein Heu, kein Stroh, keine Kartoffeln, kein Kohl, kein nuscht!"

Rudolf nickte verständig.

„Keine Fraje! Aber jefangene Iwans hier auf'm Jut?"

Die junge, schlanke Treskow erhob sich und stand breitbeinig im Raum.

„Habe alles versucht! Kreisleitung gibt mir keine Männer! Die Polen helfen uns auch nicht den ganzen Sommer lang! Herrschaften, mir sind russische Kriegsgefangene auch nicht gerade angenehm. Aber welche Wahl haben wir sonst?"

Marie ging zu Antonia hinüber und faßte sie sanft am Arm.

„Wa wissen doch, daß Se recht ham! Aber Ihre Frau Mama wird niemals nich' de roten Brider auf'm Jut lassen!"

„Laß das mal meine Sorge sein!"

Eine Stunde später war Antonia mit den Kaltblütern auf dem Weg zu deren Besitzer. Rudolf kümmerte sich um die Sau, die in der Frühe geferkelt hatte, Eberhardt fegte gebückt den Trockenboden, wo der Roggen hinsollte, und Marie zeigte Edith den Gemüsegarten.

„Da schauen Se, de Bohnen. Is' wieder alles voll Blattläus'!"

„Mit Brennesseljauche kriegen wir die weg. Das hat bei meinen Rosen immer gut geholfen."

„O Fräulein Edith, Se ham 'nen Jarten?"

„Nur Zierpflanzen. Mit Gemüse kenne ich mich kaum aus."

Eine schmale, graugetigerte Katze strich um Maries Beine. Die dicke Frau hob den Kater auf, dessen Schwanzspitze so weiß war wie drei seiner Pfoten. Gleichzeitig drückte sie der jungen Frau die Hacke in die Hand, deutete auf ein großes Möhrenbeet und begann die Katze zu streicheln. Edith hörte das Tier wohlig schnurren.

„Ist das deine?"

Marie zuckte mit den Schultern.

„Machen Se da mal de Erde locker und reißen Se's verdammte Unkraut raus."

„Da hilft kein Hacken und Jäten, das ist das Werk der Möhrenfliege. Wenn man Zwiebeln zwischen die gelben Rüben steckt, dann ist man das Problem los. Leider geht das jetzt nicht mehr. Die Zwiebeln müssen gleichzeitig mit den Karotten in den Boden. Nun hilft nur noch irgendein Gift. Aber die Erde lockern und schnell wachsendes Kraut beseitigen nützt auch."

„Meinen Se?"

„Ganz bestimmt! Und ich verspreche dir, ich bringe diesen Garten wieder in Schuß. Was meinen Rosen guttut, kann für das Gemüse nicht schlecht sein."

Ihr Blick glitt über die vierhundert Quadratmeter große, in breitflächigen Beeten bepflanzte Fläche.

„Außerdem scheint hier niemand so recht Zeit zu haben für Gurken und Bohnen."

„Na nu', ich hab' de Küche um de Ohren. 'ne Hilfe hab' ich schon lang' nich' mehr, de Grete mußte gleich nach der Beerdijung vom gnädigen Herrn jehen, da spart de gnä' Frau eisern. Un' de Männer ham kein' Sinn nich' für'm Jarten, de latschen höchstens alles platt!"

„Tonis Mutter gibt dir keine Hilfe an die Hand?"

Marie öffnete den Mund ein wenig, und ihre Augen glänzten neugierig.

„Toni?"

„Ich meine natürlich Antonia."

Die Köchin steckte beide Hände in die Taschen ihrer Schürze und trat nahe an Edith heran.

„Is' schon so 'n richtiger Kerl, unsere Antonia."
„Wie meinst du das?"
„Na, wenn die jekonnt hätt', denn hätt' se mit ihr'm Bruder de Rollen jetauscht. Der Hartmut war immer ängstlich, is' nie auf'm Baum jeklettert oder so was. Der Bowke war immer nur ze Hause am Rockzipfel von de gnä' Frau. Bis se ihn denn auf de Kadettenanstalt jeschickt hat. Unser Herr war dajejen, aber dafür durft's Fräulein denn Abitur machen."
Edith sah in den Himmel, wo sich große graue und kleine weiße Wolken den Platz streitig machten.
„Und wie war sie als Kind?"
„Pferde, Pferde un' noch mal Pferde! De Kleine konnte noch nich' richtig laufen, da is' die schon jeritten wie ihr Großvater. Un' später, da war se aufsässig, Himmel hilf! Se mußte immer mit 'm Kopp durch de Wand! Ich sag' Ihn', de Antonia, die is' schon en Kerl!"
Edith senkte den Blick und besah sich ihre staubigen Schuhe. Marie sah die junge Frau aufmerksam an.
„Fräulein Edith, Se sin' de Richtige, um dem Hitzkopp ze zähm'!"
Ihr blieb fast das Herz stehen, und sie griff sich an den Hals.
„Wie meinst du das?"
„Das wissen Se besser, als ich es tu'. Un' jetzt muß ich zerick in de Küche."
Edith sah, wie die Köchin, vom Kater gefolgt, den schmalen Weg zum kleinen Gartentor ging und dieses mit einem Fußtritt hinter sich zuwarf.

Abends, nach dem Essen, saßen alle in der Küche. Marie brachte gerade das Tablett von Frau Treskow nahezu unberührt zurück. Antonia war rechtschaffen müde; ihr steckte noch die Anstrengung der letzten Nacht in den Knochen. Edith schien viel erholter, die Luft und die Gartenarbeit hatten sie geradezu beflügelt, und ihr Appetit war zurückgekehrt. Die beleibte Köchin lächelte über Edith, die noch mit vollen Backen kaute, setzte sich dann und deutete mit abwärts gerichtetem Daumen auf das Tablett.
„Fräuleinche', Ihre Frau Mutter hat fast nuscht jejessen!"
„Ja und? Kann es doch nicht ändern!"
„Essen Se doch wieder im Salon, denn kommt da Hunger von de Frau Mama schon wieder zerick."
Antonia stand ärgerlich auf und ging zur Speisekammer, um sich ein Glas Milch zu holen. Mitten im Raum drehte sie sich um und schüttelte energisch den Kopf.
„Nein, Marie! Du mußt endlich begreifen, daß meine Mutter die treibende Kraft dieser Tragödie ist. Wenn sie meint, mir mit ihrer

Nahrungsverweigerung Schuldgefühle machen zu können, dann irrt sie sich."

Die Köchin stand auf und stellte sich mit hängenden Schultern vor die junge Frau.

„Aber es is' doch Ihre Mutter! Da könn' Se doch nich' so hart sein!"

Antonia ging zurück zum Tisch.

„Ich mache nur das, was meine Mutter wünscht. Sie will nicht mit mir an einem Tisch sitzen, und ich biedere mich bestimmt nicht an!"

Rudolf lehnte sich zurück und nahm den kalten Stumpen aus dem Mund.

„Se könn' doch'n bißchen nachgeben ..."

Sie wartete das Ende des Satzes nicht ab, sondern verschwand durch die Küchentür in die Halle, um ins Arbeitszimmer zu gehen.

Bis auf Eberhardt, der wieder einmal eingedöst war, sahen alle in der Küche mehr oder weniger überrascht zu, wie die Tür zuknallte. Rudolf steckte sich seine angekaute Tabakrolle zwischen die Zähne.

„Na nu', se hat ihr'm eijenen Kopp!"

Die Köchin legte beide Hände vor den Mund.

„Ich sag's euch, es jeht nich' jut!"

Edith hielt es nun nicht länger auf der Holzbank am Tisch. Sie murmelte eine Entschuldigung und rannte ihrer Freundin hinterher.

Schüchtern klopfte sie an die halboffene Tür des Arbeitszimmers.

„Herein!"

Vorsichtig steckte sie den Kopf herein und lächelte.

„Ich möchte gerne deinen Ärger vertreiben helfen."

„Hm."

„Könnte ich dich dazu überreden, mit mir ein wenig spazierenzugehen?"

Die junge Treskow besah sich die Unordnung auf dem Schreibtisch.

„Wahrscheinlich hast du recht. Wird mir guttun, ein paar Schritte zu gehen."

Einige Minuten später gingen sie durch das gemauerte Tor. Der Abendgesang einer Amsel begleitete sie, während sie schweigend die Eichenallee hinunterschlenderten. Edith drehte sich immer wieder um. Als sie endlich außer Sichtweite waren, nahm sie die Hand der Geliebten.

„Manchmal denke ich, es könnte alles so schön sein mit uns beiden, wenn du diese verdammte Wirtschaft nicht am Hals hättest."

„Was, meinst du, wäre dann anders?"

„Du hättest Zeit, und wir könnten Ausflüge machen oder einmal zusammen nach Preußisch Holland fahren."

„Was willst du denn dort? Hast du vergessen, daß dein Vater eine Parteigröße in der Gegend ist? Irgend jemand würde dich bestimmt erkennen."

Nach ein paar Metern hielt Antonia plötzlich an und nahm Edith in die Arme.

„Müssen eben mit allem so leben, wie es ist. Du mit deinem Vater und ich mit meiner verrückten Mutter."

Drei Pappeln rauschten im Abendwind. Etwas davon entfernt setzten sich die beiden engumschlungen an den Wegesrand. Der Himmel war mit hohen grauweißen Wolken bedeckt, nur am Horizont war ein schmaler Streifen, wo die Sonne tief stand und die Wolken orange färbte.

„Was ist denn überhaupt mit deiner Mutter los?"

Antonia nahm ihren Arm von Ediths Schulter und stützte den Kopf in beide Hände.

„Wenn ich das so genau wüßte. Wahrscheinlich ist sie verärgert, weil ich nicht heiraten will. Mag auch sein, daß sie es mir übelnimmt, weil ich mich mit der SS angelegt habe. Kann auch sein, daß sie das Gut gerne alleine geführt hätte. Ach, ich weiß es doch nicht! Sie betrinkt sich eben und läuft mit Vorwurfsmiene durchs Haus."

„Hat sie früher schon getrunken?"

„Nicht daß ich mich erinnere. Im Gegenteil, als mein Bruder das letzte Mal hier auf Urlaub war, hat sie ihm vorgeworfen, daß er zuviel tränke."

„Und – hat er?"

„Hartmut hat gesoffen wie ein Bürstenbinder. Das war so ziemlich das einzige, was er beim Militär gelernt hat. Er hat es schon vor dem Krieg gehaßt, Soldat zu sein."

„Warum ist er nicht gegangen?"

Antonia sah in den inzwischen glutroten Himmel und schloß die Augen.

„Hatte wohl nicht den Mumm dazu, meiner Mutter ins Gesicht zu sagen, was er von seinem Metier hielt. Schließlich hat sie damals alles daran gesetzt, daß er Offizier wird. Und dann war Krieg. Er hätte sich selbst ins Bein schießen müssen oder so was, um aus dem Verein herauszukommen."

Edith lehnte ihren Kopf an die Schulter der Geliebten.

„Der arme Kerl!"

„Dummes Zeug! Er war ein Mamasöhnchen wie aus dem Bilderbuch!"

„Du bist ziemlich hart!"

Antonia machte die Augen auf und sah in Ediths sommersprossiges Gesicht.

„Kann sein, aber nur so kommen wir weiter! Was meinst du, was hier los sein wird, wenn dein Vater herausbekommt, daß du hier bist?"

„O mein Gott, bitte, laß uns von etwas anderem sprechen!"

„Warum denn? Wir müssen den Tatsachen ins Auge sehen."

Edith stiegen Tränen in die Augen.

„Ich habe dir noch gar nicht erzählt, warum mein Vater mich in den Keller gesperrt hat."

„War das nicht wegen deines Auftauchens hier und deiner glühenden Rede für den Führer?"

Edith wischte sich mit dem Handrücken über die Nase und schluchzte kurz.

„Deswegen auch. Aber eigentlich wollte er, daß ich dich ans Messer liefere. Er versuchte mit allen Mitteln aus mir herauszuprügeln, daß du in irgend etwas Illegales verwickelt bist!"

Antonia nickte resigniert und schaute angestrengt in die Ferne. So schwiegen sie eine Weile und sahen zu, wie Schwalben immer tiefer fliegend ihre Bahnen zogen. Edith küßte Antonia sanft auf die Wange.

„Ich liebe dich mehr als mein Leben!"

Antonia fuhr sich mit beiden Händen über ihr Haar und sah in Ediths grüne Augen.

„Ich liebe dich auch! Und ich werde dafür sorgen, daß wir zusammenbleiben können, und wenn es das letzte ist, was ich tue!"

Ein langer inniger Kuß folgte. Sie vergaßen vollkommen Zeit und Raum im Liebesgeflüster, in begehrlichen Umarmungen und wilden Küssen.

Die Sonne war schon lange am Horizont verschwunden, als sie durch das anhaltende, aufdringliche Krächzen einer Elster, die sich über ihnen niedergelassen hatte, wieder in die Realität zurückgerufen wurden. Edith legte den Kopf in den Nacken und konnte den störenden Vogel durch die sich im Wind bewegenden Blätter erkennen.

„Blödes Vieh!"

„Sind hier eben nicht auf einem anderen Stern."

Die Gesichter nahe voreinander, zog Edith die Augenbrauen hoch.

„Manchmal habe ich Angst! Furchtbare Angst, daß uns etwas trennen könnte!"

„Kann zwar sein, daß du zu deinem Vater zurück mußt. Aber ich habe eine Lebensversicherung für uns beide."

Leichter Regen setzte ein und ließ die Luft erdig und grasig, wie verzaubert, riechen, als sich die zwei jungen Frauen auf den Weg zurück machten. Die Eichenallee schien Edith diesmal viel kürzer als auf dem Hinweg. Schließlich blieb sie stehen.

„Was für eine Lebensversicherung?"

Antonia atmete tief durch und wollte Edith in den Arm nehmen, doch die wehrte aus Angst vor neugierigen Blicken ab.

„Sag schon!"
„Wie du willst! Borkenhagen!"
„Wieso?"
„Das erkläre ich dir bei Gelegenheit. Muß jetzt unbedingt noch ein paar Sachen in Ordnung bringen", erwiderte Antonia, den chaotischen Schreibtisch im Arbeitszimmer vor ihrem geistigen Auge.

Es war kurz vor Mitternacht, als ein brüllender Donner Antonia von ihren Unterlagen hochriß. Sie rieb sich die brennenden Augen und klappte den dicken Hefter vor sich zu. Eilig stand sie auf und löschte das Licht. Mit großen Schritten durchquerte sie die Halle und sah im Augenwinkel, daß im kleinen Salon immer noch Licht war.

Als sie aus dem Haus trat, erhellte ein Blitz den Himmel. Sie rannte die Stufen zum Hof hinunter und eilte auf das Gärtnerhaus zu, hinter dessen Scheiben ein warmes Licht brannte. Nun begann es heftig zu regnen. Als sie hereinkam, sah sie, daß Edith ein gutes Dutzend Kerzen angezündet hatte.

„Gewitterkerzen?"

Edith saß auf einem Stuhl, ein Buch vor sich aufgeschlagen und nickte. Ihr Haar hatte im Schein der Wachslichter einen ganz besonderen Schimmer. Sie sprang sofort auf und holte ein Handtuch für die naßgewordene Geliebte.

„Da war wohl noch eine ganze Menge zu tun?"

Antonia rubbelte sich durchs Haar und zog die feuchten Kleider aus.

„Habe vollkommen die Zeit vergessen. Saß über den Rechnungsbüchern. Das Gewitter ..."

Edith sah sie sehnsüchtig an, strich der Freundin über die bloßen Schultern und zog sie ins Schlafzimmer. Eigentlich war Antonia hundemüde, doch der Anblick der Geliebten, die nur noch ihren Morgenmantel trug, ließ alle Schwere aus ihrem Körper verschwinden. Eilig zog sie sich aus, und sie schmiegten ihre Körper aneinander. Edith schmeckte die salzige Haut ihrer Geliebten und besah sich deren muskulösen Leib.

„Toni, ich will dich, jetzt, hier, gleich ..."

Ein Blitz erhellte den Raum, und ein Donner zerriß die gespannte Stille. Antonia küßte vollkommen unbeeindruckt Ediths Hals, und sie legten sich hin.

„Denke, du hast Angst vor Gewittern? Damals in der Scheune hast du ..."

Edith rutschte etwas nach oben und bedeckte das geliebte Gesicht mit ihrem üppigen Busen. Dann klemmte sie Antonias Oberschenkel zwischen ihre Beine und ließ sie ihre Hitze und Feuchte spüren. Dann rieb sie sich an ihr, so daß Antonia schier die Sinne schwanden.

„Eine kleine Notlüge. Ich wollte dir nur nahe sein."

Antonia fürchtete zu platzen, während ihr Gesicht mit Ediths Brüsten bedeckt war. Kurz drückte sie die süße Last nach oben.

„Warum?"

Edith legte sich begehrlich wieder auf sie, bewegte rhythmisch ihren Körper und keuchte, als bekäme sie keine Luft.

„Auf dem Kartoffelacker habe ich nur deine Arme gesehen, wie sich die Muskeln bewegten unter der Haut, und dein Gesicht. Deine Augen, die wie ein dunkles Geheimnis schienen. Da war es um mich geschehen! Ich wußte damals nicht, was es zu bedeuten hatte, und ich will es jetzt auch nicht wissen."

Antonia erfaßte die letzten Worte nur noch am Rande. Sie fühlte unglaubliche Wärme und Verlangen. Sie sog den Geruch, der sie umgab, tief ein, und ein unbeschreibliches Wohlgefühl durchflutete ihren Körper.

Edith glaubte sterben zu müssen, als sie vor Lust anfing, stoßartig zu atmen. Ein Zittern und Beben durchzuckte sie, und sie versuchte, Antonia noch näher an sich heranzuziehen. Wieder rieb sie sich heftig am Oberschenkel der Liebsten, bis etwas geschah, das sie sich so niemals hatte vorstellen können. Einen Augenblick lang fürchtete sie, wahnsinnig zu werden, doch dann begriff sie, was passiert war. Sie nahm Antonias Kopf in ihre Hände und küßte ihr Gesicht ohne Unterlaß.

„Toni, ich liebe dich!"

Sie rollte von der Geliebten herunter und sah sie freudestrahlend an. Antonia hatte die Augen geschlossen und murmelte etwas. Edith konnte es nicht verstehen.

„Was ist?"

Antonia schlug die müden Augen auf, sah ihre Geliebte kurz an, nahm deren Hand und schob sie sanft und doch energisch zu dem Haardreieck zwischen ihren Beinen. Edith befühlte zunächst das kräftige Schamhaar und tastete sich dann vorsichtig weiter. Antonia seufzte und schob ihren Unterleib der weichen Hand entgegen. Als Edith zögerte, nahm Antonia ihren Arm und hielt ihn fest. Tief atmend schob sie die Hand der Liebsten zwischen ihren Beinen hin und her.

„Edithchen, bitte ..."

„Was denn?"

Antonia legte sich auf die Seite, rollte sich zusammen und hielt Ediths Hand fest.

„Nicht aufhören."

Antonia trat gerade aus dem Arbeitszimmer in die Halle, als ihre Mutter von draußen hereinkam. Die ältere Frau machte ihren Schirm zu und stellte ihn neben den Eingang. Sie zog ihren dünnen Wettermantel aus und hängte ihn an die Garderobe.

„Antonia!" rief sie, als ihre Tochter in der Küche verschwinden wollte, und straffte sich.

„Ja, Mama?"

„Du könntest auch wieder einmal in die Kirche gehen. Der Segen des Herrn tut bitter not in diesem Hause."

„Überlege es mir."

„Da gibt es nichts zu überlegen! Sünde haftet an dir, und du solltest Buße tun, so wie ich es getan habe."

„Welche Sünde denn?"

Ihre Mutter bekreuzigte sich und ging erhobenen Hauptes an ihr vorbei.

„Das weißt du sehr gut!"

Bevor die junge Frau etwas erwidern konnte, war ihre Mutter im kleinen Salon verschwunden. Antonia schüttelte den Kopf und ging in die Küche.

„Na, Marie, was sagt das Rheuma zum Wetter?"

Die Angestellte saß auf der Eckbank am Tisch und klebte mit einem unförmigen Leimpinsel bunte Bilder in ein dickes, großformatiges Buch.

„Na nuche', heut' wird's wohl nich' mehr zu regnen aufhören."

„Schöner Schlamassel! Wo ich die Pferde bewegen wollte."

Die Köchin sah kurz von ihrer Klebearbeit auf und lachte.

„Da wird de Edith aber froh dafür sein!"

Antonia ignorierte diese Bemerkung, ging hinüber zum Tisch und sah der Köchin einen Moment lang zu.

„Familienbilder?"

Marie drückte mit beiden Händen auf ein Hochglanzbildchen.

„Nee, sin' Zigarettenbildchen."

Antonia blätterte in dem Buch, während Marie immer noch auf das Bildchen drückte.

„Aha, Cigaretten-Bilderdienst Hamburg-Bahrenfeld. Aber Marie, du rauchst doch gar nicht."

„Nee, da Teufel sollt' mir holen, wenn ich damit anfangen tät'! De Bilder sin' vom Eberhardt, seine Hände sin' schon ze tattrig, daß er de Bilder einkleben könnt', un' er will's Album sei'm Urenkel vermachen, wenn's fertig is'."

Die Köchin löste ihre Hände von dem Bild und besah sich ihr Werk.

„Na nuche', de Zigaretten hebt er für'm Wolfgang auf. Der Bowke freut sich schon immer drauf."

Antonia sah aus dem Fenster auf den Hof. Draußen schüttete es derart, daß sie kaum das gegenüberliegende Stallgebäude erkennen konnte.

„Wolfgang. Der Junge fehlt hier wirklich hinten und vorn. Hast du in letzter Zeit etwas von ihm gehört?"

Marie rieb sich über die Augen, stand auf und ging durch den Raum.

„Der is' in'm Wehrertüchtigungslajer."

Die Köchin ging zum Herd.

„Wissen Se, ob de Frau Mutter schon vom Kirchjang zerick is?"

„Ja. Habe sie vorhin in der Halle getroffen. Hat mir etwas von Sünde erzählt."

Marie zog einen großen Topf auf die heiße Herdplatte und nickte.

„Ja, ja. Mit die Hilfe vom Herrn versucht se wohl 'n Teufel Alkohol ze bekämpfen. Jestern war sogar der Pastor da."

„Wann?"

„Da waren Se grade mi'm Rudolf in' Kartoffeln."

„Na prächtig. Vielleicht kann ihr der Pfaffe ja wirklich helfen, vom Suff loszukommen."

Marie schnitt dicke Scheiben Fleisch ab und warf sie einzeln auf den kleinen Tisch neben dem Herd.

„Is'n netter Mann, der Pastor ..."

„Kann sein. Kenne ihn nicht."

Marie legte die Fleischscheiben in eine Marinade.

„S'is' wichtig, daß de gnä' Frau Mutter wieder 'nen Sinn im Leben findet. Wissen Se, damals, noch vor Ihre' Jeburt, da wollt' Ihre Frau Mama so viel. Immer wieder jab's Streit, weil se dem Herrn in de Geschäfte reden wollt'. Schließlich is' se doch kaufmännisch ausjebildet jewesen. Aber der gnä' Herr hat sich von ihr nich' in de Papiere gucken lassen. Und dann war se e'm Ehefrau und Mutter. Denn war ihr Ziel der Hartmut. Der sollte alles irjendwann mal so machen, wie sie's jewollt hätt'. Na nuche', sei'm Tod war schon en Schlag für de Gnädige. Un' jetzt, nach'n überraschenden Able'm von Ihr'm Herrn Vater, da hätt' se selbst jekonnt, was se solange jewollt hat."

Antonia fuhr sich mit einer Hand über ihr Haar.

„Und da habe ich ihr alles aus der Hand genommen."

Marie rieb sich die Hände an ihrer Schürze ab und nahm ein Glas Majoran aus dem Gewürzregal.

„Man muß's sachlich sehen, hat da Rudolf jesacht! Ihre Frau Mama is' ze alt, ze lange weg vom Jeschäft. Ich hab' versucht, 's ihr ze sachen, aber se wollt' nuscht heren!"

„Aber dann hätten Mama und ich doch gemeinsam ..."

„Nee, Fräuleinche', e'm nich'. Aber das verstehen Se nich'. Se sin' Ihr'm Vater und vor allem Ihr'm Großvater so ähnlich."

Antonia stand auf und ging hinüber zur Köchin, die nun Kartoffeln für Keilchen rieb.

„Was hat denn Großpapa damit zu tun? Kannte ihn überhaupt nicht."

„Nee, können Se auch nich', der hatte 'nen Reitunfall."

„Weiß ich!"

„De Gnädige hat 'nen Heidenrespekt vorm alten Treskow jehabt."

„Und?"

Marie schüttelte energisch den Kopf.

„Fräuleinche', Se halten mir von de Arbeit ab! Jehen Se doch ma' rieber und machen Se's Radio an."

Unwillig ging Antonia zu dem in Kopfhöhe angebrachten Regal, auf dem der staubige alte Volksempfänger stand. Sie drehte am Knopf, und Operettenmusik erfüllte die Küche.

„Also, was war mit meinem Großvater?"

Die Musik verebbte, ohne daß Marie eine Antwort zu entlocken war. Sie schwefelte den Kartoffelteig, während nun Marschmusik aus dem Äther tönte.

„Marie!"

Die Köchin schlug zwei Eier in die Masse, schüttete etwas Kartoffelmehl zum Binden in den Teig und begann ihn durchzukneten. Aus der Goebbelsschnauze plärrte nun eine Männerstimme. Antonia ging mit großen Schritten zu Marie und legte ihre Hand auf deren kräftige Schulter.

„Mariechen, bitte!"

„Pst, Ruhe jetzt!"

Antonia zuckte mit den Schultern, bis sie begriff, daß Marie den Wehrmachtsbericht hören wollte.

„Zwischen Weichsel und Memel setzte der Feind seine Angriffe an den bisherigen Schwerpunkten fort. Er wurde bis auf örtliche Einbrüche in harten Kämpfen abgewiesen. Nördlich der Memel stehen unsere Truppen in erbittertem Kampf mit eingebrochenen stärkeren sowjetischen Kräften. Im Bereich einer Panzerarmee wurden gestern erneut 62 sowjetische Panzer abgeschossen. 27 weitere Panzer wurden durch Schlachtflieger vernichtet. Hiervon schoß Major Rudel allein 11 Panzer ab und erzielte damit seinen 300. Panzerabschuß durch Bordwaffen."

Die Tür ging auf, und Rudolf kam herein. Er setzte sich sofort und lauschte angespannt der verzerrten Stimme aus dem Radio.

„In Lettland wird besonders bei Mitau und Birsen erbittert gekämpft. Hierbei wurden in einem Abschnitt von 50 feindlichen Panzern 40 abgeschossen.

Feindliche Bomberverbände führten Terrorangriffe gegen Orte in Mitteldeutschland. Besonders in Magdeburg und Braunschweig entstanden Personenverluste und Gebäudeschäden. Durch die Luftverteidigung wurden 36 feindliche Flugzeuge vernichtet.

In der Nacht warfen einzelne feindliche Flugzeuge Bomben im rheinisch-westfälischen Gebiet und in Ostpreußen ..."

Der alte Mann schlug mit der flachen Hand auf den Küchentisch.

„Na bitte, nu' sin' wir auch dran. Wie war das? Wenn ein feindlicher Bomber nach Deutschland kommt, wollte der Göring lieber Meier heißen. Nu' ham wa se sojar hier bei uns!"

Edith saß auf der Eckbank in der Küche und stopfte einen von Antonias Strümpfen. Eberhardt schlurfte herein und setzte sich neben die junge Frau.

„Marjellche', ich hätt' auch noch 'n Paar."

„Na, wenn sie gewaschen sind, immer her damit."

Er lachte zahnlos und sank auf der Bank zurück, um auch sofort einzunicken. Draußen regnete es immer noch in Strömen, und Rudolf war vollkommen durchnäßt, als er hereinkam. Er zerrte die festen Stiefel von den Füßen und zog den Regenmantel aus. Dann ging er auf dicken Wollsocken zum Tisch und stieß den Schlafenden an.

„Haste de Milch wechjefahren?"

Eberhardt schreckte hoch, griff sich mit der rechten Hand an die linke Brustseite und stöhnte.

„Ja, de Milch is' in 'ne Meierei!"

Edith war aufgestanden und half Marie beim Tischdecken. Während die Köchin das Tablett für Frau Treskow richtete, trug die junge Frau einen großen Topf mit Suppe zum Tisch. Nun kam auch Antonia vom Hof herein. Sie hatte kein Regenzeug angehabt und war entsprechend durchnäßt. An ihren Stiefel klebte brauner Schlamm. Marie, die gerade das Tablett zur Tür trug, sah sie ärgerlich an.

„Fräulein Treskow! Entweder ich krieg' endlich 'ne Hilfe, oder Se ziehen de Stiefel aus!"

Antonia sah an sich herab und lächelte verlegen.

„War drüben bei den Schweinen."

Marie stand immer noch da und blickte streng. Endlich zog die junge Frau die verdreckten Stiefel aus, und die Köchin machte sich auf den Weg zu Frau Treskow. Antonia war barfuß, und ihre Füße patschten auf dem steinernen Küchenboden. Edith gab ihr die fertiggestopfte Socke und reichte den Zwilling nach.

„Danke fürs Flicken."

„Bitte, mache ich doch gerne."

Die junge Treskow lehnte sich an den Tisch, zog die Strümpfe an und sah zu Rudolf.

„Wann warst du das letzte Mal bei den Ferkeln?"

Der alte Mann rieb sich über die Bartstoppeln.

„Nu', heut' morjen. Ich hab' de Säue jefüttert un' dem Kujel rausjelassen."

Antonia setzte sich neben ihre Freundin auf die harte Holzbank und strich ihr verstohlen unter dem Tisch über den Oberschenkel. Derweil sah sie Rudolf verärgert an.

„Beim Füttern hast du wohl vergessen ..."

„O verdammich! 's Ferkelgitter!"

„Ja! Ein Ferkel hat die Sau von nebenan totgebissen, die anderen sind munter im Stall herumgetollt, und zwei waren sogar draußen in der Kuhle beim Eber!"

Rudolf sprang auf, setzte sich aber gleich wieder und zog sichtlich zerknirscht eine Fünfer-Zigarre aus der Brusttasche seines Hemdes.

„Tut ma leid!"

„Mensch, so was darf nicht passieren! Wir haben hier doch schon genug Schwierigkeiten! Jeder hat eine Aufgabe, die er zu erfüllen hat! Hast selbst gesagt, das sei unsere Lebensversicherung!"

Edith sah ihre Freundin mit hochgezogenen Augenbrauen an.

„Schon gut, aber deswegen mußt du doch nicht gleich brüllen."

Marie kam wieder in die Küche geeilt und warf die Tür hinter sich zu.

„Na, was is 'n hier los?"

Rudolf war aufgestanden und gerade dabei, sich seine Stiefel anzuziehen. Die Köchin stemmte die Hände in die Hüften.

„Sin' wa hier im Irrenhaus? De junge Frau schreit rum, de Mutter will nuscht essen, ein alter Esel pennt dauernd, der andere will weg, ohne ze essen, un' dazwischen en rotjoldner Engel, der nich' weiß, wo er hinjehört!"

Rudolf kaute auf seiner Zigarre und starrte seinen zweiten Stiefel an.

„Na, se hat schon recht, wenn se bölkt. En Fehler is en Fehler."

Antonia stand auf, ging zu dem alten Mann und klopfte ihm auf die Schulter.

„Entschuldigung! Kann jedem einmal passieren."

Eberhardt war nun endlich wieder richtig wach und schaute gierig auf seinen leeren Teller. Edith liefen ein paar Tränen übers Gesicht, und Marie reichte ihr ein eilig aus der Schürzentasche gezogenes großkariertes Taschentuch.

„Nu', ihr Singbeutel, jetzt wird jejessen!"

Antonia fühlte sich grauenvoll. Zum ersten Mal hatte sie das Empfinden, daß ihr die Verantwortung für das Gut über den Kopf wuchs. Sie zog wortlos ihre Stiefel an und verschwand aus der Küche. Edith sprang auf und wollte ihr nachgehen, doch Marie hielt die junge Frau zurück.

„Nee, lassen Se mal, de braucht jetzt ihre Ruh'!"

„Ja, aber ..."

„Nuscht nix aber! Jejessen wird!"

Antonia stand draußen, und Tränen mischten sich mit dem Regenwasser, das ihr in kleinen Bächen übers Gesicht lief. Schließlich zog sie die Nase hoch, wischte sich mit dem feuchten Ärmel übers Gesicht und stapfte hinüber zum Pferdestall. Sie zog die Tür auf und genoß die warme, von Pferdegeruch erfüllte Luft. Zielstrebig ging sie zu Bricks Einstand, schob das Tor der Box zur Seite und stellte sich dicht neben die Stute, die ihren Hals nach Antonia drehte.

„O meine Kleine, ich habe noch nicht einmal Zeit, mich richtig um dich zu kümmern."

Sie umarmte den muskulösen Hals des Tieres und schmiegte ihr Gesicht an seinen warmen Körper.

„Am liebsten möchte ich mit dir auf und davon. Einfach nur weg hier!"

Brick schabte mit dem linken Vorderhuf auf dem Boden und drehte den Kopf. Antonia sah in die großen braunen Pferdeaugen.

„Sollen wir? Was meinst du?"

Wieder kratzte die Stute mit dem Huf.

„Na dann, nuscht wie los!"

Sie schob sich an dem Pferd vorbei, ging schnellen Schrittes in die Sattelkammer und holte alles Notwendige. In dem Raum, wo ordentlich die Sättel und das Zaumzeug aller Pferde an den Wänden hingen, sah sie ein altes Regencape hängen und nahm es mit.

Bereitwillig ließ sich Brick auf der Stallgasse satteln, und Antonia zog das muffig riechende Cape über. Dann stieß sie die Tür auf und führte die Stute nach draußen. Der Himmel schien heller geworden zu sein, doch es schüttete noch immer wie aus Eimern. Sie schwang sich in den Sattel und war gerade dabei, den Gurt nachzuziehen, als Edith aus dem Haus kam.

„Wo willst du denn hin, bei dem Wetter?"

„Weg, mich bewegen! Habe die Nase voll!"

Edith stand im Regen und sah ihre Liebste traurig an.

„Du kannst vor alledem nicht wegrennen. Auch wenn du das jetzt gerne möchtest."

„Weiß ich!"

„Was soll das dann?"

Brick machte auffordernd einen Schritt nach vorn. Antonia zügelte ihr Pferd und tätschelte ihm liebevoll den Hals.

„Pferde müssen bewegt werden! Jeder Tag, den sie stehen, ist für die Tiere schlimmer als Haft!"

Edith nickte; ihr durchnäßtes Haar schimmerte fast schwarz.

„Dann bringe sie doch auf die Koppel. Dort können sie sich austoben."

„Davon verstehst du nichts. Ein Pferd will gefordert werden."

„Aber doch nicht bei so einem Wetter. Du holst dir den Tod!"

„Dammliges Geschwätz! Werde krank, wenn ich nicht einmal reiten darf."

„Gut, dann komme ich mit!"

Brick machte am Zügel einen langen Hals und schnaubte ungeduldig.

„Kommt nicht in Frage! Der Boden ist tief. Zu gefährlich für einen Anfänger. Außerdem will ich Brick laufen lassen."

„Das kriege ich schon hin."

„Du? Du kannst doch noch nicht einmal traben!"

„Du hast gesagt, Reiten lerne man beim Reiten!"

Antonia ließ die Zügel locker, und Brick machte ein paar Schritte vorwärts.

„Aber nicht jetzt!"

„Toni, ich habe Angst, daß du nicht wiederkommst!"

„Kann schon sein. Mir wird das Leben hier ja nicht gerade leichtgemacht."

Edith machte ein paar eilige Schritte auf das Pferd zu und schnappte sich die Zügel. Tränen standen ihr in den Augen.

„Ich kann mir nicht vorstellen, ohne dich zu sein!"

„Das wirst du wohl über kurz oder lang müssen."

Edith zerrte hysterisch an den Zügeln.

„Du hast gesagt, daß du mich liebst!"

„Das tue ich auch, aber irgendwann mußt du zurück zu deinem Vater!"

Edith ließ die Zügel los und sank in die Knie.

„Du willst mich loswerden!"

„Nein! Will nur ausreiten."

Edith schüttelte sich und schnappte nach Luft. Ein herzzerreißender Stoßseufzer entfuhr ihr, und sie hielt sich die Hände vors Gesicht.

„Ich will aber nicht zurück nach Schloßwalde! Hast du vergessen, was er mit mir gemacht hat?"

Antonia stieg ab und nahm die hemmungslos weinende Geliebte in den Arm.

„Habe nichts davon vergessen! Laß uns darüber reden, wenn ich wieder zurück bin."

„Ich hätte nie gedacht, daß du so hart sein kannst."

„Wieso? Ich will jetzt doch nur ausreiten."

„Ja, du willst! Du bestimmst! Du gehst immer mit deinem Schädel durch die Wand! Was die anderen dabei empfinden, ist dir doch egal!"

Antonia ließ ihre Freundin abrupt los und stand auf.

„Ist doch nicht wahr! Was erzählst du denn für einen Blödsinn? Ich muß sehen, daß es mit dem Gut vorwärts geht. Wenn du hierbleibst, dann haben wir deinen Vater am Hals! Mag sein, daß Borkenhagen uns die SS vom Hof halten kann, aber dein Vater kennt bestimmt Mittel und Wege, uns die Gestapo, den SD oder wer weiß nicht wen ..."

„Für dich war ich immer nur die Tochter des Ortsgruppenleiters! Du hast einfach nur Angst vor meinem Vater und willst nicht begreifen, daß ich zu ihm nicht zurück kann."

„Habe keine Angst vor deinem Vater. Habe vor nichts und niemandem Angst! Habe bloß Bedenken wegen der Parteimaschinerie, die Leute schon für ganz andere Kleinigkeiten ins Gefängnis geschickt hat!"

„Dann liebst du das Gut mehr als mich."

Antonia sah einen Moment lang Brick nach, die unschlüssig auf dem Hof hin und her lief.

„Ich liebe dich mehr als mein Leben."

„Dann laß uns zusammen weggehen."

„Ja. Aber nicht jetzt, nicht heute."

„Wann denn?"

Antonia nahm Edith in die Arme und küßte sie auf das pitschnasse Gesicht.

„Weiß nicht. Vielleicht bald schon."

„Und ich muß nicht weg?"

Die junge Treskow legte der Geliebten ihr Regencape über die Schultern.

„Schau. Du fährst nach Schloßwalde mit Rudolf. Er wird auf dich aufpassen. Packst ganz offiziell deine Koffer und teilst deinem Vater mit, daß du ausziehst."

„Wenn ich erst mal dort bin, läßt der mich nicht wieder weg!"

„O doch, das wird er! Falls er Schwierigkeiten macht, drohst du ihm einfach, der Pawelcke, so heißt doch die dicke Sekretärin, alles zu erzählen, was er mit dir gemacht hat."

„Die? Die glaubt meinem Vater mehr als mir!"

„Dann sagst du ihm einfach ins Gesicht, daß du dem Kreisleiter von seiner Liebschaft mit der Polin erzählst."

„Dann schlägt er mich tot!"

„Rudolf wird bei dir sein."

„Du kennst meinen Vater nicht!"

„Mag sein, aber ich denke, daß nichts schlimmer für ihn wäre, als aus seiner Position zu fliegen, und das täte er, wenn bekannt würde, daß er mit einer Fremdrassigen ins Bett geht. Das überzeugt jeden Parteigenossen!"

„Meinst du?"

„Garantiere sogar dafür!"

„Und wann soll ich ...?"

„Je schneller, desto besser. Dann haben wir den Rücken frei."

„Und was machst du jetzt?"
Antonia sah erst zu ihrem Pferd und dann gen Himmel.
„Reiten!"

„Hooh!"
Rudolf stoppte die Kutsche vor dem Haupteingang und half Edith aus dem Wagen. Beide stiegen die Stufen zum Eingang des Hauses des Ortsgruppenleiters hoch, und der Alte hielt die Tür auf.
„Heil Hitler!"
Frau Pawelcke starrte sie an, als sähe sie Gespenster.
„Ja, aber ... Heil Hitler!"
„Ist mein Vater in seinem Büro?"
„Aber Fräulein Romeike, wo waren Sie denn so lange? Wir haben uns Sorgen ..."
„Mein Vater! Ist er im Hause?"
„Einen Moment, ich melde Sie."
„Nicht nötig! Kommst du, Rudolf?"
Der alte Mann ging energisch hinter Edith her. Sie klopfte kurz und öffnete dann, ohne abzuwarten. Friedrich Romeike saß im Unterhemd an seinem Schreibtisch und starrte die Eindringlinge mit großen Augen an.
„Edith – du?"
Die junge Frau sah, wie ein Lächeln das großflächige Gesicht des Ortsgruppenleiters erhellte. Sie wandte ihren Blick ab und bedeutete Rudolf mit einer Geste, daß er sich setzen möge.
„Ich bin gekommen, um dir mitzuteilen, daß ich ausziehe."
Romeike stand auf und zog seine Uniformjacke an.
„Und was soll dieser Bauer hier?"
„Er wird auf mich aufpassen, damit ich nicht wieder im Keller lande."
Die Wurstfinger des Dicken mühten sich damit ab, die Jacke zuzuknöpfen.
„Kindchen!"
Er ging ein paar Schritte auf seine Tochter zu. Sie wich instinktiv zurück und stellte sich neben Rudolf. Romeike zog eine Havanna aus der Brusttasche und hielt sie dem Alten vor die Nase.
„Hier, für dich, und nun laß mich mit meiner Tochter alleine."
Rudolf besah sich zunächst die Zigarre und schaute dann in Ediths Gesicht.
„Nee, Herr Romeike, ich werd' wohl hierblei'm. Trotzdem danke für de Zigarre."
„Wenn ich sage, daß du hier verschwindest, dann ist das ein Befehl!"

Edith nahm die Havanna und gab sie Rudolf, der sofort daran zu schnuppern begann. Sie stieß den Alten an, und er stand auf. Beide gingen langsam zur Tür, und Edith drehte sich um.

„Befehle, wem du willst! Ich packe nur rasch meine Sachen. Und Rudolf weicht keinen Meter von meiner Seite!"

Romeikes Kopf glühte.

„Wenn du gehst, gibt es kein Zurück mehr!"

„Ich habe nicht vor, noch einmal hierherzukommen!"

Rudolf drückte die Türklinke nach unten, als ein Schluchzen den Raum erfüllte. Er drehte sich um und sah, wie Romeike sich mit einem großen Taschentuch über Nase und Augen wischte.

„Edith, bitte, du kannst mich doch nicht verlassen!"

Sie sah ihren Vater an und fühlte sich bleischwer.

„Nach allem, was vorgefallen ist, läßt du mir keine andere Wahl!"

Der Dicke nestelte an seiner Uniform und steckte das Tuch in die Hosentasche.

„Ich weiß, daß ich Fehler gemacht habe! Ich verspreche dir, so etwas wird nie wieder vorkommen. Schließlich bist du meine Tochter, mein ein und alles!"

„Es ist schwer, dir das zu glauben. Du hast mich geschlagen, falls du das vergessen hast."

„Ich bitte dich um Entschuldigung, nur geh nicht fort!"

Rudolf konnte es nicht fassen, als er den Parteileiter weinend auf einem Sessel zusammensinken sah.

„Fräulein Edith, Ihr Herr Vater ..."

„O Gott, Rudolf, ich weiß auch nicht, was geschehen ist. Vielleicht ist es wirklich besser, wenn du einen Augenblick draußen wartest."

„Nee un' noch mal nee. Fräulein Antonia hat mir jesagt, daß ich Se unter kein' Umständen allein lassen soll, und was meine Herrschaft sagt, is' Jesetz für mich."

Edith ging hinüber zu ihrem Vater, schob einen Sessel neben seinen und setzte sich.

„Also, erkläre mir deinen Sinneswandel."

Romeike schneuzte sich lautstark und sah sie aus roten Schweinsäuglein an.

„Deine Mutter hat mich verlassen, ohne daß ich etwas hätte dagegen tun können. Du warst und bist das einzige, was ich noch habe auf der Welt! Wer weiß, wem du da draußen in die Hände fällst? Du bist doch noch so jung, und ich habe dann gar keinen Einfluß mehr auf deinen Umgang. Wenn du gehst, weiß ich nicht mehr, wofür ich lebe."

„Wenn du mich nicht behandelt hättest wie ein Stück Vieh, wäre ich nie auf die Idee gekommen, das Haus zu verlassen. Und Mama ist nicht einfach so weggegangen, du hast sie höchstpersönlich aus dem Hause gejagt!"

„Und ich hatte recht! Hätte ich mit einer Frau zusammenleben sollen, die einen Juden zum Freund hat? Aber du sollst ab jetzt alle erdenklichen Freiheiten haben."

Edith überlegte nicht lange und spielte ihre Trumpfkarte aus.

„Soll ich mit einem Vater unter einem Dach leben, der mit einer Polin ins Bett geht?"

Romeike stand abrupt auf und ging auf Rudolf zu.

„Raus mit dir, du hast schon genug gehört!"

Edith sprang auf und eilte zu dem Kutscher, der sich gegen den Angriff Romeikes zu wehren versuchte.

„Laß ihn in Ruhe!"

Der Ortsgruppenleiter überlegte einen Moment und ließ dann von dem alten Mann ab. Er ging zu seinem Sessel zurück und sank erneut in sich zusammen.

„Das sind Familienangelegenheiten, die gehen niemanden etwas an!"

Edith nickte Rudolf zu, und beide verließen den Raum. Sie drehte sich noch einmal um und sah ihren Vater an.

„Ich kann dir einfach nicht glauben!"

Vor der Tür wies sie Rudolf an zu warten und eilte nach oben, um ihre Koffer zu packen.

Neugierig reckte die Pawelcke den Hals mal in die eine, mal in die andere Richtung. Der Alte sah die Sekretärin gelangweilt an und steckte sich die dicke Zigarre zwischen die Zähne. Genüßlich biß er das Ende ab und setzte die Havanna mit einem Streichholz in Brand. Während er die ersten Züge paffte, ging die Tür auf, und Romeike quälte sich in die Halle.

„Ist sie oben?"

Frau Pawelcke sprang auf und stürmte zu ihrem Chef.

„Ja, sie packt wohl. Kann ich etwas für Sie tun? Sie sehen ja furchtbar aus."

So standen die drei in der Halle und starrten auf die Treppe. Nach einer geraumen Weile kam Edith mit zwei schweren Koffern herunter.

Romeike stellte sich ihr in den Weg und sah sie mit Tränen in den Augen an.

„Ich habe bei Borkenhagen Rat eingeholt. Er meint, ich solle nicht so hart mit dir sein. Das ist jetzt auch mein fester Vorsatz. Du kannst tun und lassen, was du willst, wirklich!"

„Das versprichst du hier, vor den beiden?"

„Bei allem, was mir heilig ist."

Er lehnte am Handlauf der Treppe und bot wahrlich ein Bild des Jammers. Edith sah einen Moment lang verdattert ihren Vater an, den sie so noch nie erlebt hatte. Sie fühlte Mitleid mit ihm und zog Rudolf beiseite.

„Ich glaube, du kannst beruhigt nach Hause fahren. Ich werde hierbleiben und es noch einmal versuchen."

„Aber Fräulein Antonia hat jesagt, daß ich Se wieder mitbring' soll."

Es war Edith schon ein wenig bang zumute, als der alte Mann das Haus des Ortsgruppenleiters verließ. Doch das Gefühl verflog, als ihr Vater sie ungewohnt herzlich umarmte und sie sogar auf die Stirn küßte.

„Mein Kind, ich danke dir, daß du mir gezeigt hast, daß du nicht wie deine Mutter bist."

Nach dem Abendessen saßen Vater und Tochter noch bei einem Glas Wein zusammen, und er gab Edith die erste Ansichtskarte ihrer Mutter, ohne den Text geschwärzt zu haben. Sie nahm die Karte, die das Panorama von Manhattan zeigte.

„O Vater, danke! Mama spielt jetzt in der Metropolitan Opera – welch ein Erfolg für sie."

Romeike trank hastig den restlichen Inhalt seines Weinglases aus.

„Schön, daß es dich freut! Ich möchte jetzt gerne noch etwas arbeiten."

„Aber natürlich, Papa. Ich gehe nach oben."

Sie ging zu ihm und umarmte ihn. Während sie sich aus dem Zimmer begab, hatte sie das Gefühl, daß er ihre Umarmung nur widerwillig über sich ergehen ließ. Doch sie machte sich nichts daraus und ging nach oben, in das blau-weiß gekachelte Badezimmer, um ein Bad zu nehmen. Der Ofen brodelte bereits, sie ließ Wasser ein und gab eine Lavendelessenz hinein. Mit einem seligen Lächeln stieg sie in die Wanne und ließ sich vom heißen Wasser und dem Duft verwöhnen. Einen Moment lang dachte sie daran, an was es ihr in dem heruntergekommenen Gärtnerhäuschen auf Treskow gemangelt hatte, und sie räkelte sich im dampfenden Wasser. Wenig später wurde ihr schmerzlich klar, wie sehr sie trotz des Komforts ihre Freundin vermißte.

Durchwärmt und nach Lavendel duftend, verließ sie das Bad und ging im Morgenmantel über den Korridor. Mara kam ihr entgegen und murmelte etwas Unverständliches. Edith schaute ihr nach, wie sie im Bad verschwand, und ging dann in ihr Zimmer. Sie blickte noch kurz aus dem weit geöffneten Fenster auf den Hof, streifte ihr Nachthemd über und legte sich mit einem Buch in der Hand auf ihr Bett.

Edith war über ihrer Lektüre eingenickt, als sie durch ein Geräusch geweckt wurde. Die Gardinen wehten im Nachtwind, und sie fröstelte. Eilig stand sie auf, um das Fenster zu schließen. In der Ferne sah sie ein Wetterleuchten. Sie zog ihren Morgenmantel über, um rasch nach unten in die Küche zu gehen und sich ein Glas Milch zu holen.

Vorsichtig tapste sie hinaus auf den dunklen Korridor und tastete nach dem Lichtschalter, als sie ein tiefes, kehliges Stöhnen hörte. Neugierig lauschte sie und stellte fest, daß es aus dem Schlafzimmer ihres Vaters kam. Zuerst hielt sie es für eine Variante seines üblichen Schnarchens, mit dem Romeike schon seit Jahren seine Umgebung um den Nachtschlaf brachte. Doch dann drang ein Schrei an ihr Ohr. Ängstlich ging die junge Romeike zur Schlafzimmertür und horchte. Sie konnte Maras Stimme erkennen und die ihres Vaters. Keuchen und Schmatzen drangen an ihr Ohr, und angewidert eilte sie zurück in ihr Zimmer. Sie schlüpfte in ihr Bett, zog sich die Decke über den Kopf und warf sich unruhig hin und her. Der Gedanke, daß ihr Vater tatsächlich das Ehebett mit einer polnischen Zwangsarbeiterin teilte, war ihr unerträglich.

Schließlich war sie vollkommen unfähig, noch einen klaren Gedanken zu fassen, und saß, in eine Decke gehüllt, auf ihrem Bett und wartete auf den Morgen.

Um fünf Uhr in der Früh zog sie sich an und schlich hinunter zum Telefon. Es dauerte recht lange, bis sie endlich eine Handvermittlung nach Königsberg bekam. Am anderen Ende der Leitung meldete sich eine verschlafene Frauenstimme.

„Morin."

„Guten Morgen, verzeihen Sie die frühe Störung, hier ist Edith Romeike."

Die wohlklingende Stimme wurde lebhafter.

„Edith? Ist etwas mit Antonia geschehen?"

„Nein, nicht direkt. Ich kann auch nicht offen sprechen. Ich wollte nur anfragen, ob ich Sie besuchen dürfte?"

„Natürlich kannst du kommen, wann immer du willst."

„Wäre es Ihnen recht, wenn ich morgen mit dem Frühzug käme?"

„Wenn du eine Fahrkarte bekommst, gerne."

„Wieso? Was ist denn mit den Fahrkarten?"

„Nichts, ich hörte nur vor kurzem, daß aller Zugverkehr nach Osten für die Wehrmacht freigestellt ist."

Edith stiegen Tränen in die Augen.

„Das ist ja furchtbar!"

„Na, na, na, kleine Edith. Was ist denn los?"

„Ich, ich ... ich bin in Antonia verliebt und ..."

„Nichts und! Komm her. Am Fahrkartenschalter sagst du, daß dein Verlobter im Lazarett in Königsberg liegt, dann wirst du schon eine Karte bekommen."

„Meinen Sie?"

„Ganz bestimmt, und mach dir keine Sorgen. Wir finden schon eine Lösung!"

„Un' denn hat se jesagt, daß Se sich keine Sorjen ze machen brauchen."

Antonia wußte nicht, ob sie nun lachen oder heulen sollte. Sie fühlte sich verraten.

„Danke, Rudolf."

„Se machen mir doch keine Vorwürf', oder?"

„Nein. Kannst ja nichts dafür, daß Edith nicht weiß, was sie will."

Mit großen Schritten ging sie zum Haupthaus und verschwand im Arbeitszimmer. Sie setzte sich hinter den Schreibtisch und begann die Post durchzusehen. Es fiel ihr schwer, sich zu konzentrieren, und sie starrte vor sich hin. Ediths Entscheidung, in Schloßwalde zu bleiben, wurmte sie, und sie hatte das Bedürfnis, ihre Freundin zur Rede zu stellen.

Antonia überlegte nicht lange und ging in die Halle zum Telefon. Sie wollte gerade zum Hörer greifen, als die schwere Eingangstür aufging und Rudolf hereinstapfte. Er zog seine Kappe vom Kopf und sah sie ärgerlich an.

„Fräulein Antonia, wa brauchen 'n Dachdecker!"

„Großer Gott, wo soll denn das Geld dafür herkommen?"

„Na, ich weiß es nich'. Aber vorhin hab' ich durchs Dach über 'm Pferdestall dem Himmel jesehen. Nu', jenau überm Stellplatz vom Tarantino."

„Verflixt und zugenäht, ausgerechnet der Pferdestall!"

Rudolf schaute traurig auf seine Prothese und zuckte mit den Schultern.

„Na, wenn wa richtige Männer auf'm Hof hätten, denn könnten wa das alleine machen."

Antonia starrte noch einen Augenblick auf das Telefon, seufzte tief und ging hinüber zu dem Angestellten.

„Hast du schon einmal ein Dach gedeckt?"

„Ja, frieher, da ham wa das alles selber jemacht. Der Zimmermann kam nur, wenn's jar nich' mehr jing."

„Könntest mir doch zeigen, wie das geht!"

„Nee, nee, Fräuleinche'! Das is' nu' wirklich keine Weiberarbeit!"

„Mag ja sein, aber was sollen wir denn sonst tun?"

„Wa könnten den Tarantino in de kleine Box stellen."

Die junge Frau schüttelte den Kopf, so daß ihr geflochtener langer Zopf um ihre Schultern flog.

„Kommt nicht in Frage! Bei mir hat jedes Pferd seinen Platz, und das bleibt auch so!"

„Der gnädige Herr hätte nuscht anderes jesagt."

Sie straffte sich und schaute Rudolf forsch an.

„Haben wir alles Nötige hier?"

„Natürlich. Aber was ham Se denn vor?"

„Später! Zeig mir erst einmal das Loch im Dach."

Im Stall staunte sie nicht schlecht, als sie durch ein großes Loch den strahlend blauen Himmel sehen konnte.

„Wie kann das denn angehen?"

„Na, de letzten Wochen hatten wa immer ma' wieder ein Wetter, da sin' wohl ein paar Ziegel davonjeflojen."

„Komisch, daß ich das nicht schon früher bemerkt habe."

„Na nu', de Ziejel sin' wahrscheinlich auf'm Hof jefallen. Der Eberhardt is' mit sei'm Besen doch hinterm Dreck her wie der Teufel hinter da armen Seel'. Der wird de Ziegelbrocken wegjefegt ham, bevor se einer überhaupt jesehen hat."

„Dann erkläre mir, wie das mit dem Decken geht."

„Na nu', erst muß einer rauf uffs Dach und de alten Ziejel runterholen, bis zum Loch, und denn missen de neuen rauf."

„Na denn mal los."

Antonia saß rittlings auf dem Dachfirst, eine Tasche mit Nägeln am Gürtel, einen Zimmererhammer in der Hand, und schwitzte in der glühenden Hochsommersonne. Rudolf stand auf der Leiter und gab ihr Anweisungen, wie sie die Schiefertafeln, mit denen das Stalldach gedeckt war, zu entfernen habe. Schweiß lief ihr von der Stirn in die Augen, als sie mit Kraft die alten Nägel aus dem Holz der Lattung zog. Sorgfältig steckte sie jeden einzelnen Nagel in ein Säckchen, das auf der anderen Seite ihres Gürtels hing, um zu vermeiden, daß vielleicht ein alter Nagel in den Pferdestall fiel und von einem Pferd gefressen wurde.

„Sin' Se vorsichtig, Fräulein! Halten Se's Gleichgewicht!"

„Bin ich schon mal vom Pferd gefallen?"

Rudolf faßte sich in den vom Nach-oben-Schauen schmerzenden Nacken und grinste.

„Lassen Se überlejen. Ja, damals, als Se jemeint ham, den neuen Deckhengst zureiten ze missen."

„O verflucht, ich weiß. War in den Ferien hier, und Tarantino war ein hartes Stück Arbeit!"

„Un' Se waren jerade ma' siebzehne!"

Ihr kam die Zeit schier endlos vor, bis ihr der alte Mann den ersten neuen Schieferziegel nach oben reichte. Sie stand auf einer Leiter, die mit zwei großen Haken am Dachfirst befestigt war, und versuchte unter Rudolfs Kommando mit einem speziellen Hammer, der eine scharfe Spitze hatte, die Löcher für die Nägel in die dünne, steingraue Platte zu schlagen. Nun mußten die entfernten Ziegel in umgekehrter Reihenfolge durch neue ersetzt werden. Das erste Löchlein gelang auf Anhieb. Davon ermutigt schlug sie ein zweites Mal auf den Ziegel. Ein knirschendes Geräusch, und sie schaute der

Ziegelhälfte nach, die polternd nach unten rasselte. Ärgerlich warf sie die zweite Hälfte hinterher, und Rudolf reichte ihr eine weitere Platte an.

„Fräulein, nich' so stark! Mit viel Jefühl!"

Sie nickte und sah die dunkelgraue Platte an.

„Versuche es."

Es kostete zwei weitere Tafeln, bis sie den ersten Ziegel an seine Stelle nageln konnte. Stolz besah sie sich ihr Werk und griff nach dem nächsten Schieferstück. Es wurde schon dunkel, als sie vollkommen verschwitzt und trotzdem glücklich die Leiter hinab auf den Hof kletterte.

„Hättste nicht gedacht?"

„Na nu', Fräulein Antonia, Se sin' schon ..."

Marie unterbrach ihn und hielt mit gestrenger Miene Antonia ein Glas Milch vor die Nase.

„Jottche', bin ich froh, daß Se jetzt wieder da runter sin'! De junge Frau auf'm Dach, ich dacht' ..."

„Weiß, Marie! Der Untergang."

Rudolf lachte in tiefem Baß und erntete dafür von der korpulenten Köchin einen heftigen Ellbogenstoß.

„Un' du alter Stiesel, hast se auch noch da raufjelassen! Wenn da was passiert wär'!"

Antonia nahm einen großen Schluck aus dem Glas und wischte sich mit dem Handrücken den Milchbart ab.

„Ist aber nichts passiert! Das Geld für den Dachdecker haben wir gespart."

„Ja, schon, aber ..."

Rudolf nahm die Haushälterin fast liebevoll am Arm.

„Nuscht mehr davon! Mach uns jetzt lieber was Kräftiges zum Essen."

Marie konnte ihr Lächeln nur dadurch verbergen, indem sie auf dem Absatz kehrtmachte und in die Küche eilte.

„Wascht ihr euch ma', 's Essen is' gleich auf'm Tisch!"

Sie wäre fast mit Eberhardt zusammengestoßen, der gewohnt langsam über den Hof schlurfte. Der Alte hustete und schaute Marie griesgrämig an.

„Kannste nich' gucken, wo de hinrennst?"

Die Köchin ließ ihn einfach stehen und verschwand in der Küche. Ohne sich umzusehen, lief sie in die Speisekammer und schrak zusammen.

„Marie, ist meine vermaledeite Tochter jetzt endlich wieder von diesem Dach herunter?"

„Ja, gnä' Frau. Un' se hat's wirklich jeschafft ..."

„Offenbar schafft sie ja alles. Wenn sie nur nicht so entsetzlich aufsässig wäre."

Marie ging langsam zum Tisch, setzte sich und sah Frau Treskow auf der Holzbank gegenüber an.

„Nu', da missen wohl beide Partei'n über ihr'm Schatten spring'."

Antonias Mutter lehnte sich zurück und kniff die Lippen aufeinander.

„Eine junge Frau, und noch dazu meine Tochter, sollte mehr weiblich Attribute an den Tag legen. In der Bibel steht ..."

„Ich muß Ihn' ja recht geben, gnä' Frau. Aber ohne 's junge Fräulein könnten wa's doch wirklich nich' ..."

„Jetzt glaubst du das auch noch. Ein Mann muß ins Haus!"

Marie bekam einen ungewöhnlichen Gesichtsausdruck, stand auf und steckte beide Hände tief in die Schürzentasche.

„Un' wenn de junge Frau jar kein' Mann will?"

Frau Treskow hielt sich auffallend steif.

„Es geht hier doch nicht darum, was sie will oder nicht! Wenn sie nicht bald heiratet und sich weiter als Herr auf Treskow aufführt, dann kriegt sie keinen Mann mehr ab! Und ohne Mann keine Kinder! Der Herrgott hat die Frau geschaffen, daß sie an der Seite des Mannes stehe. Wer soll das Gut denn sonst einmal erben?"

„Na nuche', wenn's denn so sein soll, da könn' wa doch nich' gejen an. Wenn's kein' Erben jibt, denn jibt's halt kein'."

„O doch, und ich werde alles dafür tun! Ich mußte damals auch heiraten und mich fügen. Auch als ich merkte, daß August nicht wollte, daß ich mich in die Geschäfte einmische, habe ich mich gefügt. Und Antonia wird dies ebenfalls tun!"

Marie atmete tief durch und begann wortlos ihrer Arbeit nachzugehen. Frau Treskow sah die Köchin in der Speisekammer verschwinden.

„Marie, was meinst du eigentlich damit, daß Antonia keinen Mann will?"

Etwas Unverständliches drang an Frau Treskows Ohr. Sie stand auf und durchquerte die Küche. Marie kam aus der Kammer und besah sich die Schüssel Brombeerquark in ihrer Hand.

„De Natur is' manchmal anders, als wir uns se denken."

Antonias Mutter zuckte zusammen und bekreuzigte sich.

„O mein Gott!"

„Ja, der hat uns alle geschaffen, so wie wir sin'."

„Ein jeder hat seinen Platz, aber nicht wider die Natur!"

Ihre Lippen bebten, sie faltete die Hände vor der Brust und eilte aus der Küche. Marie sah der aufgeregten Frau nach und schüttelte leicht den Kopf.

„Gnä' Frau, es wär' doch nich' der Unterjang!"

Edith stand auf dem Bahnsteig und sah sich um. Eine Menge verwundeter Landser lagerten auf der Plattform und sahen die einsame junge Frau neugierig an. Langsam ging sie mit ihrem kleinen Koffer zur Halle, als ihr eine Frau in einem strenggeschnittenen dunkelblauen Kostüm zuwinkte und stramm auf sie zuging.

„Heil Hitler!"

Edith erkannte Frau Krause und grüßte. Theos regungsloser Gesichtsausdruck wich einem herzlichen Lächeln, und sie schloß die junge rothaarige Frau in die Arme.

„Na, hat's geklappt mit der kleinen Notlüge?"

„Welche Lüge?"

Die Frau mit dem akkuraten Pagenschnitt lachte.

„Der Verlobte."

„Ach so! Ja, der Schalterbeamte war ganz gerührt von meiner Geschichte und gab mir sogar einen Platz in der ersten Klasse."

Die beiden schlenderten in die große Bahnhofshalle, und Frau Krause zupfte die junge Romeike kurz am Ärmel.

„Ich gehe rasch zum Zeitungsstand. Warte hier auf mich."

Edith nickte und sah der schlanken, hochgewachsenen Grauhaarigen nach. Die nahm einige Zeitungen aus dem Ständer, bezahlte und kehrte lässig, eine Titelseite überfliegend, zu Edith zurück.

„Nu', nix wie heim, da wartet eine Überraschung auf dich."

Edith lächelte und folgte Frau Krause zur Straßenbahn.

Die Schaffnerin stand auf dem Trittbrett und beobachtete die Ein- und Aussteigenden. Dann zog sie zweimal an einer Leine über sich, es bimmelte kurz, und die Bahn fuhr an. Die Schaffnerin schaute herrisch in die dichtgedrängte Menge.

„Noch jemand zujestiejen?"

Frau Krause nickte. Die Straßenbahnerin trat ungewöhnlich nah an sie heran, riß einen Fahrschein ab und gab ihn Theo. Frau Krause deutete mit dem Kopf auf Edith.

„Brauche noch einen."

Die Schaffnerin schaute Edith durchdringend an und gab der Frau im Schneiderkostüm das zweite Billett. Dann ging sie weiter in die Menge.

„Noch jemand zujestiejen?"

Edith sah ihr nach.

„Frau Krause, Sie haben doch gar nicht ..."

„Psst!"

An der nächsten Station leerte sich der Wagen, und Frau Krause setzte sich auf einen freigewordenen Platz. Sie nahm den *Völkischen Beobachter* hervor und schlug die Titelseite auf. Edith sah ihr über die Schulter und starrte auf den Text.

„Die Verräter sind gerichtet. Die Verhandlung vor dem Volksgerichtshof enthüllt das feige Verbrechertum der Verschwörer.

Vor den Schranken des Volksgerichtshofes fand am Dienstag nach zweitägigen Verhandlungen das verbrecherische Attentat des 20. Juli seine gerechte Sühne.

Vor knapp 48 Stunden hat das deutsche Heer die Mitschuldigen an dem feigsten und ehrlosesten Verbrechen, das die deutsche Geschichte kennt, aus …"

Frau Krause faltete die Zeitung vom 8. August zusammen, sah sich um und stand auf. Sekunden später hielt die Tram, und sie drängte zum Ausgang.

Auf dem Trittbrett stand wieder die Schaffnerin. Edith spürte kalten Angstschweiß auf ihrer Stirn, hatte ihre Gastgeberin die Billetts doch nicht bezahlt. Mit ihrem Koffer sprang sie aus dem Wagen und drehte sich nur verstohlen um. Sie sah, wie die Schaffnerin Frau Krause an die Schulter faßte.

„Grüß deine Karin von mir."

Edith wartete, bis Frau Krause bei ihr war, und sah sie ungläubig an.

„Ich habe schon gedacht …"

„Schon gut. Habe es dir angesehen, aber in der Bahn konnte ich nicht darüber sprechen. Es gibt viele … ach, warte auf die Überraschung, dann wirst du alles verstehen."

Nach etwa einer Viertelstunde Fußmarsch standen sie vor dem Haus, in dem Antonias Lehrerin wohnte. Sie stiegen die Stufen hoch, und Frau Krause schloß die Tür zu der großen Wohnung auf. Leicht außer Atem stellte Edith ihren Koffer in den Flur und wischte sich mit dem Handrücken über die Stirn.

„Entschuldigen Sie, dürfte ich austreten?"

„Natürlich, du weißt ja, wo es ist."

Edith rannte förmlich zum Klo. In der Bahn hatte sie sich nicht getraut, ihren Platz in der ersten Klasse zu verlassen. Die Aufregung in der Trambahn und der darauffolgende hastige Marsch hatten ein übriges getan. Blitzartig schoß es ihr nun durch den Kopf, ob es eine gute Idee gewesen sei, ohne ihre Liebste hierherzukommen.

Schließlich wusch sie sich die Hände und das erhitzte Gesicht und verließ zögerlich die Toilette. Frau Morin stand lächelnd vor ihr, und ehe Edith sich's versah, umarmte und drückte die Lehrerin sie herzlich.

„Willkommen!"

„Heil … guten Tag!"

Frau Morin nahm sie immer noch lächelnd bei der Hand und führte sie in das große Wohnzimmer. Dort spielte Radiomusik, und der Tisch war zum Frühstück gedeckt. Zögerlich setzte sich die junge Frau und bekam Kaffee eingegossen.

„Möchtest du Milch und Zucker?"
„O ja, bitte, wenn Sie Zucker hätten?"
Frau Morin reichte ihr die Zuckerdose, und Edith nahm zwei große Löffel voll. Sie rührte um und nippte an der heißen Flüssigkeit.
„Oh, echter Bohnenkaffee!"
Theo lachte und goß etwas Milch in ihren Kaffee.
„Für unsere Gäste nur das Beste."
Die Deutschlehrerin reichte Edith den Brotkorb, doch die lehnte ab.
„Danke, nein. Ich bin nicht hungrig."
Frau Krause nahm sich eine Schnitte und legte eine Scheibe Käse darauf.
„Na was denn? Seit fünf Uhr auf den Beinen und kein Hunger?"
„Ich weiß nicht. Ich kann nicht."
„Du mußt ja nicht. Wenn du später Appetit bekommst, holst du dir einfach etwas aus der Küche."
„Danke, Sie sind zu liebenswürdig."
Theo kaute und legte ihre Stulle zurück auf den Teller.
„Erzähl mal! Was führt dich zu uns ins ferne Königsberg?"
„Ich habe mich grauenvoll gefühlt."
Frau Morin sah Edith mitleidig an.
„Ist es wegen Antonia?"
„Nein, oder doch. Ach, ich weiß wirklich nicht ..."
„Du hattest am Telefon erwähnt, daß du in die kleine Treskow verliebt bist."
Edith stieg die Schamröte ins Gesicht, und sie sah auf den Teppich.
„Ich meine, das ist doch entartet, gegen die Natur! Mein Gott, ich weiß auch nicht, warum ich Ihnen das am Telefon gesagt habe. Ich schäme mich dafür!"
„Du mußt dich nicht schämen! Wenn dich das so sehr bedrückt und bewegt, hast du dann schon einmal mit Antonia darüber gesprochen?"
Edith wurde schlagartig blaß und fühlte Übelkeit in sich aufsteigen.
„Ja."
„Und?"
„Ich weiß nicht, ob es Toni recht ist, wenn ich darüber rede, ohne daß sie dabei ist."
„Na schön, hier will niemand in dich dringen! Wenn es dir ein Bedürfnis ist, darüber zu sprechen: Wir sind verschwiegene Zuhörer."
„Danke, Frau Morin. Sie sind wirklich sehr nett."
Theo hatte ihr Brot aufgegessen und stand auf.

„Entschuldigt mich einen Moment."

Edith nahm ihre Kaffeetasse in beide Hände und schaute über den Rand hinweg Antonias Lehrerin und dann Frau Krause schüchtern an.

„Wissen Sie, mein Vater hat mich geschlagen, da bin ich zu Antonia geflüchtet. Aber sie meinte, ich müßte zurück zu ihm und dann ganz offiziell das Haus verlassen."

„Dein Vater ist doch Ortsgruppenleiter, wenn ich mich recht erinnere?"

„Ja."

„Dann hat Antonia ganz richtig gehandelt. Sie hätte sonst nur Ärger mit deinem Vater und damit mit der Partei bekommen."

„Das habe ich auch eingesehen. Deshalb bin ich nach Schloßwalde gegangen, in der festen Absicht, ihm und dem Haus den Rücken zu kehren."

„Der Entschluß einer jungen Frau, die erwachsen wird."

Edith stiegen Tränen in die Augen.

„Frau Morin, ich bin nicht zu Antonia zurückgekehrt!"

„Wie?"

„Mein Vater hat geweint! Es war ein Bild des Jammers, und er schien alles zu bereuen. Da konnte ich nicht zurück zu Antonia."

„Und was hast du statt dessen getan?"

„Ich bin hierher gefahren."

Frau Morin zog die Stirn kraus und schenkte sich etwas Kaffee nach.

„Das verstehe ich nicht. Du wolltest doch bei deinem Vater bleiben?"

Die junge Frau schluchzte heftig und zog ein Tuch aus der kleinen Tasche ihres Kleides.

„Ich konnte es nicht!"

„Warum bist du dann nicht zu Antonia gegangen?"

„Ich hatte ihr fest versprochen, daß ich gleich wiederkomme, mit all meiner Habe. Sie hatte mir zum Schutz vor meinem Vater einen Angestellten mitgegeben, aber ich schickte ihn weg. Er sollte Toni sagen, daß sie sich nicht sorgen muß um mich."

„Jetzt begreife ich! Du hast dein Versprechen gebrochen und bist dann vor aller Verantwortung davongelaufen."

Edith saß zusammengesunken auf ihrem Stuhl und tupfte sich mit dem Taschentuch die Augen.

„Ich konnte doch nicht einfach ..."

Theo Krause kam mit einem bunten Karton ins Zimmer und stutzte.

„Kann mir jemand erklären, warum unsere junge Freundin weint?"

Frau Morin zuckte mit den Schultern.

„Edith kann, wenn sie will."

Die Grauhaarige ging zu Edith und stellte die Pappschachtel vor sie.

„Dann hilft vielleicht eine Überraschung!"

„Was für eine Überraschung?"

„Pack doch einfach aus!"

Edith schüttelte zaghaft den Kopf.

„Ich glaube, ich möchte lieber wieder gehen."

Frau Morin stand auf und drehte das Radio etwas lauter.

„Gott im Himmel! Willst du immer nur weglaufen?"

„Ich sehe keinen anderen Weg!"

Die Lehrerin ging zum Tisch und begann Tassen und Teller auf ein Tablett zu räumen.

„Nun gut, wie du möchtest. Nur eines wünsche ich mir: Bevor du gehst, pack wenigstens das Geschenk aus."

Sie hob das beladene Servierbrett auf, schaute Theo kurz an, und beide verschwanden aus dem Zimmer. Edith saß verloren auf ihrem Stuhl und fror. Mit steifen Fingern begann sie das Päckchen zu öffnen. Die Schleife fiel zu Boden, und sie nestelte am Papier. Vorsichtig hob sie den Deckel der Schachtel und fand darin ein Buch und eine Karte. Sie nahm zunächst das Kärtchen und las:

„Liebe Edith! Du bist, auch wenn es dir so vorkommt, nicht alleine auf dieser Welt. Wir werden als das geboren, was wir sind, und niemand, auch nicht wir selbst, können dies ändern! Verzweifle nicht! Karin & Theo."

Sie wischte sich mit der Rückseite des Zeigefingers über ihre feuchte Nase und hob das schwere Buch an. Es war *Die Homosexualität des Mannes und des Weibes* von Magnus Hirschfeld. Sie besah sich den Einband, schlug es auf und blätterte darin. Dann packte sie die Angst, und sie legte den Band zurück in den Karton. Nervös nahm sie einen Schluck ihres inzwischen kalten Kaffees und verspürte nun wieder Neugierde. Mit flattrigen Händen nahm sie das Werk wieder heraus und blätterte erneut.

„O meine Güte! So etwas gibt es doch gar nicht!"

Trotz ihrer Freude verspürte sie eine unbestimmte Angst, die sie davon abhielt, in den Flur zu stürmen. Zögerlich öffnete sie die Tür und sah auf den leeren Korridor.

„Frau Morin?"

Theo kam auf den Flur und sah die junge Frau liebevoll an.

„Wir sind in der Küche."

Ganz langsam tapste Edith vorwärts, sah durch die offene Tür, und Karin Morin lachte sie an.

„Na, was sagst du?"

Edith lehnte sich an den Türrahmen, rieb sich unsicher die Hände und zog schüchtern die Augenbrauen hoch.

„Ich wußte gar nicht, daß es so etwas gibt. Solche Bücher sind doch bestimmt verboten?"

Theo steckte eine Aktive in ihre Zigarettenspitze und zündete sie mit einem goldenen Feuerzeug an.

„Nun wollen wir mal Tacheles reden! Wir wissen nur zu gut, wie es dir geht. Wir waren, wenn auch schon vor langer Zeit, in derselben Lage. Und auch wir haben Freundinnen gefunden, die uns geholfen und gezeigt haben, daß wir nicht alleine auf dieser Welt sind."

„Aber es ist doch wider die Natur! Mann und Frau ..."

Frau Morin stand auf, nahm Edith in den Arm und geleitete sie zu einem Stuhl. Vorsichtig und doch energisch drückte sie die junge Frau auf das Sitzmöbel und sah mit schräggelegtem Kopf auf sie herab.

„Kind, wir wissen, daß wir auf einem schmalen Grat wandern. Wenn unsereins entdeckt und denunziert wird, dann kommen wir womöglich wegen Wehrkraftzersetzung ins Gefängnis, weil wir nicht unseren Teil zum Wohle des deutschen Volkes leisten, nämlich Kinder zu produzieren. Aber niemand kann sagen, es wäre gegen die Natur! Wir wurden geboren als das, was wir sind. Mutter Natur hat uns das Leben gegeben!"

Edith besah sich ihre vor Furcht weißen Finger.

„Mein Vater sagt, solche Weiber kämen ins Konzentrationslager. Er meint, das beste wäre, wenn ..."

„Hör zu! Liebe, wirkliche, echte Liebe kann niemand verbieten, auch kein Adolf Hitler und schon gar nicht dein Vater! Du liebst doch die kleine Treskow. Würdest du nicht auch dein Leben für sie geben?"

„Ja, schon, aber doch nicht in einem Gefängnis oder gar in einem Lager!"

Frau Morin setzte sich wieder und legte die Fingerspitzen an die Lippen.

„Theo und ich haben oft darüber gesprochen, was sein würde, wenn uns jemand verrät. Und wir haben beide festgestellt, daß unsere Liebe groß genug ist, um alles zu überstehen, weil wir wissen, daß wir uns lieben und daß uns das niemand nehmen kann."

„O mein Gott! Ich liebe Toni doch auch."

„Eben! Wir können die Dinge, die wir wollen, tun oder lassen, aber wir können sie nicht vor uns selbst verbergen."

Ein über und über beladener Wagen mit zwei jämmerlichen Pferden davor rollte auf den Hof des Treskowschen Gutes. Vier ausgemergelte Kühe gingen laut muhend hinter dem Wagen her. Rudolf eilte auf die Ankömmlinge zu.

„Na nuche', was fiehrt Se ze uns?"

Eine leidend aussehende Frau sah ihn vom Kutschbock müde an.

„Wa komm' von Schloßwalde, da Ortsgruppenleiter hat uns hier einquartiert!"

„Moment, ich muß erst ..."

Rudolf sprach den Satz nicht zu Ende, sondern rannte, was seine alten Beine hergaben, ins Haus.

„Gnä' Frau! Marie! Fräulein Antonia!"

Die Köchin kam sofort in die Halle und sah den Alten ärgerlich an.

„Was schreiste denn so, du alter Luntus? Hat dir 'n Pferd jetreten?"

„Weißte, wo de Herrschaften sin'?"

„Na, de Frau Treskow muß oben sein, und de Antonia, is' irjendwo auf'm Hof."

Rudolf machte auf dem Absatz kehrt, um Antonia zu suchen. Da trat Frau Treskow an die Balustrade im ersten Stock und sah mit eiserner Miene herab.

„Was soll das Geschrei?"

Rudolf riß seine Kappe vom Kopf und nickte einen Gruß.

„Romeike hat uns Leute einquartiert!"

„Was? Doch nicht etwa das Lumpenpack, das da halbverhungert in Fetzen und Holzschuhen auf dem Hof steht?"

„Doch, se ham jesagt, daß se direkt aus Schloßwalde komm'."

Sekunden später eilte Frau Treskow die breite Treppe hinunter in die Halle.

„Denen werde ich Beine machen!"

Sie straffte sich und ging gemessenen Schrittes hinaus auf die Treppe.

„Ihr da! Was wollt ihr hier auf meinem Grund und Boden?"

Die Frau mit den müden Augen stieg vom Wagen und trat vor die Treppe. Ihre Stirn war feucht, und sie zitterte. Sie nestelte in der Tasche ihres Kleides und hielt Frau Treskow einen Brief entgegen. Diese schritt majestätisch die Treppen hinab und nahm das Schriftstück herrisch an sich. Minutenlang starrte sie darauf und schüttelte dann den Kopf.

„Das kann doch nicht sein! Wir haben hier nicht einmal genug für uns! Es ist einfach ungehörig, was Friedrich sich da leistet!"

Sie hob den Kopf und blickte grimmig über den Hof.

„Der Heiland möge uns schützen vor der Heimsuchung der Heuschrecken!"

Antonia hörte nur noch die letzten Worte ihrer Mutter, als sie, aus dem Schweinestall kommend, auf den Hof trat. Ihre Aufmerksamkeit galt zuerst den beiden Pferden, die sie mit trüben Augen anblickten. Sie lief zu den geschundenen Tieren und schaute Kupinski an.

„Mein Gott, die armen Viecher! Spanne sie sofort aus, gib ihnen zu trinken und eine Portion Hafer!"

Dann trat sie an den Wagen und sah den Mann an, der noch auf dem Bock saß. Er starrte sie aus tiefschwarzen Augen an.

„Bonjour, Madame, la famille est ..."

„Entschuldige, ich verstehe dich nicht."

Energisch dröhnte Frau Treskows Stimme vom Haus herüber.

„Das hast du uns eingebrockt! Nun haben wir den Salat. Romeike hat das Pack da ausgerechnet bei uns einquartiert!"

Antonia kramte ihre mageren Französischkenntnisse hervor und lächelte den Mann an.

„Excuse moi, ma mère veux parler avec moi."

Dann ging sie zur Treppe und drehte sich zu der Frau, die mit hängenden Schultern schwankend vor ihr stand.

„Romeike hat Sie also hierher geschickt?"

„Ja, wa waren 'n Zug von neun Wagen, die hat da Ortsgruppenleiter uff de umliejende Jüter verteilt."

„Neun Wagen? Um Gottes willen, wo kommen die denn her?"

„Aus'm Kreis Ragnit. Wa sollten alle so schnell wie möglich verschwinden, weil da Russe kommt!"

„Na, wie dem auch sei, nun sind Sie hier. Gehen Sie beide erst mal in die Küche und lassen Sie sich etwas zu essen geben. Ich kümmere mich um Ihr Vieh, Frau ..."

„Kalein, ich hab' aber ..."

Frau Treskow sah zornig von der Freitreppe herab.

„Wie du meinst, Antonia! Aber wundere dich nicht, wenn später nichts mehr für uns da ist!"

„Frau Kalein, lassen Sie sich von meiner Mutter nicht einschüchtern."

„Ja, aber wenn Se doch nich' ..."

„Sind Sie mal ganz ruhig. Ich bin hier derjenige, der das Sagen hat."

Die junge Treskow starrte ihrer Mutter fest in die Augen.

„Gerade du solltest wissen, daß es christliche Pflicht ist, Flüchtlingen zu helfen!"

Frau Treskow schnaufte und verschwand im Haus. Antonia ging sofort ans hintere Ende des Treckwagens und half dem Ausländer, die ausgemergelten Rinder loszumachen.

„Habt ihr eine Leitkuh?"

„Quoi?"

„Frau Kalein, spricht der Kerl denn kein Wort Deutsch?"

Die kränkliche Frau kam wankenden Schrittes gelaufen.

„Doch, doch, aber er wird wohl recht müde sein. Er hat de letzte' Taje kaum 'n Auge zujetan."

„Sie wohl auch nicht."

Die Flüchtlingsfrau begann zu weinen; ihre dunkelgeränderten Augen hatten den Ausdruck eines weidwunden Tieres.

„Fräulein ..."

„Treskow, aber nennen Sie mich Antonia."

„Fräulein Antonia, wa sin' nich' nur Matthieu, de Kühe un' ..."

Antonia wurde beim Anblick der mageren Rinder ungeduldig.

„Was denn noch?"

Frau Kalein klatschte kurz in die Hände, und plötzlich kamen ein alter Mann und eine kaum jüngere Frau aus dem Wagen geklettert. Es folgten ein Kleinkind im Krabbelalter, ein quirliger Sechsjähriger, ein schmächtiger Vierzehnjähriger und die älteste Tochter.

Antonia hatte Mühe, sich zu beherrschen. Tief seufzend schnappte sie sich die Leinen der Rinder und stapfte mit den Tieren quer über den Hof. Sie band die Kühe an zwei Bäumen fest und wies Rudolf an, die Tiere erst zu tränken und ihnen später älteres Heu zu geben. Der Alte nickte und sah die junge Frau mit aufgerissenen Augen an.

„Ob das jutjeht, jetzt, wo auch noch de Russen vom Lajer komm'?"

„Weiß ich nicht! Muß sehen, wie es weitergeht!"

Kupinski sah Antonia nach und hob die Schultern.

„Der Herrjott macht's Ihn' nich' leicht!"

Die Großeltern der Familie hatten sich auf die Bank vor dem Haupthaus gesetzt. Vor ihren Füßen krabbelte das Kleinkind und spielte mit einem alten rostigen Hufnagel. Antonia stellte sich breitbeinig vor die beiden Alten und sah auf das Kind hinab.

„So, Sie kommen also aus Ragnit."

Die alte Frau zupfte ihr Kopftuch zurecht.

„Na, nu', nich' direkt, wa hatten en kleinen Hof fast zwanzig Kilometer nach Osten hin."

„Und dort sind jetzt schon die Russen?"

Der Großvater stand unerwartet auf und stellte sich dicht vor die junge Frau.

„Se könn's uns wirklich glau'm, wa sin' auch nich' bejeistert, nu' von Almosen le'm ze missen! Aber's war doch schon lange ze sehen, daß es soweit kommen muß. Schon im Sommer sin' bei uns de Litauer und de Memelländer vorbeijekomm', die vorm Iwan abjehauen sin'!"

Antonia sah dem Mann fest in seine braunen Augen.

„Wir haben davon bisher nichts gesehen und gehört."

„Ja, ja, de Großfürsten und de Junker ham immer von nuscht wat jehört, wenn's dem kleinen Manne dreckig jeht!"

Antonia kniff die Augen zusammen.

„Nun ist es aber genug!"

Die alte Frau stand sofort auf und zerrte ihren Ehemann zurück auf die Bank.

„Sei still! De Frau kann auch nuscht für unser Unglück!"

Kupinski kam aus der Küche.

„De Pferde sin' auf de Koppel, und de vier Kühe hab' ich zu den unsern auf die Weide jestellt."

„Danke, Rudolf."

„De Marie richtet jerade de Zimmer her. Se sollen mal ze ihr im ersten Stock komm'."

Antonia nickte, und Rudolf machte sich schweren Schrittes – sein Rheuma plagte ihn seit einiger Zeit – an seine Arbeit. Ein lebhafter Junge kam auf seine Großeltern zugerannt und quietschte vor Vergnügen.

„Da sin' Pferde, echte Trakehner!"

Die alte Frau nahm ihren Enkel in den Arm.

„Is' ja jut, Jungche'."

Dann sah sie Antonia an.

„Is' unser Siegmund, und der Kleine da is' unser Sonnenscheinche', da Walther!"

Im ersten Stock stand die Tür zu Antonias Jugendzimmer weit offen. Sie trat ein und sah die dicke Köchin schnaufend große Federbetten beziehen.

„Na, Mariechen?"

„Fräuleinche', das is' da Unterjang!"

„Schaffen wir schon! Wer soll denn hier Quartier nehmen?"

„De beiden alten Leut'."

„Wer hat das befohlen? Hier gibt es doch nur ein Bett! Drüben im Gästezimmer sind zwei Betten."

„Ja, deswechen hab' ich Se ja auch rufen lassen. Se missen mir helfen, en Bett hierher …"

„Marie, nun ist gut! Warum denn Betten hin- und herschleppen?"

„Na nu', Ihre Frau Mama will nich' Wand an Wand mit 'ner Schwindsüchtigen schlafen."

„Was soll das denn wieder?"

„Na, sehen Se nich', daß die Mutter von de Kinder de jaloppierende Schwindsucht hat?"

Antonia lehnte sich gegen das breite Fensterbrett und schüttelte den Kopf.

„Die Frau ist einfach müde. Der ganze Weg hierher, und das mit Kind und Kegel, da kann man doch nicht ausschauen wie das blühende Leben."

„Bliehendes Le'm! Se sin' jut! De Frau is' so krank, daß wa bald alle hier Blut husten wer'n!"

Die junge Treskow spürte, daß es keinen Zweck hatte, Marie weiter zu widersprechen. So schleppten sie gemeinsam die Bettstatt aus dem Gästezimmer über den Korridor in den anderen Raum. Nachdem die Bettgestelle zusammengerückt waren, verließ Antonia den ersten Stock und ging hinüber in den Stall.

Sie zog die Außentür hinter sich zu und schritt zielstrebig auf Bricks Einstand zu, als sie ungewöhnliche Geräusche hörte. Sie dachte sofort an eine Ratte und schnappte sich die nächste Mistgabel. Regungslos lauschte sie und vernahm wieder ein Rascheln, das aus Ludgers Box kam. Die Forke fest in einer Hand, schlich sie hin und zog lautlos die Tür auf. Sie wollte schon mit der eisernen Gabel in das Einstreumaterial stechen, als sie einen dünnen Arm sah. Antonia warf die Gabel auf die Stallgasse, schob sich an dem Wallach vorbei und griff ins Stroh. Ein gellender Schrei erschreckte nicht nur die Pferde. Sie hatte Siegmund am Hosenbund und zerrte ihn aus der Box.

„Vermaledeiter Bengel! Raus hier, eh' ich dir eine Tracht Prügel verabreiche!"

Der Knabe rannte wie von der Tarantel gestochen aus dem Stall. Antonia lehnte sich gegen die kühle Stallmauer und schüttelte heftig den Kopf.

„O mein Gott! Was wird das noch geben?"

~~~

Die Sonne war gerade aufgegangen, als Frau Treskow sich auf den Weg nach Schloßwalde machte. Antonia schlurfte müde vom Gärtnerhaus hinüber zum Hof und sah die kleine Kutsche gerade noch abfahren. Gähnend kam sie in die Küche und ließ sich gleich neben der Tür auf die Holzbank fallen. Marie registrierte die junge Frau, ohne hinsehen zu müssen, und trug einen Becher Milch zum Tisch.

„Na, Fräuleinche', jut jeschlafen?"

Antonia nahm dankend den Becher an und trank einen großen Schluck.

„Habe kein Auge zugetan! Demnächst kommen die Russen aus dem Lager. Die Haferernte steht vor der Tür, die Pferde müssen dringend mehr Bewegung haben, und ich muß mich nach einem Bullen umsehen, denn den von Kakies nehmen wir dies Jahr ganz bestimmt nicht!"

Marie stellte einen Teller vor Antonia hin und reichte ihr ein Messer.

„Essen Se erst mal was, dann denkt sich's leichter."

„Essen? Wenn ich nur daran denke, wieviel die alle fressen, da habe ich schon gar keinen Appetit mehr!"

„Na nu', de Kaleins ham doch was mitjebracht, und de Russen kriejen aus'm Schweinetopp. Für de Säue muß ich doch sowieso jeden Tag 'nen Zuber kochen. Se wer'n's nich' glau'm, ich probier'
~~~

auch immer, ob de Kartoffeln un' alles auch jut jenuch sin'! Un' was ich probieren kann, des könn' de Iwans auch fressen!"

„Kann sein. Aber …"

„Nuscht aber, jetzt kriejen wa endlich Männer für de Ernte un' de schwere Arbeit!"

Antonia nahm zögernd einen Schluck aus ihrer Tasse und nickte dann.

„Wird schon alles seinen Weg finden. Die Russen können dann auch endlich den Schweinestall …"

Ein Luftzug streifte ihr Haar, und sie drehte sich zu dem kleinen Eingang, der vom Hof in die Küche führte. Brunhild, die älteste Tochter der Kaleins, kam schüchtern in die Küche.

„Heil Hitler!"

Antonia zuckte innerlich zusammen und verzog den Mund.

„Den kannst du hier getrost vergessen!"

Das Mädchen starrte die junge Frau aus großen dunklen Augen an.

„Auch recht. Juten Morjen!"

Marie stemmte beide Arme in die Hüften und sah die schwarzhaarige Schönheit an.

„Du bist de Brunhilde? Na, jut jeschlafen?"

Das Mädchen trat einen Schritt nach vorn und sah zu Boden.

„Sin' Se mir nich' dwatsch, aber ich heiß' nur Brunhild, un' jeschlafen ham wa alle wie de Bär'n. De Kleinen liejen jetzt noch in de Betten. Ich wollt' nur frajen, ob ich was Milch wärmen könnt', 's Waltherche' muß seine Flasche ham."

„Nu' setz dir ma' un' iß was, vielleicht kriecht's Fräulein Treskow dann auch 'nen Hunger."

Antonia konnte nicht anders, sie mußte die ganze Zeit das schlanke Mädchen anstarren, deren blauschwarz glänzendes Haar wie ein Schleier das feingeschnittene Gesicht umrahmte.

„Na, setz dich doch. Marie wird schon machen."

Das Mädchen ging um den Tisch und setzte sich auf die Eckbank.

„Danke."

„Schon gut. Jetzt muß ich noch einmal überlegen. Ihr seid zu sechst und kommt aus der Nähe von Ragnit."

Das Mädchen nahm dankend eine Tasse mit Milch an und sah versonnen in die weiße Flüssigkeit.

„Wa sin' achte, wenn Se erlau'm. Großmutter, Großvater, Mutter, Matthieu, Adolf, Siegmund, Waltherchen un' ich."

Antonia besah sich ihr Messer und beschloß nun doch etwas zu essen.

„Ach ja, den Franzosen hatte ich ganz vergessen."

„Is' kein Franzos', er kommt aus Belchien."

„Auch gut, und wer ist Adolf?"

„Mein jüngerer Bruder. Den wer'n Se jar nich' merken, daß der da is'. Der is' immer schon 'n bißchen verschlossen. Am liebsten sitzt der in 'ner Wiese, guckt im Himmel, kaut an'm Grashalm un' schreibt so komische Jedichte, die niemand versteht. Un' wenn er nich' irjendwo nutzlos rumsitzt, denn liest er alles, was ihm in de Hände kommen tut. Bei uns daheim, da hat er immer beim Pfarrer jehockt un' in den seine Bibliotheke alles jelesen, was es so jab. Der hat sogar de Bibel verschlung'. Meine Mutter sacht, der wird mal 'n Jelehrter."

Marie stellte einen Teller mit Käse vor die beiden jungen Frauen und gab Brunhild Teller und Messer.

„Nu' wird jegessen!"

Antonia schnitt große Scheiben vom Brotlaib ab und gab eine dem Mädchen.

„Und wo ist eigentlich dein Vater?"

„An die Front, irjendwo, wa wissen nuscht von ihm. De letzte Feldpost kam aus Bukarest. Da Adolf sacht, 's wär' irjendwo in Rumänien."

„Wann war das?"

„Warten Se, da Siegmund hatte jerade Jeburtstach jehabt, 's muß im Juli jewesen sein."

Marie sah den beiden zu, wie sie mit Appetit aßen, und nahm die inzwischen warme Milch vom Herd.

„Deine' Mutter jeht's auch nich' so jold?"

Brunhild riß ihre großen Augen noch weiter auf und ließ ihr Brot sinken.

„Nee, nee! Se is' nur immer 'n bißchen müde!"

Die gewichtige Köchin setzte sich neben das Mädchen auf die Bank und nickte.

„Müde is' se, ja. Aber hat se auch Fieber?"

Brunhild versuchte aufzustehen, doch Marie saß ihr im Weg.

„Meine Mutter hat uns den janzen Wech hierher ..."

Marie nahm das in Tränen aufgelöste Mädchen in ihre kräftigen Arme.

„Kleines, is' ja jut! Euch passiert schon nuscht, wenn ihr hier seid!"

Das Mädchen schniefte und wischte sich mit dem Handballen über die Nase.

„Se ham uns schon mal rausjeworfen, bei Insterburg. Da ham se jesacht, mit eure' Schwin'süchtige könnt ihr hier nich' blei'm!"

Marie sah Antonia triumphierend an.

„Schwindsucht!"

Die junge Treskow stand auf und ging, den letzten Bissen noch im Mund zur Tür zur Halle.

„Deine Mutter ist noch oben in ihrem Zimmer?"

„Se schmeißen uns auch raus?"

„Nix da! Will nur sehen, wie es ihr geht und ob sie einen Arzt braucht."

„Wa ham kein Jeld für'm Doktor. Ham schon bei uns daheim keins jehabt!"

Antonia wollte gerade die Tür schließen, als ihr Marie nachkam.

„Se' jehen da nich' rauf! Das is' ansteckend!"

„Marie, laß mich! Weiß schon, was ich tue."

Die Köchin ließ die Hände sinken und sah, wie Antonia, zwei Stufen auf einmal nehmend, die Treppe hinaufsprang.

Zunächst zaghaft, dann fester klopfte sie gegen die Tür des Gästezimmers.

„Frau Kalein?"

Sie hörte ein röchelndes Husten.

„Frau Kalein?"

Die Tür wurde geöffnet, und fieberglänzende Augen starrten Antonia an.

„Ja?"

„Frau Kalein, ich muß Sie sprechen!"

Die Kranke hielt sich ein Taschentuch vor den Mund, drehte sich weg und hustete so, daß es Antonia grauste.

„O Jottche', war der Siegmund wieder bei Ihr'n Pferden?"

„Darum geht es jetzt nicht. Frau Kalein, ich will wissen, wie krank Sie sind!"

Eine bekannte Stimme zeterte von hinten.

„Die Frau muß aus dem Haus!"

Sie drehte sich um und sah ihre Mutter die Treppe hinaufsteigen.

„Wer hier aus dem Haus muß oder nicht, da habe ich ein gewaltiges Wort mitzureden, liebe Mama!"

Frau Treskow hielt sich ein frisches, spitzengefaßtes Tüchlein vor Mund und Nase und näherte sich ihrer Tochter.

„Ich habe diese Person die ganze Nacht husten hören. Heute früh war ich bei unserem Hausarzt und schilderte ihm alles. Er meinte, es sei Tuberkulose und daß sie hochinfektiös sei!"

Antonia sah ratlos zwischen den beiden Frauen hin und her.

„Frau Kalein, legen Sie sich wieder hin. Marie kümmert sich schon um Ihre Kinder, und außerdem haben Sie ja noch Brunhild."

Die bleiche Frau mit dem schweißnassen Gesicht erschauerte und verschwand in ihrem Zimmer.

Antonia wandte sich nun zu ihrer Mutter.

„Mama. Glaube, wir sollten einmal ernsthaft miteinander reden. So kann das zwischen uns doch nicht weitergehen!"

Ihre Mutter hielt sich immer noch das Tuch vors Gesicht.

„Wie recht du hast, so kann es wirklich nicht weitergehen! Dein Anspruch, das Gut zu leiten, ist durchaus berechtigt, und ich ließ dir dabei freie Hand. Aber Kranke und Sieche hier einzuquartieren, uns alle dem Tod auszuliefern, das ist zuviel!"

„Habe die Leute nicht einquartiert, das war Romeike."

„Ja, ja, das weiß ich wohl! Natürlich sind diese Flüchtlinge arme Hunde und müssen irgendwo unterkommen, aber du bist schuld, daß ausgerechnet wir diese Schwindsüchtige bekommen haben! Schließlich hast du ..."

Antonia nahm ihre Mutter energisch am Handgelenk und zog sie in deren Schlafzimmer. Mit einem Knall ließ sie die Tür ins Schloß fallen.

„Die Frau braucht in erster Linie Ruhe! Wenn du mich weiter anschreien willst, tue es hier."

Frau Treskow ging zu einem kleinen Tisch, nahm die dort liegende Bibel und verschränkte die Arme mit dem Buch in der Hand vor ihrer Brust.

„Die Frau muß hier weg!"

Antonia sah sich im Zimmer um; es hatte sich einiges verändert. Über dem Bett der Mutter hing nicht mehr das alte Bild, sondern eine Pietà. In der Ecke neben dem Fenster befand sich ein kleiner Altar. Nur auf der wuchtigen Kommode standen noch die in Silber gerahmten Bilder der Familie. Das von Hartmut und eines ihres Vaters waren mit einem Trauerflor versehen.

Sie setzte sich auf einen Hocker vor dem Schminktisch und schlug die Beine übereinander.

„Mama, sei einmal realistisch! Sie kann nicht weg."

Trotzig stampfte Antonias Mutter mit dem Fuß auf.

„Aber sie muß!"

Antonia nahm ein Kristallfläschchen vom Tisch und sah es an.

„Warum bist du so bitter? Früher kannte ich dich so nicht."

Frau Treskow ließ die Bibel sinken, rückte mit einer Hand ihr Haar zurecht und ging um ihr breites Bett zum Fenster. Sekundenlang sah sie hinaus und drehte sich dann um.

„Früher, ach früher. Ich mußte so sein, es wurde von mir verlangt. Ich war Ehefrau und Mutter, niemand hat mir eine andere Möglichkeit gelassen. Ich wurde immer gezwungen, alles wurde mir auf die Schultern geladen, und mit niemandem konnte ich darüber reden."

„Aber du hattest doch Vater."

Antonias Mutter sank in sich zusammen und setzte sich auf ihr Bett.

„Dein Vater! Der hatte auch immer nur seinen Kopf, so wie du! Er hat mir nie zugehört, es interessierte ihn einfach nicht."

„Wart ihr denn nicht glücklich?"

Frau Treskow lachte höhnisch.

„Glücklich? Ich wollte deinen Vater nicht heiraten. Eigentlich wollte ich gar nicht heiraten!"

„Warum hast du es trotzdem getan?"

„Ich konnte als Tochter nicht einfach aufbegehren, so wie du es dauernd tust!"

„Hast du es versucht?"

„Ich war die letzte von vier Töchtern, die es zu verheiraten galt, und ich war die älteste. Ich habe alle Männer vergrault, die an mir Interesse zeigten. Der eine war zu alt, der nächste war bloß ein Beamter, und so weiter. Meine jüngste Schwester, deine Tante Trude, hat den Alten genommen; sie gebar ihm ein Kind, und als er wenig später starb, war sie frei. Paula hat den Beamten geheiratet und ist inzwischen geschieden."

„Aber Vater war doch ein so gütiger Mensch! Habe nie ein böses Wort von ihm gehört. Was war ..."

„Nie ein böses Wort, natürlich, du warst ja sein Augenstern! Auch deinen Bruder wollte er auf seine Seite bringen, aber da war ich davor!"

„Wie – auf seine Seite?"

Frau Treskow stand auf und zog ihre Kostümjacke aus. Ärgerlich warf sie sie aufs Bett.

„Ohne mich gäbe es Treskow schon lange nicht mehr! Ich wollte meinen Anteil, wenigstens bei den Kindern. Hartmut sollte Treskow übernehmen! Er war immer auf meiner Seite!"

„Aber Mama! Warum solch harte Fronten? Vater und du, ihr wart doch Eheleute, eine Lebensgemeinschaft!"

„Ehe? Ich war hier gefesselt! Ich hatte keine Möglichkeit, etwas anderes zu tun, als hier zu hocken und es über mich ergehen zu lassen."

„Hast du das Gut gehaßt?"

Frau Treskow lief zu dem kleinen Altar und bekreuzigte sich mehrfach.

„Hartmut starb, und damit starb auch ein Teil von mir."

„Das verstehe ich nicht."

„Dein Vater wollte nicht, daß ich irgend etwas anderes tue, als Frau und Mutter zu sein, obwohl ich sah, daß er einfach keine Hand für Finanzen hatte. Er war ein Träumer! Hartmut sollte das Gut führen, mit ihm hätten wir bald gut dagestanden."

Antonia stellte den Flakon zurück an seinen Platz und stand auf.

„Hartmut ist tot, Vater ist tot, und mich wolltest du verheiraten, so wie du verheiratet wurdest. Wolltest du Treskow für dich?"

„Als August verschwand, war mir klar, daß er nicht zurückkommen würde. Ich hatte schon alle wichtigen Papiere gesichtet; nun wäre ich an der Reihe gewesen."

„Du meinst, du hast ein Testament gefunden?"

Wieder bekreuzigte sich die Mutter.

„Ich hätte Treskow endlich wieder zu dem gemacht, was es einmal war: ein Juwel!"

„Mama! Hast du ein Testament gefunden?"

Frau Treskow ging zu ihrem Bett und setzte sich seufzend.

„Ja. Aber ich wollte es nicht wahrhaben! Ich habe das Gut damals gerettet. Ich konnte es nicht ertragen ..."

„Was?"

„Was willst du noch? Treskow gehört dir! Und nun geh, bitte!"

Antonia ging zu ihrer Mutter und sah sie flehend an.

„Wir können es doch zusammen ..."

„Geh!"

Antonia tat der Rücken weh, und sie stützte sich auf die Mistgabel. Traurig besah sie sich den Kuhstall und streckte sich. Nach einer kurzen Pause stellte sie sich vor die Schubkarre, hob kraftvoll die beiden Griffe an und schob den Dung hinaus zum Misthaufen. Sie steuerte zielsicher über eine auf den alten Unrat gelegte Planke und kippte mit einem gekonnten Ruck den Inhalt der Karre an seinen Platz.

„Fräulein Treskow, wa könn' essen!"

Sie drehte sich um und sah Brunhild müde an.

„Danke. Sag Marie, daß ich heute nichts möchte."

Das Mädchen verschwand ohne ein weiteres Wort. Antonia griff sich die Forke und mistete weiter aus. Rasch war die Karre wieder gefüllt und der Stall nun vom Mist befreit. Sie schob die Last nach draußen und stellte sie ab. Mit einem Schlauch spülte sie den restlichen stinkenden Unrat in eine Rinne, die zur Jauchegrube führte.

Plötzlich stand Marie an ihrer Seite.

„Na nu', Fräuleinche'! Wa könn' doch nich' nuscht essen!"

Die junge Frau ging nach draußen, um den Wasserhahn zuzudrehen, und die Köchin folgte ihr auf dem Fuß.

„De Arbeit in allen Ehren. Aber so machen Se sich nur kaputt!"

Antonia schüttelte den Kopf, eilte zurück zum Stall, nahm sich einen Hofbesen und begann die Reste zusammenzukehren. Marie ging nun die Geduld aus. Sie nahm ihr den Besen aus der Hand, stellte ihn beseite und vergrub die geballten Fäuste in den Schürzentaschen.

„Seit de Edith nich' mehr da is', da sin' Se nu' wirklich en Kapitel fir sich!"

Beinahe schuldbewußt dreinschauend stand Antonia vor der resoluten Angestellten und schüttelte erneut den Kopf.

„Hat nichts mit Edith zu tun! Die kann meinetwegen bei ihrem Vater versauern, wenn sie will!"

Die Köchin nahm ihre Hände aus der Schürze und stemmte sie in die Hüften.

„Na, was is' es denn?"

Antonia wischte sich mit dem Armrücken über die feuchte Stirn.

„Meine Mutter!"

„Se hatten vorhin Streit?"

„Nicht direkt. Sie hat endlich offen mit mir gesprochen."

„Na, was 'n Glick, nu' jeht's endlich ..."

„Nichts wird gehen! Meine Mutter wollte das Gut leiten. Hat sich seit Jahren offenbar nichts anderes gewünscht. Sie hat meinen Vater, glaube ich, nicht besonders gemocht. Hartmut sollte möglichst bald an seine Stelle treten. Nach Vaters Tod hat sie sein Testament gefunden. Er hat wohl alles mir überschrieben und seine Frau vollkommen übergangen!"

„Nu' aber, das kann se Ihn' doch nich' zum Vorwurf machen! Wenn er's so verfiecht hat, im Testamente."

„Ich glaube, deswegen hat sie getrunken. Sie wollte eigentlich nie heiraten. Als sie dann verheiratet war, wollte sie den Hof mitführen. Immer ist ihr ein Strich durch die Rechnung gemacht worden. Und ich habe meinen Bräutigam abgelehnt. Führe das Gut. Habe alles, was sie immer wollte! Das macht sie mir zum Vorwurf!"

„Na, aber das mit de Sauferei is' doch auch vorbei, un' Se ham doch nu' alle Vollmacht, inzwischen. Ihre Mutter ..."

„Hat nun nur noch den lieben Gott im Kopf. Ihr Glaube hat ihr wohl geholfen, mit dem Trinken aufzuhören, aber ..."

Antonia drehte sich um, ihr war übel. Marie nahm sie in den Arm und drückte sie an sich.

„Was jibt's denn noch?"

„Sie haßt mich einfach!"

„Nee, Se sin' doch ihr eijen Fleisch un' Blut, se kann Se jar nich' hassen!"

„Dann wird sie Edith hassen!"

„Ach so! Jetzt versteh' ich! Na nu', wenn Se den Weech jehen wollen, denn missen Se wirklich damit le'm, daß Ihre Frau Mutter da anders drieber denken tut."

„Und was denkst du?"

„Fräuleinche', was ich denk', is' meine Sach', hat nuscht mit meine' Arbeit hier ze tun. Das war immer meine Haltung. Ich seh' nuscht un' ich hör' nuscht von die Herrschaft. Jeht mir nuscht an!"

„Du haßt mich also nicht?"

„Wie sollt' ich? Ich hab' Se schon auf de Knie jeschaukelt, da konnten Se noch nich' ma' auf'n Topp jehen. Un' schon damals, als Se denn anjefang' ham ze laufen, wußt' ich, daß Se besser en Bowke jeworden wären. Vor Ihn' war nuscht sicher!"

„Danke!"

„Nuscht! Jegessen wird, in de Küche is' noch alles warm!"

Antonia stand neben der Koppel und besah sich Tarantino, den sie nach draußen geholt hatte. Der Hengst machte einen müden Eindruck; sie spürte, daß er darunter litt, ungefordert zu sein. Fast mühevoll stakste er dahin, hob und senkte den Kopf.

„Tara!"

Das Pferd machte sofort kehrt und lief schnelleren Schrittes auf die junge Frau zu. Vor ihr reckte er den Hals und schnaubte. Antonia tätschelte ihn und pfiff durch die Zähne.

„Tara, lauf!

Der Hengst machte einen Bocksprung und blieb stehen.

„Mensch, Tarantino, ich kann nicht mit dir raus. Würde gerne, aber ..."

Resigniert schüttelte sie den Kopf.

„Kann so nicht weitergehen! Die Tiere brauchen Bewegung. Bewegung ist das A und O!"

Aus dem Augenwinkel konnte sie den Kalein-Nachwuchs erkennen. Die Kinder liefen den Weg von der Kate, in der sie untergebracht waren, die wenigen hundert Meter zum Hof hin. Sie sah, wie Adolf gemächlichen Schrittes hinter seinen Geschwistern herschlich. Keines schien Antonia wahrgenommen zu haben, außer Siegmund, der freudig winkend auf sie zugerannt kam. Sie drehte sich demonstrativ um, hatte der Bengel sie in den letzten Tagen doch fast um den Verstand gebracht. Immer, wenn sie nach den Pferden sah, war er irgendwo unerlaubt im Stall. Mal saß er bei Brick im Einstand, mal fütterte er Ludger, doch niemals fragte er um Erlaubnis.

„Fräulein Antonia! Das is' 'n toller Hengst. Kann nur ein Trakehner sein, das seh' ich! De Aujen, da Kopp, de Stirn, des is' 'n Trakehner! Wissen Se auch, daß de Trakehner von 'e Schweike abstamm'? 's sin' Nachfahren von wilde Tarpane, un' denn veredelt mit englische' Vollbluthengste'."

„Siegmund! Weiß ich alles schon. Geh jetzt mit deinen Geschwistern frühstücken!"

„De missen bewecht wer'n! De könn' Se nich' immer so in 'n Stall rumstehen lassen!"

„Weiß ich wohl auch!"

Der Junge sah Antonia ins verärgerte Gesicht.

„Se sin' doch so scheen, de Pferde."

„Ja, sind sie. Aber wenn ich dich noch einmal im Stall erwische, dann setzt es ein heiliges Donnerwetter!"

„Wenichstens zum Füttern?"

„Nein und nochmals nein!"

Er zog den Kopf zwischen die Schultern und trabte davon. Antonia betrat die Koppel und schwang sich auf den bloßen Rücken des

Hengstes. Nach einigen Bocksprüngen ließ er sich durchparieren. Sanft wie ein Lamm machte er ihre Gehorsamsübungen mit, bis Marie an der Koppel erschien.

„Fräulein Antonia! Friehstickche'!"

„Der Himmel bewahre mich davor, mit den Rangen an einem Tisch sitzen zu müssen!"

„Was 'n nu' wieder los?"

„Dieser Frechdachs, der Siegmund. Er raubt mir den letzten Nerv!"

„Se waren auch nich' anders in sei'm Alter! Immer nur de Pferde im Kopp!"

„Waren ja auch unsere!"

„Fräulein Antonia, Se ham doch selbst jesacht, daß de Pferde besser auf de Weide sollten."

„Ja, und?"

„Der Siegmund könnt' doch auf se aufpassen."

„Wenn jemand kommt und die Pferde mitnehmen will, was dann?"

„Dann jeht eben da Adolf noch mit. Einer von beiden wird schon Alarm schlagen!"

„Überlege es mir."

Marie sah, wie die junge Frau das mächtige Pferd dazu brachte, ein paar Schritte seitwärts zu laufen.

„Un' Ihr Friehstick?"

„Später!"

„Na, wie Se mein'. Aber glau'm Se nich', daß denn noch was da is'!"

Antonia nickte und schaute Marie nach, die ärgerlich vor sich hin murmelnd zurückeilte. Sie konzentrierte sich, versammelte das Pferd und wechselte durch die ganze Bahn. Nach einer Weile gestrenger Unterweisung gönnte sie Tarantino eine Pause und öffnete das Gatter der Koppel. Dann schwang sie sich wieder auf seinen Rücken und ließ ihm freien Lauf. Der Trakehner ließ sich nicht lange bitten, trabte nur ein kurzes Stück, und schließlich ging es im wilden Galopp hinaus in die spätsommerliche Landschaft.

Sie wußte, daß ihre Zeit knapp bemessen war und lenkte das Pferd in großem Bogen wieder auf Treskow zu. Immer noch im Galopp preschte sie die Eichenallee entlang und durch das große Tor. Ausgepumpt stoppten Roß und Reiterin auf dem gepflasterten Hof. Sie stieg ab und wollte Tarantino gerade abreiben, als Brunhild vor ihr stand.

„Reiten Se oft?"

„So oft es geht."

„Ham Se kei'm Sattel?"

Antonia rieb auf dem schweißglänzenden Fell des Trakehners herum.

„Hier hat jedes Pferd seinen eigenen Sattel."

„Oh! Se ham gleich mehrere Sättel! Warum reiten Se dann ohne?"

„Hat sich so ergeben."

Brunhild sah zu, wie die junge Treskow dem Tier die Beine mit dem Schlauch abspritzte.

„Kann man ma' mitkomm'?"

„Wie?"

„Na, en Ausritt?"

„Du kannst reiten?"

„Ja, sojar ohne Sattel. Bei uns daheim hatten wa nur ein'."

„Überlege es mir."

Brunhild trat nah neben Antonia und sah sie an.

„De andern missen bestimmt auch Bewechung ham?"

„Ihr scheint ja allesamt Pferdekenner zu sein."

Mit einem steinerweichenden Blick sah die Siebzehnjährige Antonia an und bekniete sie, mit ihr ausreiten zu dürfen.

„Nur 'ne halbe Stunde!"

„Habe noch einiges zu tun."

Tarantino war bereits in seinem Einstand und versorgt, als Antonia das kehlige Schnaufen von Brick hörte. Wie lange hatte sie ihre Lieblingsstute schon nicht mehr unter dem Sattel gehabt! Sie drehte sich um, und da war er wieder, der Augenausdruck, mit dem man einen Fels zum Weinen hätte bringen können.

„Na gut. Zeige einmal, was du kannst!"

Sie lief mit dem Mädchen in die Sattelkammer und zeigte ihr das Zeug für Bonzo. Als sich die Siebzehnjährige in den Sattel schwang und außer dem Gurt auch noch die Steigbügel nachstellte, war Antonia überzeugt davon, daß sie keinen Fehler gemacht hatte. Rudolf kam vorbei und beguckte sich die beiden erstaunt.

„Wie lang' wollen Se denn wech?"

„Nur eine kurze Runde. Brunhild hat mich überredet, und den Pferden wird es guttun!"

„Nu' jut. Se wissen doch, heut' sollen de Russen komm'!"

„Ja. Haben mir aber keine Uhrzeit gesagt!"

Zunächst ritten sie im Schritt aus dem Tor auf die Allee. Brunhild zählte die alten Eichenbäume.

„Fräulein Treskow, es sin' dreiun'vierzig Eichen. Mit der, die vom Blitz jetroffen is', sin's vierun'vierzig. Hat de Zahl 'ne Bedeutung?"

„Weiß ich nicht."

Antonia trabte an und drehte unauffällig den Kopf. Ohne Mühe brachte auch Brunhild den Wallach zum Traben. Im Arbeitstrab ging es weiter durch die Landschaft, der der nahende Herbst anzumerken war. Das schwarze Haar des Mädchens flatterte offen im Wind, und sie überholte, zu Antonias Überraschung noch im Trab, völlig korrekt aussitzend ihre Brick.

„Wo hast du reiten gelernt?"
„Auf'm Pferd!"
Diese Antwort gefiel Antonia, und sie galoppierte an, um Brunhild einzuholen. Die drehte den Kopf, lächelte und brachte den sonst eher behäbigen Bonzo sogleich dazu, ebenfalls zu galoppieren.
Das gleichmäßig knarrende Geräusch des Lederzeugs in den Ohren, schaute Antonia dem Mädchen nach und trieb Brick nach vorn.
„Teufel aber auch! Schön ist sie und reiten kann sie ..."

Die Sonne stand gleißend hell am Himmel, und ein Greif zog hoch über den Feldern seine Kreise. Brick und Bonzo standen friedlich nebeneinander vor einer Viehtränke. Antonia schlug sich mit ihren Reithandschuhen auf den Oberschenkel.
„Gute Güte. Habe vollkommen die Zeit vergessen!"
Brunhild stand versonnen lächelnd an eine Pappel gelehnt und nickte.
„De Zeit verjeht wie im Flug."
„Wir müssen unbedingt auf dem kürzesten Weg zurück! Habe heute noch allerhand zu tun."
„Ihre Frau Mama, was macht die eijentlich 'n janzen Tach so?"
Antonia ging langsam aus dem Schatten des Baumes zu den Pferden hinüber.
„Brunhild, ich heiße Antonia, und du kannst gerne du zu mir sagen."
„Järne doch! Aber was is' denn nu' mit deine' Mutter?"
Antonia stieg auf, sah in den klaren Himmel und nahm die Zügel auf.
„Kann ich dir nicht erklären. Verstehe ich selbst nicht."
Endlich saß auch Brunhild wieder im Sattel, und im wilden Galopp ging es zurück zum Gutshof. Schon von weitem konnten sie auf dem Hof einen Lastwagen, ein Wehrmachtskraftrad und einen Kübelwagen erkennen. Antonia faßte die Zügel nach und verlangsamte das Tempo.
„Jetzt wird es ernst!"
Im gemächlichen Schritt kamen die beiden Frauen auf das Anwesen.
Rasch waren sie abgestiegen, und Brunhild erbot sich, die Pferde abzusatteln und trockenzuführen. Antonia nahm das Angebot dankend an und schritt, die Situation noch nicht ganz erfassend, auf einen Mann in Uniform zu, dessen Rang sie an Kragen- und Schulterpatten seines Waffenrockes erkannte.
„Heil Hitler, Oberleutnant!"

„Heil Hitler! Sie sind bestimmt diejenige, auf die wir schon seit über einer Stunde warten?"

„Treskow, Antonia Treskow, Herr Oberleutnant. Bitte meine Verspätung zu entschuldigen. War kein genauer Zeitpunkt ausgemacht."

Der Mann drehte sich von ihr weg und machte eine Handbewegung.

„Absitzen!"

Ein Oberfeldwebel begann mit einem Knüppel gegen die Ladefläche des Lastwagens zu schlagen.

„Runter da, ihr faulen Säcke! Dawai, büstro, büstro! Na, macht schon!"

Im Eiltempo sprangen neun zerlumpte Gestalten heraus und stellten sich sofort nebeneinander in einer Reihe auf.

„So, das sind Ihre Arbeitskräfte. Unterfeldwebel Merker wird sich mit Ihnen deren Unterkunft ansehen und ein paar Tage hierbleiben, bis Sie mit den Iwans klarkommen."

Antonia sah sich die neun Männer an, die in zerrissener Uniform und teils ohne Schuhe wie versteinert dastanden.

„Und Bewachung? Mir wurde zugesagt, daß für Bewachung gesorgt wird."

„Das macht Merker. Er hat drei Ukrainer dabei, die werden die Brut schon im Zaum halten."

„Und ..."

„Fräulein Treskow, alles, was Sie noch wissen müssen, sagt Ihnen Merker. Bin sowieso schon zu spät! Heil Hitler."

Sie sah dem Wehrmachtsoffizier nach, der hastig in een Kübelwagen sprang und den Arm hob. Ein Ruck ging durch die aufgestellten Russen, die wußten, was der Wink zu bedeuten hatte. Ohne Erlaubnis rannten sie auf den Lastwagen zu, der, eine gewaltige Rußwolke hinterlassend, langsam anfuhr. Einer der Gefangenen konnte auf die Ladefläche springen und nacheinander etliche Bündel herunterwerfen. Schließlich sprang er selbst von dem fahrenden LKW und schlug auf das Pflaster des Hofes. Antonia zuckte zusammen und wollte zu dem Gestürzten eilen, doch der Unterfeldwebel hielt sie zurück.

„Der kommt schon von alleine auf die Beine!"

Die anderen Russen sammelten ihre Habe ein und stellten sich sofort wieder in einer Reihe auf.

Die junge Treskow konnte das Geschehen kaum fassen und drehte sich um. Sie sah Brunhild Brick eine Decke überwerfen und ihr Blick wurde starr.

„Edith?"

Merker trat an sie heran.

„Junge Frau, wir haben jetzt ein paar Sachen zu klären!"

Antonia konnte nur mit Mühe den Blick von ihrer rothaarigen Freundin reißen, die mit düsterer Miene in Brunhilds Nähe stand.

„Was gibt es?"

Der Soldat trat gegen eine Rolle Stacheldraht, die auf dem Hof lag.

„Wo sollen die Iwans denn hin?"

„Moment!"

Sie rannte über den Hof zum Kücheneingang und stieß die Tür auf.

Eigentlich wollte sie Marie fragen, wo Rudolf sei, doch die Nachfrage erübrigte sich. Der alte Mann saß qualmend auf der Eckbank.

„Rudolf! Warum hast du den Männern nicht gezeigt, wo die Russen hin sollen?"

„Es hat mir niemand danach jefracht."

Antonia trat ungehalten gegen den Türrahmen.

„Darf ich dich daran erinnern, daß du hier angestellt bist!"

Marie erschrak so über die Lautstärke der jungen Frau, daß der Topf in ihren Händen krachend zu Boden fiel.

„Fräulein ..."

„Kein Wort mehr! Ihr laßt Offiziere einfach so auf dem Hof herumstehen! Habt ihr den Verstand verloren? Wir haben doch schon genug Schwierigkeiten!"

Rudolf stand auf und steckte sich seinen Stumpen zwischen die gelben Zähne.

„Anjestellt bedeutet, daß wa Anweisungen bekomm', un' wenn uns niemand nuscht sacht, denn tun wa auch nuscht!"

Die junge Frau sah dem Mann kalt in die Augen.

„Ich rede mit euch. Wenn ihr Befehle wollt, dann müßt ihr es nur sagen!"

Sie verließ die Küche, rannte zu Edith und sah sie kopfschüttelnd an.

„Mein Gott, wo kommst du denn her? Es wäre besser gewesen, du hättest dich vorher angemeldet. Mir steht die Arbeit bis ..."

Die junge Romeike drehte ihren Kopf zu Brunhild, die gerade Bonzo fertig hatte und ihm sein Stallhalfter umlegte.

„Zeit zum Ausreiten hast du ja offenbar noch."

In diesem Moment ertönte Merkers scheppernde Stimme.

„Na, was ist jetzt mit dem Quartier?"

Hastig ging sie zu dem Soldaten.

„Kommen Sie mit."

Merker ließ die junge Frau ein paar Schritte vorgehen und winkte die Ukrainer zu sich.

„Abteilung links um! Ohne Tritt, Marsch!"

Antonia wagte nicht, sich umzudrehen. Sie ließ die Scheune mit der Tenne links liegen, lief an der Schmalseite des Schweinestalles und an der Kuhle vorbei zu einem ehemaligen Stallgebäude. Sie hatte Eberhardt angewiesen, dort Ordnung zu machen und einzustreuen. So kam die Marschkolonne in einem großen, mit sauberem Stroh ausgelegten Raum an. Die junge Treskow blieb neben dem Eingang stehen, und der Troß marschierte hinein. Merker kam sofort wieder heraus.

„Das ist das Grand Hotel für die Iwans. Gibt ja sogar fließendes Wasser."

Antonia sah dem untersetzten Mann ins gelbliche Gesicht.

„In jedem Stall gibt es Wasser."

Er musterte sie von oben bis unten. Ihre schlanke, stattliche Gestalt ließ ihn nicht unbeeindruckt.

„Für das Vieh vielleicht. Aber die da, die brauchen kein Wasser. Lassen Sie den Hahn abstellen, sonst ..."

„Was?"

„Das Russenpack ist schlimmer als Schweine! Haben bei Ihnen die Schweine einen eigenen Wasserhahn?"

Antonia schaute ihn an und zog eine Augenbraue nach oben.

„Bei uns haben auch die Schweine Wasser."

Merker schrie etwas, die ukrainischen Soldaten kamen gerannt und nahmen korrekte Haltung an.

„Zu Befehl?"

„Stacheldraht hier um den Bau, doppelt! Stroh raus und Wasserhahn weg!"

„Jawohl!"

Antonia schüttelte sachte den Kopf.

„Lassen Sie den Männern wenigstens das Stroh!"

„Die haben ihre Decken und damit fertig."

Sie ignorierte seinen Rang und sah ihn an, wie ihn noch keine Frau angeschaut hatte.

„Ein guter Unterstand und gutes Futter sind die Voraussetzung für gutes Arbeiten. Egal, ob es um Mensch oder Tier geht!"

„Nicht bei Russen!"

„Na, dann brauchen Sie mich ja nicht mehr."

Er sah ihr nach und kam sich vor wie ein Schulbub.

„Gnädige Frau! Mein Quartier! Und die Ukrainer ..."

Ihr war bewußt, daß sie jetzt mit dem Feuer spielte. Trotzdem sah sie ihn mit zusammengekniffenen Augen an.

„Mit oder ohne Wasser? Matratzen können wir ja weglassen. Haben doch bestimmt Ihre Decken dabei?"

Merker schnappte nach Luft und war sich bewußt, daß er verbal gegen diese Frau nicht ankam.

„Bitte, mein Quartier!"

„Sie schlafen drüben im Gesindehaus. Wir sind daran vorbeigegangen. Marie, unsere Köchin, wird Ihnen Ihr Bett zeigen."

„Bei den Angestellten?"

„Wäre es Ihnen bei den Russen lieber?"
„Ich bin Offizier der Wehrmacht!"
„Herrgott, ja! Aber wegen Ihnen können wir auch nicht anbauen. Wir haben über ein halbes Dutzend Flüchtlinge einquartiert, und unser Platz ist beschränkt! Und die Ukrainer kriege ich auch noch unter."
Er sah die junge Frau aus großen Augen an. Ihm war es fremd, daß eine Frau so bestimmt auftrat.
„Frau Treskow, wann und wo können wir Essen fassen?"
„Fräulein! Fräulein Treskow! Meiner Mutter gehen Sie besser aus dem Weg. Wegen des Essens sprechen Sie mit Marie. Sie hat Anweisung, alle zu verpflegen."
„Wir kriegen das gleiche wie die Russen?"
Antonia spürte die Unsicherheit des Mannes.
„Keine Angst. Sie werden schon satt, und Bier gibt es auch."
Sie sah im Weggehen, wie die Soldaten den Stacheldraht ausrollten. Brick und Bonzo waren inzwischen vom Hof verschwunden. Brunhild lehnte an der Stallwand, Siegmund sprang vor ihr herum und löcherte sie mit Fragen. Antonia fuhr sich übers Haar und legte beide Hände in den Nacken.
„Brunhild, wo ist Edith?"
„De dicke Marjell von vorhin?"
„Ja! Wo ist sie?"
„Ich glaub', in de Küche."
Siegmund zog Antonia am Ärmel.
„Reiten Se mit mir auch mal raus? Ich bin besser als de Brunhild!"
„Keine Zeit!"
Sie war versucht zu rennen, behielt sich aber angesichts der Kalein-Kinder in der Gewalt und eilte zur Küche. Endlich angekommen, sah sie Edith alleine auf der Eckbank sitzen.
„Mein Gott, bin ich froh, daß du hier bist!"
„Wirklich?"
Sie rutschte zu ihrer Geliebten hin und umarmte sie.
„O ja!"
Edith erwiderte die Umarmung nicht, saß stocksteif da und kniff die Lippen zusammen.
„Brunhild ist richtig angetan von dir."
„Ja, und?"
„Als ich hier ankam, hat Rudolf mir gesagt, du wärst nur kurz weg."
„Habe die Zeit vergessen."
„Und das, obwohl heute diese merkwürdigen Gestalten aus dem Lager hier ankamen?"
Antonia ließ Edith los und stand auf.

„Was meinst du?"

Edith sah ihre Freundin mit feuchten Augen an.

„Ich hätte nicht geglaubt, daß du dich so schnell tröstest."

„Verstehe dich nicht!"

„Du hattest wohl geglaubt, ich käme nicht wieder und hast dann gleich mit der Kleinen angebandelt."

„Mit Brunhild, bist du meschugge?"

„Ja, mit der! Oder mit wem warst du noch stundenlang unterwegs? Das Mädel ist auf jeden Fall hellauf begeistert von dir. Du hättest sehen sollen, wie ihre Augen leuchteten, und ihre Wangen waren rot wie ..."

„Wie was?"

„Aufgeregt eben."

„Was ist denn bloß mit dir los? Du bleibst einfach so sang- und klanglos bei deinem Vater. Hast noch nicht einmal die Zeit, wenigstens anzurufen. Kommst unangemeldet hierher, so als sei nichts gewesen, und unterstellst mir jetzt auch noch, ich hätte was mit Brunhild!"

Edith stand auf, öffnete die Durchgangstür zur Halle und nahm ihren Koffer, den sie dort abgestellt hatte.

„Ich sehe schon, du willst mich nicht mehr bei dir haben."

„Jetzt begreife ich die Welt nicht mehr! Natürlich will ich dich hierhaben! Nichts wünsche ich mir mehr!"

„Und Brunhild?"

„Brunhild, Brunhild, was hast du nur mit ihr?"

„Dann erzähl mir, was ihr den ganzen Vormittag zusammen gemacht habt!"

Antonia war übel vor Zorn darüber, daß ihr Edith derart mißtraute.

„Bin dir überhaupt keine Rechenschaft schuldig! Und nun entschuldige. Habe wirklich eine Menge Arbeit!"

Edith sah, wie Antonia wieder durch den Küchenausgang auf dem Hof verschwand, und sie fühlte sich grauenvoll. Einen Moment lang zögerte sie, dann schleppte sie ihr Gepäck zum Ausgang und hielt nach Rudolf Ausschau, der sie wegbringen sollte. Statt dessen kam Marie mit einem grobgeflochtenen Korb mit Feuerholz um die Ecke.

„Na, bring' Se Ihr'm Koffer zum Järtnerhaus?"

Edith liefen dicke Tränen übers Gesicht. Sie ließ ihre Last sinken und ging langsam die Stufen nach unten.

„Nein, ich gehe wieder."

Die Angestellte stellte ihren Korb auf den Hof und eilte zu der jungen Frau. Sie nahm sie am Arm, zog sie durch den Dienstboteneingang in die Küche und schloß die Tür.

„Is' ja wie im Narrenhause! Was is' denn nu' schon wieder?"

„Ach Marie, ich kann dir das nicht erklären. Ich will nur gehen."

„Sin' Se noch bei Trost? 's Fräulein hat de janze Zeit keen Kopp auf'm Hals jehabt, der war nämlich bei Ihn'! Un' jetzt, wo Se kaum hier sin', wollen Se schon wieder wech?"

„Sie ist so verändert."

„Se hat 'ne Menge um de Ohren. Se ham's doch jesehen! Jetzt ham wa auch noch Russen auf'm Hof. De gnä' Frau is' außer sich, de kocht vor Wut! Denn ham wa noch de Flüchtlinge. Nee, Fräuleinche', wa wissen hier alle nich' so recht, wo uns der Schädel steht."

„Diese Flüchtlinge, vor allem das schwarzhaarige Mädel ..."

„Nu' is' jut, so richtig krätsch!"

„Wie?"

Auf Maries breitem Gesicht spielte ein Lächeln, und sie nahm Ediths Hand mit festem Druck in die ihre.

„Na Se sin' en Huhnche'! Se sin' ja eifersüchtig!"

Edith wurde bis zu den Fußspitzen rot.

„Nein, Marie, so ist das nicht! Du darfst nicht glauben, daß ich ..."

„Was ich glau'm tu', is janz allein meine Sach'. Aber was Se denken, des is', verzeihen Se mir, dwatsch! Se nehm' jetzt Ihr'm Koffer da und jehen rieber ins Järtnerhaus. Denn komm' Se wieder, un' ich jeb' Ihn' was fürs Abendbrot. Un' bei 'ne Flasche Wein sprechen Se ma' miteinander. Morchen frieh is' denn immer noch Zeit, wechzejehen!"

Edith nickte und sah die beleibte Frau ernst an.

„Marie, du darfst nicht glauben, daß wir schlecht sind."

„Se könn' mir 's Holz reinbring', bevor Se rieber jehen."

Es war schon dunkel, als Antonia das Bad im ersten Stock verließ. Ihre Socken in der Hand, ein Handtuch als Turban ums nasse Haar geschlungen, tappte sie barfuß die Treppe hinunter und wollte in die Küche gehen.

„Antonia!"

Die Stimme ihrer Mutter zerschnitt die Stille.

„Ja, Mama, was ist?"

„Das solltest du wissen!"

Die junge Frau war müde, und ihre Augen brannten, als sie ihrer Mutter ins Gesicht schaute.

„Du meinst die Russen."

„Ja, ganz genau!"

„Und?"

„Ich habe ja eingesehen, daß wir Arbeitskräfte brauchen, aber mußten es welche aus dem Lager sein? Die schleppen uns bestimmt Ungeziefer ein."

Antonia spürte die kalten Fliesen unter ihren Füßen, und ein Frösteln überkam sie.

„Ist doch nicht für lange. Nur bis wir den Hafer eingebracht haben. Außerdem wurde mir versichert, daß die Männer alle entlaust wurden."

„Kind, du wirst dich erkälten, mit den nackten Füßen auf dem Stein."

Befremdet von der plötzlichen Fürsorge ihrer Mutter machte Antonia einen Schritt zurück.

„Seit wann kümmert dich meine Gesundheit?"

Frau Treskow lachte auf eine Art, die alles andere als natürlich war.

„Du bist immer noch ärgerlich auf mich? Antonia, ich habe darüber nachgedacht, und du hast recht, daß wir nicht im Streit leben können. Es wäre nicht im Sinne des Herrn, wenn Mutter und Tochter einander bekriegen."

Antonia war hin- und hergerissen. Am liebsten wäre sie ihrer Mutter um den Hals gefallen, doch ein Instinkt hielt sie zurück.

„Ich laß es mir durch den Kopf gehen, Mama. Bin zu müde und habe noch nichts gegessen. Sei mir nicht böse, aber ich möchte jetzt gehen."

Ihre Mutter war sich bewußt, daß sie nur eine geringe Chance hatte, sich mit Antonia zu versöhnen.

„Wir gehören doch zusammen! All die anderen ..."

„Mama, bitte! Ich wünsche dir eine gute Nacht."

Frau Treskow nickte verbissen und sah ihrer Tochter nach, die in der Küche verschwand.

„Gute Nacht."

In der feuchtwarmen Küche dröhnten Heimatlieder aus dem Volksempfänger. Marie sang aus voller Brust mit und war damit beschäftigt, einen großen Topf mit Scheuersand zu reinigen.

„Wo wir uns fiiinden, wohl unter Liiinden zur Abendzaait ..."

„Marie?"

Die Köchin drehte sich um.

„Fräulein Treskow, ich dacht', Se wären schon drie'm!"

„War noch mit Merker beim Traktor. Er meint, er könnte ihn fahren. Bräuchten wir den Viererzug nicht mehr. Bin dann ins Bad, und jetzt habe ich Hunger wie ein Wolf."

„Ihr Abendessen is' schon wech."

„Nein, Marie! Ist doch nicht möglich! Alle kriegen etwas, und nur ich ..."

„Jehen Se einfach rieber, in Ihr Häuschen, dort steht alles."

Antonia prüfte den Sitz des inzwischen klatschnassen Tuches auf ihrem Kopf und sah Marie entrüstet an.

„Was ist das? Neue Sitten? Hat meine Mutter ..."

„Jehen Se. Se stören mir bei de Arbeit! Ich will heut' auch noch ins Bett."

Wenige Minuten später stand Antonia vor ihrem Domizil und sah Licht. Durch die milchigen Scheiben sah sie hinein. Dort saß Edith über ein Buch gebeugt am Tisch. Mit einem Ruck zog sie den nassen Lappen vom Kopf und schüttelte ihr feuchtes Haar. Sie schob die Tür auf und sah die Liebste aus großen Augen an.

„Du?"

Auf dem Tisch standen auf einer schneeweißen Decke zwei Kerzenleuchter, Weingläser und Teller. Es war üppig angerichtet.

„Ich dachte schon, du übernachtest im Kuhstall."

„Aber du wolltest doch weg?"

„Wärst du dann glücklicher?"

Antonia brach der Schweiß aus, ihr Herz raste, und sie umarmte ihre Geliebte so, daß der fast die Luft wegblieb.

„Liebe dich!"

Ein langer, inniger Kuß folgte, und die beiden sahen sich zärtlich an.

„Ich liebe dich auch, und ich könnte es nicht ertragen, dich zu verlieren!"

Antonia sah hungrig auf die angerichteten Speisen.

„Jetzt fang bloß nicht wieder mit Brunhild an!"

„Ich war eifersüchtig."

„Hätte ich auch sein können, schließlich bist du ..."

Edith berührte mit ihren Lippen Antonias Mund.

„Pst! Bitte laß uns nicht streiten. Setz dich und iß, ich erkläre dir ein paar Dinge."

Antonia ließ sich nicht lange bitten und kaute bald mit dicken Backen. Edith nahm eine Scheibe Brot mit etwas kaltem Schweinebraten.

„Du hast gedacht, ich wäre bei meinem Vater."

„Hm!"

„Glaub mir, ich habe mich geirrt. Ich konnte es dort nicht aushalten. Mein Vater ersetzt Gewissen durch Gewissenhaftigkeit. Außerdem kann ich es einfach nicht mitansehen, wie diese Polin den Platz meiner Mutter einnimmt. Da bin ich nach Königsberg gefahren."

Antonia schluckte ihren Bissen hinunter und sah sich nach etwas zu trinken um.

„Königsberg?"

„Ich war bei Karin und Theo. Sie haben mir viel erklärt."

„Du meinst, du warst bei meiner Lehrerin?"

„Sie ist jetzt wie eine Freundin. Karin und Theo sind wie wir!"

„Wie wir?"

„Sie sind ein Paar, wie wir beide."

„Das bildest du dir ein! Nur weil sie in einem Zimmer schlafen, sind sie doch …"

Edith schob Antonias Teller beiseite und legte ihr das aufgeschlagene Buch hin.

„Schau, das haben sie mir geschenkt!"

„Einen Roman?"

„Nein, das ist ein wissenschaftliches Buch. Der Mann, der es geschrieben hat, ist der bedeutendste Sexualwissenschaftler unserer Zeit, sagt Theo."

Antonia besah sich die Überschrift des Kapitels.

„Tribadie? Was ist denn das?"

„Das, was wir tun."

„Du meinst, das Buch handelt von der Liebe zwischen Frauen?"

„Ja, und nicht nur das."

Antonia erhob sich und ergriff die Weinflasche, die geöffnet auf dem Tisch stand. Sie goß sich ein und setzte sich wieder.

„Um Gottes willen! Was hast du Frau Morin denn über uns gesagt? Versteh mich nicht falsch, ich habe auch großes Vertrauen in sie, aber …"

„Ich mußte nicht viel erklären, damit sie mich verstand."

„Edith, was wir tun, ist Privatsache. Damit kannst du doch nicht zu meiner Lehrerin laufen und ihr alles brühwarm erzählen! Heutzutage kann man gegenüber Fremden nicht vorsichtig genug sein."

„Versteh doch, die beiden sind wunderbare Freundinnen! Sie sind zusammen, so wie wir. Und sie haben mir unsagbar weitergeholfen!"

„Wobei?"

„Endlich mit meinem Vater zu brechen. Es war mir zwar schon klar, daß er sein Leben wegen mir nicht ändern würde, aber Theo verdeutlichte mir in einem langen Gespräch, daß mein Vater mich wohl für seine Zwecke benutzt. Als ich ihr erzählte, daß er mich geschlagen hat und aus mir herauspressen wollte, was ich über dich und deine Familie weiß, wurde sie zunächst wütend. Dann sprach sie ganz ruhig mit mir über Schoenhals und den Anschlag auf den Führer. Sie zeigte mir eine Liste aller Familienangehörigen, die nach dem 20. Juli in Sippenhaft genommen worden waren. Mein Vater ist nicht nur für mich schwer zu ertragen, er ist auch eine Gefahr für dich! So entschloß ich mich, hierherzukommen, und ich bleibe jetzt für immer hier, wenn du willst."

Antonia hatte gespannt zugehört. Sie nahm einen Schluck Wein und wiegte den Kopf hin und her.

„Du willst tatsächlich bleiben?"

„Ja! Bei Gott, ja!"

„Kein Wort mehr über Brunhild?"

„Wenn du dich von ihr fernhältst."

„Wie soll das gehen? Sie wohnt mit ihrer Familie hier, und wann die Leute wieder gehen, weiß ich nicht!"

„Du weißt ganz genau, was ich meine. Zeig mir, daß du mich wirklich liebst."

Antonia mußte grinsen und nickte. Sie stand auf, zog ihre Freundin vom Stuhl und bedeckte ihr Gesicht mit warmen, weichen Küssen

„Ich will dich!"

„O Toni!"

„Ja, du Schönste aller Schönen!"

„Ich sehe keinerlei Probleme, Fräulein Treskow! Siegmund und ich werden Ihre Pferde hüten wie unsere Augäpfel."

Sie sah dem mageren Jungen zwinkernd ins Gesicht.

„Hier, Adolf, etwas zu lesen, damit dir die Zeit nicht lang wird."

Der Vierzehnjährige nahm zwei Bücher in Empfang und besah sich die Titel. Den Karl-May-Band drückte er der Frau gleich wieder in die Hand. Friedrich Nietzsches *Der Wille zur Macht* behielt er und klappte das Buch interessiert auf. Nachdem er einen Blick auf das Vorwort geworfen hatte, legte er den Kopf schräg, und die Andeutung eines Lächelns spielte um seinen sonst so ernsten Mund.

„Danke, Fräulein Antonia, das ist wirklich eine Freude! Nietzsche, den gab es beim Pfarrer zu Hause nicht, und …"

Siegmund unterbrach seinen Bruder, indem er schrill durch die Zähne pfiff.

„Adi, komm jetzt, un' nimm de Züjel! De Rösser wer'n unruhig!"

Antonia sah den beiden Jungen nach, die jeweils drei Pferde führten. Nur Tarantino mußte im Stall bleiben, denn Antonia wollte erst einmal sehen, wie die Knaben mit den anderen zurechtkamen.

Sie machte sich auf den Weg zur Tenne. Eberhardt kehrte den großen Platz noch langsamer als sonst. Merker stand mit Matthieu neben dem Lanz-Bulldog, den die Männer aus der Scheune geschoben hatten. Der Offizier war bis auf seine feldgraue Uniformhose in Bauernzivil und hantierte mit einer Lötlampe am Motor des Treckers herum. Matthieu schüttelte den Kopf und drehte sich zu der jungen Frau um.

„Mademoiselle, c'est l'allumage!"

Antonia sah ihn verständnislos an.

„Was?"

„Zündung! Zündung von Motor kaputt!"

Merker hob den Kopf und verzog den Mund.

„Mensch, Franzos', das ist kein Citroën! Das ist ein Diesel, der hat keine Zündung!"

„Isch sein belge!"

Der Soldat hielt nun die Flamme lange an einen bestimmten Punkt am Motorblock.

„Ist mir ziemlich egal, wo du herkommst. Das hier ist ein Glühkopfdiesel, soviel ist sicher. Nimm dir die Kurbel und schmeiß die Kiste an!"

Antonia schüttelte den Kopf.

„Werde wohl besser die Kaltblüter holen. Und hören Sie doch auf mit dem Mist, Sie jagen das Ding noch in die Luft."

Merker ließ sich nicht aus der Ruhe bringen.

„Was im russischen Winter bei unsren Einheitsdieseln geholfen hat, wird dem Traktor nicht schaden. Wir haben sogar Holzfeuer unter den Sechszylindermaschinen gemacht, um sie warm genug zu kriegen, damit sie anspringen."

Matthieu hatte inzwischen die große Kurbel in die Führung zum Schwungrad gesteckt und begann mit enormer Kraft zu leiern. Der Motor gab zischende, gluckernde und stampfende Geräusche von sich. Schwarze Wölkchen stiegen aus dem Auspuff. Merker war nun mit der Lötlampe am großen Motorblock, und der Belgier kurbelte mit hochrotem Kopf, als das stählerne Ungetüm schwer nagelnd zu laufen begann. Eine unglaubliche Rußwolke schwebte über ihnen und schien den Himmel zu verdunkeln. Merker machte das Lötgerät aus und hob triumphierend die Faust.

„Na bitte!"

Antonia sah, wie der völlig ausgepumpte Matthieu die Kurbel herauszog und zustimmend nickte.

„Ça marche."

Sie ging langsam von dem lärmenden Monstrum weg, da kam ihr der Offizier nachgelaufen.

„Fräulein Antonia!"

„Ja."

„Nur 'ne kurze Frage. Ihre Köchin, ist die verheiratet?"

„Was soll das?"

„Na, so eine nette Person, die hat doch bestimmt einen Ehemann."

„Merker, ich kann Ihnen immer noch nicht ganz folgen."

Der Mann sah zu Boden und rieb sich die schlechte Rasur.

„Ich will ganz offen sein. Wenn sie keinen Mann hat, könnte sie vielleicht bald einen haben."

„Wenn Sie diesbezüglich interessiert sind, klären Sie das doch selbst mit Marie. Soweit ich weiß, ist sie nicht verheiratet."

Ein Strahlen belebte sein Gesicht, und er warf sich in die Brust.

„Danke, Fräulein Treskow!"

Die hatte anderes im Kopf und ging ohne ein weiteres Wort über den Hof zu Eberhardt. Der stand auf seinen Besen gestützt und hustete röchelnd.

„Holla! Wohl wieder eine von Rudolfs Zigarren geraucht?"

Dem alten Mann stand der Schweiß auf der Stirn, und er schnappte nach Luft.

„Nee, nee, is' nur der Staub."

„Siehst aber krank aus!"

„Och, is' schon nuscht! Hab' mir wohl 'n bißchen verkühlt."

„Dann nichts wie zu Marie. Soll dir einen Tee machen. Und dann gehst du in deine Koje."

„Aber Se brauchen mir doch heut'."

„Wir brauchen dich auch noch in der nächsten Zeit! Wer hier auf dem Hof krank ist, der gehört ins Bett. War schon bei meinem Vater so!"

Eberhardt nickte und machte sich auf den Weg zur Küche. Mitten auf dem Hof begann er neuerlich zu husten.

Antonia ging zu Rudolf, der in der Sattelkammer am Tisch saß und eifrig mit einem dicken Bleistift Papier bekritzelte. Sie sah ihm neugierig über die Schulter, und er hob den Kopf.

„Das is' der Plan für heut'. Wenn alles jutjeht, denn stehen heut' abend de Kebsen auf'm Feld."

„Wäre primich! Aber wozu brauchen wir einen Plan?"

„Wenn jeder sein' Platz hat, denn schaffen wa mehr. Beim letzten Schnitt jing doch alles drunter un' drieber."

„Schon wahr. Dann kannst du Eberhardt gleich von deiner Liste streichen, der muß sich hinlegen."

Rudolf nahm die angekaute Zigarre aus dem Mund und grinste.

„Macht nuscht. Denn muß einer von de Russen eben 'n Hof kehren."

Draußen war das Röhren des Bulldogs zu hören, mit dem Merker gerade eine Proberunde fuhr. Kupinski stand wie beflügelt auf, schnappte seinen Zettel und eilte hinaus.

„Da brat' mir doch einer 'nem Storch! Unsre Wehrmacht is' ja wirklich ze was ze jebrauchen!"

Merker schrie mit rotem Kopf gegen den Motorenlärm an.

„Hoffe ich doch!"

Der Alte ging zum Traktor und stieg auf. Merker legte knirschend einen Gang ein, und die beiden tuckerten los. Mit Gesichtern wie Schulbuben, die im Herbst Drachen steigen lassen, kurvten sie in Richtung Hoftor. Marie kam aus der Küche und schaute dem vierrädrigen Ungetüm mißbilligend hinterher.

„Hab' schon janz verjessen, daß wa auch noch so was ham!"

Antonia ging zu ihr hinüber und schüttelte den Kopf.

„Mir sind die Pferde lieber."

„Ja, ja, de Pferde. Fräuleinche', ich mach' ma ernste Sorjen. Dem Eberhardt sei'm Husten, da hilft kein Brusttee nuscht. Ich sach Ihn' was, der hat sich mit die Schwindsucht anjesteckt!"

„Wie das? Er hatte doch gar keinen Kontakt mit Frau Kalein."

„Was weiß ich denn, de Bakterien fliejen doch hier überall rum."

„War die Frau inzwischen draußen?"

„Na, nuscht da! Da bin ich vor!"

„Und der Rest der Familie?"

„Na, der Großvater, der is' mir so 'n richtiger Stiesel. Da bin ich doch froh, wenn mir der nich' über 'n Wech laufen tut. Seine Frau wollt' in de Küche helfen, aber weiß ich, was die alles hat? Se hustet auch manchmal so komisch. Un' so ham de beiden alten Leut' den janzen Tach Zeit, sich ums Waltherche' ze kimmern."

„Nee, Marie, dann hat keiner der Kaleins mit Eberhardt gesprochen, und so einfach geht das nicht mit der Ansteckung. Sorge dafür, daß er sich ins Bett legt. In ein paar Tagen ist er schon wieder auf den Beinen."

„Mein Jott, de Schwindsucht, de wär' unser Unterjang!"

Die erwachsenen Lausbuben waren inzwischen zu dritt auf dem Trecker, denn Matthieu hatte sich mit einem Sprung Zugang zu dem stinkenden Spielzeug verschafft. Marie ging zurück zur Küche.

„Wie de Kinder! Wenn de Männer so weitermachen, austen se vor 'n Mittach noch kein' Halm!"

Antonia stimmte der Angestellten nickend zu und beschloß, das Treiben zu beenden.

Der Wehrmachtsoffizier saß mit bloßem Oberkörper auf der Landmaschine und zog gekonnt seine Bahnen. Die russischen Zwangsarbeiter schufteten unter der hochstehenden Sonne. Antonia ließ es sich nicht nehmen, den Kornschnitt nach Leibeskräften zu unterstützen. Mit einer Handsichel trennte sie die Halme, die der Traktor plattgewalzt hatte, von ihren Wurzeln und band wie die anderen Kebsen. Brunhild hatte besonderen Spaß daran, die gebundenen Getreidegarben aufzustellen.

Marie und Edith kamen auf einem kleinen Pferdewagen zur Flur, um die Brotzeit zu bringen. Am Rande des Feldes breiteten sie unter einem Baum große Decken aus und packten Holzbrettchen und Messer aus. Edith ging zurück zum Wagen, um den Korb mit den Brotlaiben zu holen. Sie hob die Kiepe an, und der Duft des von Marie am Morgen gebackenen Brotes stieg ihr in die Nase. Ihre Augen wanderten über den Acker, der schon zu einem großen Teil zum Stoppelfeld geworden war, und ihr Blick gefror. Brunhild warf laut lachend einen kleinen Erdklumpen nach Antonia. Die schüttelte den Kopf, rannte ein Stück und schlug spielerisch mit ein paar Haferhalmen nach der kleinen Schwarzhaarigen.

„Na, ham Se 'n Jespenst jesehen?"

Edith erschrak, und Marie nahm ihr den Korb aus der Hand. Sie schüttelte den Kopf und trug mit weinerlicher Miene zwei Bierkrüge zu den Decken.

„Marie, ich möchte gerne zurückgehen."

Die kräftige Köchin schnitt einen großen Laib Brot in dicke Scheiben.

„Nu', wenn Se mein'. Aber glau'm Se mir, ich überhol' Se auf'm Rickwech. 's is' 'n janzes Stick bis daheim."

Edith starrte auf eine Speckseite, die appetitlich auf einem karierten Küchenhandtuch glänzte.

„Ich kann es nicht mitansehen!"

„Wie de Leute schuften tun?"

„Nein, Brunhild ..."

„Jetzt ma' halblang. Jede Hand is' wichtich bei die Ernte! Auch die von de kleine' Brunhild!"

„Ja, aber ..."

„Nuscht mit aber! Se jehen jetzt rieber un' rufen de Leut' zur Vesper."

Unwillig stakste Edith auf das riesige Haferfeld und klatschte zaghaft in die Hände.

„Essen!"

Matthieu stand in ihrer Nähe und sah die junge Frau an.

„Oh, müsse' Sie rufe' mehr laut!"

Sie holte Luft, doch nur ein dünnes Krächzen kam aus ihrem Mund. Der Belgier lachte, rieb sich die Hände an seinen schmutzigen Hosenbeinen, steckte zwei Finger in den Mund, und ein schneidender Pfiff schrillte über den Acker.

„Manger! Esse' fasse'!"

Ein Ukrainer, der schwitzend am Feldrain stand und eisern seine Waffe im Anschlag hielt, übersetzte den Ruf ins Russische. Die Arbeitenden ließen sich nicht lange bitten und trotteten verstaubt und verschwitzt zu dem schattigen Platz.

Endlich hatten sich alle hingesetzt, und Marie begann dünnes Bier auszuschenken. Merker schnappte sich als erster einen Humpen und lehrte ihn mit gierigen Schlucken. Dann wischte er sich mit dem Handrücken über den Mund und deutete auf die im Schatten Sitzenden.

„Das ist gegen die Vorschrift, gemeinsames Essen mit Kriegsgefangenen!"

„Meinen Se, ich renn' wejen Ihn' und Ihre dammlige Vorschrift mit dem janzen Laweng hin un' her? Ich bin doch keine Dienstmagd!"

Er zuckte mit den Schultern und wollte gleich einen Nachschlag haben. Doch die resolute Köchin wies ihn schroff zurück.

„Wenn Se arbeiten, wie Se saufen, denn könnt' was aus Ihn' wer'n. Aber jetzt sin' de anderen dran!"

Der Mann sah ihr mit Kalbsaugen nach, und Rudolf stieß ihn an.

„He, Soldat! An die Marie ham sich schon janz andere de Zähne ausjebissen!"

Merker setzte sich neben Kupinski und glotzte immer noch der molligen Frau hinterher. Ihm gingen schier die Augen über, als er sah, wie sie den Russen einschenkte. Die Gefangenen freuten sich wie die Kinder über das Dünnbier, und ehe er etwas sagen konnte, hatte jeder seinen Teil. Alle kauten inzwischen, nur Merker schien keinen Hunger mehr zu haben. Als Marie zurück zum Wagen ging, stand er auf und stolzierte wie ein Gockel zu ihr hin.

„Das geht doch nicht! Die Russen dürfen keinen Alkohol kriegen!"

„So, mein' Se? Denn könn' Se mir ja verhaften."

Antonia beobachtete die Szene und drehte sich zu Edith um.

„Der Merker hätte Marie gerne zur Braut. Aber ob seine Taktik bei unserer Marie ankommt? Ich weiß ja nicht."

Brunhild bog sich vor Lachen, und Edith sah sie an ihrer Freundin vorbei unfreundlich an. Antonia, der dieser Blick nicht entgangen war, belegte sich eine Stulle mit Käse, stand auf und zog mit einer Hand Edith von ihrem Platz hoch. Nach einigen Schritten hielt sie inne.

„Eifersucht ist eine Leidenschaft, die mit Eifer sucht, was Leiden schafft!"

„Ich kann es nicht ertragen, wie sie dich ansieht."

„Wie sieht sie mich denn an?"

„Das weißt du doch ganz genau!"

„Selbst wenn es so wäre, wie du sagst, dazu gehören zwei. Ich bin nicht interessiert an einem Kind!"

„Aber sie ist kaum jünger als ich, und …"

Antonia biß in ihr Käsebrot.

„Wenn ich könnte, wie ich wollte, würde ich dir hier auf der Stelle zeigen, daß ich dich liebe und daß ich nur dich begehre!"

Edith wurde von Kopf bis Fuß puterrot.

„Pst!"

„Was denn? Jetzt ist es dir auf einmal peinlich? Wenn Blicke töten könnten, dann läge Brunhild jetzt als Leiche hier!"

„Nach dem Essen bist du mich auch gleich wieder los!"

„Meinst du, es geht mir darum?"

Edith sah auf die Grasbüschel, die zwischen der Fahrspur aus der feinkörnigen, gelbbraunen Erde wuchsen.

„Du bist eine so wunderbare Frau, und ich … Manchmal glaube ich, daß mich niemand wirklich gern haben kann. Schon allein meine Haarfarbe! Sieh dir doch nur das Haar von Brunhild an, wie aus dem Bilderbuch. Schwarz, glänzend, in jede Richtung kann sie es legen und kämmen. Und …"

Ein Ruck ging durch ihren Körper. Antonia hatte sie am Ärmel gefaßt, und sie stolperte hinter ihr her, bis sie durch ein Gebüsch von den anderen getrennt waren. Antonias kraftvolle Arme umschlangen und drückten sie.

„Du bist für mich die schönste Frau auf dieser Erde! Gerade weil dein Haar so ist, wie es ist. Weil du so bist, wie du bist."

Antonias Lippen suchten ihren Weg, und ein inniger Kuß folgte. Edith stand benommen auf wackligen Beinen.

Ihre Freundin ließ sie los und stellte sich breitbeinig vor sie.

„Glaubst du mir jetzt?"

„Ja! Aber ich kann es trotzdem nicht mitansehen!"

„Habt ihr Geheimnisse?"

Edith starrte Brunhild völlig entsetzt an.

„Was willst du denn hier?"

Das Mädchen stand lächelnd mit zwei Stück Kuchen auf einem Holzbrettchen vor ihr.

„Wenn ich nich' wie da Blitz jewesen wär', wär' für de beiden Fräuleins kein Kuchen nich' mehr iebrich jewesen!"

Antonia mußte grinsen und lachte dann lauthals.

„Dank dir, Brunhild!"

Das Mädchen sah Edith schüchtern an.

„Fräulein Edith, Se möjen mir wohl nich'?"

Edith knetete nervös ihre Hände, als sie Antonias Blick auf sich spürte. Die ging zu Brunhild und nahm ihr das Brett ab. Das Mädchen lächelte und trabte davon. Ein Stück des Backwerks verschwand auch gleich in Antonias Mund. Edith sah ihre kauende Geliebte an und schüttelte den Kopf.

„Ich glaube, ich mache dir wirklich unnötige Schwierigkeiten."

„Mir? Nein! Du machst dir selbst das Leben schwer."

Edith ging mit hängenden Schultern zurück zum Wagen, setzte sich auf das Ende der Ladefläche und ließ die Beine baumeln. Rudolf sah die Truppe müde im Schatten ruhen und beschloß, die Arbeit voranzutreiben. Er ging hinüber zu dem Offizier, der mit Marie über Belanglosigkeiten plauderte.

„Merker, wa wollen denn ma' weiter! Wenn wa noch länger sitzen, sin' de Männer einjeschlafen."

Minuten später war der ganze Troß wieder auf dem Feld. Ein baumlanger Russe brachte den Bulldog zum Laufen, und der Kornschnitt ging weiter. Rudolf spuckte in die Hände und ging mit seiner Sense an den Rand des Ackers.

„Jut dem Dinge! Wenn's Wetter hält, denn is' der Hafer so jut wie in die Scheune!"

„Marie, gibt es noch etwas?"

Die dicke Köchin nickte und legte ihre Spülbürste in den Schüttstein.

„Es müßt' dringend jeputzt wer'n im Haus."

Edith hatte Tigerchen auf dem Schoß und kraulte die Katze so, daß das Schnurren bis zu Marie hin zu hören war. Sie setzte den Kater auf den Boden und erschauerte bei dem Gedanken, mit dem Wischlappen in der Hand Frau Treskow zu begegnen. Ihre Befürchtung wurde von Großmutter Kalein zerstreut, die, Walther auf den Knien, auf der Eckbank saß.

„Na nu', denn mach' ich mir endlich ma' nützlich! Wo is' denn Eimer un' Kodder?"

Marie zögerte und schüttelte dann den Kopf.

„Nee, nee, lassen Se ma'!"

Die alte Frau setzte ihren Enkel auf die Bank, drückte ihm sein Spielzeug in die Hand und stand auf.

„Na denn, sei'n Se ma' nich' so. Beim Wischen kann doch nuscht passieren. Un' wa wollen doch hier nich' le'm wie de Fürsten. Arbeit hat noch niemand jeschadet."

Edith stibitzte zwei Stück Kuchen, die auf einem Teller auf der Anrichte lagen, und verschwand unauffällig aus der Küche. Mit ihr suchte die Katze den Weg nach draußen. Tigerchen schrubbte sein glänzendes Fell noch ein wenig an Ediths Beinen und war dann auf und davon. Gemütlich spazierte sie zur Pferdeweide, zu Adolf und Siegmund.

Der jüngere der Brüder saß auf Bizerka und trabte mit ihr über das abgezäunte Areal.

„Na, Jungs! Alles in Butter?"

Adolf sah von seinem Buch auf, blickte die Frau einen Moment lang abwesend an und nickte.

„Wenn Sigi so weitermacht, hat er heute abend den Wolf."

Edith trat an den Zaun, und Siegmund trieb die Stute hinüber zu ihr. Vom Pferderücken herab sah er sie keck an.

„Sin' Se de Beaufsichtijung?"

Sie streckte ihm ein Stück Kuchen entgegen.

„Nein! Es weiß niemand, daß ich hier bin."

Der Knabe fiel fast vom Pferd, so beugte er sich nach der Leckerei.

„Könn' Se reiten?"

„Ich lerne noch."

Siegmund verschlang den Kuchen und faßte mit einer Hand in Bizerkas Mähne.

„Na, denn sin' Se hier richtig."

Der Kleine war inzwischen wieder auf der Erde und zog Edith am Ärmel.

„Wo ham Se denn reiten jelernt?"

„Bei Antonia, ich meine, bei Fräulein Treskow."

Er spitzte den Mund und zog die Stirn kraus.

„Na, denn werd' ich Ihn' wohl nich' mehr viel zeijen könn'."

Sie lächelte und besah sich die grasenden Pferde.

„Ich habe noch nie auf einem Pferd ohne Sattel gesessen."

Siegmund juchzte und rannte los. Mit Ludger am Halfter kam er zurück.

„Nehm' Se den. Ich hab' ihn jeritten, für 'n Trakehner is' er 'n müder Zosse, da passiert Ihn' bestimmt nuscht!"

Sie sah den Wallach an.

„Und wie soll ich da hinaufkommen?"

„So, wie Se sonst auch uffsteijen."

Edith mühte sich redlich, doch es gelang ihr nicht, den Rücken des Pferdes zu besteigen, vor allem nicht, nachdem Siegmund den Wallach losgelassen hatte. Der Junge freute sich diebisch, doch seine Schadenfreude wurde durch seinen Bruder beendet. Adolf hatte sein Buch zur Seite gelegt, war zu Edith gelaufen und sah sie ernst an.

„Mein Bruder ist ein recht zweifelhafter Lehrer. Und mit Sicherheit ein zu junger."

Edith schnaufte vor Anstrengung.

„Wie meinst du das?"

„Sie sind, mit Verlaub, ein wenig zu ungeübt, um ein freistehendes Pferd ohne Sattel zu besteigen. Ohne eine gewisse Hilfestellung werden Sie das nicht können."

Adolf nahm eine Führleine aus der Hosentasche, zog Ludger am Halfter bis zum Zaun und band ihn an. Dann verschränkte er die Finger ineinander, bückte sich und wies Edith an, aufzusteigen. Endlich saß sie auf dem Rücken des Pferdes. Adolf band Ludger ohne ein Wort los, und der Wallach machte mit großen Schritten seinen Weg über die Weide, bis er einen Platz zum Grasen gefunden hatte. Edith fiel mehr hin und her, als sie ritt und stürzte beinahe, als der Wallach zu fressen beschloß.

Siegmund saß derweil auf Arnim und grinste schelmisch.

„Na, ich dacht', 's Fräulein Treskow wär 'n bess'rer Lehrer."

Er trieb den Hengst hinüber zu Ludger, so daß der ihn fast rammte. Dann brachte er Arnim zum Traben. Ludger ließ sich nicht lange bitten und lief hinter dem Hengst her. Edith wußte nicht, wie ihr geschah. Ehe sie sich's versah, lag sie schon in der Wiese. Sie rappelte sich auf und konnte Siegmunds Gelächter hören. Adolf war wieder an ihrer Seite und half ihr auf die Beine. Sie stand vor dem

Knaben, der größer war als sie, und nickte einen Dank. Er tippte sich mit zwei Fingern auf seine Lippen, sah an ihr herab und brachte dann ihr Kleid in Ordnung.

„Mit Ihrer Reiterfahrung sollten Sie meinem Bruder keinesfalls trauen. Sie gestatten, wenn ich anmerke, daß Sie sich an der Mähne halten und den Bewegungen des Pferdes folgen sollten."

„Du reitest wohl auch?"

Siegmund war inzwischen bei ihnen und sprang wie ein übermütiges Füllen um sie herum.

„Na, wie war de Flugübung?"

Der ältere Junge schnappte seinen Bruder am Schlafittchen und hielt ihn fest.

„Es war unverantwortlich, was du gemacht hast! Fräulein Edith hätte ernsthaft Schaden nehmen können, und nun geh mir für eine Weile aus den Augen!"

Schmollend verzog sich der Bengel auf die andere Seite der Weide und trieb seine Scherze mit Brick. Adolf sah zu ihm hinüber und schüttelte den Kopf.

„Sie müssen meinen Bruder entschuldigen. Er ist und bleibt ein Bauerntölpel."

„Schon gut, es ist ja nichts geschehen."

„Fräulein Edith, ist es wirklich Ihr Wunsch zu reiten?"

„Eigentlich habe ich Angst vor Pferden, aber Antonia liebt diese Tiere."

„Ohne Ihnen zu nahe treten zu wollen: Wenn Sie sich vor Pferden fürchten, dann sollten Sie sich nicht zum Reiten zwingen, bevor Sie nicht Vertrauen in die Tiere gefaßt haben."

„Richtige Angst wie früher habe ich nicht mehr. Ich bin ja auch schon ausgeritten, und es ist alles gutgegangen."

Der schlaksige Junge sank ins Gras.

„Was löst Ihre Furcht vor diesen Tieren aus?"

Sie seufzte, setzte sich und zog ihren Rocksaum über die Knie.

„Ich weiß es nicht recht. Natürlich habe ich Angst vor dem Herunterfallen, vor allem davor, daß mich das Pferd treten könnte, wenn ich so daliege."

Adolf pfiff durch die Zähne.

„Sigi! Treib die Pferde in eine Ecke."

Der Knabe hatte binnen weniger Minuten alle Tiere auf einer Seite des umzäunten Areals versammelt. Adolf stand auf, ging in die Mitte der Weide und sah Edith an.

„Bleiben Sie, wo Sie sind!"

Die junge Frau nickte und sah, wie sich der schmächtige Junge flach hinlegte. Dann winkte er mit einer Hand seinem Bruder und hob den Kopf.

„Sigi, los!"

Der brachte die Pferde mit Händeklatschen und schrillen Pfiffen dazu loszujagen. Die Tiere rannten wie wild auf die andere Seite und blieben dort stehen, froh, der Belästigung entkommen zu sein. Adolf stand auf und klopfte sich den Staub von den Kleidern.

„Sehen Sie, mir ist nichts geschehen. Pferde würden nie auf ein Lebewesen treten; es sein denn, sie können nicht anders."

Siegmund war nun wieder bei Edith.

„Ham Se jesehen, wie ich de Zossen zusamm' jetrieben hab'?"

Sie starrte den Knaben an und stand auf.

„Bring mir Brick."

Siegmund schüttelte den Kopf.

„Bei Ihre Bejabung?"

Adolf stand ausnahmsweise seinem Bruder bei.

„Nehmen Sie doch bitte einen Wallach."

„Nein, ich will Tonis Lieblingspferd."

Sie bekam ihren Willen und wurde auf den Rücken des Tieres gehievt. Sie klammerte sich mit beiden Händen in die Mähne der Stute und sah nach unten.

„Und jetzt?"

„Haltung, treiben und dem Rhythmus des Pferdes folgen."

Die junge Frau spannte ihr Kreuz an, machte sich schwer und preßte ihre Schenkel an Bricks Leib. Sie fühlte die Anstrengung und war unglaublich glücklich, als sich die Stute in Bewegung setzte und gemächlich mit ihr über die Wiese ging. Erstaunt stellte sie fest, daß sie das Pferd dazu bewegen konnte, die Richtung zu wechseln. Beinahe vorsichtig, als ob sie um die Befürchtungen der Reiterin wüßte, setzte Brick ihren Weg über die Weide fort. Edith mußte trotz der Plackerei lächeln.

„Antonia Treskow, du wirst nie wieder ohne mich ausreiten!"

Am frühen Abend versammelten sich alle auf dem Hof. Sogar Frau Treskow hatte auf der Bank neben der Freitreppe Platz genommen. Als ihre Tochter um das Haus bog, rief sie nach ihr.

„Antonia!"

Die junge Treskow ging langsam zur Bank.

„Mama?"

„Ihr habt viel geschafft heute."

„Haben wir wohl."

„Ohne diese Russen wäre das nicht gegangen."

„Kaum."

„So ist es gut. Arbeit adelt! Der Herr, unser Schöpfer, hat die Arbeit …"

„Mama, entschuldige. Habe noch zu tun."

„Mein Kind, ich wollte dir nur sagen, daß ich die Leistung der russischen Männer anerkenne. Sie sollen heute abend gut versorgt werden."

„Werden sie."

Frau Treskows Gesicht bekam den gewohnt strengen Ausdruck.

„Diese Edith hat heute nicht sehr viel zur Ernte beigetragen."

„Sie ist Landarbeit nicht gewohnt."

„Wer nicht arbeitet, der soll auch nicht essen."

Die junge Frau hob den Kopf und konnte ihren Zorn nur schwer verbergen.

„Was soll das?"

Die wuchtige Eichentür des Haupteingangs wurde aufgerissen, und Marie stand wie ein Fels auf der obersten Treppenstufe.

„Wo is' da Merker? Telefon für ihm, sein Was-weiß-ich-Führer!"

Froh, ihrer Mutter entkommen zu können, stürzte Antonia zur Scheune, wo der Gesuchte am Traktor beschäftigt war.

„Merker! Ihr Vorgesetzter am Telefon!"

Der Offizier rannte wie der Teufel zum Haupthaus, sprang die Treppen hinauf und stürzte an Marie vorbei zum Telefon in der Halle. Er nahm Haltung an, griff den neben dem schwarzen Apparat liegenden Hörer und meldete sich. Marie ging kopfschüttelnd in die Küche. Sie war gerade dabei, einen Bratenrest in dünne Scheiben zu schneiden, als die Tür aufflog und Merker hereinkam. Sie sah ihn mißbilligend an.

„Mi'm Essen, das dauert noch."

Er ging auf sie zu und knöpfte sein dreckiges Hemd zu.

„Fräulein Lotz, ich muß zurück zur Truppe."

„Warum denn so jeschwollen? Se wissen doch, daß ich de Marie bin."

„Fräulein Marie, ich dachte, ich meine, ich wollte ..."

Sie schaute den Mann verständnislos an.

„Ham Se's Familiensilber jeklaut?"

Er legte seine Hand auf ihre Schulter.

„Ich muß zurück ins Lager. Es sieht so aus, als ob wir bald weg müßten. Und bevor ich gehe, wollte ich ..."

„Na, was denn?"

„Marie! Willst du meine Frau werden?"

Sie drehte sich um und wischte die Hände an ihrer Schürze ab.

„Merker, Se möjen ja en patenter Kerl sein, aber mein Bedarf an die Männer is' jedeckt."

Er sah sie schmachtend an und ging zurück zur Tür.

„Dann leben Sie wohl."

Marie stemmte beide Hände in die Hüften.

„Wenn Se ma' zehn Jahre frieher jekomm' wären. Ich wünsch' Ihn' alles ..."

Der Mann verschwand in der Halle, noch bevor Marie ihren Satz beendet hatte. Er ging langsam zur Unterkunft hinüber und zog seine Uniform an. Dann verabschiedete er sich von Antonia, stieg auf das Motorrad, mit dem er gekommen war, und fuhr in die Dämmerung.

Endlich waren alle beim Essen versammelt, und Marie kam hinzu, nachdem sie Frau Treskow versorgt und Frau Kalein ein Tablett vor die Tür gestellt hatte.

„Na, schmeckt's denn?"

Sie häufte sich gerade eine Portion Kartoffelsalat auf den Teller, als draußen vom Hof jämmerliches Schreien zu hören war. Rudolf sprang auf, eilte zur Tür, die auf den Hof führte, und zuckte entsetzt zusammen.

„Hört sofort auf damit! Stoi!"

Antonia, die zwischen den anderen saß, hatte Mühe aufzustehen.

Endlich war sie draußen und sah, wie Rudolf hilflos schreiend vor den drei Ukrainern stand, die gerade einen nur noch leise wimmernden russischen Gefangenen mit Stiefeltritten traktierten. Als sie zwischen die Wächter sprang und versuchte, sie von ihrem Opfer abzubringen, traf sie ein Faustschlag, und sie wurde hart auf das Pflaster des Hofes geworfen. Rudolf hastete zu ihr.

„Fräulein Antonia?"

Sie hob den Kopf, erhob sich mühevoll und ging zum Haus. Keuchend erreichte sie den Waffenschrank im Herrenzimmer, und sie eilte mit einem Jagdgewehr zurück zum Ort des Geschehens. Einer der Wachmänner hielt den Russen am Haarschopf und schlug ihm heftig ins Gesicht. Sie lud die Waffe durch und richtete sie auf den Kerl.

„Loslassen, verdammt noch mal! Oder ich erschieße dich!"

Die beiden anderen Ukrainer richteten ihre Sturmgewehre auf sie.

Marie stand vor der Küche und warf die Hände in die Luft.

„Fräuleinche', nich'! Das is' da Unterjang!"

Ihr wurde bang, und sie spürte, wie das Gewehr in ihren Händen zitterte. Trotzdem behielt sie die Wachmänner fest im Blick.

„Wenn ihr es euch traut, dann schießt doch!"

Ihr war speiübel, aber sie hatte Erfolg. Der Russe wurde losgelassen und fiel mit einem entsetzlichen Geräusch auf die Pflastersteine. Einer der Soldaten ging auf sie zu und kniff die Augen zusammen.

„Frau, nix gutt!"

Sie behielt ihr Gewehr fest in der Hand und schritt die Stufen hinunter auf den Hof.

„Macht, daß ihr wegkommt!"

Ein anderer Ukrainer kam auf sie zu, und sie richtete die Waffe auf ihn.

„Bleib stehen!"

Er stoppte und ließ sein Gewehr sinken.

„Hier gilt nicht Ihr Recht, Fräulein, sondern das Standrecht!"

„Kann sein."

Der dritte und ranghöchste der Wachsoldaten machte eine Handbewegung, sprach kurz mit seinen Männern, und die traten nickend ein paar Schritte zurück. Furchtlos ging er auf die Frau mit dem Gewehr zu und nahm unmittelbar vor ihr Haltung an.

„Wir sind hier zu Ihrer aller Sicherheit! Wenn Sie unsere Arbeit behindern, hat das Konsequenzen."

„Und welche?"

„Das hier sind Untermenschen, sie handeln nach ihrem Instinkt. Sie sind eine Gefahr für alle hier! Wir sind da, um Sie vor dieser Gefahr zu schützen. Wenn Sie sich dem widersetzen, machen Sie sich schuldig an Ihrer Rasse, und Sie werden dafür entsprechend behandelt werden!"

Antonia hielt immer noch ihr Gewehr auf den Mann gerichtet.

„Treskow ist mein Gut, und hier wird niemand zu Tode geprügelt!"

„Wenn jemand stiehlt, bestrafen Sie ihn nicht?"

„Was soll die Frage? Hier stiehlt niemand."

„So, meinen Sie!"

Einer der Wachmänner ging zackigen Schrittes auf Antonia zu und hielt etwas in der Hand. Es war bereits dunkel, und erst, als er ihr das Objekt direkt unter die Nase hielt, konnte sie erkennen, daß es eine tote Henne war.

„Ein Huhn."

„Jawohl! Und was meinen Sie, was demnächst geschieht, wenn wir dieser Brut nicht klarmachen, daß stehlen ein Vergehen ist, auf das im Lager die Todesstrafe steht?"

Die junge Frau ließ ihre Flinte sinken und wischte sich fahrig übers Gesicht.

„Glaube, Sie hatten recht. Nehmen Sie meine Entschuldigung an?"

Der Soldat befahl seinen Männern, Haltung anzunehmen, und hob zackig die Hand an die Mütze.

„Entschuldigung angenommen! Nur eines noch: Es kann Sie Kopf und Kragen kosten, wenn Sie derart unbeherrscht sind."

„Habe verstanden."

Langsam ging sie durch die Halle und brachte das Jagdgewehr zurück an seinen Platz. Sie stand noch einen Augenblick in dem dunklen Zimmer und fühlte sich klein und schwach. Mit hängenden

Schultern schlurfte sie zurück in die Küche und ließ sich auf die Holzbank am Tisch fallen. Marie stand mit hochrotem Kopf in der Mitte der Küche und tobte.

„Da wird ei'm doch dem Hund in der Pfanne verrückt! Da koch' ich und mach' ich für'm Jesindel und de klauen einfach en Huhn! Als ob die nich' satt jeworden wären bei mir!"

Rudolf nahm einen Schluck Bier aus seinem Humpen und wischte sich mit dem Handrücken über den Mund.

„Nu' reg dir ab, Marie. Es is' doch nur noch für ein paar Taje!"

„Paar Taje, paar Taje. Ich mach' nuscht mehr für dem Pack!"

Großmutter Kalein stand auf, nahm die dicke Köchin am Arm und zog sie zum Herd hinüber.

„De Zeiten sin' verrückt. Wenn Se's Jesindel nich' mehr füttern wollen, denn mach' ich's."

Ein Ruck ging durch Maries Körper, und sie hielt den Kopf sonderbar schief.

„Nu', hätt' ich mir denken könn'! Se fallen mir also in'n Rücken? Na, Pack und Pack hält e'm zusamm'. Denn ziehen Se doch mit Ihre' Brut auch zu die Russen!"

Antonia erhob sich schwerfällig von der Bank und ging zwei Schritte in den Raum.

„Herrschaften! Gezänk bringt uns nicht weiter. Es war viel los heute, und wir sollten darüber schlafen!"

Die Augusttage vergingen wie im Flug. Alles auf dem Hof ging seinen Gang. Der erfolgreiche Haferdrusch hatte die Gemüter beruhigt. Man hatte sich miteinander arrangiert, und nicht zuletzt das gemeinsame Festessen nach Einbringen des letzten Erntewagens hatte dazu beigetragen. Brunhild ließ es sich auch nicht nehmen, drei zusammengeknotete Ähren als Erntekrone aufs Feld zu bringen, als Grundstock für die neue Ernte. Marie hatte Tränen in den Augen, als das Mädchen mit der Krone losging. Schon lange hatte man diesen Brauch auf Treskow nicht mehr gepflegt.

Der Morgentau glänzte auf den Blättern, als Antonia ihren Weg zum Haupthaus nahm. Die aufgehende Sonne tauchte den Hof in ein warmes, goldenes Licht, und die junge Frau spürte einmal mehr, warum sie dies alles so sehr liebte, auch wenn die letzte Zeit sie mehrmals an den Rand ihrer Kräfte gebracht hatte. Sie ging in die Küche, um ein Frühstück für sich und ihre Geliebte, die noch im Bett lag, zu besorgen. Entgegen ihren Erwartungen war Marie nicht anwesend. Statt dessen saßen Eberhardt und Rudolf vor einer Tasse Kaffee am großen Tisch.

„Morgen!"

Kupinski schaute kurz auf und nickte.
„'nen juten Morjen, Fräulein Antonia."
„Na, alles im Lot?"
„Man kann nuscht and'res sachen. De Russen, se möjen ja Schweine sein, aber ohne de Männer wären wa immer noch in de Bredouille. De Kerls leisten janze Arbeit. Heut' sollen se de Spätgurken für zum Einmachen ernten."
„Laßt mal. Die Gurken können auch bis morgen warten. Sollen die doch heute auch ihren Sonntag haben."
„Wie meinen Se das?"
„Arbeitsfrei. Sag der Wachmannschaft, die Männer sollen heute ihre Ruhe haben, und sie können sich auf dem Hof frei bewegen."
„Warum ich?"
„Weil ich für eine Weile weg sein werde."
„Nee, Fräuleinche', wie lange denn?"
„Weiß ich noch nicht, ich will einfach mal raus in die Natur."
Eberhardt hustete kurz und stieß Rudolf an.
„Und de Herz zehn?"
Antonia sah den alten Mann verständnislos an.
„Hast du noch Fieber?"
Kupinski schüttelte den Kopf.
„Nee, der is' wieder jesund, de Arbeit is' ja auch jetan! Der Belgier hat uns 'n Kartenspiel beijebracht, und wir wollen nich' immer nur verlieren, un' nun machen wir uns 'ne Strategie."
Antonia lachte und packte ein paar Dinge in einen Korb.
„Wo ist eigentlich unsere Marie?"
„Die is' seit jestern janz glupsch. Weiß nich', was mit ihr is'."
„Hast du sie gefragt, ob etwas geschehen ist?"
Rudolf sah Eberhardt an und schüttelte den Kopf.
„Kreuz Bube!"
Die junge Frau merkte, daß aus den beiden Alten nichts weiter herauszubekommen war und machte sich daran, Kaffee zu kochen.
Sie war gerade dabei, das Gebräu durch ein Haarsieb in die Kanne zu gießen, als Marie von der Halle hereinkam.
„Na, Fräuleinche', schon so frieh?"
„Morgen, Marie. Bin schon so gut wie weg."
Die dicke Köchin machte einen niedergeschlagenen Eindruck und ließ sich tief seufzend auf einen Stuhl sinken.
„Na, denn jehen Se mal, wenn Se missen."
Antonia wollte gerade gehen, als Matthieu die Küche betrat.
„Bonjour, Mesdames et Messieurs."
Die beiden alten Männer bekamen leuchtende Augen, und Rudolf bat den Belgier, sich zu setzen.
„Na, du hast ja wohl joldene Finger. Wenn du willst, kannste von uns auch noch was lern'."

Der junge Kerl setzte sich und sah keck über den Tisch.

„Was soll isch lern'?"

Wie aus einem Munde klang das Wort Skat durch den Raum. Antonia beeilte sich zu gehen. Auf dem Hof war der kleine Siegmund gerade dabei, die Pferde zu versorgen. Er hatte sich als guter Pferdepfleger erwiesen, doch sie konnte dem aufdringlichen Jungen nach wie vor nichts abgewinnen.

Als sie endlich mit dem Korb in ihre Behausung trat, kam Edith nur mit einem Handtuch um den molligen Körper aus dem Bad.

Antonia stellte ihre Last auf dem Tisch ab und ging zu ihrer Geliebten. Sie zog ihr das Tuch mit einem sanften Ruck vom Leib und begann sie mit Küssen zu bedecken. Ihre Freundin erschauerte, teils wegen der Küsse, teils wegen der frühmorgendlichen Kälte, und auch aus Scham.

„Toni, nicht."

Weiche Lippen glitten über ihre Brüste, und ein verliebtes Gesicht schaute sie flehentlich an.

„Warum nicht?"

„Wenn jemand kommt!"

„Kein Mensch kommt hier her!"

Edith versuchte Antonia von sich wegzuschieben, doch deren Arme waren stärker. Sie ging in die Knie und küßte den Bauch der Geliebten, tastete mit ihren Lippen im rötlichen Schamhaar und preßte ihr Gesicht fest gegen das Haardreieck.

„Edith, o verdammt, Edith!"

Sie hielt den Po der Liebsten fest in beiden Händen und spielte mit ihrer Zunge in den drahtigen Löckchen. Edith war hin- und hergerissen zwischen Lust und Angst.

„Bitte nicht hier! Nicht jetzt!"

„Wann denn?"

„O mein Gott, verstehst du das denn nicht!"

Antonia sah nach oben.

„Was soll ich verstehen?"

„Das ist mir zu öffentlich. Jeder kann mich sehen!"

„Na und? Ich finde, du brauchst dich nicht zu verstecken."

Edith befreite sich von Antonia und eilte in die Schlafkammer. Dort zog sie hastig ihre Unterwäsche und eine Bluse an.

Antonia kam herein und sah, wie Edith ihr Hemd zuknöpfte.

„Kannst du mir einmal verraten, wie das zusammenpaßt?"

„Wie, Unterhosen, Büstenhalter und Unterhemd?"

„Blödsinn! Ich meine, du kommst mit einem Buch in der Hand aus Königsberg zurück und dozierst über die Liebe zwischen Frauen, und wenn ich dir nahe komme, machst du einen Rückzieher."

„Das ist nicht wahr!"

„Na gut. Aber ich liebe dich nicht nur nachts im Dunkeln!"

„Mein Güte! Liebe, das ist doch nicht nur Fleischeslust. Das ist doch auch vollkommene Nähe, Geborgenheit, Wohlgefühl."

„Ach so, komplette Vereinnahmung meinst du."

„Ich meine absolute Liebe, nicht nur die körperliche Angelegenheit."

„Absolut? Du meinst, daß keine mehr Raum für ihre eigenen Interessen hat?"

„Das kommt darauf an. Brunhild gehört auf jeden Fall nicht dazu!"

Antonia ließ sich auf das ungemachte Bett fallen, legte sich mit hinter dem Kopf verschränkten Armen auf ein Kissen und sah ihre Liebste ernst an.

„Also, was willst du genau?"

„Daß du Zeit für mich hast!"

Antonia drehte sich zur Seite und stützte ihren Kopf auf den Unterarm.

„Darf ich dich daran erinnern, daß ich hier einen Hof habe? Arbeit ohne Ende. Kühe, Schweine, Hühner und Land, so weit das Auge reicht! Gemüse, Kartoffeln! Dann auch noch Russen und Flüchtlinge!"

„Du hast deine über alles geliebten Pferde vergessen."

„Habe ich nicht. Die Trakehner sind keine Arbeit. Sind pures Vergnügen!"

„Aber sie nehmen dir Zeit."

„Moment! Du neidest den Pferden die paar Stunden in der Woche, die ich mit ihnen verbringe?"

„Immer, wenn ich dich suche, bist du im Stall, auf der Koppel, auf der Weide oder auf einem deiner Rösser."

„Jetzt ist es aber gut! Schließlich schlafe ich nicht im Pferdestall, sondern bei dir."

„Eben! Siehst du, für die Zossen hast du Zeit, und ich ..."

„Du bekommst meine ganze Liebe!"

„Ich will aber mehr!"

„Willst du nicht! Sonst wärst du gerade eben nicht davongerannt."

„Ich will immer mit dir zusammen sein."

„Kannst du haben. Komm doch einfach mit, wenn ich zu den Schweinen gehe."

„Du verstehst mich nicht!"

Antonia setzte sich auf und legte den Kopf schräg.

„Du willst, daß ich dir den ganzen Tag die Hand halte, die Arbeit und meine Pferde vergesse. Außerdem soll ich auch noch auf deinen wunderbaren Körper verzichten."

„Nein!"

„Verdammt, dann erkläre es so, daß ich Bauernkind es auch verstehe!"

Edith suchte sichtlich verlegen nach ihrem Rock. Endlich hatte sie ihn gefunden und unter den Blicken der Liebsten angezogen.

„Deine Arbeit steht vollkommen außer Frage. Ich begreife nur Liebe nicht als bloße Körperlichkeit."

„Aber es gehört für dich doch dazu, oder?"

„Ich wünsche mir manchmal nichts sehnlicher, als anders zu sein. Ich finde mich nicht besonders anziehend. Sieh mich doch an, hängende Brüste, überall Sommersprossen, und mein Gesicht, die Lippen sind zu schmal, die Wimpern zu kurz. Nichts, aber auch nichts ist schön an mir, und dann noch diese grauenvolle Haarfarbe."

„Du wirst es nicht ändern können, dein Aussehen nicht und nicht, daß ich dich so liebe, wie du bist."

Antonia stand vom Bett auf und ging auf ihre Freundin zu. Die sah ihr in die braunen Augen und hielt sich die Hände vor den Mund.

„Das sagst du nur so."

„Sehe ich so aus? Ich liebe deine Brüste, deinen ganzen Körper, vor allem dein Haar! Davon wirst du mich durch dein Geschwätz nicht abbringen."

„Ach, Toni!"

Die junge Treskow nahm ihre Liebste vorsichtig in den Arm und küßte deren geschlossene Lider.

„Ich wünschte, ich wäre so schön wie du!"

Antonia grinste, und ihre Lippen berührten begehrlich den hellhäutigen Hals.

„Dann hätte ich mich bestimmt nicht in dich verliebt."

Edith spürte den warmen Mund und die weiche Zunge der Geliebten auf ihrem Kinn. Sie schob ihre Angst, gesehen zu werden, beiseite und gab dem Drängen der Freundin nach.

„Nee und nochmals nee! Mensch, du kannst doch jetzt nich' 's As rauswerfen! Du sitzt vorn, ich hinten! Eberhardt macht das Spiel."

„Monsieur, warum nischt die As?"

„Weil der Hund es uns sonst mit ei'm Bauern wegsticht! Du spielst mit mir zusamm', verstehste?"

Marie drehte sich vom Herd um und schüttelte heftig den Kopf.

„Jenug, daß ihr mir die Küche zur Kneipe macht. Aber, Jott im Himmel, ihr müßt doch nich' rumschreien wie de Kenigsbercher Droschkenkutscher!"

Matthieu stand auf und warf seine Karten auf den Tisch.

„Madame Marie, excusez-moi! Aber isch kann nischt versteh' die Spiel! Rüdolf sein très bös' auf misch, weil isch gespielt 'ab die falsch' Kart'."

Die beleibte Köchin ging zum Tisch, schlug dem Belgier freundschaftlich auf die Schulter und setzte sich auf die Holzbank. Bedächtig nahm sie sein Blatt vom Tisch und steckte die Karten um.

„Setz dir, Matthieu, vom Zuschauen wirst du es schon lern'."

Geraume Zeit später kam die alte Frau Kalein herein und hob schnuppernd die Nase.

„Herrschaften, hier brennt was an!"

Marie sah von ihren Karten auf und bekam große Augen.

„Verdammich! De Karten, se sin' e'm vom Teufel jemacht!"

Sie sprang auf und eilte zum Herd, wo Großmutter Kalein schon den Topf vom Feuer gezogen hatte.

„Hätt' ich nich' in Ihn jesucht, daß Se spielen tun!"

Rudolf sammelte sichtlich erleichtert das Blatt zusammen und steckte es in einen kleinen Leinenbeutel.

„De Marie, die kann sich de Finger verjolden lassen! De hat uns vielleicht de Hosen runterjezogen. Nee, so was hab' ich noch nich' erlebt, un' denn noch 'n Weib!"

Matthieu sah den alten Mann auffordernd an.

„Isch 'ab' gelernt die Spiel. Warum du pack' die Kart' ein?"

„Das glaub' ich dir, Mann, daß de jetzt begriffen hast! Dreimal hintereinander Schneider schwarz. Da begreift jeder."

Marie versuchte mit Frau Kaleins eifriger Hilfe aus dem Angebrannten noch etwas zu machen, als Antonia hereinkam. Rudolf steckte sich gerade eine Zigarre zwischen die Zähne.

„Nu', wollten Se nich' weg?"

„Alles zu seiner Zeit. Na, meine Herren, haben wir hier einen Rauchersalon? Die Luft können wir ja in Eimern hinaustragen!"

Eberhardt hustete heftig und nickte.

„Beim Kartenspielen ..."

„Ach, seit neuestem wird hier auch gespielt? Können wir ja ein Schild draußen aufhängen, Bauernschenke, und Bier gibt es dann nur noch gegen Bezahlung."

„Na nu', es is' doch Sonntach, un' wenn de Russen auf'm Hof lustwandeln könn', denn ..."

„Jetzt haltet einmal die Luft an. Für euer Kartenspiel habt ihr den Gemeinschaftsraum im Gesindehaus! Küche bleibt Küche!"

„Aber hier is' so schön warm."

Antonia starrte Marie in den Rücken.

„Gib mir noch ein Glas eingemachtes Obst. Edith und ich wollen jetzt los."

Matthieu, der kaum ein Wort der Auseinandersetzung verstanden hatte, sah freundlich zu Antonia und stieß im gleichen Moment Kupinski an.

„Na, was is' mit die Spiel?"

„Nuscht mehr!"

„O non, du mußt geben die Revanche!"

Die Köchin kam mit einem Einmachglas aus der Speisekammer, stellte es auf die Anrichte und stemmte beide Hände in die Hüften.

„Ihr Singbeutel, nu' is' jenug! Raus, oder ihr dürft de Kartoffeln schälen!"

Die alte Frau Kalein kippte Wasser in den angebrannten Topf.

„Na was, plagt jetzt es schlechte Jewissen?"

„Se könn' jetzt jetrost wieder de Enkel hüten jehen."

Beleidigt drehte sich Oma Kalein um und stapfte aus der Küche. Kaum eine Minute später waren auch die Männer verschwunden, und Marie zerstieß grobes Salz in einem großen Mörser für den Sonntagsschmaus. Antonia füllte Wasser in eine Feldflasche und drehte sich um.

„Marie, was für ein schlechtes Gewissen?"

„Och, nuscht von Bedeutung."

„Dann kannst du es mir bestimmt verraten."

Hastig packte die Angestellte das Eingemachte in Antonias Rucksack und legte noch zwei Äpfel obenauf.

„Hier, un' viel Spaß."

Antonia nahm den Ranzen und grinste.

„Marie, Marie, sollte das der Untergang sein?"

„Se halten mir von de Arbeit ab!"

Gemächlichen Schrittes gingen Brick und Bizerka nebeneinander her.

Die heimatliche Eichenallee lag schon weit hinter ihnen. Antonia sah ihre Freundin mit schräggelegtem Kopf an.

„Kann es nicht fassen, daß du freiwillig reitest."

Edith lachte, versammelte Bizerka und drückte beide Unterschenkel gleichzeitig ans Pferd. Sie hielt das Kreuz angespannt, verlagerte den Sitz etwas nach hinten, und die Stute begann zu traben. Durch treibende Hilfe verstärkte sie die Gangart und begann auszusitzen, als das Pferd raumgreifende Tritte machte. Ihre Geliebte staunte und trabte hinterher.

„Kann nicht glauben, was ich sehe!"

Nun nahm Edith ihren ganzen Mut zusammen. Wieder eine halbe Parade gebend, stellte sie das Pferd nach innen, legte den äußeren Schenkel knapp hinter dem Gurt an den Pferdeleib, schloß die

Augen, und ihre Stute begann zu galoppieren. Doch die Freude hielt nicht lange, und nach einigen Sätzen verfiel Bizerka wieder in den Trab. Antonia hatte aufgeholt und schüttelte den Kopf.

„Hallo, Fräulein Romeike, bis jetzt habe ich nicht an Wunder geglaubt!"

Edith bekam nicht nur vor Anstrengung einen roten Kopf.

„Tja, die Liebe. Sie kann wohl Berge versetzen."

„Muß wohl so sein!"

„Aber offenbar reicht das Wunder der Liebe noch nicht für den Galopp."

„Hast du Angst?"

Edith erstarrte einen Moment lang, und ihre Stute quittierte dies mit sofortigem Stopp.

„Ich habe mehr Angst, dich wieder zu verlieren."

„Mußt du nicht!"

„Und jetzt?"

„Na, wir traben eben ein Stück, das geht doch schon ganz gut."

„Was mache ich falsch?"

„Kann ich dir erst sagen, wenn du noch einmal versuchst zu galoppieren."

„Muß das sein?"

„Also doch Angst?"

„Vor dem Herunterfallen."

„Du sitzt doch schon sehr gut. Dein Gleichgewicht ist ausgezeichnet, da kann nichts passieren."

„Und wenn Bizerka in ein Loch tritt?"

„Überlaß das dem Pferd. Nur wenn du Angst hast, spürt sie das sofort, und das Tier wird niemals das tun, was du willst."

„Die Rösser merken das?"

„Die merken sogar, wenn du Rösser zu ihnen sagst."

„Du schwindelst."

„Keine Spur! Trakehner sind ungeheuer sensible Tiere, aber wenn du ihr Vertrauen hast, dann kannst du alles mit ihnen machen."

Edith trabte an, und ihre Freundin folgte ihr, immer den Blick auf die Geliebte und auf deren Pferd gerichtet. Auch ein neuerlicher Versuch zu galoppieren mißlang.

„Du mußt das Pferd weitertreiben. Mit den Schenkeln und mit treibendem Hinterteil!"

„Bei dir sieht das so leicht aus, du stehst in den Steigbügeln und machst gar nichts."

„Sieht nur so aus. Übung macht den Reitmeister."

„Und wie lange dauert das?"

„Das müssen wir an der Longe probieren. Gleichzeitig angaloppieren, den Galopp halten und sich dann noch auf den eigenen Sitz zu konzentrieren ist nicht so einfach."

„Meinst du, ich lerne das?"

„Bestimmt! Aber jetzt mußt du mir verraten, wo du das gelernt hast."

„Die Brüder Kalein haben mich unterwiesen."

„Siegmund und Adolf?"

„Mehr Adolf. Der kleine Sigi mag ein exzellenter Reiter sein, aber er hat nur Unsinn im Kopf."

Sie ließen sich auf den Pferderücken durch die abwechslungsreiche ostpreußische Landschaft tragen und ritten, den Spätsommer genießend, durch jahrhundertealte Alleen.

„Na? Ist doch fast so gut wie das Tannenberg-Denkmal. Ich glaube, diese Landschaft gibt es nur ein einziges Mal auf der Erde, hier bei uns im Ermland."

„Warst du schon einmal am Reichsehrenmal?"

„Nein. Warum wolltest du denn unbedingt dorthin?"

„Weil wir dann weit weg gewesen wären von deinen Schweinen und Hühnern und Kühen und ..."

„Pferden."

„Es wäre ein wunderbarer Ausflug geworden. Das muß man einfach gesehen haben! Die Gruft Hindenburgs, diese zwei riesigen Steinsoldaten rechts und links neben dem Eingang zum Turm. Das überlebensgroße Standbild, den Fahnenturm mit den Fahnen aller Reichsgaue. Ein backsteingemauertes Monumentalbauwerk, mit achteckigem Grundriß, acht wunderbaren quadratischen Türmen. Das läßt jedes Architektenherz höher schlagen."

„Wegen ein paar Türmen so weit fahren? Wir haben hier doch überall Befestigungsanlagen stehen, die auch groß und schön sind."

Edith bekam einen verträumten Gesichtsausdruck.

„O ja, der Deutsche Orden! Innerhalb von zweihundert Jahren hat er einhundertfünfzig herrliche Festen geschaffen. Eine außerordentliche Leistung, und alles mit Ziegelsteinen im Klosterformat, das ist neun auf fünfzehn auf zweiunddreißig Zentimeter, einfach großartig! Aber das Reichsehrenmal, die Einweihung war 1927, ist ein unvergängliches Monument aus unserer Zeit, nicht aus der Vergangenheit, die so lange zurück liegt und mit der wir doch nichts mehr zu tun haben."

„Siebenundzwanzig? Hindenburg ist doch erst vierunddreißig gestorben."

„Aber die Architektur ist und bleibt einzigartig."

„Häuser sind vergänglich! Unsere Heimat, diese Landschaft nicht! Wußtest du, daß wir hier mehr als dreitausend Seen haben? Manche sind mehr als vierzig Meter tief."

„Natur ist immer schön, aber der Mensch kann auch so viel Schönes schaffen."

Sie rasteten auf einer Wiese mit Blick auf eine riesenhafte Eiche.

Nach ihrer Vesper waren sie so sehr miteinander beschäftigt, daß sie nicht merkten, wie sich der Himmel bewölkte. Antonia lag im Unterhemd auf ihrer Liebsten, und der feine kalte Nieselregen traf ihre erhitzte Haut wie Nadelstiche. Völlig außer Atem drehte sie sich von der Freundin weg und sah in den grauen Himmel.

„Na, der Rückweg wird ungemütlich werden."

Edith knöpfte ihre Bluse zu und sah die Auserwählte liebevoll an.

„Dann werden wir uns eben beeilen."

„Galopp?"

„Toni, mit dir würde ich auch fliegen!"

Es war schon dämmrig, als die beiden Frauen auf den Hof ritten. In seinen Klotzkorken klappernd wie ein Gaul rannte ihnen Siegmund entgegen und winkte. Antonia stöhnte und ließ Brick langsamer werden.

„Der Knabe ist ein hervorragender Betreuer für die Pferde, aber ich kann ..."

Sie wurde von Brunhilds Rufen unterbrochen.

„Se sin' spät!"

Siegmund und Brunhild übernahmen das Absatteln und Trockenführen der beiden erhitzten Pferde. Das Frauenpaar kam in die dampfend warme Küche, wo alle schon gegessen hatten. Das dumpfe Schnarchen Eberhardts übertönte nicht nur die Gespräche der Erwachsenen, sondern auch die Unruhe, die der kleine Walther verursachte. Marie schien ungewöhnlich nervös.

„Na, Fräuleinchens, wenn's noch was jeben soll, denn ma' flott."

Antonia und Edith stillten eilig ihren großen Appetit. Rudolf und Großvater Kalein qualmten vor sich hin, unterbrochen von den ständigen Fragen Siegmunds, deren Beantwortung meist sein älterer Bruder übernahm. Als Antonia den letzten Bissen im Mund hatte, stellte sich die beleibte Köchin in beinahe militärischer Haltung in die Mitte der Küche.

„Herrschaften, Post von unser'm Jüngsten!"

Die Großeltern Kalein mühten sich nach Kräften, die Enkel ruhig zu halten. Rudolf sog heftig an seinem Stumpen, und Eberhardt wurde von dem neben ihm sitzenden Belgier wachgerüttelt. Marie setzte sich und begann die krakelige Sütterlinschrift, die vor Rechtschreibfehlern nur so strotzte, zu entziffern.

„Ihr Lie'm daheim.

Hab mir schon jut einjewöhnt. Bin auch nich so weit weg von zu Haus. Im Umkreis von unjefähr fünfzig Kilometern de Bolschewisten. Wir halten mit eim Trupp Altjediente de Stellung, bis sich de

Kampflaje ändern tut. Versorjung kommt auch aus die Luft. Wir leiden eijentlich keine rechte Not, nur wird de Verpflejung immer dünner. Unser Truppführer sagt, den Riemen enger schnallen, und er klagt darieber, daß kein Rauchmaterial ankommen tut. Der Alte hat schon Mist jeraucht! Fleisch is knapp. Wenn überhaupt, denn jibt es Pferd. Keine Angst, auch wenn da Hunger weh tun soll, ich eß kein Roß! Jestern durft ich janz allein n Dreitonner fahren. Opel Blitz, mit Sechszylindermotor. Das warn Spaß! So kurz über meine Laje. Alles is aufrejend. Hab' auch schon aufm Iwan jeschossen.

Bleibt alle recht jesund und vor allem s Fräulein Antonia.

Wolfgang Sparwein"

Marie schien betrübt und stand auf.

„Herrschaften, ich sag's euch, 's is' der Unterjang!"

Dunst lag über der morgendlichen Landschaft. Antonia fröstelte, als sie aus dem warmen Stall kam, in dem der Stier eingestellt war, der zum Besamen der wenigen Jungkühe geholt worden war. Rudolf kam ihr entgegen und wischte sich mit seinem Taschentuch über die große Nase.

„Prächtijes Tier!"

„Ja. Mache mir nur Sorgen wegen des Deckens. Habe so etwas noch nie gemacht."

„Na nu', keine Furcht! Das macht der Bursche schon wie von allein."

„Meinst du?"

„So is' de Natur. Un' im Mai könn' wir denn de Kälber auf de Welt bring', das is' mehr Arbeit."

„Hast du schon gefrühstückt?"

„Mein' Kaffee, den hab' ich mir schon abjeholt, da ham Se noch in' Federn jelegen."

Die junge Treskow ging in die Küche, wo nur Großmutter Kalein mit ihrem Enkel saß.

„Guten Morgen."

„Morjen, Fräuleinche'."

„Hat Marie Ausgang?"

„Nee, die is' bei die Hühner."

Antonia frühstückte schweigsam. Ihre Gedanken wurden immer wieder durch das ohrenbetäubende Juchzen des kleinen Walthers unterbrochen. Den letzten Bissen noch im Mund, stand Antonia auf und brachte ihr Frühstücksbrett zur Spüle. Marie kam singend herein und lachte die junge Frau an.

„Ham Se schon was vor?"

„Arbeiten."
„Na nu', unsere Versorjung muß jesichert wer'n."
„Tu mein Bestes!"
„Denn reiten Se nach Schloßwalde."
„Wozu?"
„De Marken für de Hülsenfrüchte un' dem Reis verfallen am ersten September."
„Kann das nicht jemand anders machen?"
Marie kramte graubraune Bezugskarten, die im rechten oberen Eck den Reichsadler mit Hakenkreuz trugen, aus einem Schubfach in der Anrichte und legte sie auf den Küchentisch.
„Na nu', mir soll's ejal sein, wenn Se jemand anders schicken."
Antonia griff sich die Scheine und ging auf den Hof. Sie sah sich kurz um, doch niemand schien ohne Aufgabe zu sein, außer Siegmund, der sie gleich entdeckte und zu ihr lief.
„Der Ludger tut Luft schlucken."
„Guten Morgen heißt das!"
Der Bengel verzog das Gesicht und nickte.
„Morjen. Aber wenn da Wallach ..."
„Das macht er schon, seit er ein Fohlen ist. Dumme Angewohnheit von ihm. Hatte schon zweimal eine Kolik deswegen. Kann man ihm nicht abgewöhnen."
„Was machen Se 'n jetzt?"
Antonia ballte entnervt die Fäuste.
„Mir wird schon etwas einfallen."
Der Junge folgte ihr wie ein Schatten zur Sattelkammer.
„Reiten Se aus?"
„Ja."
„Mit wem?"
„Arnim ist dran."
„Darf ich mit?"
„Nein! Ich muß nach Schloßwalde."
„Denn komm ich nur 'n Stick mit, der Markgraf muß ..."
„Siegmund, es ist genug!"
„Dann hol' ich 'm Arnim!"
Nun wurde es der jungen Frau zu bunt.
„Geh zu deinem Bruder und spiel mit ihm!"
„Mit welchem?"
„Verschwinde!"
Der Kleine zog unwillig von dannen und beobachtete sie von der anderen Hofseite aus. Antonia ging hinüber in den Heuschober und besah sich wie jeden Morgen das vor ein paar Tagen eingefahrene Heu. Sie hatte die Befürchtung, daß es trotz guter Belüftung – Matthieu schien in dieser Hinsicht wirklich ein Spezialist zu sein – in seiner Schwitzphase zu warm werden und damit an Qualität verlie-

ren könnte. Ihr Vater hatte immer gesagt, daß gerade Herbstheu besonders anfällig für Schimmelpilze sei und man es daher während der ersten Wochen der Lagerung im Auge behalten müsse. Sie schob ihren Arm tief in das Heu und griff sich einige Halme. Das gemähte Gras hatte kaum noch Feuchte und roch angenehm aromatisch. Sie rieb es zwischen beiden Händen. Es war etwas rauher als das Frühsommerheu, doch trotzdem so weich und zart, wie es sein sollte. Beruhigt ging sie wieder zurück zum Pferdestall, in dem zu ihrer Überraschung Adolf in einer Ecke saß und las.

„Na, Junge, hast wohl keinen anderen Platz?"

Er sah irritiert von seinem Buch auf.

„Ich erlaube mir nur, für Sie Stallwache zu halten, da sonst mein kleiner Bruder hier sein Unwesen triebe."

„Primich! Kannst dir dafür heute abend wieder ein paar Schmöker aus der Bibliothek holen."

„Vielen Dank."

Sie war froh, als sie endlich auf die Allee hinausreiten konnte, und sie genoß den Ritt nach Schloßwalde.

Schon als sie in die Stadt hineinkam, fielen ihr die Treckwagen auf, die auf dem Weg nach Westen waren. Unweigerlich mußte sie an die Kaleins denken, die inzwischen beinahe ein Teil der Familie geworden waren. Vor allem die Großmutter konnte keine Arbeit im Hause liegen sehen. Marie war dies zu Anfang lästig gewesen, da sie meinte, die alte Frau beaufsichtigen zu müssen, doch auch das hatte sich mittlerweile gegeben.

Sie stieg von ihrem Pferd, löste den Sattelgurt etwas und band das Tier unweit des Geschäftes, in das sie mußte, an einen Laternenpfahl.

Während des Anstehens bekam sie beängstigende Gerüchte zu hören.

„Es rote Pack steht schon bei Tilsit!"

„Haben Sie nicht auch schon die Flieger gehört? Jetzt bombardieren die uns hier bestimmt auch noch!"

„Wir sollten hier alle verschwinden, bevor wir über Nacht vom Bolschewisten überrannt werden!"

„Die Tommys, die wollen uns an den Kragen!"

„Die Iwans machen hier alles zu Kleinholz."

„Die Russen werden uns schlachten wie Vieh!"

Nach beinahe zwei Stunden bangen Wartens bekam sie auf die letzten Markenabschnitte, H1 und H2, eine große braune Papiertüte voll Linsen und einen Sack Bohnen.

„Was ist mit dem Reis?"

„Reis is' aus."

Froh, überhaupt etwas bekommen zu haben, machte sie Platz für die nächste Kundin, die ihr schon mit sanftem Knuffen bedeutet hatte, daß sie den Weg zur Theke freigeben sollte. Antonia packte ihre Fracht in die Satteltaschen und machte sich auf den Heimweg.

Zu Hause berichtete sie während des Mittagessens von den Ereignissen in der Stadt. Großvater Kalein stand sofort auf und ging auf seinen genagelten Stiefeln unruhig in der Küche hin und her.

„Da könn' wa nich' blei'm! Wa missen schleunigst weiter nach'm Westen, bevor uns der Russ' den Weg abschneidet!"

Rudolf schüttelte den Kopf.

„Alles Weiberjeschwätz! De Front steht wie ein Mann!"

Der alte Kalein machte eine abfällige Handbewegung.

„Im Juni war der Iwan noch in Weißrußland und in die Ukraine, un' jetzt? Ich sag's, de rote Jefahr is' schon fast an der Weichsel, die jehen auf Warschau, und denn sitzt ihr hier im Schlamassel!"

„Warschau? Blödsinn! Da is' de Heeresgruppe Mitte davor! De zweite, de neunte Armee und de vierte Panzerarmee."

„Kupinski, das is' doch nur en Traum! De Iwans komm', wenn nich' mehr in dem Jahr, denn im nächsten."

Adolf legte leise seinen Löffel neben den Teller, setzte sich kerzengerade auf und begann über Sinn und Unsinn von Kriegen im allgemeinen und dem derzeitigen im besonderen zu dozieren, bis Marie ihrem Entsetzen Luft machte.

„Mein Jott, ich seh' ihm schon vor mir, den Unterjang!"

Großmutter Kalein pflichtete ihr bei, und die beiden Frauen begannen zu weinen. Nun hatte Antonia genug, und sie verließ die Küche. Edith folgte ihr zum Arbeitszimmer und setzte sich in einen Sessel gegenüber des Schreibtisches.

„Toni, was meinst du, steht es so schlimm?"

„Fang du jetzt nicht auch noch an! Hätte ich geahnt, was ich damit anrichte, hätte ich nichts von dem, was ich gehört habe, erzählt!"

„Aber es wird schon etwas dran sein, wenn die Leute so reden."

„Ja, natürlich! Wir haben doch Krieg. Und der liebe Gott möge dafür sorgen, daß er bald zu Ende ist!"

„Diesen Krieg haben wir schon seit neununddreißig, aber doch nicht hier."

Antonia kramte in ein paar Papieren und wollte gerade etwas sagen, als es klopfte.

„Herein."

Siegmund und seine Schwester kamen schüchtern ins Zimmer. Der Knabe eilte vor Brunhild zum Schreibtisch und nestelte an seinem Hosenbund.

„De Familie hat beschlossen, daß es fort jeht!"

Die junge Treskow lehnte sich in ihrem Stuhl zurück und sah das Mädchen an.

„Und was geschieht mit eurer Mutter?"

„Oma is' bei ihr un' bespricht alles mit ihr. Opa packt schon. Morjen in aller Frühe soll's losjehen."

„Na, wenn ihr meint ..."

„De Russen, sagt meine Oma, des is' es schlimmste Volk. De machen vor nuscht halt, de schänden sojar Kinder un' alte Frauen!"

„Wenn deine Großmutter das so genau weiß."

„Wir ham alle schreckliche Angst vorm Iwan."

Brunhilds kleiner Bruder war um den Schreibtisch gelaufen und zupfte Antonia am Ärmel.

„Wenn Se de wertvolle' Pferde behalten wollen, denn komm' Se doch mit uns! Mein Opa sagt, da Russe macht aus Pferde Wurst!"

„Um nichts in der Welt verlasse ich das Gut."

Die Schwarzhaarige zog ihren Bruder zur Tür.

„Nuscht für unjut."

„Ist schon in Ordnung. Jetzt macht euch nützlich!"

Edith sah ihre Freundin mit aufgerissenen Augen an.

„Die gehen doch bestimmt nur, wenn sie ihre Mutter mitnehmen können?"

„Nehme ich an. Warum?"

„Nur so ein Gedanke! Du hast doch bestimmt zu tun?"

„Das kann man wohl sagen."

Edith eilte aus dem Zimmer und besah sich zunächst das Treiben auf dem Hof. Die ganze Familie Kalein war damit beschäftigt, ihre Habe auf den Planwagen zu laden. Rudolf und der Großvater stritten sich darüber, ob es sinnvoll sei, die Kühe auch noch mitzunehmen. Hinter ihr ging die große Tür des Hauses auf, und die Großmutter kam müden Schrittes heraus. Edith sah ihr in das sorgenvolle Gesicht.

„Gibt es Schwierigkeiten? Sie sehen so bekümmert aus."

„Ach, Marjell, der Herr hat uns wohl bestimmt, hier ze blei'm."

„Sie meinen, wegen Ihrer Tochter?"

„Der jeht's jar nich' jut."

„Na, lassen Sie mich mal sehen."

Froh darüber, mit Brunhild eine vermeintliche Konkurrentin loswerden zu können, ließ es Edith sich nicht nehmen, einen ihrem Vater zu Dank verpflichteten Arzt anzurufen. Bis zu seinem Eintreffen übte sie sich scheinbar selbstlos in Krankenpflege. Tatsächlich konnte der Doktor, wenn auch unter mehrfach vorgetragenem Vorbehalt, Frau Kalein transportfähig machen.

Die hektische Betriebsamkeit der Flüchtlingsfamilie veränderte die Stimmung auf dem Hof. Antonias Mutter war nun gar nicht mehr vom Radio wegzubringen, und sie lauschte gespannt jedem Bericht über die Lage an den Fronten.

Angesichts der baldigen Abfahrt schlich Brunhild, ganz entgegen ihrem Naturell, schwermütig auf dem Gut herum.

Antonia versuchte ihrer Arbeit nachzukommen, doch auch sie fand nicht die nötige Konzentration für Buchhaltung, Kalkulation und Abrechnung. Unruhig verließ sie das Arbeitszimmer und schaute nach ihrer Liebsten. Doch von Edith war nichts zu sehen und zu hören. Bei einer Runde über den Hof traf sie auf das Kalein-Mädchen.

„Na, Brunhild, schon Reisefieber?"

„Kein Jedanke! Ich möcht' einfach nur blei'm, is' doch so schön hier."

„Ja, Treskow ist schön."

„Außerdem hab' ich mir verliebt."

Der jungen Treskow wurde es heiß und kalt.

„Wie schön für dich. Wer ist der Glückliche?"

„Es is' eine sie."

Angesichts dieser Offenheit des Mädchens mußte die junge Gutsherrin husten.

„Oha!"

„Ja."

„Wer ist denn dann die Glückliche?"

„Bizerka is' es schönste Pferd, was ich in mei'm Le'm jesehen hab'! Schimmel sin' doch bei uns in Ostpreußen heilig!"

Antonia mußte grinsen.

„Ja. Ist wirklich ein Prachttier, aber wahrhaftig keine Heilige!"

„Darf ich noch mal mit ihr auf de Koppel?"

„Natürlich, wenn es dir den Abschied leichter macht. Sei vorsichtig!"

Das Mädchen flog förmlich zum Stall, und Antonia sah ihr schmunzelnd hinterher. Dann wandte sie sich zu der Unterkunft der Russen. Eberhardt schlurfte, den Besen geschultert, auf sie zu, und sie nickte freundlich zu ihm hinüber.

„Na, Eberhardt?"

„Ich sag' Ihn' was, Fräulein. Es hat hier alles doch wirklich kein' Sinn mehr! Wa sollten auch unser'm Trödel packen und mit die Kaleins mitfahren!"

Schlagartig wich die Heiterkeit von ihr, und sie ließ den alten Mann samt Besen einfach stehen. Sie ging zum Stall, aus dem Brunhild mit ihrem Pferd verschwunden war, und holte Tarantino heraus auf den Hof. Geschwind sattelte sie ihn und floh in die spätsommerliche Landschaft.

Nichts zwang sie mehr, auf den Wegen zu bleiben. Endlose Weiten abgeernteter Felder lagen, dem struppigen Bürstenhaarschnitt des

Herbstes gleich, vor ihr, und sie ließ dem kraftstrotzenden Hengst freien Lauf. So ritt sie dahin, mit dem Empfinden, fliegen zu können, wenn sie es nur wollte. Völlig von der Vorstellung eingenommen, in die Unendlichkeit zu reiten, nahm sie das kehlige Schnaufen und die gleichmäßigen Bewegungen ihres Pferdes kaum wahr. Selbst Edith schien ihr egal zu sein, so sehr umfing sie das Gefühl absoluter Freiheit.

Erst die Kühle des späten Nachmittags, die spürbare Ermüdung Tarantinos und ihr Hunger trieben sie zurück zum Gut. Dort stand der fertig gepackte Treckwagen der Kaleins. Sie sattelte ab, versorgte das Pferd und ging in die Küche, wo alle saßen.

Die Stimmung glich der auf einer Trauerfeier. Es war kein bloßer Abschied, es war ein schleichender Tod, den jeder spürte und doch keiner wahrhaben wollte. Alle aßen schweigend, bis Matthieu aufstand und sein Bierglas erhob. Er hielt eine zu Tränen rührende Abschiedsrede, doch nicht etwa auf Treskow, sondern für Familie Kalein, die ohne ihn ziehen sollte.

„Je veux rester ici."

Großvater Kalein schlug mit der Faust auf den Tisch.

„Du vermaledeiter französischer Hurensohn! Du jehörst uns, und du jehst mit uns!"

„Monsieur, isch nischt sein français!"

Die gespannte Stille wurde erst durch Frau Treskow gebrochen, die mit eisernem Gesichtsausdruck den Raum betrat.

„Herrschaften! Hört mir zu! De Gaulles ist in Paris einmarschiert!"

Diese Nachricht brachte die Seelenlage der Menschen auf Treskow vollkommen aus dem Gleichgewicht. Die Küche verwandelte sich von einem Augenblick zum anderen in eine brodelnde Hölle. Jeder versuchte den anderen zu übertönen. Marie ging zu Frau Treskow und geleitete sie in die Halle des Hauses.

„Gnä' Frau, ich sag' Ihn', es is' unser Unterjang!"

Graue Feuchte lag über dem Land wie eine dicke Decke, die einem das Atmen schwermacht. Eine große Gruppe Zugvögel versammelte sich auf einem Telefondraht und kündigte, immer wieder auffliegend, ihren baldigen Abschied an. An diesem Morgen war Antonia gar nicht wohl; sie hatte ihre Periode bekommen. Sonst war dieser Umstand kein Problem für sie, doch diesmal schien ihr Unterleib verrückt zu spielen. Sie schleppte sich mit Krämpfen durch die Halle ins Arbeitszimmer. Tief ein- und ausatmend, setzte sie sich in den Stuhl hinter dem Schreibtisch und zwang sich, den liegengebliebenen Papierkram zu erledigen. Buchführung war eine ihrer verhaßtesten Beschäftigungen. Entsprechend übelgelaunt war sie, als Eberhardt mit der Post hereinkam. Er tat dies wie üblich ohne anzuklopfen und provozierte damit die mißgelaunte junge Frau.

„Hat man dir keinen Benimm beigebracht?"

Er schreckte zusammen, ließ die Briefe fallen, beugte sich nach vorn und riß gleichzeitig seine Mütze vom Kopf.

„'tschuldigung, wußt' ja nich', daß Se hier sin'!"

„Wo soll ich denn sonst sein?"

Er sammelte mit zittrigen Händen die Briefe ein und richtete sich stöhnend auf.

„Sonst is' hier nie jemand, wenn ich de Post reinbring' tu'. Se sin' sonst immer irjendwo auf'm Hof."

„Aber heute bin ich hier!"

Er stand unsicher vor ihr und nickte.

„Demnächst klopf' ich."

Eberhardt beeilte sich, den Raum zu verlassen und knallte donnernd die Tür ins Schloß. Im nächsten Moment kam er wieder herein, stolperte zum Schreibtisch, legte die Post darauf und eilte, eine Entschuldigung murmelnd, von dannen.

Antonia versuchte sich erneut auf die Buchhaltung zu konzentrieren.

„Verflucht!"

Sie beugte sich nach vorn, hielt sich mit einer Hand den rebellierenden Bauch und griff mit der anderen nach den vier Briefumschlägen, die dort lagen. Sie las die Absender und legte drei beiseite. Der letzte ließ sie neugierig den Brieföffner nehmen und den Umschlag aufschlitzen.

„Emilie Brunteis! Tante Emilie?"

Sie zog den Brief heraus und wunderte sich darüber, daß er mit einer Anrede an ihren verstorbenen Vater begann. Angespannt wanderten ihre Augen über die Zeilen, und sie schüttelte fassungslos den Kopf.

Sie fand es ungehörig, daß ihre Tante nur von sich schrieb. Sie führte aus, daß es ihr nicht gutgehe und sie bald von ihrem Bruder zu hören wünsche.

Antonia überlegte nicht lange, so ärgerlich war sie. Sie zog einen Bogen Schreibpapier aus der Lade und schrieb einen kurzen, aufgebrachten Brief an Tante Emilie. Als sie mit ihrer Zunge den Kleberand des Umschlages benetzte, klopfte es.

„Herein."

„Mein Gott, Toni, mir geht der Wehrmachtsbericht von gestern nicht mehr aus dem Kopf."

Ihre Freundin klebte das Kuvert zu, schrieb die Adresse darauf und griff sich dann mit einer Hand an den Bauch.

„Meine Güte, natürlich ist es schlimm, daß die Engländer Königsberg bombardiert haben. Aber du mußt keine Angst haben, uns geschieht hier schon nichts."

„Es geht mir doch nicht um uns. Die Terrorflieger haben Wohngebiete in Schutt und Asche gelegt, sogar vor dem Dom haben die nicht halt gemacht! Ich mache mir solche Sorgen um Theo und Karin! Was jetzt wohl mit den beiden sein mag?"

„Frau Morin war Luftschutzwart in unserer Schule. Sie wird schon in den Keller gelaufen sein."

„Aber wenn ihr Haus getroffen wurde?"

„Edithche', was willst du?"

„Ich würde zu gerne bei ihnen anrufen."

„Na, dann tu es."

Edith machte sofort kehrt und verschwand in der Halle. Antonia krümmte sich nach vorn und biß die Zähne aufeinander.

„Jeder kocht hier seine eigene Suppe! Und ich? Kein Schwein fragt, wie es mir geht!"

Sie versuchte erneut, sich mit der Schreibtischarbeit anzufreunden, doch es gelang ihr nicht. Fahrig warf sie einen Stapel Papier auf die andere Seite des Tisches und ging zum Fenster. Trüb und schwer hing der Himmel über der Umgebung. Sie atmete tief durch und drehte sich um.

„Wenn das so weitergeht, bekommen wir einen frühen Winter."

Sie streckte ihren Körper und ging, eine Hand vor den Bauch haltend, zur Tür. Ein kurzer Blick streifte den Schreibtisch, dessen Arbeitsfläche vor Unordnung kaum zu erkennen war.

„Die Kartoffeln müssen raus und die Russen vom Hof!"

Immer wieder rebellierte ihr Inneres und zwang sie, den gewohnten Schritt zu verlangsamen, während sie auf dem Hof nach Rudolf Ausschau hielt. Endlich fand sie den alten Mann, der gerade dabei war, mit Matthieu einen der Hafersäcke auf eine Schubkarre zu laden.

„Ist der nicht noch zu feucht?"

„Hab' ich dem Schlunz auch schon jesagt, aber der meinte, da jibt's Möglichkeiten ..."

Sie hörte dem alten Mann nicht mehr zu und eilte dem Belgier, der die Karre schob, hinterher.

„Ist ja schön, daß du hilfst. Aber wenn das Korn zu naß ist, ruinieren wir es mit der Einlagerung!"

Matthieu schnaufte und stellte die Sackkarre ab.

„'ab' isch nischt die 'eu versorgt très bien? Bei uns nischt is' immer schön die Wetter. Viel Regen in Belge. Wir auch ernten die Korn, trocknen in die Lager."

„Ja, schön, schön. Aber wie soll das gehen, jetzt, wo der Sommer vorüber ist?"

„Mit die Chauffage."
„Heizung?"
„Oui, mit eine spezielle 'eizung, mit eine Ventilator."
„Heizen in der Scheune? Da brennt uns doch die Holzbude ab!"
„Mademoiselle, isch sein sischer, die Method' wird geh'."
Die junge Frau sah in den Himmel, als erhoffte sie sich eine Eingebung von dort.
„Wäre schon gut, wenn der Hafer wegkäme. Hätten dann Platz für die Kartoffeln."
Matthieu hob die Schubkarre wieder an.
„Pommes de terre? Nischt war gut' Jahr für die Kartoffel'. Zu 'eiß die Sommer."
Sie sah ihm nach, wie er den schweren Sack vor der Scheune auf seine Schultern lud und hineinschleppte.
„Klugscheißer."
Sie spürte eine Mischung aus Aggression und Müdigkeit in sich. Am liebsten wäre sie ausgeritten, doch ihre Regel machte ihr einen Strich durch die Rechnung. Langsam ging sie über den Hof, bog in Höhe des Haupthauses zu ihrem kleinen Domizil ab und setzte sich auf die Stufe vor dem Eingang. Edith hatte ihre Freundin kommen sehen.
„Toni, du hier?"
Antonia sah zu ihrer Liebsten auf.
„Bin völlig durch den Wind. Weiß auch nicht, was mit mir los ist."
„Du siehst auch blaß aus. Ist dir etwas?"
„Und wie! Habe das Gefühl, mein Bauch dreht durch."
„Na, dann hast du wohl wieder warmen Kuchen stibitzt?"
„Nein, das Drama liegt tiefer."
„Hoppla, das klingt nach roter Woche."
„Erraten."
„Da hilft hinlegen und eine Wärmflasche."
„Gehe doch nicht am hellen Tage ins Bett!"
Edith erschrak über den schroffen Ton und ließ Antonia im Eingang sitzen. Sie ging zurück in die Küche des kleinen Gärtnerhauses und setzte sich wieder an ihre Näharbeit. Ein paar Nadelstiche später kam Antonia herein.
„Tut mir leid! Wollte dich nicht so anbellen."
„Schon gut, setz dich. Es gibt noch einen Sack voll Strümpfe zu Stopfen. Handarbeit beruhigt."
„Grundgütiger, keine Beschäftigung für mich. Da gehe ich lieber hoch und sehe nach, wo das Dach undicht ist."
Edith sah von dem neuen Kragen auf, den sie kunstvoll an eine alte Bluse nähte.
„Du mußt nicht lange suchen. Als es das letzte Mal so heftig geregnet hat, habe ich einen Eimer unter das Loch im Dach gestellt."
„Danke. Hast du in Königsberg jemanden erreicht?"

„Das war gar nicht so einfach! Aber die beiden sind wohlauf. Es hat wohl einige Häuser in der Straße getroffen, aber Karin und Theo haben es heil überstanden."

Antonia versuchte ein Lächeln, doch ihre Gesichtsmuskeln gehorchten heute ebensowenig wie der Rest ihres Körpers. Sie drehte sich ruckartig um und stapfte die Treppen hinauf zum Dachstuhl. Oben angekommen sah sie auch gleich den Kübel, der zu drei Vierteln mit Regenwasser gefüllt war. Sie schnappte den Eimer, öffnete ein kleines Fenster und kippte die Brühe mit einem Schwung nach draußen. Eine neuerliche Schmerzattacke ihres Bauches ließ sie gebeugt zu der Stelle zurückgehen, wo sie durch das Dach in den Himmel schauen konnte.

„Sind mindestens zwei Ziegel hinich."

Sie stellte eine Holzleiter unter eine kleine Luke, von der aus man auf das gesamte Dach sehen konnte. Bedächtig nahm sie die ersten Sprossen, als sie wieder einen messerscharfen Schmerz unterhalb des Nabels fühlte und wieder herunterstieg.

„Hat gar keinen Sinn, das Dach muß warten."

Ärgerlich nahm sie die Leiter und ließ sie mit einem donnernden Knall auf den Dachboden fallen. Staub wirbelte auf und reizte sie zum Husten.

„Dann machen wir eben Ordnung."

Als sie ein altes Möbel von seinem Platz schob, fiel ihr Blick auf eine staubige Kiste. Neugierig besah sie sich den Holzkasten und rüttelte am Deckel. Ein kleines Vorhängeschloß ließ ihre Neugierde nur noch größer werden. Sie lief nach unten und kam wenig später mit einer Haarnadel von Edith zurück. Sie bog den störrischen Draht mehrfach zurecht und probierte es immer wieder. Endlich sprang das Schloß mit einem sachten Klicken auf. Sie öffnete den Kasten und sah auf alte Kleidungsstücke. Darunter befanden sich gerahmte Bilder, eine dicke Bibel und mehrere Zigarrenkisten. Es dauerte nicht lange, bis sie an einem vergilbten Bild erkannte, daß dies der Nachlaß ihres Großvaters sein mußte. Sie nahm sich die Bibel und schlug sie auf. Es war die Familienbibel der Treskows. Mit den ersten Seiten, auf denen Namen, Geburts-, Heirats- und Sterbedaten eingetragen waren, konnte sie nicht viel anfangen. Doch dann, einige Seiten weiter, stieß sie auf den Geburtseintrag ihres Vaters.

„August Friedrich Gustav Treskow, geboren am 26.1.1893 zu Gut Treskow."

Es folgten seine Geschwister: Emilie 1895, Leopold 1899, Karl 1902, Agnes 1904, Ferdinand 1908 und Johannes 1910. Ihre Großmutter Luise starb nach der Entbindung der jüngsten Tochter, die kurz nach ihrer Geburt, im März 1914, ungetauft verstarb.

Edith kam auf den Dachboden und sah ihre Freundin völlig in die Lektüre vertieft.

„Na, das nenne ich Arbeit."

Antonia sah auf und winkte Edith zu sich.

„Hier, schau, unsere Familienbibel! Der letzte Eintrag ist der Tod meines Großvaters, er starb drei Monate vor meiner Geburt."

Mara stand in einem rosafarbenen Chiffonkleid in der Küche und schrie eine junge Frau auf polnisch an. Das Mädchen nickte weinend und rannte an den Wasserhahn. Noch zwei Sätze bellte Mara durch den großen Raum, dann verließ ihn die herrische Polin und ging nach oben in die Halle. Frau Pawelcke saß hinter ihrem Schreibtisch und spitzte den Mund.

„Na, is' doch nich' so dolle mit den Polen."

„Polski gutt! Besser als die Deutsch ..."

„Aha, und was sagt unser Ortsgruppenleiter dazu?"

Ohne anzuklopfen riß Mara die Tür zu Romeikes Büro auf und knallte sie hinter sich zu.

„Deine Pawelcke sein ein ..."

Romeike sah von einer Akte auf und schnitt seiner Geliebten das Wort ab.

„Halt die Luft an! Du willst hier die Dame des Hauses sein? Dann benimm dich bitte auch so. Du darfst dieser Frau eben keine Angriffsfläche bieten. Du kennst sie doch nicht erst seit gestern und weißt, wie sie sein kann."

Mara Piasek sah an sich herab und hob eine Hand.

„Du meinen, ich nix keine Dame?"

Der Dicke wuchtete sich von seinem Stuhl hoch und knöpfte seine Uniformjacke zu.

„Wenn ich dich so mit den Bediensteten herumbrüllen höre, habe ich meine Zweifel, ob es richtig war, dir einen Platz an meiner Seite zu geben."

„Du Hund! Ich sein mindestens so gut wie dein Tochter!"

„Bitte! Du schreist schon wieder."

„Deine Frau, weg! Deine Tochter, weg! Alles Schlampen! Ich sein hier, du teilen Bett mit mir, so ich habe Recht auf ..."

Romeike faßte sie an beiden Schultern.

„Meine Liebe, du hast eigentlich gar keine Rechte. Du bist und bleibst Polin, auch wenn du die Kleider meiner Frau trägst!"

„Du sein nur Bock!"

„Wenn du noch lauter schreist, dann hat die Pawelcke gleich wieder etwas zu reden über dich."

Die Sekretärin sah nur kurz von den Formularen auf, welche sie sortierte, als Mara an ihr vorbeirauschte. Ihr Blick blieb an einem handgeschriebenen Zettel hängen; es war die Gästeliste für den heutigen Abend. Eilfertig stand sie auf und klopfte an die Bürotür.

„Herein."

Sie trat zackig in den Raum, schloß die Tür und warf sich in die Brust.

„Ortsgruppenleiter, haben Sie für die Abendveranstaltung besondere Wünsche?"

„Danke, Frau Pawelcke. Wird alles schon erledigt."

Sie stand unschlüssig vor ihrem Chef.

„Sie meinen, es gibt nichts zu tun für mich?"

„Nein. Aber Sie können, wenn Sie schon da sind, einen Brief aufnehmen."

„Jawohl!"

Minuten später warf sie den stenographierten Text ärgerlich auf ihren Schreibtisch und beschloß, erst einmal frische Luft zu schnappen. Vor der Tür sah sie sich um. Eine Frau mit einem Säugling im Arm, die gerade vorbeikam, riß ihren rechten Arm so in die Luft, daß ihr Kind beinahe zu Boden fiel.

„Heil Hitler!"

Die dicke Frau grüßte in gleicher Manier zurück und stieg die Stufen hinunter. Ohne Eile ging sie um das Haus herum auf den großen Hof. Der Fahrer ging dort seiner Lieblingsbeschäftigung nach und polierte den Mercedes.

„Albert, laß doch, es wird heute sowieso regnen."

Der Mann hauchte den schwarzen Lack an und rieb mit einem weichen Tuch darüber.

„Kann mir egal sein. Sauber is' sauber!"

„Heut' abend kommen wieder 'ne Menge von deinen Kollegen."

„Hab' schon davon jehört. Die Piasek hat mir gesagt, daß ein paar wohl über Nacht bleiben."

„Mensch, Pröck, da müssen wir uns was von dem Pack sagen lassen."

„Hm."

„Die verstehen uns doch noch nicht einmal!"

Er wienerte auf dem Auto herum und nickte.

„Die Mara is' schon en rechtes Rippstück. Un' so janz vorschriftsmäßig sin' de Verhältnisse ja wirklich nich'."

„Ein wahres Wort! Untermenschen sind die Polen. Laut Parteivorschrift is' die Brut den Juden gleichzustellen. Ich habe das nachgelesen! Die schreiben: Der Pole ist der geborene Verschwörer, Lügner und Großsprecher. Er ist maßlos in allen Lebensäußerungen, hinterlistig und falsch! Und ich als echte Deutsche, mit Ahnentafel bis ins siebzehnte Jahrhundert, bin nur noch das Vorzimmerfräulein."

„Na nu', de Vorschrift mag ja recht ham, aber unser Ortsgruppenleiter hat sei'm Spaß, das darf man ihm nich' verübeln. Schließlich is' der Mann doch allein."

„Ach, dummes Geschwätz. Alleine? Er hat doch uns!"

„Na, en Mann brauch' nich' nur 'ne Sekretärin und 'nen Chauffeur."

„Männer! Ihr habt doch immer nur das eine im Kopf!"

Sie ging zurück ins Haus und widmete sich ohne rechte Freude ihrer Arbeit. Schon am Nachmittag kamen die ersten Besucher an. Die Pawelcke kam vor Aufstehen, Grüßen und Anmelden zu nichts anderem mehr. Nebenbei ärgerte sie sich fürchterlich darüber, daß die Polin immer wieder in festlicher Kleidung an ihr vorüberscharwenzelte. Endlich nahte ihr Feierabend, und sie ging zu ihrem Chef.

„Ortsgruppenleiter! Dienstschluß! Melde mich ab, bis morgen."

Er winkte sie wieder nach draußen, denn er war vollständig mit den versammelten Offizieren und deren Trinkwünschen beschäftigt. Während sie ihre Schreibmaschine zudeckte, konnte sie Maras markerschütternde Stimme aus der Küche hören. Kurz darauf schob die selbsternannte Herrin des Hauses eine weißbeschürzte, magere junge Frau vor sich her und zischte sie immer wieder an.

„Du sagen, bitte die Herren, noch was zu trinken!"

Die dünne Frau nickte fortwährend und beide verschwanden im Zimmer mit den Gästen. Romeike war bester Laune. Das war er immer, wenn er Uniformen um sich scharen konnte. Der Raum war gefüllt mit feldgrauen Uniformen der Wehrmacht, dazwischen etliche graugrüne und schwarze Uniformen der SS, und sogar das Blau der Luftwaffe war vertreten.

Nach einem ersten Umtrunk erwartete die Gäste ein opulentes Mahl.

Während der Nachspeise kam die Rede auf die Lage im Westen.

„Choltitz hätte kämpfen müssen bis zum letzten Mann!" meinte ein SS-Mann.

Gemurmel erfüllte den Raum, und ein Wehrmachtsoffizier stand auf.

„Da standen die vierte Infanteriedivision der Amerikaner und die zweite französische Panzerdivision. Choltitz hat die Truppe retten wollen mit dem Rückzug über die Seine, um sie neu zu formieren!"

„Er hat aufgegeben, der Schlappschwanz!"

„Feldmarschall Speidel hat ihn alleine gelassen!"

Ein anderer warf klirrend den Löffel in sein Dessertschälchen.

„Männer, wir können es nicht ändern, der Franzmann ist in Paris einmarschiert. Unsere Aufgabe ist es, die Front zu halten und nicht irgendwem oder irgendwas nachzuheulen wie die Kinder!"

Der einzige Obersturmführer im Raum stand auf und stemmte beide Hände in die Hüften.

„Eines ist klar! Der Einmarsch in Paris war ein genialer psychologischer Trick von de Gaulles. Hat ihn geradezu zur mythischen Gestalt gemacht, zum Volkshelden. Unser Führer hätte es nicht besser machen können."

Lautstarke Auseinandersetzungen tönten durch den Raum, denen Romeike, auch aus Unkenntnis der militärischen Lage im Westen, nicht folgen konnte.

„Meine Herren! Bitte, im Salon steht eine Kiste mit herrlichen Zigarren!"

In kleineren Grüppchen, immer noch diskutierend, wandelten die Männer aus dem Eßzimmer in das mit schweren braunen Ledersesseln ausgestattete Herrenzimmer. Innerhalb kürzester Zeit verwandelten die Zigarren die Luft in tabakwürzigen Nebel. Die schmale junge Polin mit dem Servierschürzchen trat mit einem Knicks an einen Tisch, um den einige Männer saßen, und offerierte Alkoholika. Ohne zu danken griff einer nach einem Glas und trank. Er wischte sich mit dem Handrücken über den Mund und nickte bedeutungsvoll.

„Nach Mitteilungen aus dem Generalstab haben die Alliierten bis heute etwa zwei Millionen Mann und fast fünfhunderttausend Fahrzeuge an Land geschafft. Unsere Wehrmacht hat seit der Landung der Amis am sechsten Juni in der Normandie mehr als eine halbe Million Männer im Westen verloren."

Ein anderer zog an seiner Zigarre und blies Rauchkringel in die Luft.

„Das wird sich ändern! Unser Führer hat beschlossen, die Wunderwaffe gegen die Engländer einzusetzen."

„Die V2?"

„Exakt!"

Romeikes Neffe Borkenhagen schlug mit der Faust in die Handfläche seiner anderen Hand.

„Dann hat der Tommy nichts mehr zu lachen! Den fetten Churchill soll es als erstes zerfetzen!"

Romeike trat zu der Gruppe und stellte sich breitbeinig in die Mitte des Kreises.

„Das wird auch Zeit. Diese englischen Hurensöhne haben halb Königsberg ausradiert. Mehr als zweihunderttausend Leute sind obdachlos!"

Einer wuchtete sich aus dem Ledermöbel und stemmte die Fäuste in die Hüften.

„Und das unter Verletzung schwedischen Hoheitsgebietes. Kriegsverbrecher sind das!"

Romeike pflichtete ihm bei.

„An die Wand gestellt gehört das Pack, und der Russe gleich dazu. Die rote Pest hat Tilsit bombardiert."

Der Obersturmführer kam dazu und nahm einen kräftigen Schluck aus seinem Glas.

„Na, meine Herren, wieder am Jammern? Bomben auf Mannheim, Ludwigshafen, Kiel, Hamburg und die Reichshauptstadt. Na und, das macht uns nur noch härter!"

„Aber die Zivilisten ..."

„Jeder Krieg fordert seine Opfer. Verluste schweißen zusammen! Das ist bei der Truppe so, und das ganze deutsche Volk ist eine Armee, die Armee unseres Führers. Wir werden alles mit gleicher Münze zurückzahlen!"

„Dann heißt es, Rubel besorgen, denn der Russe ist an der Memel, weit an Kowno vorbei. Die gehen auf Tilsit!"

„Defätist! Die dritte Panzerarmee weicht keinen Zoll! Führerbefehl!"

Zu vorgerückter Stunde kam die Sprache auf Romeikes hübsche Tochter. Dem Ortsgruppenleiter waren die Fragen sichtlich peinlich, und er begann sich heftig am Hals zu kratzen.

„Die ist zur Zeit nicht zu Hause."

Ein Offizier, dem der reichliche Alkoholgenuß deutlich anzumerken war, riß einen Arm nach oben.

„Unser ehrenwerter Parteigenosse hat seine Tochter schon ins Ausland geschafft!"

Der Dicke goß sich eilig einen Schnaps ein und leerte das Glas in einem Zug.

„Kein Wort davon ist wahr! Sie ist bei einer Freundin hier im Kreis."

„Dann will der Herr Papa wohl nicht, daß seine Prinzessin von uns behelligt wird?"

„Meine Herren, dazu hätte ich doch gar keinen Grund! Wir sind doch alle Männer von Format!"

Ein Major schlug dem Ortsgruppenleiter freundschaftlich auf die Schulter.

„Na, Fritz, is' se dir weggerannt wie deine Frau?"

„Meine Frau? Das gehört hier wirklich nicht her. Das ist doch alles schon lange vergessen!"

Der Major ließ nicht locker.

„Dann hat die kleine Edith einen Liebhaber, den sie unserer Gesellschaft vorzieht."

Der Dicke entrüstete sich, die Schnapsflasche in der Hand.

„Meine Tochter hat keinen Kerl! Ist noch viel zu jung dafür!"

Ein Soldat wankte nach vorn und hielt sich an der Schulter eines Kameraden fest.

„Meine Schwester, die war auch weg. Aber mein Vater hat sie wieder nach Hause geholt. Das dumme Ding wollte unbedingt als Nachrichtenhelferin an die Front. Die schmucke Krawatte der Mädels mit dem Blitz drauf hatte es ihr angetan."

„Wir brauchen eben jede Hand!"

„Ja, aber doch nicht eine Fünfzehnjährige, die davon träumt, vom Führer ein Kind zu bekommen."

Kurzes Schweigen, Gläser wurden gefüllt, und einer lachte auf.

„Romeike, Sie wissen doch, wo sich Ihre Göre rumtreibt! Dann machen wir eben eine fröhliche Landpartie und holen sie ab."

Major Bohnke schlug erneut auf die Schulter des alten Freundes.

„Na, sag's uns schon, wo die Kleine is'!"

Romeike zierte sich, doch der nächste Schnaps löste seine Zunge.

„Sie ist auf Gut Treskow."

„Dem Gutsherrn werden die Augen übergehen, wenn wir dort auftauchen."

„Der alte Treskow ist tot, seine Witwe und die Tochter ..."

Ein SS-Mann drehte sich suchend um und winkte einen Mann in schwarzer Uniform zu sich.

„Noch besser! Wir haben hier doch jedesmal die Kastanien aus dem Feuer geholt, wenn es denn nötig war!"

Der Schwarzuniformierte stand auf wackligen Beinen da.

„Was ist denn? Wieder einer umzulegen?"

„Manfred, heute ist Spaßtag. Ruf deinen Kumpel von der Gestapo an, der soll seinen Arsch aus den Federn bewegen, wir müssen eine Tochter zu ihrem Vater zurückbringen."

Bohnke hielt seine Zigarette mit der linken Hand in Augenhöhe und rülpste.

„Gestapo? Das machen wir alleine, als Freunde des Hauses Romeike!"

Der Obersturmführer drängte sich nach vorn.

„Halt, dafür ist nicht die SS oder die Wehrmacht zuständig! Ordnung muß Ordnung bleiben!"

Ediths Vater schüttelte schwerfällig den Kopf, als wolle er so seine Gedanken sortieren.

„Wir können nicht einfach ..."

„Quatsch nicht, Friedrich, wo wir hinlangen, da wächst kein Gras mehr! War so, is' so, bleibt so!"

Nun schaltete sich SS-Sturmbannführer Albert Borkenhagen ein. Er hatte sich den Aufruhr an einem weit geöffneten Fenster aus der Ferne angesehen. Romeikes Zögern aktivierte ihn, und er ging auf die kampfbereite Meute zu.

„Meine Herren, wir als Soldaten haben doch wahrlich Besseres zu tun, als uns um eine abtrünnige Tochter zu kümmern. Schließlich ist unser lieber Romeike Manns genug, seiner Tochter alleine zu zeigen, was sich für eine deutsche Frau geziemt."

Ein SS-Kollege schloß mit unkoordinierten Bewegungen die oberen Knöpfe seiner Uniformjacke und stand auf.

„Recht hat er! Wir sin' Männer und keine Ammen!"

„Ja, laßt uns noch einen saufen! Das Leben ist kurz!"

Es entwickelte sich eine Diskussion, die jäh endete, als Mara in wallendem Seidenkleid in den Raum trat und durch die weit geöffnete Tür einige polnische Mädchen hereinwinkte. Diese waren zwar korrekt, doch durchaus leicht gekleidet. Die jungen Frauen mischten sich unter die Uniformierten. Sie und der noch reichlich fließende Schnaps ließen die Männer Romeikes Tochter bald vergessen.

Antonia schob eine Schubkarre voller Weißkohlköpfe über den Hof und lud sie in einen der Körbe, die vor der Küche standen. Edith hatte den Auftrag, diese entweder zur Einlagerung in den Keller oder in die Küche zu schaffen. Sie hob die nächste Kiepe auf und sah ihre Freundin an.

„Wieviel ist es denn noch?"

„Genug! Kohl hilft uns über den Winter."

„Mein Gott, mir tut das Kreuz weh!"

Marie trat nach draußen und griff sich drei Köpfe.

„Na nu', wenn Se nich' mehr könn', denn schlepp' ich, un' Se reiben de Köppe für'm Sauerkraut."

„Oh, vielen Dank, da ruiniere ich mir nur die Fingernägel."

Antonia ließ die beiden stehen und schob die Karre über den Hof zu einem mächtigen Berg Krautköpfe. Sie stellte die Stoßkarre ab und ging in die Hocke. Die ersten Kohlköpfe flogen krachend auf die Ladefläche.

„Werde fahren, und wenn sie sich alle auf den Kopf stellen!"

„Was hast du gesagt?"

Sie drehte sich hastig um.

„Mensch, du hast mich zu Tode erschreckt!"

„Tut mir leid, Toni. Aber manchmal ist Marie wirklich unerträglich, ich mußte einfach ..."

„Unsere Marie, die ist goldrichtig!"

„Eine kurze Verschnaufpause darf ich mir doch gönnen?"

Der Kohl häufte sich auf der Schubkarre, und Antonia stand auf.

„Mir soll es recht sein."

„Ist etwas mit dir?"

„Nein!"

„Du hast doch was!"

Antonia atmete laut hörbar aus, während sie die Schubkarre anhob.

„Ja, Arbeit!"

Nachdem der Kohl vom Hof geräumt war, machte Antonia sich mit Rudolf auf den Weg hinaus zu den Kartoffeläckern. Schweigend fuhren sie auf ein Feld, und die junge Frau sprang vom Wagen, bevor Kupinski die Pferde zum Stehen gebracht hatte. Sie bückte sich hier und dort, besah und befühlte die Pflanzen. Schließlich holte sie ein Taschenmesser aus ihrer Hose, ging in die Knie und buddelte nach den Knollen.

„Un'?"

„Sind nicht groß, aber immerhin. Kartoffelfäule wäre schlimmer!"

Er griff nach den Erdäpfeln in ihrer Hand.

„Im nächsten Jahr, da machen wir gleich vom Anfang an was gejen de Käfer!"

„Laß uns weiter, zu den anderen Äckern!"

„Ham Se's eilig?"

„Die Russen müssen vom Hof, und vorher machen die noch mit uns die Kartoffeln aus."

Der Alte schrubbte sich mit seiner intakten Hand über die Bartstoppeln.

„Eile mit Weile! Ob de Iwans nu' noch 'ne Woche länger da sin', macht doch dem Kohl auch nich' fetter. Es Wetter is' jut, kein Frost in Sicht, da könn' de Kartoffeln doch noch in de Erde blei'm. Is' bestimmt kein Fehler."

„Möchte, daß sie verschwunden sind, bevor ..."

Er konnte ihr Zögern nicht begreifen.

„Bevor was?"

„Meine Mutter möchte die Russen schnellstmöglich lossein."

„Na, was hat denn de Gnädige plötzlich ..."

„Auf geht es, weiter! Der Tag hat nur vierundzwanzig Stunden."

Er sah der jungen Frau nach, schüttelte verständnislos den Kopf und steckte sich einen Stumpen zwischen die Lippen.

So verging der Arbeitstag, den Antonia bei den Pferden ausklingen ließ. Mit Matthieus Hilfe mistete sie die Einstände nacheinander aus, streute neu ein und begutachtete jedes der Pferde vom Kopf bis zu den Hufen. Der Belgier kam wieder in den Stall, nachdem er die letzte Fuhre Mist weggebracht hatte.

„Sie misch noch brauch'?"

„Danke, Matthieu, du kannst gehen."

„Wird bald geb' die Abendess'."

„Dann geh dich waschen!"

Der kräftige Belgier verschwand aus dem Pferdestall, und sie ging zu Brick, ihrer Lieblingsstute.

„Na, meine Kleine! Was wird wohl aus dir werden, wenn ich weg bin?"

Sie umarmte den muskulösen Hals des Pferdes und schmiegte ihr Gesicht an dessen weiche Schnauze. Dann riß sie sich von dem geliebten Tier los und machte den Stall für die Nacht fertig. Noch vor dem Abendessen machte sich Antonia in schmutzig-verschwitzter Kleidung auf den Weg in den kleinen Salon. Sie klopfte und atmete tief durch.

„Herein."

Energisch trat sie ein und blieb nahe der Tür stehen.

„Mutter! Muß mit dir reden!"

„Meine Güte, wie siehst du denn aus?"

„Tut nichts zur Sache! Warum hast du Tante Emilie nicht von Vaters Tod in Kenntnis gesetzt?"

„Wie kommst du denn darauf?"

„Habe Post von ihr und will eine Antwort!"

„Wie kommt es, daß du mit ihr korrespondierst?"

„Ein Umstand, mit dem du wohl nicht gerechnet hast! Also, warum wußte sie nichts von Vaters Tod?"

„Sie hätte gefragt, woran August gestorben ist."

„Sie ist seine Schwester. Sie hätte ein Recht darauf gehabt, es zu erfahren!"

„Dabei wäre es nicht geblieben."

„Wie?"

„Sie hätte alle informiert, und jeder hätte es dann ganz genau wissen wollen."

„Wie? Heißt das, du hast keinem der Geschwister Nachricht gegeben? Deswegen ist auch niemand zur Beerdigung gekommen!"

Antonias Mutter drehte sich um und ging zum Fenster.

„Heute hat Finnland Frieden geschlossen."

„Mama, verzeih, aber das interessiert mich nun wirklich einen feuchten Kehricht!"

„Das verändert die gesamte militärische Lage!"

„Kann sein. Will immer noch eine Antwort von dir!"

„Seine Geschwister waren sowieso nicht gut auf deinen Vater zu sprechen."

„Und warum?"

„Jeder, der ihn wirklich kannte, hat ihn gehaßt!"

„Auch du?"

„Ich halte dieses Gespräch für wenig fruchtbar. Laß es uns beenden!"

„Hast du so auch mit Vater geredet?"

„Was soll das?"

„Ich habe Papa geliebt!"

„Ja, er dich auch! Aber sonst hat er niemandem nur einen Funken Zuneigung zuteil werden lassen."

„Aha, ganz neue Aspekte. Seine Geschwister hassen ihn angeblich, du mochtest ihn nicht, nur ich ..."

„Antonia, ich bitte dich!"

Die junge Frau war so wütend, daß sie ihren Pulsschlag in den Augäpfeln fühlte.

„Warum liegt unsere Familienbibel im Gärtnerhaus auf dem Dachboden und steht nicht in der Bibliothek, wo sie hingehört?"

„Der Führer will keine Bibeln im Hause seiner ..."

„Ach, unser Führer? Du hast doch eine Bibel, warum nicht die der Familie? Was sagt denn der liebe Gott dazu?"

„Das ist allein meine Sache! Dein Vater wollte auch keine Bibel im Haus."

„Wegen Hitler?"

„Wahrscheinlich."

„Vater hat sich nicht um die Wünsche vom Gröfaz gekümmert; deswegen ist er auch umgebracht worden!"

Frau Treskow lächelte versonnen.

„Er hat sich eben nie um etwas Sinnvolles gekümmert."

„Mama! Bin ich etwa in deinen Augen nicht nützlich?"

„Verlasse sofort dieses Zimmer!"

„Warum? Fürchtest du dich etwa, einmal die Wahrheit zu sagen?"

„Du kümmerst dich um Dinge, von denen du nichts verstehst."

„Erkläre sie mir!"

„Geh!"

„Wieso?"

„Weil du dich aufführst wie dein Vater!"

Antonia ballte ihre Fäuste so sehr, daß sie ihre kurzgeschnittenen Fingernägel schmerzhaft in den Handflächen spürte.

„Wie du möchtest! Werde übrigens nach Stolp fahren, zur Tante!"

„Das wirst du nicht!"

„O doch und ..."

Sie wurde durch ein Klopfen an der Tür unterbrochen. Marie trat ein und kündigte das Abendessen an. Antonia ignorierte die Köchin und fuhr fort.

„Ich werde reisen, auch wenn du dich auf den Kopf stellst! Tante Emilie ist todkrank, sie wird wahrscheinlich bald sterben, und ich werde ihr zur Seite stehen."

Frau Treskow stand steif wie eine Säule vor ihr.

„Dann bist du nicht länger meine Tochter!"

Marie stand in der Tür und schüttelte energisch den Kopf.

„Fräulein Antonia, will de Frau Tante, daß Se komm'?"

„Sie will, im Angesicht des Todes, endlich Frieden schließen."

Frau Treskow befeuchtete ihre trockenen Lippen.

„Frieden, diese Person? Das ist ja lachhaft! Die wird das Unterste zuoberst kehren und ..."

„Mama!"

Marie ging in den Raum und klatschte zaghaft in die Hände.

„Kei'm Streit nich' mehr! Sterbenden soll man nuscht verweijern."

Antonias Mutter machte zwei eilige Schritte auf den Tisch zu, auf dem ihre Bibel lag. Sie nahm das dicke Buch in die Hände und preßte es vor ihren Oberkörper.

„Die Wege des Herrn sind unergründlich, aber wir müssen uns fügen."

Die Angestellte nickte eilfertig und nahm Antonia am Arm.

„Wenn Se jetzt nich' komm', denn is' nuscht mehr da."

Edith lief durch die große Halle zum Büro, denn Antonia hatte nach dem Abendessen noch etwas arbeiten wollen. Energisch klopfte sie an die Tür, doch sie erhielt keine Antwort. Ärgerlich ging sie in das dunkle Zimmer und sah, daß es leer war.

„Verflixt, Toni, wo bist du?"

Sie eilte aus dem Arbeitsraum und warf die Tür hinter sich ins Schloß. In der Halle tönte Klavierspiel. Edith schüttelte den Kopf über die enorme Lautstärke, zumal nun zu dem Piano noch ein ganzes Orchester einsetzte. Sie beschloß, dem Klang der Musik nachzugehen. Edith stand vor der geschlossenen Tür des großen Salons und erkannte den zweiten Satz des vierten Klavierkonzerts von Beethoven. Sie klopfte, obwohl bei dieser Lautstärke mit Sicherheit niemand ihr Klopfen wahrnehmen konnte. Unsicher schob sie die Tür auf und lugte in den Raum.

„Antonia!"

Die junge dunkelhaarige Frau saß, ein Buch vor sich, auf dem Boden, und ein Ruck ging durch ihren schlanken Körper. Die beiden sahen sich an, und Edith konnte in dem geliebten, scharfgeschnittenen Gesicht verweinte Augen erkennen.

„Toni? Mein Gott, was ist denn mit dir los?"

Sie eilte zu ihrer Freundin und kniete sich vor sie. Antonia schob das Buch zur Seite und versuchte die aufbrandende Musik zu übertönen.

„Weiß nicht mehr weiter!"

„Was ist geschehen?"

Antonia stand auf und machte das Grammophon leiser. Abwehrend verschränkte sie die Arme vor der Brust.

„Ich dachte, alles wäre endlich mit meiner Mutter geklärt, und nun mußte ich erfahren, daß sie nicht einmal der Schwester meines Vaters von seinem Tod geschrieben hat."

Edith sprang auf; sie konnte es nicht fassen, daß ihre sonst durch nichts zu erschütternde Freundin von einem Weinkrampf geschüttelt wurde.

„Ach, Toni!"

Sie schlang ihre Arme um die zitternde Geliebte und drückte sie an ihren warmen, weichen Leib. Antonia schob sie von sich und machte einen Schritt zurück. Geräuschvoll zog sie die Nase hoch und steckte beide Hände in die Taschen ihrer Reithose.

„Laß nur! Das muß ich ganz alleine durchstehen!"

„Aber ..."

„Kein Wenn und Aber!"

Die Musik schwoll erneut an, und Edith wartete darauf, daß der Satz sein Ende fand. Nun klang nur noch sanft das Klavier im Raum.

„Aber wir gehören doch zusammen!"

Antonia machte zwei große Schritte zur Tür und hatte die Klinke in der Hand.

„Ich fahre nach Stolp."

„Wann? Warum?"

„Sobald ich hier weg kann. Weil ich glaube, daß meine Tante Licht in dieses Dunkel bringen könnte."

Edith rannte zu ihrer Geliebten und klammerte sich an ihren Hals.

„Welches Dunkel?"

„Warum meine Mutter mich haßt!"

„Deine Mutter haßt dich doch nicht!"

„O doch! Ich vermute, daß sie alle verabscheut, die meinen Vater gemocht haben."

Die runde Rothaarige ließ ihre Freundin los.

„Dazu mußt du nach Stolp? Kann deine Tante denn nicht hierher kommen?"

„Nein, sie ist schwer krank."

„Dann komme ich mit!"

„Auf gar keinen Fall!"

„Warum nicht?"

„Habe dir doch gerade gesagt, daß meine Tante schwer krank ist. Das wird keine Vergnügungsreise nach Pommern! Außerdem ..."

„Du willst mich also nicht bei dir haben?"

„Möchte schon, aber es geht nicht!"

„Sag mir nur einfach warum, und ich werde dich ziehen lassen."

„Zwischen dir und deinem Vater, da sind die Fronten klar. Du hast ihn aus deinem Leben gestrichen."

„Nicht ganz."

„Aber bei mir, bei meiner Familie ist nichts klar. Mein Vater wurde ermordet, und mein Bruder kam gewaltsam ums Leben. Es vergeht kein Tag, an dem ich nicht daran denken muß, ob uns nicht wieder eine Durchsuchung ins Haus steht. Von den Geschwistern meines Vaters weiß ich beinahe gar nichts. Meine Mutter könnte mir vieles erklären, aber sie will nicht. Gott, ich muß nach Stolp. Muß ganz alleine da durch!"

„Kennst du denn diese Tante überhaupt?"

„Wenig. Bevor ich nach Königsberg ins Gymnasium kam, war ich mit meinem Vater zu Besuch bei Tante Emilie. Er hatte durch sie –

sie ist eine wahnsinnig gebildete Frau – Bücher für mich besorgen lassen, für die Schule."

„Und findest du sie so sympathisch, oder was treibt dich zu ihr?"

„Ist eine ungeheuer vornehme und freundliche Frau. Bei ihr hatte ich wirklich das Empfinden, ein Bauerntrampel zu sein. Irgendwie mochte ich ihre Art, ganz selbstverständlich mit Wissenschaft umzugehen. Außerdem sagte damals mein Vater zu mir: Wenn einmal etwas Schlimmes passiert, dann sprich mit ihr darüber."

„Dann wirst du wohl gehen müssen."

„Ja, auch wenn es mir schwerfällt, hier alles alleine zu lassen."

„Ich bin doch da."

Antonia wischte sich mit dem Handrücken über ihre feuchte Nase.

„Ja, schon, aber das Gut muß mit straffer Hand geführt werden. Gibt noch so vieles zu tun, bevor der Winter kommt."

„Rudolf wird mir helfen und Matthieu."

„Edith, sei mir nicht böse, aber du wirst nicht an meine Stelle treten können. Meine Mutter hetzt dir was weiß ich wen auf den Hals, auch wenn Treskow dabei auf der Strecke bliebe."

„Das glaube ich nicht. Sie hat doch auch ein Interesse am Bestand des Hofes."

„Kaum! Geht ihr, glaube ich, nur darum, irgendwie Rache zu nehmen."

„Wieso denn das?"

„Wenn ich die Mosaiksteinchen zusammensetze, dann kommt das Bild einer verbitterten Frau heraus, die immer Großes gewollt und beinahe nichts erreicht hat."

„Bist du dir sicher?"

„Ziemlich."

„Und jetzt?"

„Werde den Hof in Rudolfs Hand legen. Er wird es schon richten. Nur eines möchte ich von dir."

Edith schmiegte ihren Körper an den der Freundin und sah sie an.

„Was?"

„Ich gebe meine Pferde in deine Obhut."

„Mir?"

„Ja, dir. Ich verspreche dir, immer wenn du bei ihnen bist, bist du mir ganz nah und ich dir!"

„Aber ich habe doch keine Ahnung von Pferdepflege."

Antonia nahm sie in die Arme und küßte ihr Gesicht.

„Du bekommst eine Anleitung."

„Von wem?"

„Von mir."

Die beiden Frauen küßten sich leidenschaftlich. Dann hakte Antonia die Liebste unter und ging mit ihr hinaus zum Pferdestall.

Sie standen engumschlungen in der kühlen Nachtluft, und Antonia sah hinauf in den bewölkten Himmel.

„Was die Fütterung betrifft: Viermal täglich, aber da kennt sich Rudolf aus. Trotzdem schreibe ich es dir auf. Wichtig ist Sauberkeit im Stall. Ausmisten und mit der Einstreu nicht zu sparsam sein. Und natürlich Bewegung! Jeder Tag, den ein Pferd nicht bewegt wird, ist für das Tier wie eine Ewigkeit in Einzelhaft."

„Toni!"

„Ja?"

„Du kommst doch wieder?"

Antonia sah ihre Freundin liebevoll an.

„Nichts in der Welt könnte mich davon abhalten, zu dir zurückzukommen!"

Antonia hatte die ganze Nacht am Schreibtisch gesessen, um Liegengebliebenes aufzuarbeiten und Anweisungen zu schreiben. Nur kurz war sie im Stuhl hinter dem sich langsam leerenden Schreibtisch eingenickt, und entsprechend müde war sie. Als hätte sie Watte im Kopf, trat sie nach einem kleinen Frühstück hinaus auf den Hof.

Rudolf hatte angespannt; ein Koffer lag einsam auf der Ladefläche der schlichten Kutsche. Die junge Treskow stieg auf den Bock neben den Kutscher und sah sich noch einmal um.

„Halt mir den Laden in Ordnung!"

„Kann's losjehen?"

„Ja!"

Kupinski löste die Bremse, schnalzte mit der Zunge, und Bonzo zog an. Sie waren kaum vom Hof, als Edith winkend am Wegesrand stand. Der Alte hielt neben ihr, und Antonia schaute die Freundin traurig an.

„Servus!"

Ediths langes, offenes, rotes Haar flog um ihr Gesicht, als sie den Kopf schüttelte.

„Ich komme mit zum Bahnhof."

Da es nun auf dem Kutschbock zu eng wurde, nahmen die beiden jungen Frauen auf der Ladefläche Platz. Rudolf trieb den Wallach an und konnte während der Fahrt immer wieder Gekicher hören. Schon hielt der Wagen vor dem Bahnhof. Edith ließ sich von Antonia beim Absteigen helfen und zog ihr Kleid zurecht.

„Ich komme noch mit rein."

Antonia fühlte unsägliche Beklemmung und rieb sich nervös die Hände.

„Laß mal. Ist besser, ich bin alleine."

Sie gingen ein paar Schritte auf den Eingang zu, und Edith blieb stehen.

„Toni, ich liebe dich so sehr!"

„Ich dich auch."

„Vergiß mich nicht!"

„Wie könnte ich, du hast doch meine Pferde als Pfand."

Rudolf kam nach und stellte den Koffer auf die Erde.

„Fräulein Antonia, ich weiß, ich stör'. Aber komm' Se jesund wieder!"

Sie drückte dem alten Mann herzlich und kräftig die Hand.

„Du bist jetzt Herr auf Treskow. Mach mir keine Schande!"

Er kämpfte mit den Tränen und drehte sich um.

„Werd' Ihr Vertrauen nich' enttäuschen!"

Sekundenlang sahen sich die beiden Frauen an, dann nahm Antonia ihren Koffer auf und faßte die Geliebte an der Schulter.

„Sei tapfer."

Edith liefen dicke Tränen über die Wangen, und sie rannte weg. Die junge Treskow schaute ihr traurig nach. Edith lief eilig zur Kutsche, holte Antonias Brotbeutel und hastete zurück.

„Hier, ich will doch nicht, daß du verhungerst."

„Danke."

„Ich liebe dich!"

„Mach es nicht schwerer, als es ist."

Sie sah der Freundin nach, die gemächlich zum Eingang schritt.

„Toni, komm wieder!"

Antonia stellte sich in die Schlange am einzigen Fahrkartenschalter des kleinen Bahnhofs. Vor ihr standen Landser und Frauen mit Kindern. Endlich war sie an der Reihe, und der Schalterbeamte erkannte sie sogleich. Freundlich und trotzdem durchdringend sah er sie an.

„Na, Marjell, einmal Kenigsberch?"

„Nein, diesmal muß ich nach Stolp."

Die Freundlichkeit in seinem Blick schwand.

„Gründe!"

„Meine Tante liegt dort im Sterben."

„Ach so, de Tante. Die heißt nich' zufällich Erwin oder Horst?"

„Nein, ihr Name ist Emilie, Emilie Brunteis, und ich wüßte gerne, wie ich nach Pommern komme."

„Nu', hab' ich's! De Schwiejermutter ..."

„Eine Fahrkarte nach Stolp, zweite Klasse, bitte!"

Der Wehrmachtsoldat hinter ihr drängelte.

„Mann, machen Se hinne, mein Zug wartet nich' auf mir! Sonst wird der Krieg ohne mir jewonn'!"

Der Beamte blätterte geruhsam in einem dicken Kursbuch und kritzelte Zahlen auf ein Blöckchen neben sich. Wieder meldete sich der Obergefreite zu Wort.

„Hör zu, du Kanaille! Mach vorwärts, sonst jeh' ick raus un' hol mir 'nen Kettenhund, der wird da schon uff de Sprünge helfen!"

Die Drohung mit der Feldpolizei im Nacken, beeilte sich der Beamte, Antonias Fahrkarte auszustellen, das Wechselgeld zweimal abzuzählen und beides durch die kleine Öffnung auf der Holztheke zu schieben.

„Bitte, Se fahren von Gleis 2 mit 'm Zuch Kenigsberch – Berlin. Se missen denn in Mühlhausen umsteijen."

Die junge Treskow konnte gerade noch ihr Wechselgeld einsammeln, als der Soldat schon am Tresen stand und den Beamten erneut anblaffte. Dann stürmte er mit dem Tornister auf dem Rücken und seinem 98k-Karabiner in der Hand zu seinem Zug.

Das Geld und die Fahrkarte sorgfältig in ihrem Portemonnaie verstauend, ging Antonia mit ihrem Koffer zum Bahnsteig. Sie fühlte sich grauenvoll. Immer wieder fragte sie sich, ob es richtig gewesen sei, Treskow allein zu lassen. Nach einer Viertelstunde schnaufte eine etwa fünfundzwanzig Meter lange schwarze Dampflok mit dem Zug in den Bahnhof.

„Räder müssen rollen für den Sieg", stand in großen weißen Lettern auf den abgerundeten Seitenblechen des Tenders der 52er. Ein ohrenbetäubendes Kreischen, und der Zug kam zum Stillstand.

Sie nahm ihr Köfferchen und ihren Rucksack und bestieg den Zug. Sie zögerte kurz und war versucht, wieder auszusteigen. Doch dann nahm sie sich zusammen und drehte sich um. Sie fand gleich ein leeres Abteil und packte ihren Koffer ins Gepäcknetz. Schon hörte sie das Pfeifen des Schaffners und das puffende Geräusch der anziehenden Lok. Als das Bahnhofsgebäude hinter ihr lag, sah sie hinaus auf die vertraute Landschaft. Ein Stich ging ihr durchs Herz, als sie Edith, auf der Kutsche neben Rudolf sitzend, winken sah. Sie winkte wie betäubt zurück. Der Zug gewann an Fahrt, und eine Weile konnte der Wallach die Kutsche neben der Bahnstrecke in gleichem Tempo halten. Antonias Blick klammerte sich an den immer kleiner werdenden Punkt in der Ferne, der ihre Liebste war. Der Zug fuhr eine leichte Kurve, ein dichtes Gebüsch versperrte die Sicht, und sie ließ sich wehmütig in den Sitz zurückfallen.

Eine ganze Weile betrachtete sie die vorbeiziehende Landschaft. Fast überfallartig überkam sie der Hunger, und sie erinnerte sich an die Wegzehrung, die Edith ihr unter Tränen in die Hand gedrückt hatte. Die Köchin hatte nichts vergessen, was Antonia schmeckte, und sie aß mit großem Appetit. Schließlich nahm sie noch einen

Schluck aus der Feldflasche, in welche Marie Antonias Lieblingstee – Hagebutte – gefüllt hatte.

Es dauerte nicht lange, da fielen ihr die Augen zu, und sie nickte ein. Die Schaffnerin weckte sie jäh.

„Die Fahrkarte, bitte!"

Sie beeilte sich, das Billett aus ihrem Geldbeutel zu ziehen. Die Uniformierte knipste mit einer silberfarbenen Zange ein Loch hinein.

„Fräulein, nicht mehr einschlafen. Wir sind bald da."

„Danke."

Kurz nach halb eins kam der Zug in Mühlhausen an. Sie stieg aus und ging den Bahnsteig hinunter zum Fahrplan, um nach dem Gleis zu sehen. Neben dem Abfahrtsplan des Provinzbahnhofs stand ein alter Gepäcktäger. Sie schaute ihn freundlich an.

„Entschuldigen Sie, wo kann ich mir denn hier die Hände waschen?"

„Da drie'm is' 'n Waschbecken."

Sie zog die Augenbrauen hoch und sah verlegen auf ihre Schuhspitzen.

„Meine den Abort."

„Ach so, 'n Abtritt. Dort drie'm. Da könn' Se aba nich' mit 'n Koffer rin."

Antonia nickte und gab dem Mann zwanzig Pfennig.

„Passen Sie doch bitte kurz auf mein Gepäck auf."

Er schaute erfreut auf die zwei Groschen in seiner Hand.

„Na, wo wollen Se denn hin?"

„Nach Dirschau."

„Jut, ick wart' auf'm Bahnsteig uff Se."

Als sie aus der Toilette kam, sprang der große Zeiger der Bahnhofsuhr auf die Neun, und sie beeilte sich, zum Gleis zu kommen.

Dort stand der Dienstmann mit ihrem Koffer. Er murmelte einen Dank und trottete von dannen, während der Zug in den Bahnhof einlief.

Sie fand Platz in einem Abteil, wo bereits eine alte Frau mit zwei kleinen Kindern saß. Antonia beschloß, ihr Buch aus dem Koffer zu holen. Sie hatte kaum ein paar Zeilen gelesen, als ihr wieder die müden Augen zufielen.

Sie wachte auf, als der Zug hielt. Die Großmutter und ihre Enkel waren verschwunden. Sie schaute aus dem Fenster und sah auf dem Bahnsteig über einer Bank das Stationsschild. Ihr Buch fiel krachend auf den Boden, und sie packte nervös ihre Habe zusammen. Der Schaffner hatte schon die Pfeife im Mund und schüttelte den Kopf, als sie aus dem Zug sprang.

„Dirschau! Beinahe hätte ich verschlafen!"

Auf dem Bahnsteig mußte sie einen wahren Hindernislauf an Sammelbüchsen vorbei absolvieren. Zuerst stand ein Mädchen in

BDM-Uniform da und schüttelte klappernd ihre Büchse mit dem Schriftzug des Winterhilfswerks darauf. Antonia kramte nach einer Münze. Kaum war die klingend in dem Groschengrab verschwunden, als ein langer Hitlerjunge vor ihr stand und ihr eine Sammelbüchse für den Reichsluftschutzbund vor die Nase hielt. Sie sah ihn schulterzuckend an und eilte weiter.

Am Anfang des Gleises, wo ihr Zug schon wartete, stand eine ärmlich aussehende Frau, deren greisenhaftes Gesicht einen krassen Gegensatz zu dem Säugling bildete, den sie im Arm hielt. Sie streckte immer wieder die Hand aus.

„Eine kleine Gabe für mich und mein Kind."

Antonia lief ein kalter Schauer über den Rücken, und sie blieb vor der Bettelnden stehen. Sie wußte, daß sie die Abfahrt ihres Zuges riskierte, während sie ihr sorgfältig verwahrtes Portemonnaie herausholte. Doch noch bevor sie dazu kam, der erbarmungswürdigen Person ein Geldstück in die Hand zu drücken, wurde sie beiseite geschoben. Zwei Männer in Uniform packten die Frau grob an beiden Armen, und das Kind begann jämmerlich zu schreien. An der Stelle, wo sie sich gerade noch angelehnt hatte, stand in verblichenen Lettern: *„Auf jeden Wagen kommt es an."*

Antonia riß ihren Blick vom Geschehen los und hastete zu ihrem Zug, der auch gleich anfuhr. Sie fuhr nun Richtung Danzig, um dann über Lauenburg nach Stolp zu gelangen. Gegen halb sechs am Abend war sie endlich angekommen, und sie machte sich unverzüglich auf den Weg zum Haus ihrer Tante.

Langsam spürte die junge Frau die Strapazen der Reise, und der Koffer in ihrer Hand schien immer schwerer zu werden.

Emilie Brunteis wohnte in einer breiten Straße mit großbürgerlichen Vorderhäusern. Antonia schienen sie alle unverändert. Nichts erinnerte an den Krieg, außer der weißen Schrift über manchen Kellerfenstern, die darauf hinwies, wo die Ausstiege für den Notfall waren. Sie erinnerte sich an die Luftschutzübungen in ihrer Schulzeit, die Frau Morin als Luftschutzwart der Schule immer mit einem Lied ausklingen ließ. Meist waren es Wanderlieder, die dann durch die Katakomben der Schule dröhnten und vor allem den jüngeren unter den Schülern die Angst vor der Zeit im Keller nahmen.

Wie alle anderen Häuser in dieser Straße, hatte auch das ihrer Tante drei Stockwerke. Tante Emilie wohnte, wie sie selbst mit Stolz zu bemerken pflegte, in der Beletage.

Die junge Frau ging durch das Hoftor und schellte am Hauseingang. Im gleichen Moment wurde die Tür von einer Frau mit grauem Teint und tiefliegenden Augen aufgezogen.

„Heil Hitler! Was wünschen Sie?"

Erst beim zweiten Hinsehen erkannte Antonia die Hauswartsfrau.

„Heil Hitler, Frau Kurz. Erkennen Sie mich nicht mehr. Ich bin die Nichte von Frau Brunteis."

Die Frau beugte sich nach vorn und sah sie leidend an.

„Die aus Ostpreußen? Nein, Sie sind ja ein richtiges Fräulein geworden!"

Nach einem kurzen Austausch von Belanglosigkeiten schleppte Antonia ihren Koffer die Stufen hinauf.

Obwohl die Wohnungstür schon offenstand, klopfte die junge Frau höflich an.

„Komm herein, meine Liebe."

Sie schob die Tür auf und trug ihren Koffer in den langen Flur.

„Wo bist du, Tante?"

Eine abgemagerte Frau schleppte sich leise schnaufend auf den Flur.

„Antonia, laß dich umarmen!"

Die junge Treskow spürte durch die Kleider hindurch sämtliche Knochen und schreckte zurück.

„Mein Gott, Tante Emilie!"

Emilie stand auf wackligen Beinen und winkte sie in das großbürgerliche Wohnzimmer. Ächzend ließ sie sich in einen Sessel fallen und zeigte die Andeutung eines Lächelns.

„Gute Güte, du bist eine prächtige Treskow geworden! Wie groß bist du?"

Antonia stand unsicher im Raum und spielte mit den Knöpfen ihrer Jacke.

„Zu groß, sagt meine Mutter."

„Einsfünfundsechzig?"

„Einssiebzig."

„Wirklich stattlich! Eine Augenweide!"

„Kann sein."

„Setz dich doch bitte, aber mach vorher Licht an, ich möchte dich ansehen!"

Antonia trat neben die Tür und knipste den prächtigen Deckenleuchter an. Dann ging sie zu einem Sessel, welcher der Tante gegenüber stand, und nahm Platz.

„Stolp sieht aus wie früher."

„Alles ist wie früher. Nur ich bin nicht mehr das, was ich einmal war."

„Warst früher etwas stämmiger."

Die Kranke kicherte heiser.

„Keine ganzen Sätze, typisch!"

„Verzeihung."

„Ist schon gut. Ich hatte es fast vergessen, was eine Treskow ausmacht."

„Wie meinst du das?"

„Später, meine Liebe, später. Du bist doch sicherlich hungrig nach der Reise?"

„Ein wenig."

„Du verzeihst, aber ich habe kein Hausmädchen mehr. Würdest du dir selbst etwas zubereiten? In der Küche findest du alles."

Die junge Frau machte sich einen Imbiß. Zwei Stullen hatte sie schon mit Heißhunger verschlungen, den Rest trug sie auf einem Teller in das Wohnzimmer. Sie setzte sich und stellte kauend den Teller auf ihre Knie.

„Tante, möchtest du nichts?"

„Nein, danke, mir reicht dein Appetit."

„Schlimme Krankheit?"

„Wie bitte?"

„Entschuldige, bin unhöflich. Du schriebst in deinem Brief von einer Krankheit."

„Ach Kindchen, iß erst einmal auf."

Antonia biß herzhaft in eine Graubrotscheibe mit Ersatzwurst und winkte mit der freien Hand.

„Kann einiges vertragen. Erst vor kurzem hatten wir eine mit Schwindsucht auf dem Hof. Hat mir nichts ausgemacht."

„Personal?"

„Ach woher denn. Bedienstete haben wir schon lange nicht mehr. Männer sind keine zu bekommen, und Mama erlaubt aus Sparsamkeit noch nicht einmal eine Hilfe für Marie."

„Die gute Seele gibt es immer noch?"

„Wen, meine Mutter?"

Frau Brunteis legte die Fingerspitzen beider Hände aneinander und sah darauf.

„Nein, Marie."

„Unsere Marie, die wird wahrscheinlich noch da sein, wenn es uns nicht mehr gibt."

Die Tante nickte und sah auf.

„Kinder, ich sage es euch, das ist der Untergang."

Antonia verschluckte sich vor Lachen und hustete energisch.

„Das hat sie damals schon gesagt? Dann kann das mit dem Untergang ja noch dauern."

„Der meine steht kurz bevor, und ich bin froh, daß du gekommen bist."

„Sollte nicht so fröhlich sein!"

„Grundgütiger, sei, wie du bist! Du hast dein Leben noch vor dir."

„Was ist das für eine Krankheit?"

„Keine ansteckende."

„Fürchte mich nicht."

„Das ist gut."

„Also?"

„Ich habe ein anaplastisches Schilddrüsenkarzinom. Der Krebs kam wie aus dem Nichts. Ich hatte nicht einmal einen Kropf."

„Kropf?"

„Eine krankhafte Vergrößerung der Schilddrüse. Mein Arzt sagt, daß es sich fulminant infiltrativ, das heißt durch aggressives Wachstum durch die Schilddrüse hindurch in die Weichteile und das obere Mediastinum ausbreitet. Die Metastasierung sei diffus lymphogen und hämatogen in Lymphknoten, Leber, Skelett und Lunge."

„Kein Wort verstanden."

Frau Brunteis sah, wie ihre Nichte den letzten Rest verspeiste.

„Die Krankeit wuchert, und es gibt keine Hilfe."

„Das kann man nie sagen! Bizerka, die hatte eine Sehnenentzündung, sollte zum Roßschlächter. Papa hat einen anderen Tierarzt geholt, und die Stute war nach vier Monaten lebhafter als je zuvor!"

„Ihr habt immer noch Pferde?"

„Nicht mehr alle, ein Teil ist requiriert worden. Traurig! Aber Tarantino ist immer noch da."

„Dein Vater war ein Fuchs."

„Ja, mag sein. Aber warum kann man dir nicht helfen? Was ist mit einer Operation?"

„Ich habe einen großen Eingriff hinter mir. Doch die Ärzte sagen einhellig, mir sei nicht mehr zu helfen."

„Wie hast du gemerkt, daß du so krank bist?"

„Begonnen hat alles mit andauernder Heiserkeit, Schluckbeschwerden und einem entsetzlichen Müdigkeitsgefühl."

„Was macht dich so sicher, daß nicht doch ..."

„Kindchen, glaube mir, es gibt keine Rettung."

„Und was machst du jetzt?"

„Ich schließe ab mit allem. Morphium lindert meine Schmerzen."

„Morphium, ist das nicht gefährlich?"

Emilie Brunteis war es nun überdrüssig, von ihrem Leiden zu berichten, und sie befragte Antonia nach ihrer Reise. Die erzählte fröhlich von dem Erlebten, doch die Tante ermüdete schnell.

Es war noch früh am Abend, als Antonia ihr beim Zubettgehen half.

„Kindchen, nur weil ich mit den Hühnern schlafen gehe, mußt du nicht auch schon zu Bett. Du kannst gerne noch etwas Radio hören."

„Nein, nein. Will dich nicht stören."

„Es ist eine Wohltat für mich, zu spüren, daß Leben um mich herum ist."

„Bringe nur noch die Küche in Ordnung, dann lege ich mich auch hin. Der Tag war anstrengend, und die letzte Nacht habe ich so gut wie nicht geschlafen."

„Wie du denkst. Ich wünsche dir eine gute erste Nacht bei mir, und erschrick nicht, morgen in der Frühe kommt die Zugehfrau, die mir die Wohnung in Schuß hält."

„Bin frühes Aufstehen gewöhnt. Gute Nacht."

„Danke, schlaf gut."

Sie nickte, ging zur Tür und wollte sie schließen.

„Antonia, bitte laß sie offen! Ich habe Furcht in geschlossenen Zimmern."

Die junge Treskow ging in die Küche und wusch ihr Geschirr ab. Dann löschte sie das Licht im Wohnzimmer und ging ins Bad.

Antonias Bett stand im großzügigen Gästezimmer.

Endlich streckte sie sich auf der weichen Matratze aus und nahm ihre Lektüre zur Hand. Doch nach kurzer Zeit wurden ihr die Lider schwer. Sie legte ihr Buch auf den Nachttisch und sah an die Decke. Im Licht der Kerze neben ihrem Bett konnte sie die Stuckverzierungen erkennen, die gespenstisch in allen nur vorstellbaren Grautönen hervortraten.

Sie lauschte den ungewohnten und vielfältigen Lauten, war sie doch die Stille ihres kleinen Hauses gewohnt, die nur vom Rauschen der Blätter im Wind, vom Wetter oder von Ediths sanfter Stimme unterbrochen wurde. Von irgendwoher vernahm sie Stimmen im Streit. In der Wohnung unter ihr schlug alle Viertelstunde eine Standuhr, die zur vollen Stunde das Geläut des Big Ben zum Besten gab. Sie war verwundert darüber, daß sich noch niemand über den britischen Glockenschlag aus der Hausmeisterwohnung beschwert hatte.

Sie befeuchtete Daumen und Zeigefinger mit etwas Spucke und löschte ihr Licht. Nur noch kurz vernahm sie die Geräusche des Hauses, dann war sie fest eingeschlafen.

Ein Schlüssel wurde klappernd ins Schloß gesteckt. Antonia lugte neugierig um die Ecke und sah eine korpulente Frau hereinkommen. Sie stellte eine Tasche ab und hängte ihren Mantel an die Garderobe. Die junge Frau trat in den Flur und sah die ältere freundlich an.

„Guten Morgen, ich bin Antonia Treskow."

„Wollen Se Frau Brunteis wecken?"

„Nein."

„Sind Sie länger hier?"

„Weiß ich noch nicht."

„Auch schön, dann brauche ich ja nicht mehr zu kommen."

Die Schroffheit der Putzfrau veranlaßte sie, sich mit ihrer Tasse Getreidekaffee in das Gästezimmer zurückzuziehen und zu lesen. Dort blieb sie, bis die Tür ihres Zimmers zögerlich geöffnet wurde.

„Antonia?"

„Guten Morgen, Tante Emilie! Möchtest du frühstücken?"

Die Kranke betrat gebeugt das Zimmer.

„Nein, danke, ich werde nur etwas trinken. Hast du denn noch nichts gegessen?"

„Deine Zugehfrau hat mich in der Küche erwischt."

„Wieso erwischt?"

„Schien nicht begeistert von meiner Anwesenheit. Sie will wohl auch nicht wiederkommen."

„Das darfst du nicht persönlich nehmen. Die Gute ist immer ein wenig gereizt. Sie hat drei Männer im Feld verloren, ihren Gatten und zwei Söhne. Wenn ich sie brauche, werde ich sie anrufen. Jetzt habe ich ja dich."

Antonia stand auf und hakte ihre Tante stützend unter.

„Was möchtest du denn trinken?"

„Oh, wenn du so fragst, ein Glas Milch, warm."

„Kein Problem."

Frau Brunteis lachte, sichtlich unter Schmerzen.

„Milch? Kindchen, wir haben hier keine Milch!"

„Wie?"

„Ich weiß, bei dir zu Hause kommt die Milch einfach aus der Kuh, mit Sahne obendrein …"

„Habt hier keine Milch?"

„Wenn es gutgeht mit der Versorgung, dann gibt es Milchpulver für Kleinkinder."

„Milchpulver? Klingt abscheulich!"

Emilie ließ sich auf einem Stuhl in der Küche nieder.

„Krieg! Kind, es ist Krieg!"

„Weiß ich! Aber wir bringen die Milch zu Hause doch in die Molkerei. Milch fürs Reich! Müssen buchführen darüber, gibt Mindestabgabemengen, die wir einhalten müssen."

„Das glaube ich dir gerne, aber bis die bei uns in Pommern ankommt, ist sie sauer. Deswegen gibt es keine."

„Aber es gibt doch auch in Pommern Kühe."

„Mein Gott, ich weiß auch nicht, warum wir keine bekommen. Es ist eben so, damit leben wir schon seit Jahren."

„Wenn es keine Milch gibt, was gibt es sonst?"

„Nicht viel und für mich schon gar nicht. Ich habe nicht mehr die Kraft, stundenlang vor einem Laden zu stehen, um etwas Margarine oder andere Nährmittel zu bekommen."

„Fleisch?"

„Antonia, träumst du? Fleisch gibt es bei uns, wenn überhaupt, von drittklassiger Qualität, vom Pferd oder von was weiß ich und dann auch nur hundertgrammweise."

„Pferd?"

„Wir sind hier in der Stadt."
„Aber Pferde ißt man doch nicht!"
Die Kranke quälte sich von ihrem Stuhl, ging zu ihrer Nichte und legte sanft ihren Arm auf deren Schulter.
„Kleines, hier mußt du umdenken, euer Gut ist weit weg."
„Mein Gut!"
Die Tante schleppte sich zu ihrem Stuhl zurück und setzte sich schwer atmend.
„Ja, dein Gut. Damit wären wir beim Thema."
„Wie?"
„Die Familie."
Antonia stand auf, machte sich etwas zu essen, stellte einen Teller vor sich auf den Tisch und biß in eine Brotscheibe.
„Gut, Familie, wie du möchtest."
„Bist du ungehalten ob meiner Direktheit?"
„Nein, ganz im Gegenteil! Weiß wenig über die Familie und noch weniger über dich."
„Würdest du mir einen Tee machen?"
Antonia stand kauend auf und machte sich daran, den Kessel mit Wasser zu füllen.
„Selbstverständlich. Was möchtest du?"
„Die Kräutermischung aus der grünen Dose im Schrank."
„Mein Vater war der älteste von euch Geschwistern?"
„Sonst hätte er nicht das Gut bekommen."
Die junge Frau setzte sich wieder an den Tisch und aß weiter.
„Wie alt war er, als Großvater starb?"
„Bist du schwach im Rechnen? Du weißt doch, wann dein Vater geboren wurde."
„1893, und Großvater starb in meinem Geburtsjahr. Er war also dreißig."
Tante Emilie beugte sich vor Schmerzen nach vorn, und Schweiß trat ihr auf die Stirn.
„Zeit für meine Tabletten."
„Bleib sitzen! Sag mir, wo sie sind. Bringe sie dir."
„Auf meinem Nachttisch, die hellblaue Schachtel."
Antonia war gerade im Schlafzimmer, als der Teekessel zu pfeifen begann. Rasch nahm sie die Packung, die zwischen einem guten Dutzend anderer Medikamente lag, und eilte zurück. Sie legte die Schachtel auf den Küchentisch und goß den Kräutertee auf. Tante Emilie nahm mit zitternden Händen drei Tabletten heraus und schluckte sie, ohne etwas zu trinken. Dann stand sie auf und hielt sich mit einer Hand am Stuhl fest.
„Hilf mir bitte hinüber ins Wohnzimmer."
Kaum saß die Kranke in ihrem Ohrensessel, fielen ihr auch schon die Augen zu. Antonia nahm die grünkarierte Decke, die neben dem

Sessel auf einem Fußbänkchen lag, und deckte ihre Tante vorsichtig zu.

„Diese Schmerzmittel machen mich immer entsetzlich müde."

Antonia sah von ihrem Buch auf.

„Hast beinahe zwei Stunden fest geschlafen."

„Ich bin keine gute Gastgeberin."

„Hatte nicht erwartet, daß du mich den ganzen Tag unterhältst."

Tante Emilie stand mühsam auf und ging zum Fenster. Sie schob den Vorhang beiseite und sah hinaus auf die Straße.

„Was hat dich dazu bewogen, so schnell zu mir zu kommen?"

Die junge Frau legte ein Lesezeichen zwischen die Seiten ihres Buches und klappte es zu.

„Deine Krankheit und, um es ehrlich zu gestehen, ein bißchen die Neugier."

Beinahe ruckartig drehte sich Frau Brunteis um und ließ die Gardine los.

„Ach so, die Familie."

„Ja, aber auch ein Interesse an dir. Vater sagte einmal, ich solle zu dir gehen, wenn etwas Schlimmes geschieht und er nicht da sein sollte."

„Das hat er gesagt?"

„Ja, kurz nachdem ich aus Königsberg zurück war."

„Ich erinnere mich, wie du als dünnes Mädchen vor mir standst. August war stolz wie ein Hahn, daß du auf ein Gymnasium gehen würdest, und er wollte Bücher, Bücher, Bücher ..."

„Als ich in Königsberg ankam, hatte ich ein kleines Köfferchen mit Kleidung und einen riesigen Koffer voll mit Büchern."

„Haben sie dir wenigstens geholfen?"

„Na ja, habe ein ganz ordentliches Abitur gemacht."

„Und Latein?"

Antonias Lächeln gefror.

„War in den Prüfungen mein schlechtestes Fach, gab nur eine Zwei."

Tante Emilie setzte sich wieder in ihren wuchtigen Sessel.

„Zu meiner Zeit, da konnten Mädel noch kein Abitur machen. Aber Bildung war mir immer wichtig. Kannst du dich noch an unsere Buchhandlung erinnern?"

„Nur ganz vage."

„Josef und ich haben sie aus dem Nichts aufgebaut. Als er starb, habe ich das Repertoire etwas umstrukturiert. Weniger Belletristik und mehr Kunst. Die Lage unseres Geschäftes war auch erstklassig. Die Neutorstraße war eine goldene Meile für uns."

„Warum hast du sie dann aufgegeben?"

„1933 war kein gutes Jahr. Erst starb mein lieber Josef, und dann kam diese unselige Bücherverbrennung. Mein Laden sah aus, als wäre Ausverkauf gewesen. Ich konnte das nicht mitansehen! Noch dazu die Pflicht, in die Auslage ein Porträt dieses österreichischen Postkartenmalers zu stellen. Das war zuviel, und ich habe verkauft."

Antonia ging hinüber zur Tante, nahm das Fußbänkchen und setzte sich zu ihren Füßen.

„Dann hast du die Stellung in der städtischen Bücherei angenommen?"

„Ich konnte nicht einfach zu Hause sitzen und nichts tun. Es war nie meine Art, die Hände in den Schoß zu legen. Da kam mir die Stelle als Bibliothekarin gerade recht. So mußte ich auch nicht von dem Ersparten leben."

Antonia sah aufmerksam in das hohlwangige Gesicht.

„Ich wünschte, meine Mutter hätte etwas von deiner Tatkraft."

„Oh, oh, irre dich da mal nicht. Deine Mutter war in jungen Jahren ein rechtes Energiebündel! Sie hatte ihren eigenen Kopf und wollte ihn durchsetzen. Schließlich entstammt sie einer reichen Industriellenfamilie aus Schlesien und hatte eine stattliche Mitgift eingebracht, die sie gerne vermehrt hätte."

„Mama kommt aus Schlesien?"

„Na, jetzt schlägt's aber dreizehn! Du weißt nicht, wo deine Mutter herstammt?"

„Nein. Wurde nie darüber gesprochen."

„August konnte sich glücklich schätzen, daß sie als letzte Tochter zu verheiraten war. Ihre drei Schwestern waren schon lange unter der Haube, aber wie gesagt, deine Mutter hatte ihren eigenen Kopf. Dein Vater hatte damals geschäftliche Kontakte mit ihrem Vater, es ging, glaube ich, um eine Maschine. Er hatte es dann noch mit einem Schwager deiner Mutter zu tun, der wohl in Steuern und Finanzen recht bewandert war, und so kam es, daß er in die Familie eingeführt wurde. Der Schwager, er war mit dieser musisch hochbegabten Schwester deiner Mutter verheiratet, war nicht unbeteiligt daran, daß schließlich die Hochzeit eingefädelt wurde."

„Sie haben nicht aus Liebe geheiratet?"

„Kindchen, wo denkst du hin? In unserer Zeit wurde nur im Märchen aus Liebe geheiratet. Deine Mutter hatte schon einige Verehrer abgelehnt, und schließlich mußte sie einwilligen, sonst wäre ihr Weg direkt ins Kloster gegangen."

„Man hat also wirklich gegen ihren Willen gehandelt."

„Na, du kennst doch deinen Vater! Meinst du, man hätte ein Mädchen dazu nötigen müssen, seine Frau zu werden?"

„Nein, aber ..."

„Du mußt das anders sehen, als es heute ist. Unsere Mütter wurden geradezu in die Ehe gezwungen. Wir konnten schon ein wenig mitreden, aber schlußendlich hatte immer noch die Familie das letzte Wort. Finanzielle Erwägungen hatten nach wie vor großes Gewicht bei der Auswahl. Die Mädchen mußten doch versorgt sein."

„Heißt das, meine Großmutter wurde wie auf dem Viehmarkt verkauft?"

„Na, na! Solch harte Worte? Deine Großmama hatte ein gutes Leben auf Treskow, war umwimmelt von Angestellten. Sie hat in ihrem ganzen Leben keinen Wischlappen in die Hand nehmen müssen."

Antonia rutschte auf ihrem Hocker herum und sah auf den teuren Teppich.

„Sie starb 1914."

„Ja. Sie verlor ihr Leben am Kindbettfieber, nach der Entbindung meiner jüngsten Schwester. Der Säugling folgte unserer Mutter zwei Tage später."

„Das heißt, Großmutter hat acht Kinder zur Welt gebracht."

Tante Emilie schien nicht mehr aufmerksam zu sein und drehte den Kopf eigenartig nach links. Es folgten Minuten der Stille, und Antonia spürte Beklemmung.

„Tante, ist etwas?"

Die kranke Frau schnaufte laut und kniff die Lippen zusammen. Ein unterdrücktes Stöhnen lag im Raum wie eine Drohung.

„Acht Kinder, das klingt aus deinem Mund wie ein Vorwurf."

„Entschuldige, Tante. Wollte nichts Falsches sagen! Soll ich dir etwas zu trinken holen?"

„Nein, ich habe noch Tee, danke."

Antonia stand von ihrem Hocker auf, streckte ihre Glieder und schaute unentschlossen im Zimmer herum.

„Wer kümmert sich eigentlich um das Mittagessen?"

Tante Emilie saß nun wieder entspannt in ihrem Ohrensessel und sah ihre Nichte an.

„Ich brauche nicht viel, deswegen habe ich auch keine Köchin. So leid es mir tut, es ist wohl an dir zu kochen."

„Oh, dann wird Schmalhans Küchenmeister sein."

„Das ist er sowieso, meine Vorräte sind eher dürftig."

„So meine ich das nicht. Kochen ist nur nicht gerade meine Stärke."

„Du liebes bißchen, was sagt denn dein Zukünftiger dazu?"

„Wir haben doch Marie."

„Die gute Seele wird auf Treskow bleiben, wenn du gehst."

„Treskow ist mein Gut! Warum sollte ich weggehen?"

Frau Brunteis sah ihre Nichte verwundert an.

„Hat dein Bruder andere Pläne, wenn er zurückkommt?"

Antonia ging zu ihrer Tante und kniete vor ihr nieder.

„Hartmut ist tot, weißt du das nicht?"
„O mein Gott! Er ist gefallen für Führer, Volk und Vaterland?"
„Nein, ein Standgericht hat ihm das Lebenslicht ausgeblasen. Er hatte den Befehl verweigert, Frauen und Kinder erschießen zu lassen."
„Grundgütiger, davon wußte ich gar nichts!"
„Noch ein Treskowsches Geheimnis gelüftet."
„Du hast den abscheulichen Sarkasmus deines Großvaters. Darüber spricht man nicht lose!"
„Verzeih, aber das liegt Jahre zurück. Habe selbst erst vor kurzem die Wahrheit erfahren. Konnte nicht wissen, daß selbst Vater dir nicht immer alles mitgeteilt hat."
„Schon gut. Dann ist deine Bestimmtheit bezüglich des Besitzes auch verständlich."
„Papa hat Treskow in meine Hände gelegt."
„Dann wird dein Verlobter bestimmt über die Kleinigkeit hinwegsehen, daß die Küche nicht deine Vorliebe ist."
„Gibt keinen Verlobten."
Die Tante legte beide Hände an den Hals und sah die junge Frau besorgt an.
„Es gibt keine Interessenten?"
Ihre Nichte schaute sie nicht an und ging einen Schritt von ihr weg.
„Wo finde ich ein Kochbuch? Werde uns schon etwas zaubern."
„Du bist eine kluges, gutaussehendes Fräulein im besten Heiratsalter!"
„Na und, kein Grund, sich wie Vieh verhökern zu lassen!"
„Ah, jetzt verstehe ich."
„Glaube nicht, aber das tut auch nichts zur Sache. Verrate mir, wo ich ein Kochbuch finde."
„In der Küche, neben dem Bord mit den Gewürzen."
Die junge Treskow eilte aus dem Zimmer, froh darüber, sich nicht weiter erklären zu müssen.
In der Küche fand sie das *Illustrierte praktische Kochbuch für die bürgerliche und feine Küche* von Henriette Davidis. Sie schlug es auf und fand Rezepte für Fleischsuppen, Fleischgerichte, Pasteten, warme Puddings, kalte Süßspeisen, Saucen, Salate und Backwerk. Sie legte das dicke rotgebundene Buch auf den Tisch und ging zum Vorratsschrank. Dort stieß sie auf eine magere Auswahl an Hülsenfrüchten und Dörrobst. Etwas Mehl und eine Packung mit der Aufschrift „Fettersatz" waren auch noch da. Sie suchte weiter und fand einen Rest Brot, Zwieback und zwei Sorten Marmelade. Sie konnte es nicht fassen und lief zurück ins Wohnzimmer.
„Tante Emilie, daraus könnte noch nicht einmal Marie etwas kochen."

„Aus dem Kochbuch?"

„Nein, aus deinen Vorräten."

„Ich sagte dir doch schon, daß ich nicht die Kraft habe, vor den Läden anzustehen."

„Aber deine Marken, die hast du noch?"

„Zum Teil. Ich habe alle für das, was ich sowieso nicht mehr essen kann, der Zugehfrau gegeben."

„Na, dafür könnte die Gute etwas freundlicher sein! Marie hat mir Marken mitgegeben."

„Dafür ist es jetzt zu spät. Sieh doch auf die Uhr. Jetzt gibt es nichts mehr."

„Brauche ich nicht. Die Standuhr hier im Hause ist ja laut genug."

„O ja, die hat mir schon manchmal den Schlaf geraubt."

„Wo gibt es denn so etwas, eine Standuhr mit dem Geläut von Big Ben? Daß die Leute nicht längst verhaftet wurden, grenzt an ein Wunder!"

„Das mag ja sein, aber die Standuhr gehört Kurz. Er hat sie vor einigen Jahren aus einer Judenwohnung geholt."

„Der Hausmeister?"

„Ja, früher war er hier Hauswart. Aber er ist schon seit langem der hiesige Blockwart."

„Und verwandelt seine Wohnung vierundzwanzigmal am Tag ins Londoner Parlament."

Frau Brunteis beugte sich nach vorn und befühlte ihren schmerzenden Bauch.

„Niemand würde etwas dagegen tun, nicht einmal wenn es das Geläut der Kremlkirche wäre."

Antonia grüßte Frau Kurz nicht, die schwankend vor ihrer Tür stand. Mit der mageren Ausbeute des Anstehens stapfte sie nach oben und hielt den Schlüssel für die Wohnungstür schon in der Hand.

Bereits jetzt fühlte sie eine starke Abneigung dagegen, noch länger in Stolp bleiben zu müssen. Sie hatte schon in Schloßwalde manches Mal um Zuteilungen anstehen müssen, doch hier in der Stadt herrschte ein Umgang miteinander, den sie sich nicht hatte vorstellen können. Alte Menschen, die sich nur zum Verschnaufen ein wenig an die Hauswand gelehnt hatten, wurden erbarmungslos an das Ende der Schlange kommandiert. Und wenn es in einem Laden nichts mehr gab, dann machten sich die Davorstehenden nicht einfach auf den Heimweg, nein, sie traten gegen die Ladentür und riefen nach der Polizei. Es war diese beklemmende Stimmung des gegenseitigen Neidens und Überwachens, die Antonia so nicht kannte.

Tante Emilie ruhte in ihrem Sessel im Wohnzimmer, und ihre Nichte machte sich daran, eine Mittagsmahlzeit zu bereiten. Der Eintopf, den sie zusammengestellt hatte, wollte gar keinen Geschmack bekommen, und so suchte sie im Gewürzregal nach Abhilfe. Sie hielt ein dunkles Glas in den Händen, das keine Aufschrift trug, schraubte es auf und schnupperte. Ein dumpfer Schlag ließ sie aufmerksam werden, und sie lief ins Wohnzimmer.

Die Tante lag auf dem Teppich vor ihrem Sessel, krümmte sich stöhnend und erbrach sich. Antonia hob die Kranke an und schleppte sie zur Toilette. Dann kümmerte sie sich mit Wasser und Lappen um die Hinterlassenschaft auf der Auslegware. Schließlich eilte sie zurück. Ihre Tante kauerte totenbleich an der Wand neben dem Abort und schien ohnmächtig. Die junge Frau war kräftig genug, um die Leblose in ihr Bett zu bringen. Sie wollte gerade nach der Telefonnummer des Arztes sehen, als ihr ein stechender Geruch in die Nase stieg. Sie rannte in die Küche und stand hilflos vor dem angebrannten Essen.

„Mein Gott, was soll ich nur machen!"

Sie stellte die Herdplatte ab, nahm den qualmenden Topf und stellte ihn auf den Sims vor dem Küchenfenster. Die gegenüberliegende Schlosserei erfüllte den Hinterhof mit dem jaulenden Geräusch einer Metallsäge, und anhaltendes Hämmern ließ sie beinahe den Verstand verlieren. Sie wand sich mit zusammengekniffenen Lippen ab und eilte zum Telefon. Endlich hatte sie die Nummer des Hausarztes gefunden und hob den Hörer ab. Doch die Leitung war tot.

„Kinder Gottes, hat sich hier alles gegen mich verschworen?"

Antonia überlegte nicht lange, griff sich die Hausschlüssel von der Kommode im Flur, rannte die Treppe hinunter und klingelte bei Frau Kurz. Es schien Ewigkeiten zu dauern, bis die Blockwartsfrau endlich vor ihr stand. Die sah sie abschätzig an.

„Vorhin hatten Sie es wohl eilig?"

„Frau Kurz, ich brauche dringend einen Arzt!"

Der Blick der Frau wurde noch eisiger.

„Grüßen kann man in Ostpreußen wohl nicht?"

Antonia zitterte am ganzen Körper und atmete tief durch. Sie riß den rechten Arm nach oben und erhob ihre kräftige Stimme.

„Heil Hitler!"

„Heil Hitler. Ihnen ist also nicht gut?"

„Nein, meine Tante ist zusammengebrochen! Sie braucht dringend einen Doktor!"

„Ihre Tante hat doch Telefon."

„Ja, hat sie, aber die Leitung ist tot!"

„Sie wird die Rechnung nicht bezahlt haben."

Der jungen Frau wurde übel vor Aufregung.

„Kann ich Ihnen nicht sagen, weiß ich nicht! Haben Sie ein Telefon?"

„Selbstverständlich!"

„Bitte, Frau Kurz, dann rufen Sie einen Doktor!"

Die drehte sich wortlos um und lehnte die Wohnungstür, hinter der sie verschwand, an. Die Zeit erschien endlos, bis sie wiederkam.

„Unser Anschluß ist auch tot."

„O mein Gott! Wissen Sie, wo hier ein Arzt wohnt?"

„Soviel ich weiß, betreut Doktor Breuer Ihre Tante."

„Ja, und?"

„Er hat seine Praxis am anderen Ende der Stadt."

„Und hier in der Nähe, gibt es da einen Arzt?"

„Natürlich, Doktor Sauer. Da gehen wir hin, der ist zuverlässig! Nicht wie dieser Breuer, der hat früher sogar Juden behandelt."

„Frau Kurz, ich bitte Sie inständig, meine Tante hatte einen Kollaps, es kann sich um Minuten handeln. Geben Sie mir die Anschrift von Ihrem Arzt!"

„Kennen Sie sich hier aus?"

„Nein, das wissen Sie doch!"

In diesem Moment tönte das wuchtige Geläut der Standuhr aus der Wohnung und verkündete die volle Stunde. Nun hielt Antonia nichts mehr. Sie ließ die Blockwartsfrau einfach stehen und rannte hinaus auf die Straße. Den nächsten Passanten fragte sie nach Doktor Sauer. Man gab ihr eine vage Beschreibung, und sie rannte los. Sie mußte noch zweimal fragen, bevor sie endlich vor der Praxis des besagten Arztes stand. Sie eilte die Treppen hinauf und stieß auf eine verschlossene Tür. Energisch klopfte sie, und eine hünenhafte Frau öffnete. Antonia besann sich, nahm Haltung an und hob den rechten Arm.

„Heil Hitler!"

Die wuchtige Große schaute mißmutig an ihr herab.

„Heil Hitler. Die Praxis ist geschlossen."

Antonia war völlig verzweifelt und konnte die Tränen nicht zurückhalten.

„Ein Notfall! Meine Tante ist zusammengebrochen!"

„Ist sie Patient bei uns?"

„Soweit ich weiß, nicht."

„Bei wem dann?"

„Doktor Breuer."

„Aha. Tja, dann kann ich Ihnen nicht helfen, der Herr Doktor ist sowieso nicht im Haus."

„Aber meine Tante – vielleicht stirbt sie!"

„Junge Frau, die Zeiten sind schwer. Ich kann Ihnen auch nicht helfen."

„Gibt es hier irgendwo in der Nähe noch einen Arzt?"

„Nein."

Mit dieser knappen Antwort ließ die Walküre Antonia im Treppenhaus stehen. Langsam ging sie die Treppen hinunter zum Ausgang. Da sie die Umgebung nicht kannte, dauerte es eine geraume Weile, bis sie wieder vor der Wohnungstür ihrer Tante angekommen war. Sie mußte sich regelrecht zwingen, dort hineinzugehen, wo sie ihre Tante im Todeskampf vermutete. Langsam schloß sie auf und ging in den Flur. Der Geruch des verbrannten Eintopfs hing in der Luft. Es zog ihr den Hals zu, und sie blieb stehen.

„Antonia?"

Vor Schreck blieb ihr schier das Herz stehen. Sie eilte zur Schlafzimmertür und zögerte.

„Tante Emilie, geht es dir gut?"

„Antonia, es riecht hier angebrannt."

Die junge Treskow wußte nicht, ob sie lachen oder weinen sollte. Sie trat ein, und ihre Tante sah sie leidend an.

„Warst du spazieren?"

„Mein Gott, du bist zusammengebrochen! Dachte, du stirbst, und bin los, einen Arzt zu suchen!"

Die alte Frau hob den Kopf und bewegte ihn hin und her.

„So schnell stirbt es sich nicht."

„Aber du warst ..."

„Kindchen, du siehst mitgenommen aus."

In Antonia stritten die Gefühle, und sie schaute ihre Tante entgeistert an.

„Kannst einen ganz schön erschrecken mit deiner Krankheit!"

Frau Brunteis erstarrte im Kissen.

„Gütiger Gott, Vater!"

Die junge Frau schreckte zusammen und sah sich um.

„Welcher Vater?"

Tante Emilie setzte sich mühsam auf und schluckte.

„Du bist ..."

„Was bin ich? Vor Sorge umgekommen bin ich beinahe! Durch die halbe Stadt gerannt um einen Arzt!"

„Antonia, bitte setz dich zu mir. Warum riecht es hier so angebrannt?"

Trotz aufgebrachter Gefühle tat Antonia ihrer Tante den Gefallen und setzte sich auf die Bettkante.

„Der Eintopf ist angebrannt."

„Kochen ist eben nicht deine Welt."

„Hungern auch nicht."

„Kind, du bist mir vom Himmel gesandt!"

„Eine Köchin könnte auch noch vom Himmel fallen. Hätte nichts dagegen."

Emilie Brunteis nahm ihre Nichte am Arm und zog sie zu sich herüber. Dann umklammerte sie die junge Frau, daß der schier die Luft wegblieb.

„Du weißt, warum du Antonia heißt?"

„Meine Eltern fanden den Namen wohl passend."

„Oh, und wie er paßt!"

Antonia löste sich aus der Umarmung und setzte sich auf.

„Du sprichst in Rätseln."

„Es ist und war Sitte, Töchtern die Namen von Großmüttern, Urgroßmüttern oder anderen weiblichen Vorfahren zu geben. Bei dir wurde eine Ausnahme gemacht."

„Warum?"

„Du wurdest in dem Jahr geboren, als dein Großvater starb."

„Weiß ich."

„Ich war achtundzwanzig, als der plötzliche Tod unseres Vaters uns alle vor eine schwierige Aufgabe stellte. August mußte Treskow übernehmen. Ich hatte fünf Jahre zuvor, es war 1918, Josef geheiratet und war zu ihm nach Kolberg gezogen. Mein herzensguter Mann stammte aus dieser Stadt und war ja auch noch im Felde. Er hat dann zum Glück den Schlamassel an der Westfront gut überstanden und kam gesund nach Hause."

„Tante Emilie, du siehst angestrengt aus."

„Mein Josef war gesund zurück aus dem Krieg, und ich hatte in Kolberg eine Ausbildung zur Buchhändlerin hinter mich gebracht. Er war Kaufmann, und mit vereinten Kräften übernahmen wir 1920 die Buchhandlung hier in Stolp."

„Tante ..."

„Deine Mutter ging schwanger, als wir uns, es war das letzte Treffen der Geschwister Treskow, zur Beerdigung zusammenfanden. Das Angedenken an unseren Vater hing über uns wie das Schwert des Damokles. Er war Reserveoffizier der Kavallerie, Kriegsteilnehmer, hochdekoriert, ein glänzender Reiter. Er hatte die Trakehnerzucht auf Treskow gegründet. Pferde hatte es dort früher nur als Zug- und Arbeitstiere gegeben. Er setzte seinen grenzenlosen Starrkopf durch, gegen alle Bedenken, Reitpferde züchten zu wollen, und er hatte Erfolg damit. Ausgerechnet er starb an den Folgen eines Reitunfalls. Wir waren alle wie vom Blitz getroffen."

„Tante Emilie ..."

„Deine Mutter trug ein Kind aus, und wir alle, die ganze Familie, war überzeugt davon, daß es ein Knabe sein würde. Ein Anton, der im Todesjahr des zwar grandiosen, doch einsilbigen, dickköpfigen und jähzornigen Vaters zur Welt käme. Ich erfuhr, daß es kein Knabe war; damals hatte unser Geschäft die erste Blütezeit, die bis zur Wirtschaftskrise dauerte. Es war eine Tochter, eine Antonia!"

„Tante Emilie, wir haben ..."

„Dein Satz vorhin – Kannst einen ganz schön erschrecken mit deiner Krankheit! – das hat dein Großvater zu mir gesagt, als ich, ich war zehn oder elf, mit Scharlach im Bett lag und keiner wußte, ob ich es überleben würde."

„Ach so! Aber Tante, wir haben jetzt nichts zu essen."

„Wir leben in harten Zeiten."

Antonia stand auf und war froh, daß es der Tante offenbar wieder besser ging.

„Muß sehen, wie es weitergeht!"

Antonia hatte schon das Zimmer verlassen und konnte die leisen Worte ihrer Tante nicht mehr hören.

„Wie recht du hast, August."

Doktor Breuer drückte Frau Brunteis herzlich die Hand und verließ dann das Zimmer. Er ging in die Küche, wo sich Antonia während der Untersuchung aufgehalten hatte, und wusch sich die Hände. Sie reichte ihm ein frisches Handtuch.

„Sie sind die Nichte?"

„Antonia Treskow. Wie sieht es aus?"

„Fräulein oder Frau?"

„Fräulein."

„Fräulein Treskow, Ihre Tante wird jetzt dreimal am Tag Morphium intravenös bekommen."

„Intra ..."

„Es stehen keine Schwestern für Hausbesuche zur Verfügung, also müssen Sie ..."

„Was ist interveniös?"

„Intravenös? In eine Vene! Sie werden lernen müssen, Ihrer Tante die täglichen Spritzen in ein ableitendes Blutgefäß zu geben."

„Ich? Eine Spritze?"

„Es ist nicht so schwer, wie Sie denken. Die nächsten Tage komme ich und weise Sie ein."

„Ist das wie bei Pferden?"

„Pferde?"

„Pferden habe ich schon Spritzen gegeben. Ist nicht schwer, man sucht eine dicke Ader am Hals, und dann rein mit der Nadel."

„Gute Güte! Wo kommen Sie denn her?"

„Ostpreußen, mein Gut liegt bei Schloßwalde."

„Aha! Na, beim Menschen ist das etwas anders. Ich werde es Ihnen zeigen."

„Herr Doktor, aber so kann es doch nicht weitergehen mit meiner Tante."

„Wie meinen Sie das?"

„Bin keine Krankenpflegerin! Als ich hierher auf Besuch kam, wußte ich zwar, daß meine Tante schwer krank ist, aber ich kann ihr doch so gar nicht helfen, wenn etwas geschieht."

„Sie befürchten, daß Ihre Tante stirbt?"

„Nein, davor habe ich keine Furcht, nur der Weg dahin ..."

„Ja, es kann morgen schon vorbei sein, es kann aber auch noch einen Monat dauern."

„O Gott, und derweil bricht sie immer wieder zusammen, und ich weiß nicht, was zu tun ist!"

Der Arzt hatte inzwischen seinen Mantel übergezogen und schien in Eile zu sein.

„Damit müssen Sie rechnen."

Antonia schlang die Arme um ihren Brustkorb und fröstelte.

„Können Sie sie nicht in ein Krankenhaus bringen lassen? Dort wäre doch bestimmt besser für sie gesorgt."

Der Mann hatte schon seine Tasche in der Hand und war auf dem Weg zur Wohnungstür.

„Unsere Krankenhäuser sind voll mit Verwundeten! Da ist kein Platz für eine alte Frau, die sich auf ihr Sterben vorbereitet."

„Aber ich ..."

„Fräulein, Ihre Sorgen in allen Ehren, aber ich muß jetzt weiter."

Der Arzt schloß leise die Tür hinter sich, und Antonia überlegte, wie sie ihrer Tante beibringen sollte, daß sie wieder nach Hause wollte.

Edith schwitzte, wie sie es noch nie in ihrem Leben getan hatte. Die Mistgabel lag ihr auch ohne Dung zentnerschwer in den Händen. Sie wollte sich eine Pause gönnen, als Rudolf in den Pferdestall kam.

„Na nu', Marjell, wie ham wir's?"

Die junge Romeike wischte sich mit dem Handrücken über die schweißnasse Stirn.

„Noch zwei Einstände."

„Wie, noch zwei? In die anderen is' ja noch jar kein' Einstreu drin!"

„Ich muß noch zwei ausmisten."

„Nu', das dauert ja ..."

„Ich gebe mir alle Mühe."

„Mag ja sein, aber 'n Tag hat nur zwölf Stunden, oder sollen de Pferde nachts draußen stehen?"

„Ich bin doch bald fertig."

„Mit 'm Ausmisten. Un' denn 's Einstreuen, de Gäule von die Koppel un' die Weide holen, de Hufe auskratzen, Füttern, Tränken, de Stallgasse kehren ..."

Edith standen Tränen in den Augen.

„Ich kann doch nicht mehr als arbeiten!"

„Nu', des könn' wa alle nich'. Aber 'n bißchen schneller kann's denn doch sein. Es jeht auf de kalte Jahreszeit, da könn' de Pferde nich' mehr auf de Weide stehen. Is' jetzt schon riskant, de Tiere alleine da draußen zu lassen, de Herbstzeitlose kann so 'n Pferd, wenn's das Kraut frißt, umbring'."

„Dann schicke mir Matthieu vorbei. Er soll mir helfen."

Rudolf kratzte sich in seinen Bartstoppeln und schüttelte den Kopf.

„Unser Fräulein Antonia hat jedem an sei'm Platz jestellt. Arbeit is' ja auch jenug! Un' hier is' da Pferdestall, da hat der Kerl nuscht verloren. Der soll sich um de Küh' und de Schweine kümmern."

Edith schaute dem mürrischen Mann nach.

„Meine Güte, Toni, wie hast du das alles nur geschafft?"

Sie ging wieder an ihre Arbeit und lud die Schubkarre halb voll mit Mist. Angestrengt schob sie die Karre hinüber zum Misthaufen, als der Belgier plötzlich neben ihr stand.

„Wenn nischt ganz voll die brouette, dann die doppelt Weg!"

Edith stellte das Gefährt ab und schnaufte tief.

„Bruett?"

„Chariot! Wenn nischt voll, dann deux fois 'in und 'er!"

Sie verstand und sah den kräftigen Kerl ärgerlich an.

„Ich bin doch nicht Herkules!"

Er lachte, nahm die Karre, leerte sie mit einem Schwung auf dem Misthaufen aus und schob sie leichtfüßig zum Stall zurück. Sie kam ihm nach und sah, wie er in Windeseile Mist auf die Ladefläche häufte.

„Matthieu, bitte laß das. Ich bekomme Ärger mit Rudolf, wenn du nicht ..."

„Ach, Rüdolf. Er spielt die klein König. Man muß nichts denken dabei!"

Edith schmunzelte und begann die leeren Boxen einzustreuen. Als sie mit der ersten fertig war, hatte der kräftige Mann den restlichen Mist fortgebracht und sah ihr zu.

„Die Stroh muß sein hacher."

„Was?"

„Wenn die Material sein kleinge'ackt, dann saug' besser die Feuchtischkeit."

„Davon hat mir niemand etwas gesagt."

„Ist nischt schlimm, aber wenn die Winter und cheveaux immer in Stall, dann besser."

Edith warf die nächste Ladung trockener Getreidehalme in den Einstand.

„Bis zum Winter wird Antonia hoffentlich wieder hier sein. Die weiß dann schon, was zu tun ist."

Eberhardt kam kurz herein und erkundigte sich, ob jemand seinen Besen gesehen hätte. Er wollte gerade wieder den Stall verlassen, da stand Kupinski im Eingang.

„Na, da sin' ja de Herrschaften! Matthieu, was is' mi'm Kujel? Der is' immer noch in de Kuhle!"

„Hat es sisch doch Zeit."

„Nuscht hat hier Zeit. Ran an de Arbeit!"

„Un', Marjell, wie jeht's voran?"

„Matthieu meint, das Stroh müßte kleingemacht werden."

„Der weiß immer alles besser! Was is' mit 'm Futter?"

Edith zog einen Zettel aus ihrer Schürzentasche und sah darauf.

„Fütterung in kleineren Mengen mehrmals am Tag. Stuten pro Tag: 8 kg Wiesenheu, 1 kg Haferkörner, 1 kg Ergänzungsfutter. Hengste pro Tag: 4 kg Wiesenheu (mittel), 2,5 kg Haferkörner, 1,5 kg Ergänzungsfutter, 2 kg Futterstroh. Zusatzfutter dann und wann: Möhren, Futterrüben, Mineralfutter."

Rudolf grinste schief, seinen Zigarrenstumpen mit den Zähnen bearbeitend.

„Na jut, un' was ham de Pferde schon jefressen, un' wieviel bekomm' se noch?"

Die junge Frau schaute ihn ängstlich an.

„Weiß ich nicht! Die Tiere sind doch auf der Weide. Die werden sich die Bäuche schon dickgefressen haben."

Er nahm den durchfeuchteten Tabakstummel aus dem Mund und sah Edith väterlich-freundlich an.

„De Marie hat noch de Hühner ze versorjen. Ich mach' das schon mit de Pferde."

Sie fühlte sich um eine Zentnerlast erleichtert und eilte aus dem Stall in die Küche, um Anweisungen von der Köchin bezüglich des Federviehs zu erhalten. Eberhardt wollte auch gehen, doch Kupinski pfiff ihn zurück.

„Du jehst raus un' holst de Pferde!"

Der gebeugte Alte drehte sich um und schüttelte den Kopf.

„Erst muß ich mei'm Besen finden."

Matthieu lachte laut schallend und schlug Rudolf auf die Schulter.

„Du 'ast es nischt leicht!"

„Belgischer Stiesel!"

„Oh, das mußt du mir erklär'."

„Was?"

„Die Stiesel, dann isch geh' 'ol' die Pferd'."

Rudolf besah sich den Stallboden und überlegte.

„Stiesel, das ist ein, na, wie sagt man? En Dummkopf e'm."

„Dumm Kopf?"

Beide Männer sahen sich einen Augenblick lang an, und Kupinski warf lachend seinen Stumpen auf die Erde.

„Stiesel, daß sin' wir hier wohl alle, so janz ohne 's Fräulein!"

„Die ein' Dummkopf macht die Futter, und die ander' geht 'olen les cheveaux."

Das Telefon von Frau Brunteis funktionierte immer noch nicht, und Antonia, die auf Treskow anrufen wollte, warf ärgerlich den Hörer wieder auf die Gabel.

„Tante Emilie, was ist bloß mit deinem Telefon los? Ist immer noch tot!"

Die Stimme der Kranken klang heiser und war kaum zu hören. Antonia eilte zu ihrer Tante und sah sie sanft lächelnd an.

„Habe dich nicht verstanden."

„Das geht in letzter Zeit öfters so. Der Anschluß wird einfach abgeschaltet. Kriegbedingt sei das, so wurde es mir zumindest vor Wochen erklärt."

Die junge Treskow setzte sich auf den Hocker vor dem großen Schminkspiegel und sah sich ins Gesicht. Sie erschrak über die dunklen Ringe unter ihren Augen und drehte sich um.

„Muß mit dir reden."

„Immer raus damit! Was ist?"

„Komme mit dem Leben hier nicht zurecht. Ist alles so unverschämt schwierig in der Stadt. Bei mir zu Hause, da gibt es immer einen Weg, eine Lösung, aber hier erscheint mir alles wie gegen mich verschworen."

Frau Brunteis versuchte sich aufzusetzen und atmete schwer, als sie endlich die gewünschte Position eingenommen hatte.

„Du willst wieder zurück?"

„Versteh mich nicht falsch. Ich bin keine Krankenschwester, und dein Arzt hat mich …"

„Kind, ich halte dich nicht! Wenn jemand hier ist, so ist das für mich wunderbar, aber ich kann nicht erwarten, daß du bleibst."

„Ich weiß noch nicht einmal, wie ich uns satt bekommen soll!"

„Ich brauche nicht mehr viel, und du könntest doch in dieses kleine Gasthaus gehen, zwei Straßen weiter, dort kannst du auf Marken essen."

„So etwas gibt es?"

„Als es mir besser ging und ich noch aus dem Haus konnte, war es eine gute Möglichkeit, eine warme Mahlzeit am Tag zu bekommen."

„Und wie funktioniert das?"

„Du gibst deine Marken ab und bekommst etwas zu essen, meist Eintopf. Rauchermarken nehmen sie besonders gerne, darauf bekommt man dann eine extra Fleischeinlage. Viele Menschen hier in der Stadt können nicht mehr selbst kochen, aus den verschiedensten Gründen, und besuchen solche Gaststuben."

„Armenspeisung."

„Nein, so darfst du das nicht sehen!"

Die junge Frau sah ihre Tante an.

„Mir gehört ein Gut! Bin keine von der Sorte, die den Armen die Kartoffelsuppe streitig macht!"

„Falscher Stolz!"

Sie ärgerte sich über diesen Einwurf, schritt zur Tür und verließ das Zimmer.

„Stolz kann nicht falsch sein!"

„Stolz ist nichts Verkehrtes. Aber alles zu seiner Zeit!"

Antonia ging zurück und lehnte sich an den Türrahmen der offenen Schlafzimmertür.

„Alles zu seiner Zeit? Tante Emilie, zur Zeit wäre mein Platz auf Treskow! Es wird Winter, und die Arbeit wird ohne mich ..."

„Was wird die Arbeit ohne dich? Sie wird getan werden!"

„Ein Gut muß mit fester Hand geführt werden. Das hat Papa immer gesagt, und je mehr ich mich mit der Leitung der Wirtschaft vertraut gemacht habe, desto besser verstehe ich seine Worte!"

Tante Emilie beugte sich nach vorn und winkte ihre Nichte an ihr Bett.

„Dein Vater war ein harter Mensch. Liebenswert, aber äußerst hart! Nach dem Tod deines Großvaters hat er seine Geschwister vom Hof geworfen, weil das Gut mit strenger Hand geführt werden mußte!"

„Hätte Vater niemals getan!"

„O doch, hat er!"

„Dann hat er nur überflüssige Esser dazu bewegt, sich selbst zu ernähren! Ein Gut kann nicht ..."

„Kind, ich bin auf Treskow groß geworden! Ich weiß, was das Gut abwerfen kann und wie viele Menschen davon leben können, wenn nicht ein Träumer die Wirtschaft führt."

„Meinst du mit Träumer meinen Vater?"

„August hatte nie eine Hand für Geld! Es rann ihm durch die Finger wie feiner Sand. Deine Mutter hätte dies aufhalten können, aber sie war ja nur eine Frau, seine Frau."

Antonia sprang auf und ballte die Fäuste.

„Tante!"

„Ich kann deine Erregung ja verstehen, aber hör die ganze Geschichte, bevor du urteilst!"

Die junge Frau setzte sich wieder und verzog den Mund.

„Na gut."

„Die Geschichte meiner Geschwister. Leopold lasse ich aus, er fiel, nachdem er sich freiwillig gemeldet hatte, bei einem Angriff der Franzosen bei Amiens."

„Leopold?"

„Von Leo hat dir wohl auch nie jemand erzählt? Er war der Drittgeborene nach deinem Vater und mir."

„Doch, ich erinnere mich, daß Marie einmal einen Leo erwähnte."

„Aber Karl sagt dir etwas?"

„Der Lebemann?"

„Wo hast du denn das her?"

„Vater hat erzählt, Karl sei ein Eintänzer gewesen, ein rechter Windhund, ein geiler Bock."

„Das sind starke Worte, aber sie sagen auch viel über deinen Vater! Karl war beim Tod deines Großvaters einundzwanzig und verließ auf Drängen deines Vaters bald das Gut. Er trieb sich zunächst ein paar Jahre in Künstlerkreisen vor allem in Prag und Böhmen herum, wo er 1926 in eine wohlhabende Familie einheiratete. Er war an der Front, bis er im Herbst '43 einem Sonderkommando eines Dirlewanger oder so ähnlich unterstellt wurde. Seitdem habe ich nichts mehr von ihm gehört."

„Mit einundzwanzig steht einem Mann doch das Leben offen! Was soll er da noch am Tisch seines Bruders sitzen?"

Die leidende Frau ließ sich in ihre Kissen fallen.

„Nicht einmal ein Studium wollte dein Vater ihm ermöglichen! Was hätte er denn tun sollen?"

„Er hatte doch seinen Erbanteil, oder?"

„Das Erbe wurde von deinem Vater verwaltet; er meinte, wenn er jeden ausbezahlte, müßte er Treskow verkaufen."

„Wäre das im Sinne der Geschwister gewesen?"

„Nein, natürlich nicht, aber eine monatliche Summe, von der man hätte leben können, wäre das mindeste gewesen, was August seinen Geschwistern, die ja noch halbe Kinder waren, hätte angedeihen lassen können."

„Wenn es das Gut abgeworfen hätte, dann hätte Vater bestimmt ..."

„Er konnte nicht mit Geld umgehen!"

„Woher willst du das wissen?"

„Hast du einmal die Rechnungsbücher der letzten Jahre eingesehen?"

„Nein, bisher war keine Zeit dazu. Komme kaum mit der Buchhaltung hinterher."

„Nimm dir die Zeit, wenn du zurück bist, und du wirst verstehen, was ich meine."

„Werde ich tun. Aber trotzdem konnte er bestimmt nicht allen Geschwistern Gold und Juwelen mitgeben."

„Darum ging es auch nicht! Schau, ich war versorgt, Leo lebte nicht mehr, und die kleine Agnes war auch nicht mehr zu versorgen. Es hätte durchaus gereicht, den anderen eine standesgemäße Ausbildung zukommen zu lassen."

„Agnes, das ist doch die Nonne? Habe eine Fotografie von ihr in Nonnentracht gesehen."

„Ornat, Kindchen! Sie war gerade neunzehn, als Vater starb. Auf der Beerdigung habe ich sie das letzte Mal gesehen. Sie war immer das Sensibelchen der Familie. Sie konnte den frühen Tod unserer Mutter nie recht verwinden und bat Vater mit sechzehn Jahren darum, in ein Kloster eintreten zu dürfen. Wo sie nach der vorgeschriebenen Novizenzeit auch das ewige Gelübde ablegte. Von ihr habe ich seit neununddreißig kein Lebenszeichen mehr erhalten. Ich vermute, daß sie irgendwo in Afrika Negern das Alphabet beibringt."

„Sie wollte gehen und hat es getan."

„Aber wie sie es getan hat!"

„Tante, dafür kannst du Papa wirklich nicht verantwortlich machen!"

„Dafür nicht, aber für den Werdegang von Ferdinand. Ich selbst habe den kleinen Ferdi auf den Knien gehabt und Hoppereiter mit ihm gespielt. Er war ein so kluger Junge! Fünfzehn war er, als unser Vater starb und dein Vater den Hof übernahm. Jedesmal, wenn ich ihn dann sah, war er voller Haß auf August, der ihm immer wieder vorwarf, er läse zuviel und täte seine Arbeit nicht. Er war gerade einundzwanzig geworden, da jagte ihn sein eigener Bruder, einen Tag nach seinem Geburtstag, mit einer jämmerlich kleinen Summe Geldes vom Hof. Der Junge ging nach München, um dort zu studieren, doch er blieb nur wenige Semester an der Universität. Er trat früh in die Partei ein und bekleidet seit einigen Jahren eine mittlere Stellung in der Hierarchie. Den letzten Brief bekam ich von ihm aus Berlin, als er in das RSHA berufen wurde."

„Reichssicherheitshauptamt, Untergebener von Himmler, na, wenn das keine Karriere ist."

„August hat ihn vom Gut gejagt wie einen Hund!"

„Er hat doch seinen Weg gemacht!"

„Aber es war nicht recht, so mit dem Jungen umzuspringen, der ja noch ein Kind war."

„Tante, ich kenne Onkel Ferdinand ein wenig. Er war ein erwachsener Mann, was soll er ..."

„Und dann die Sache mit Johannes, unserem Benjamin; das achte Schwesterchen war ja gestorben. Er war ganze dreizehn ..."

„Tante, was willst du mir mit alledem verdeutlichen? Ich habe Hannes gekannt, er war wie ein großer Bruder für mich!"

„Dann kannst du dich vielleicht auch daran erinnern, daß dein Vater ihn immer und immer wieder aufgefordert hat, er solle sich doch anderswo als Knecht verdingen, um der Familie nicht länger auf der Tasche zu liegen."

„Habe davon nichts mitbekommen. Er ging irgendwann weg, da hatte er schon Bart im Gesicht."

„Mein Gott, auch er ging nicht freiwillig, so wenig wie die anderen Geschwister!"

„Entzieht sich meiner Beurteilung."

Tante Emilie schloß die Augen und begann zu weinen.

„Du trägst deinen Namen zu Recht! Du gleichst deinem Großvater in deiner uneingeschränkten Liebe zu Pferden, du hast seinen abgehackten, geradezu impertinenten Sprachstil, und in deiner Art, die Dinge immer auf deine Weise zu sehen, bist du wie dein Vater!"

Antonia stand auf und nahm die weinende Frau in ihre Arme.

„Tante, ich bin nicht so, wie du glaubst. Ich bin ich! Antonia!"

Frau Brunteis sah auf und tastete auf dem Nachttisch nach einem Taschentuch.

„Deine Mutter wollte, daß Hartmut Treskow übernimmt."

„Weiß ich. Hat sie mir gesagt."

„Kind, dein Bruder ..."

Ihre Stimme erstarb, und sie krümmte sich nach vorn. Ein leises Stöhnen drang aus ihrem Mund, und Antonia suchte nach den Tabletten auf dem Tischchen neben dem Bett.

Nachdem sie noch einmal nach dem Rechten gesehen hatte, ging Antonia in den Flur, zog sich ihre Jacke über und machte sich auf den Weg zum Gasthaus. Dort herrschte die gleiche gedrückte Stimmung wie an den Tagen zuvor. So machte ihr nicht nur der säuerliche Küchendunst das Atmen schwer, als sie ihre Marken abgab. Sie bekam ihren Schlag Suppe, setzte sich rasch auf einen freien Platz und versuchte schnellstmöglich ihre Mahlzeit zu vertilgen. Ihr Hunger war nicht mehr derselbe wie auf Treskow, wenn sie dort in der Küche ungeduldig in die Töpfe sah. Es war nur noch der bloße Umstand der Nahrungsaufnahme, der sie täglich in diese Stube trieb. Ein alter Mann saß ihr an diesem Tag gegenüber und löffelte, vornübergebeugt, schmatzend sein Eintopfgericht. Sie sah ihn an, und er blickte von seinem Teller auf.

„Na, junge Frau, wohl nüscht anderes zu tun?"

Sie konzentrierte sich wieder auf ihren Teller. Er wischte sich mit dem Ärmel seines Mantels, den er anbehalten hatte, über seinen faltigen Mund.

„Was sind Sie? Ein Drückeberger! In Ihrem Alter, da hockt man nicht bei den Alten und Kranken und läßt es sich wohlergehen! Unser Volk braucht Krankenschwestern, Nachrichtenhelfer, Flakhelfer und arbeitende Hände! Ich seh' Sie hier schon fast die ganze Woche sich den Bauch vollschlagen wie die Made im Speck!"

Sie versuchte ihn zu ignorieren und aß weiter. Der alte Mann erhob seine Stimme.

„Unser Deutschland soll den Krieg gewinnen mit solchem faulen Pack? Ist das die deutsche Jugend, von der unser geliebter Führer schwärmt?"

Eine alte Frau vom Nebentisch stellte sich neben ihn und starrte Antonia bitter an.

„Meine Söhne halten an der Front den Kopf hin, und was tut das saubere Fräulein da? Die frißt sich hier rund und fett!"

Die junge Treskow stand langsam auf und schüttelte den Kopf.

„Könnte es sein, daß Sie nicht wissen, was Sie da sagen?"

„Wollen Sie mich beleidigen?"

„Hatte nicht die Absicht, aber Ihre Worte schmecken mir noch weniger als die Suppe!"

„Dann kochen Sie sich doch selber!"

Der dickleibige Wirt kam an den Tisch und stellte sich breitbeinig vor Antonia.

„Wenn Sie nicht sofort aufhören, hier zu stören, dann werfe ich Sie im hohen Bogen raus!"

Sie sah ihn an, nahm ihre Jacke von der Lehne des Wirtshausstuhls und zog sie über.

„Das wird kaum nötig sein. Nur eines noch: Bin hier in der Stadt, um meine todkranke Tante zu pflegen, die keinen Platz in einem Krankenhaus findet, da unser Deutschland den Krieg gewinnen will und Soldaten in den Krankenbetten liegen. Möchte die Herrschaften nur daran erinnern, daß sie selbst schon bald auf Pflege angewiesen sein könnten! Dann wird auch kein Platz im Krankenhaus sein. Und wo ist dann Ihre Nichte aus Ostpreußen, die kommt und Sie versorgt? Sage Ihnen, die kann nicht kommen, weil sie als Nachrichtenhelferin oder Krankenschwester unabkömmlich ist! Jetzt entschuldigen Sie mich. Muß zu meiner Tante!"

Der alte Mann hatte sich gesetzt und rang nach Luft. Der dicke Wirt lief Antonia nach.

„Fräulein, das konnten wir doch nich' wissen!"

„Mag sein, aber an meinen Marken bereichern Sie sich nicht länger! Muß mich mal umhören, ob Ihr Tun nicht illegal ist!"

Sie war schon auf der Straße, als der Gastwirt sie am Ärmel festhielt.

„Sie werden mich doch nich' anzeigen?"

„Was sollte mich davon abhalten?"

Er zog sie mit sanfter Gewalt zurück in die Kneipe. Im Eingangsbereich trat er ganz nahe an sie heran.

„Fräulein, das wäre das Ende für die Menschen hier drin."

„Kann sein."

„Wie kann ich Sie umstimmen?"

„Mein Herr, das klingt nach Bestechung!"

„Um Gottes willen, nein! Ich kann Ihnen nur eine kleine Gefälligkeit anbieten, unter Freunden."

„Interessiert mich nicht."

Dem Wirt stand der Schweiß auf der Stirn, und er ergriff ihre Hand.

„Wenn Sie mir sagen, wo Ihre Tante wohnt, dann kümmere ich mich darum, daß sie versorgt wird!"

„Wie meinen Sie das?"

„Fleisch, Suppe, Nährmittel. Sie geben mir, ganz privat natürlich, Ihre Marken und bekommen täglich Speis und Trank!"

„Haben Sie Milch?"

Der Wirt schwitzte noch mehr und umklammerte ihre Hand mit seiner feuchten Pranke.

„Fräulein, ich bin doch nich' der liebe Gott!"

Sie entzog ihm angeekelt ihre Hand und wischte sie an ihrem Rock ab.

„Was können Sie denn dann bieten?"

„Fleisch! Zwar vom Pferd, aber sehr schmackhaft! Es kommt darauf an, es richtig zu würzen. Ich habe da ein Rezept ..."

Der jungen Frau zog es die Eingeweide zusammen.

„Quark?"

„Wie?"

„Milchprodukte!"

„Mal sehen, was ich tun kann."

„Und kein Fleisch, bitte! Nur leicht Verdauliches, meine Tante ist schwer krank!"

„Dann sind wir uns einig?"

Antonia nickte und ging zwei Schritte zur Tür.

„Werde jetzt nach Hause gehen, und morgen in der Frühe komme ich vorbei."

Er lief ihr nach.

„Ihre Adresse!"

„Ich hole mir die Sachen immer morgens, und kommen Sie nicht auf dumme Gedanken, sonst ..."

„Nein, nein! Ich bin Ihnen zu Dank verpflichtet!"

„Wiedersehen, bis morgen."

„Heil Hitler!"

Wie immer nach einer Morphiumspritze döste die Kranke in ihrem großen Sessel unter der großkarierten rot-grünen Decke. Antonia las in einem aus der Stadtbibliothek entliehenen Buch über Krankenpflege und wachte über den Schlaf der Tante. Sie hatte gerade das Kapitel über die Waschung eines Bettlägerigen beendet, als Frau Brunteis den Kopf hob und sich nach der Nichte umsah. Die ging zu ihr hinüber und nahm fürsorglich die kühle Hand ihrer Tante in die ihre. Das Morphium ließ die Sieche öfters wirres Zeug reden, doch meist war sie von bestechender Klarheit und sprach viel über die Familie, über Kunst, Musik und Naturwissenschaften.

„Kind, ich habe wunderbar geträumt."

„Wie schön für dich. Willst du davon erzählen?"

„Unsere Buchhandlung war größer und schöner. Viele Menschen drängten sich vor den Regalen, und Thomas Mann hatte sich für eine Lesung angemeldet. Es war ein erhebendes Gefühl, als einer nach einem Kunstband von Oskar Kokoschka fragte. Wie früher habe ich ihm gesagt, daß wir natürlich Buchbestellungen annehmen und binnen drei Tagen liefern. Ach, es war wundervoll!"

Antonia ging zum Tisch und brachte ihrer Tante etwas lauwarmen Tee.

„Hier, der aus der grünen Dose."

„Lieb von dir."

„Möchtest du etwas Zwieback dazu?"

„Nein, danke. Ich bin noch ganz in meinem Traum."

„Deine Buchhandlung, wie war die denn?"

„Unsere Buchhandlung! Dein Onkel hatte damals den richtigen Riecher gehabt. Wir hatten das richtige Geschäft am rechten Ort. Es war nicht groß, aber wohlsortiert."

„Und später?"

„Tja, weißt du, es war nicht leicht damals. Es wehte plötzlich ein anderer Wind. Die Regale unseres Geschäfts sahen aus, als hätten die Verlage ihre Arbeit eingestellt. Wo sich vorher noch Mann, Marc oder Sophie Hoechstetter den Platz streitig machten, da langweilten sich nun, pompös mit Goldrücken, Goethe und Schiller, oder der plötzlich allgegenwärtige *Kampf* dieses wahrhaft schlechten Autors."

„Hitler?"

„Der Führer mag einiges können, aber schreiben, bei Gott, das kann er nicht! Hast du sein Buch gelesen?"

Antonia setzte sich auf den Fußschemel vor dem Sessel ihrer Tante und nickte.

„War Pflicht in der Schule."

„Und blieb dir etwas im Gedächtnis von solcherlei literarischem Durchfall?"

Die junge Frau sah an die Zimmerdecke und zog die Stirn kraus.

„Wenn aus einem Volke eine bestimmte Summe höchster Energie und Tatkraft auf ein Ziel vereint erscheint und mithin der Trägheit der breiten Masse endgültig entzogen ist, sind …"

„Meine Güte, hast du das auswendig gelernt?"
„Konnte ich mir einfach merken."
„Kind, ich bin erschrocken! Bitte vergiß es!"
„Wenn du möchtest."
„Es gibt so viel Schönes in Kunst, Literatur und Musik! Ungeheuer Spannendes in all den Wissenschaften."
„Deine Bücherregale sind voll mit ..."
„Kind, du scheinst ein bemerkenswertes Erinnerungsvermögen zu haben, wenn du dir sogar Hitlers Sätze merken kannst. Bitte füll dein Gedächtnis mit Dingen, die zu merken es sich lohnt."
„Bei dir bin ich da an der richtigen Adresse. Bis ich all diese Bücher hier in der Wohnung gelesen habe, das dauert bestimmt ..."
Ein Stöhnen, beinahe ein unterdrückter Aufschrei unterbrach sie. Ihre Tante griff mit zittriger Hand nach den Tabletten auf dem kleinen Tischchen neben ihrem Sessel. Einige Pillen fielen zu Boden, während Emilie Brunteis hastig die Tabletten zum Mund führte. Antonia reichte ihr die Teetasse. Sie nahm dankend einige Schlucke, lehnte sich im Sessel zurück und hielt sich wie immer tapfer, auch wenn sie vor Schmerzen nicht mehr sprechen konnte.
Wie schon zuvor in einer solchen Situation deutete die Tante auf eine Sammlung Schallplatten, und Antonia wußte, daß sie Musik auflegen sollte. Sogleich hielt sie eine Platte nach der anderen hoch, und Tante Emilie wählte mit einer schwachen Handbewegung. Meist fiel die Wahl auf Louis Spohr. Vor allem der zweite Satz aus dessen siebter Sinfonie hatte es der Kranken angetan. Sobald die ersten Klänge den Raum erfüllten, schien sie sich trotz peinigender Schmerzen zu entspannen.
Antonia nahm wieder in ihrem Sessel Platz und griff nach dem Buch, von dem sie sich Hilfe in punkto Pflege erhoffte.
Die Musik schien die Zeit schneller vergehen zu lassen. Der jungen Frau kam es vor, als wären erst Minuten vergangen, als die erste Seite der Schallplatte zu Ende war und die Grammophonnadel in der Auslaufrille kratzte. Sie stand auf, ging zu dem Musikgerät und drehte die Schellackplatte vorsichtig um.
„Möchtest du die zweite Seite hören?"
„Nein, Kind, danke."
Sie ging zurück zu ihrem Fauteuil und sah, wie ihre Tante einen Gedichtband, der neben ihr lag, in die Hand nahm. Der Umschlag war in dickes braunes Packpapier eingeschlagen.
Eine Weile saßen beide in ihre Lektüre vertieft, bis die Tante stakkatoartig vor sich hin zu murmeln begann. Ihre Nichte sah sie besorgt an und stand auf. Frau Brunteis entging diese Reaktion nicht. Sie drehte sich mühsam um und sah der jungen Frau fest in die Augen. Ihre Stimme klang brüchig.
„Dada."

Antonia eilte zu ihr und nahm ihre Hand.

„Streng dich bitte nicht so an, Tante!"

Die Todkranke sah auf die gebräunte Hand ihrer Nichte. Bläuliche Adern zeichneten sich wie versteckte Flüsse auf dem jugendlichen Handrücken ab.

„Wirklich, man nennt es Dada."

„Klingt nach entarteter Kunst."

Frau Brunteis schien all ihre Pein zu vergessen. Sie setzte sich auf und sah mit leuchtenden Augen in das junge, klassische Gesicht.

„Kunst ist Kunst ist Kunst! Immer wieder haben Herrschende bestimmte Kunstformen bevorzugt und andere verdammt. Entartung ist der Sprachgebrauch der jetzigen Fürsten."

„Haben bei uns in der Schule ein paar solcher Werke ansehen müssen. An ein Bild kann ich mich gut erinnern, es hieß *Dorflandschaft mit Leuchtturm*."

„Hm, ein Schmidt-Rottluff. Hast du die Farben auf dich wirken lassen?"

„War bunt. Gab keinerlei Perspektive mehr, alles war schief und verschoben. Man konnte kaum erkennen, was ein Haus und was Straße sein sollte. Als Vergleich hatten wir eine Kreidezeichnung von Wilhelm Schulz, dort konnte man das alte Städtchen erkennen, wie der Titel lautete."

„Perspektivische Genauigkeit war nicht Schmidt-Rottluffs Ansinnen."

„Was dann? Mir war auf jeden Fall klar, warum unsere Lehrerin meinte, daß der Maler offensichtlich geisteskrank sei."

„Diese Formulierung halte ich für wenig zutreffend. Es ging ihm nicht darum, darzustellen, was er tatsächlich sah. Dies hätte er zweifelsohne gekonnt, wenn er gewollt hätte. Er malte, wie es auf ihn wirkte, was es in ihm auslöste. Phantasie halte ich für passender als Geisteskrankheit."

„Das ist also auch Dada?"

„Nein, diese Kunstform nennt man Expressionismus. Sie mag den Betrachter zwar auch provozieren, ist jedoch nicht primär dazu gemacht. Dada soll, ja muß provozieren! Zum Nachdenken, zum mehrmaligen Hinsehen, zur Auseinandersetzung."

Antonia konnte ihrer Tante nicht recht folgen.

„Erkläre mir das näher. Oder besser, lies mir etwas aus deinem Buch vor. Sprache verstehe ich besser als die Malerei."

„Du verzeihst mir, daß ich diesbezüglich Zweifel hege. Aber wenn du möchtest, lese ich."

Die junge Frau sah ihre Tante gespannt an, die nach einem weiteren Buch griff, das neben ihr lag, es aber nicht aufschlug.

Hurra-r-r-ra
Tatü-Tata!

Die deutsche Revolution!
Schon naht
Zylinderhut, Zylinderhut
Die Sozialisierung
Oder das Auto im Stechschritt!
Schon revoltieren
Die ersten Lebensmittel der Entente
Im Magen des Kapitalisten!
Berlin, dein Tänzer ist der Tod Foxtrott und Jazz
Die Republik amüsiert sich königlich
Vergiß mein nicht zum ersten Mai
Als alle Knospen sprangen!
Natürlich voll guter …

„Tante, bitte, es ist gut! Hast recht, ich verstehe es nicht."

Die alte Frau starrte mit leerem Blick auf den Packpapiereinband des Buches auf ihren Knien.

„Was verstehst du nicht?"

„Autos im Stechschritt, so etwas gibt es nicht!"

„Nein, oder vielleicht doch, es soll eben herausfordern."

„Wozu?"

„Kind, wenn sich mehr Leute durch Dada hätten inspirieren oder provozieren lassen, dann stünden wir heute nicht im Krieg!"

Antonia stand auf und ging ein paar Schritte durch das Wohnzimmer.

„Wenn diese Kunst gegen den Krieg ist, dann kann sie nicht schlecht sein. Aber verstehen kann ich es trotzdem nicht."

„Und wie sie gegen den Krieg ist!"

Antonia sah ihrer Tante in die traurigen Augen.

„Es wird keinen Krieg mehr geben, wenn der hier vorbei ist."

Die Geschwächte griff sich mit der flachen Hand an den schmerzenden Oberkörper.

„Was kommen wird, wird noch viel schlimmer!"

„Was soll kommen? Eines Tages ist Frieden und Hitler am höchsten Laternenmast aufgeknüpft."

Frau Brunteis starrte Antonia an.

„Das hätte dein Vater sagen können."

Marie sah die junge Frau mürrisch an.

„Einfach so auf un' davon? Wer soll sich 'n um de Pferde kümmern?"

Edith strich sich eine Haarsträhne aus dem Gesicht.

„Ich habe mit Matthieu alles Nötige besprochen. Er meint, er hätte ausreichend Zeit, sich um die Tiere zu kümmern."

„Jibt hier immer noch jenug ze tun!"

„Marie, bitte! Die Kartoffeln sind ausgemacht und die Russen vom Hof."

„Na nu', de Aussaat un' en Schwein stehen an. Salzfleisch machen, da könnt' ich jut 'ne Hand jebrauchen! Un' Räuchern macht sich nich' von allein!"

„Wenn die Zeichen anders stünden, würde ich dir gerne helfen. Tag und Nacht, wenn es sein müßte. Aber ich muß hier weg und muß meinen eigenen Standpunkt wiederfinden."

„De jungen Leut' heutzutaje ham Sorjen! Ich hab' immer jewußt, wo mein Platz is'."

„Wenn Toni hier wäre, wüßte ich das bestimmt auch."

„Jottche' nee, das is' ja fast wie bei jung Verheiratete'!"

Edith fühlte sich jämmerlich und sah zu Boden.

„Marie, ich bin in ein paar Tagen wieder hier. Ich verspreche es."

Die Köchin drehte sich um und stapfte zum Herd. Sie wußte nicht recht, wie ihr zumute war. Sie hatte nur die unbestimmte Furcht, daß die junge Romeike nicht wiederkäme.

Edith fuhr zu ihrem Vater, da ihr dies im Moment als das geringere Übel erschien. Seit ihre Tochter weg war, war Frau Treskow ausgesprochen unfreundlich zu ihr. Wo immer es ging, ließ die Gutsherrin Edith spüren, daß sie sie mehr als nur verachtete. Einmal stand die ältere Frau vor ihr und drohte ihr mit der Faust. Sie wünsche nicht, daß sie Schmutz und Schande über die Familie bringe. Edith erschauerte bei dem Gedanken und fühlte sich jetzt noch gedemütigt. So merkte sie gar nicht, daß Rudolf den Zweispänner anhielt.

„Fräuleinche', da wären wa."

Sie sah sich um, als wäre sie aus einem bösen Traum erwacht. Eilig versuchte sie sich zu sammeln, doch es gelang ihr nicht recht. Obwohl Rudolf schon lange weg war, stand sie immer noch, den Koffer neben sich, vor dem Haus ihres Vaters. Jede der Stufen zum Eingang schien ihr die Kraft aus dem Körper zu saugen. Schließlich ging sie in die fahnengeschmückte Halle. Frau Pawelcke traute ihren Augen nicht. Sie sprang von ihrem Stuhl, riß den rechten Arm freudig nach oben und lachte.

„Heil Hitler, Fräulein Romeike!"

Edith sah sich hilflos um; sie konnte die Freude der Sekretärin überhaupt nicht begreifen. Sie stellte ihren Koffer ab und grüßte ordnungsgemäß. Die Pawelcke lief um ihren Schreibtisch, und Edith fürchtete, umarmt zu werden. Noch bevor sie etwas tun konnte, war dies auch geschehen. Die junge Frau wand sich aus der Umklammerung und sah die Dicke verständnislos an.

„Was ist denn hier los?"

„Es ist eine Freude, Sie hier im Hause zu sehen!"

„Sie werden verzeihen, aber es fällt mir schwer, das zu glauben."
„Wir haben Sie alle vermißt!"
„Aha."
„Welch ein Glück, daß Sie wieder hier sind. Dann kommt endlich wieder Ordnung in den Betrieb!"
Edith nahm ihren Koffer und ging zur Bürotür des Ortsgruppenleiters.
„Gab es hier Unordnung?"
Frau Pawelcke bekam einen verschwörerischen Gesichtsausdruck und trat nahe an sie heran.
„Ich könnte Ihnen Sachen erzählen, da kämen Sie im Traum nicht drauf!"
„Es müßte Ihnen bekannt sein, daß ich kein Freund von Geschwätz bin! Ist mein Vater da?"
Die Uniformbluse der Dicken spannte sich, so tief atmete sie ein.
„Wie Sie meinen!"
„Was?"
„Ihr Vater ist drinnen."
Edith klopfte und trat ein. Ihr Vater saß mit weit geöffnetem Hemd hinter seinem Schreibtisch und hatte eine Landkarte vor sich.
„Guten Tag."
Er sah auf, knöpfte eilig sein Hemd zu und riß seine Uniformjacke vom Schreibtisch.
„Edith! Mein Gott, Edithchen!"
„Wie geht es dir?"
Es dauerte einige Augenblicke, bis er die Jacke über seine dicken Arme gezogen hatte und vor seiner Tochter stand.
„Welch unerhoffte Freude! Bei Gott, du siehst gut aus!"
„Danke."
„Da wird doch der Hund in der Pfanne verrückt! Meine Edith!"
Sie schaute an ihm vorbei auf die Karte.
„Was sagt der Frontverlauf?"
„Im Memelland geht es wild her. Aber laß dich anschauen, Du wirst immer schöner!"
„Memel?"
„Ach, das rote Dreckspack ist bei Raseinen, Schagarren und Bauske eingebrochen. Aber das gehört doch nicht hierher! Ich freue mich, daß du wieder hier bist!"
Edith stellte ihren Koffer ab und sah ihm ins Gesicht.
„Es wird nur ein Besuch sein."
Er war damit beschäftigt, die Knöpfe seiner Uniform zu schließen.
„Dann gehst du wieder zurück nach Treskow?"
„Das ist jetzt mein Zuhause."
„Du willst nicht hierbleiben?"

„Nein, Vater, ich möchte hier nur etwas andere Luft schnuppern. Raus aus der Enge eines Gutsbetriebs, wo man immer nur arbeiten muß."

„Die lassen dich schuften?"

„Ich mache es freiwillig."

„Wer hat den Befehl? Sieglinde?"

„Welchen Befehl? Welche Sieglinde?"

Romeike griff sich in seinen gerade zugeknöpften Kragen und suchte ihn mit seinem wurstdicken Zeigefinger zu weiten.

„Ach, da habe ich etwas durcheinander gebracht. Also, wer sagt dir, was du zu tun hast? Diese Antonia?"

„Meistens die Köchin."

„Das läßt du dir als Tochter des Ortsgruppenleiters gefallen?"

„Arbeit schadet nicht, Arbeit adelt."

„Wer sagt das?"

„Marie, die Köchin."

„Und die Mutter dieser verkommenen Antonia? Wie steht es mit ihr?"

„Ich würde nicht im Traum daran denken, diese Frau auch nur anzusprechen. Marie und Rudolf sagen, was zu tun ist."

Romeike ging zu einem Tisch, auf dem einige Flaschen mit Schnaps und Likör standen. Er nahm ein Glas, goß sich einen Klaren ein und kippte ihn in einem Zug.

„Was muß das für eine Wirtschaft sein, wo das Gesinde das Sagen hat? Es fehlt eben eine Männerhand auf dem Gut."

Edith sah ihren Vater an, der noch dicker geworden war. Sie konnte es an den gespannten Jackenknöpfen über seinem Bauch erkennen.

„Dir scheint es nicht schlecht zu gehen."

„Seit du weg bist, gräme ich mich in einem fort!"

„Du hast zugelegt."

Er sah an sich herab und beugte sich etwas nach vorn, um seine Füße zu sehen.

„Wir haben eine neue wirklich ausgezeichnete Köchin."

„Sie scheint deinen Geschmack zu treffen."

„Aber wie!"

„Ist noch jemand vom alten Personal im Haus?"

Der Ortsgruppenleiter kämpfte mit seiner Gier nach einem weiteren Schnaps.

„Niemand mehr da."

„Du hast sie alle entlassen?"

„Das mußte sein!"

„Warum?"

„Die Polen spuren besser."

„Polen?"

„Na ja, am Anfang war ich auch nicht begeistert. Die können ja kaum Deutsch, aber dann habe ich mich überzeugen lassen."

„Von wem?"

„Das tut nichts zur Sache! Was kannst du von Treskow berichten?"

„Nicht viel. Ernte, Dreschen, Kartoffeln ausmachen, Pferde füttern und was sonst noch so geschieht auf einem Bauernhof."

„Sonst nichts? Was machen die denn so abends?"

„Wir gehen alle früh schlafen."

„Und sonst?"

„Was willst du wissen? Jeder tut seine Arbeit, und nach dem Abendbrot sind alle so müde, daß sie auf der Bank in der Küche einschlafen."

Romeike gönnte sich den zweiten Klaren und wischte sich mit dem Handrücken über den Mund.

„Schön, daß du hier bist. Aber du mußt doch etwas berichten können!"

„Wieso? Was meinst du?"

„Telefongespräche?"

„Das Telefon steht in der Eingangshalle. Der Hufschmied wird angerufen oder der Eislieferant."

„Mehr weißt du nicht?"

„Nein, woher auch."

„Deine Busenfreundin, was macht die denn so abends?"

Edith versuchte ihre Verlegenheit dadurch zu verbergen, daß sie ihren Koffer umstieß.

„Woher soll ich wissen, was sie tut!"

„Sie wird doch bestimmt dann und wann etwas erzählen."

„Ja, das tut sie auch. Sie spricht mit mir über den Stier, der zum Besamen geholt wird, manchmal auch über die Buchführung und darüber, daß der Winter hart sein wird."

„Das ist alles?"

„Was erwartest du denn?"

Der Ortsgruppenleiter sah die Alkoholika auf dem Tischchen an.

„Außergewöhnliches! Irgend etwas, was in normalen Familien nicht vorkommt!"

Die junge Frau spürte gleichzeitig Freude und Angst. Freude über die Erinnerung an die wohligen Nächte mit ihrer Geliebten, und Angst vor ihrem Vater, der sich gerade das dritte Glas eingoß.

„Ich muß dich enttäuschen, es gibt nichts Besonderes auf Treskow. Außerdem ist Antonia zur Zeit gar nicht da."

Er ging zurück hinter seinen Schreibtisch und stellte sein Schnapsglas auf die ausgebreitete Karte.

„Aha! Wie lange wirst du bleiben?"

Sie nahm ihren Koffer und ging zur Tür.

„Das weiß ich noch nicht."

Sie hatte sich in ihrem Zimmer häuslich niedergelassen und saß auf dem breiten Bett. Es war noch Zeit bis zum Essen, und die wollte sie für einen Spaziergang durch die Stadt nutzen. Sie kam die Treppe herunter, und Frau Pawelcke strahlte sie erneut freundlich an.

„Es ist eine wahre Freude, Sie zu sehen!"

Edith mochte die Stimme der Sekretärin nicht, auch wenn sie derzeit wie Engelsgesang klang.

„Sind Sie zum Abendessen noch da?"

„Könnte es sein, daß Sie das überhaupt nichts angeht?"

„Dann wissen Sie offenbar noch nicht, daß Ihr Vater nicht hier sein wird."

Edith ging schweigend an der Vorzimmerdame vorbei und eilte nach draußen in den Regen. Sie rannte beinahe die Straße hinunter zum Ortsausgang und war froh, endlich Felder vor sich zu sehen. Zum ersten Mal in ihrem Leben wünschte sie sich ein Pferd und sehnte sich sogar nach dem kräftigen Geruch dieser Tiere.

Auf ihrem Spaziergang wurde ihr langsam klar, daß sie eigentlich nicht zu ihrem Vater gewollt hatte, sondern nur weg vom Gut, fort von der grauenhaften Sehnsucht nach ihrer Freundin, weg von dieser herrischen Frau Treskow, die auch den Angestellten das Leben schwer machte.

Schließlich saß sie am Mittagstisch und war zunächst verwundert über das dritte Gedeck.

„Erwartest du noch jemanden?"

Romeike steckte sich die Serviette in den Kragen und nickte.

„Mara ißt immer mit mir."

„Die Polin sitzt mit dir an einem Tisch?"

„Es war mir fad, immer alleine essen zu müssen."

„Warum läßt du dann nicht gleich beim Personal in der Küche aufdecken?"

Ediths Vater nahm einen Schluck aus dem Bierglas neben seinem Teller und zögerte mit der Antwort. Seine Rechnung, Zeit zu schinden, ging auf. Die schlanke Polin kam herein, keifte etwas in die Halle und setzte sich dann betont geziert zur Rechten des Ortsgruppenleiters. Seiner Tochter verging der Appetit, zumal die Polin eines der Kleider ihrer Mutter trug.

Edith fühlte sich entsetzlich müde, ihr Körper schien ihr wie aus Blei. Selbst die Tatsache, daß ihr Vater für ein paar Tage dienstlich unterwegs war und sie vollkommen unbehelligt im Hause tun und lassen konnte, was sie wollte, vermochte sie nicht zu beflügeln.

Wie früher, verbrachte sie die Zeit nach dem Mittagessen häufig in der kleinen Laube im Garten. Ein Buch lag mehr auf ihren Knien, als daß sie darin las. Ihre Gedanken waren ständig bei Antonia, die immer noch bei ihrer Tante in Pommern war. Es beschlich sie das angstvolle Gefühl, die Geliebte nie wiederzusehen, und es fiel ihr mehr als schwer, diesen düsteren Gedanken beiseite zu schieben.

„Mein Gott, Toni, wenn du mir wenigstens einmal schreiben würdest!"

Langsam stand sie auf und trottete durch den rosenumrankten Durchgang, der den Garten vom Hof abtrennte. Ein schlaksiger blonder Junge in HJ-Uniform kehrte geradezu besessen gründlich den großen gepflasterten Platz auf der Rückseite des Hauses. Als er Edith wahrnahm, ließ er den Besen fallen.

„Heil Hitler, Fräulein Romeike!"

Sie schlurfte mit hängenden Schultern grußlos an dem jungen Kerl vorbei und betrat das Haus durch den Hintereingang. Sie horchte kurz, ob jemand in der Küche sei. Als sie nichts hörte, schob sie die Tür auf und stand unschlüssig in dem kühlen Raum im Tiefgeschoß des Hauses. Der Appetit, der sie ins Haus getrieben hatte, war wie verflogen. Zögerlich zog sie die Klappe auf, hinter der Brot und Kuchen aufbewahrt wurden. Sie naschte ein paar Krümel Sandkuchen vom Vortag und fühlte sich mehr als satt. Antriebslos verließ sie die Küche und machte sich, an Frau Pawelcke vorbei, auf den Weg in ihr Zimmer. Oben angekommen, schloß sie sofort ab. Trotz der Abwesenheit ihres Vaters war ihr dies ein tiefes Bedürfnis.

Deprimiert setzte sie sich auf ihr großes Bett und starrte auf die Wand, an der die Architekturzeichnungen hingen. Mit einem tiefen Seufzer stand sie auf und nahm die Blätter ab. Nachdem sie sich eine Weile die hellen Stellen angesehen hatte, die sich im Laufe der Zeit hinter den Bildern abgezeichnet hatten, kniete sie sich vor ihr Grammophon und holte eine Platte aus dem Schrank. Immer schneller werdend, drehte sich der Plattenteller, und sie setzte vorsichtig die Nadel in eine Rille.

„Kann denn Liebe Sünde sein? Darf es niemand wissen, wenn man sich küßt, wenn man einmal alles vergißt, vor Glück? Kann es wirklich Sünde sein …"

Vom Gesang der Leander beflügelt, ging sie zu ihrem Schreibtisch und zog Zeichenpapier und Stifte hervor. Dank ihrer Begabung hatte sie schon bald mit etwas Kohle Antonias Gesicht zu Papier gebracht. Sie schraffierte noch hier und da, dann nahm sie das Blatt hoch und lehnte sich zurück.

„Toni, bitte, bitte komm bald zurück!"

Sie legte den Bogen auf den Tisch und ihre herabfallenden Tränen ließen die Kohle auf dem Papier verschwimmen. Das Gefühl unendlichen schmerzlichen Sehnens ließ sie ohne Empfinden für

Zeit und Raum über dem Bild verharren. Militärische Befehle, die vom Hof heraufschallten, holten sie in die Realität zurück.

„Durchzählen!"

Jungenstimmen der verschiedensten Tonlagen krähten ihre Zahl, bis die Einunddreißig erklang. Sie war aufgestanden und sah aus dem Fenster hinunter auf die Hitler-Jungen, die zackig ihren rechten Arm nach oben rissen.

„Heil Hitler!"

Damit war der Zählappell beendet. Eilig machten sich die jungen Kerle auf den Weg nach Hause. Nur einer schleppte Schaufeln und Spitzhacken in den Schuppen.

Edith beschloß, noch etwas nach draußen zu gehen. Langsam ging sie die Treppe zur Halle hinunter und war froh darüber, daß die Pawelcke gerade einmal nicht an ihrem Platz war. Sie nahm den Weg durch das große Portal hinaus auf die Straße.

Mit ungewöhnlich großen Schritten eilte sie um die Ecke auf den Hof, wo sich die Pawelcke angeregt mit einem älteren HJler unterhielt. Sie verstummte sofort, als sie Edith sah, ließ den jungen Mann stehen und ging schnell auf sie zu.

„Fräulein Romeike, kann ich Sie kurz sprechen?"

Edith war gar nicht danach, sich den Tratsch der Sekretärin anzuhören. Trotzdem nickte sie.

„Was gibt es denn?"

Die Dicke blickte sie geheimnisvoll an.

„Ihr Vater, ich meine, ich will nicht unhöflich sein, aber er und diese Polin, das wirft kein gutes Licht auf uns. In der Stadt wird schon getuschelt."

„Dafür werden Sie schon gesorgt haben."

„Es kann mir ja wurscht sein. Aber wenn Ihr Herr Papa das so weitertreibt, dann wird sich sicherlich auch die Partei dafür interessieren."

„Was treibt er denn, mein Vater? Er ißt mit ihr zu Mittag. Und?"

„Sie wissen ganz genau, daß schon das ein Vergehen ist! Und daß er nicht nur mit ihr ißt, wissen Sie auch!"

„Was, meinen Sie denn, könnte ich dagegen tun?"

Die Sekretärin warf sich in die Brust.

„Es wäre Ihre Pflicht, hierzubleiben und dafür zu sorgen, daß dieser Haushalt wieder deutsch wird!"

„Meine Pflicht? Ich habe doch noch weniger Einfluß auf das Tun meines Vaters als Sie."

„Kein Wunder, wenn Sie sich sonstwo herumtreiben."

Nun hatte Edith genug; sie sah die Uniformierte starr an und legte die Fingerspitzen beider Hände aneinander.

„Sie müssen sich wahrlich nicht darum kümmern, wo ich meine Zeit verbringe! Wenn hier im Hause meines Vaters Disziplinlosigkeit herrscht, bin ich die letzte, die dafür Verantwortung zu tragen hat! Nun bitte ich Sie höflichst, nicht weiter meine Zeit in Anspruch zu nehmen!"

Die Pawelcke sah ihre Chancen, wieder Autorität im Haushalt des Ortsgruppenleiters zu gewinnen, schwinden und beschloß deshalb, ein schweres Geschütz aufzufahren.

„Ihre Frau Mutter ist mit einem Juden abgehauen, und Ihr Vater treibt es mit einer Polackin! Kann Sie das so ungerührt lassen?"

Ediths Körper krampfte sich zusammen.

„Meinetwegen können Sie über meinen Vater denken, was Sie wollen. Aber meine Mutter, Sie kannten sie ja noch nicht einmal, die lassen Sie gefälligst in Ruhe!"

„Aber, Fräulein Romeike ..."

Sie wandte sich von der Sekretärin ab und ging ein paar Schritte über den Hof.

„Sparen Sie sich weitere Worte!"

Frau Pawelcke wußte, daß sie hoch gespielt und verloren hatte. Sie zog es vor, sich lautlos zurückzuziehen.

Edith stand unentschlossen da, doch plötzlich umspielte ein Lächeln ihre Lippen.

„Ich nehme mein Rad und fahre nach Stolp."

Ohne lange über diesen Entschluß nachzudenken, holte sie ihren Drahtesel aus dem Schuppen. Dann lief sie nach oben, packte ihren Koffer und eilte zurück auf den Hof. Sie stand vor ihrem Fahrrad und sah, daß beide Reifen platt waren.

„Himmel Herrgott noch mal!"

Im Schuppen fand sie eine Luftpumpe und hatte das Glück, daß die Pneus die Luft hielten. Sie schnürte ihren Koffer auf den Gepäckträger, schwang sich auf den Sattel und radelte los. Leicht, fast glücklich, fühlte sie sich, während sie zum Ortsausgang strampelte. Der Himmel über ihr war grau, und die Sonne warf ein milchiges Licht auf die frühherbstliche Landschaft. Das Krächzen zweier Elstern, die sich von Baum zu Baum unterhielten, begleitete sie ein Stück durch die sonst so ruhige Natur.

Sie war bereits ein ordentliches Stück geradelt, als ihr bewußt wurde, daß sie nicht nach Pommern fuhr, sondern den direkten Weg zum Gut Treskow eingeschlagen hatte. Schwermütig hielt sie an und stieg ab. Schemenhaft konnte sie die dreiundvierzig mächtigen Eichen, die den Torweg zum Gut säumten, erkennen.

„Kind, wo hast du all die Sachen her?"

Antonia räumte einiges in den Vorratsschrank und drehte sich lächelnd um.

„Gibt immer noch Menschen, die hilfsbereit sind."

Emilie Brunteis saß nach vorn gebeugt auf einem Küchenstuhl und schüttelte schwach den Kopf.

„Du schwindelst! Ich kann es an deiner Nasenspitze sehen!"

„Wenn schon! Wenigstens ist die Versorgung gesichert."

„Ich verbiete dir, Illegales zu tun!"

Antonia kniete sich vor ihre Tante und zog die Augenbrauen hoch.

„Ist nichts Ungesetzliches."

„Schwarzhandel, darauf steht die Todesstrafe!"

„Weiß noch nicht einmal, wie das geht. So etwas braucht es bei uns zu Hause nicht."

„Aber hier auf dem Tisch sehe ich Quark und ein Stolper Jungchen. Das bekommt man, wenn überhaupt, nur schwarz!"

Die junge Frau stand auf und schob ihren Rock wieder ordentlich über die Knie.

„Du mißtraust mir?"

Die Tante erhob sich mit zusammengebissenen Zähnen und stützte sich mit einer Hand auf den Küchentisch.

„Antonia, ich will nur nicht, daß dir etwas geschieht!"

„Passiert schon nichts!"

Frau Brunteis kniff die Augen zusammen und ihr schmerzverzerrtes Gesicht signalisierte, daß Antonia die Spritze fertig machen mußte. Die Kranke saß zusammengesunken in ihrem Sessel und begann wegzudämmern. Ihre Nichte faßte sie sanft an der Schulter und zog mit der anderen Hand die karierte Decke über den Oberkörper der Frau.

„Ich gehe dann."

Tante Emilie hob langsam die Lider.

„Komm nicht so spät zurück."

„Nein, bestimmt nicht."

Antonia wartete noch, bis ihre Tante eingeschlafen war. Sie stellte ihr Tee und etwas Zwieback auf den Tisch neben dem Sessel. Im Schlafzimmer öffnete sie noch das Fenster zum Lüften, dann zog sie ihre Jacke über und verließ die Wohnung. Ihre Tante hatte sie geradezu genötigt, sich einmal die Stadt und ihre Umgebung anzusehen. Als sie nun die Straße hinunterging, spürte sie, daß es richtig war, die Sorgen einmal ein paar Stunden hinter sich zu lassen.

Auf dem Weg zum Bahnhof besah sie sich die an der Stolpe gelegene Stadt. In der Schule, im Heimatkundeunterricht, hatte sie gelernt, daß Stolp mit seinen fast sechzigtausend Einwohnern die größte Stadt Ostpommerns war. Sie sah ihren Lehrer Müller vor ihrem geistigen Auge, wie er steif dozierte: „Stolp ist das wirtschaftliche und kulturelle Zentrum Ostpommerns! Ostpommersche Musikfeste, Herrschaften, da müßt ihr mal gewesen sein!"

Sie schmunzelte und setzte ihren Weg zur Bahn fort. Sie wollte nach Stolpmünde; die Ostsee war nur achtzehn Kilometer entfernt. Sie betrat die Halle des kleinen Bahnhofs und freute sich schon auf den Anblick des Meeres. Auf den Bahnsteigen herrschte reger Betrieb. Gesprächsfetzen, die an ihr Ohr drangen, konnte sie entnehmen, daß Flüchtlinge nach Kolberg zum Hafen wollten. Während sie auf ihren Zug wartete, ging ihr die Familie Kalein durch den Kopf.

Wo die wohl abgeblieben sind?

Da sie im Zug keinen Sitzplatz fand, stand sie im Gang und sah aus dem geöffneten Fenster in den blauen Himmel. Kühler Wind blies herein, und Wolkenfetzen trieben quer zu ihrer Blickrichtung. Man konnte die Nähe der See mehr als ahnen. Die Luft roch anders, würziger als zu Hause. Sie dachte an die Musik von Louis Spohr, welche immer und immer wieder aus dem Grammophon der Tante erklang.

Nach wenigen Minuten hielt der Zug mit kreischenden Rädern und sie stieg aus. Ohne Hast verließ sie den winzigen Bahnhof und sog die Seeluft tief ein. Endlich schien er von ihr abzufallen, dieser Krankengeruch. Er hatte sich in ihr Gedächtnis gegraben, in ihre Kleider, in ihre Haut. Auch die Furcht, daß beim Schlangestehen jemand den Geruch bemerken könnte, während sie darauf wartete, für die farbigen Papierabschnitte etwas zu bekommen, glitt von ihr.

Sie machte sich auf den Weg zum Ufer. Nach wenigen Minuten stand sie vor einem etwa zweieinhalb Meter breiten, aus großen Natursteinen gemauerten Damm, der in die See hineinführte. Sie schritt ihn entlang, und der böige Wind ließ sie frösteln. Sie knöpfte ihre Jacke zu und verschränkte die Arme vor der Brust. Das Meer lag grau vor ihr, und sie war fasziniert von der scheinbaren Unendlichkeit des dunklen Wassers. Der Wind blies ihr nun kräftig in den Rücken, und sie war froh darüber, ihr Haar zu einem festen Zopf geflochten zu haben. An Land sah sie linker Hand ein Leuchtturmgebäude aus rotem Backstein und ein einstöckiges Wohnhaus mit einem mächtigen, quadratischen Turmanbau. Rechts der Mole war ein stattliches weißgetünchtes Haus. Es war von links nach rechts zunächst einstöckig, dann zweigeschossig mit sechs Fenstern zur See und hatte schließlich einen Erkeranbau mit Turmspitze. Bei diesem Anblick dachte sie an ihre Geliebte, deren Wunsch es war, Architekt zu werden.

„Meine Güte, Edith, ob du so etwas auch bauen würdest?"

Sie spürte den kühlen Wind nicht mehr. Ihre Gedanken war nun weit weg von der Ostsee, und sie schickte Edith eine Ansichtskarte von der Mole.

„Meine Liebe! Herzensgute Wünsche von mir. Soweit geht es mir gut. Die Stadt macht mir zu schaffen. Wünschte, ich wäre auf Treskow! Grüße alle von mir, vor allem die Pferde! Toni."

Sie brachte die Karte zum Briefkasten und trat den Heimweg an. Zurück in Stolp, bummelte sie noch etwas durch die belebte Innenstadt. Das Stadtbild war geprägt von Sankt Marien, einer gotischen Basilika aus dem 14. Jahrhundert, dem Mühlentor, der Schloßkirche und dem Schloß der pommerschen Herzöge. Schließlich schlenderte sie über die Einkaufsstraße, wo früher auch die Buchhandlung der Tante gewesen war. Links vor ihr befand sich immer noch das Schuhgeschäft von Tack, wo sie, bevor sie zur Schule nach Königsberg ging, mit ihrer Tante, ein paar feste braune Halbschuhe gekauft hatte. Etwas weiter war ein Möbelhaus, dessen Schaufenster eher dürftig ausstaffiert war. Gegenüber war eine mittelalterliche Gebäudezeile mit Geschäften im Erdgeschoß. Das Geräusch der Schuhe auf dem Pflaster und das Gemurmel der Menschen wurde immer wieder zerrissen durch das Gebimmel einer Straßenbahn, die dumpf polternd ihren Weg auf dem einspurigen Gleis nahm. Schließlich stand sie unter dem Neuen Tor und sah sich noch einmal um.

„Königsberg ist einfach schöner."

Antonia saß im Wohnzimmer auf dem Fußbänkchen vor dem Sessel ihrer Tante und las ihr aus der Zeitung vor. Die kranke Frau hatte Mühe zu folgen und fragte immer wieder nach. Ihre Nichte ließ sich nicht anmerken, daß es eine Belastung für sie war, und las die letzte Passage erneut.

„Die Zahl der weiblichen Erwerbstätigen im Reich steigt auf 14,9 Millionen ..."

Es klingelte an der Tür, und sie eilte zum Eingang. Vor ihr stand ein Hauptmann der Wehrmacht mit Gepäck.

„Heil Hitler! Was wünschen Sie?"

„Heil Hitler."

Der Offizier machte Anstalten, unaufgefordert einzutreten, doch Antonia stellte sich ihm in den Weg.

„Moment, Moment! Wir haben uns noch nicht bekannt gemacht!"

„Melden Sie meiner Schwester meinen Besuch an!"

„Schwester?"

„Hören Sie, Fräulein Schlau! Auf Bedienstete Ihrer Art kann Frau Brunteis auch gut verzichten!"

Nun wurde es der jungen Treskow zu bunt. Sie schob den Mann in den Hausflur zurück.

„Luntus!"

Sie warf die Tür zu und eilte ins Wohnzimmer.

„Tante, erwartest du Besuch?"

„Nicht daß ich wüßte. Wer ist es denn?"
„Hauptmann. Wehrmacht. Der mich als dein Dienstmädchen ansieht."
„Und wo ist er jetzt?"
„Vor der Tür. Lasse mich doch nicht von jedem anbölken!"
„Hat er etwas gesagt?"
„Er kennt dich wohl, zumindest kannte er deinen Namen."
„Ein Hauptmann, sagst du?"
„Mit Gepäck, und er meinte, ich solle ihn bei seiner Schwester anmelden."
„Großer Gott, das kann nur Johannes sein!"
Antonia erstarrte einen Augenblick und rannte dann zur Tür zurück. Sie riß den Eingang auf und schaute den Mann von oben bis unten an.
„Onkel Hannes?"
Er war völlig konsterniert.
„Wohl ganz den Verstand verloren!"
„Mitnichten. Bin Antonia! Antonia Treskow."
Er schaute sie ohne eine Miene zu verziehen an, hob sein Gepäck auf und drängte sich an ihr vorbei in die Wohnung.
„Emmi? Emilie? Wo bist du?"
Er folgte dem zaghaften Ruf aus dem Wohnzimmer und lag, als Antonia den Raum betrat, halb auf der schwerkranken Frau. Nur zögerlich löste er sich von ihr und trat einen Schritt zurück, um seine Schwester zu betrachten.
„Heiliger Bimbam, Emmi, du mußt mehr essen!"
„Und du, Hannes? Ist alles noch heil?"
„Nicht ein Kratzer auf meinem Stahlhelm!"
Er drehte sich zu Antonia und sah sie freundlich, aber streng an.
„Und das Fräulein da soll mein kleines Ännchen sein?"
Frau Brunteis erhob sich mühsam aus ihrem Sessel und suchte Halt an ihrem stattlichen Bruder.
„Eine wundervolle Treskow!"
„Ja. Habe ich gemerkt! Man kann nicht an ihr vorbei."
Antonia stand schüchtern im Raum und nestelte an ihrem Kragen.
„Konnte nicht wissen, daß …"
„Kinder Gottes, kein ganzer Satz! Das muß eine Echte sein."
„Bin ich auch!"
Johannes Treskow ging zu seiner Nichte und legte eine Hand auf ihre Schulter.
„Na, was macht denn unser August?"
Tante Emilie schleppte sich durch den Raum und hielt sich erneut an ihm fest.
„Hannes, sag mir erst, was mir die Ehre zuteil werden läßt …"

Der Hauptmann konnte seine geschwächte Schwester gerade noch auffangen und trug sie wie ein zu großes Kind auf beiden Armen zurück zu ihrem Sessel.

„Steht schlimm um dich?"

„Sprich bitte von dir!"

„Ich habe Fronturlaub."

„Und Marianne und die Kinder?"

„Denen geht es gold! Sie sind in Oberbayern auf einem Bauernhof."

„Wann hast du sie das letzte Mal gesehen?"

„Vor vier Monaten."

Frau Brunteis stöhnte und atmete zischend ein. Antonia hatte schon eine Spritze fertig gemacht und band ihrer Tante den Arm ab. Der Soldat konnte nicht zusehen, wie seiner Schwester die Nadel in den Arm gestochen wurde, und er ging aus dem Zimmer. Antonia deckte die Schwerkranke mit der karierten Decke zu und blieb bei ihr, bis sie eingeschlummert war.

Johannes saß in der Küche und kaute an einem Stück Trockenobst, das er noch bei sich hatte. Antonia schaute ihn lächelnd an und schloß die Tür.

„Na, du bist mir ein Offizier! Kannst wahrscheinlich nicht einmal Blut sehen!"

„Ich habe im Feld schon einiges anschauen müssen! Hast du schon einmal einen Bauchschuß gesehen? Grauenvoll, wenn dem Kameraden die Därme aus dem Leib quellen!"

„Schon gut, glaube es dir! Aber die Spritze gerade eben ..."

„Bei Emmi ist das etwas anderes! Sie war und ist immer so eine Art Mutter für mich gewesen. Daß ausgerechnet sie so leiden muß, geht mir unter die Haut."

„Du wußtest davon?"

„Sie hat mir einen langen Brief geschrieben, der Gott sei Dank auch bei mir angekommen ist. Das mit der Feldpost klappt doch hinten und vorn nicht mehr. Sie hat allerdings nicht geschrieben, daß du hier bist, um sie zu pflegen."

„War auch nicht so geplant."

„Aha. Und warum bist du trotzdem hier?"

Sie schaute ihn keck an und begann mit den Vorbereitungen für das Essen.

„Paßt dir nicht?"

Er lehnte sich auf seinem Stuhl zurück und knöpfte seinen Uniformrock auf.

„Und wenn?"

„Pech gehabt. Ich bleibe!"

„Immer noch dasselbe kleine Biest."

Antonia hörte mit dem Kartoffelschälen auf und kniff die Augen zusammen.

Sie nahm etliche Erdäpfel, warf sie vor dem Mann auf den Tisch und knallte das Messer daneben.

„Wer ein loses Mundwerk hat, kann auch etwas tun, damit er satt wird!"

Er nahm das Messer in eine Hand und befühlte mit dem Daumen der anderen die Klinge.

„Nicht halb so scharf wie deine Zunge!"

Mit einer Karotte in der Hand drehte sie sich zu ihm um.

„Wer hat, der hat, und wer kann, der kann!"

Er beugte sich nach vorn und begann zu schälen.

„Und du kannst! Es ist mir noch lebhaft in Erinnerung, wie du, kaum so groß wie der Küchentisch hoch ist, mit deinem großen Bruder umgesprungen bist."

„Hartmut?"

„Wer denn sonst?"

„War für mich nur ein hilfloser Tölpel. Mein großer Bruder warst du, bis du eines Tages einfach weg warst."

„So bist du mit deinem Bruder auch umgesprungen. Du hast ihn getriezt, wann immer du konntest."

„Hätte sich ja wehren können. War schließlich größer und stärker als ich."

Er reichte ihr die geschälte Kartoffel.

„Hartmut war eben kein Haudrauf!"

Sie warf die Kartoffel zu den anderen ins Wasser.

„Wäre besser für ihn gewesen! Mama wollte einen Offizier aus ihm machen, dabei kam ein ziemlich jämmerlicher Trunkenbold heraus."

„Was weißt du denn davon, wie es in einer Kadettenanstalt zugeht! Die Jungs werden geschliffen, bis ihnen das Wasser im Arsch kocht, und außerdem müssen sie noch ihr Bestes in der Schule geben!"

„Hartmut war ein intelligenter Kerl, hatte keine Schwierigkeiten in der Schule. Mamas Liebling hatte immer nur gute Noten. Hier eine Eins und dort ein Sehr gut. Was meinst du, was mich das hat schwitzen lassen in Königsberg? Wollte doch nicht schlechter sein als die Memme!"

„Wenn man dich so reden hört, glaubt man, du hättest nur fünf Jahre Dorfschule gehabt."

„Wie?"

„Kannst du keinen vollständigen Satz bilden?"

Sie hackte die Mohrrüben klein und griff sich eine Stange Lauch.

„Hauptsache, du weißt alles besser!"

„Zerg ich dir?"

Sie grinste, ohne daß er es sehen konnte.

„Ostpreußen ist dir also noch nicht fern?"

Er stieß sie in den Rücken und gab ihr die nächste Kartoffel.

„Du meinst frutten, schabbeln, queimen? Ich habe nie verleugnet, aus dem schönsten Gau des Reichs zu kommen. Oder was hast du gedacht?"

„Bist bestimmt viel herumgekommen."

„Jetzt stehe ich mit meinen Kameraden an der Westfront. Der Weg dorthin war lang, aber das ist jetzt nicht von Bedeutung."

„Was ist dir denn im Moment wichtig?"

„Meine Schwester, die jeden Tag sterben kann."

„Kann ich verstehen."

„Was sagt denn August dazu, daß du hier bist?"

Sie drehte sich um und lehnte sich gegen den Herd.

„Vater ist schon seit einiger Zeit tot."

„Wie, ist er doch noch abkommandiert worden?"

„Nein, er ..."

„Dann hat ihn der Ehekrieg ins Grab gebracht!"

„Wieso glaubst du das?"

„Ich habe doch von Anfang an mitbekommen, daß die Ehe deiner Eltern eine lieblose Vernunftverbindung war. Vor allem deine Mutter hatte darunter zu leiden. August hatte ihr Geld, tat seine Pflicht als Ehemann, indem er ihr zwei Kinder machte, und dann war Sense."

„Sense?"

„Dann kam nichts mehr, kein gutes Wort, keine nette Geste, nichts. Er konnte mit ihrem Geld Treskow halten, das war es, worum es ihm ging!"

Sie drehte sich wieder zum Gemüse und wusch ausgiebig den Lauch.

„Du trägst ihm nach, daß er dich nicht ..."

„Ich trage August gar nichts nach! Er ist, entschuldige, er war ein egoistischer Träumer. Einer, der immer alles besser wußte und darüber die Zeichen der Zeit vergaß!"

„Welche Zeichen?"

„Man muß sich eben manchmal arrangieren mit den Gegebenheiten! Wirtschaft und Politik zum Beispiel. Man kann nicht immer mit dem Kopf durch die Wand! Eines Tages rennt man sich dabei den Schädel ein!"

Marie stand im kleinen Salon und verschränkte die Arme vor ihrem üppigen Busen.

„Nee, da kenn' sich noch einer aus! Mal wollen Se dies, mal wollen Se das! Frau Treskow, ich bin 'ne jute Seele, aber nu' versteh' ich Se überhaupt nich' mehr."

„Ich wünsche einfach dieses rothaarige Weib nicht mehr auf dem Hof zu sehen!"

„So leid's mir tut. Se wer'n ihr's selbst sachen missen. Vor 'n paar Tajen, beim Rüben ausmachen, da waren Se doch noch janz bejeistert, daß de Marjell hilft!"

Frau Treskow setzte sich und legte die Bibel auf ihre Knie.

„Dieses Mädel ist des Teufels!"

Marie drehte sich um und ging zur Tür.

„Auch jut, denn sachen Se's ihr, un' denn sehen wir weiter."

„Marie!"

„Ja?"

„Es ist deine Pflicht, mir zu gehorchen!"

Die Köchin legte ihre rechte Hand auf die Türklinke und schnaufte tief.

„Se machen's mir nich' leicht!"

„O doch, sehr leicht sogar!"

Sie zog die Tür auf und schloß sie wortlos hinter sich. Frau Treskow sprang von ihrem Sitz, und ihre Bibel fiel ihr vor die Füße.

„Marie!"

Die Angestellte ging langsam in die Küche und setzte sich an den großen Tisch.

„Kinder Jottes, wenn's so weiter jeht, denn is' es da Unterjang!"

Sie starrte vor sich hin und merkte nicht, daß Rudolf hereinkam.

„Na, jibt's heut' nuscht zu essen?"

Marie schreckte auf und sah ihn aus leeren Augen an.

„Rudolf, 's wird da Unterjang sein!"

Er setzte sich neben sie und steckte einen kalten Stumpen in den Mund.

„Na nuche', was 'n nu' wieder?"

„De gnä' Frau will, daß ich de Edith vom Hof werfen tu'!"

Er nahm die Zigarre aus dem Mund und starrte darauf.

„De Antonia würde dir's nie verzeihen."

„De Frau Treskow soll das auch mal schön selbst machen!"

„Wie kommt se denn auf so 'm Jedanken?"

„Ach, weißte. De Frau is' vom Le'm jeschlagen. Kann ja auch verstehen, daß se nich' jut zu sprechen is' auf de Marjell."

„De Edith müht sich! Langsam hat se's auch raus mit de Pferd'. Man kann nuscht über se sachen, außer daß se manches Mal trübselich is', un' so jar kein Blick hat, was nu' an Arbeit ze machen is'. Aber woher soll se's auch wisse'? Se war daheim bestimmt immer de Nummer eins, de Kronprinzessin vom Ortsgruppenleiter. Anjestellte hier un' Diener da, da lernt man nich', was Arbeit is'."

„Mann, es jeht nich' ums Arbeiten! Jede Hand is' von bittrer Not, das weiß auch de gnä' Frau!"

„Na, was is' es denn?"

„Nuscht, was ich dir als Mann erzählen kann!"

„Jeht's immer noch um dem feinen Pinkel, der nur Klavierspielen kann?"

„Herrjott, Rudolf, das fruttste nich'! Von die echte' Schwierigkeite', da versteht ihr Männer nuscht!"

„Marieche', de machst mir Angst!"

„Verschwind jetzt, Stiesel! Auf mir wartet's Essen!"

Marie stand auf, und Rudolf eilte davon wie ein getadelter Schulbub. Sie stand vor dem Herd und begann zu weinen.

„Mein Jott, hilf uns!"

Endlich hatte die mollige Köchin sich soweit beruhigt, daß sie den Eintopf für das Mittagessen auf den großen Kohlenherd bringen konnte. Mit schwerem Schritt ging sie in die Speisekammer und nahm eine Speckschwarte herunter. Dann schnitt sie ein Stück ab und würfelte es, um Fett zu gewinnen. Sie warf die Würfel in die Pfanne und ließ sie aus. Mit dem Schmalz briet sie das Gemüse an und füllte es mit Wasser und Fleischbrühe vom Vortag auf. Schließlich gab sie noch die Speckstückchen hinein, zerrieb ein Gewürzblatt zwischen ihren Fingern und salzte.

„Hm, Marie, das riecht ja köstlich!"

Die Angestellte drehte sich um, und ihr wurde ungewohnt flau, als sie Edith in die Augen sah.

„Schweinefett riecht immer jut."

Mit Tigerchen im Arm stand Edith neben ihr am Herd und hob den gußeisernen Deckel des Topfes, in dem der Eintopf brodelte.

„Mein Gott, habe ich einen Hunger!"

„Kein Grund, hier in de Kuffeln zu gucken! Un' bloß de Katze aus die Küche, wenn das de gnä' Frau sehen tut!"

„Ich habe meine Arbeit getan, und niemand hat mir neue angewiesen, da dachte ich, ich schaue mal ..."

„Hier jibt's nuscht zu sehen!"

Edith trat einen Schritt zurück und sah die Köchin fragend an.

„Habe ich etwas Falsches getan?"

„Fräuleinche', ich ..."

Marie standen die Tränen in den Augen, und sie versuchte sie dadurch zu verbergen, daß sie kräftig in dem großen Topf rührte. Edith wischte sich eine Haarsträhne aus dem Gesicht und setzte sich auf einen Stuhl. Der Kater machte es sich leise schnurrend auf ihrem Schoß bequem.

„Was ist denn?"

Die Köchin nahm einen Schürzenzipfel und rieb sich damit das Gesicht.

„Kind, uns weht ei'm harter Wind im Jesicht!"

„Wie?"

Marie drehte sich um und sah zu Boden.

„Jehen Se zu Frau Treskow, denn wissen Se, was ich mein'."

Edith stand auf, setzte den Kater auf den blitzblanken Küchenboden und nahm die Köchin sanft am Arm.

„Bitte! Was ist los?"

Die Angestellte hob den Kopf und legte beide Hände vor den Mund.

„Se will Se nich' länger auf'm Hof!"

„Wie, ich soll weg?"

„Kind, ich weiß es nich', Se missen mit ..."

„Marie! Das geht nicht! Ich kann hier jetzt nicht fort!"

„Se könn' doch zu Ihr'm Vater, wie vor 'n paar Tajen."

„Nein, das kann ich eben nicht! Antonia erwartet mich hier, wenn sie zurückkommt!"

„Mein Jott, das weiß ich so jut wie Se selbst! Aber ich kann mir nich' überm Willen von de gnä' Frau stellen!"

Edith begann hemmungslos zu weinen.

„Dann fahre ich eben nach Stolp!"

„Wenn Se denn mein'."

„Nichts ist mir lieber, als bei Antonia zu sein!"

Marie nahm die junge Frau in ihre kräftigen Arme.

„Ich weiß, Kind, ich weiß ..."

Antonia hatte vom Wirt eine Fleischscheibe dubioser Herkunft bekommen und briet sie scharf an. Mit reichlich Majoran und Pfeffer würzte sie das Schnitzel, als Johannes hereinkam und sich setzte.

„Hier riecht es nach Fleisch! Welche Wohllebe!"

Antonia machte eine auffordernde Kopfbewegung.

„Mach die Tür zu. Tante Emilie erträgt den Küchengeruch nicht!"

Er stand auf und schloß die Tür.

„Sie ist heute gar nicht wohlauf."

„Bei ihr ist kein Tag wie der andere. Mal hat man den Eindruck, sie könne Bäume ausreißen, mal kann sie noch nicht einmal ihre Teetasse halten."

Johannes Treskow stellte sich dicht neben seine Nichte an den Herd.

„Soll das für mich sein?"

„Für wen denn sonst? Haben wir vielleicht einen Hund?"

Er packte sie an beiden Schultern und sah ihr in die Augen.

„Kratzbürste!"

„Noch was?"

Er ließ sie nicht los, starrte sie einfach nur an. An seinem kantigen Kinn waren trotz korrekter Rasur dunkle Flächen zu erkennen. Das kannte sie von ihrem Vater, der oft darüber geflucht hatte, daß er sich im Gegensatz zu anderen Männern zweimal am Tag rasieren mußte.

„Laß mich los, dein Fleisch brennt an!"

„Was gibt es denn sonst noch?"

Antonia blickte ihn böse an. Johannes sah seinem Bruder ähnlich, vor allem die Augenpartie schien ihr fast beängstigend vertraut.

„Wenn du nicht losläßt, kannst du dir demnächst deinen Fraß alleine machen!"

„Hast du schon einmal daran gedacht, Küchenbulle bei der Wehrmacht zu werden?"

„Was?"

„Na, den Ton dazu hast du schon, und deine Kochkünste ..."

Sie stieß ihn grob von sich und stand breitbeinig in der Küche. Sie mochte den schnöseligen Vierunddreißigjährigen nicht mehr sonderlich.

„Hat dir deine Frau schon einmal gesagt, daß du ein Ekel bist?"

„Nein! Und was sagt dein Zukünftiger so zu dir? Zimtzicke?"

„Gibt keinen!"

„Dann läufst du wenigstens nicht Gefahr, wie deine Mutter nur des Geldes wegen genommen zu werden."

„Halt die Luft an, sonst kannst du dir mit deinem Schnitzel die Schuhe wienern!"

Er lachte und setzte sich wieder.

„Das wagst du nicht. Schließlich ist Fleisch heutzutage eine Kostbarkeit!"

„Das kann man hier in der Stadt wohl sagen."

„Ach so, auf Treskow ist ja noch alles wie früher. Deine Mutter läßt wohl gerade die Ernte einbringen?"

„Sie hat nichts zu sagen. Treskow gehört mir! Und die Ernte ist schon unter Dach und Fach."

„Die arme Sieglinde, jetzt hat sie schon wieder den kürzeren gezogen."

„Meiner Mutter geht es glänzend."

„Allemal! Du hast Augusts Platz ganz eingenommen."

„Wirst es wissen."

„Kannst du auch einen ganzen Satz?"

In diesem Moment flog das Fleischstück gut durchgebraten vor seine Füße.

„Da, friß!"

Er sah nach unten und schüttelte den Kopf.

„Wenn du ein Mann wärst, könntest du jetzt ein paar von mir fangen!"

Sie stellte sich auffordernd vor ihn.

„Na komm, schlag schon zu, wenn du das Echo vertragen kannst!"

Wütend sprang er auf und hob die flache Hand.
„Emmi hat recht, du bist eine Treskow! Mehr noch, du bist ganz die Tochter deines Vaters. Immer mit dem Schädel durch die Wand, immer auf Kosten anderer, unerträglich!"
„Schlag schon zu!"
„Könnte dir so passen."
„Feigling!"
Er ging zur Tür. Seine Unterlippe bebte vor Erregung.
„Dein Bruder kann froh sein, daß er nicht mehr ist! Sich mit dir herumschlagen zu müssen ist schlimmer als die Pest!"
„Worte, Worte und keine Taten!"
„Dein Bruder konnte das nie, sich durchsetzen um jeden Preis."
„Hätte er besser gelernt!"
„Mit der Schwester?"
Sie sah ihn kalt an.
„Du hast dein Schnitzel vergessen!"

Johannes saß neben dem Radio und drehte daran. Quietschen und Krächzen erfüllte den Raum. Seine Schwester hielt sich mit schmerzverzerrtem Gesicht beide Hände vor den Mund.
„Hannes, bitte!"
Er nahm einen kräftigen Schluck aus seinem Weinglas und drehte den Kopf.
„Was ist?"
Sie war zu schwach, ihn anzusehen.
„Der Lärm sprengt meinen Kopf!"
Er schaltete unwillig den Apparat aus.
„Ich wollte nur kurz BBC abhören."
Seine Nichte sah zu ihm hinüber und schüttelte den Kopf.
„Geht es dir noch gut? Wir sind hier nicht in irgendeinem Erdloch!"
„Ach so, Feindsender ..."
„Brüll bitte nicht so!"
Emilie Brunteis beugte sich nach vorn und schluckte.
„Antonia, bitte bring mich zu Bett."
Die junge Frau stand eilends auf und ging zu ihrer Tante.
„Selbstverständlich."
Sie half der Kranken auf und trug sie mehr, als daß sie sie stützte. Endlich hatte sie die magere Frau ausgekleidet und in ihr Nachthemd gehüllt. Sie stellte ihr das Nachtgeschirr an den gewohnten Platz, küßte sie sanft auf die Stirn und deckte sie zu.
„Finde Schlaf."
„Streite dich nicht wieder mit Hannes."

Antonia lehnte sich gegen den Türrahmen und lächelte.
„Er will das so."
„Nein, bestimmt nicht. Er ist ein so friedfertiger Mensch."
„Deswegen ist er wohl auch Soldat geworden."
„Wie kannst du nur so hart sein?"
„Schlaf gut. Er wird schon keinen Schaden nehmen."
„Laß die Tür offen!"
Antonia sah die Kranke liebevoll an.
„Weiß ich!"
Im Wohnzimmer setzte sie sich auf ihren Platz und nahm ihr Buch zur Hand. Während sie las, konnte sie beobachten, wie ihr Onkel bereits die dritte Flasche Wein in Angriff nahm. Sie ließ ihn ohne Kommentar gewähren und sah auf die Uhr. Es war noch nicht spät, doch es zog sie in ihr Bett.
„Hannes?"
„Ja?"
„Ich gehe schlafen."
„Deine Ruhe möchte ich haben."
„Tante Emilie geht es soweit ganz gut. Was sollte mich beunruhigen?"
Er goß sich mit unsicherer Hand sein Glas voll und erhob sich. Leicht schwankend stand er vor ihr und trank einen Schluck.
„Es geht zu Ende!"
„Pst, man muß es Tante Emilie nicht noch deutlicher machen!"
„Nein, nicht mit Emmi, mit dem Reich!"
„Sei still! Unter uns wohnt der Blockwart! Was denkst du dir denn?"
„Ich habe alles miterlebt, und es gibt nur einen Weg, die Katipula ... die Kapitulation, bevor noch Schlimmeres passiert!"
„Hannes, halt um Gottes willen den Mund! Wen willst du damit herbeirufen, die Gestapo?"
Er wankte und hielt sich an der Lehne eines der wuchtigen Sessel fest.
„Soll ich dir sagen, was los ist?"
Sie erkannte, daß sie ihn kaum zum Schweigen bringen würde, und besann sich des Grammophons. Sie suchte eine Wagner-Platte heraus, zog das Gerät auf, und die Musik brandete auf.
„Wenn du reden mußt, dann tu es. Aber schrei nicht so!"
Er setzte sich in den Sessel, an dessen Lehne er sich gerade noch festgehalten hatte, und trank sein Glas aus.
„Die Alliierten haben sechsundneunzig Tage nach der Landung in der Normandie und siebenundvierzig Tage nach dem Durchbruch von Saint-Lô in der Nähe von Stolzenburg deutschen Boden betreten."
„Wie, wann?"
„Genau am 11. September!"

„Und wie sieht es aus?"

„Ich komme aus Holland, im Westen regiert das Chaos. Die Fahrt von Nimwegen nach Stolp hat mich einen ganzen Tag Urlaub gekostet, und es ist völlig unklar, ob ich überhaupt auf dem Landwege zurück zu meiner Truppe komme."

„Ja, und?"

„Da gibt es Städte im Reich, die sind bis zur Unkenntlichkeit zerstört. Man fragt sich, wo die Menschen hingekommen sind."

„Die sitzen in den Kellern. So hat man es uns doch beigebracht."

„So viele Keller gibt es gar nicht!"

„Dann sind die Leute auf dem Land, wie deine Familie."

„Dein Gottvertrauen möchte ich haben. Tag und Nacht schmeißen die Alliierten Bomben auf Großstädte!"

Antonia kniete sich vor ihn hin und sah ihn aufmerksam an. Seine rotgeränderten Augen hielten ihrem Blick nicht stand, und er wuchtete sich aus dem Sessel.

„Guck mich nich' so an!"

Sie stand wieder auf und stellte sich neben ihn.

„Du bist Soldat! Müßtest doch noch besser als ich wissen, daß der Krieg ..."

„Krieg! Ja, der Krieg! Wenn ich vor dem Feind stehe und er dann die Augen für immer zumacht, dann kann ich auch vergessen, was sonst geschieht. Aber wenn man so die Städte sieht, da kann einem ganz anders werden."

„Du bist also im Innersten deines Herzen auch gegen den Krieg, wie Papa."

„Mich hat niemand gefragt. Ich war kriegsverwendungsfähig und fertig! Ich konnte mich nicht wie August u.k. stellen lassen. Ich habe das Beste daraus gemacht! Immerhin bin ich nicht Schütze Arsch, der in der vordersten Linie verheizt wird."

„Aber dein Gewissen ..."

Johannes wankte zurück zu dem Sessel neben dem Radio, hob die Weinflasche an und hielt sie in Augenhöhe.

„Göring hat einmal gesagt, ich habe kein Gewissen! Mein Gewissen heißt Adolf Hitler."

„Aber du ..."

Er brummelte noch etwas und schlief volltrunken ein. Sie nahm eine Decke und warf sie über ihn. Big Ben aus dem Erdgeschoß schlug elfmal, und sie ging zu Bett.

Edith saß, ihren Koffer neben sich, auf einer Bank im Hauptbahnhof von Königsberg. Sie war hungrig und fror erbärmlich. Neben ihr saßen zwei Landser und erzählten sich schmutzige Witze.

Edith stand angewidert auf und trottete in die große Eingangshalle, von wo sie in den Himmel sehen konnte. Das Dach mußte dem Bombenangriff zum Opfer gefallen sein. Sie trat hinaus und sah auf Schuttberge. Es dauerte beinahe den ganzen Vormittag, bis sie sich in die Gegend, wo Theo und Karin wohnten, durchgefragt hatte. Am Anfang der Straße stand noch ein Eckgebäude, das aussah wie ein einsamer Zahn im Mund eines alten Menschen. Ihr Hunger war inzwischen zu einem peinigenden Schmerz geworden, hatte sie doch seit ihrem Weggang von Treskow nichts mehr gegessen. Menschen mit kalkweißen Gesichtern krochen vereinzelt aus Kellerlöchern und schleppten sich müde irgendwohin. Drei Kinder saßen auf dem mit Mörtelbrocken und Steinen bedeckten Gehsteig und schoben ein kleines Holzpferd auf Rollen zwischen einander hin und her. Edith trottete weiter und hätte das Haus, zu dem sie wollte, beinahe nicht erkannt. Sie fühlte sich völlig verloren, bis eine Frauenstimme von der gegenüberliegenden Straßenseite ihr Herz hüpfen ließ.

„Edith?"

Als sie Frau Krause erkannte, ließ sie ihren Koffer fallen und stolperte mehr als sie lief.

„Theo!"

Sie wurde herzlich umfangen und begann zu weinen.

„Mein Gott, ich dachte, ich finde euch nie mehr!"

Frau Krause stieß sie trotz überschwenglicher Gefühle gleich wieder von sich, waren sie doch auf offener Straße.

„Komm mal mit herein."

Edith wollte sich an Theo festklammern bis zum Sankt-Nimmerleins-Tag und war von der brüsken Zurückweisung getroffen.

„Ich komme wohl mehr als ungelegen?"

„Nix da! Komm mit!"

Das Dach des Hauses, in dem Antonias ehemalige Lehrerin wohnte, war zwar getroffen worden, aber Frau Morins Wohnung schien beinahe unberührt. Theo schob die junge Frau in die Küche, und Karin sah von einem Buch auf.

„Grundgütiger, ist etwas geschehen?"

Edith warf sich ihr an den Hals und war versucht, sie zu küssen, als Karin Morin schon ihre warmen Lippen auf die Wange der jungen Frau preßte.

„Kind, bitte erzähle!"

Theo schob Edith einen Stuhl unter, und sie saß da wie ein Häufchen Elend.

„Ich will nicht unhöflich erscheinen, aber könnte ich einen Bissen Brot bekommen?"

Theo, die lange Flanellhosen trug, machte zwei große Schritte durch die Küche und holte einen Kanten Brot aus dem Schrank.

„Dir kann geholfen werden!"
Sie schnitt eine dicke Scheibe ab und reichte sie der jungen Frau.
„Nur dazu gibt es zur Zeit nichts."
Edith war das völlig einerlei. Sie biß in die Schnitte, und es kam ihr vor, als hätte sie nie im Leben eine solche Köstlichkeit bekommen.
„Danke!"
Frau Morin rückte ihr Kopftuch zurecht, stand auf und stellte sich, eine Hand auf Ediths Schulter gelegt, neben sie.
„Kind, sag! Was ist geschehen? Wo ist Antonia?"
„Toni ist in Stolp."
„In Pommern?"
„Eine schwerkranke Tante besuchen."
Frau Krause brannte die Neugier unter den Nägeln.
„Treskow, bombardiert?"
Ihre Freundin verzog den Mund und spitzte die Lippen.
„Theo, du bist ein lebendes Telegramm! Nur die Stoppzeichen fehlen!"
„Was ist mit dem Gut?"
Edith kaute mit dicken Backen an ihrem Brot.
„Treskow ist wohlauf."
„Du bist doch nicht etwa wieder davongelaufen?"
„Nein, Antonias Mutter duldete mich nicht länger."
„Aus welchem Grund?"
Theo sah ihre Freundin verständnislos an.
„Du kannst Fragen stellen!"
Frau Morin besah sich den schmutzigen Fußboden und nickte.
„Sie weiß von dir und Antonia ..."
Edith schüttelte energisch den Kopf.
„Sie weiß gar nichts. Toni ist seit Anfang des Monats in Pommern, und ich war auf dem Hof. Alles ging gut, ich versorgte die Pferde, half hier und da. Aber dann brach der heilige Zorn der Gnädigen über mich herein. Sie bezichtigt mich, des Teufels zu sein!"
„Warum, um alles in der Welt, denn das?"
„Gute Güte, ich weiß es doch nicht! Ich hatte den Eindruck, sie wollte mich nur einfach vom Gut haben. Ich habe dann auch gepackt und bin noch einmal zu Marie, um ihr Lebewohl zu sagen. Da stand Frau Treskow wie eine Furie auf dem Hof und erteilte Befehle."
„Befehle?"
„Ja, sie schrie Rudolf an, er solle ihr nun endlich die Milchpapiere bringen."
„Milchpapiere?"
„So genau kenne ich mich auch nicht aus, aber Toni sagte einmal, daß genau Buch geführt wird über die Milchleistung der Kühe. Aber das war nicht alles! Sie hat dann noch über den ganzen Hof gebrüllt, daß sie im Arbeitszimmer sei."

„Ist das ungewöhnlich?"

„Sie hat das Büro ihres Mannes gemieden wie die Pest. Es ist Tonis Aufgabe, die Buchhaltung und solche Dinge zu regeln."

Johannes Treskow schien an diesem Tag gedrückter Stimmung. Wo es auch immer möglich war, ging er seiner Schwester aus dem Weg. Antonia entging sein Verhalten nicht, und sie fand ihn auf seinem Klappbett in der Bibliothek liegend.

„Na, bläst der Herr Trübsal?"

„Laß mich in Ruhe!"

Sie dachte gar nicht daran und ging zu ihm hinüber. Mit einem breiten Grinsen sah sie ihm in die Augen und ließ ein Päckchen mit Zigaretten auf ihn herabfallen. Er zuckte zusammen und griff die Schachtel.

„Aktive? Hast du Emmis Silber versetzt?"

„Habe ich nicht nötig."

Er setzte sich auf, und das Metallgestell unter ihm knarzte entsetzlich.

„Komm schon! Wo hast du die her? Ich habe schon seit Monaten keine echten Zigaretten mehr gesehen. Wen hast du bestochen?"

„Sag dir doch, daß das nicht notwendig ist. Habe eben meine Kontakte."

„Wie lange bist du jetzt in Stolp?"

„Fast drei Wochen."

Er lachte und stand auf.

„Hältst du mich für blöd? In drei Wochen hast du den ..."

„Hannes! Freu dich doch einfach über die Zigaretten!"

„Tu ich ja, aber da steckt doch etwas dahinter?"

„Kann dir auch sagen, was. Habe eine kranke Frau zu versorgen! Die kann nicht heute Bohnen und morgen Linsen essen, das brächte sie um!"

Johannes Treskow riß die schmale Packung auf, nahm eine Zigarette heraus, beschnupperte sie und steckte sie sich zwischen die Lippen.

„Meinst du, ich kann hier rauchen?"

„Glaube schon. Tante Emilie ist im Wohnzimmer, Louis Spohr ist bei ihr, und wenn du fertig bist, machen wir das Fenster auf."

„Wer ist dieser Spohr? Ich habe niemanden kommen hören."

„Erzähl du mir noch einmal etwas von fünf Jahren Volksschule!"

„Wieso?"

„Weil der Mann ein Komponist ist und deine Schwester seine Musik liebt."

Leicht verlegen zündete er die Zigarette an und hielt seiner Nichte die Schachtel hin.

„Willst du auch eine?"
„Danke, nein."
„Du hast wohl gar keine Laster?"
„Eine deutsche Frau raucht nicht!"
„Hoppla! Ich glaube nicht, daß dich das davon abhalten könnte."
„Könnte etwas dran sein."
„Also, welche Laster hast du?"
„Die kann man nicht im Laden oder sonstwo kaufen."
„Aha! Und?"
„Pferde."
„Das ist nichts Neues. Und sonst?"
Die junge Frau ging zur Tür und lehnte sich an den Rahmen.
„Glaube nicht, daß dich das wirklich interessiert."
Er ging ihr, in tiefen Zügen rauchend, nach und stellte sich breitbeinig vor sie.
„Aber natürlich tut es das!"
„Na gut, wie du möchtest. Frauen."
Er verschluckte sich beinahe.
„Ich glaube, ich habe etwas an den Ohren. Hast du Frauen gesagt?"
„Wahrheiten sind manchmal schwer auszusprechen und noch schwerer zu ertragen."
Er besah sich die Glut seiner Zigarette und beugte sich nach vorn.
„Das kann dich um Kopf und Kragen bringen!"
„Weiß ich."
„Erzählst du das überall herum?"
„Meinst du ehrlich, ich bin so bescheuert?"
Er schüttelte den Kopf.
„Weiß das Emmi schon?"
„Nein."
„Gott sei Dank!"
„Warum? Sie nähme dieses Geheimnis mit ins Grab."
„Weil ich sie dann noch mehr belastet hätte."
„Womit? Hast du es etwa mit Männern?"
Johannes war damit beschäftigt, seine Zigarette auszudrücken.
„Blödsinn! Ich bin doch nicht Karl."
„Wie, der hat …"
„Sonst wäre er doch nicht in diesem Sonderkommando gelandet."
„Jetzt verstehe ich gar nichts mehr."
„Na ja, Karl war nach dem überraschenden Tod unseres Vaters ein rechter Schlawiner. Auf Treskow konnte er ja nicht bleiben, dafür sorgte August mit harter Hand. Karl zog dann herum. Mal kam eine Postkarte aus Prag, mal eine aus Preßburg."
„Ja, und?"

„Er hat dann irgendeine reiche Sitzengebliebene geheiratet. Doch seine Neigung hat die Ehe einigermaßen schwierig gemacht."

„Welche Neigung?"

„Im Herbst dreiundvierzig hat ihm sein Hang zu jungen Männern schließlich das Genick gebrochen. Er war ja Soldat und bei uns wird da hart durchgegriffen! Er kam ins Sonderkommando Dirlewanger."

„Was ist denn das?"

„Aufgrund widernatürlicher Unzucht wäre sein Weg eigentlich direkt ins Konzentrationslager gegangen. Doch Ferdinand konnte dies aufgrund seiner Stellung abwenden. Aber eine Bestrafung konnte auch er nicht verhindern. So kam Karl in eine Bewährungsabteilung."

„Ist das schlimmer oder besser als Lager?"

„Ich kann es dir nicht sagen. Ich habe beides noch nicht erlebt."

„Deswegen hat Tante Emilie keine Nachricht mehr von ihm erhalten."

„Wenn er gefallen wäre, dann wüßte sie es."

„Mein Gott, euer Verein ist ganz schön hart."

„Wir sind Soldaten! Männer, die unser Land verteidigen! Da kann man doch solche Schweinereien nicht durchgehen lassen. Was würde denn aus uns werden?"

„Ihr würdet wahrscheinlich vergessen, andere Menschen zu töten."

Er wurde zornig und packte sie an der Schulter.

„Du weißt nicht, was du da sagst!"

„Hannes, Liebe macht friedfertig!"

„Ach Blödsinn! Liebe gibt es nur zwischen Mann und Frau! Kinder sind der Beweis dafür! Alles andere ist nur asoziale Befriedigung von Lust!"

Antonia wollte aus dem Zimmer gehen, doch ihr Onkel versperrte ihr den Weg.

„Bei Frauen ist das etwas anderes. Die Männer sind im Feld, und die armen Dinger sind einsam. Wenn die endlich wieder einen Mann bekommen, dann ..."

„So, meinst du?"

Aus dem Wohnzimmer klang schwach die Stimme von Frau Brunteis.

„Streitet ihr schon wieder?"

Er zuckte zusammen. Antonia schaute ihn ernst an.

„Hast du Angst vor ihr?"

Er setzte sich wieder auf seine Bettstatt und schüttelte energisch den Kopf. Antonia ging auf und ab.

„Siehst aus, als wollte dir jemand ans Leder!"

Johannes knetete beide Hände ineinander und starrte auf seine angewinkelten Knie.

„Ich muß zurück."
„Ja, und?"
„Ich habe nicht den Mut, es Emmi zu sagen."
„Du wußtest von Anfang an, wie lange dein Urlaub sein würde!"
„Natürlich."
Sie drehte sich um und ging wieder zur Tür.
„Feigling!"
Er sah sie aus dem Zimmer verschwinden und schlug die Hände vor das Gesicht.

Tante Emilie gab sich gerade einer Sinfonie von Beethoven hin, als ihr Bruder von einem Spaziergang zurückkam. Antonia hörte ihn im Flur und schälte weiter Kartoffeln. Die Küchentür ging auf, und er stand da, mit ein paar welken Blumen in der Hand.

„Geht es Emmi gut?"
„Frag sie doch!"
„Du hältst mich für einen Schlappschwanz?"
Kräftiger als nötig entfernte sie die Schale von der Erdfrucht in ihren Händen.
„Verschwinde! Habe zu tun!"
Johannes ging geduckt aus der Küche und schloß die Tür. Die Blumen in seiner Hand anblickend stand er im Flur und fühlte die gleiche Nervosität wie bei einem Feindangriff. Er strich sich mit der Hand über sein kurzes Haar und machte sich ängstlich auf den Weg ins Wohnzimmer.
„Emmi?"
Die geschwächte Frau hatte nicht die Kraft, sich nach ihm umzudrehen, doch sie schien sich über seine Anwesenheit zu freuen.
„Hannes, wie schön! Ich dachte schon, du wärst klammheimlich zurück nach Holland."
Er quetschte die Blumenstengel in seiner Faust und zwang sich, zu ihrem Sessel zu gehen. Wie eine Marionette streckte er ihr die welken Pflanzen entgegen und kniete vor ihr nieder.
„Hier, für dich."
Sie besah sich die traurigen Blüten und nahm sie ihm aus der Hand.
„Blumen, wie schön!"
„Emmi, ich muß ..."
„Geh bitte zur Anrichte, dort stehen Vasen im untersten Fach. Diese bezaubernden Geschöpfe der Natur dürsten nach Wasser."
Er holte eine Vase und stellte die kraftlosen Stengel hinein.
„Weißt du, ich wollte eigentlich ..."
„Was stehst du noch herum? In der Küche ist der Wasserhahn."

Er nickte und ging langsam in die Küche. Dort stand seine Nichte und sah in einen dampfenden Topf. Er ging an ihr vorbei zum Spülstein und ließ Wasser in das Blumengefäß laufen. Ärgerlich sah sie ihn an.

„Mut vor dem Feind ist eine Sache, aber zu sich selbst zu stehen ist eine andere!"

Er zupfte an den welken Blumen herum und nickte langsam.

„Emmi – wenn sie nicht mehr ist, dann habe ich niemanden mehr auf der Welt."

„Du hast deine Familie!"

„Marianne ist ein wirklich patentes Mädel, aber eben nur meine Frau."

„Und sie braucht dich mindestens so sehr wie Tante Emilie. Du glaubst, mit dem Gewehr in der Hand Herr über Leben und Tod zu sein, aber hier richtet ein anderer! Das mußt du verdammt noch mal hinnehmen! Du kannst dich nicht immer selbst belügen! Das kannst du vielleicht an der Front ..."

„Was weißt du denn schon von der Front? Wir können da nicht lange nachdenken über Sinn und Unsinn. Da geht es um unseren Arsch!"

„Ich weiß. Gerade deswegen solltest du auch hier Courage beweisen!"

Da er sich Antonia nicht mehr gewachsen fühlte, eilte er mit der Vase aus der Küche. Umständlich plazierte er sie auf dem Tischchen neben seiner Schwester und sah sie mit aufgerissenen Augen an.

„Ich muß weg."

„Zurück zu deiner Truppe."

„Ja."

„Ich hatte mir die ganze Zeit überlegt, warum du mir deinen Abfahrtstermin bisher nicht gesagt hast. Du hattest doch nur für eine bestimmte Zeit Urlaub."

Er sah zu Boden und fühlte sich wie ein zurechtgewiesener Junge.

„Ich wollte doch nur, daß du meinen Besuch genießt."

„Das hätte ich auch gekonnt, wenn nicht die ganze Zeit unklar gewesen wäre, wann du wieder gehen mußt."

„Das hat dich belastet?"

„Hannes, du siehst aus wie ein Mann und bist immer noch ein Kind. Auch wenn es bitter für mich ist, war mir klar, daß du nicht an meinem Sterbebett sitzen wirst."

Johannes Treskow stiegen Tränen in die Augen, und er eilte hinüber zum Radio.

„Der Gedanke, daß du sterben wirst, ist mir unerträglich!"

„O mein Gott, mit diesem Gedanken muß ich jeden Tag leben! Mein Tod ist verursacht durch eine Krankheit. Ich habe Zeit, um mit dem Leben abzuschließen. Aber was ist mit den Männern im Feld, mit allen, nicht nur mit den deutschen? Da kommt eine Granate geflogen, und wieder ist eine Frau Witwe, und Kinder sind Halbwaisen! Ihr Männer denkt immer nur an euch ..."

„Aber wir machen das doch nur für euch!"

Frau Brunteis schob vor Schmerz den Unterkiefer vor und faßte sich dann wieder.

„Für uns? Du Kindskopf! Nicht für uns, für den Führer!"

„Wir haben Krieg und müssen unser Land verteidigen!"

„Ihr habt Krieg? Hast du denn persönlich Krieg mit Franzosen, Russen, Amerikanern oder Engländern? Du hast nur einen Befehl und sonst nichts!"

„Emmi! Wenn du gehst, dann stirbt etwas von mir mit!"

„Wenn jemand stirbt, dann bringt das immer Leid und Trauer!"

„Aber du, du bist etwas Besonderes für mich!"

„Für jeden Kerl, den du bisher erschossen hast, für jeden Toten in diesem Krieg gibt es jemanden, für den er etwas Besonderes war."

Johannes Treskow senkte den Blick und ließ, von der Schwester abgewandt, seinen Tränen ihren Lauf.

Frau Brunteis schleppte sich in die Küche und sank auf einem Stuhl zusammen.

„Kind, was machst du hier die ganze Zeit?"

„Brauchst du etwas? Ich habe Hannes doch gesagt, er soll mir Bescheid geben, wenn dir etwas fehlt."

Antonias Tante beugte sich schmerzgepeinigt nach vorn und schüttelte zaghaft den Kopf.

„Der ist vorläufig zu nichts zu gebrauchen. Er geht der Lieblingsbeschäftigung aller Männer nach."

Antonia wurde einen Hauch von rot.

„Das hast du gesehen?"

Tante Emilie sah die roten Wangen ihrer Nichte und mühte sich zu lächeln.

„Nicht, was du jetzt denkst. Er tut sich selbst leid!"

„Er ist ein dummer Junge."

„Ja, nur ist er zu groß geworden, um am Rockzipfel seiner Schwester zu hängen."

Antonia hatte nun endlich den Kartoffelbrei fertig gestampft und sah die Tante lachend an.

„Werde Männer nie verstehen."

„Das glaube ich dir. Was machst du da eigentlich?"

„Dein Lieblingsgericht."

„Eierpfanne?"

„Erraten!"

„Du hast Milch für den Kartoffelbrei?"

„Trockenmilch."

Frau Brunteis stand mühevoll auf und ging an den Herd.

„Locker geschlagener Kartoffelbrei aus einem Kilo Kartoffeln, einer Tasse Milch, einem Eßlöffel Butter und etwas Salz."

„Butter ist nicht. Habe Ersatzfett genommen."

„Macht nuscht. Du mußt ihn dann in eine gefettete Pfanne oder feuerfeste Form tun."

„Weiß ich doch, Tante."

„Mit einem Löffel kleine Kuhlen in den Brei drücken, und dann kommt in jede Kuhle etwas feingewürfelter Schinken. Und vorsichtig mit den Eiern, die dann daraufkommen. Hast du überhaupt Eier?"

„Alles besorgt."

„Bekamst du Schinken?"

„Nur Dörrfleisch."

„Auch gut! Das ganze mit Sahne begießen, mit Semmelmehl bestreuen und dann feine Butterflöckchen ..."

„Tante, bitte, ich kenne das Rezept."

„Woher?"

„Aus deinem Kochbuch."

„Den Ofen nicht zu heiß machen! Die Eier müssen innen noch einen Hauch weich sein. Außerdem soll es nur goldgelb überbacken sein. Und dann mit Tomatentunke servieren."

„Die Soße wird noch ein Problem. Keine Tomaten zu kriegen!"

„In der Kammer müßte noch Tomatenmark sein."

„Wird schon werden!"

Ihr Onkel war in voller Montur, als er am späten Nachmittag in die Küche kam.

„Kann ich etwas helfen?"

„Oh, der Herr hat ausgeschlafen!"

„Wer weiß, wann ich den nächsten Mittagsschlaf bekomme."

Antonia sah ihn an und war irritiert.

„Uniform?"

„Ich habe doch nichts anderes."

„Kümmer dich bitte um die Verdunklung."

„Schon geschehen. Alle Schotten sind dicht."

„Dann kannst du aufdecken."

„Wie, ich soll ..."

„Stell dich nicht an wie der erste Mensch! Messer rechts, Gabel links."

„Und wo ist das Geschirr?"

„Frag deine Schwester! Sie möchte bestimmt das gute Meißner auf dem Tisch sehen."

„Jawoll, Feldwebel!"
Sie ging in die Knie, zog die Ofentür einen Spalt breit auf und bedeutete ihm mit einem Wink, daß er gehen solle.
Zum Essen hatte sich Emilie Brunteis, die sonst krankheitsbedingt leger gekleidet war, eines ihrer teuren Kostüme mit einer gestärkten Bluse darunter angezogen. Sie saß stolz wie eine Gräfin am Kopfende des Tisches und nahm vor dem Essen noch ein paar Schmerztabletten, denn unter keinen Umständen wollte sie diesen letzten Abend mit ihrem Bruder wegen einer Schmerzattacke zum Desaster geraten lassen.
Antonia kam herein und trug die Suppe auf. Ihre Tante beugte sich nach vorn und lächelte.
„Ah, deswegen die tiefen Teller obenauf."
Ihre Nichte stellte die Terrine auf den Tisch und begann jedem von der Gemüsebrühe auf den Teller zu geben.
„Wenn schon, denn schon."
Johannes besah sich die hellgelbe Flüssigkeit in seinem Teller, in der kleingeschnittene Möhren, Lauch und Selleriestreifen schwammen.
„Ist das Fleischbrühe?"
Antonia setzte sich an ihren Platz, faltete ihre Serviette auf und legte sie auf den Schoß.
„Bin doch nicht der liebe Gott!"
Tante Emilie nahm den Suppenlöffel in die Hand.
„Kinder, laßt uns dem Herrgott danken, daß wir überhaupt solche Köstlichkeiten auf dem Tisch haben."
Rasch war die Schüssel geleert, und Antonia trug sie samt der Suppenteller in die Küche. Dann kam sie mit dem Lieblingsgericht ihrer Tante zurück. Sie stellte die heiße Form auf einen Untersatz, und würziger Geruch erfüllte den Raum. Sie gab jedem eine Portion auf seinen Teller und setzte sich wieder.
„Und daß mir keine Klagen kommen!"
Ihre Tante lächelte verschmitzt.
„Dafür, daß du angeblich nicht kochen kannst, sieht es ausgesprochen wohlgeraten aus."
Johannes schlug sich die Wampe voll, lobte Frauen, die kochen können, und riet seiner Nichte, doch bald einem jungen Mann ein solches Essen angedeihen zu lassen. Antonia, der es auch prächtig schmeckte, sah von ihrem Teller auf.
„Wird sich wohl nicht machen lassen!"
Ihr Onkel war ein wenig verlegen und aß daher in doppeltem Tempo weiter. Seine Schwester hatte keinen Appetit mehr, freute sich aber über den Hunger ihrer Gäste.
Schließlich war die Eierpfanne bis auf einen kleinen Rest verputzt, und Johannes Treskow lehnte sich zurück.

„Gibt es noch Nachtisch?"

Antonia sah ihre Tante mißmutig an. Frau Brunteis nickte ihr zu und tupfte sich mit ihrer Serviette über den Mund.

„Hannes, du könntest zum Nachtisch beispielsweise die Köchin loben."

Er schaute seiner Schwester treuherzig in die Augen.

„So üppig sollte das Dessert dann auch wieder nicht ausfallen."

Die junge Treskow stieß ihn freundschaftlich an, während sie Teller und Besteck vom Tisch abräumte.

„Drüben auf der Anrichte liegt dein Nachtisch."

Er stand sofort auf und ging zu dem angegebenen Ort. Dort fand er eine richtige Zigarre. Keinen Stumpen für ein paar Pfennige, nein, eine ganze mit echtem Deckblatt. Antonia war schon in der Küche. So sah er seine Schwester an, während er ein Ende von der Tabakrolle abbiß.

„Bei ihr bist du in besten Händen!"

„Das weiß ich! Hat sie dir erzählt, wo sie das alles her hat?"

Er setzte sich wieder an den Tisch und entzündete ein Streichholz. Langsam paffend besah er sich immer wieder die Zigarre.

„Nein. Aber eines weiß ich, sie ist ein Talent. Sie kann wahrscheinlich noch aus Scheiße etwas machen."

„Hannes, bitte!"

„Verzeih, bitte, das Militär verdirbt die Sprache!"

„Schon gut."

„Sie ist eben eine Treskow. Aber sie ist nicht so hart wie August."

„Glaubst du!"

„Na ja, sie kann ein verdammtes Biest sein, aber das war sie schon als Kind."

„Sie ist vor allem hart gegen sich selbst."

„Wie meinst du das?"

„In ihr schlummert etwas, das sie mir nicht verraten will. Etwas, das Größe ausmacht. Sie ist nicht hart, weil sie machthungrig ist wie ihr Großvater; auch nicht, weil sie sich als den Mittelpunkt der Erde betrachtet wie ihr Vater; auch nicht, weil sie sich als Frau ihren Weg suchen muß und ihn manchmal verstellt sieht wie ihre Mutter. Sie trägt etwas in sich, das sie über alles stellt."

„Emmi, entschuldige, aber könnte es sein, daß deine Medikamente dir den Blick trüben?"

„Junge, natürlich. Morphium ist ein Teufelszeug. Manchmal spricht man etwas anderes, als man denkt. Es macht müde und gleichzeitig wohlig euphorisch, aber daran liegt es nicht. Deine Nichte hat etwas, das ..."

„Tante, soll ich deine Spritze fertig machen? Es ist Zeit dafür."

Frau Brunteis drehte sich mühsam um und sah Antonia müde an.

„Es wäre Zeit, ich weiß, aber ich möchte noch eine Weile an diesem Geschehen teilhaben."

„Welches Geschehen?"

„Der Abschied von Hannes, und unser Gespräch war noch nicht beendet."

„Oh, Verzeihung, Tante! Wußte nicht, daß ich störe."

„Du störst keinesfalls, wir sprachen gerade über dich."

Johannes Treskow stand unvermittelt auf und öffnete den obersten Knopf seiner Uniform. Er fühlte sich beklommen und wollte das Gespräch in eine andere Richtung lenken. Antonia stellte eine kalte Flasche Weißwein auf den Tisch und holte Gläser. Ihr Onkel besah sich die junge Frau, ihren schlanken, hochgewachsenen Körper. Er konnte ihre breiten, kräftigen Schultern ahnen und sah ihre sehnigen Hände, wo die Adern auf den Handrücken hervortraten.

„Wo ist der Korkenzieher?"

„In meiner Hand."

„Das Öffnen einer Weinflasche ist Männersache."

Sie drehte sich um und kam mit drei Gläsern zum Tisch zurück.

„Wenn der gnädige Herr es so wünscht."

Ihre Tante hatte aufmerksam die Szenerie verfolgt und sah ihren Bruder an, der ihr nervös erschien.

„Hannes, bitte setz dich. Laß sie es tun."

Er folgte unwillig der Anweisung und sah Antonia die Weinflasche öffnen. Den ersten Schluck kippte sie in ihr eigenes Glas, besah sich den Inhalt, roch kurz daran und goß dann die beiden anderen Gläser halb voll. Ihre Tante erhob ihr Glas, obwohl es sie sichtlich Kraft kostete.

„Auf uns Treskows!"

Antonia nickte ihr zu, nur Johannes zögerte einen Augenblick.

„Auf Treskow!"

Der erste Schluck rann seine Kehle wie ein Offenbarung hinunter, und er mußte sich bremsen, nicht sofort den Rest auszutrinken.

Die junge Frau hatte nur an ihrem Glas genippt und stellte es zurück auf den Tisch.

„Habt über mich gesprochen?"

Nun konnte der Mann nicht länger an sich halten und kippte den restlichen Wein hinunter. Er sah sich kurz um, als suche er etwas, und stellte das leere Glas auf den Tisch.

„Emmi, hast du eigentlich Nachricht von Agnes?"

Antonia sah ihn überrascht an.

„Die Nonne?"

Frau Brunteis spielte mit zittriger Hand am Stiel ihres Kelches.

„Wenn ich von ihr gehört hätte, dann wäre sie bestimmt zur Zeit hier."

„Mußten Ordensschwestern nicht ihre Tracht ablegen?"

„Ja. Das war, glaube ich, der Grund, warum die gute Agnes das Weite gesucht hat."

„Tante Emilie sagte, sie ist in Afrika."

Er schenkte sich nach und nickte.

„Könnte gut sein. Wenn ich das nächste Mal Urlaub habe, frage ich Ferdinand."

„Gib dir keine Mühe, Hannes. Ich habe unserem Bruder schon vor längerer Zeit einen Brief geschrieben mit der entsprechenden Bitte."

„Und?"

„Nichts. Entweder er kann oder er will nicht."

„Ist er denn inzwischen verheiratet?"

„Er ist verlobt."

„Immer noch mit dieser von Klettwitz?"

„Ja, er will mit der Heirat warten, bis er ihr ein ihrer Stellung gemäßes Leben bieten kann."

„Das kann ja dann noch dauern. Diese Klettwitz' schwimmen doch in Geld."

Die Kranke spürte einen unerträglichen Schmerz in ihrem Oberkörper und lehnte sich schwer atmend zurück. Antonia verstand sofort und eilte, eine Spritze fertig zu machen. Johannes stand mit der Weinflasche in der Hand auf und ging in die Küche. Dort wartete er, bis sie hereinkam.

„Du kannst wieder rüberkommen."

Er folgte seiner Nichte ins Wohnzimmer.

„Danke."

„Hannes, ich werde Tante Emilie gleich zu Bett bringen, vorher lasse ich euch noch etwas alleine. Wenn du mich brauchst, ich bin in der Küche."

Etwas schnürte ihm die Kehle zu, und er nahm einen großen Schluck Wein.

„Emmi, ich muß morgen in aller Herrgottsfrühe fort."

Sie winkte ihn schwach zu sich, und er nahm auf dem Fußbänkchen Platz.

„Ich weiß."

„Ich habe Angst, dich alleine zu lassen."

Sie schaute ihn müde an.

„Du hast Angst, mich zu verlieren."

Tränen stiegen ihm in die Augen.

„Du hast keine Furcht vor dem Tod?"

„Wie sollte ich? Für mich wird er eine Erlösung sein. Diese Schmerzen werden von Tag zu Tag unerträglicher."

Er fuhr sich mit einer Hand über sein tränenfeuchtes Gesicht.

„Wir werden uns nicht wiedersehen."

„O doch, das werden wir bestimmt."

„Ich bekomme – die Lage im Reich ist einigermaßen prekär – bestimmt in den nächsten Wochen keinen Urlaub."

„Das meine ich auch nicht. Wir werden uns im Himmel wiedertreffen."

Er bäumte sich auf und legte dann weinend sein Gesicht in den Schoß seiner Schwester.

„Mein Gott, wenn ich doch nur irgend etwas tun könnte!"

Sanft hob sie mit kalten Händen seinen Kopf an und sah ihm in die verweinten Augen.

„Das kannst du. Paß auf dich auf!"

„Ach, mir passiert schon nuscht!"

Sie bedeutete ihm, daß er aufstehen solle. Er kam ihrem Wunsch nach, hob sie mit seinen kräftigen Armen aus dem Sessel und umarmte sie. Sie küßte mehrfach seine Wangen.

„Hol mir jetzt bitte Antonia."

Er ließ sie nicht los, sondern trug ihren knochigen Leib ohne lange zu fragen ins Schlafzimmer. Vorsichtig setzte er sie auf ihr Bett und begann sie auszukleiden. Ihr war das höchst unangenehm.

„Hannes, bitte hole Antonia."

„Wieso? Ich kann dich doch auch ins Bett bringen."

„Du bist ein Mann."

„Schwesterherz, ich versichere dir, ich habe schon einmal eine Frau in Unterwäsche gesehen."

„Ich möchte das nicht!"

Er konnte ihre Einwände ganz und gar nicht verstehen, zog ihr die Kostümjacke aus und begann ihre Bluse aufzuknöpfen. Sie hatte nicht die Kraft, sich ihm zu widersetzen und ließ ihn gewähren. Da er ungeübt war, dauerte es eine Weile länger als sonst, bis sie endlich unter ihrer dicken Federdecke lag. Das Morphium tat nun seine volle Wirkung, und Johannes erschrak über das wirre Gerede seiner Schwester. Er packte sie eilig auf ihr Kissen und rannte fast aus dem Zimmer. Hastig und trotzdem leise schloß er die Tür. Von drinnen war ein Stöhnen zu hören, doch er eilte in die Küche.

Antonia sah ihn erstaunt an, als er die Tür hinter sich ins Schloß warf.

„Heiliger Herrgott! Was ist denn mit dir los?"

„Wie?"

„Schaust aus, als wäre dir der Leibhaftige begegnet."

Er setzte sich und begann an seinen Nägeln zu kauen.

„Ich habe nur Emmi ins Bett gebracht."

„Das hat sie zugelassen?"

„Ich habe ihr wohl keine andere Wahl gelassen."

„Kein schöner Anblick."

„Warum?"

„Ich bin das erste Mal beinahe zu Tode erschrocken, als ich diesen ausgemergelten Körper gesehen habe."

„Gibt es hier einen Schnaps?"

„Du also auch."

„Habt ihr Schnaps?"

„Gute Güte, ich muß erst nachsehen. Wir betrinken uns nicht täglich."

„Ich auch nicht!"

Sie ging zur Speisekammer und ließ ihren Blick über die Regale schweifen.

„Na ja, ab und zu nehmen wir einen zur Brust, aber das ist doch normal unter Männern."

„Hat Hartmut auch gesagt."

„Ja und?"

Sie nahm eine Flasche mit einer bräunlichen Flüssigkeit vom Boden des Vorratsschranks und besah sich das Etikett.

„Wenn er denn mal da war, ich meine, zu Hause, dann war er jeden Abend blau wie eine Haubitze."

„Hartmut hatte es ja auch nicht leicht im Leben!"

Sie streckte ihm die Flasche entgegen.

„Haben es alle nicht leicht. Hier, Stroh-Rum, ist der recht?"

Er griff gierig nach der Flasche, entkorkte sie und roch daran. Dann setzte er sie an den Mund und nahm einen großen Schluck.

„Puh, der hat es in sich!"

„Na, denn. Du bist also versorgt! Was ist mit Tante Emilie?"

Er wünschte sich nun nichts sehnlicher als etwas zum Rauchen und sah seine Nichte griesgrämig an.

„Sie liegt im Bett! Oder meint die Küchenfee, ich hätte sie auf den Nachttisch gesetzt?"

Sie stand am Schüttstein, die Hände im Wasser, und warf ihm den Lappen, mit dem sie abwusch, an den Kopf.

„Mit mir nicht in diesem Ton!"

Er setzte erneut die Flasche an den Mund und trank.

„Oh, der Herr über Treskow! Verzeihung, Gnädigste!"

Sie ging hinüber und hob das naße Tuch auf.

„Hast du ihr das Nachtgeschirr hingestellt?"

„Den Nachttopf, nein, woher."

Sie trocknete sich die Hände an der umgebundenen Schürze ab und eilte derweil aus der Küche. Im erleuchteten Flur sah sie die Tür zum Schlafzimmer geschlossen und fluchte leise. Sie drückte die Klinke herunter und bekam die Tür nicht auf. Nur ein Spalt tat sich auf; sie konnte den Widerstand nicht überwinden.

„Tante?"

Ein kehliger Seufzer drang an ihr Ohr und versetzte sie in Aufregung.

„Tante? Tante Emilie!"

Nur ein Brabbeln war dumpf zu vernehmen. Antonia rannte in die Küche, wo ihr Onkel mit der Schnapsflasche in der Hand saß.

„Steh auf, du Schlunz! Es ist etwas mit Tante Emilie!"

Er stemmte sich hoch und stand leicht wankend vor ihr.

„Stirbt sie?"

„Weiß ich nicht! Komme nicht in ihr Zimmer!"

Sie schob ihn vor sich den Gang entlang zur Schlafzimmertür.

„Zeig, daß du ein Mann bist! Mach die gottverdammte Tür auf!"

Er lehnte sich mit der rechten Schulter dagegen, und es gelang ihm, die Tür so weit zu öffnen, daß Antonia durch den Spalt in den Raum kam.

„O du meine Güte!"

Ihre Tante lag reglos hinter der Tür. Antonia griff ihr mit beiden Armen unter die Achseln und schleppte sie auf den schmalen Teppich vor dem Bett.

„Hannes, hilf mir!"

Er kam herein und erstarrte.

„Habe ich etwas falsch gemacht?"

„Wahrscheinlich hättest du sie besser auf den Nachttisch gesetzt! Jetzt hilf mir endlich, sie ins Bett zu bekommen!"

Es war keine Anstrengung für ihn, seine Schwester auf ihr Kissen zu legen. Sie gab keinen Ton von sich, und er stand vor ihr wie ein kleiner Junge.

„Emmi! Mein Gott, Emmi! Sag doch was!"

Antonia ließ Emilies Handgelenk sinken und bettete sie.

„Ihr Puls ist fast normal."

Ihm knickten die Knie weg, und er mußte sich an seiner Nichte festhalten.

„Normal? Aber …"

Sie schob ihn aus dem Raum. Draußen hätte sie ihm am liebsten eine geknallt.

„Du hirnverbrannter Idiot hast die Tür zugemacht! Stimmt doch?"

„Na ja, sie woll… sollte doch schlafen."

„Sie kann, warum auch immer, keine geschlossenen Türen ertragen. Sie wird aus dem Bett gekrabbelt sein, um sie aufzumachen."

Er stand da und tat sich selbst mehr leid als die Schwester.

„Dann bin ich schuld?"

Sie sah dem Betrunkenen hart in die Augen.

„Geh in dein Bett, sonst …"

Er nickte und torkelte zur Bibliothek. Unvermittelt drehte er sich um und lehnte sich schwankend an die Wand neben der Tür.

„Antonia, ich habe dir noch nie gesagt, daß ich dich liebe wie meine kleine Schwester!"

„Schon gut! Leg dich aufs Ohr. Den Wecker habe ich dir schon gestellt!"

Er schob sich von der Wand weg und ging unsicher zur Tür.

„Anne?"

„Was ist denn noch?"

„Du bist ein Prachtkerl!"

„Kann sein."

Emilie Brunteis wand sich trotz einer Spritze vor Schmerzen, und bei jedem ihrer Schreie war es Antonia, als sterbe ein Teil von ihr selbst.

Doktor Breuer, den Antonia in ihrer Verzweiflung gerufen hatte, konnte ihr nur raten, die Dosis des Schmerzmittels weiter zu erhöhen. Doch in keiner Apotheke konnte sie trotz Rezept größere Mengen des gewünschten Morphiumpräparats bekommen.

So saß sie angespannt in der Küche und bekam von der kleinen Goebbelsschnauze außer Tanzmusik nur Hiobsbotschaften verkündet.

„*Unsere gepanzerten Angriffstruppen haben südwestlich Mitau bisher 91 Panzer und 184 Geschütze des Gegners vernichtet oder erbeutet ...*"

Dank des Erdkundeunterrichts in der Schulzeit wußte sie genau, wo Mitau lag. Ihre Befürchtungen, daß Ostpreußen bedroht sein könnte, wurden von einem jähen Aufschrei ihrer Tante unterbrochen. Sie wußte, daß die nächste Injektion erst in ungefähr zwei Stunden erfolgen durfte, und hielt sich die Ohren zu. Dann plätscherte Schlagermusik durch die Küche. Die aufdringliche Stimme von Marika Rökk ließ ihr keine andere Wahl. Sie machte das Radio aus und zwang sich dazu, nach ihrer Tante zu sehen. Ohne Eile ging sie ins Schlafzimmer und fand die Frau einmal mehr auf dem Boden vor dem Bett.

„Tante, kannst du mich verstehen?"

Sie vernahm keinerlei Antwort, nur ein ekelerregender Geruch stach ihr in die Nase. Sie drehte ihre Tante vorsichtig auf dem Boden um und sah die Bescherung. Angewidert und trotzdem liebevoll zog sie die Kranke aus, holte warmes Wasser aus der Küche und befreite die Ohnmächtige von allem, was sie unter sich gelassen hatte. Dann brachte Antonia sie zurück in ihr Bett und zog ihr ein neues Nachthemd an.

Sie saß wieder in der Küche und besah sich die Fensterscheiben, an deren Außenseite das Wasser langsam herabfloß. Die Ostsee in unmittelbarer Nähe, trieb der Wind den Regen fast waagerecht über die Häuser und durch die Straßen.

Antonia stand auf, stützte beide Hände auf die schmale hölzerne Fensterbank und blickte durch den Wasserschleier auf den düsteren

Hof. Wäsche hing vergessen auf der Leine, schwer schlugen die Stoffstücke hin und her. Sie starrte auf die blinden Fenster der kleinen Werkstatt im Hof und spürte förmlich, wie die Zeit bleiern dahinkroch, ohne jemanden entfliehen zu lassen. Das fortdauernde Eingesperrtsein in der Wohnung machte Antonia unruhig und zugleich müde bis zur Bewegungsunfähigkeit, und ihre Geliebte fehlte ihr über alle Maßen.

Edith hatte sich gut eingelebt, und außer ihrer Sehnsucht nach Antonia hätte sie nichts auf das Gut zurückgetrieben.

Das Abendessen mit Karin und Theo fiel wie immer bescheiden aus. Die junge Frau hatte sich schneller, als sie dachte, an die Versorgungsverhältnisse in der Stadt gewöhnt. Es gab nicht viel in Königsberg, doch ihr kam es bereits wie ein Geschenk vor, wenn Brot, Ersatzfett und Eintopf auf dem Tisch standen. Doch sie hatte das Gefühl, wohlbehütet zu sein, und dies schien ihr mehr wert als alles Essen auf der Welt.

Frau Krause stand am Herd und wärmte den zuvor in einer Kochkiste gegarten Eintopf. Plötzlich ging das Licht aus.

„Schon wieder Stromsperre."

Ihre Freundin entzündete flugs einige Kerzen.

„Ist die Suppe denn schon heiß?"

„Eßbar, nur noch etwas ...

Sirenengeheul ließ die drei Frauen erstarren. Frau Morin lief in den Flur und kam mit zwei Koffern zurück in die Küche.

„Macht alles aus!"

Bewegungsunfähig vor Angst stand Edith im Raum und begann zu weinen.

„Was ist?"

„Fliegeralarm!"

Frau Morin trieb zur Eile.

„Edith, wo ist dein Koffer?"

„In meinem Zimmer, aber ..."

„Nichts gepackt?"

„Nein."

„Hast du deine Papiere?"

„Sie liegen ..."

Da war Karin auch schon aus der Küche und in Ediths Zimmer. Sie griff sich alles, was sie für wichtig hielt, und eilte zurück.

„Los schon! Runter in den Keller!"

Im Haus war es ruhig. Alle Bewohner hatten schon mit ihrem Notgepäck den Weg in den Keller gefunden. Edith zitterte vor Angst und wünschte sich plötzlich zurück auf das Gut ihrer Freundin.

Denn was waren schon die Anfeindungen von Frau Treskow gegen einen Fliegerangriff. Ihre Unterlippe bebte, als sie im Keller des Hauses ankam. Die Bewohner hatten ihre vorgeschriebenen Plätze eingenommen und saßen stumm, teils ihre Habe auf dem Schoß, auf Bänken und Stühlen. Theo setzte Edith auf eine schmale Holzbank, und Karin gab ihr die in ihrem Zimmer eingesammelten Dinge. Dann leuchtete die Lehrerin mit einer Stablampe durch die Menge.

„Sind alle da?"

Das Raunen der Menschen schien den Kellerraum noch enger werden zu lassen. Frau Morin zählte im Geiste durch und stockte.

„Frau Prestel?"

Sie bekam keine Antwort und ging zu einer Frau mittleren Alters.

„Ist die alte Frau nicht mitgekommen?"

Die Nachbarin der Vermißten zuckte mit den Schultern.

„Die will nich' im Keller."

„Aber es ist Vorschrift."

„Hab' ich ihr och jesagt. Aber alte Menschen, de sin' e'm stur."

Karin Morin eilte zur Tür, doch Theo hielt sie auf.

„Bleib!"

„Es ist meine Pflicht!"

„Dir den Kopf abschießen zu lassen?"

„Wenn ihr etwas zustößt, geht das auf mein Konto, und ich bekomme den größten Ärger!"

Eine andere Frau stand zögerlich auf.

„Lassen Se mal, die alte Prestel hat Angst vorm Verschüttwer'n, außerdem wollen de morschen Knochen nich' mehr so. Aus'm Dritten hier runter un' denn wieder ruff, det bringt de alte Frau um."

„Bis jetzt ist ja noch alles ruhig."

Aus dem Hintergrund war der grollende Baß eines alten Mannes zu hören.

„De Ruhe vorm Sturm!"

Wie es ihre Pflicht war, blieb Frau Morin nahe der Tür sitzen und behielt den Kellerraum im Auge. Theo setzte sich wieder neben Edith und stieß sie freundschaftlich an.

„Hier ist immer was los."

Edith schmiegte sich ängstlich an sie und zitterte.

„Wäre ich doch bloß auf Treskow geblieben."

„Du bist gut. Ganz launisches Fräulein, das dort sein will, wo es gerade nicht ist."

„Ich habe einfach Angst."

Theo sah sich um und entschloß sich, Edith in den Arm zu nehmen.

„Besser?"

Edith nickte und wünschte, daß es der kräftige Arm ihrer Liebsten wäre , der sie schützend umfing, während Heulen und Donnern mal von nah, mal von fern zu hören war. Ein kleiner Junge sprang plötzlich von seinem Stuhl und rannte zur Tür.

„Wir können raus!"

Frau Morin schnappte ihn am Ärmel und zog ihn zu sich.

„Ganz ruhig, Jungchen. Kennst du das Lied *Wenn die bunten Fahnen wehen*?"

Er nickte und wollte wieder zur Tür.

„Komm, wir singen es zusammen, ganz leise."

Er zog und zerrte, und Karin begann flüsternd zu singen.

„Wenn die bunten Fahnen wehen, geht die Fahrt wohl übers Meer ..."

„Frau Morin, es is' doch Entwarnung!"

Sie sah ihn überrascht an und lauschte. Vorsichtig öffnete sie die Kellertür. Der Kleine hatte recht, eine Handsirene jaulte den befreienden Dauerton.

„Ruhe bewahren!"

Die Menschen drängten zur Tür, und die Lehrerin ging voran. Nun setzte auch die große Sirene vom Nachbarhaus mit der Entwarnung ein. Erleichterung über den Fehlalarm ließ selbst die alten Menschen aus dem Kellerraum eilen. Die Flieger waren weitergezogen und warfen ihre tödliche Last andernorts ab.

Es roch verbrannt im Treppenhaus, und Frau Morin eilte zu einer Feuerpatsche. Sie wies eine junge Frau an, den auf dem nächsten Treppenabsatz befindlichen Wassereimer mitzunehmen. Langsam gingen die beiden die Treppe hinauf und wurden von der Mutter des Jungen, der ein so feines Gehör hatte, überholt.

„Mein Jott, mein Jott! Unser Essen!"

Sie schloß ihre Wohnungstür auf, und Rauchschwaden traten in den Aufgang. Rasch war der Brand auf dem Kohlenherd gelöscht und die nachlässige Köchin verwarnt.

Endlich war Frau Morin wieder in ihrer Wohnung. Strom gab es immer noch nicht. Theo kam aus der Küche und grinste.

„Romantischer Abend. Glas Wein bei Kerzenschein!"

„Die Suppe ist kalt?"

„Oben hat es doch gebrannt, da wäre der Eintopf warm geworden."

„Laß die Späße! Eine halbe Stunde später hätte die Wohnung auch ohne Bomben in hellen Flammen gestanden."

Edith stellte ihren gepackten Koffer auf den Flur zu den beiden anderen Gepäckstücken. Frau Morin klatschte freudig in die Hände.

„Aus Schaden wird man klug."

Theo hatte eine der letzten Flaschen Wein aus der Vorratskammer geholt und stellte Kerzen auf den Tisch im Wohnzimmer.

„Die Damen, es ist angerichtet!"
Edith setzte sich; ihr war kalt, und sie fühlte sich grauenvoll.
„Wie oft kommt das vor?"
„Stromsperre?"
„Nein, Fliegeralarm!"
Frau Morin goß ein und setzte sich ebenfalls.
„Nur dann und wann. Wir haben hier doch nichts mehr, das es zu zerstören lohnt. Die letzten Angriffe haben alles, was kriegswichtig war, in Trümmer gelegt."
„Aber heute ..."
„Kind, immer wenn Bomber im Anmarsch sind, wird Alarm gegeben. Das muß so sein, denn keiner weiß, wo die Kerle ihre Fracht abwerfen."
„Wie haltet ihr das nur aus?"
Theo lachte und nahm einen Schluck.
„Prost ihr beiden!"
Edith nahm ihr Glas und besah den Rand.
„Das macht einen doch krank."
„Der Wein?"
„Nein, diese Ungewißheit."
„Haben keine andere Wahl."
„Theo, bitte!"
„Na gut! Wir haben doch keine andere Wahl. So recht?"
Edith spürte die Spannung zwischen den beiden und trank. Karin stand auf und ging hinüber zum Radio. Sie mußte wohl vergessen haben, daß das Gerät ohne Strom keinen Mucks von sich gab. Theo amüsierte sich über diesen Lapsus.
„Kriegst noch nicht mal du zum Laufen."
Ihre Lebensgefährtin drehte sich um, und ihre Stimme hatte etwas ungewohnt Keifendes.
„Krause! Du kannst einem den letzten Nerv rauben!"
Die Angesprochene stand unvermittelt auf und setzte sich gleich wieder.
„Jawoll, Frau Studienrat!"
Edith trank hastig den nächsten Schluck. Die Mißstimmung im Raum war ihr unerträglich. Doch selbst ein spätes Glas Wein auf leeren Magen beruhigte sie nicht. Karin hatte in einem Sessel, der mit dem Rücken zum Tisch stand, Platz genommen und schwieg. Edith stand auf und ging schüchtern zur Lehrerin hinüber.
„Karin, ich glaube, ich will deine Gastfreundschaft nicht länger in Anspruch nehmen. Morgen früh seid ihr mich los."
Theo hatte sich bereits das zweite Glas eingegossen und lachte.
„Edith, Edith! Immer nur wegrennen?"
„Ich renne nicht weg! Ich will nur zu Toni!"
„Und wo willst du sie finden?"

„Das weiß ich nicht. Aber ich weiß, daß ich nichts lieber will, als bei ihr zu sein!"

Karin drehte sich um und sah die junge Frau traurig an.

„Einer jungen Liebe kann man nichts in den Weg stellen."

„Soll man auch nicht! Was willst du jetzt tun?"

„Ich werde nach Stolp fahren. Irgendwie werde ich sie schon finden; immerhin weiß ich, wie die Tante heißt."

Karin stand auf und ging zum Tisch. Sie erhob ihr Glas und schaute ihre Freundin an.

„Würdest du auch losfahren, um mich zu suchen?"

„Wie? Glaubst du vielleicht, ich täte das nicht?"

„Ich weiß es nicht."

Frau Krause ging zu ihrer Geliebten und umarmte sie. Der darauffolgende Kuß machte Edith verlegen, und sie eilte in den Flur. Sie stand im Dunkeln und konnte die Angst in sich nicht bewältigen. Theo kam zu ihr und legte ihr liebevoll die Hand in den Nacken.

„Der Himmel hängt nicht immer nur voller Geigen, auch nicht unter Frauen."

„Das weiß ich."

„Weiß das auch deine Toni?"

„Bestimmt!"

„Dann viel Glück bei der Suche."

Edith lehnte ihren Kopf gegen die Schulter der Frau.

„Ob in Pommern auch Bomben fallen?"

Frau Brunteis wälzte sich, kalten Schweiß am ganzen Körper, unruhig hin und her.

„Nein, das Buch können wir nicht binnen eines Tages liefern ..."

An den Türrahmen des Schlafzimmers gelehnt, sah Antonia besorgt auf die Bettstatt der Kranken. Ihre Tante behielt keine feste Nahrung mehr bei sich, und die junge Frau zwang sich, mit einer Tasse lauwarmer Gemüsebrühe hinüber zum Bett zu gehen.

„Tante?"

„Nein, beim besten Willen, wir können nicht liefern."

Sie schob ihre Hand unter den knochigen Nacken der Frau und hob sanft den Kopf an.

„Tantchen."

Langsam, als wäre es eine Anstrengung, hob die Ausgemergelte die Lider, und zwei riesenhaft erscheinende Augen sahen angstvoll um sich.

„Die Verlage, sie ..."

„Es ist ja gut. Du bist zu Hause, niemand will etwas von dir."

„Vater?"

„Schon gut, ganz ruhig. Ich habe dir etwas zu trinken gebracht."

„Ist Mutter schon aufgestanden?"

„Nein, sie schläft immer noch. Aber du krankes Huhnche' mußt etwas trinken. Der Arzt hat gesagt, daß du trinken mußt."

„Papa, mir ist so kalt."

„Gleich mache ich dir eine Wärmflasche, jetzt mußt du ein paar Schluck aus der Tasse nehmen."

„Jawohl, Papa, aber dann kommt Mutter?"

Antonia seufzte, nahm die Tasse vom Nachttisch und führte sie der Kranken an die Lippen.

„Will sehen, was ich machen kann. Aber nun runter mit dem Zeug!"

Erst nippte Frau Brunteis, dann trank sie mit gierigen Schlucken die halbgefüllte Tasse aus. Ihre Nichte wischte ihr mit einer Serviette über den Mund, stellte das Trinkgefäß ab und strich ihr vorsichtig übers Gesicht.

„So ist es brav."

„Mama!"

„Ja, gleich. Jetzt legen wir uns erst einmal hin und machen die Augen wieder zu."

Antonia sah die Tante noch einen Moment lang an und stand dann auf.

„Nein, mein Herr, hier wird nichts verschenkt!" rief Frau Brunteis in hartem Tonfall.

Die junge Treskow schleppte sich zurück in die Küche und war den Tränen nahe. Sie hatte Angst, pure Angst. Ihrer Tante ging es immer schlechter, sie baute zusehends ab. Tag und Nacht lebte Antonia in Panik, nicht vor dem Tod der Kranken, sondern davor, selbst einfach nicht mehr zu können. Sie fand kaum Schlaf, tiefe dunkle Ringe unter den Augen zeugten davon. Immer wieder war etwas, das sie zu ihrer Tante eilen ließ.

Kraftlos fiel sie auf einen Stuhl in der Küche und stützte den Kopf in die Hände. Vor ihr stand immer noch die Rumflasche, die sie für Johannes aus der Vorratskammer geholt hatte. Die Flasche verdoppelte sich vor ihren Augen. Es war keine Müdigkeit, die sie spürte, es war eher das Empfinden, als könne sie, wenn sie nur wollte, davonschweben. Ihre Glieder waren bleischwer, doch ihr Hirn signalisierte ihr: Flieg.

Ein Schrei gellte durch die Wohnung. Antonia erwachte und fand sich vornübergebeugt auf dem Küchentisch liegend. Sie fuhr sich durch ihr ungekämmtes offenes Haar und rannte los. Vom Anblick im Schlafzimmer bekam sie eine Gänsehaut. Frau Brunteis stand beinahe im Bett und erbrach sich auf die Decke.

Antonia hatte keine Kraft mehr. Am liebsten hätte sie diese Frau, die ihr langsam wie ein Vermächtnis des Bösen vorkam, dort stehen gelassen. Doch nach einigen Sekunden besann sie sich. Sie schaffte die Kranke aus dem Bett, bezog es neu und legte sie wieder hin.

Wie in Trance zog sie eine Spritze auf und gab sie ihrer Tante.

Dann raffte sie die schmutzige Wäsche zusammen und trug sie in das Badezimmer, das sie schon lange nicht mehr benutzt hatte.

Wie eine Schlafwandlerin schlich sie zu dem Schränkchen im Flur, wo das Morphium aufbewahrt wurde. Die vermehrten Gaben hatten den Vorrat an dem Medikament beängstigend rasch kleiner werden lassen.

Die Stunden vergingen in ihrem ganz eigenen Rhythmus. Entweder lag die Sieche apathisch in ihrem Bett oder Schmerzensschreie erschütterten nicht nur die Wohnung. So schien es Antonia wie eine Erlösung, als die Tante in ein Schmerzkoma sank.

Der Arzt kam und sprach davon, daß keine Hoffnung mehr bestünde. Er ermahnte die junge Frau, etwas zu schlafen, und ging wieder. Eine nicht zu beschreibende Anspannung ließ sie jedoch keinen Schlaf finden. Schließlich war heller Tag, und etwas verbot ihr, bei Sonnenlicht Ruhe zu finden.

Der Bahnhof von Königsberg glich an diesem Vormittag einem brodelnden Kessel. Menschen mit Gepäck bis zum Umfang eines Umzuges belagerten die Halle, und es gab kaum ein Durchkommen. Vor allem Wehrmachtssoldaten, teils in Truppstärke zusammenstehend, hielten den Lärmpegel im Bahnhof auf Tollhausniveau. Immer wieder marschierten Soldaten mit genagelten Stiefeln zu den Bahnsteigen und bevölkerten Züge, die zum großen Teil nicht mehr aus Coupés, sondern aus Güterwaggons bestanden.

Militärische Befehle, rasselndes Klappern der Waggontore und puffendes Getöse anziehender Lokomotiven schienen Ediths Schädel zu sprengen. Sie war seit dem frühen Morgen hier, in der Hoffnung, eine Fahrtmöglichkeit nach Pommern zu bekommen. Nun saß sie mutlos neben ihrem Koffer auf dem staubigen Boden, an die Wand neben einem Fahrplanaushang gelehnt, für den sich niemand mehr interessierte. Den Versuch, eine Fahrkarte zu kaufen, hatte sie aufgegeben. Nach langem Anstehen hatte sie erfahren, daß es Fahrscheine nach außerhalb nur noch mit schriftlicher Begründung gab, die zumindest von einem Blockwart unterschrieben sein mußte. Sie konnte, wenn überhaupt, nur eine Rückfahrkarte in ihre Heimatstadt bekommen.

Ein kleines Kind mit einem unförmigen Rucksack auf den schwachen Schultern lief an ihr vorüber und weinte nach seiner Mutter. Sie stand auf, griff ihren Koffer und fing das verlorene Geschöpf ein.

„Na, wie heißt du denn?"
Verweinte blaue Augen sahen sie groß an.
„Robert."
„Und weiter?"
Er streckte ihr seine rechte Hand entgegen, drei Finger waren gereckt.
„Bin so alt."
„Wo hast du deine Mami denn verloren?"
Er drehte sich suchend um und deutete in Richtung der Gleise.
„Da drüben."
Sie nahm das Kerlchen bei der Hand und ging mit ihm an den Bahnsteigen vorbei, in der Hoffnung, eine suchende Mutter nähme ihn gleich in Empfang. Nichts dergleichen geschah, außer daß sie rüde von einem Uniformierten beiseite geschoben wurde, als sie niederkniete, um den Kleinen schneuzen zu lassen. Sie nahm ihm sein Bündel ab, hob ihn auf den Arm, griff ihren Koffer und den Rucksack mit der anderen Hand und ging zu einem greisen Bahnbeamten, der scheinbar teilnahmslos in der Menge stand.
„Entschuldigen Sie, der Kleine hat seine Mutter verloren."
„Na und, jetzt hat er eine neue. So sind die Zeiten eben."
„Aber …"
Er drehte sich um und schob sich zur Halle. Sie sah ihm nach und schüttelte den Kopf.
„Mein Gott, wo sind wir hingekommen!"
Ein harter Knuff traf sie im Rücken. Beinahe hätte sie den Jungen fallen gelassen, und sie drehte sich erbost um.
„Was fällt Ihnen ein!"
Eine Frau mit schmutzigem Haar und einer Kinderschar hinter sich sah sie giftig an.
„Was fällt Ihnen ein, mein Kind an sich zu nehmen?"
Edith setzte den Lümmel ab und drückte ihm seinen Rucksack in die Ärmchen. Dann stand sie auf und deutete mit spitzem Zeigefinger auf die Mutter.
„Halten Sie bloß die Luft an, wenn Sie noch nicht einmal auf Ihre Kinder achtgeben können!"
Die Frau schnappte sich ihr verlorenes Kind, und Edith war verwundert über ihren eigenen Mut.
Erneut ging sie von Bahnsteig zu Bahnsteig. Auf großen Tafeln standen die Fahrtrichtungen der nächsten Züge mit Kreide angeschrieben. Sie blieb vor einer Schiefertafel mit der Aufschrift „Danzig" stehen. Die Lokomotive des Zuges war schon am anderen Ende des Gleises zu sehen. Gellendes Kreischen, und der Zug stand. Das gleichmäßige Puffen der Lok zog Edith magisch an. Sie stand ein paar Augenblicke neben dem dampfenden Ungetüm, und eine Mischung aus Verzweiflung und Courage ließ sie in den Zug steigen.

Erst als er ruckend anfuhr, wurde ihr gewahr, daß sie nicht mehr am Bahnhof stand. Zu ihrer Überraschung war der Zug zwar gut gefüllt, aber es herrschte nicht die drangvolle Enge, die sie erwartet hatte. Minuten später, die Landschaft zog immer schneller an ihr vorbei, wünschte sie sich eben diese Überfüllung, denn die Schaffnerin machte ihre Runde. Prüfte hier und knipste da eine der begehrten graubraunen Hartkartonkarten. Schließlich war sie bei ihr, und Edith starrte ängstlich aus dem Fenster.

„Die Fahrkarte, bitte."

Sie tat, als verstünde sie nicht. Die Schaffnerin beugte sich vor und schrie sie an.

„Fahrkartenkontrolle!"

Edith wünschte, sich in Luft auflösen zu können, zuckte mit den Schultern und lächelte verlegen.

„Ich möchte doch nur nach Hause."

„Und wo ist das?"

„Pommern."

„Haben Sie einen Ausweis?"

Sie nickte und zog das Papier umständlich aus dem ledernen Beutel um ihren Hals. Die Reichsbahnangestellte sah darauf, und ihr Blick wurde grimmig.

„Schloßwalde! Nix da Pommern! Sie sind im falschen Zug!"

„Lassen Sie mich jetzt verhaften?"

Ihr Augenausdruck wurde milder, und sie schob Edith, die vor Angst zitterte, zum Dienstabteil.

„Ich will die Fahrt ja auch bezahlen! Nur, ich muß doch nach Pommern."

Die Uniformierte drückte sie auf einen Sitz und stellte sich breitbeinig vor sie.

„Ich hab' auch 'ne Tochter in Ihrem Alter! Die will nischt lieber als zu ihrem Achim. Ich weiß nich', wie Ihr Anjebeteter heißt, aber so geht das nich'! De nächste Station steigen Se aus, un' denn nischt wie heim! Ihr Verlobter kommt schon, wenn er denn Urlaub hat!"

„Ich muß doch aber nach Stolp!"

„Sin' Se schwanger?"

„Nein."

„Na sehen Se, denn hat das auch Zeit!"

Am nächsten Halt half ihr die Schaffnerin aus dem Zug, stellte ihren Koffer neben ihr ab und zwinkerte ihr zu.

„Se werden ihn schon bald wieder in de Arme ham, den Liebsten. Un' jetzt nischt wie zum Fahrkartenschalter un's Billett gekauft nach Schloßwalde!"

Sie entlockte ihrer Pfeife einen schrillen Pfiff, hob den Arm und winkte dem Lokführer. Der Zug fuhr an, die Schaffnerin sprang auf die Stufe zur Tür und winkte ihr kurz. Dann verschwand sie und zog den Einstieg zu.

Edith stand auf dem Bahnsteig des Provinzbahnhofs und konnte sich nicht über die Freundlichkeit der Beamtin freuen. Sie nahm ihr Gepäck und ging zum Fahrplan. Ein handschriftlicher Zettel wies darauf hin, daß Zugauskünfte beim zuständigen Diensthabenden einzuholen seien.

Ihre Gemütslage war noch schlimmer als ihr Hunger, und sie schlenderte unentschlossen um den Bahnhof herum. Endlich setzte sie sich auf eine Bank, die dem Bahnhofsvorplatz zugewandt war. Nichts regte sich, bis ein Auto vorgefahren kam. Ein Hitlerjunge sprang heraus, eine Papierrolle in der Hand. Aus dem Wagen wurden ihm Kleistereimer und Pinsel gereicht. Er trabte militärisch zackig auf das Bahnhofsgebäude zu und schmierte dick Kleister auf einen Aushang, der an den nächsten Eintopfsonntag gemahnte. Gewissenhaft brachte er das mitgebrachte Plakat an, strich mehrfach mit dem Pinsel darüber und ging einen Schritt zurück, um es sich anzusehen. Edith war aufgestanden und beobachtete den Jungen. In dicken Lettern sprang ihr die Überschrift entgegen.

„Erlaß des Führers über die Bildung des deutschen Volkssturms!"

Der HJler war gerade im Begriff zu gehen, als sie sich an ihn wandte.

„Was hat das zu bedeuten?"

„Heil Hitler!"

Sie erwiderte den Gruß mit hochgerecktem Arm und schaute ihn fragend an. Schlaksig wedelte er mit seinen Armen und zuckte mit den Schultern.

„Na ja, Fräulein, Volkssturm, totale Mobilmachung eben. Jeder deutsche Mann, der 'ne Waffe tragen kann, muß endlich ran!"

„Ist das wie Wehrmacht?"

Er besah sich seine großgeratenen Füße.

„So ähnlich. De Wehrmacht is' bloß 'ne Waffengattung. Gibt ja noch de Luftwaffe un' so, wenn Se verstehen."

„Nein, nicht so ganz."

„Was denn nich'?"

„Sind jetzt Kinder und alte Männer Soldaten?"

Ein Mann winkte ihm aus dem Auto, und der Junge beeilte sich mit seiner Erklärung.

„Endlich könn' wa alle gegen den Feind! Alle Angehörigen vom Volkssturm sin' nu' Soldaten im Sinne von es Wehrgesetz, was heißt, für se gilt im Zweifel das Standrecht. Vor allem für de Drückeberger!"

Sie sah ihm nach, wie er im Galopp zum Auto rannte und darin verschwand. Der Opel fuhr mit dem üblichen Geräusch an, es folgte eine Fehlzündung, und der Wagen brauste davon.

Sie nahm ihren Koffer und folgte einer Eingebung.

Vor der Fahrkartenausgabe des Bahnhofs betrachtete sie den dahinter dösenden alten Mann, der im Gesicht aussah wie eines der Dörrobstmännchen, die man zu Weihnachten bastelt, und diese Vorstellung amüsierte sie. Sie klopfte auf die kleine hölzerne Theke vor der Scheibe und hoffte, daß er ihr endlich die ersehnte Karte nach Stolp ausstellte.

„Heil Hitler."

Sie grüßte und hatte den Eindruck, der Mann sei wieder eingeschlafen. Doch schließlich stand er, wenn auch im Schleichtempo, auf.

„Sie wünschen?"

„Einmal Stolp, ohne Rückfahrt."

„Stolp in Pommern?"

„Genau."

„Ausweis!"

Sie legte ihm ihre Identitätskarte hin, und er besah sie sich lange.

„Schloßwalde! Habe meine Vorschriften!"

„Hören Sie gut zu! Mein Vater ist Ortsgruppenleiter in Schloßwalde und derzeit in Stolp. Ich muß ihn dringend besuchen."

„Wie komm' Se denn dann hierher?"

„Ich bin in den falschen Zug gestiegen."

„Nach Stolp?"

Edith wurde sich ihres Fehlers bewußt und übertraf sich nun beinahe selbst.

„Nein, ich habe den Frühzug von Schloßwalde in die falsche Richtung genommen. Ich war so entsetzlich müde, daß ich erst in Königsberg aufgewacht bin."

„Wo ist Ihre Fahrkarte aus Schloßwalde?"

„Die hat mir der Schaffner abgenommen."

Er bewegte sich wie jemand, der nach hartem Tagwerk gerade auf dem Weg in sein Bett war, und so dauerte es auch mit der nächsten Frage.

„Wie kommen Se denn hier her?"

„Ich muß doch nach Stolp, und so bin ich in den nächsten Zug in diese Richtung gestiegen."

Er sah träumerisch durch sie hindurch.

„Un' warum sin' Se denn hier ausjestiejen?"

„Ich hatte keine Fahrkarte, daher hat mich der Schaffner an die Luft gesetzt. Das Billett hätte ich jetzt gerne von Ihnen."

Er sah nochmals auf ihren Ausweis, und sein Gesicht schien lächeln zu wollen.

„Will sehen, was man tun kann."

„Wie?"

„Frajen Se nich', warten Se! Hier könn' Se doch nich' bleiben."

Er ging langsam in den hinteren Teil des Raumes und ergriff den Telefonhörer. Als er wieder aufgelegt hatte, sah Edith ihn erwartungsfroh an. Er schien immer langsamer zu werden. Schließlich verschwand er in einem Nebenraum und kam gemächlichen Schrittes mit einem dicken Wälzer in der Hand zurück. Er blätterte und befeuchtete immer wieder Daumen und Zeigefinger der rechten Hand. Endlich schien er etwas gefunden zu haben und versenkte sich in seine Lektüre.

Der jungen Frau erschien es ungehörig, den Mann weiter anzutreiben, und so ging sie hinüber zu der einzigen Bank auf dem Bahnsteig. Sie vergewisserte sich, daß er sie auch von seinem Schalter aus sehen konnte, und setzte sich.

Schließlich, nachdem Edith ziemlich hungrig und einigermaßen mutlos war, kam der Beamte aus seinem Häuschen geschlurft und hielt ihr ihren Personalausweis entgegen.

„Fräulein Romeike, jute Nachricht! Ihr Vater is' nich' mehr in Stolp, er is' zu Haus' und schickt sei'm Fahrer, um Se abholen zu lassen!"

Edith entgleiste das Gesicht zu einer Grimasse, die der Beamte als Lachen deutete.

„Na, det is' 'ne Freude, wa'?"

Sie öffnete und schloß den Mund, bekam jedoch vor Entsetzen kein Wort heraus. Er drückte ihr den Ausweis in die Hand und grüßte vorschriftsmäßig, ehe er verschwand und seinen Schalter schloß. Tatsächlich tauchte etwa eine Stunde später Pröck auf. Er hatte Anweisung, sie sofort zurück nach Schloßwalde zu bringen. Edith war so übel, daß sie sich während der Fahrt mehrmals übergeben mußte. Als sie völlig entkräftet wieder in den Wagen steigen wollte, hielt ihr der Chauffeur den Schlag auf und war ihr beim Einsteigen behilflich.

„Na, Se jefallen ma ja jar nich'. Was 'n los, sin' Se etwa schwanger?"

„Mir ist nur nicht gut. Aber könnte ich dich um einen Gefallen bitten?"

„Immer raus damit!"

„Laß mich bitte irgendwo vor Schloßwalde aussteigen und sag meinem Vater, du hättest mich nicht gefunden."

„Denn sin' Se doch schwanger?"

„Nein! Ich möchte nur nicht meinem Vater begegnen."

Er besah sich einen staubigen Fleck auf dem Wagendach, zog reflexartig sein Sacktuch aus der Hosentasche, spuckte darauf und wischte auf dem Lack herum.

„Fräulein, nich' daß Se mir falsch verstehen tun. Se liejen mir, wenn ich mir so 'ne Rede erlauben darf, wirklich am Herzen, aber das jeht nich'."

Edith fühlte sich grauenvoll und sah den alten Mann leidend an.
„Warum?"
„Nu'. Der Bahnhofsvorsteher war anjewiesen von Ihr'm Herrn Papa, ihm sofort telefonisch Meldung ze mache', wenn ich Se abjeholt hab'."
„Der war doch gar nicht da!"
„Macht nuscht, ich hab' meine Anweisung, un' wenn ich die nich' erfüllen tu', denn kostet's mir de Arbeit!"
„Hat mein Vater dir also gedroht?"
„Na nu', so würd' ich das nich' sachen. Aber Befehl is' Befehl!"
„Das kann er, befehlen!"
„Dafür is' er ja auch da."
„Meinetwegen, Pröck. Dann fahre!"
Er schlug die Wagentür zu, und es ging weiter Richtung Schloßwalde, wo sie bei Dunkelheit auf dem Hof hinter dem Haus Romeikes ankamen. Die Sekretärin des Vaters teilte ihr mit, daß er zunächst noch beschäftigt sei. Frau Pawelcke konnte ihre Häme nicht verbergen und sah die junge Frau spöttisch an.
„Die militärische Lage zwingt ihn dazu, sich nicht gleich mit seiner ungezogenen Tochter abgeben zu können."
Edith sah die Frau kalt von oben bis unten an.
„Sie lassen sich zu einem Urteil hinreißen, das Ihnen nicht zusteht!"
„Das verbitte ich mir! Es kam die Nachricht rein, daß die Heeresgruppe Nord gezwungen ist, Estland zu räumen, und nun auf dem Rückzug nach Lettland ist. Sie soll, wenn unser Führer es befiehlt, nach Ostpreußen zurückgenommen werden!"
„Das meine ich nicht!"
Frau Pawelcke zupfte am Kragen ihrer Uniformbluse.
„Was dann?"
Edith drehte sich um und ging ein paar Schritte über den Hof.
„Das wissen Sie genau!"
Die Uniformierte stieß laut hörbar ihren Atem aus und verschwand durch den Nebeneingang im Haus. Der jungen Frau war kalt, und sie war hungrig, was sie dazu brachte, das väterliche Haus zu betreten. Dort sah sie sich sofort Maras Protesten ausgesetzt.
„Jetzt nix essen!"
Sie blieb unter den gestrengen Augen der Polin in der Küche und wärmte sich am Herd, bis ihr Vater plötzlich vor ihr stand.
Er begrüßte sie förmlich und schickte seine Geliebte aus dem Zimmer. Dann brach ein Unwetter aus Vorwürfen und Beschimpfungen über Edith herein, das damit endete, daß sie sich in ihrem Zimmer eingeschlossen fand.
Bittere Erinnerungen schossen ihr durch den Kopf. Ohne Licht anzumachen, setzte sie sich auf ihr Bett und verharrte. Sie wartete,

bis auch das letzte Geräusch im Haus, Maras Kichern aus dem Schlafzimmer Romeikes, verstummt war. Langsam, mit steifen Gliedern erhob sich Edith, öffnete ihren Blusenkragen und zog umständlich den Schlüssel, den sie in der Küche unbemerkt hatte verschwinden lassen, aus ihrem Büstenhalter. Vor innerer Anspannung starr, stolperte sie durch den Raum. Die Furcht, den falschen Schlüssel gewählt zu haben, war übermächtig. So gelang es ihr erst beim dritten Anlauf, den Schlüssel in das Schloß zu bugsieren. Ängstlich drehte sie ihn, und ein sachtes Knirschen verriet, daß er paßte.

Erst als sie aus dem Haus war, wich die Unruhe von ihr, und sie begann ihren Weg. Der nächtliche Marsch nach Treskow war nach dem langen Tag ungeheuer kräftezehrend. Nur der Haß auf ihren Vater und dessen Bettgenossin und die Sehnsucht nach Antonia trieben sie an. Dunkelheit und Kälte machten ihr plötzlich nichts mehr aus. Sie hatte nur ein Ziel vor Augen: ihre Liebste, die hoffentlich bald wieder auf dem Gut erschien.

„Antonia?"

Die junge Frau sah sich um und zwickte sich in den Arm, um sicher zu sein, daß sie nicht mit offenen Augen träumte.

„Antonia!"

Sie stand auf, zog sich an und eilte in das Schlafzimmer. Dort fand sie ihre Tante wach, ja ungewohnt munter und lebhaft.

„Tante, wie geht es dir?"

„Es gibt Fragen, die sind nur schwer zu beantworten."

„Aha."

„Du siehst nicht gut aus."

„Kann sein."

„Was ist mit dir?"

Antonia konnte ihre Überraschung über die plötzliche Vitalität ihrer Tante nicht verbergen.

„Schwer zu beantworten. Aber was ist mit dir? Habe mir ernsthafte Sorgen gemacht."

„Das mußt du nicht. Ich wollte dich die ganze Zeit schon fragen, was du mir so eisern zu verschweigen suchst?"

„Wie meinst du das?"

„Johannes weiß davon. Ich konnte es seinem Gesicht ansehen."

„Gut, ich will offen sein. Ist nicht einfach, dich zu pflegen."

Die kranke Frau sank in ihr Kissen zurück und nickte.

„Dem Tod ins Antlitz zu schauen ist nie einfach."

„Das meine ich nicht. Wie fühlst du dich?"

„Mir geht es gut."

„Kann ich dir etwas bringen?"

„Nein, ich will nur die Wahrheit wissen! Ist deine Mutter immer noch so herrisch?"

„Wie?"

„Sie meint doch immer, daß niemand alles so gut könne wie sie."

„Davon weiß ich nichts."

„Aber ich. Dein Vater hat es mir gesagt. Er meinte, sie wäre besser ein Mann geworden, ein Kaufmann am besten."

„Nur weil Papa, wie du sagst, nicht mit Geld umgehen konnte?"

„Das konnte er wahrlich nicht. Deine Mutter hätte es wohl gekonnt, aber sie durfte nicht. Das hat sie verbittert erstarren lassen. Sie überhäufte deinen Vater unentwegt mit Vorwürfen."

„Wenn sie es doch besser wußte?"

„Man kann sich einen Mann schon erziehen, wie man ihn haben will. Jeder Stiesel läßt sich von einer Frau führen, wenn er nur das eine bekommt."

„Was denn?"

„Die Natur der Männer ist eben so."

„Ach, das meinst du."

„Ja, das."

„Und?"

„Deine Mutter hat August jeden Tag vor Augen geführt, daß er ein Trottel ist. Mag sein, daß er wirklich einer war, aber so bringt eine Frau einen Mann nie dazu, das zu tun, was sie will. Sie muß ihn für bestimmte Dinge loben, ihm das Gefühl geben, er sei der Held in ihrem Leben. Sie hätte deinem Vater seine Pferde lassen sollen! Dann hätte er ihr freie Hand gelassen."

„Er hatte doch seine Pferde."

„Ja, aber deine Mutter haßt Pferde. Wußtest du, daß sie sich vor diesen prächtigen Tieren fürchtet? Sie wollte sie ihm immer ausreden, und er hat dafür ihre Pläne durchkreuzt."

„Und was geht das mich an? Papa ist tot!"

„Auch wenn du jetzt noch schlecht über das Kinderkriegen denkst, wirst du irgendwann einen Ehemann haben. Dazu mußt gerade du als Herrin eines Gutes wissen, wie man die Männer nehmen muß. Sonst reißt er dir alles aus der Hand oder geht fremd! Deine Mutter hat den falschen Weg genommen."

Antonia sah ihre Tante an, die sogar wieder einen Hauch von Röte im Gesicht hatte.

„Danke dir für deine Hinweise, aber ich werde sie nicht benötigen."

„Willst du Treskow aufgeben oder deiner Mutter überlassen?"

„Nein."

„Was dann?"

„Habe meinen eigenen Weg."

„Ehelos bleiben? Kinderlos? Mädel, die Tage, vor allem im Alter, können lang werden, wenn man niemanden hat. Auch wenn sich Mann und Frau streiten, sie sind immerhin füreinander da. Und Kinder, ich selbst hatte ja nicht das Glück ..."

„Werde nicht einsam sein!"

„Wie soll ich das verstehen?"

„Bin schon jetzt nicht mehr alleine."

„Wer ist es?"

„Sie heißt Edith und ist der wundervollste Mensch, dem ich jemals begegnet bin."

Frau Brunteis schloß die Augen, die in dem eingefallenen Gesicht übergroß erschienen.

„Edith, ein schöner Name! Wie sieht sie aus?"

„Sie ist ein Fuchs."

„Hm, rotes Haar ..."

Darüber schlief Tante Emilie ein, und Antonia saß neben ihr wie ein kleines Mädchen, das gerade eine Untat gebeichtet hat.

Als sie aufstehen wollte, fiel ihr der hechelnde Atem der Kranken auf. Frau Brunteis bäumte sich sacht auf und stöhnte. Antonia nahm sie in die Arme. Sie konnte den Kampf spüren, der im Körper der Frau tobte, bis das Ringen endlich vorbei war. Leblos sank der Leib an Antonias Brust.

„O mein Gott!"

Sie fühlte den Puls. Nichts. Sie legte ihren Kopf auf die Brust der Tante und horchte. Stille. In ihrer Verzweiflung schüttelte sie die knochige Frau. Keine Reaktion. Es war vorbei. Völlig außer sich sprang sie auf und lief weinend durch die Wohnung.

„Herrgott, wenn es dich gibt, hilf mir!"

Kein Wunder geschah. Frau Brunteis lag immer noch mit friedlichem Gesichtsausdruck auf ihrem Lager.

Antonia raufte sich die Haare. Sie hätte sich am liebsten die Kleider vom Leib gerissen, so beengt fühlte sie sich, und sie rannte in die Küche. Als könnte die Tote nachkommen, schloß sie sorgfältig die Tür ab und setzte sich auf einen Stuhl. Unruhig sah sie sich um, und ihr Blick blieb an der Flasche auf dem Tisch hängen. Sie hob sie an und führte sie zum Mund, doch der ekelhafte Geruch des Rums ließ sie schaudern. Sie kippte den Inhalt der Flasche in den Ausguß.

Vorsichtig schloß sie die Küchentür wieder auf und eilte zum Telefon. Sie hoffte inständig, daß der Apparat funktionierte. Die Frau, die am anderen Ende der Leitung den Anruf entgegennahm, hatte alle Mühe, aus dem Gestammel schlau zu werden. Doch knapp eine Stunde später stand der gerufene Arzt vor der Tür.

„Heil Hitler!"

Antonia zog Doktor Breuer hastig in die Wohnung und warf die Tür zu.

„Der macht sie auch nicht mehr lebendig!"

Er sah der jungen Frau ins bleiche, verweinte Gesicht. Ihr offenes, kräftiges Haar hing wirr um den Kopf; sie zitterte am ganzen Leib und knabberte aufgeregt an ihrem schon völlig wunden Daumen.

„Kind, legen Sie sich bitte hin."

„Jetzt?"

„Ja, jetzt und sofort! Sie stehen unter Schock, das kann unter Umständen tödlich sein!"

„Aber ..."

„Nichts da! Ich sehe nach Ihrer Tante, und Sie ruhen sich aus!"

Widerwillig befolgte die junge Treskow seine Anweisung und legte sich auf ihr Bett. Nach wenigen Minuten kam er zu ihr und setzte sich auf ihre Bettkante.

„Wir haben es alle überstanden."

„Ist sie wirklich tot?"

„Der Herr hat sie erlöst."

Antonia begann hemmungslos zu schluchzen, und der Arzt nahm sanft ihre Hand.

„Es ist eine Erlösung, auch für Sie."

„Ja, aber ..."

„Fräulein, ruhig. Ich organisiere die Beerdigung. Mit meinen Verbindungen ist Ihre Tante übermorgen unter der Erde, und Sie können sich wieder Ihres jungen Lebens freuen."

„Habe sie sterben lassen!"

„So dürfen Sie das nicht sehen! Sie haben Ihre Tante auf einem schweren Weg begleitet. Ohne Sie wäre es viel schlimmer gewesen für Frau Brunteis!"

„Meinen Sie?"

„Das meine ich nicht nur, das weiß ich aus jahrelanger Erfahrung."

„Was kann ich denn jetzt noch tun?"

Er ließ ihre Hand los und stand auf.

„Ruhen Sie sich aus."

„Mit einer Leiche nebenan?"

„Ich dachte immer, bei Ihnen macht man sich nichts aus dem Tod! Man erzählt sich doch, daß in Ostpreußen der Sarg hochkant gestellt wird, damit man besser tanzen kann."

„Wer sagt denn so etwas? Klingt ja schrecklich."

„Ein Scherz! Ich wollte Sie nur etwas erheitern. Keine Sorge, ich veranlasse, daß Ihre Tante schnellstmöglich abgeholt wird. Wie gesagt, ich mache das schon mit der Beerdigung. Ich brauche nur noch eine Unterschrift von Ihnen. Sie sind doch eine leibliche Verwandte?"

„Die Nichte."

„Glänzend! Dann geht alles seinen Weg. Sie müssen lediglich die Anverwandten informieren, falls Sie oder die Verblichene eine standesgemäße Beerdigung wünschen."

„Wer soll das denn bezahlen?"

Er ging zur Tür und drehte sich um.

„Ich bin sicher, daß Ihre Tante diesbezüglich Vorsorge getroffen hat. Sie wußte ja schon lange, wie es um sie stand. Sehen Sie doch einfach ihre persönlichen Papiere durch."

Der Arzt war kaum gegangen, als Antonia schon wieder auf den Beinen war. Die Suche nach der Hinterlassenschaft war rasch erfolgreich. Sie fand nicht nur alle nötigen Papiere, Geld und ein handschriftliches Testament, sondern auch die Anschriften und Telefonnummern aller, die Frau Brunteis von ihrem Ableben in Kenntnis gesetzt wissen wollte.

Antonia war über alle Maßen froh, daß Doktor Breuer für die Beerdigung gesorgt hatte. Sie hatte schon alle Hände voll zu tun mit den wenigen Trauergästen, vor allem mit denen, die schon am Vorabend angereist waren. Kaum waren die Verwandten in der Wohnung der Verstorbenen, teilte Ferdinand den Haushalt auf. Außer ihm war noch seine wenig umgängliche Verlobte gekommen. Sie hatten den verschollen geglaubten Karl und noch einen Parteimann mitgebracht, der Antonia mehr als unsympathisch war.

Die junge Treskow hatte sich aus allem herausgehalten, was Ferdinand bekanntgab und tat. Von allem, was ihr die Tante vermacht hatte, nahm sie nur ein Album mit Fotografien, eine kleine vergoldete Taschenuhr und etwas Geld an sich. Onkel Ferdinand erwies sich als überkorrekter Mensch und fungierte als Verwalter für die nicht anwesenden Geschwister.

An diesem Morgen waren die übrigen Trauernden angereist, und Antonia schien es wie eine Erlösung, als das sehr schlichte Begräbnis vollzogen war. Ohne Hilfe bewirtete sie in Frau Brunteis' Wohnung all jene, die sich, auf den Wunsch der Tante hin, versammelt hatten. Zu den leiblichen Verwandten und der von Klettwitz gesellten sich noch ein greiser Verleger und ein seniler Buchhändler. Letzterer hielt sie unablässig für die Tochter ihrer Tante, und der Parteimensch, den sie nicht kannte, qualmte in einem fort übelriechende Zigaretten. Ihrer Verbindung zu dem Wirt der Gaststube verdankten die Anwesenden einen deftigen Leichenschmaus.

Das Essen verlief unter frostigem beziehungsweise gefräßigem Schweigen. Antonia hatte gezwungenermaßen die Aufgaben einer Bediensteten übernommen, hatte gekocht und serviert. Tapfer hielt sie sich in dieser Rolle, bis der mit Lametta behängte Parteigänger, sein Name war Rupp, sich erkundigte, wo denn solche Köstlichkeiten herzubekommen seien.

„Wohl schwarz gehandelt?"

Immer noch kauend, blickte ihn Karl verständnislos an.

„Lassen Sie meine Nichte in Frieden!"

Antonia ignorierte die Einwürfe geflissentlich und trug das Geschirr in die Küche. Fräulein von Klettwitz ließ sich herab, mit einer Schüssel zu folgen. Sie stellte die alte Terrine, die aus der Manufaktur Königsberg stammte, hart auf den Küchentisch und sah Antonia auffordernd an.

„Hat unser Fräulein das alles aus dem fetten Ostpreußen mitgebracht?"

„Sie hätten mit Sicherheit auch dies oder jenes mitbringen können!"

Fräulein von Klettwitz plusterte sich auf, doch bevor sie etwas sagen konnte, trat Rupp in die Küche.

„Na, nun heraus damit! Woher stammt die Fettlebe?"

Antonia sah ihn hart an und ging auf ihn zu.

„Kann mich nicht erinnern, Sie eingeladen zu haben! Nun, Sie haben sich hier, aus welchem Grund auch immer, die Wampe vollgeschlagen, das halte ich für genug!"

„Fräulein ..."

„Herr Rupp!"

In voller Absicht ignorierte sie seinen militärischen Dienstgrad.

„Sparen Sie sich Ihre Worte für Ihren Bericht und betrachten Sie Ihren Besuch hier nun für beendet!"

„So, meinen Sie?"

Fräulein von Klettwitz schaltete sich ein und hielt Antonia am Arm.

„Kind! Sie reden sich um Kopf und Kragen!"

„Dann kennen Sie den Herrn da näher?"

„Ja, nun ..."

„Primich! Sie halten es also für notwendig, die Beerdigung meiner Tante von der Partei beobachten zu lassen? Darf ich fragen, welchen Grund es dafür gibt?"

Ferdinand hatte den Disput in der Küche von ferne mitbekommen und gesellte sich dazu.

„Was gibt es denn hier?"

Rupp stellte sich dicht neben Antonias Onkel und stieß ihn beinahe belustigt an.

„Deine Nichte hat ein ziemlich loses Mundwerk!"

„Sie ist eben die Tochter ihres Vaters. Da kann man sehen, was Erziehung ausmachen kann."

Die junge Treskow ließ sich nicht einschüchtern und ging zu Ferdinand.

„Dann sag du mir, was hier gespielt wird!"

Fräulein von Klettwitz belustigte sich.

„Gespielt, Ferdi, hast du gehört? Gespielt!"

Er bedeutete seiner Verlobten zu schweigen.

„Rupp hat seine Anweisungen. Damit muß es genug sein."

„Damit ist genug! Lege die Auflösung des Haushalts von Tante Emilie in deine Hände! Den größten Teil hast du ja bereits gestern erledigt. Meine Schuldigkeit ist getan! Habe deine Schwester in den Tod begleitet, ihr wochenlang zur Seite gestanden und muß ehrlich gestehen, daß mir der Betrieb hier nicht mehr schmeckt. Seht zu, wie ihr ohne mich auskommt!"

„Antonia, du darfst das nicht falsch verstehen."

„Sorge dich nicht darum! Entschuldigt mich! Will packen!"

Fräulein von Klettwitz sprang förmlich auf die junge Frau zu.

„Und uns den Schweinestall hier überlassen? Ha, das könnte dem Fräulein so passen! Man muß sich doch nur einmal die Badewanne ansehen, da graust es einem ja!"

Ihr Verlobter trat neben sie und legte einnehmend seinen Arm um ihre Schultern.

„Laß gut sein, Henriette. Es stimmt, Antonia hat ihren Teil wahrlich getan, aber ich sehe keine Anlaß dafür, daß sie in übertriebener Eile abfährt."

Rupp drehte sich auf dem Absatz um und ging zurück ins Wohnzimmer. Zögernd folgte ihm Henriette von Klettwitz. So war Antonia nun mit ihrem Onkel allein.

„Werde so oder so gehen."

„Das kann ich ja auch verstehen. Aber nun, um ehrlich zu sein, meine Verlobte weiß nichts davon, muß es auch nicht: Rupp ist wegen Karl hier, nicht wegen Emilie oder dir."

„Mag sein."

„Bitte bleib nur noch eine halbe Stunde."

„Wozu?"

„Um gegenüber den beiden alten Herren die Form zu wahren."

„Mein Gott, die kenne ich doch auch nicht."

„Ich ebenfalls nicht. Aber es war Emilies Wunsch, und dem sollten wir Rechnung tragen."

„Na gut."

Antonia folgte ihrem Onkel ins Wohnzimmer. Rupp hatte Zigarren an die Männer verteilt, und Fräulein von Klettwitz hüstelte, ein Spitzentaschentüchlein vornehm vor den Mund haltend. Söder, der Buchhändler, rieb sich immer wieder die knochigen Hände.

„Seit dem 26. August sind alle Verlage geschlossen, für Goebbels' totalen Kriegseinsatz!"

Der Verleger besah sich die Glut seiner Zigarre und schaute dann Söder an.

„Es wird eben jeder Mann gebraucht!"

„Eine Welt ohne Bücher, schrecklich! Emilies Töchterchen findet das bestimmt auch."

„Sie ist nicht die Tochter! Es ist eine Nichte!"

„So ein reizendes junges Fräulein, und die Küche im Hause, die ist auch gar nicht übel!"

Fräulein von Klettwitz hatte sich inzwischen gesetzt und besah sich die junge Treskow, die teilnahmslos im Zimmer stand.

„Trägt man in Ostpreußen nicht Schwarz, wenn man in Trauer ist?"

Antonia hatte weder Interesse für die spitzen Bemerkungen des Fräuleins, noch für das greise Geschwätz des Buchhändlers. Sie fühlte sich nur kraftlos, wie ausgehöhlt. Sie ging zu dem kleinen Tisch neben dem Sessel und nahm wie in Trance die Lieblingsschallplatte ihrer Tante in die Hand. Ferdinands Verlobte stand auf, eilte durch den Raum und legte die Hand auf Antonias Arm.

„Haben wir doch noch Ansprüche?"

Die junge Frau schaute durch sie hindurch.

„Mögen Sie Louis Spohr?"

„Spohr? Ist das nicht ein Jude?"

„Weiß ich nicht! Mögen Sie seine Musik?"

„Judengeklimper, niemals! Sie wissen wohl überhaupt nicht, in welcher Zeit wir leben? Unser Deutschland braucht keine musizierenden Untermenschen!"

Die junge Treskow schob angewidert die Hand der Frau von ihrem Arm und ging mit der Platte hinüber zu dem Verleger.

„Sie sind doch ein gebildeter Mann; unterbrechen Sie mich, wenn ich etwas Falsches sage."

Er nickte ihr wohlwollend zu. Schließlich empfand er die große, kräftige ostpreußische Schönheit als Bereicherung dieser Gesellschaft. Sie drehte sich zu Fräulein von Klettwitz.

„Louis Spohr wurde in Braunschweig geboren und starb nach einem erfüllten Leben als Komponist 1859 in Kassel. Hat, glaube ich, neun Sinfonien geschrieben und brillante Violinkonzerte. Clara Schumann hat ihm ihr erstes und einziges Klavierkonzert gewidmet. Welchen Glauben er hatte, ist nicht überliefert. War eben ein Deutscher!"

Söder stellte sich neben sie und tätschelte ihre Schulter.

„Bravo, Fräulein Brunteis! Glänzende Bildung!"

Der Verleger nickte und stand auf.

„Söder, das Fräulein heißt Treskow!"

„Ach, verheiratet ist sie auch schon. Da kann man, wenn man auch schon ein grauer Esel ist, beinahe neidisch werden."

Ferdinand bemerkte Antonias Unruhe und ging zu ihr.

„Wenn dir etwas an den Schallplatten liegt, nimm sie mit."

„Möchte nur diese. War ihre Lieblingsplatte."

Fräulein Klettwitz' spitze Stimme durchschnitt den Raum.

„Da kannst du ihr ja auch gleich noch das Grammophon dazugeben und das Meißner Porzellan und ..."

„Henriette, ich bitte dich!"

Sie zog sich beleidigt in ihren Sessel zurück und würdigte Antonia keines weiteren Blickes. Nach einer kurzen Verabschiedung von den Anwesenden packte die junge Frau, verließ die Wohnung und machte sich auf den Weg zum Bahnhof. Karl, der sich bisher zurückgehalten hatte, kam ihr nach und bot ihr sein Geleit an. Sie sah den ungewöhnlich schmalen Mann erwartungsvoll an.

„Wie bist du eigentlich hierhergekommen? Von dir hatte ich keine Anschrift."

„Ferdinand hat das irgendwie gedeichselt."

„Und wie?"

„Das kann ich dir im einzelnen wirklich nicht sagen. Er hat mich abholen lassen."

„Aha, abholen."

„Ja, aus der Nähe von Warschau."

„Aus einem Lager?"

Er drehte sich unvermittelt um und sah in die andere Richtung.

„Wie kommst du denn darauf?"

Sie stellte ihren Koffer ab und sah ihm in die Augen.

„Wird erzählt, du hättest es mit Männern. Ist das wahr?"

Er war zutiefst überrascht und verwundert über Antonias Direktheit. Doch ihr Blick, ihre Art, sich zu geben, verriet ihm, daß sie ihm nichts anhaben würde.

„Ja, es ist etwas daran."

„Wie ist es in so einem Lager?"

„Was soll die Frage?"

„Will es eben wissen! Schlimm?"

„Kannst du keine ganzen Sätze bilden?"

„Könnte schon, wenn ich wollte. Also, was ist mit dem Lager?"

„Das geht niemanden etwas an."

„Ach so. Und warum?"

„Weil normale Menschen davon nichts wissen sollen."

„Und was ist normal?"

Er sah sie an, wie sie breitbeinig vor ihm stand.

„Antonia, was willst du?"

„Nur wissen, wo ich vielleicht auch einmal hinkomme."

„Du?"

„Du hast es mit Männern, ich mit Frauen. Reicht das?"

Er hielt sie trotz seiner schmächtigen Gestalt mit eisernem Griff an beiden Schultern fest.

„Behalte so etwas um Gottes willen für dich! Ich war in keinem Konzentrationslager. Aber ich habe welche gesehen, Kind! Das, was ich erlebt habe, war leider auch nicht viel besser. Wenn du eine Neigung zu Frauen hast, laß es bloß niemanden wissen. Die größte Liebe ist dieses Grauen nicht wert!"

„Dann hast du noch nicht wirklich geliebt!"

Er schüttelte sie und begann zu weinen.

„O doch, mehr als du dir vorstellen kannst! Aber noch mehr habe ich gelitten. Ich weiß, wovon ich rede!"

Sie befreite sich, wünschte ihm alles Gute für sein weiteres Leben und eilte davon.

„Wo willst du hin?"

Im Laufen drehte sie den Kopf.

„Muß noch etwas erledigen, dann geht es zurück nach Hause."

„Darf ich dich begleiten?"

„Wozu?"

Er hatte sie eingeholt und hakte sich unter.

„Ich genieße es, frei atmen zu können."

„Willst du weg?"

„Nein, das könnte ich gar nicht, spätestens am Bahnhof wäre meine Flucht zu Ende."

„Aha."

„Hör zu, dieser Rupp ist eine Art Leibwächter, und ich bin froh, ihn einmal für ein paar Minuten nicht sehen zu müssen."

„Kommt er uns nach?"

„Keine Sorge! Ich habe mich korrekt abgemeldet."

„Na, dann komm mit."

„Was hast du denn noch zu tun, hier in der Stadt?"

„Wirst du schon sehen."

Nachdem er ihr den Koffer abgenommen hatte, trottete er wie ein treuer Hund neben ihr her. Schließlich standen sie vor der Gaststube, in der Antonia eine Zeitlang ihr Mittagessen eingenommen hatte. Er stutzte und schüttelte den Kopf.

„Du willst jetzt in eine Kneipe gehen?"

„Dankbarkeit ist eine ostpreußische Sitte, falls du dich nicht daran erinnern kannst."

„Wem willst du denn danken?"

„Halt den Mund und komm!"

Dem Wirt entglitten die Gesichtszüge, als er die junge Frau mit männlicher Begleitung sah. Sofort war er bei den beiden und schob sie in einen kleinen Nebenraum.

„Fräulein Treskow! War etwas nicht zu Ihrer Zufriedenheit?"

„Doch, doch, Herr Heinze, alles in bester Butter. Das ist mein Onkel, er bringt mich zum Bahnhof."

„Dann möchten Sie noch etwas Reiseproviant?"

„Nein, ich will Ihnen nur danken."

„Ach, das müssen Sie doch nicht. Wir ..."

„Doch, das will ich!"

Sie zog das kleine Geldbündel, das aus dem Erbe ihrer Tante stammte, aus ihrer Jackentasche und reichte es dem dicken Wirt, dem wieder der Schweiß auf der Stirn stand.

„Nein! Das nehme ich nicht an!"

„Heinze, seien Sie nicht so! Sonst verteile ich es als Gabe an die Armen im Gastraum."

Er überlegte nicht lange und nahm das Geld an sich.

„Schade, daß Sie gehen."

„Leben Sie wohl."

Er trat nahe an die junge Frau heran, streckte seine tellergroße Rechte aus, und sie schlug ein.

„Es tut mir leid, das mit Ihrer Tante. Wenn Sie mal wieder in Stolp sind, sind Sie herzlich willkommen."

Antonia nickte und entzog ihm ihre Hand. Wortlos ging sie aus dem Raum, und Karl folgte ihr mit dem Koffer. Als sie draußen auf der Straße waren, zupfte er sie kurz am Ärmel.

„Ich verstehe das nicht ganz ..."

„Mußt du auch nicht. Was du heute zu essen bekommen hast, und nicht nur das, verdanke ich dem Mann da."

„Dann war das Bestechungsgeld?"

Sie ging mit großen Schritten weiter.

„Ostpreußische Dankbarkeit! Habe ich doch schon gesagt."

Am Bahnhof machte sie nicht lange Aufhebens, drückte ihm fest die Hand und schickte ihn weg.

Sie war froh, endlich den Klauen der Verwandten entkommen zu sein.

Am Fahrkartenschalter erfuhr sie dann, daß der Zugverkehr seit Anfang September eingeschränkt war. Sechzig Eil- und Schnellzüge waren ersatzlos gestrichen worden. Doch dies hielt sie nicht auf, und endlich, auf allen möglichen Umwegen, erreichte sie Schloßwalde.

28. September 1944 bis 30. Januar 1945

Antonia kam ihr Koffer vor wie aus Blei. Langsam schleppte sie ihn den bekannten Weg entlang und setzte ihn immer wieder völlig entkräftet ab. Es wurde bereits Tag, als sie endlich das heimatliche Gut erreichte. Im beginnenden Tageslicht konnte sie sehen, daß die kalten Nächte das Laub der Bäume herbstlich gefärbt hatten.

In der Hoffnung, keinem Frühaufsteher zu begegnen, trottete sie zum Gärtnerhaus. Kraftlos schob sie die Tür auf und sah die Hinterlassenschaften ihrer Liebsten auf dem Tisch. Eine heruntergebrannte Kerze, einen Brotrest und ein aufgeschlagenes Buch.

Vor Müdigkeit und Kälte zitternd, zog sie sich aus. Eilig kramte sie das seit Wochen getragene Nachthemd aus ihrem Koffer und ging zähneklappernd zur Schlafzimmertür. Vorsichtig zog sie sie auf und sah hinein. Edith lag in seligem Schlummer und nahm das ganze Bett ein. Fast schüchtern setzte sie sich auf die Bettkante und hob die Decke. Ihre Geliebte schnaufte kurz und drehte sich vom Rücken auf die Seite. So hatte Antonia genügend Platz, um unter die Zudecke zu schlüpfen. Ihr kältegeschüttelter Körper nahm sofort die Wärme in sich auf und ließ die junge Treskow, kaum hatte sie sich hingelegt, einschlafen.

Edith hatte im Unterbewußtsein etwas mitbekommen und wurde wach. Sie erschrak heftig, als sie bemerkte, daß jemand neben ihr lag. Schlagartig war sie wach und konnte im Zwielicht das geliebte Gesicht der Freundin erkennen. Antonia war schmal geworden, ihre hohen Wangenknochen traten mehr als gewohnt hervor. Ediths Herz machte Freudensprünge, und sie war kurz davor, die Liebste wachzuschütteln.

„Toni?"

Die Schlafende machte keine Anstalten zu erwachen. Ihre Freundin begnügte sich damit, sich an sie zu kuscheln. Ein ungewohnter, beinahe stechender Geruch verhinderte, daß Edith wieder einschlief. Sie behielt den Wecker im Auge und schaltete ihn kurz vor dem Klingeln aus.

Antonia drehte sich auf die Seite, brummelte etwas und fiel seufzend wieder in Tiefschlaf. Edith wußte, daß sie aufstehen mußte, duldete Frau Treskow sie doch nur auf dem Hof, wenn sie ständig arbeitete. Sie mühte sich, möglichst unbemerkt aus dem Bett zu kommen, raffte ihre Kleider von dem Stuhl neben dem Bett und eilte in die Küche. Leise schloß sie die Schlafzimmertür und zog sich, vor Kälte bibbernd, rasch an. Sie warf noch einen schnellen Blick auf den geöffneten Koffer, der auf dem Tisch lag, und sah die Schallplatte.

„Louis Spohr. Nie davon gehört."

Sie jagte hinüber in die Küche des Haupthauses. Beinahe hätte sie Rudolf über den Haufen gerannt, der seinen Morgenkaffee getrunken hatte und aus der Tür kam.

„Na, so eilig is' de Arbeit auch nich'!"

Sie sah ihn kurz an und umarmte ihn. Er, der solche Gefühlsausbrüche junger Frauen überhaupt nicht gewohnt war, stieß sie rüde zurück.

„Ho, ho! Wo sin' wa denn hier?"

„Rudolf! Ich könnte die ganze Welt umarmen!"

„Mit mir missen Se ausjerechnet anfang'?"

Marie wischte sich die Hände an ihrer Schürze ab und nickte verstehend.

„Dwatschkopp! Heut' wird jefeiert!"

„Habt ihr Weiber nu' alle dem Verstand verloren?"

Die dicke Köchin nahm Edith in die Arme und herzte sie, dabei schaute sie zu Kupinski hinüber.

„Unsre Marjell is' zerück!"

„Es Fräulein?"

Edith drehte sich um und ihre Wangen glühten.

„Antonia ist wieder hier!"

Er konnte sich ein Lächeln nicht verkneifen und schenkte es seinen Stiefelspitzen.

„Na, dem Herrjott sei's jedankt! Is' se jesund?"

„Sie ist mager geworden, aber sonst scheint sie wohlauf zu sein."

Marie klatschte vor Freude in die Hände.

„Ich werd' se schon wieder auffüttern! Wann is' se denn jekomm'?"

„Vor nicht ganz zwei Stunden."

„Un' jetzt schläft se?"

„Wie eine Tote."

Rudolf stapfte zur Tür und drehte sich noch einmal um.

„Marie, was meinste, sollen wa zwei Hühner ...?"

„Nee, laß ma', erst soll de junge Frau ma' wieder zu sich komm'!"

Er nickte und verschwand zu seinem Tagwerk. Als er gerade beim Bulldog war und nach dem Ölstand im Motor sah, kam Matthieu um die Ecke.

„Bonjour, Rüdolf! Sein 'eut' dran die westlische Feld?"

„Morgen, du belgischer Hund! Wo hast du denn gesteckt?"

„Fütter die Pferd', die Schwein' und melk' die Küh'."

„Die Kühe? Wo, beim Teufel, is' denn da Eberhardt, der Schlunz?"

„Liegt noch in die Bett, geht sisch nicht gut."

„Fauler Sack!"

„Bon dieu, ist sisch alter Mann."

„Was bin ich, 'n junger Springer?"

„Wenn isch sehe deine Auge', dann isch seh' eine Leuschten wie bei eine jung' Kerl!"

Rudolf starrte angestrengt auf den wuchtigen Motorblock des Traktors.

„Du wirst's wissen. Jetzt mach dir in die Küche, damit wir loskönnen!"

Sein Hunger war inzwischen der eines mittleren Bären nach dem Winterschlaf, und Matthieu eilte zur Futterstelle in Maries Reich.

Noch bevor er dort irgend etwas zwischen die Zähne bekam, erfuhr er von der Rückkehr Antonias. Er umarmte spontan Marie, küßte sie mehrfach auf beide Wangen und weinte beinahe vor Glück.

„Merveilleux! Dann isch muß nicht mehr schlaf' in die Stall?"

„Se wird wohl nicht mehr lange dauern, de Herrschaft von de Frau Treskow. Dann wirste auch wieder dei'm Bett im Jesindehaus ham."

Radio Königsberg verkündete krächzend die Tageszeit, und Schlagermusik klang sanft durch die warme Küche. Marie stemmte beide Hände in die Hüften und trieb zur Eile.

„Kinder, 's Wetter und da Winter warten nich'! Macht, der Tag is' kurz!"

Es war früher Nachmittag, als Antonia leise in die leere Küche kam. Sie fand einen kleinen Topf mit Suppe, schob ihn auf die immer heiße Platte des Kohlenherds und wartete, bis der Inhalt erhitzt war. Derweil hatte sie einen Bastuntersetzer und einen Löffel aus einer Schublade geholt. Bedächtig trug sie den kleinen Pott zum Tisch, hob den Deckel und begann ohne weitere Umstände zu essen. Marie kam herein und schüttelte den Kopf.

„Ham Se verjessen, wo de Teller sin'?"

Die junge Frau verschluckte sich fast, hustete kurz und stand auf.

„Guten Tag, Marie! Dachte ..."

„Schon jut, setzen Se sich un' essen Se, solang's warm is'!"

„Wo sind eigentlich die anderen? Der Hof ist ja wie ausgestorben."

„Alle bei de Arbeit. Pflügen, eggen, einsäen."

„Auch Edith?"

„Die is' im Schweinestall."

Antonia legte den Löffel beiseite und stand wieder auf.

„Wo?"

„Ausmisten, bei de Schweine. Aber jetzt essen Se doch."

Der jungen Treskow war der Appetit vergangen.

„Wenn ich Rudolf erwische, passiert ein Unglück! Edith zu den Schweinen zu schicken, das ist doch das Allerletzte! Wenn ich den Kerl ..."

„Sin' Se nich' so unjehalten! Er hat Se nich' im Stall jeschickt!"

„Wer dann?"

„Fräulein, essen Se doch erst mal. Se sehen ja aus wie's Elend!"

„Wenn ich mir das hier anschaue, fühle ich mich auch so! Also, raus damit! Wer hat sie zu den Schweinen geschickt? Sollte Mathieus Aufgabe sein!"

„Der arme Kerl hat jenug anderes zu tun. Immerhin füttert er rundum."

„Wie?"

„Nu', er füttert alles, was vier Beine hat."

„Auch die Pferde?"

„Nu', wenn se nich' auf die Weide sin', denn auch die."

„Die Trakehner sind jetzt auf der Weide? Unbeaufsichtigt? Seid ihr denn alle verrückt geworden? Hier gab es doch bestimmt schon den ersten Bodenfrost! Und überhaupt, die Herbstzeitlose und ..."

„Nu', Reif hatten wir morjens schon. Is' ja jetzt auch de Zeit dafir."

„Hatte Edith genaue Anweisungen gegeben wegen der Pferde. Hatte extra dick unterstrichen, daß die Tiere nach Frost nicht mehr auf die Weide sollten, sondern auf die Koppel, wo sie nichts fressen können! Sind doch wertvolle Tiere und nicht irgendwelche Haflinger, die Kraut und Rüben vertragen! Was hat die blöde Kuh dazu gebracht, meine Pferde ..."

„Fräuleinche', de Edith war kreuzunglücklich drieber. Se hat'n janzen Abend heulend hier jesessen, nur wejen de Gäule und Ihr'm Zettel."

„Hat sie nicht verstanden, was ich aufgeschrieben habe? Habe ihr doch gesagt, wenn es Probleme gibt, soll sie Rudolf fragen, der wüßte schon ..."

„Der hat nich' jeheult, der hat sich besoffen wie de Russen."

„Ach, so ist das!"

„Nee, nich' was Se jetzt denken tun! De Edith hat jeheult wejen de Pferde, un' der Schubiak hat sich aus'm gleichen Grund ein' auf de Lampe jegossen. Zwei Taje hat er denn nur klare Brühe jeschlürft, so dwatsch war er."

„Bin ich hier im Irrenhaus? Habe mir die Finger wund geschrieben. Jeden an seinen Platz gestellt. Habe sogar das Bestellen der Felder nicht vergessen. Rudolf hatte Geld und Anweisungen für das Saatgut! Und was finde ich hier vor? Einen Haufen von Renitenten, die alles machen, nur nicht das, was ich ihnen aufgetragen habe! Marie, warum bist du denn jetzt nicht ausreiten?"

„Wie mein' Se?"

„Na ja, wenn hier alles verrückt spielt! Warum nicht auch du?"

Die Köchin nahm Antonia sanft an den Schultern, schob sie zurück zur Bank und drückte sie auf das harte Holz.

„Halten Se jetzt ma' de Luft an. Ich hab' versucht, alle zusamm'zehalten, deswejen bin ich hier, wo ich hinjehör'. Der Matthieu, der wollt' wech, de Kaleins finden. Da Eberhardt steht nur noch jeden zweiten Tag auf, weil er krank sein will. De Edith war wechjelaufen nach Kenigsberch, un' unser Rudolf wollt' im Suff 'em Hof anzünden! Nee, auch wenn Se's vielleicht mein', hier is' kein Narrenhaus! Der Beljier muß im Stall bei de Kühe schlafen. Er is' doch 'n Jefangener, der darf nich' beim Jesinde liejen. Eberhardt, der soll seit neustem ..."

„Ist gut! Habe verstanden!"

„Wirklich?"

„Wenn die Katze aus dem Haus ist, tanzen die Mäuse auf dem Tisch!"

Nun wurde Marie entgegen ihre Wesensart wirklich wütend.

„Nuscht verstehen Se! Un' de Katze, unser Tigerche', davon reden wa erst mal jar nich'! Wir sin' hier Anjestellte, bekomm' unsre Befehle, und de kleine Edith is' 'n unjebetener Gast. So sacht's de Gnädige!"

„Meine Mutter?"

„Wenn wa hier im Irrenhaus sin', denn weil de gnä' Frau das so wünscht."

„Meine Güte, Marie! Warum habt ihr mir nicht geschrieben oder telefoniert?"

„Der Rudolf oder ich, wa jehen nich' am Telefon. Is' uns verboten. Nur Anrufe annehm' darf ich. De Edith hat's heimlich versucht, is' aber nich' unter die Nummer, die Se ihr jegeben ham, durchjekomm', war immer besetzt. Un' de Post mußte unverschlossen durch de Hände von de Gnädige. Was hätten wa denn schrei'm sollen – verschlüsselte Botschaften?"

Antonia hatte ihr Gesicht in beiden Händen verborgen und atmete tief ein und aus.

„Tut mir leid! Habe euch offenbar unrecht getan."

„Noch is' nuscht passiert. De andern auf'm Hof sin' schon janz aus'm Häuschen, daß Se wieder hier sin'. Sojar da Eberhardt is' aus sei'm Bett jekrochen. Nur ..."

„Marie, wie lange waren meine Pferde auf der Weide? Meine, nachdem es Frost gegeben hat?"

„Fast jedem Tag. Ihre Frau Mama hat jesagt, so sparen wir wertvolles Jetreide."

„Aber der Hafer soll doch für die Pferde sein, dafür haben wir ihn doch geerntet! Das war immer so!"

„Frau Treskow sacht, daß er verkauft wer'n kann, an de Wehrmacht, de bräuchten jedes Korn zur Vaterlandsverteidijung. Unsre Rösser wären nur unnütze Fresser."

Die junge Frau stand auf und ging eine Weile in der Küche auf und ab.

„Edith war in Königsberg?"

„Mein Jott, was hat de Marjell jelitten, weil Se weg waren. Es jeht mir ja nuscht an, aber Se is' 'ne treue Seel'. Die steht Ihn' noch zur Seite, da ham Se schon alles andre verloren! Nich' des Se mir falsch verstehen, ich will janz ehrlich nuscht unterstellen, aber de Edith, de liebt Se noch mehr, als wir alle auf'm Hof zusamm'."

Antonia schloß die Augen und unterdrückte ihre Tränen.

„Was ist mit Königsberg?"

„Ihre Frau Mutter wollte se nich' länger auf'm Hof ham. Un' wo sollte er denn hin, da kleine Joldengel? Da is' se e'm auf un' davon nach Kenigsberch."

„Marie, ich muß an die Luft! Wo sind meine Pferde denn jetzt gerade?"

„Ich kann's Ihn' nich' sagen."

Die junge Treskow verließ die Küche und rannte in den Stall. Das einzige Pferd, das einstand, war Ludger. Der Wallach sah elend aus, die Einstreu in seiner Box war zerwühlt. Sie trat an ihn heran und beruhigte ihn. Der Bauch des Pferdes war angeschwollen, und aus den Nüstern floß dicker Rotz.

„Ludger, na du Kleiner, jetzt kommt alles wieder in Ordnung."

Sie befühlte den aufgedunsenen Leib des Tieres und besah sich seine Futterstelle. Sie war leer. Erbost verließ sie den Stall und ging mit großen Schritten zurück zum Haus. Auf jeder Treppenstufe zum Eingang schwor sie Rache. Energisch durchquerte sie die Halle und blieb vor der Tür zum kleinen Salon stehen.

„Nett, daß du zurück bist."

Antonia konnte sich nur mit Mühe zurückhalten.

„Mama, was soll das?"

„Kind, wie geht es dir? Diese entsetzliche Person ist offenbar nicht mehr, oder lebt sie noch?"

„Ist in meinen Armen gestorben."

„Wie heldenhaft von dir. Hat sie dir etwas vererbt?"

„Nein! Selbst wenn, ginge dich das nichts an."

„Das dachte ich mir."

„Mir egal! Was geht hier vor?"

„Was meinst du?"

„Weißt du ganz genau!"

„Ich habe im Interesse des Gutes gehandelt."

„Nimm solche Worte nicht leichtfertig in den Mund! Ich weiß inzwischen mehr, als du glaubst."

„Aus dem Lügenmaul dieser Buchhändlerin oder aus der Gesindeküche? Deine Tante war immer nur begierig, deinen Vater gegen mich aufzuhetzen."

„So! Meinst du?"

„Ja, sie war keine Gläubige, und wer nicht an den Herrn glaubt, ist des Teufels!"

„Wenn du denkst, über eine Tote urteilen zu müssen, dann ist das auch nicht im Sinne des Herrn! Laß ihr ihren Frieden, sie hat ihn verdient."

„Ihr werde ich nach dem Jüngsten Gericht bestimmt nicht mehr begegnen müssen."

„Mit Sicherheit nicht, zwischen euch liegen Welten, auch nach dem Tod! Sie achtete lebende Kreaturen, du nicht! Wo das hinführt, mußt du mit dir, dem Herrn und deinem Gewissen ausmachen!"

„Du führst lose Reden!"

„Meinst du? Dann wäre es besser, du setzt dich, bevor ich weiterspreche!"

„Es gibt nichts zu besprechen!"

„Hättest du wohl gerne! Aber du hast dich hier auf dem Hof zum Herrn erkoren, aus welchem Grund auch immer. Du hast die Angestellten dazu gebracht, sich meinen Anordnungen zu widersetzen! Ich bin, falls du es vergessen haben solltest, Herrin über Treskow."

„Das hat dem Gut nur Gewinn gebracht. Sieh dir die Bankauszüge an!"

„Was hast du mit den Pferden gemacht?"

„Tiere sind Tiere, die können für sich selbst sorgen."

„Du hast also bestimmt, daß sie ..."

„Pferde sind nur Spinnerei! Sie sollten entweder der Wehrmacht zugeführt werden, wie es befohlen ist, oder geschlachtet, um Nahrung ..."

„Schweig!"

„Du bist ein Phantast, wie dein Vater!"

„O nein, werte Mutter, diesen Schuh ziehe ich mir nicht an! Bin nicht mein Vater, auch nicht mein Großvater! Ich bin Antonia! Schuldzuweisungen, für was auch immer, mußt du mit deinem Herrgott ausmachen. Ich habe vieles erfahren, als ich weg war! Und soviel ist klar: du versuchst an mir etwas abzuarbeiten, das mit mir nichts zu tun hat!"

„Aber jetzt sind wir wieder wer! Das Konto ist in den schwarzen Zahlen. Wir sind wieder angesehen!"

„Derweil schläft die beste Arbeitskraft auf diesem Gut in irgendeinem Stall, die Pferde müssen gefrorenes Gras fressen, und die restliche Welt unterliegt deiner Tyrannei. Nein, das ist nicht Treskow, das ist die Hölle auf Erden!"

„Du bist ungezogen! Ich habe eben gespart, wo es ging."

„Und wo war das?"

„Kartoffeln für die Untergebenen, so war das früher auch! Fleisch gibt es nur an Feiertagen oder für die Herrschaft. Das Vieh, das Geld bringt, wird reichlich versorgt, und unnütze Fresser müssen eben sehen, wo sie bleiben."

„Du spielst also Herrgott auf Erden!"

„Du bist anmaßend! Das wird dir ..."

„Nichts wird mir! Bin erwachsen geworden! Kann Gut und Böse inzwischen auseinanderhalten. Deine Machtgelüste mußt du mit dir ausmachen. Treskow steht nicht mehr zu deiner Verfügung!"

„Du treibst den Hof in den Ruin, wie dein Vater!"

Sie sah ihre Mutter nur kalt an und empfahl ihr, ihr künftig aus dem Weg zu gehen, da sie sonst ernsthaft daran dächte, sie mit einer Pension zu ihrer Familie zu schicken. Frau Treskow sah ihre Tochter verächtlich an.

„Du hast dich mit dem rothaarigen Weib da eingelassen! Stimmt doch? Du bist schlimmer als Vieh, das ..."

Antonia verzog den Mund, und ihr war danach, vor ihrer Mutter auszuspucken.

„Geh mir aus den Augen, eh ich mich vergesse!"

„Aber ..."

„Schluß! Treskow ist kein Arbeitslager! Hier gibt es keine Hungerkost, weder für Mensch noch für Vieh!"

„Das wirst du noch bereuen!"

„Werden wir sehen! Nur eines noch, laß die Finger von Edith!"

Antonia ließ ihre Mutter stehen, eilte aus dem Raum und stand vor Erregung zitternd in der Halle. Dort sammelte sie sich und ging langsam zur Tür, die in die Küche führte. Tief seufzend trat sie in den dampfig warmen Raum und fand dort alle am Tisch versammelt, auch die langvermißte Liebste saß rotwangig auf der Bank. Alle sahen sie erwartungsfroh an, und Rudolf brachte ihre Freude zum Ausdruck.

„Grundjütiger, was sin' wa froh, Se wieder hier ..."

„Herrschaften, mir wäre ehrlich gesagt danach, einfach wieder zu verschwinden. Das Leben ist in den letzten vier Wochen hart mit mir umgesprungen, und die Verhältnisse hier sind eher zum Heulen. Ihr habt alle getan, was von euch verlangt wurde, aber ich bin mehr als unglücklich darüber. Eine bewährte Ordnung ist durch eine neue, scheinbar effizientere ersetzt worden. Mit dem kleinen Unterschied, daß sich niemand mehr wohl fühlt. Ihr habt bereitwillig alles, was ich euch aufgetragen habe, geändert, obwohl ihr es besser wußtet. Ihr könnt jetzt sagen, es war alles Befehl, aber

Treskow ist nicht irgendein Befehl. Treskow ist und bleibt Heimat für uns alle. Damit meine ich Mensch und Tier. Eine so große Wirtschaft verträgt kein Gegeneinander. Begreift doch, daß nicht jeder, der sich plötzlich mächtig fühlt, es auch ist!"

Marie stand in der Mitte der Küche und begann zu weinen.

„Fräulein Antonia, als de gnä' Frau hat mein Tigerchen umbring' lassen, da war mir danach, ihr alles vor de Füße ze schmeißen!"

„Sie hat den Kater ...?"

Rudolf nickte traurig.

„Ich mußt' 'm hinmachen!"

„Ist ja unglaublich! Nicht jeder Befehl ist eben ein guter Befehl!"

„Se ham ja so recht! Nich' nur fürs Jut, sondern überhaupt. Wie de Schafe, de dumm jenug dafir sin', renn' wa in unser Verder'm. Essen nuscht, obwohl jenug da is', lassen alles aus'm Ruder laufen, nur weil einer sacht, es is' jut so. Mein Jott, ich hab' 'm nu' begriffen, dem Unterjang!"

Rudolf stand auf und steckte sich seinen billigen Stumpen zwischen die gelben Zähne.

„Was 'n nu' los?"

Marie sah ihn an und wischte sich mit einem Schürzenzipfel die Tränen vom Gesicht.

„Ihr Männer, ihr versteht doch von nuscht nischt!"

Der Badeofen knackte vor Hitze, und Antonia besah sich den aus der Wanne aufsteigenden Dampf. Sie planschte sacht mit den Händen im warmen Wasser und räkelte sich. Es war ihr, als könne sie endlich alles in den letzten Wochen Erlebte von sich waschen. Die Geräusche des Ofens übertönten das zaghafte Klopfen an der Tür.

„Antonia?"

Die junge Frau setzte sich auf und lauschte.

„Ist da jemand?"

„Toni, ich bin es."

„Komm herein. Ist nicht abgeschlossen."

Doch die Tür blieb zu.

„Ich wollte nur fragen, wie lange du noch ..."

„Edith, bitte komm rein, bevor meine Mutter dich sieht!"

Zögerlich betrat Antonias Geliebte das Badezimmer und schloß die Tür ab. Sie ging rasch zu der gußeisernen, weißemaillierten Wanne, die auf vier schnörkeligen Füßen beinahe in der Mitte des Raums stand.

„Die unten sind glücklich wie die Kinder, daß du wieder hier bist."

„Das vergeht, schließlich müssen sie auch bei mir arbeiten."

„Arbeit macht den Menschen hier nichts aus. Ich habe noch nie Leute so rackern sehen wie Rudolf und Matthieu. Die Kerle könnten alleine eine ganze Kuh aus dem Stall tragen, wenn es sein müßte."

„Weiß ich."

„Du würdest ihnen dann auf die Schulter klopfen."

„Ja, und?"

„Das haben sie vermißt."

Antonia nahm zwei Hände voll Wasser und warf es sich ins Gesicht.

„Warum schaust du eigentlich die Wand an?"

„Es ist schon unhöflich genug, dich hier zu stören."

„Denkst du?"

„Ja! Ich werde auch gleich wieder gehen, ich wollte dich nur fragen, wann du hinüber kommst."

Antonia nahm ihre Hand aus dem warmen Wasser und streckte sie ihrer Liebsten entgegen.

„Komm her!"

„Aber ..."

„Komm!"

Edith ging gesenkten Hauptes zur Wanne und legte ihre kühle Hand in die der Angebeteten.

„Schau mich an."

Edith hob den Kopf, ihr Blick glitt über das Wasser, unter dessen Oberfläche deutlich der schlanke Körper ihrer Freundin zu erkennen war.

„Wie war es bei deiner Tante?"

Antonia legte den Zeigefinger vor den Mund und lächelte.

„Liebst du mich noch?"

„Wie kannst du so etwas fragen? Die ganze Zeit, in der du weg warst, wußte ich nicht, wo mir der Kopf steht. Ich liebe dich, Toni. Ich liebe dich mehr als irgend etwas anderes auf der Welt!"

„Ich dich auch!"

„Dann komm jetzt heraus."

„Komm du rein!"

„Wie?"

„Zieh dich aus und steig zu mir in die Wanne."

„Nein!"

„Warum nicht?"

„Ich kann nicht."

„Wieso?"

„Ich habe kein Handtuch dabei."

„Weiß, wo welche sind."

„Toni, bitte nicht."

„Es ist wunderbar hier im Wasser."

Edith sah an die Decke und spürte Angst und Erregung zugleich.

„Du meinst, ich soll ..."

„Sag nichts, komm einfach!"

Die kräftige Rothaarige suchte etwas, womit sie sich bedecken konnte, und zog sich dann in Windeseile aus.

„Augen zu!"

Ihre Freundin nickte und schloß die Augen. Patschende Füße und ein stiller Seufzer ließen sie die Augen wieder öffnen. Edith stand wie die schaumgeborene Venus, einen Arm vor die vollen Brüste haltend, in der Wanne und setzte sich langsam.

„Ist angenehm?"

„Ein bißchen heiß."

Antonia setzte sich auf und besah ihre Liebste.

„Bist wunderschön."

Edith rutschte verlegen hin und her. Der Ablaufstöpsel machte sich unangenehm an ihrem Po bemerkbar.

„Du hast abgenommen."

„Meinst du?"

„Ja."

Antonia streckte beide Hände nach ihr aus.

„Komm her und zeige mir wo."

„Nicht! Ich habe doch gar keinen Platz da drüben."

„Wäre einen Versuch wert."

Edith griff schüchtern nach den Händen der Freundin und ließ sich hinüberziehen. Antonias Kopf verschwand kurz unter der Wasseroberfläche, während ihre Liebste versuchte, ihre Beine in die andere Richtung zu wenden. Prustend tauchte Antonia wieder auf und strahlte ihre Geliebte mit blitzenden Zähnen an. Die rutschte, soweit es ihr möglich war, an die Seite.

„Siehst du, wir haben so keinen Platz."

Antonia griff mit nassen Händen in das üppige rote Haar und löste geschickt den geflochtenen Zopf.

„Toni."

Sehnige warme Hände glitten über ihr Gesicht und streichelten sanft Augenbrauen und Wangen.

„Sag nichts!"

„Aber ..."

Weiche Lippen verschlossen ihren Mund und lösten die Anspannung in ihrem Rücken. Nur noch ein dünner Wasserfilm trennte die Körper der beiden Frauen. Edith erschien es, als würde das Wasser immer heißer. Antonias Hand glitt auf den weichen Po der Geliebten und hielt ihn fest. Gleichzeitig öffnete sie die Schenkel und schob ihr Knie zwischen Ediths Beine.

Die spürte Antonias Schamhaar auf ihrem Oberschenkel und erschrak ein wenig über die gleichmäßig drängende Bewegung von Antonias Unterleib.

„Toni, nicht, ich ..."

Lippen und eine fordernde Zunge beendeten den Satz. Nun war alle Furcht vergessen. Edith wünschte, ihr Mund würde sich niemals wieder aus diesem Kuß lösen. Sie spürte ein unsägliches Verlangen nach mehr, nach der Erfüllung all ihrer Wünsche.

Seufzend suchten die Münder immer wieder nach neuerlicher Begegnung. Das Wasser diente nun als Kühlung für die erhitzten Leiber und plätscherte aus der Wanne. Ekstatisch umklammerte Edith den Schenkel der Freundin. Die Lippen fest aufeinandergepreßt, schienen sie das Atmen für unnötig zu halten. Antonia folgte den Bewegungen der Geliebten und küßte ihr Gesicht. Mit ihrer weichen Zunge brachte sie den süßen Mund dazu, sich zu öffnen. Rasches Keuchen gipfelte in einen verhaltenen Schrei. Edith erschrak über sich selbst, doch Antonia ließ ihr keine Zeit zum Nachdenken. Sie nahm fordernd Ediths rechte Hand und schob sie hinunter zum Zentrum ihrer Leidenschaft. Es dauerte nur Augenblicke, bis Edith begriff, was von ihr erwartet wurde, und sie bebte unter dem lustvollen Rhythmus ihrer Freundin. Antonia schluckte immer wieder Wasser, was sie nicht davon abhielt, ihre wollüstige Taktfolge noch zu erhöhen und Ediths Finger, die ihr in inniger Liebe gehorchten, dazu zu bringen, in ihre heiße, feuchte Höhle des Sehnens zu dringen. Sie prustete, dem Ertrinken nahe.

„Komm! Bitte komm! Jetzt!"

Edith fühlte die Spannung in Antonias Körper und hob instinktiv den Kopf der Liebsten ein Stück über die Wasseroberfläche. Ein gedehnter Seufzer drang an ihr Ohr, und sie fühlte, daß die über alles Geliebte zum gleichen Ziel gekommen war wie sie selbst wenige Minuten zuvor.

Die beiden jungen Frauen setzten mit ihrem Liebestaumel das Badezimmer gehörig unter Wasser.

Schließlich lag Edith völlig entkräftet mit dem Rücken auf dem Wannenboden, und Antonia tauchte immer wieder, um den Körper der Geliebten mit Küssen zu bedecken. Die hatte kräftige Lungen, und ihre Tauchgänge wurden immer länger. Das Hinterteil weit in die Höhe gereckt, versenkte Antonia ihr Gesicht im Schamhaar der Freundin und forderte sie zu neuerlichem Luftanhalten. Doch ihr Atem reichte nicht, und Edith schob unruhig ihren Unterleib im Wasser hin und her. Antonia sah kurz auf, die Augen der Liebsten waren geschlossen, und ihr Haar hing naß und wirr über ihrem Gesicht. Die junge Treskow griff hinter sich, zog den Ablaufstopfen heraus und tauchte erneut zur Mitte der Lust. Gluckernd und gurgelnd floß das Wasser ab, und Edith schöpfte jammernd endlich wieder Luft. Lange Zeit war ihnen nicht bewußt, daß die Wanne leer war. Erst ein energisches Klopfen an der Badezimmertür holte die beiden in die Realität zurück.

„Antonia?"

Die junge Frau sah auf und blickte gegen den Badewannenrand.

„Mutter?"

„Wie lange willst du denn noch das Badezimmer blockieren?"

„Gleich fertig!"

Edith kicherte, Antonias nasses langes Haar hatte ihr Gesicht gestreift.

„Ist da noch jemand?"

Antonia hatte immer davon geträumt, im Winter in einer Halle reiten zu können. Dressur war eine ihrer Leidenschaften, die niemand so recht verstehen konnte. Wenn schon Pferde, dann doch zumindest Springpferde oder besser noch Galopper. Ohne Zweifel liebte sie den freien Ritt auf einem Hengst, der vor ungestümer Kraft gar nicht schnell genug laufen konnte. Doch die Versammlung, das Konzentrieren auf den Punkt, auf winzige Bewegungen, hatten es ihr angetan, seit sie vor Jahren bei einer Hengstschau mit Körung eine Frau hatte Dressur reiten sehen. Das Können, ein Pferd zum Tippelschritt oder zur dauerhaften Seitwärtsbewegung zu bringen, hatte ihr imponiert.

Eine Halle, gar eine Reithalle, neu zu bauen war zu kostspielig, und so maß sie mit großen Schritten ein leerstehendes Gebäude ab, das ihr mit einer Seitenhöhe von mehr als vier Metern geeignet erschien. Edith kam zu ihr und guckte neugierig zu.

„Was tust du denn hier?"

„Vermessen."

„Aha. Und wozu?"

„Ich brauche mindestens zwölfeinhalb auf fünfundzwanzig Meter."

„Für Schweine oder Kühe?"

„Für Pferde."

„Ein neuer Stall? Der alte steht doch zu mehr als der Hälfte leer."

„Nein, diese Größe ist das Mindesthufschlagmaß."

„Hufschlag?"

„Für eine kleine Reithalle. Am besten wären zwanzig mal sechzig Meter. Optimale Größe für Dressurarbeit."

„Wen willst du denn dressieren?"

Antonia hörte auf zu zählen und blieb stehen.

„Dressieren kann man Hunde oder Bären. Dressur! Ich meine reiten."

„Ich habe einmal Bilder in einer Illustrierten gesehen, da standen die Pferde auf ihren Hinterbeinen. In Wien war das, glaube ich."

„Hofreitschule. Das sind Lipizzaner, wundervolle Tiere, gut zu versammeln."

„Besser als deine Trakehner?"

„Niemals! Nur eben anders, das verstehst du aber nicht."

„Nein, tu ich auch nicht, du hast doch kilometerlang Auslauf mit deinen Pferden. Wald, Wiese und Moor."

„Edith, Pferde sind anspruchsvolle Tiere."

„O ja, das habe ich gemerkt, als du weg warst. Die merken ganz genau, wenn einer mehr Aufmerksamkeit bekommt als der andere."

„Ja, eben. Und ein Pferd braucht nicht nur bloße Bewegung, dafür kann man es auch an der Longe im Kreis rennen lassen. Es braucht eine Aufgabe. Diese Tiere sind ungeheuer gelehrig, und wenn man sie nicht fordert, dann verblöden sie, wie ein Mensch, der immer nur im Kreis rennen darf."

„Und dafür brauchst du eine Halle?"

„Du weißt, daß die Winter bei uns unglaublich kalt sein können. Da muß ein Pferd entweder immer streng in Bewegung sein, wenn es draußen ist, oder man geht eben mit ihm in eine Halle."

„Ihr hattet doch früher auch keine Halle."

„Aber genug Leute, um auszureiten oder zu longieren. Mein Vater war immer peinlich darauf bedacht, daß alle Pferde ausreichend Bewegung hatten. Ist wichtig, schon wegen der Gelenke."

„Und du willst sie jetzt alle auf einmal in einer Halle dressieren, auf den Hinterbeinen zu stehen?"

Antonia lachte laut und stieß ihre Geliebte freundschaftlich an.

„Kann es ja mal versuchen! Damit könnte ich dann in Berlin im Zirkus auftreten."

„Nein, ich meine ganz im Ernst ..."

„Also. Will nicht alle auf einmal dressieren, sondern den Tieren im Winter einen geschützten Auslauf bieten und mit ein oder zwei von ihnen mit der Dressur beginnen. Brick zum Beispiel ist aufmerksam und gelehrig genug, um es zu etwas zu bringen."

„Tarantino nicht?"

„Der ist ein Renner. Aus dem Kraftpaket würde ein guter Galopper, wenn wir Zeit und Geld genug hätten."

„Und die anderen?"

„Die darfst du bewegen."

„In der Halle?"

„Mit Spiegel, damit du dich einmal selbst siehst und endlich den Rücken gerade machst auf dem Pferd."

Rudolf sah die beiden Frauen von ferne neben dem ehemaligen Jungbullenstall stehen und trottete zu ihnen hinüber.

„Nuscht zum tun?"

Antonia sah ihn lächelnd an.

„Hier entgeht niemand der Arbeit, wenn Kupinski im Anmarsch ist."

„Ham Se sich noch mal ums Saatjut jekümmert?"

„Liegt alles vorn in der Scheune."

Er sah das große Gebäude an und zuckte mit den Schultern.

„Wollen Se wieder Bullen einstellen?"

„Um Himmels willen, bloß nicht!"

„Was machen Se denn dann hier?"

Sie scharrte mit ihrem Stiefelabsatz im grasüberwucherten Spalt zwischen zwei Pflastersteinen.

„Weißt du zufällig, wie groß das Gebäude ist?"

„Nu', da muß ich überlejen. Ihr Großvater war ja janz verrückt mit de Jungbullen. Frieher stand hier 'n kleiner Kälberstall, da mußte was Neues her. Mit Platz und Licht und allem Drum un' Dran."

„Hast du mitgebaut?"

„Immer mittenmang! Damals hatt' ich noch meine beide Händ'. Rinjespuckt un' Steine jeschleppt. Schwuppdiwupp konnte der Zimmermann komm'."

Edith sah den alten Mann mitleidsvoll an.

„Dann ist die Hand im Krieg geblieben?"

Rudolf zog einen kalten Stumpen aus seiner ausgewaschenen Arbeitsjacke und steckte ihn in den Mund.

„Nee, die hat der Häcksler auf'm Jewissen."

„Das tut mir leid."

„Muß es nich'."

Antonia trat unruhig von einem Bein aufs andere.

„Wie groß?"

Kupinski sah die Außenwand auf und ab, kaute auf seiner zerfransten Zigarre und nickte.

„Zwanzig mal fuffzig."

„Mist!"

„Was 'n nu' los?"

„Zu kurz!"

„Für de Bullen?"

Edith stieß den Mann kurz an.

„Sie will eine Reithalle daraus machen."

„'ne Halle für Pferde? So eine mit Sand drin un' Bretter an de Seiten, damit den Gäule nich' zu nah an de Wände komm'? Eine mit 'm Spiejel, damit sich de vornehm' Dam' in'n schicken Reitkostüme angucken könn'?"

Antonia verzog das Gesicht und nickte. Rudolf nahm den Stumpen aus dem Mund und lachte. Er schlug sich mit seiner intakten Hand auf den Schenkel und lachte noch im Weggehen.

Romeike lehnte sich zurück und sog genüßlich an seiner dicken Zigarre. Es war ihm zuviel, wie Mara die kleine Polin anschrie, die ihr offenbar nicht schnell genug das Geschirr vom Mittagessen abräumte.

„Ruhe!"

Die schlanke Polin sah ihren Gönner keck an.

„Du sagen immer, wenn Polackenpack zu faul, dann muß man treten im Arsch."

Er stand auf, ging wortlos an ihr vorbei und zog sich in sein Büro zurück. Dort hoffte er seinem bis zum Platzen gefüllten Bauch endlich die nötige Ruhe gönnen zu können. Die Zigarre zwischen den Zähnen, griff er sich eine Meldung vom Schreibtisch und ließ sich in einem Sessel nieder. Schmauchend las er die wenigen Zeilen, und fette Zufriedenheit stand ihm im Gesicht.

„Düna und Rigaer Bucht ohne größere Kampfhandlungen. Wir werden der Bolschewikenbrut schon noch zeigen, wo der Hammer hängt!"

Etwas später klopfte es, und Frau Pawelcke trat ein. Ihr stockte der Atem. Der Qualm des Stumpens hatte sich mit den Darmgasen des Ortsgruppenleiters auf unerträgliche Weise gemischt. Sie hielt die Luft an und warf sich in die Brust.

„Ortsgruppenleiter, Frau Treskow wünscht Sie zu sprechen."

Romeikes friedliche Züge wichen einer Grimasse.

„Was will die denn?"

„Das wollte sie mir nicht sagen."

„Schicken Sie sie rein."

Die Pawelcke nickte und eilte aus dem Arbeitszimmer, froh, dem Dunst entkommen zu können.

„Der Ortsgruppenleiter läßt bitten."

Frau Treskow klopfte höflich an und wurde mit schroffer Stimme hereingebeten. Romeike stand neben seinem Schreibtisch und mühte sich verärgert mit dem obersten Knopf seines Uniformrocks.

„Heil Hitler!"

Er ließ den Knopf Knopf sein und grüßte zurück.

„Was liegt nun wieder an, Sieglinde?"

Sie war ein wenig konsterniert darüber, daß er ihr keinen Platz anbot, und stand, ihre Handtasche mit beiden Händen festhaltend, nahe bei der Tür.

„Edith."

Er setzte sich auf den Stuhl hinter seinem Schreibtisch.

„Es schien mir damals dein Wunsch zu sein, sie zu beherbergen."

Der Geruch im Zimmer löste Übelkeit bei ihr aus.

„Darf ich mich setzen?"

„Bitte."

„Danke."

Frau Treskow schob einen Stuhl vor den Schreibtisch des Parteileiters und setzte sich geziert, die Handtasche auf den Knien.

„Man könnte vielleicht ein Fenster öffnen."

„Bei der Kälte? Hast du die fliegende Hitze?"

„Nein! Wie auch immer, zurück zum Thema!"

„Edith und dein Wunsch ..."

„Es war keinesfalls mein Wunsch! Es war ein Versuch."

„Ja, und?"

„Es wäre an der Zeit, daß du deiner Tochter verdeutlichst, wo ihr Heim ist."

„Willst du mir sagen, was ich zu tun habe?"

„Keineswegs! Ich möchte nur zum Ausdruck bringen, daß sie auf Treskow nicht guttut."

„Mir hat sie erzählt, daß sie Tag und Nacht schuften muß. Das ist doch nur zu deinem Vorteil."

„Heißt das, daß du deine Tochter bei mir als verdingt ansiehst?"

„Als Magd, das könnte dir so passen! Ich rate dir, dich nicht zu weit aus dem Fenster zu lehnen!"

„Wie?"

„Es könnte deinen Absturz bedeuten!"

Frau Treskow stand auf und sah auf Romeike herab.

„Willst du mir drohen? Du? Fritz, das ist geradezu lachhaft! Wenn ich wollte, könnte ich dich zu Fall bringen."

„Es reicht! Sag endlich, was du willst!

Sie sah ihn kalt an und trat nah an den Schreibtisch heran.

„Schaff deine Tochter nach Hause, sonst garantiere ich für nichts mehr!"

Romeike erkannte, daß es ihr ernst war, und stand auf. Beide Hände auf den Tisch gestützt, schaute er ihr in die Augen.

„Was hat sie denn ausgefressen?"

„Widernatürliche Unzucht!"

„Edith? Beweise!"

Sie trat zögerlich zurück.

„Wie? Was soll ich beweisen?"

„Du unterstellst Ungeheuerliches. Wo sind deine Belege dafür?"

„Die beiden Mädel schlafen zusammen in einem Zimmer!"

Er war sich durchaus bewußt, daß ihn das im Zweifelsfall den Kragen kosten könnte. Nachdenklich ging er um seinen Schreibtisch und nickte.

„In deinem Hause?"

„Nein."

„Woher weißt du es dann so genau?"

„Ich weiß es eben."

„Von wem? Hat einer deiner Angestellten etwas gesehen?"
„Ich weiß es! Und außerdem schickt es sich nicht ..."
„Was? Daß Mädel in einem Zimmer schlafen? Tausende von Nachrichtenhelferinnen schlafen in Sälen zusammen. Wenn in deinem Haus offenbar kein Zimmer für meine Tochter frei ist, was soll sie denn dann nach deiner Meinung tun? Im Stall schlafen, bei den Schweinen?"
„Drittes Buch Mose, Kapitel zwanzig, Vers dreizehn. Der Herr sagt, wenn jemand beim Manne liegt wie beim Weibe, so haben sie getan, was ein Greuel ist, und sollen beide des Todes sterben; Blutschuld lastet auf ihnen!"
„Bibelsprüche, auch das noch! Männer sollen nicht beieinander liegen! Dafür gibt es bei uns auch ohne das Bibelgeschwätz strenge Gesetze. Aber Mädchen in einem Zimmer? Das ist doch alles lächerlich."
„Deine Tochter muß vom Hof!"
„Verdammt noch mal! Ich habe dir schon mehrmals versichert, daß es auch mein Anliegen ist, Edith wieder hier im Hause zu haben, aber sie hat ja leider ..."
„Unsittliche Gelüste! Unchristliche Absichten!"
„Ihren eigenen Kopf! Nicht mehr und nicht weniger! Du wolltest sie doch haben, um deine Antonia abzulenken."
Frau Treskows Gesicht zeigte Zorn und Verbitterung.
„Schweig davon!"
„Wie du möchtest. Also, ich schlage vor, daß du veranlaßt, daß Edith nach Hause geht."
„Das habe ich nach allen Regeln der Kunst versucht! Und du, was machst du?"
„Was soll ich machen? Ihr die Gestapo auf den Hals hetzen wegen des lieben Gottes? Ich nehme nicht an, daß du an einer neuerlichen Haussuchung interessiert bist."
Frau Treskow sank in sich zusammen, hielt sich einen Augenblick an der Lehne fest und setzte sich dann auf den Stuhl, den sie zuvor an den Schreibtisch geschoben hatte.
„Du bist nicht gläubig?"
„Ich glaube an Adolf Hitler, unseren Führer. Dieser Glaube ist mehr wert als dein Geschwafel über die Bibel und das Beisammensein von Mädchen. Mädel müssen mit straffer Hand geführt werden! Aber das, was du da annimmst, ist so weit hergeholt, daß man darüber lachen könnte! Wenn du mir gesagt hättest, daß dieser Belgier sein Zimmer mit einem Mann teilt, dann wäre Gefahr im Verzug. Aber Kinder! Was sollen denn Kinder Schlimmes miteinander tun? Mädchen ist ihr biologisches Ziel vorgegeben! Wenn sie zusammen sind, dann wird gekichert und den jungen Männern nachgeschaut. Wenn keine richtigen Männer da sind, so wie auf

deinem Hof, dann gibt es doch noch nicht einmal das! Was willst du also?"

„Friedrich, so glaube mir doch. Es ist Unnatürliches im Gange zwischen ..."

„Das hast du zu klären. Stell deine Tochter zur Rede! Wenn dann etwas herauskommt, das widernatürlich ist, wende dich wieder an mich. Dann kommt sie ins Lager!"

„Wirklich?"

„Gewiß. Sie ist doch diejenige, die Edith, wenn überhaupt ..."

Er bemerkte ihr zynisches Grinsen nicht, da er gerade aufmerksam die Schmutzränder unter seinen Fingernägeln entfernte.

„Dafür gibt es also Lager?"

„Ja, asoziale Volksschädlinge haben nichts anderes verdient. Bei Frauen macht man sich sogar die Mühe, sie wieder auf den rechten Weg zu bringen."

Frau Treskow stand unvermittelt auf und nickte. Ihr Schritt war schwer, und sie hatte das Empfinden, nie bei der Tür anzukommen. Endlich stand sie vor dem Ausgang und drehte sich um.

„Heil Hitler!"

Er sah ihr nach und fühlte sich, nicht nur wegen seiner gasbildenden Verdauungsprobleme, schrecklich. Frau Pawelcke hatte schon ihren gewohnt kernigen Gruß in die Eingangshalle posaunt, als er mit einer Zeitung aus dem Zimmer kam. Er streckte ihr das Blatt entgegen.

„Bringen Sie das Frau Treskow."

Die dicke Uniformierte sprang zu ihrem Chef und nahm ihm das Blättchen aus der Hand.

„Jawohl, Herr Ortsgruppenleiter!"

Es war nicht mehr viel zu tun an diesem Abend, und Antonia schlenderte über das Gelände. Sie hatte noch etwas Zeit bis zum Abendessen und inspizierte den Hof. In der Scheune lag ein Sack Saatgut auf dem Boden. Sie ärgerte sich über diese Nachlässigkeit, da Mäuse und anderes Getier schon genug Schaden anrichteten. Die junge Treskow hob die Last an und wuchtete den Zentner zu den anderen Säcken auf einen nagetiersicheren Platz.

Langsam ging sie über den Hof. Ihr Weg führte sie schnurstracks zu dem Stall, den sie so gerne als Reithalle umgebaut hätte. Sie besah sich im spärlichen Abendlicht das Gebäude und maß die Längsseite noch einmal mit großen Schritten ab. Ihre Gedanken waren ganz bei dem Dressursattel, den sie sich bei nächster Gelegenheit in Preußisch Holland anfertigen lassen wollte, als sie ein absonderliches Geräusch hörte. Sie war nie ängstlich gewesen, doch dieses jammernde Winseln jagte ihr einen Schauer über den Rücken. Ohne lange zu überlegen, folgte sie den Lauten. Ihre Stiefelschritte klackten auf den Pflastersteinen, und das Geräusch verstummte.

„Diese verfluchten Ratten! Wenn man denen bloß den Garaus machen könnte."

Sie drehte sich um und wollte zurück zur Scheune, als wieder eine Wehklage in hohen Tönen erklang. Nun war sie sich völlig sicher, daß dies keine Ratte sein konnte. Das Wimmern klang besorgniserregend menschlich.

Wieder verstummten die Laute, doch sie wollte es nun genau wissen. Die Zähne eisern aufeinander gepreßt, bog sie um die Ecke des Stalls und blickte suchend in die Dunkelheit. Unmittelbar am Stallgebäude war nichts zu erkennen. Doch in dem kleinen Häuschen, das früher einmal als Gänsestall gedient hatte, sah sie den flackernden Lichtschein einer Kerze. Plötzlich verlosch das Licht.

„Vagabunden! Hat uns gerade noch gefehlt!"

Energisch ging sie auf das kleine Gebäude zu und riß die Tür auf. Es war stockfinster, was sie nicht davon abhielt, hineinzugehen.

„Raus da, Gesindel! Rumtreiber haben nichts zu suchen auf meinem Hof!"

Sie griff nach dem Hufkratzer in ihrer Hosentasche und hielt ihn fest in der rechten Faust. Auf einem Hocker konnte sie die Kerze erkennen, die so plötzlich ausgemacht worden war, und sie sah Zündhölzer daneben liegen. Ihr Atem beschleunigte sich, während sie die Schachtel ergriff und den Docht in Brand setzte. Rasch nahm sie wieder ihre Waffe in die Hand und leuchtete mit der Kerze im Raum herum.

„Zeigt euch, ihr Pack!"

Doch nichts rührte sich.

„Wie ihr wollt! Ich schließe die Bude jetzt ab, und wenn ich wiederkomme, dann knalle ich euch alle ab wie räudige Hunde!"

Es raschelte neben ihr, und die junge Treskow hielt die Kerze in die Richtung des Geräuschs. Eine Frauenstimme zitterte im Raum.

„Njet."

Antonia vermutete nun entflohene russische Zwangsarbeiter in ihrer Nähe und hatte plötzlich entsetzliche Angst. Sie wußte, daß diese Menschen, zumal auf der Flucht, nichts mehr zu verlieren hatten und rasch erkennen würden, daß sie kaum wehrhaft war. Zitternd ging sie langsam rückwärts, immer den Blick auf die rettende Tür gerichtet. Als sie sich nahe genug am Eingang wähnte, schleuderte sie die brennende Kerze auf die Heu- und Strohreste, die sie in einer Ecke gesehen hatte, und das Feuer setzte das trockene Heu schwelend in Brand. Ein kräftiger Ruck, und die Tür war zu.

„Himmel Herrgott, hilf!"

Mit einem rauschenden Zischen entflammte der Rest der getrockneten Halme und erhellte den kleinen Raum. Pochend polterte es von innen gegen die Tür. Antonia hielt mit all ihrer Kraft dagegen und schrie aus Leibeskräften nach Hilfe. Wenn sie die Tür freigäbe, wäre dies ihre letzte Stunde. Drinnen brannte es bereits lichterloh, als Rudolf geeilt kam.

„Was 'n los?"

Antonia gestikulierte, daß er herkommen solle, und er stemmte sich ebenfalls gegen die Tür.

„Da drin sind Russen! Wahrscheinlich irgendwo abgehauen!"

„Wollen Se die verbrenn' lassen?"

„Wenn die da rauskommen, sind wir alle einen Kopf kürzer!"

„Nee, Fräulein, wenn de rauskomm', denn sin' die froh, daß ihn' der Arsch noch nich' in Flammen stehen tut!"

Kupiniski schob die junge Frau von der Tür weg und riß sie auf. Hustend und keuchend fielen ihm zwei Gestalten vor die Füße. Er griff nach der Frau, die sich vor ihm vor Husten erbrach, und zerrte sie weg.

„Fräulein Antonia, holen Se de andern! Es muß jelöscht wer'n!"

„Aber da ist noch ein Kerl!"

„Laufen Se, der macht mir schon nuscht. Der kann ja noch nich' ma' stehen!"

Sie rannte wie der Blitz zum Haupthaus und organisierte die Löschung.

Eine Viertelstunde später standen die Bewohner Treskows vor dem rußgeschwärzten Eingang des Gänsestalls, und Betroffenheit war allen anzumerken. Marie kühlte die Brandwunden der russischen Frau, und Rudolf stand neben dem völlig entkräfteten Matthieu.

„Du bist mir 'n Herzchen!"

„'erzschen?"

„Warum hast du Dreibast denn nuscht jesagt, als 's Fräulein jefragt hat?"

„Um misch zu lass' erwisch' bei eine Affaire amoureuse?"

„Bei was?"

„L'amour, die Lieb'! Isch sein nischt eine Wallach."

Rudolf stieß den Belgier an, und der fiel beinahe um. Er hielt ihn fest und grinste, wie es nur Männer können.

„Du und die Russin, ihr habt 'ne Nummer jemacht?"

„Noumere?"

Frau Treskow stand plötzlich neben den beiden.

„Kupinski! Was ist mit dem Kerl?"

Rudolf stand auf und nahm vor ihr Haltung an.

„Gnä' Frau, das muß er Ihn' schon selbst sachen."

„Also, was ist dort passiert?"

Matthieu wäre am liebsten sofort im Boden versunken, doch als er seine Augen wieder öffnete, befand er sich immer noch am gleichen Ort.

„Madame, je suis très malheureux! Une situation très delicate ..."

„Sprich deutsch mit mir!"

Marie schob sich dazwischen und besah sich das Gesicht des Belgiers.

„Frau Treskow, bitte sin' Se nich' unjehalten, aber der Mann muß ..."

„Was? Hier ist ein Stallgebäude beinahe zum Fraß der Flammen geworden, und dieser Nichtsnutz plaudert französisch. Es ist mein Recht, zu erfahren, warum wegen diesem Subjekt da mein Besitz vernichtet werden sollte!"

Antonia nahm ihre Mutter am Arm und zog sie zu sich.

„Deinem Besitz wird schon nichts geschehen, und nun laß Matthieu in Ruhe."

„Ich hatte dir bereits deutlich gesagt, daß deine Mißwirtschaft noch Konsequenzen haben wird!"

Antonia drehte sich um und ging ohne ein Wort auf den Gänsestall zu. Sie sah sich einen Moment lang die Katastrophe an und eilte mit großen Schritten in die Dunkelheit. Es war kalt, man konnte den Atem vor dem Mund sehen. Sie hatte nur eine dünne Jacke an, doch sie empfand die Kälte als Erfrischung. Die Stimmen, die sie von weitem hören konnte, verstummten schließlich völlig. Sie legte den Kopf in den Nacken und starrte in den bewölkten Nachthimmel. Ein Räuspern ließ sie sich umdrehen. Der Belgier stand bibbernd neben ihr.

„Es tut misch leid um die 'aus."

Sie wandte sich von ihm ab und zuckte mit den Schultern.

„Du bist ein verdammter Idiot!"

„Oui."

„Was hast du dir dabei gedacht?"

„Isch konnt' mit die Mädsche' doch nischt geh' in die Stall von die Schwein' oder zu die Küh'."

Antonia war in höchstem Maße ärgerlich und trat mit ihrer Stiefelspitze in das Gras unter ihren Füßen.

„Was du mit deinem Liebchen machst, geht mich nichts an, will auch nichts davon wissen! Als ich im Stall war, hättest du dich zu erkennen geben müssen!"

„Bon dieu! Was 'ätt' isch soll' tun? Misch 'albnackt stell' vor Sie und ..."

„Geh mir aus den Augen!"

„Mademoiselle, isch will bezahl' die Schaden."

„Verschwinde! Und das nächste Mal beglückst du die Russin woanders!"

„Mais ..."
Sie machte eine abfällige Handbewegung, ließ den Mann stehen und verschwand in der Nacht.

Die junge Romeike hatte ein ordentliches Kaminfeuer in der Küche des Gärtnerhauses gemacht und saß am Tisch, vor sich das Gedeck und die Speisen für das Nachtmahl ihrer Freundin. Doch die ließ auf sich warten. Edith versuchte sich auf ihr Buch zu konzentrieren, doch es gelang ihr nicht. Sie sorgte sich um ihre Liebste, die sich irgendwo in der Dunkelheit herumtrieb, und fürchtete sich noch dazu vor deren Mutter. Frau Treskow hatte ihr in der Küche, während Marie das Tablett für Antonia zurecht machte, einen bitterbösen Blick zugeworfen. Als die Köchin in der Speisekammer verschwand, drohte sie Edith, daß sie freiwillig verschwinden solle, anderenfalls werde sie dafür sorgen, daß auf Treskow endlich wieder Ruhe herrsche.

„Toni, wo bist du?"

Die Tür wurde energisch geöffnet.

„Hier! Warum schreist du denn so?"

Edith sprang auf und warf sich der Geliebten an den Hals.

„Ich habe mir furchtbare Sorgen um dich gemacht."

„Wieso?"

„Du warst ganz alleine da draußen!"

Antonia setzte sich und zog ihre Reitstiefel aus.

„Das da draußen ist alles mir. Was soll mir also geschehen?"

„Ich würde niemals alleine in der Nacht herumlaufen. Es kann doch immer etwas passieren!"

„Was denn?"

Edith legte die Hände auf die Schultern ihrer sitzenden Freundin.

„Man könnte schlimmen Menschen begegnen."

„Danke für den Hinweis. Auf diese Weise hätte ich beinahe Matthieu das Lebenslicht ausgeblasen."

„Der dumme Kerl! Was hat er denn eigentlich in dem Stall gemacht?"

„Komm, so dumm kannst du doch nicht sein!"

„Du bist häßlich zu mir!"

„Tut mir leid! Also, er war mit dieser Russin zugange."

Ediths Wangen röteten sich schamhaft.

„Du meinst, er hat ..."

„Ja! Wenn der Dämlack wenigstens mit ihr ins Heu gegangen wäre, dann hätte ich mir einiges ersparen können!"

„Er hat mit der Russin geschlafen?"

„Grundgütiger, ja! Ist ja auch nichts Schlimmes. Er hätte nur ..."

„Im Gänsestall, wie furchtbar!"

„Was?"

„Sie hat sich ihm im Stall hingegeben? Das ist ja grauenvoll!"

Antonia stand auf und ging auf ihren dicken Wollsocken durch die Küche zum Feuer. Sie streckte ihre Arme nach den Flammen aus, um ihre Hände zu wärmen.

„Wie meinst du denn das? Der Stall ist unbrauchbar, selbst als Lagerraum ist er verloren, das ist schlimm!"

Edith trat neben ihre Freundin und drückte ihren Kopf an deren Schulter.

„Liebe, das ist doch etwas so ungeheuer Romantisches. Es ist doch Geborgenheit und ..."

Antonia nahm ihre Freundin in den Arm und drückte sie an sich.

„Marie sagt, Männer sind wie Vieh, wie Ziegenböcke, immer sprungbereit. Warum denn dann nicht auch im Stall? Was mich fuchst, ist, daß er zu feige war, um sich zu erkennen zu geben."

„Würdest du dich hinstellen?"

„Bei uns ist das etwas anderes! Wenn ein Mann und eine Frau das tun, dann sollten sie doch auch dazu stehen."

„Und wir nicht?"

Antonia küßte ihre Liebste auf die Stirn.

„Wenn ich es mir recht überlege, ich stünde auf, nackt oder nicht, völlig einerlei. Vor allem, wenn ich die Wahl hätte zwischen verbrannt werden und weiterleben!"

„Auch gegenüber deiner Mutter?"

„Was hat denn meine Mutter damit zu tun?"

„Sie ahnt oder weiß etwas. Sie haßt mich dafür!"

Die junge Treskow ging zum Tisch und griff nach einer Scheibe Brot.

„Überlaß meine Mutter mir. Was auch immer sie im Schilde führt, ich bin Herrin auf Treskow, und daran wird sich nichts ändern!"

Edith erzählte ihr in knappen Worten von den Ereignissen in der Küche, und ihre Freundin aß derweil seelenruhig.

„Sie hat dir gedroht? Sei nicht beunruhigt darüber! Alles, was hier geschieht, liegt in meiner Hand."

„Aber sie wird dich ..."

„Sie wird mir gar nichts. Sie wird schön ruhig bleiben, sonst werfe ich sie nämlich einfach aus dem Haus!"

„Das kannst du? Deine Mutter?"

Antonia schnitt ein Stück Speck ab und besah es.

„Mein Gott, mir wäre es auch lieber, mit ihr in Frieden zu leben. Sie ist meine Mutter, und ich liebe sie eigentlich. Wünsche mir nichts sehnlicher, als an die Stelle meines nichtsnutzigen, weichlichen Bruders zu treten. Sie soll mir trauen und mich ebenfalls lieben, so wie sie Hartmut geliebt hat. Aber das geht offensichtlich nicht. Während meiner Zeit in Stolp hat mir Tante Emilie die Augen geöffnet. Zwischen mir und meiner Mutter gibt es keine Zuneigung, kann es keine Liebe geben, auch wenn ich davon träume."

„Was macht dich so sicher? Wenn ich meine Mutter endlich wiedersehen könnte, dann wäre ich bestimmt wieder ihre kleine Didi. Ich kann ihre Liebe bis hierher spüren, obwohl sie so weit weg ist, in Amerika."

„Meine Mutter wünscht sich mich sicherlich auch als Ännchen, so wurde ich früher genannt. Ännchen war ein wildes Kind, aber es respektierte die elterliche Obrigkeit. Ännchen ist nicht mehr! Du nennst mich Toni, das paßt. Toni hat, obwohl sie es nicht wollte, die Leitung dieses Gutes übertragen bekommen. Toni ist ein Stück erwachsen geworden in Stolp. Ich kann und will kein Ännchen mehr sein!"

„Aber ..."

„Toni liebt dich!"

Edith standen die Tränen in den Augen, und sie schämte sich ein wenig dafür, daß sie noch so kindlich an ihrer Mutter hing.

„Ich liebe dich auch, von ganzem Herzen!"

„Du stündest auch auf, im Gänsestall?"

„Mit dir an der Seite immer!"

Nichts war mehr wie früher. Marie, die seit Jahrzehnten niemals morgens im Bett geblieben war, fühlte sich krank und stand nicht auf. In der Küche herrschte zur frühen Morgenstunde entsprechende Verwirrung. Eberhardt versuchte sich im Kaffeekochen, Matthieu trug alles aus der Speisekammer, was ihm eßbar erschien, und Rudolf rauchte, ganz entgegen seinen üblichen Gewohnheiten, schon vor dem Morgenkaffee einen billigen Stumpen.

Antonia kam wie ein frischer Wind in die Küche.

„Was ist denn hier passiert?"

Eberhardt zog mit zitternder Hand den Wasserkessel vom Feuer und verschüttete eine Menge.

„De Marie, se is' krank!"

„Kann ich nicht glauben!"

Rudolf stand auf; der frühe Genuß des Tabaks ließ ihn von einem Bein auf das andere treten und dann im Eilschritt verschwinden. Matthieu zog scheppernd eine Schublade auf und griff sich Besteck.

„Pauvre Marie."

„Ist sie noch im Bett?"

„Oui."

Die junge Treskow verließ die chaotische Küche und rannte hinüber zum Gesindehaus. Sie fand die Köchin tatsächlich reglos in ihrem Bett und setzte sich neben sie auf die Kante.

„Soll ich einen Arzt holen?"

„Nee, Fräuleinche'. Ich brauch' kei'm Doktor. Aber es is' jut, daß Se jekomm' sin'. So kann's hier nich' weiterjehen."

„Was ist los mit dir?"

„Mit mir is' nuscht, ich will nur nich' mehr. So nich'!"

„Sei offen! Was ist?"

„Treskow verträgt's nich', wenn zweie mein' es Sachen zu ham!"

„Ich bin ..."

„Se sin' unsere Hoffnung, mehr nich'!"

„Meine Güte, Marie, sprich dich aus! Sag mir, was dich bedrückt!"

„Nuscht werd' ich sachen! Nuscht! Ich bin Anjestellte, nich' de Seelsorje!"

„Meine Mutter?"

„Fräuleinche', nur so viel, de Laje is' unerträglich, für alle!"

Sie stand auf und sah die alte Frau ratlos an.

„Brauchst du etwas?"

„Nee, nur mei'm Frieden!"

Antonia verließ mit einem grauenvollen Gefühl die Unterkunft der Angestellten und blieb mitten auf dem Hof stehen. Sie ahnte, was Marie gemeint hatte, und begab sich in das Arbeitszimmer, um sich mit den liegengebliebenen Unterlagen zu beschäftigen.

Sie saß noch nicht lange hinter dem Schreibtisch, als ihre Mutter ins Zimmer kam. Wortlos warf sie ihrer Tochter eine Zeitung auf den Schreibtisch und verließ daraufhin sofort das Arbeitszimmer.

Es war eine Ausgabe des *Volkswarts*, einer *Monatsschrift zur Bekämpfung der öffentlichen Unsittlichkeit*, aus dem Jahr 1933.

Die junge Frau schob das Heft zur Seite und schüttelte den Kopf.

„Mein Gott, Tante Emilie, du hattest ja so recht!"

Die Zeit verging wie im Flug, und Antonia fröstelte vor Kälte. Sie stand auf und wollte im Kamin Feuer machen, doch es fehlte Reisig. Sie ging hinüber in die verwaiste Küche und nahm sich etwas von dem dürren Anmachholz. Im Arbeitszimmer warf sie das Reisig neben den Kamin und griff sich den *Volkswart* vom Schreibtisch. Sie blätterte kurz in dem Pamphlet, das ihr auf jeder Seite verkündete, wer oder was ein Volksschädling sei. Dann zerknüllte sie die Seiten und machte aus der Titelseite einen Fidibus. Mit einem Zündholz steckte sie ihn an und hielt ihn in den Kamin. Prasselnd begann das trockene Holz zu brennen. Sie legte einen Scheit darauf und wärmte ihre klammen Finger dicht über dem Feuer. Nachdem sie sich aufgewärmt hatte, beschloß sie, sich in der Küche eine kleine Mahlzeit zu machen. Als sie gerade dabei war, eine Räucherwurst in Stücke zu schneiden, kam Marie herein.

„Se ham wohl Hunger?"

„Wahrscheinlich nicht nur ich."

„De Marjell war jerade bei mir. Se hat mir überzeugt, daß es vom im Bett liejen auch nich' besser wird."

„Edith?"

„Ja. Se hat mir jesagt, daß wa zesamm'stehen missen."

„Edith?"

„Na nu', was überrascht Se denn so? Se is' de Frau an die Seite vom Herrn über Treskow. Was soll se denn noch machen, außer uns Mut zuzesprechen?"

„Du meinst, sie ..."

„Ich mein' jar nuscht, daß das klar is'! Ich mein' nur, daß wa jetzt was essen missen!"

„Dein Gesicht sagt mir aber etwas anderes!"

„Mein Jesicht is' müde, von 's ewige Hin und Her."

„Marie, bitte! Meine Mutter hat mir eine Hetzschrift auf den Schreibtisch geworfen, die entsetzlich ..."

„De gnä' Frau is' auch nich' mehr das, was se frieher mal war! Se hat Angst, vorm Teufel oder 'm Jüngsten Jericht, ich weiß es nich' wovor! Aber se is', seit Se in Pommern waren, wie ausjewechselt."

„Weißt du, wo sie den *Volkswart* her hat?"

Die Köchin ging zum Herd und zog mit einem Haken die Eisenringe von der Kochfläche. Eilig stocherte sie in der Glut, nickte und öffnete die Ofentür. Der Schieber für die Asche klapperte metallisch, und Marie legte dünne Holzscheite nach. Sie stand auf und stöhnte. Augenblicke später züngelten Flammen aus dem Loch in der Eisenfläche, auf der sonst Töpfe und Pfannen standen, und sie schob die Eisenringe geschickt wieder an ihren Platz. Abrupt drehte sie sich um.

„Ihre Frau Mutter war in Schloßwalde, da Rudolf hat's mir jesagt."

„Bei Romeike?"

„Frajen Se ihm, ich hab' jetzt ze tun!"

Der nahe Winter kündigte sich mit einem klaren, kalten Wind aus Osten an. Kupinski lud mit Matthieu Säcke mit Saatgut auf den Hänger hinter dem Bulldog.

„Na, wie weit sind wir mit der Aussaat?"

Der Belgier sah, wie in den letzten Tagen häufig, wenn Antonia in seiner Nähe war, auf seine dreckigen Schuhe.

„Die Nachtfrost sagen uns, wir müss' sein eilisch."

Antonia stieß Rudolf an, der gerade zum Trecker ging.
„Hast meine Mutter nach Schloßwalde gefahren?"
„Ja."
„Und wohin?"
„Hab' zu tun, der Tag is' nich' ..."
„Rudolf!"
Er zuckte zusammen und besah sich angespannt den wuchtigen Motor des Traktors.
„Is' doch meine Pflicht!"
„Das meine ich auch nicht! Du mußt meine Mutter hinfahren, wo immer sie es wünscht. Kann und will ich auch nicht verbieten. Aber wohin genau?"
Er drehte sich zu ihr um, und sein Gesicht war eine einzige Sorgenfalte.
„Zum Ortsgruppenleiter hab' ich de gnä' Frau jefahren. Ich kann doch nich' ..."
„Schon gut! Macht, daß ihr rauskommt, die Saat ist wichtig."
„Wa ham alle jeglaubt, wenn Se wieder hier sin', denn wird alles wie frieher. Un' nu', wenn schon de Marie nich' mehr will, denn ..."
„Was?"
„Ihre gnä' Frau Mutter is' wie der Teufel hinter allem her."
„Wie?"
„Sie sachen uns, was ze tun is', un' 'ne Viertelstunde später kommt de Gnädige un' weiß's besser. So könn' wa doch nich' weitermachen."
„Sie gibt immer noch Anweisungen?"
„Nu', ich sach's nich' jern, aber immer wenn Se uns was sachen, denn schmeißt Ihre Mutter Knüppel dazwischen. Deswejen sin' wa ja auch mit de Aussaat im Hintertreffen!"
„So läuft das also!"
„Ja, un' de Marie, die kann's nu' nich' mehr mit ansehen."
„Keine Sorge! Die ist in der Küche, und wenn ihr reinkommt, gibt es Futter!"
„Se ham se überreden könn'?"
„Nicht ich, Edith."
„Is' 'n jutes Kind, wenn se nur nich' so 'n Vater hätt'."
Antonia nickte und schlug dem alten Mann kräftig auf die Schulter.
„Macht euch auf den Acker!"

Frau Treskow saß über einer großen Karte des Deutschen Reiches und zog Striche mit einem Bleistift. In Gedanken versunken, hatte sie das Klopfen an der Tür des kleinen Salons nicht gehört und schrak auf, als Antonia die Tür energisch hinter sich schloß.

„Mutter! Muß dich kurz stören."

Abgelenkt sah diese vom Frontverlauf auf.

„Die Heeresgruppe Nord ist abgetrennt worden. Sie sollte einen Durchbruch nach Ostpreußen versuchen. Aber der Führer wünscht das nicht. Wie gut für uns, sonst läge die Front ..."

„Woher weißt du das alles?"

Frau Treskow sah auf und verzog das Gesicht.

„Hast du keine Arbeit?"

„Will nur wissen, woher du diese Angaben hast."

„Der Wehrmachtsbericht ist immer sehr genau."

„Den kenne ich auch! War von Befehlen Hitlers nichts zu hören."

„Du hörst doch kein Radio."

„Mutter, der Wehrmachtsbericht von heute kam noch gar nicht, und der von gestern hatte bezüglich der Ostfront nur zu vermelden, daß zwischen der Rigaer Bucht und der Düna die befohlenen Absatzbewegungen planmäßig verliefen."

Antonias Mutter wurde schlagartig klar, daß ihre Tochter nicht nur einen brillanten Verstand besaß, sondern sich auch scheinbar unwichtige Dinge phänomenal genau merken konnte. Diese Befähigung hatte es ihrer Tochter auch erlaubt, ihr Abitur als Jahrgangsbeste zu machen.

„Dann habe ich es aus der Zeitung."

„Kannst du noch nicht gelesen haben! Liegt bei mir drüben."

„Ach, laß mir bitte meinen Frieden!"

„Wenn du mir meinen läßt! Was sollte der *Volkswart*?"

„Wenn du in dein Verderben rennen willst, ist es deine Sache, aber zieh uns nicht alle mit hinein!"

„Du warst bei Romeike?"

„Ja und? Unser Ortsgruppenleiter ist eben erfahren in solchen Dingen."

„Mag sein! Deswegen hat er auch deinen Mann auf dem Gewissen. Der Besuch der SS ist dir doch noch im Gedächtnis? Alles Romeikes Werk! Was willst du denn noch?"

Frau Treskow sah ihre Tochter aufmerksam an und fühlte sich unruhig.

„Nun ja, du hast recht. In manchen Dingen hat dieser Mann wohl keine glückliche Hand."

Antonia begriff nun gar nichts mehr.

„Was?"

„Er hat ja noch nicht mal seine Tochter im Griff."

„Was willst du damit andeuten?"

Frau Treskow ging auf Antonia zu und verzog das Gesicht.

„Er hat die Vatergewalt, aber seine minderjährige Tochter belästigt, von ihm unbehelligt, fremde Leute."

„Fühlst du dich belästigt?"

„Mehr noch, sie bringt uns in Verruf! Daß ihr Vater so etwas zuläßt, spricht sicherlich nicht für ihn."

„Er könnte, wenn er wollte, Edith jederzeit abholen lassen. Aber daran scheint ihm nicht mehr gelegen zu sein."

„Du bist ja wohl auch die einzige, die diesem verkommenen ..."

„Das genügt! Wenn du Zwietracht säen willst, dann ..."

„Nein, das genügt nicht! Wenn du von ihr abläßt, können wir zusammenarbeiten. Du auf dem Hof und ich in der Buchhaltung. Wir könnten Treskow wieder zu seiner alten Größe verhelfen."

„Zu alter Größe? Du bist doch der Grund dafür, daß wir mit der Aussaat zu spät sind!"

„Du mußt nicht denken, daß du alleine die Weisheit gepachtet hast. In der Zeit, in der du weg warst, um diese Person zu betreuen, hat Treskow wieder schwarze Zahlen geschrieben. Das soll auch so bleiben! Ich alleine habe das bewirkt! Du wirst mein Gut nicht wieder in den Ruin stürzen."

„Dein Gut?"

Antonias Mutter bebte innerlich und besann sich.

„Natürlich unser Gut. Du hast Ahnung von der Wirtschaft und ich von den Finanzen. Was kann uns noch aufhalten?"

„Uns?"

„Wir sind Treskow!"

„Heißt das, du weist mir die Stelle von Hartmut zu?"

Frau Treskows Gesicht versteinerte, und ein Ruck ging durch ihren Körper.

„Du bist anmaßend!"

„Warum?"

„Du bist eine Frau!"

„Ja und? Du auch!"

„Ich habe Fachkenntnisse!"

„Ich auch!"

„Du hast angeboten, es zusammen zu versuchen."

„Ist lange her! Sag mir, ob ich den Platz meines Bruders einnehmen soll."

Frau Treskow biß die Zähne aufeinander, daß es schmerzte.

„Wenn du diesen rothaarigen Teufel vom Hof schickst!"

„So nicht! Du kennst Vaters Testament. Darin ist dir eine Pension auf Lebenszeit zugewiesen. Könnte schwierig werden, sie dir auszuzahlen. Aber lege es nicht darauf an! Edith bleibt, und wenn es mich die Pferde kostet, dich abzufinden!"

Ihre Mutter schien einen Moment wie versteinert, dann verzog sie das Gesicht und quetschte ein paar Tränen hervor.

„Du würdest deine eigene Mutter vom Hof jagen? Der Herr hat mir eine schwere Strafe auferlegt mit deiner Geburt!"

„Hattest die Wahl! Hattest die ganze Zeit die Gelegenheit für ein Miteinander! Du hast sie trefflich zu nutzen gewußt. Hast mich aus dem Haus geschickt, gesoffen, dich hinter deinen Bibelsprüchen versteckt, und jetzt plötzlich willst du die Versöhnung. Sage es dir ganz offen ins Gesicht: Du hast, während ich weg war, Gefallen gefunden an der Herrschaft, und nun versuchst du, deine Gelüste zu legalisieren und mich in deine Machenschaften hineinzuziehen. Nein, werte Mutter, die Zeiten sind vorbei, in denen du mich mit dem Entzug von Dingen, die mir Freude bereiten, unter Druck setzen konntest. Bin kein Kind mehr, dem man das Reiten verbietet, um es gefügig zu machen. Deine Rechnung geht nicht auf! Ich bin Herrin auf Treskow, und damit hast du dich abzufinden!"

Frau Treskow starrte nun angespannt auf die Landkarte und knetete ihre Hände, bis die Fingerknöchel weiß waren.

„Du hast doch mit deinem ungebührlichen Verhalten alles erst so gemacht, wie es jetzt ist. Mich unentwegt vor den Kopf zu stoßen war dir ja nicht genug. Du mußtest auch noch die beste Partie, die es weit und breit gab, in einer Art zurückweisen, daß wir landauf, landab zum Gespött der Kaffeekränzchen geworden sind. Was hätte ich als deine Mutter denn tun sollen, als über dir zu verzweifeln?"

„Mich verstehen!"

„Was? Daß du dich verhältst wie ein Bauer? Es fehlt doch nur noch, daß du auf dem Hof ausspuckst! Du bist ein Fräulein, zwar nicht ..."

„Laß gut sein! Der Bauer sagt dir nur noch, halte dich im Zaum, sonst geht es hier noch viel derber zu!"

Die junge Frau eilte zur Tür und riß sie auf. Frau Treskows Herz schlug ihr bis zum Hals.

„Antonia!"

Die Tür wurde zugeschlagen, und Antonias Mutter wußte nicht, ob sie nun vor Zorn oder aus Schmerz weinte.

Antonia ging mit einigen Ordnern im Arm vom Melkhaus zum Haupthaus. Es war ein feuchtkalter Tag, und Nebelschwaden lagen über den Wiesen. Sie blieb unvermittelt stehen, und ihr Blick wanderte in die Ferne. Graue Schleier hüllten die Landschaft ein und komponierten ein neues Bild. Baumgruppen standen dunkel wie Scherenschnitte im milchigen Licht. Hie und da mutete der Himmel an, als ob er sein Blau schüchtern preisgeben wollte. Die Sonne stand scharfumrissen gelbrot am Horizont. Ein Duft von fauligen Äpfeln und der herbe Geruch frischgefallenen Laubs machten Sinne und Gemüt schwer.

Sie riß sich los und stapfte weiter zum Haupthaus. Als sie zwei Stufen nach oben gestiegen war, öffnete sich die große Tür, und ihre Mutter erschien darin. Ohne sie eines Blickes zu würdigen, ging die ältere Frau an ihr vorbei auf den Hof. Antonia atmete tief ein und ging ins Haus. Im Arbeitszimmer warf sie die Ordner auf den Tisch und machte sich daran, ein Feuer im Kamin zu entfachen.

Sie ging zum Schreibtisch und griff sich die erste Ablegemappe, der man noch deutlich ansah, daß sie vor einiger Zeit in ziemliche Unordnung gebracht worden war. Einige Seiten lagen ungeheftet zwischen den anderen. Der zweite Ordner, den sie aufschlug, war weitestgehend intakt. Die SS hatte ihn verschont. Ohne Neugierde – schließlich gehörte es nicht zu ihren Lieblingsarbeiten, sich mit der Milchleistung der Kühe zu beschäftigen – blätterte sie in den unversehrten Seiten. Es war das Rinderzuchtbuch des Gutes. Sie konnte sich vage daran erinnern, daß ihr Großvater nicht nur ein Freund der Pferde-, sondern auch der Rinderzucht war. Für Treskow gab es, wie sie feststellte, seit 1882 ein von der „Ostpreußisch Holländischen Herdbuchgesellschaft" geführtes Register über Abstammung und Leistung der Zuchttiere, das auch das Zuchtziel festlegte. Diese Züchtervereinigung entschied über die Herdbuchaufnahme von Kühen und Bullen, und anhand von verzeichneten Terminen und Ergebnissen erfuhr sie über veranstaltete Auktionen und Ausstellungen.

Es klopfte energisch an der Tür. Entnervt verzog sie das Gesicht.

„Herein! Was gibt es denn?"

Matthieu trat ein und zog sich die Kappe vom Kopf.

„Mademoiselle, excusez-moi! Isch will nischt mach' die falsche Sach'. Votre mère mach' die Problem', et isch ..."

„Schon gut, Matthieu. Was steht an?"

„Die Rüdolf sein nischt là. Er macht misch zu die Aussaat für die Rogg', et ..."

„Weiß, daß Rudolf beim Kreisleiter ist, um seine Wehrtüchtigkeit überprüfen zu lassen. Was will meine Mutter, wieder alles aufhalten? Sind sowieso schon viel zu spät!"

„Votre maman sagt misch, les semailles sein nischt gut."

„Entschuldige. Was sind Semaje?"

Der Belgier trat von einem Fuß auf den anderen, und man konnte ihm die Kopfarbeit ansehen.

„Semence! Die Korn, die in die Erd' geht, um die neue Korn zu mach'."

„Ach so, Saatgut, Aussaat. Na und, was paßt meiner Mutter nicht? Habe das Korn überprüft, war teuer, aber ist vom Besten."

„Sie spricht von die Mass'."

„Der Menge?"

„Oui."

„Ja, und?"

„Spreche' Sie doch mit sie ..."

Antonia stand auf, ging um den Schreibtisch und faßte den Belgier an der Schulter.

„Worauf du dich verlassen kannst."

Er fühlte sich wie ein Auserwählter. Durfte er doch neben der schlanken, dunkelhaarigen Frau, die ihn nicht selten in seinen Tagträumen begleitete, die Treppe hinunter zum Hof gehen, wo Frau Treskow stand.

„Ist alles fertisch für ..."

„Schon gut, Matthieu, danke. Geh bitte einen Moment in die Küche, Marie gibt dir bestimmt einen Schluck Bier."

„Merci."

Der Belgier verschwand, und Antonia stellte sich dicht vor ihre Mutter.

„Was hast du dem Kerl denn zu sagen?"

„Wenn Saatgut verschwendet wird, ist das nicht im Sinne einer planvollen Wirtschaft."

„Du hast auf diesem Hof nichts, wirklich gar nichts zu bestimmen! Was soll dein Auftritt? Hast du Mut gefaßt, weil Rudolf nicht da ist?"

„Du solltest sparsamer sein!"

„Bin ich, in jeder Hinsicht! Habe mich tagelang mit Saatmenge in Kilo pro Hektar, mit Tausendkorngewicht in Gramm, erwünschter Keimzahl pro Quadratmeter und mit Keimfähigkeitsprognosen herumgeschlagen. Ich weiß, was ich hier aufladen und in die Erde bringen lasse!"

„Aber es ist zuviel!"

„Wofür?"

„Der Franzose versteht doch nichts von Aussaat und ..."

„Aber du?"

„Ich weiß, daß ..."

„Was weißt du denn über Landwirtschaft?"

Frau Treskow versuchte ihrer Tochter hart in die Augen zu sehen, doch sie hatte nicht mehr den Mut dazu.

„Roggen muß dicht und tief ..."

„Mutter, bemühe dich nicht weiter! Weiß, daß du keine Ahnung hast. Weder von Roggenaussaat, noch von Kühen oder sonstigem! Bitte geh mir aus den Augen!"

„Du verschwendest Geld! Das Saatgut war zu teuer."

„Woher willst du das wissen?"

„Ich weiß es!"

Antonia nickte kurz und sah auf den gepflasterten Hof. Mit Wut im Bauch betrat sie Maries Reich und warf die Tür hinter sich zu.

„Matthieu, laß dir von meiner Mutter niemals wieder in deine Arbeit reden! Sie hat dir, gottverdammichnochmal, nichts zu befehlen!"

„Mais …"
„Kein Aber! Hat dir Rudolf nicht die einfache Regel mitgegeben, die ich schon als Kind kannte?"
„Quelle?"
„Roggen muß nicht zu dicht und genügend flach gesät werden. Reihenentfernung etwa zehn Zentimeter, keinesfalls weniger."
„Mais …"
„Auch jetzt kein Aber. Ab zu dem gepflügten und geeggten Kartoffelacker, gleich bei Kakies' Wald! Und nun sieh zu, daß du auf den Bulldog kommst!"
Matthieu rannte aus der Küche, und Marie setzte sich traurig auf einen der Stühle vor dem großen Küchentisch.
„Meine Jüte, da Unterjang is' nah'! Se könn' doch nich' auf Biejen und Brechen gejen de Frau Mutter an. Versöhn' Se sich doch, in Himmels Nam'!"
„Gibt nichts mehr zu versöhnen. Meine Mutter hat ganz andere Interessen. Wir sind wie Fremde füreinander. Sie will nur mein Leben zerstören und damit das Leben von allen, die auf Treskow sind. Ihr Ansinnen ist Geld! Ich vermute, daß sie das, was sie als Mitgift eingebracht hat, wieder heraushaben will. Meine Tante hat mir in den Stunden ihres Todes, und nicht nur da, die Augen über die Treskows geöffnet. Marie, es gibt hier keinen Untergang! Gibt nur die Entscheidung für oder wider."
„Mein Jott, Fräulein Antonia, das is' ja noch viel schrecklicher wie da Unterjang!"

Edith war wie im Rausch, nichts hätte sie aufhalten können. Ihr Pferd galoppierte rhythmisch schnaufend hinter der vor ihr reitenden Liebsten her. Über ihr ein strahlend blauer Himmel, durchzogen von grauen Wolkenbändern. Das immer wieder hervorbrechende gleisend helle Sonnenlicht ließ die Grenzen zwischen Licht und Schatten hart wie Bleistiftstriche erscheinen. Das herbstliche Spiel des Lichtes mit dem Land verstärkte zusätzlich ihr Hochgefühl.
„Toni, ich könnte die Welt umarmen!"
Antonia verlangsamte das Tempo, bis die beiden Pferde im Trab nebeneinander gingen.
„Umarme lieber mich."
„Keine Angst, du bekommst schon deinen Teil ab."
„Kann ich brauchen."
„Deine Mutter setzt dir zu, nicht wahr?"
„Menschenskinder, wenn ich nur verstehen könnte, was sie antreibt. Mag sein, daß sie aus den verschiedensten Gründen ver-

bittert ist, aber zur Zeit führt sie sich auf wie eine Geisteskranke. Heute morgen hat sie versucht, die Aussaat zu verhindern!"

„Es ist wegen mir, bestimmt."

Die junge Treskow hielt ihr Pferd an und drehte sich im Sattel zu Edith um. Die hatte einige Schwierigkeiten mit Ludger, der so gar nicht ruhig stehen wollte.

„Nicht am Maul reißen! Pariere ihn durch!"

„Versuche ich doch ..."

„Du ziehst nur am Zügel! Sehe es doch!"

Endlich stand der Wallach friedlich neben Antonias Stute.

„Toni, was sollen wir denn machen? Vielleicht sollte ich wieder für ein paar Tage nach Königsberg ..."

„Würde dir wohl gefallen?"

„Nein! Du hast ja gar keine Ahnung, wie es in der Stadt aussieht."

„Kann mich damit nicht auch noch beschäftigen. Aber wenn du willst, renne eben weg."

„Ich möchte an deiner Seite sein, Tag und Nacht! Aber da ich doch offensichtlich nur Schwierigkeiten bereite, ist es vielleicht besser, wenn ich verschwinde."

„Das Problem bist nicht du, und du weißt das auch!"

„Ja, schon, aber ich bringe deine Mutter offenbar dazu, Dinge zu tun, die niemandem guttun."

Antonia war mit einem Satz aus dem Sattel und band Bizerka an einen Weidezaun.

„Flucht ist die falsche Methode! Dann müßten wir beide gehen, und ich vermute, das ist es genau, was meine Mutter will. Was auch immer sie umtreibt, sie scheint Treskow zu wollen und nichts anderes."

Mit dem Absteigen ohne Hilfestellung hatte Edith noch Probleme, zumal ihr Pferd mal einen Schritt hierhin und mal einen dorthin machte. Endlich stand sie auf der Erde und sah den Wallach böse an.

„Blödes Vieh!"

„Vergiß nicht, er versteht dich."

„Ja, ja! Und er weiß, mit mir kann er seine Spielchen treiben."

Antonia nahm Ediths Pferd am Halfter und knotete seine Zügel ebenfalls an den Zaun.

„Du mußt dich nur eindeutig verhalten. Pferde sind kein Fahrrad, das man gegen den Baum lehnen kann."

Edith nickte und legte einen Arm um die Hüfte der Liebsten.

„Das kann die Lösung sein, eindeutiges Verhalten!"

„Bei Pferden immer."

„Nein, ich meine deine Mutter. Sie zeigt dir doch unzweideutig, was sie will, und was machst du?"

„Dasselbe!"

„Und, wie?"

„Habe ihr gesagt, daß ich sie vom Hof werfe, wenn es so weitergeht."

„Einfach so?"

„Nein, mein Vater hat ihr im Testament eine Rente ausgeschrieben, die bekäme sie dann."

„Hat er das Geld hinterlegt?"

„Wo denkst du hin! Treskow verfügt nicht über derart große liquide Mittel."

„Und woher willst du das Geld bekommen?"

„Müßte Pferde verkaufen."

„Was? Dann kannst du auch gleich dich selbst verkaufen! Hast du das etwa deiner Mutter gesagt?"

Antonia setzte sich in das feuchte Gras am Wegesrand und nickte.

„Habe ich."

Edith schob sich eine Haarsträhne aus der Stirn und ging vor der Freundin in die Knie.

„Damit machst du dich verletzlich, beinahe erpreßbar!"

„Wieso?"

„Jeder, der dich ein wenig kennt, weiß, daß nicht nur dein Herz an den Trakehnern hängt! Wenn deine Mutter tatsächlich ausbezahlt werden will, was wird dann aus dir?"

Die junge Treskow umschlang mit den Armen ihre angezogenen Beine und legte ihr Kinn auf die Knie.

„Es gibt eben nur für oder wider. Wenn ich für dich bin, kann es mich meine Pferde kosten."

„Toni, nein! Dann gehe ich lieber. Eines Tages werden sich die Wogen geglättet haben, und dann komme ich zurück."

Antonia stand auf und trat mit der Stiefelspitze energisch in ein Grasbüschel.

„Hast doch selbst gesehen, wie es in Königsberg aussieht! Willst du in eine Stadt, die eines Tages vielleicht von den Alliierten ausgelöscht wird?"

„Dann verkrieche ich mich eben anderenorts."

„Und wo?"

„Ich habe eine Verwandte im Rheinland."

„Aha! Und wo?"

„Im Ruhrgebiet, in Dortmund, glaube ich."

„Na, prächtig! Hast du im Heimatkundeunterricht hinter der Säule gesessen?"

„Bei mir im Klassenzimmer gab es keine Säulen!"

„Mensch, das Ruhrgebiet ist kriegswichtig! Dort wird von Krupp und sonstwem Stahl gemacht für unsere Panzer. Wenn die schon Königsberg bombardieren, was meinst du, ist dann dort erst los?"

„Himmel! Was sollen wir denn dann tun? Soll ich etwa zurück nach Schloßwalde?"

Antonia band ihr Pferd los und schüttelte den Kopf.

„Nix da! Eröffne hiermit die Heimatfront!"

„Die was?"

„Werde meiner werten Mutter meinen harten ostpreußischen Schädel entgegenhalten. Sie wird ihn spalten müssen, bevor sie uns auseinanderbringt oder Treskow für sich bekommt!"

Edith band ihren Wallach los, und ihr war bang zumute.

„Meinst du, wir ..."

„Laß uns weiter! Müssen noch zu unserem Wald."

Edith stieg völlig selbständig auf und faßte auch, weit nach vorn gebeugt, allein die Zügel. Antonia hatte ihrer Freundin aufmerksam zugesehen und war äußerst zufrieden mit deren reiterischen Fortschritten.

„Primich gemacht!"

„Was?"

„Wirst noch eine gute Reiterin werden."

„Ich gebe mir alle Mühe. Aber was willst du im Wald?"

„Nachschauen, wie es mit den Buchen steht."

„Ach so, es muß ja noch Holz gemacht werden für den Winter."

„Hattest bei deinem Vater bestimmt jemanden, der sich um die Heizung gekümmert hat."

Edith trieb Ludger an und zog die Schultern hoch.

„Ja, warum?"

„Die Winterfeuerung muß eingebracht sein, bevor es kalt wird."

„Auch gut. Also, was suchst du?"

„Bucheckern."

„Was willst du denn damit?"

„Die sammeln wir in den nächsten Tagen, wenn es genug gibt, so daß es sich lohnt."

„Wofür denn, für die Schweine?"

„Wo denkst du hin! Frag mal Marie, was man aus Bucheckern alles machen kann!"

„Ich habe einmal davon gehört, daß man sogar Kaffee daraus herstellen kann."

Antonia verzog ihr Gesicht, nickte und trieb Bizerka zum Galopp.

„Verrate das bloß nicht Marie!"

Es war eine befremdliche Stimmung in der Küche, in der alle zum Abendessen versammelt waren. Niemand sprach, die gewohnte Gemütlichkeit hatte einer Anspannung Platz gemacht. Selbst Eberhardt saß aufmerksam um sich blickend da und schien weit davon entfernt, müde zu sein. Die junge Treskow hatte rasch den Grund für die Verstimmung ausgemacht, legte ihr Messer neben ihren Teller und sah die Köchin auffordernd an.

„Nun sag schon!"

Marie stand sofort auf und versuchte eine Arbeit zu finden. Schließlich stand sie vor dem Herd und verschränkte beide Arme vor ihrem kräftigen Leib.

„Wie, ich?"

„Hier ist es wie im Eiskeller. Bludau hätte seine Freude daran, aber ich nicht! Also, was ist los?"

Rudolf schob geräuschvoll seinen Teller von sich und zog damit die Aufmerksamkeit auf sich.

„Nördlich von Memel wird hart jekämpft."

„Ja und? Habe ich vorhin auch im Radio gehört."

Maries Stimme zitterte im Raum.

„De Russen ham de Heeresgruppe Nord in Kurland einjekesselt."

Antonia stand vorsichtig auf.

„Davon war nichts im Wehrmachtsbericht!"

Kupinski steckte sich einen Stumpen zwischen die Lippen und suchte in seiner Jackentasche nach Feuer.

„Kann auch nich'! Ham's von da gnä' Frau."

Die junge Frau stellte sich dicht vor Marie und sah sie an.

„Meine Mutter?"

„Se hat's mir jesagt, als ich ihr ..."

„Genug! Hört zu! Wer auch immer meine Mutter zu Romeike gefahren hat, während ich weg war, tut nichts zur Sache! Ich sehe euch nicht als Werkzeug, sondern als Menschen, die mit mir zusammen versuchen, ein Gut zu betreiben. Verstanden?"

Alle Anwesenden nickten und sahen betreten irgendwo hin. Die junge Treskow streifte alle mit ihrem Blick und nickte dann.

„Was es auch immer an schlimmen Meldungen über die militärische Lage gibt, wir sind hier auf Treskow! Wenn wir nicht im Winter, und ihr wißt noch besser als ich, was Winter hier bedeutet, also wenn wir nicht demnächst Hunger oder Not leiden wollen, dann müssen wir zusammenstehen! Hatte euch das schon einmal gesagt. Aber nun formuliere ich es genauer. Ihr könnt mit mir sein oder gegen mich. Ist die Entscheidung eines jeden, was er tun oder lassen will. Worauf er hören oder ob er gehen will!"

Edith war aufgestanden und schüttelte den Kopf.

„Sei nicht so hart mit den Leuten!"

Antonia sah auf den Küchenboden, der wie immer blitzblank war, und zuckte mit den Schultern.

„Wenn ich eine andere Wahl habe, sag es mir! Mir ist nicht wohl dabei, Menschen unter Druck zu setzen, wahrlich nicht, aber ich kann nicht anders."

Die Anspannung lockerte sich. Rudolf hatte endlich seine Streichhölzer gefunden, und Eberhardt legte den Kopf zurück, um sofort einzuschlafen. Marie rieb sich auffallend lange die großen roten Hände und ging zum Tisch.

„Fräuleinche'! Wa wissen, wie's bestellt is' mit Ihn' un' die Gnädige. Ich bin auf Ihre' Seite! Nich', daß ich de gnä' Frau nicht schätzen tu'! Schließlich dien' ich schon über dreißig Jahr' hier im Haus, aber nu' muß jut sein. Es is' nich' nur Sonntagsrede, wenn Se vom Zesamm'stehen sprechen tun, des wissen auch wir. Es is' wirklich wahr, daß's unsere einzije Möglichkeit is' weiterzukomm'. Ich bin dabei! Treskow lebt un' stirbt mit uns!"

Edith war gerührt von diesen Worten und wischte sich schamhaft die Tränen aus den Augen. Rudolf hatte sich erhoben und stand wie ein Fels neben dem Küchentisch.

„Irjendwie muß es ja weiterjehen. Unser Fräulein wird's schon richten!"

Die anderen am Tisch klopften mit Händen und Eßbesteck auf das Holz. Antonia hatte gemischte Gefühle. Ihr tat die Loyalität der Angestellten gut, doch sie dachte schon weiter.

„Macht euch bloß nicht zu viel Hoffnung. Bin nicht so versiert wie mein Vater", seufzte sie und steckte ihre Hände verlegen in die Taschen ihrer Reithose.

Marie atmete heftig aus.

„Se ham de Wirtschaft im Griff, darauf kommt's an. Un' nu' jibt's Schnaps für alle!"

„Dann tische mal auf!"

Marie eilte, um die irdene Flasche mit Kornbrannt zu holen, und Matthieu brachte Gläser auf den Tisch.

„Mademoiselle, Sie sein rischtisch ein coquin!"

Eberhardt schüttelte den Kopf; die Erwartung, einen Schnaps zu bekommen, hatte ihn hellwach werden lassen.

„Kann der Schubiak nich' kein Deutsch?"

Der Belgier zog die Schultern hoch und lächelte.

„Choubiake?"

Rudolf lachte ihn an.

„Nichtsnutz!"

„Mais ..."

„Sag schon, was ist ein Kock-irjendwas?"

Matthieu war die gedankliche Anstrengung anzusehen.

„Kerl!"

Antonia mußte laut lachen, und Marie, die Flasche in der Hand, nickte.

„So wird es sein!"

Rasch waren die kleinen Gläser gefüllt, und man stieß an.

„Auf Treskow!"

Der scharfe Branntwein, auf den Rudolf wie in jedem Jahr viel Zeit verwendet hatte, rann die Kehlen hinunter. Antonia ächzte,

Edith stöhnte, und die anderen lachten. Kupinski hielt auch gleich sein Glas wieder hoch und zwinkerte die Köchin an.

„Noch einen! Auf ei'm Bein kann kein Mann stehen!"

„Du ausjeblechte Kehle tätst gleich de janze Flasche saufen, un' denn biste wieder zwei Taje krank!"

Antonia stand auf und nahm Marie die Flasche aus der Hand.

„Einen noch, und den auf euch, die ihr die Arbeit macht!"

Der Kellerraum roch erdig-fruchtig. Auf einem langen Regalboden lagen auf zerknülltem Zeitungspapier Unmengen von Äpfeln, und eine Etage tiefer Birnen. In einem grobgeflochtenen Korb, der auf der Erde stand, befanden sich Zwiebeln. Mit ebenso großer Sorgfalt hatte Marie Lauch, Karotten und Steckrüben eingelagert. In mehreren riesigen Kellerkisten wurden Kartoffeln und Kohl aufbewahrt.

Antonia besah sich das wandhohe Regal mit den Einmachgläsern. Ordentlich beschriftet standen eingemachtes Obst und eingelegtes Gemüse in verschiedenen Fächern. Sie bückte sich zu der Holzsteige, die sie mitgebracht hatte, nahm zwei schwere volle Gläser heraus und stellte sie auf das Bord mit den Gläsern gleichen Inhalts.

Plötzlich stand Marie in der Tür.

„Immer schön janz hinten hin!"

Die Köchin hatte einen weiteren Holzkasten mit vollen Einmachgläsern dabei und stellte ihn ab.

„Noch zwei Taje, denn bin ich fertig."

Antonia sortierte weiter ein und sah die Angestellte kurz an.

„Frage mich immer, wann du das alles machst."

„Na nu', was denken Se denn, was ich 'm janzen Tag in die Küche so treiben tu? Ich hab' jenauso meine Arbeit, wie die auf'm Hof!"

„Weiß ich doch. Aber immer wenn ich in die Küche komme, dann machst du unser Essen …"

„Na heren Se, da Herd is' doch groß, un' in alle Töppe laß ich Se denn auch nich' reinkiebitzen."

„Ja, sonst gibt es was mit dem Kochlöffel auf die Finger."

Marie ging zu einem der großen Holzfässer, die nebeneinander zwischen zwei Regalen standen, hob den Deckel und schnupperte. Die junge Treskow hatte alle Gläser an ihren Platz gestellt und sah die Köchin neugierig an.

„Was ist denn da drin?"

„In die Fässer is' Salzfleisch un' Sauerkraut. Man muß immer 'm Auje drauf ham. Wenn vielleicht am Salz jespart worden is', beim Einlejen, denn kippt die Schose irjendwann um."

„Aha."

„Is' alles 'ne Wissenschaft für sich."

„Überlasse dem Fachmann das Feld! Muß noch rüber in den Kohlenkeller."

Marie prüfte gerade die Lage des schweren Wackersteins auf dem Brett, welches das Sauerkraut in einem Faß preßte.

„Das könn' Se sich sparen! Da is' fast leer."

„Wie?"

„Is' nuscht mit Kohle'! Ich hab' mir de Freiheit jenomm', dem Rudolf zu sachen, daß er mehr Holz reinholen soll, damit's reicht."

Antonia konnte es nicht glauben und ging eilig aus dem Lagerraum zum Kohlenkeller. Sie öffnete die Tür, tastete nach dem Lichtschalter, und der Schein der schwachen Birne bestätigte die Ausführungen der Köchin.

„Verfluchter Mist!"

Sie löschte das Licht und ging zurück.

„Warum hast du nicht früher gesagt, daß uns die Kohlen ausgehen?"

Marie hatte alle Fässer überprüft und schob sich an Antonia vorbei, die in der Tür stand.

„Jibt nuscht! Was soll ich Ihn' denn dann noch 's Jemüt schwer machen?"

„Wie, es gibt nichts?"

„Keine Kohlen, keine Briketts, noch nich' mal Eierkoks!"

„Haben keine bestellt?"

„Nu', bestellen könn' wa lang'. Wenn nuscht da is' zum Liefern, denn jibt's e'm nuscht!"

Antonia knipste das Licht im Vorratsraum aus, schloß die Tür und folgte der davongehenden Angestellten.

„Gibt keine Kohlen bei Bludau?"

„Nich' nur bei dem nich'! Ich hab' mir in die letzten Wochen mal so durchjefragt, bei Bekannte un' Verwandte. Nirjends, bei kei'm Lieferant' jibt's Brennmaterial."

Sie folgte Marie die Treppe nach oben und schüttelte fortwährend den Kopf.

„Kann doch nicht sein! Werden erfrieren ohne Kohlen!"

Die Köchin hatte das Erdgeschoß erreicht und sah auf die auf der Kellertreppe Stehende herab.

„Frieren wer'n höchstens die, die kei'm eijenen Wald ham."

„Mensch, weißt du denn, wieviel Feuerung wir alleine für das große Haus brauchen?"

Marie stemmte ihre Hände in die Hüften und grinste.

„Grundjütiger! Wa ham hier schon janz andere Zeiten erlebt. Das bißchen Kohle, das macht kein' Unterjang nich'!"

„Aber ..."

„Bei die Krise in'n Zwanzigern, da jab's nuscht mehr! De Leut' sin' mit Rucksäcke voll Jeld zum Bäcker jelaufen und ham für ihre

Million jerade noch 'm Brot jekriegt. Damals hatten wa auch keine Kohlen, aber verfroren sin' wa nich'!"

„Damals hatte Treskow auch noch Männer, die mitten im Winter Holz schlagen konnten."

„Ja, un'? Dafier hatten wa fünfmal soviel Mäuler zum Stopfen! Das gleicht sich alles aus."

Antonia senkte nachdenklich den Kopf und machte die Tür zum Kellerabgang zu. Marie war schon in der Küche verschwunden, als sie immer noch sinnierend in der Halle des großen Hauses stand. Ihr ging der kleine Kanonenofen im Gärtnerhaus, der nicht mit sperrigem Brennholz zu beheizen war, nicht aus dem Kopf. Schnurstracks ging sie in die Küche, wo sie Marie am Herd fand.

„Warum habe ich nicht rechtzeitig davon erfahren?"

„Von was?"

„Hätte doch vielleicht Kohlen organisieren können!"

„Nee, Fräuleinche', wo nuscht is', da kann auch da beste Wille nuscht mehr herzaubern!"

„Dann wird es verdammich kalt werden bei uns drüben."

Marie schob einen großen Topf geräuschvoll über die Herdplatte und lächelte versonnen.

„Nu', junge Leut', de halten sich schon warm."

Edith hatte es sich in einem Sessel im Arbeitszimmer bequem gemacht. Sie streckte ihre Füße nah an den Kamin, in dem ein Feuer prasselte. Ihre Geliebte saß am Schreibtisch und war in einen Stapel Zettel und Rechnungen vertieft. Dann und wann notierte sie ein paar Zahlen und addierte sie. Edith war so in einen Brief versunken, daß sie nicht merkte, wie ihre Wollsocken langsam zu qualmen anfingen. Antonia sah ärgerlich von ihrer Arbeit auf.

„Riecht hier nach angesengtem Schaf!"

„Hm."

„Deine Socken!"

Schlagartig wurde Edith sich der Hitze an ihren Füßen bewußt. Sie sprang auf und tänzelte hin und her.

„Mein Gott, ich habe das gar nicht bemerkt."

„Was liest du denn so Spannendes? Liebesbrief?"

Edith setzte sich wieder und besah sich, umständlich verrenkt, ihre Strümpfe.

„Ist noch alles heil."

„Hättest sonst neue stricken dürfen."

Antonias Liebste ging hinüber zum Schreibtisch, setzte sich vorsichtig auf die Kante und sah ihre Freundin ernst an.

„Theo und Karin wollen aus Königsberg weg."

„Und wohin?"
„Irgendwo aufs Land, wo die Versorgung besser ist."
„Wahrscheinlich haben sie Verwandte, wo sie unterschlüpfen können."
„Es scheint in der Stadt kein Heizmaterial mehr zu geben. Stell dir das bloß vor, im Winter ohne Heizung!"
Antonia nickte wissend und schrieb erneut Zahlen auf. Edith lehnte sich etwas zurück, um ins Blickfeld der Liebsten zu gelangen.
„Und Lebensmittel sind auch knapp. Sie müssen stundenlang vor den Läden stehen, und am Schluß gibt es dann nichts mehr!"
Wieder nickte die junge Treskow, ohne aufzusehen.
„Ich weiß", murmelte sie, sich an Stolp erinnernd.
Edith, die sich auf den Schreitisch gesetzt hatte, ließ sich langsam auf den Papieren nieder und sah ihre Freundin kopfüber an.
„Sie wissen nicht, wo sie hin sollen!"
Antonia zog eine Rechnung unter Ediths Schulter hervor und erkannte, daß es eine Mahnung war. Mißgelaunt legte sie den Bogen auf einen kleinen Stapel ähnlicher Fälle und fuhr sich mit der Hand übers Haar.
„Dann müssen sie sich an die dortige Verwaltung wenden. Gibt Anträge, um bei Bauern eingewiesen zu werden. Man bekommt dort Unterkunft und Verpflegung und muß dafür in der Landwirtschaft helfen."
Edith drehte sich langsam um und verursachte eine entsprechende Unordnung auf dem Tisch.
„Muß das sein? Ich meine, mit dem Antrag und so? Das dauert doch bestimmt Wochen, bis so etwas bearbeitet ist!"
Antonia besah sich entnervt den entstandenen Papierwust und schüttelte den Kopf.
„Weiß auch, daß es kalt ist in unserer Bude drüben und daß du nicht unentwegt bei Marie hocken willst. Wenn du schon sonst nichts zu tun hast, störe mich bitte nicht bei der Arbeit. Weiß sowieso langsam nicht mehr, wo mir der Kopf steht!"
Edith zog sich vom Schreibtisch zurück und stand, die Hände vor der Brust gefaltet, im Raum.
„Toni, könnten sie nicht hier ..."
„Was?"
„Es wären helfende Hände."
„Wo du schon nicht weißt, was du tun sollst?"
„Aber sie wissen doch nicht wohin!"
„Dann werden sie wohl in Königsberg bleiben müssen. Sind schließlich nicht die einzigen, die frieren und anstehen müssen."
„Ich könnte mit Karin mein Deutsch verbessern, für mein Abitur!"
Antonia stand auf und ging zum Kamin, um ihre klammen Hände zu wärmen.

„Mein Gott, Edith! Ist hier schon so schwer genug. Wir kriegen auch keine Kohlen für den Winter. Habe hier ein halbes Dutzend bereits angemahnte Rechnungen liegen, von denen ich nicht weiß, wie ich sie bezahlen soll. Vor dem Frühjahr können wir hier kein zusätzliches Maul satt bekommen!"

„Die beiden brächten bestimmt auch etwas mit!"

„Was denn? Gibt doch nichts mehr! Ihre Karten können sie mitbringen, ja, aber ohne behördliche Einweisung bekommen sie keine neuen Lebensmittelkarten mehr."

„Es sind doch unsere Freundinnen!"

„Weiß ich! Kann es aber nicht ändern. Der Mensch muß essen, und ein Winter ist lang! Außerdem habe ich mit meiner Mutter schon genug Ärger am Hals. Wenn ich noch Karin und Theo hierher hole, dann gnade mir Gott, wird mich meine Mutter für geistesschwach erklären lassen!"

„Aber sie werden erfrieren oder verhungern."

„Dann können wir es nicht ändern!"

„Du bist ekelhaft!"

Antonia wollte etwas entgegnen, doch da hatte ihre Freundin schon ihre Schuhe gegriffen und war aus dem Arbeitszimmer gerannt.

Edith eilte auf Socken durch die Halle zur Küche. Marie drehte sich um, als die Tür donnernd ins Schloß flog.

„Na, was 'n nu' wieder jeschehen?"

Die junge Frau warf die Schuhe auf den Boden und verkroch sich auf der langen Bank hinter dem Tisch. Sie zog ihre Knie unters Kinn und umklammerte ihre Beine mit beiden Armen.

„Toni ist ein Unmensch!"

„Na, na, na! So harte Worte! Was 'n passiert?"

„Sie will unsere Freundinnen aus Königsberg nicht aufnehmen!"

„Ham die denn 'ne Einweisung?"

„Ach, wofür denn? Hier gibt es doch alles in Hülle und Fülle! Die in der Stadt darben mit kleinsten Rationen, wenn man überhaupt etwas bekommt!"

Die Köchin wischte sich die Hände an der Schürze ab und setzte sich. Mitleidig sah sie das weinende Mädchen an.

„Ohne Einweisung keine Karten. Das weiß ich noch von die Kaleins! Mag ja sein, daß's hier aussieht, als hätten wa alles, aber 's is' jerade jenug, um uns durchzefüttern. Wenn's Fräulein sacht, es jeht nich', denn hat se ihre Jründe, un' das hat nuscht mit 'm Unmensch zu tun!"

„Ach, Marie, ich habe Toni noch nie so erlebt! Ich hatte beinahe Angst vor ihr."

„Se muß 'n Hof leiten. Se hat de Verantwortung fier uns alle. Ihr is' zur Zeit 's Jeld knapp, hat ihre Frau Mutter auf de Bank jetrajen, damit's Zinsen bringt. Kind, es is' nich' einfach für, wie tun Se sagen, für Toni."

„Aber sie verschließt ihr Herz vor der Not anderer."

„Nee, nee, se hat ihr Herz am rechten Fleck! Se denkt an uns, un' was wollen wa mehr?"

„Mitgefühl!"

„Ihre Anteilnahme jilt 'm Jut un' nuscht anderm. Wa ham 'nen schweren Winter vor uns, deswejen is' unser Fräulein so besorgt."

„Aber unsere Freunde haben noch nicht einmal Kohle, um zu heizen!"

Die Köchin ging zum Herd, auf dem etwas aus einem großen Topf zu brodeln drohte. Sie schob den Kessel auf eine weniger unterfeuerte Stelle der gußeisernen Herdplatte und atmete den aufsteigenden Dampf tief ein.

„Wir ham auch keine Kohle' fier im Winter! Jibt e'm keine!"

Edith ließ ihre Knie los und setzte sich aufrecht hinter den Tisch.

„Wir werden also auch erfrieren?"

„Papperlapapp! Unser Fräulein wird's schon richten!"

Edith war aufgestanden und ging eilig zu der gewichtigen Köchin, die in dem großen Topf rührte.

„Keine Kohlen? Was, bitte, wird denn dann aus uns?"

„Wa ham Holz. Jutes Holz, wo lange brennen tut!"

„Aber in den kleinen Ofen bei uns passen keine großen Scheite."

Marie kostete von dem Inhalt des großen Kessels und griff nach dem Salzfaß. Sie gab eine reichliche Menge in die kochende Suppe und legte den Deckel wieder an seinen Platz.

„Im Winter missen wa zesamm'rücken, war schon immer so. Wer friert, der kommt in de Küche."

„Aber, Frau Treskow ..."

„Keine Furcht! De Gnädige kommt nur zu janz außerjewöhnliche Anlässe hier rin."

„Aber wir können doch nicht in der Küche schlafen!"

„Das wird da Toni auch bald merken."

„Wie?"

„Nich' mehr böse sein! Unsre junge Frau tut, was se kann, un' se braucht 'ne Stärke an ihre' Seite, nich' immer de Fraje, warum!"

„Wie meinst du das?"

„De Pferde missen jefüttert wer'n!"

Edith begriff langsam, und Röte schoß ihr ins Gesicht.

„Die Pferde, ich verstehe."

Laut dröhnte der Wehrmachtsbericht durch die Tür in die Halle. Antonia kam die Treppe herunter, ihr nasses Haar in ein Handtuch gepackt, und vermutete ihre Mutter im kleinen Salon. Erleichtert, ihr nicht begegnen zu müssen, ging sie zur Küchentür und öffnete sie schwungvoll.

„*... an der Düna brachen mehrfache bolschewistische Angriffe zusammen. Zur Frontverkürzung wurden die auf dem Ostufer der Düna stehenden Verbände unter Zerstörung aller kriegswichtigen Anlagen im Ostteil der Stadt Riga auf das Westufer zurückgenommen. Vor der Halbinsel Sworbe verhinderten leichte deutsche Seestreitkräfte weitere sowjetische Landungsversuche und versenkten hierbei ein Landungsfahrzeug.*"

Die junge Frau stand wie versteinert in der offenen Tür. Der Anblick ihrer Mutter vor der dröhnenden Goebbelsschnauze hatte sie einen Moment lang gelähmt.

„Guten Abend!"

Marie zischte ein Psst! durch den Raum und starrte weiter andächtig das kleine Radio an. Die blecherne Stimme toste weiter.

„*Nordamerikanische Terrorflieger griffen Wien und oberschlesisches Gebiet an. Durch verstreuten Bombenwurf und Bordwaffenangriffe in West- und Südwestdeutschland hatte die Zivilbevölkerung Verluste. Einzelne britische Flugzeuge warfen in den frühen Morgenstunden ...*"

„Gehe wohl besser wieder!"

Frau Treskow war dieses Zusammentreffen offensichtlich ebenso unangenehm wie ihrer Tochter. Die Radiostimme berichtete noch von durch U-Boote versenkten Schiffen, als die Köchin den Apparat abstellte.

„Ich dacht', Se sin' im Badezimmer."

„War ich auch."

Mutter und Tochter sahen sich peinlich berührt an, sprachen aber nach den heftigen Auseinandersetzungen nicht mehr miteinander.

„Gute Nacht, Marie!"

„Schlafen Se wohl, gnä' Frau!"

Marie starrte schuldbewußt auf den Küchenboden.

„Ich konnt' doch nich' wissen, daß Se ..."

Antonia stieß sie freundlich an und lächelte.

„Laß gut sein! Ist ja nichts passiert."

„Könn' Se nich' einfach wieder jut sein miteinander?"

„Dafür müßte schon ein Wunder geschehen."

Marie hob die Schultern, atmete tief ein und sah der jungen Frau besorgt nach. Die ging auf ihrem Weg durch die Halle rasch zum Telefon, um ein dort liegendes Verzeichnis mitzunehmen. Neben dem Apparat lag, wie gewöhnlich, wenn etwas zur Post sollte, ein Brief. Er war adressiert an Lieselotte Pawelcke in Schloßwalde. Sie griff sich das Telefonbuch und eilte aus dem eiskalten Flur ins Arbeitszimmer. Dort saß Edith auf dem Sessel nahe am Feuer und las. Antonia ging zu ihr, legte ihre kühlen Hände auf Ediths Schultern und küßte sie aufs Haar.

„Ist der Brief in der Halle von dir?"

„Brief? Ja, ich habe ein paar Zeilen an Karin und Theo geschrieben. Marie meinte, ich solle ihn zur Post neben dem Telefon legen."

„Du hast also nichts an die Pawelcke verfaßt?"

„Ich? Das hätte ich dir doch gesagt."

Antonia löste sich aus der Umarmung, nahm ihr Handtuch vom Kopf und schüttelte ihr feuchtes Haar. Sie trat näher an den Kamin und beugte sich den züngelnden Flammen zu. Mit beiden Händen fuhr sie durch ihr langes, dichtes Haar, um es zu trocknen. Mit einem kurzen Ruck warf sie den Kopf in den Nacken, und die Haarpracht flog nach hinten. Sorgfältig begann sie ihre Mähne zu bürsten und ließ dann die überlange Pracht um ihren Kopf wogen.

„Mit diesen langen Locken siehst du aus wie eine Madonna."

„Primich! Meine Mutter kann es nämlich nicht leiden, wenn ich mein Haar offen trage."

„Dabei ist es so wunderschön."

Antonia fuhr sich durch die Frisur und rieb sich dann rasch die Hände.

„Auf in den Kampf!"

„Wo willst du denn hin?"

„In die Höhle des Löwen."

„Zu deiner Mutter?"

„Genau."

„Und warum?"

„Jetzt gibt es Zunder."

Edith sah ihrer Freundin nach, die schon an der Tür stand.

„Aber um Gottes willen, warum denn?"

Mit großen Schritten ging sie durch die Halle und stieß ohne zu klopfen den Eingang zum kleinen Salon auf. Die Überraschung war ihr gelungen. Frau Treskow schrie kurz auf und griff sich an die Brust. Sie benötigte einige Sekunden, um sich wieder zu beruhigen.

„Du benimmst dich immer ..."

„Ruhe, jetzt rede ich!"

Frau Treskow kannte diesen Tonfall, und er mißfiel ihr zutiefst. Trotzdem reagierte sie eher demütig. Gesenkten Hauptes ging sie zu einem Stuhl und setzte sich. Ihre Tochter stand, ihr Haar immer wieder schüttelnd, mit in die Hüften gestemmten Händen im Raum.

„Hast eine neue Brieffreundin?"

Die ältere Frau spürte, wie sich etwas in ihr zusammenzog.

„Mit den offenen Zotteln siehst du aus wie eine …"
„Halt den Mund!"
Frau Treskow hatte Tränen in die Augen, und Haß stieg in ihr auf. Antonia trat näher und sah sie kalt an.
„Wünsche nicht, daß du mit dieser Person Umgang hast!"
„Aber …"
Die junge Frau wußte genau, welche Tonart sie anzuschlagen hatte. Sie kannte die Phrasen ihres Vaters noch genau.
„Aber fängt mit aber an und hört mit aber auf! Laß es, oder ich lasse dich!"
Ihre Mutter sank in sich zusammen. Erst wurde ihr kalt, dann übel, und schließlich nickte sie leicht mit dem Kopf.
„Jawohl."
„Lauter!"
Frau Treskow lehnte sich zurück, schloß die Augen und spürte denselben unsäglichen Schmerz, der sie über Jahre gepeinigt hatte, wenn ihr Mann den Raum betreten hatte.
„Jawoll!"
„Dann ist ja gut."
Sie verließ den Raum, ohne weiter auf ihre Mutter zu achten. In der Halle stieg ihr das Wasser in die Augen, und sie schniefte.
„Mein Gott, Mama! Warum willst du es nur so?"
Sie rannte ins Arbeitszimmer, um in den Armen ihrer Liebsten Halt zu finden. Frau Treskow lief derweil aufgebracht im Salon auf und ab. Sie hatte sich keinen Illusionen hingegeben, doch daß Antonia sie derart zu demütigen vermochte, hatte sie nicht geahnt. Daß jemand ihren Verstand mit wenigen Sätzen auslöschen konnte! Diese Schmach kannte sie nur zu gut von August, und sie hatte ihn, über die Jahre hinweg, mehr und mehr dafür gehaßt. Sie war nicht in der Lage, ihr Innerstes zur Ruhe zu bringen, und fühlte die teuflische Versuchung, diesen Unfrieden, diese Hilflosigkeit gegenüber sich selbst mit einem ordentlichen Schnaps zu bekämpfen. Wie eine Katze, die weiß, wo der Milchtopf steht, schlich sie immer wieder an dem kleinen Schränkchen vorbei, in welchem sich die Alkoholika befanden. Ihre Hände ballten sich zu Fäusten, und sie suchte sich mit leisen Schreien Luft zu machen.
„Nein! Der Teufel soll mich holen, mit mir nicht mehr!"
Entsetzt hielt sie sich die eiskalten Hände vor den Mund, setzte sich hastig und suchte Trost in der Bibel. Doch auch das vermochte ihr Leid nicht zu lindern. Wieder stand sie auf und schlich durch den Raum, bis sie schließlich nachgab. Rasch war ein Glas mit Rudolfs Kornbrannt gefüllt, und noch schneller war es getrunken.

Nach dem zweiten eilig gekippten Glas fühlte sie Hitze im Gesicht, nach dem dritten machte sich wohltuende Ruhe in ihr breit, und sie hatte den dringenden Wunsch, völlig zu versinken. Es dauerte nicht sehr lange, bis die Flasche zur Neige ging und Frau Treskow wütend aufsprang. Es war hilflose Verzweiflung, die nun aus ihr herausbrach.

„Dir werde ich es zeigen, du Luder, und deiner dreckigen Schlampe auch! Hure, rothaariges Strichmädchen!"

Marie, die auf dem Weg ins Bett war, hörte die laute Stimme, die sich in Verwünschungen überschlug, und sie klopfte vorsichtig an.

„Gnä' Frau?"

Dem Rufen folgte eine kurze Pause, dann begann erneut das Geschrei. Marie öffnete schüchtern die Tür und sah die ältere Frau mit der Flasche in der Hand durch das Zimmer wanken. Sie kippte den restlichen Inhalt der Pulle völlig haltlos in sich hinein.

„Mein Jott, gnä' Frau!"

Antonias Mutter klammerte sich an ein Möbel und spuckte mehr als sie sprach.

„Du! Du bis' auch 's Teufels! Aber ich wer'e den Niedergang verhindern ..."

Marie eilte zu der Betrunkenen und fing sie auf.

„Zeit fiers Bett, gnä' Frau."

Frau Treskow brabbelte sturzbetrunken vor sich hin und merkte nicht, wie die kräftige Angestellte sie nach oben und in ihr Bett brachte. Froh, die Frau auf ihr Lager geschafft zu haben, ging Marie die Treppe wieder hinunter. Unter der Tür des Arbeitszimmers schimmerte noch Licht hervor. Marie überlegte kurz und klopfte dann.

„Herein!"

Sie trat ein und fand Antonia hinter dem großen Schreibtisch. Edith, die am Kamin gesessen hatte, stand auf.

„Marie? Was gibt es denn?

„Ich muß mit's Fräulein allein sprechen."

„Gibt hier keine Geheimnisse. Also, was ist?"

Die Angestellte zuckte mit den Schultern

„Wie Se's wünschen. Ich hab' Ihre Frau Mutter im Bett jebracht."

„Aha, und warum?"

„Das wissen Se jenau, un' ich möcht' Ihn' am liebsten en Mutzkopp jeben dafier!"

Edith sah die dicke Köchin fragend an.

„Was?"

Ihre Freundin grinste und setzte sich auf die Schreibtischkante.

„Eine Ohrfeige."

„Ja, un' de hätten Se auch verdient! Was ham Se denn anjestellt, daß Ihre Frau Mutter wieder saufen tut?"

Die junge Dunkelhaarige nickte und machte einen Schritt in den Raum.

„Danke dir für die Auskunft."

„Wie?"
„Marie, du kannst jetzt gehen."
„Fräulein ..."
„Danke! Geh ins Bett, die Nacht ist kurz."
Marie ging schleppend zur Tür.
„Jute Nacht."
„Ja, danke. Gute Nacht, Marie."
Endlich waren die beiden jungen Frauen alleine, und Edith stürmte auf ihre Freundin ein.
„Was ist denn geschehen?"
Antonia wollte gerade zu einer Erklärung ansetzen, als die Tür aufging und Frau Treskow sich am Rahmen festhielt.
„Du kannst mich nich' mehr heimschicken! Oberschlesien ist bombardiert worden!"
Die junge Frau sprang nach vorn.
„Denke, du bist im Bett!"
Antonia ließ endlose Vorwürfe über sich ergehen und unterbrach den inzwischen wirren Redefluß.
„Genug!"
„Oh, noch lalle ... lange nich'! Du hast ja keile ... keine Ahnung ..."
„Es reicht!"
Die Betrunkene brabbelte weiter.
„Man kann niemandem mehr trauen! Niemand! Noch nich' mal 'm Bericht im Radio! Abwehrkampf um Riga", sie lachte hysterisch, „völlig absdu ... absurd! Gestern haben die Sowjets Riga erobert!"
„Hast du das von deiner neuen Freundin?"
„Aus infrom .... informierten Kreisen."
„Dann verkehrst du offenbar schon dort?"
„Du has' doch wie immer kei'e Ahnung!"
„Ach so! Wie du meinst, aber das kannst du ja mit deinem Freund Romeike bereden oder mit dieser Pawelcke. Habe genug von deinem besoffenen Gewäsch!"
Frau Treskow schwankte hin und her, ihre Knie schienen sie nicht mehr tragen zu wollen.
„Ich habe auch genug!"
„Schön, ausnahmsweise sind wir einer Meinung."
„Genug von dir un' der rot..."
Der Aufprall ihres Körpers auf dem Boden erfüllte wie eine Drohung den Raum. Edith eilte zu der Gestürzten, beugte sich nach unten und griff sie an der Schulter.
„Frau Treskow, haben Sie sich weh getan?"
Sie bekam keine Antwort, und ihre Freundin zog sie zu sich.
„Laß sie. Ist völlig betrunken!"
„Sollen wir sie in ihr Bett bringen?"

„Nein, wir schaffen sie in die Küche, dort ist es warm genug."
„Aber ..."
„Mein Gott, Edith! Habe wirklich kein Verlangen, diese Besoffene nach ihrem schauerlichen Auftritt irgendwo hinzubringen."
„Sie ist doch deine Mutter!"
„Wenn sie sich nur auch einmal daran erinnerte!"
„Sei doch nicht so hart."
„Wie ist sie denn zu mir?"
Edith umarmte ihre Freundin und strich ihr sanft mit einer Hand über die Wange.
„Ich weiß nicht, was sie so verbittert, aber vielleicht kann sie ja nicht anders. Wir können doch alle nicht aus unserer Haut."
Antonia küßte ihre Liebste und nickte zögerlich.
„Na gut, aber ausziehen tu' ich sie nicht!"

Antonia warf die Außentür des Gärtnerhauses ärgerlich zu und stapfte den Weg hinüber zum Hof. Ihr Groll galt nicht so sehr der Liebsten und ihrem Wunsch, die Königsbergerinnen auf das Gut holen zu wollen, es war mehr der Zorn darüber, daß sie gezwungen war, zwischen den Fronten zu lavieren.
„Jedem soll ich es recht machen! Verdammt noch mal, wie soll das gehen?"
Die junge Frau spürte den Drang, sich bei ihren Pferden zu verkriechen, doch ihr Pflichtbewußtsein behielt die Oberhand. Sie sah nur rasch nach den Tieren und eilte dann ins Haus, um sich dem ungeliebten Papierkram zu widmen. Es kam ihr wie eine Verschwörung vor, als sie ausgerechnet jetzt ihrer Mutter begegnete, und sie versuchte, sie zu ignorieren. Doch Frau Treskow schien ihren labilen Zustand förmlich zu wittern.
„Antonia!"
Sie drehte sich gereizt um.
„Ja, Mutter?"
„Die Lage verlangt ein Gespräch."
„Welche Lage?"
„In der Bibliothek, bitte."
„Habe keine Zeit!"
„Du wirst sie dir nehmen müssen."
Unwillig folgte sie ihrer Mutter in den mit Büchern überladenen Raum und warf die Tür hinter sich zu. Trotz der Größe des Zimmers fühlte sie sich gefangen.
„Was hast du mir zu sagen?"
Wie schon seit einiger Zeit schien Frau Treskow wieder bestens informiert.

„Diese russischen Untermenschen dringen nach Ostpreußen ein. Es gibt eine Offensive im Kreis Gumbinnen. Gumbinnen und Insterburg wurden bombardiert. Der Angriff richtet sich gegen die vierte Armee und zielt auf Königsberg. Es scheint, als ob schon bald Teile der deutschen Bevölkerung in die Hände des roten Packs fallen könnten."

„Danke für den Hinweis. Hätte ich wahrscheinlich auch im Wehrmachtsbericht hören können."

„Mit Sicherheit nicht!"

„O ja, ich vergaß völlig deine neuen Freunde in Schloßwalde. Aber es interessiert mich nicht die Bohne, was die Russen sonstwo veranstalten, es sei denn, sie stehen vor der Tür!"

Frau Treskow stand kerzengerade vor ihrer Tochter und sah sie beinahe mitleidig an.

„Ich sage es dir ganz offen. Du wirst dich vor den Russen nur retten können, wenn du rechtzeitig fliehst!"

„Damit du ..."

„Es geht dabei nicht um mich. Dieses Pack macht vor jungen Frauen nicht halt, da gibt es kurzen Prozeß. Du wirst dich doch nicht hinschlachten lassen wollen wie ein Stück Vieh?"

„Kaum! Und du?"

„Mir wird schon nichts geschehen, ich habe Rückendeckung."

„Von Romeike?"

„Und wenn?"

„Was also weiter?"

„Ich halte das Gut, bis hier alles ausgestanden ist."

Antonia nickte und sah ihre Mutter kalt an, während ihr tausend Gedanken durch den Kopf gingen.

„Mach dir keine Illusionen. Was auch immer dieser Romeike ausgekocht hat und du unreflektiert wiedergibst: Mich wirst du nicht los! Treskow ist mein Gut, und was auch immer geschieht, ich bleibe!"

„Kind, es wird schlimmer als ..."

Die junge Frau verließ im Eilschritt die Bibliothek und knallte die Tür hinter sich zu. Sie stand in der Halle und sah nach oben.

„Meine Güte, was läßt sie sich denn noch alles einfallen!"

Nun war es endgültig vorbei mit ihrem Arbeitseifer. Ohne Umwege eilte sie in den Pferdestall und führte Tarantino nach draußen. Sie hatte nur noch einen Gedanken: reiten. Als sie gerade aufgesattelt hatte, kam Edith auf sie zu.

„Darf ich mitkommen?"

„Nein. Brauche Zeit für mich. Weiß nicht, wo mir der Schädel steht!"

„Du willst mich hier allein lassen?"

„Wird dir schon nichts geschehen!"

Ediths Gesicht verzog sich zu einer Grimasse, und Sturzbäche von Tränen ergossen sich über ihre Wangen.

„Ich habe dir nichts davon gesagt, weil ich immer noch hoffe, daß es einmal wieder besser geht zwischen deiner Mutter und dir."

„Wovon?"

Edith ging zu ihrer Freundin und umklammerte sie.

„Deine Mutter hat mir gedroht, mich mit Hilfe meines Vaters ins Lager bringen zu lassen!"

Antonia löste sich aus der einengenden Umarmung, prüfte Sattelzeug und Trense.

„Wann hat sie das gesagt?"

„Gestern."

„Gib nichts darauf!"

„Sie hat gesagt, sie hätte sich informiert, und da ich hier nur den Betrieb störte, wäre es kein Problem, mich für immer verschwinden zu lassen!"

„Himmel Herrgott, dieser Person fällt auch immer noch etwas ein!"

„Wem?"

„Meiner verdammten Mutter!"

„Hat sie dir auch gedroht?"

Antonia saß auf und zog lässig den Sattelgurt fest.

„Hat es versucht."

„Und?"

„Liebste, ich brauche einen Ritt, um einen klaren Kopf zu bekommen."

„Was wird aus mir?" schluchzte Edith und fuhr sich mit beiden Händen verzweifelt übers Gesicht.

„Geh zu Marie in die Küche, die paßt schon auf dich auf."

Antonia trat dem Hengst mit den Absätzen in die Seiten. Der hatte ein genauso großes Bedürfnis wie seine Reiterin, sich zu bewegen, und im ausgelassenen Trab ging es vom Hof.

Es dämmerte bereits, und Edith wurde immer nervöser. Den Tag über hatte sie der Köchin zur Hand gehen können. Eberhardt hatte zwei Hühner geschlachtet, und zunächst hatte sie es bedauert, daß den armen Kreaturen das Leben genommen worden war, doch dann erfuhr sie von Marie, was man alles aus einem Huhn, seinem Fleisch, den Innereien und seinen Federn machen konnte. So verging die Zeit wie im Flug. Doch nun, Antonia war schon zum Mittagessen nicht erschienen, fühlte sie sich wie auf glühenden Kohlen.

„Marie, ob ihr etwas passiert ist?"

„Daran denken wa einfach nich'!"

„Aber …"
Die Angestellte sah sich herausfordernd um.
„Was is' denn nu' mit die Möhren?"
Edith besah sich die gelben Rüben und nahm das Messer.
„Ich habe schreckliche Angst!"
„Vor die Karotten?"
„Nein, um Toni!"
„Unser Fräuleinche' kommt schon wieder."
„Aber …"
„Nu', nuscht mehr mit Wenn un' Aber, ich brauch's Jemüse!"
Edith begann unter Tränen die Möhren zu schneiden, als sie Hufgetrappel auf dem Hof hörte. Wie der Blitz rannte sie nach draußen und sah ihre Geliebte absatteln.
„Du warst lange weg!"
Sie bekam keine Antwort. Antonia trug Sattel und Zaumzeug weg, wusch den Hengst, rieb ihn trocken und führte ihn noch eine Weile auf dem Hof im Kreis. Edith ging ihr nach, doch ihre Freundin sprach kein Wort. Schließlich stellte die junge Treskow Tarantino ein, sah nach seinem Futter und tränkte ihn. Immer noch war kein Wort gefallen. Edith hielt ihre Liebste am Arm fest und sah sie an.
„Was ist mit dir?"
Antonia drehte sich von ihr weg, schloß die Tür des Einstandes und ging mit großen Schritten aus dem Stall.
„Redest du nicht mehr mit mir?"
Die junge Treskow stieg die Treppen zum Haus hinauf, öffnete die wuchtige Eingangstür und verschwand dahinter. Edith rannte aufgelöst zurück in die Küche, um bei Marie Trost zu finden. Derweil stand ihre Freundin vor der Tür des kleinen Salons. Sie klopfte und trat gleich darauf ein. Frau Treskow saß über einer Patience und sah auf.
„Ich wüßte nicht, was du hier zu suchen hast."
„Wirst es umgehend erfahren!"
Das Verhalten ihrer Tochter ließ sie, wie Tage zuvor, erschaudern.
„Du mußt deinen Vater gut beobachtet haben!"
„Er hat damit nichts zu tun!"
„Du benimmst dich trotzdem wie er."
Antonia steckte beide Hände tief in die Taschen ihrer Reithose und nickte andeutungsweise.
„Tante Emilie sagte, ich sei wie Großvater."
„Der Himmel möge uns alle davor bewahren!"
„Macht er aber nicht. Und nun zu dir!"
Frau Treskow hatte plötzlich Angst. Ihre Kehle war wie zugeschnürt. Anton Treskow war ihr lange nicht mehr ins Bewußtsein gerufen worden, und sie versuchte, demütigende Gedanken wegzuschieben.

„Diese Schwester deines Vaters hat ..."

Antonia ging auf ihre Mutter zu und blieb kurz vor ihr stehen. Mit Absicht sah sie sie kalt an.

„Sie hat mir in mancher Hinsicht die Augen geöffnet! Jetzt endgültig zu dir."

„Ännchen, mach dich nicht unglücklich!" rief Frau Treskow schneidend.

„Du kannst und wirst mich nicht mehr beeinflussen. Es genügt, daß du Edith Furcht einjagen kannst! Aber auch das wird ein Ende haben!"

Frau Treskow stand auf und griff rasch nach der Bibel, die auf einem Tischchen lag.

„Der Herr ..."

„Schweig! Habe mir dein Tun lange genug angesehen, immer in der Hoffnung, du, als meine Mutter, würdest mir schon nichts Böses wollen. Aber jetzt ist es genug! Entweder du schweigst für immer, oder dein Weg geht von Treskow fort!"

Antonias Mutter hielt sich die heilige Schrift wie einen Schild vor den Leib und sah ihrer Tochter in die Augen.

„Ich denke nicht im Traum daran, das Feld zu räumen!"

Die junge Treskow nahm ihre Hände aus den Hosentaschen und stellte sich dicht vor die ältere Frau.

„Du wirst!"

Die im ganzen Raum spürbare Energie schüchterte Frau Treskow ein. Sie umklammerte ihre Bibel noch fester und hob den Kopf, so daß ihr Kinn auf Antonia wies. Ihr Blick glitt über die stuckverzierte Decke des Raumes, und sie atmete tief durch.

„Nichts werde ich, schon überhaupt nicht von hier fortgehen! Aber ich werde überall kund tun, daß du ein unzüchtiges Verhältnis mit dieser Person hast! Eine Rothaarige, deren Mutter eine Schlampe ist!"

„Schweig oder geh!"

„Ich werde niemals verstummen, wenn es um gotteslästerliches Tun geht!"

„Du und dein Gott, ihr könnt ..."

„Wir können dich und die ganze liederliche Brut vernichten!"

Antonia war versucht, die Hand gegen ihre Mutter zu erheben, doch dann besann sie sich. Sie drehte sich um, ging zur Tür und zog sie auf.

„Ich lasse dir diesbezüglich freie Hand! Versuch dein Glück, oder was du dafür hältst. Ich sage dir nur noch, daß Edith und ich hier ins Haus ziehen werden, noch heute abend! Und in den nächsten Tagen werden Freunde von uns hier einquartiert werden. Kannst Romeike davon erzählen! Nur sei versichert, daß ich nun auch keinerlei Rücksicht mehr nehme!"

Tonfall und Inhalt des letzten Satzes ließen Frau Treskow erstarren und ihr Herz bis zum Hals schlagen. Diese Worte hatte sie noch zu gut von früher in Erinnerung, doch sie hatte keine Ahnung, wie ihre Tochter zu dieser beängstigenden Formulierung kam. Sie hielt es nicht länger aus und eilte in den Keller. Dort fand sie die gesuchten Flaschen und nahm eine davon mit. Mit ihrer Bibel und dem Schnaps zog sie sich in ihr Schlafzimmer zurück.

Vor Kälte schon ganz steif, stand Rudolf neben der Kutsche und erwartete den Zug aus Königsberg, der vor einer halben Stunde hätte ankommen sollen. Glücklicherweise hatte er an die Decken für die Pferde gedacht und verschaffte sich dadurch Bewegung, daß er die Tiere zudeckte.

„Noch nich' mal mehr auf de Reichsbahn is' Verlaß!"

Er ging in das Bahnhofsgebäude, um dem scharfen Wind zu entkommen. Dort, in der Halle, hing ein handschriftlich geänderter Fahrplan und gleich daneben ein Plakat über Kohlenklau.

Im Eingangsbereich des Bahnhofs schien es noch zugiger als draußen, und er wollte zurück zur Kutsche. Doch dann kreischten die Bremsen des herannahenden Zuges, und Rudolf blieb zufrieden stehen.

Breitbeinig, die Hände in den Jackentaschen vergraben, sah er zum Gleis, auf dem der Zug eingefahren war. Eine Frauenstimme überschlug sich beinahe.

„Schloßwalde! Schloßwalde! Einsteigen, die Türen schließen!"

Augenblicke später zog die Lokomotive puffend ihre Wagen an, und zwei Frauen erschienen mit großem Gepäck in der Halle. Er ging auf sie zu und ärgerte sich darüber, mit dem Landauer gekommen zu sein.

„Frau Morin?"

Die blonde, ungemein gepflegte Frau, die ihm wie aus der Illustrierten vorkam, nickte.

„Sie müssen Rudolf sein."

Er nahm die Hände aus den Taschen und riß seine Kappe vom Kopf.

„Zu Diensten, Frau Morin!"

Theo stand neben dem Gepäck und lachte.

„Nur nicht so nobel! Tag, Rudolf, ich bin Theo."

Der alte Mann war völlig hin und weg von der schönen Blonden und wußte nicht, was er sagen sollte.

„Hab' nur dem Landauer."

Antonias Lehrerin ging auf Rudolf zu und streckte ihm die Hand entgegen.

„Überaus freundlich, daß uns überhaupt jemand abholt. Wir wußten ja nicht, ob unsere Post angekommen ist."

Kupinski fühlte sich wie in seiner Jugendzeit, als er einmal einer noblen Dame als Fahrer zugeteilt worden war.

„Gnädige Frau, es is' mir ein Vergnüjen."

Frau Krause kam mit zwei schweren Koffern zu ihm und grinste.

„Nun ist aber wirklich genug mit Ehrfurchtsbezeugungen! Wir sind doch nicht ..."

„Theo, laß ihn doch!"

Rudolf sah die Frau mit den Koffern erstaunt an. Sie trug lange Hosen, was für eine Frau in dieser Zeit völlig ungewöhnlich war. Aber ihr graumelierter Pagenschnitt und das feine Gesicht paßten für seinen Geschmack nicht zu ihrem Namen. Reflexartig zog er seinen Stumpen aus der Jackentasche, steckte die billige, angerauchte Zigarre in den Mund und kaute nervös darauf.

„Theo?"

Die Frau war inzwischen zu den anderen Gepäckstücken zurückgegangen und schleppte schwer schnaufend zwei Koffer herbei.

„Theodora Krause, wenn es denn recht ist. Wir haben noch mehr Bagage!"

Kupinski war hin- und hergerissen von diesen Eindrücken. Doch schließlich besann er sich seiner Aufgaben. Eilfertig ging er zu den restlichen Koffern und Kisten und trug sie aus dem Bahnhof.

Zwischen ihrer Habe eingepfercht saßen die beiden Frauen in der überdachten Kutsche.

„Hast dem alten Knaben ganz schön die Sprache verschlagen."

„Und wenn schon, da hat er wenigstens etwas zum Träumen. Mit dir hatte er ..."

Ein Loch im Weg schlug Frau Morin die Zähne aufeinander.

„Wie auch immer, willkommen auf dem Lande!"

Ihre Freundin hatte die ständige Bedrängung durch einen der Koffer satt und warf das Gepäckstück auf den Boden.

„Alles besser als Königsberg!"

„Wir werden es sehen. Die Nachrichten von Edith und Antonia divergieren ja ein wenig."

„Würden auch verschieden schreiben."

„Theo, ich bitte dich, verstümmle deine Sätze nicht so. Schon gar nicht, wenn Antonia in der Nähe ist. Sie meint sonst ..."

Eine neuerliche schadhafte Stelle im Weg schnitt Karin das Wort ab.

„Also, wenn wir beide über die gleiche Lage zu berichten hätten ..."

Die nächste Unebenheit ließ sie verstummen.

Endlich spürten sie Pflaster unter sich. Karin sah nach draußen und staunte über das große Herrenhaus, vor dem sie anhielten.

„Kinder Gottes, welch ein Palast."

Theo riß die Tür auf ihrer Seite auf und sprang aus der Kutsche.

„Die Königsberger Straßenbahn ist komfortabler!"

Unter den neugierigen Augen Maries, die sofort aus der Küche geeilt war, beeilte sich Rudolf, vom Kutschbock zu klettern, um Frau Morin den Schlag aufzureißen und ihr die Hand zum Aussteigen zu reichen. Karin ließ sich die Geste lächelnd gefallen und drehte sich einmal um die eigene Achse.

„Das ist also Gut Treskow!"

Ediths Gesicht erstrahlte in freudiger Röte, und sie rannte vom Schweinestall auf die Kutsche zu. Da erschien Frau Treskow hocherhobenen Hauptes in der großen Eichentür. Edith stoppte sofort und hielt sich in Deckung. Antonias Mutter ging gemessenen Schrittes die Treppen hinab auf den Hof.

„Heil Hitler! Willkommen auf Treskow."

Sie streckte der Lehrerin ihre Hand entgegen.

„Frau Morin, ich hätte mir gewünscht, Sie unter anderen Umständen kennenzulernen."

Die elegante Blonde schüttelte herzlich die dargebotene Hand.

„Sie können versichert sein, Frau Treskow, mir geht es ebenso."

„Hatten Sie eine angenehme Reise?"

„Sagen wir einmal, es verlief alles den Umständen entsprechend. Darf ich Ihnen Frau Krause vorstellen?"

Frau Treskow übte sich in Zurückhaltung, doch konnte sie ihre Abneigung nicht ganz verbergen, als sie der Frau in Hosen die Hand entgegenhielt.

„Erfreut, Sie kennenzulernen."

Theo sah ihr genau in die Augen, und Frau Treskow senkte sofort den Blick.

„Ganz meinerseits."

„Sind Sie ebenfalls Lehrerin?"

„Nein."

„Aha."

Marie, die es sich nicht hatte nehmen lassen, das Begrüßungsritual von nahem zu verfolgen, entschärfte die plötzlich entstandene Spannung.

„Na, das is' ja 'ne Freude! Es Fräuleinche' wird sich freuen, daß Se endlich hier sin'!"

Theo schwenkte sofort zu der dicken Angestellten hinüber und drückte ihr kräftig die Hand.

„Tach. Sie müssen Marie sein!"

„Se ham hoffentlich nur Jutes von mir jehört!"

Frau Treskow stand noch ein paar Augenblicke gequält lächelnd auf dem Hof und nickte dann.

„Die Damen möchten sich nach der langen Fahrt bestimmt ein wenig frisch machen."

Karin Morin wollte auf das Angebot eingehen, doch Theo übernahm die Initiative.

„Danke, Frau Treskow. Wollen doch erst einmal sehen, wo Antonia steckt."

Die fehlenden Satzelemente in dieser Bemerkung brachten Frau Treskow dazu, sich zurückzuziehen.

„Meine Damen, Sie finden mich im kleinen Salon."

Die Blonde sah ihre Freundin ärgerlich an und drehte dann, ein gewinnendes Lächeln auf den Lippen, den Kopf.

„Vielen Dank, Frau Treskow!"

Kaum war Antonias Mutter im Haus verschwunden, hastete Edith über den Hof, als befürchtete sie, die beiden Frauen könnten gleich wieder abfahren. Die Röte ihrer Wangen ließ all ihre Sommersprossen verschwinden.

„Karin! Theo! Mein Gott, wie ist das schön!"

Frau Krause nahm die junge Frau fest in die Arme und drückte sie herzlich.

„Na, wo ist unsere Toni?"

Edith kam nicht dazu, etwas zu sagen, und fand sich in den Armen von Frau Morin wieder.

„Du siehst proper aus!"

Marie lachte und begab sich zu den Frauen.

„Se muß ja auch nich' hungern, hier bei uns."

Karin wiederholte die Frage nach Antonia. Edith zuckte mit den Schultern.

„Ich war die ganze Zeit bei den Schweinen. Ich habe keine Ahnung, wo sie sich herumtreibt."

Die Köchin mußte immer wieder Theo anschauen. Diese Frau löste ein ganz merkwürdiges Gefühl bei ihr aus, das sie überhaupt nicht einordnen konnte. Sie beschloß, daß es Hunger sei, der ihre Magengrube so in Turbulenzen versetzte.

„Es Fräulein is' mit de Männer im Wald, Holz machen. Aber jetzt komm' Se doch erst mal rein, wa sin' doch alle bestimmt hungrig."

Theo Krause nickte ungestüm und faßte die Angestellte kurz am Arm.

„Wie die Wölfe!"

Marie brach aus für sie unerklärlichen Gründen der Schweiß aus, und sie eilte in die Küche.

„Komm' Se, es is' schnell was jerichtet!"

Der Troß, einschließlich Rudolf, der all das Gepäck aus der Kutsche geladen und abgespannt hatte, folgte Marie durch den Hofeingang in den warmfeuchten Raum. Minuten später saß man am Tisch und ließ es sich schmecken. Karin Morin kaute vornehm, wenn auch mit dicken Backen. Schmalz, Salzfleisch, Käse, frisches Brot und sogar Butter waren auf dem Tisch. Davon hatte sie in Königsberg seit langem vergeblich geträumt.

„Das Land ernährt sich!"

Edith hatte sich nur eine dünne Stulle gemacht und nickte.

„Wir werden satt, aber der Winter ist lang."

Marie, die trotz einer zweiten dicken Schmalzstulle immer noch dieses Flattern in der Magengegend hatte, stand auf und ging zur Speisekammer.

„Auch wenn's ein langer Winter wird, ich hab' noch immer alle satt jekriegt! Wie wär's mit 'm Schnaps zu die Begrüßung?"

Rudolf stand sofort auf, und selbst ihm fiel plötzlich ein, wo die kleinen Gläser standen.

„Immer her! Bring 'n Machandel!"

Theo sah den Mann an.

„Wacholderschnaps?"

„Se sin' wohl aus die Gejend?"

„Nicht ganz. Bin aus Nordenburg."

„Das bei Jerdauen?"

„Ja."

„Na, denn!"

Frau Krause zermarterte sich das Gehirn; schließlich hatte sie ihre ostpreußische Mundart seit langem dem Hochdeutschen geopfert.

„Rudolf! Komme einfach nicht drauf!"

„Wie, was?"

„Na, der Wacholder, wie heißt der noch? Kladdeg oder Kaddeg ..."

Kupinski lachte zunächst über die Frau und dann über die irdene Flasche, die Marie aus der Speisekammer brachte.

„Kaddich."

„Mensch, ja! Kaddig!"

Marie war sparsam beim Eingießen; schließlich saßen lauter Frauen am Tisch. Sofort tönte Rudolfs Protest wegen der halbvollen Gläser durch die Küche. Sie schenkte ihm nach und ließ es damit gut sein. Alle erhoben die Gläschen, und Karin stand auf.

„Auf Gut Treskow!"

Edith stand ebenfalls auf.

„Und eure Ankunft!"

„Wohlsein!"

Frau Morin schüttelte sich und hüstelte.

„Meine Herren, der ist aber stark!"

Rudolf und Theo sahen sich grinsend an. Der alte Mann stellte sein Glas ab.

„Nich' stark! Jut!"

Die Lehrerin setzte sich und schnitt mit Messer und Gabel ein Stück von ihrem Brot ab.

„Kinder, wißt ihr eigentlich, wie gut ihr es hier habt?"

Marie schüttelte den Kopf und besah sich den Rest ihres Schmalzbrotes.

„Hier jibt's nich' jeden Tach Fleisch!"

„Wer braucht das denn auch?"

Rudolf konnte seinen Blick nicht von der Flasche losreißen, die bei Marie am Rand des Tisches stand.

„Nu', wenn der Mensch arbeitet, muß er auch jut essen. Un' trinken!"

Die Köchin verstand sofort, und der Machandel verschwand wieder in der Speisekammer. Theo sah Marie ebenso bekümmert nach wie Kupinski.

„Bei uns in Königsberg und im Reich ist seit dem 16. Oktober die wöchentliche Brotration auf gute zwei Kilo gekürzt worden."

Edith staunte nicht schlecht.

„Zwei Kilo für wieviel Personen?"

„Pro Kopf."

Marie kam aus der Kammer zurück und stand kopfschüttelnd im Raum.

„Na nu', vier Pfund Brot muß ei'm Maul doch reichen!"

Frau Morin legte ihr Eßbesteck ordentlich auf den Teller und wischte sich mit ihrem Taschentuch über die Lippen.

„Wenn man etwas darauflegen kann, bestimmt."

„Das heißt, Se ham nur Brot jekriegt un' sonst nuscht?"

„Nicht ganz. Natürlich gab es auf die Marken etwas, aber was, wann und wo, das ist die Schwierigkeit."

„Nu', wir tun hier auch mit die Marken rum. Aber wenn wa mal was ham wollen auf de Marken, denn muß immer jemand nach Schloßwalde. Is' 'n langer Weg. Se missen doch in die Stadt nur um de Ecke jehen, da is' doch schon da nächste Laden."

Theo stand auf und zündete sich eine Zigarette an.

„Wenn das so einfach wäre, säßen wir noch in unserer hübschen Wohnung in Königsberg!"

Marie sah Theo an; noch nie im Leben hatte sie eine Frau rauchen sehen. Die Art, wie Frau Krause die Zigarettenspitze hielt und wie sie so dastand, kam ihr vor wie im Film.

„Denn is' da ..."

Frau Morin besah sich Marie, die ihre großen Hände nervös mit einem Schürzenzipfel beschäftigte.

„Vor kurzem sollten wieder Gemüsekonserven zur Verteilung kommen. Die Bezugsberechtigung war die rosa Nährmittelkarte 61. Davon sollte man zwischen dem 14. und dem 20. des Monats den Abschnitt N 33 bei dem Kleinverteiler abgeben, von dem man die Konserven beziehen wollte."

„Ja, un' denn?"

„Dann sollte man warten, bis der Verteiler die Lieferung bekommt."

„Aha."

„Wenn dann geliefert wurde, reichte es meistens nicht, zumindest war es die Jahre zuvor so."

„Nu', wie denn? De kenn' doch de Menge! Se mußten doch de Marken abliefern."

„Ja, schon, aber …"

Die Tür zum Hof ging auf, und Antonia kam strahlend lächelnd herein.

Immer wieder eilte jemand vom Hauptgebäude den schmalen Weg zum Gärtnerhaus hinüber. Die Vorstellung von ländlicher Romantik hatte die beiden Frauen aus Königsberg in das einfache Häuschen ziehen lassen. Bettzeug und dies und das wurden in die Behausung gebracht, und Frau Morin bemühte sich, die beiden bewohnbaren Räume herzurichten. Marie kam mit einem leeren Putzeimer aus dem Badezimmer und stellte ihn klappernd ab.

„Nu' is' richtig sauber!"

Für diese Bemerkung erntete sie einen mißmutigen Blick von Edith.

„Das wäre wirklich nicht nötig gewesen. Ich habe mir an dem alten Zeug schon die Finger wund geschrubbt!"

Die Angestellte hob den Eimer wieder auf und ging zur Tür.

„Hab' mir nur noch mal de Ecken vorjenomm'. De junge' Fraun von heut' ham nich' mehr so den Blick fiers hinterste Eckche'."

Marie wartete nicht mehr auf eine Antwort und eilte aus der Küche. Im gleichen Moment wollte Theo hinein, und die beiden Frauen stießen zusammen. Scheppernd fiel der emaillierte Eimer zu Boden. Frau Krause bückte sich, um ihn aufzuheben.

„Tut mir leid, Marie! Alles noch heil?"

Die Köchin nahm den Eimer, starrte Theo aus aufgerissenen Augen an und hastete, ohne ein Wort zu verlieren, zum Haus.

Frau Krause kam in die Küche und schüttelte den Kopf.

„Habe ich etwas im Gesicht?"

Ihre Freundin machte sich am Inhalt eines ihrer Koffer zu schaffen.

„Wieso?"

„Die Gute sah aus, als hätte ich Pestbeulen."

„Sie hat eben noch etwas anderes zu tun, als hier für uns die Dienstmagd zu spielen."

Edith bezog das herbeigeschaffte Bettzeug. Karin hängte ein paar ihrer Kleider auf Bügeln an die offenen Türen, und Theo versuchte sich am offenen Kamin im Feuermachen. Alle waren so beschäftigt, daß sie Antonias Kommen gar nicht bemerkten. Die setzte sich auf einen der Stühle in der Küche und besah sich Frau Krause, die sich gerade zum dritten Mal die Finger mit einem Zündholz verbrannte.

„Hast wohl noch nicht oft Feuer gemacht?"

„Du kannst einen erschrecken!"

„Keine Absicht! Mit dem Feuer geht das so nicht."

„Habe ich gemerkt."

Antonia stand auf, ging zum Kamin und räumte alles heraus, was Theo zuvor hineingestapelt hatte.

„Hattet ihr keine Feuerung?"

„Dampfheizung."

„Vornehm geht die Welt zugrunde."

Theo stand auf und zündete sich eine Zigarette an.

„Weihe mich ein in das Geheimnis, das uns den Tieren überlegen macht."

Die junge Frau suchte nach Papier, sah welches auf dem Küchentisch liegen und griff es sich. Sie wollte es gerade zerknüllen, als Theo protestierte.

„Gottes willen! Wenn du das verfeuerst, legt dich Karin zum Rösten dazu!"

Antonia besah sich das Papier, das eng mit einer hübschen Handschrift beschrieben war.

„Liebesbriefe?"

„Nein! Ist auch nicht wichtig. Habe eine alte Zeitung, die kannst du nehmen."

„Immer her damit, wenn ihr es warm haben wollt."

Augenblicke später drückte Frau Krause der jungen Frau ein Exemplar des *Völkischen Beobachters* in die Hand. Rasch war die Zeitung zerrissen und zerknüllt.

„Schau her! Papier und Reisig so aufeinander."

Ein Streichholz entflammte das Häuflein im Kamin. Knisternd begann das dürre Holz zu brennen.

„Muß kurz hochflammen."

„Begriffen."

Nun legte Antonia zwei schmale Scheite auf das kleine Feuer.

„Von klein nach groß."

„Verstanden."

Karin stand neben dem Küchentisch und lachte laut.

„Himmel, wenn man euch zuhört, könnte man meinen, ihr hättet keine Schule besucht."

„Haben doch dich."

Antonia nickte zustimmend und stand auf.

„Soll euch sagen, daß ihr bei meiner Mutter zum Abendessen geladen seid."

„Ist etwa Abendgarderobe vonnöten?"

Ihre ehemalige Schülerin grinste hämisch.
„Reithosen kann sie nicht leiden."
Theo schlug der jungen Frau freundschaftlich auf die Schulter.
„Keine Sorge, Reitkleidung führen wir nicht in unserem Programm. Also, wann?"
„Halbe Stunde."
Frau Morin erstarrte und atmete zischend ein.
„Himmel hilf! Wie soll ich das denn schaffen? Konntest du nicht früher Bescheid geben?"
„Hatte zu tun."
Edith wurde herbeigerufen, und sie verschwand mit Karin Morin und einer Auswahl Kleider im Badezimmer. Theo ging gelassen ins Schlafzimmer, öffnete einen Koffer und packte ein elegantes Kostüm aus. Antonia besah sich diesen Aufruhr eine Weile und verschwand dann.
Im Pferdestall betastete sie besorgt Bricks geschwollene Fessel. Sie holte ein paar Dinge aus der Sattelkammer und legte der Stute einen Salbenverband um das kranke Bein. Auf dem Rückweg sah sie Karin und Theo über den Hof rauschen. Ihr stockte der Atem. Zwar war es schon dunkel, aber sie konnte deutlich sehen, daß ihre Lehrerin ein Abendkleid trug.

Zu Ehren der Gäste hatte Frau Treskow im großen Salon decken lassen. Kaum waren die beiden Königsbergerinnen im Zimmer, hatten sie schon Gläser mit einem ausgezeichneten Portwein in der Hand.
„Dieser edle Schluck ist noch aus Friedenszeiten."
Frau Morin besah sich ihr Glas und lächelte.
„Frau Treskow, wegen uns müssen Sie nun wirklich keine Umstände machen."
„Ich danke Ihnen für Ihre Bescheidenheit, aber lassen Sie mir das Vergnügen. Ich hatte schon lange keine Gäste mehr."
Theo stellte sich dazu. Ihre sonore Stimme füllte den Raum.
„Wir danken Ihnen für Ihre Gastfreundschaft."
Antonias Mutter fühlte sich nicht nur dadurch geschmeichelt. Ihr war nicht entgangen, daß Frau Morin ihr zu Ehren ein seidenes Abendkleid trug. Davon angetan hob sie ihr Glas.
„Auf ein gutes Miteinander."
Die Lehrerin stieß sacht mit ihrem Glas an.
„Und natürlich auf Gut Treskow."
Kaum hatten sie den ersten Schluck genommen, kam Marie hereingeeilt. Ordentlich das Haar gerichtet und in gestärkter Servierschürze, trug sie auf. Die Gäste nahmen am großen Tisch Platz. Marie schöpfte Suppe in die Teller und verschwand gleich wieder.

Frau Treskow nahm ihre Serviette, legte sie vornehm auf ihre Knie und hob den Löffel als Zeichen, daß die Mahlzeit beginnen könne.

„Consommé mit Croutons, wie nur unsere liebe Marie sie zuzubereiten versteht."

Die beiden Gäste zeigten ausgezeichnete Tischmanieren, was von der Gastgeberin wohlwollend registriert wurde. Auch lobten sie die Suppe in allen Farben. Frau Treskow fuhr sich langsam mit ihrer Serviette über den Mund.

„Es freut mich, daß es Ihnen mundet. Doch warten Sie bitte mit Ihrer Anerkennung bis zum Hauptgang."

Marie war anzusehen, daß sie überfordert war. Theo fühlte sich bei diesem Anblick unwohl. Die Suppenteller waren weggeräumt und die Hauptspeise, geräucherte Rinderzunge mit Gemüse und Kartoffelschnee, serviert.

Theo langte kräftig zu. Ihre Freundin hielt sich vornehm zurück.

„Ich bin beschämt, das ist zuviel der Ehre!"

„Nein, greifen Sie bitte zu! Nur keine falsche Zurückhaltung! Ich bin durchaus im Bilde über die Versorgungslage in den Städten. Wann hatten Sie das letzte Mal Fleisch auf dem Teller?"

„Mein Gott, daran kann ich mich kaum mehr erinnern."

„Sehen Sie. Es ist genug da, um satt zu werden!"

Theo Krause hielt sich an die ungewohnten Tischsitten, aß ihren Teller leer, benutzte die Serviette und stützte nicht die Ellbogen auf den Tisch.

„Frau Treskow, Sie scheinen diesbezüglich besser unterrichtet zu sein als Ihre Angestellten."

„Nun, was will man vom Gesinde auch erwarten. Sie haben ihre Arbeit und überlassen den Weitblick der Herrschaft."

Theo zuckte innerlich zusammen. Ihre Geliebte spürte dies und plauderte sofort über Belanglosigkeiten. Frau Treskow besah sich die noch immer reichlich gefüllten Platten und sah Frau Krause auffordernd an.

„Habe ich nicht Ihren Geschmack getroffen?"

Die Angesprochene hielt sich nicht länger zurück und beugte sich nach vorn.

„Will Ihnen nicht zu nahe treten, aber warum ißt Ihre Tochter nicht mit uns?"

Karin hätte ihrer Freundin zu gerne gegen das Schienbein getreten, doch der Abstand unter dem großen Tisch unterband ihr Vorhaben.

„Frau Treskow, wie machen Sie das eigentlich mit …"

Die Gastgeberin sah starr auf den Tisch und unterbrach die Lehrerin.

„Ich will Ihnen nicht vorenthalten, daß es zwischen meiner Tochter und mir nicht zum Besten steht. Wir sind dann und wann anderer Meinung, und sie zieht es daher vor, mit dem Gesinde zu essen."

Frau Krause verspürte große Lust, einfach aufzustehen, als Marie mit dem Nachtisch hereinkam. Schnell hetzte sie wieder von dannen. Vor den Frauen standen kleine Schälchen mit Birnenkompott, Preiselbeeren und einem Sahnehäubchen. Theo Krause verschmähte den Nachtisch und sah gequält auf den Tisch.

Frau Treskow entging dies nicht.

„Ist Ihnen nicht gut?" fragte sie besorgt.

„Ach, nichts Schlimmes, nur meine Galle. Ein altes Leiden. Die ungewohnte Üppigkeit der Mahlzeit scheint mir nicht zu bekommen."

„Mein Gott, das ist ja schrecklich! Meine Mutter hatte ein Gallenleiden. Ich kann mich noch gut an ihre Schmerzensrufe während einer Kolik erinnern."

Frau Morin, die wußte, daß ihre Liebste Innereien hatte, die sogar Hufnägel verdauen konnten, lächelte ihre Freundin säuerlich an.

„Dann möchtest du dich wahrscheinlich zurückziehen?"

„Wenn das nicht allzu unhöflich erschiene."

Antonias Mutter stand auf und legte ihre Serviette neben den Teller.

„Um Gottes willen, machen Sie sich doch keine Gedanken! Wir sind ja auf keinem Staatsempfang. Legen Sie sich ruhig hin."

Theo beugte sich mit gequältem Gesichtsausdruck nach vorn und erhob sich.

„Frau Treskow, danke Ihnen für Ihre Anteilnahme."

Frau Krause verschwand aus dem Zimmer, und Karin haßte sie dafür.

Nun hatte sie alleine die Aufgabe, die reichlich steife Gutsherrin zu unterhalten. Kaum war Theo in der Halle, streckte sie sich, öffnete den obersten Knopf ihres Blusenkragens und eilte in die Küche.

„Abend allerseits!"

Aus dem Radio dudelte Tanzmusik, als sie hereinkam. Die Männer starrten sie in ihrem schmucken Kostüm an und sprangen fast zeitgleich von ihrem Sitz.

„Juten A'md!"

Marie hielt erschrocken beide Hände vor den Mund.

„In Jottes Nam', is' was mit 'm Essen nich' in Ordnung?"

Theo nahm lässig ihre Zigarettenspitze aus der Jackentasche und steckte geschickt eine Selbstgedrehte hinein.

„Nein! Alles bestens. Ziehe es nur vor, mich hier aufzuhalten."

Marie, die angespannt und nervös schien, griff sich das schwere Silbertablett und wollte aus der Tür, um im Salon abzuräumen. Frau Krause steckte sich gerade ihre Zigarette an und machte große Schritte auf Marie zu.

„Du weißt nicht, daß ich hier bin!"

„Wie Se mein'."

Theo drehte sich um und sah die Männer an, die immer noch verkrampft hinter dem Tisch auf ihren Plätzen standen.

„Kinder, setzt euch doch. Bin doch nicht Kaisers Gattin!"

Während Marie ihren Verpflichtungen im großen Salon nachkam, mußte Edith deren Arbeit in der Küche übernehmen. Die junge Frau eilte zwischen Herd und Tisch hin und her. Theo stand neben dem großen Küchenschrank und besah sich die Szene.

„Toni. Könntest Edith gut zur Hand gehen."

Die junge Treskow sah von ihrem Teller auf und zuckte mit den Schultern.

„Bloß nicht! Wenn Marie einen Teller in meiner Hand sieht, trifft sie der Schlag."

„Die gute Seele ist aber nicht hier."

Edith hatte ihre Aufgabe erledigt und setzte sich wieder an den Tisch.

„Laß nur, Theo, hier hat jeder seinen Platz und seine Aufgabe. Das ist wichtig, da wir uns sonst nicht bestmöglich ergänzen."

Die Frau im dunkelgrauen Kostüm zog an ihrer Zigarettenspitze, und alle am Tisch Versammelten starrten sie an.

„Naturgesetze?"

Antonia stand auf und bot der Königsbergerin einen Stuhl an.

„Kein Naturgesetz! Nur gute Arbeitseinteilung. Ist nicht einfach, mit einer Handvoll von Leuten ein so großes Gut zu bewirtschaften. Wenn nicht ein jeder wüßte, was er zu tun hat, stünden wir uns dauernd auf den Füßen, und diese oder jene Arbeit bliebe liegen."

Theo sah alle an und nickte.

„Wegen mir könnt ihr ruhig essen, ich hatte schon."

Eberhardt starrte die Frau an, als sähe er eine rosa Kuh.

„Wie soll der Mensch essen, wenn er von 'ne Dame anjeschaut wird!"

„Das mit der Dame vergeßt ihr am besten gleich. Bin keine, auch wenn es jetzt so aussehen mag."

Die junge Treskow kaute an einem Bissen und legte scheppernd ihren Löffel neben den Teller.

„Wenn ihr euch nicht beeilt, ist es kalt!"

Das war eine Aufforderung, die alle verstanden, und gefräßiges Schweigen machte sich breit. Marie kam herein, stellte das vollbeladene Tablett ab und setzte sich vor ihren Teller.

„Jesegnete Mahlzeit!"

Alle nickten, nur Matthieu aß nach wie vor nicht.

„Madame, je suis ..."

Rudolf ließ seinen Löffel klappernd fallen und schlug mit der flachen Hand auf den Tisch.

„Iß!"

Radio Königsberg spielte Marschmusik, und eine blecherne Stimme quasselte. Keiner machte sich etwas aus dem allabendlichen Wehrmachtsbericht. Theo stand auf und ging zu dem Volksempfänger.

„Was dagegen, wenn ich es lauter mache?"

Sie bekam keine Antwort und interpretierte dies als Zustimmung.

„*... sie wurden unter Abschuß von 33 Panzern abgewiesen. Im ostpreußischen Grenzgebiet zwischen Sudauen und Schirwindt und besonders zwischen der Rominter Heide und Ebenrode halten die schweren Kämpfe an. Im Bereich einer Volksgrenadierdivision wurden 42 Panzer abgeschossen. Südöstlich Libau und südlich der Rigaer Bucht wiesen Truppen des Heeres sowie Verbände germanischer und lettischer SS-Freiwilliger wiederholt feindliche Angriffe ab und vernichteten neunundzwanzig Panzer. An der Eismeerstraße angreifende sowjetische Bataillone wurden zerschlagen.*"

Rudolf war mit seiner Mahlzeit fertig und wischte sich mit dem Handrücken über den Mund.

„Se könn's ruhig wieder leiser machen. De Laje wird nich' besser davon, daß wir uns Sorjen machen!"

Sie nickte und schaltete den Apparat aus.

„Störe wohl hier?"

Antonia sah, daß alle mit dem Essen fertig waren, und stand auf.

„Nein, nein! Wirst dich an den Ton hier wohl erst noch gewöhnen müssen."

„Wird so sein."

Sie zog die elegant gekleidete Frau sanft hinüber zum Tisch.

„Du kennst ja schon fast alle. Marie und Rudolf. Der Schlunz da, störe dich nicht daran, wenn er uns gleich mit einem Schnarchkonzert unterhält, ist Eberhardt."

Der alte Mann quälte sich rheumatisch von seinem Platz und warf sich in die Brust.

„Jestatten, Plotnitz, ehedem un' immer noch Futtermeister auf Treskow!"

„Bin erfreut!"

„Und das ist Matthieu."

„Tu es français?"

Matthieu tat es Eberhardt gleich und stand stramm hinter dem Tisch.

„Madame, je suis très heureux."

Rudolf stieß den stolzen Schwarzhaarigen an.

„Sprich deutsch mit die Dame!"

„Excusez-moi! Isch bin glücklisch zu lern' kennen Sie. Mais, isch bin nischt français, isch bin belge."

„Ein Wallone. Arbeitseinsatz für das Reich?"

„Non, isch bin Gefangene' de la guerre."

„Oh! Hier auf Treskow Kriegsgefangene?"

Antonia machte eine Handbewegung, um Matthieu zum Hinsetzen zu bewegen.

„Das mit ihm ist eine lange Geschichte."

„Bestimmt eine interessante ..."

Die klare Stimme von Karin Morin, die leise die Küche betreten hatte, unterbrach sie.

„Na, Theo! Was macht die Galle?"

Karin wurde sehr früh wach. Ihre Nase, ja ihr ganzes Gesicht fühlte sich an wie nach einem Winterspaziergang. Sie schürzte die Lippen und spürte die kältebedingte Taubheit ihrer Gesichtszüge.

Ganz dicht neben ihr lag ihre Liebste, den Kopf unter der schweren Federdecke, und schlief. Schon lange hatten die beiden Frauen keine ganze Nacht mehr so eng beieinander verbracht. Üblicherweise verteidigten sie nachts Betthälften und Decken verbissen gegeneinander. Frau Morin fühlte sich beengt. Diesem Umstand schrieb sie ihr frühes Erwachen zu. Sie suchte sacht Theos Umklammerung zu entkommen, mit dem Erfolg, daß ihre Freundin aufwachte. Sie hob den Kopf unter der Decke hervor und gähnte blinzelnd.

„Schon Zeit für das Frühstück?"

„Nein, nein, ich ..."

„Dir ist es mal wieder zu eng?"

„Meine Güte, ja! Es mag ja wärmend sein, aber ich finde es wenig bequem."

„Dann mach doch Feuer."

Karin schaute den kleinen Kanonenofen an, der auf der anderen Seite des Zimmers stand.

„Hier ist kein Holz!"

Ihre Freundin war gerade wieder weggedämmert, schmatzte ein wenig und räkelte sich unter dem Gewicht der Decke.

„Ist in der Küche."

„Wenn ich aufstehe, erfriere ich bestimmt."

„Kann sein, aber bitte laß mich noch etwas schlafen."

„Dich bringt wohl nichts aus der Ruhe?"

Frau Krause drehte sich um und sah ihre Liebste aus müden Augen an.

„Doch, du."

„Sei nicht albern!"

Theo schaute sich die rotgefrorene Nase ihrer Freundin an, schob sich mit einem Arm vor, legte den anderen um Karin und küßte sie zaghaft.

„Bin nur selten albern."

„Du erdrückst mich."
„Aber es ist warm."
„Himmel, ich ..."
Ihre verhaltene Wut wurde von Theos Hand besänftigt, die sich ihren Weg unter das Nachthemd der Freundin bahnte.
„Vor dem Frühstück?"
Warme, begehrliche Küsse bedeckten Karins Hals, und Theo sah ihr in die Augen.
„Statt des Frühstücks!"
„Aber ..."
Der vom Schlafen zerzauste Pagenschnitt verschwand unter der Decke, und weiche Lippen betasteten Karins Körper.

Die wohlige Hitze der Liebe verflog bei der Kälte im Zimmer rasch, und Karin tastete auf dem Bett nach ihrem Nachthemd. Theo hielt das Gesuchte mit einer Hand hoch und lachte.
„Wer ein Nachthemd anhat, muß Feuer machen."
Karin schmiegte sich nackt an ihre Liebste.
„Du Schuft mußt wohl immer die Bedingungen stellen."
Ein heißer Kuß verschloß ihren Mund, und es dauerte eine Weile, bis Karin die hitzige Freundin von sich schob.
„Jetzt ist aber gut! Die warten nicht bis zum Sankt-Nimmerleins-Tag mit dem Frühstück auf uns."
„Laß sie doch warten."
„Nachher sind alle weg, die haben doch Arbeit!"
„Und wir Ferien!"
Karin schob die Decke von sich und stand auf.
„Du bist unmöglich!"
Zitternd vor Kälte rannte sie in die Küche und kam nach wenigen Augenblicken im Wintermantel und mit Feuerholz im Arm zurück. Sie kniete sich vor den Ofen, öffnete die kleine gußeiserne Tür und versuchte ein Scheit durch die Luke zu schieben. Ihre Freundin, in die warme Decke gehüllt, schaute ihr amüsiert zu.
„Mußt zuerst anfeuern."
Verärgert stand Karin im Mantel da, der den Blick auf ihren molligen Körper freigab.
„Auch wenn da schon Feuer wäre, paßte das Holz nicht hinein!"
Theo sprang nackt aus dem Bett, erschauderte, streifte ihr Nachthemd über und eilte zu Karin.
„Hol Zeitung und Reisig und laß mich mal!"
Während ihre Liebste wieder in die Küche ging, versuchte sie sich mit klappernden Zähnen an dem Holzscheit. Karin kam zurück und warf ihr die gewünschten Dinge vor die Füße.

„Bitte."
„Hast recht, das Holz paßt nicht rein!"
Sie eilte zurück in das noch warme Bett. Karin warf den Mantel ab und schlüpfte ebenfalls unter die Decke.
„Aber erst einmal mußt du alles anzweifeln!"
Theo schob ihren eisigen Leib an den der Freundin.
„Tut mir leid. Dachte mal wieder, ich könnte es besser."
„Und jetzt?"
„Ade, Frühstück! Wir müssen eben warten, bis jemand kommt und uns auftaut."
„Das kann doch alles nicht wahr sein! Es muß doch möglich sein ..."
Theo zog die Geliebte an sich und strich ihr sanft übers Haar.
„Einen Tag im Bett, das hatten wir seit Jahren nicht mehr."
Karin schob ihre Liebste von sich.
„Du hast einen Humor, der ist geradezu impertinent!"
„Bin bekannt dafür."
Das zaghafte Klopfen an der Außentür ging in der Auseinandersetzung unter. Draußen stand Edith ratlos vor der Tür. Sie war zu schüchtern, um einfach hineinzugehen oder durch ein Fenster in das Schlafzimmer zu spähen, und ging zurück zum Haupthaus. Antonia knöpfte ihre dicke Jacke zu und sah Edith auffordernd an.
„Und?"
„Es antwortet niemand."
„Gütiger Himmel, so kalt ist es doch noch nicht, daß die beiden erfroren sein können! Hast du feste geklopft?"
„Na ja, ich wollte ja auch nicht stören ..."
„Hast du durchs Fenster gesehen?"
„Das wäre indiskret!"
„Du Huhnche'! Werde die beiden schon aus ihrem zarten Schlummer holen."
„Toni, nicht! Vielleicht wollen sie ja gar nicht aufstehen."
„Wieso denn das?"
Edith nahm ihre Freundin am Arm und flüsterte ihr etwas ins Ohr.
„Verstehst du jetzt?"
„Ja, schon. Aber dafür ist es doch viel zu kalt in der Bude!"
„Wer weiß."
Antonia schüttelte den Kopf und machte sich mit gewohnt großen Schritten auf zum Gärtnerhaus. Ihr erster Blick galt dem Schlafzimmerfenster. Durch die beschlagene Scheibe konnte sie die beiden reden sehen, und sie klopfte an das Glas.
„Auf, ihr Murmeltiere! Ist heller Tag."
Sie konnte beobachten, wie Karin unter dem Federbett verschwand.

In der Annahme, die beiden gestört zu haben, ging sie wieder.

Kaum war sie ein paar Schritte von dem Häuschen weg, da wurde das Zimmerfenster, vor dem sie gerade noch gestanden hatte, aufgerissen. Theo erschien darin in Nachthemd und Mantel.

„He, Fräulein, nicht so eilig!"

Die junge Frau machte kehrt, trat vor das Fenster und schmunzelte.

„Königsberger Eleganz?"

„Pure Not!"

„Habt ihr eure Kleider verfeuert?"

„Hätten wir ja versuchen können. Wäre dann wahrscheinlich wärmer!"

„Also, was ist, kommt ihr?"

„Im Hauptstadt-Chic?"

„Meinetwegen auch das."

Theo schlang beide Arme um ihren Oberkörper und verzog das Gesicht.

„Kannst du uns Feuer machen?"

„Hast du das Geheimnis vergessen?"

„Rede nicht, komm! Sind schon völlig klamm!"

Die junge Treskow eilte durch die unverschlossene Tür in die Küche und machte sich am Kamin zu schaffen. Es dauerte nicht lange, bis dort ein loderndes Feuer brannte.

„Gleich ist es warm!"

Theo zog die Tür zum Schlafzimmer auf und nickte.

„Und hier?"

„Moment, ich muß nur ..."

„Liegt alles schon vor dem Ofen."

Nichtsdestotrotz ging Antonia noch einmal zum Kamin und griff sich die halbleere Kohlenkippe. Sie zögerte einen Augenblick und eilte dann in den Raum, wo die beiden Gäste geschlafen hatten. Sie konnte nicht anders, als einen Blick auf ihre ehemalige Lehrerin zu werfen, welche, die Decke vor sich haltend, im Bett saß.

„Dachte, ihr könntet selbst ..."

„Schon gut."

Die junge Frau machte Feuer in dem kleinen Ofen, wartete, bis ihr eine Flamme aus dem Ofenloch entgegenschlug, und schüttete dann vorsichtig Kohle auf.

„Dauert nicht mehr lange."

Theo stand immer noch in dem sehr eleganten Mantel mit Pelzkragen neben ihr und nickte.

„Kohle! Hättest du mir sagen müssen."

„Vergessen! Tut mir leid."

„Na, für die Zukunft wissen wir es ja."

Antonia drehte sich zu Frau Morin und sah sie schüchtern an.

„Wollt ihr wirklich hier bleiben?"

Die Grauhaarige ging zum Bett und setzte sich.

„War immer ein Traum von uns. Einmal Ferien auf dem Land in einem Bauernhäuschen."

„Aha. Dann sollte ich euch sagen, daß es auf Treskow nicht mehr lange Kohlen gibt."

Karin vergaß völlig, daß sie nackt unter der Decke saß, und warf sie entrüstet von sich.

„Wie? Was soll das denn heißen?"

Als sie die entblößten Brüste ihrer Lehrerin sah, drehte sich Antonia sofort um und schnappte nach Luft.

„Müßt ihr doch wissen, daß Kohle seit langem rationiert ist. Und dies Jahr bekommen wir eben keine! Haben schon alle Lieferanten im Umkreis abgeklappert!"

Theo schob ihrer Freundin die Decke wieder zu und grinste.

„Da laß mich mal ran. Werde schon Kohlen auftreiben! Jetzt entschuldige bitte. Würde vorher gerne etwas anziehen."

Endlich saßen die zwei Frauen in Maries warmer Küche. Beide fühlten sich, als hätten sie eine Nacht auf der Streckbank verbracht, doch tat dies ihrem Appetit keinen Abbruch. Die Köchin hatte ihnen Rührei gemacht, und sie labten sich an dieser Köstlichkeit.

„Es scheint mir wie ein Wunder, daß es tatsächlich noch echte Eier auf der Erde gibt!"

Die Köchin schälte bereits Zwiebeln für das Mittagessen und drehte sich mit Tränen in den Augen um.

„Wo's Hühner jibt, jibt's auch Eier."

Theo kaute zu Ende und lachte Marie an.

„Klingt logisch. Nur wir haben seit mindestens einem Jahr kein richtiges Ei mehr gesehen."

„Nu', das kann schon anjehen. Wir liefern auch nich' mehr alle Eier an de Bauernschaft ab. Hat jenügt, den' 'nem Brief zu schreiben, daß wa de Hühnerpest hatten un' de Viecher jeschlachtet worden sin'."

Frau Morin legte eine Scheibe Käse auf ihre Schnitte und zog die Augenbrauen hoch.

„Auf diese Idee sind bestimmt auch all die anderen Bauern gekommen."

Marie wischte sich die Hände an ihrer Schürze ab und betupfte mit dem Handrücken ihre nassen Augen.

„Se möjen's mir verzeihen, aber wa sin' keine Bauern!"

Die Lehrerin schaute schuldbewußt auf ihr Käsebrot.

„Entschuldigung!"

„Schon jut. Mir könn' Se so was ja sachen, aber wenn's Fräulein 's hört, jeht se durch de Decke wie 'm Silvesterknaller."

Schweigend aßen die beiden Frauen weiter, und Marie hackte die Zwiebeln. Plötzlich drehte sie sich wieder um.

„Wenn's bei Ihn' keine Eier nich' jibt, womit ham Se denn dann jekocht oder jebacken?"

Theo lachte die Köchin so strahlend an, daß der die Knie ganz weich wurden.

„Milei."

„Milei? Was 'n das?"

„Nimmt man statt Eier. Das Zeug wird irgendwie aus Milch gemacht."

„Jütiger Himmel, so was kann man zum Backen nehm'?"

Karin nickte und wischte sich mit ihrem Taschentuch vornehm den Mund ab.

„Mit kleinen Einschränkungen. Es gibt dafür das grüne Milei-Merkbuch für die Hausfrau. Dort wird man mit Rezepten und bei der Dosierung beraten."

„Das es so was jeben tut! Meine Jüte, wenn wa schon keine Eier mehr brauchen, denn jibt's vielleicht auch bald künstliche Hühner!"

Theo war aufgestanden und sah Marie über die Schulter.

„Hast bestimmt auch noch nichts von Migetti-Korn gehört?"

„Nee."

„Die Lebensmittelfachleute überraschen uns täglich mit neuen Sachen solcher Art."

Die Köchin war derart abgelenkt, daß sie sich in den Finger schnitt. Seit Jahren war ihr ein solches Malheur nicht mehr passiert. Ärgerlich steckte sie den blutenden Finger in den Mund.

„Nu' is' jenuch!"

Karin winkte ihre Freundin zu sich.

„Wir stören die Frau doch nur!"

Theo lehnte sich an die Kante des wuchtigen Küchentischs.

„Was sollen wir denn machen? Spazieren gehen?"

Marie besah sich die tiefe Schnittwunde.

„Jibt jenug Arbeit."

„Welche Arbeit?"

„Hat's Fräulein noch nich' mit Ihn' jesprochen?"

„Nein."

„Denn warten Se hier!"

Die beiden Frauen sahen sich an.

„War wohl nichts mit Ferien!"

Frau Morin begann den Tisch abzuräumen.

„Was hattest du denn erwartet? Daß wir hier hofiert werden wie Könige?"

„Blödsinn! Aber Arbeit? Haben doch keinen blassen Schimmer von Rindvieh und solchen ..."

„Wir werden tun, wie uns geheißen wird!"

„Himmel hilf! Kannst du dir dich im Schweinestall vorstellen?"

Karin nickte und räumte weiter auf.

„Was auch immer von uns verlangt werden wird, es ist besser, als in der Stadt zu hungern oder bombardiert zu werden!"

„Ja, aber ..."

Die Tür ging auf, und Marie kam mit Antonia an ihrer Seite zurück. Die Köchin machte sich sofort wieder an ihr Werk, und die junge Frau atmete tief durch.

„Wollte euch noch ein, zwei Tage Urlaub geben. Konnte nicht wissen, daß Marie derart schwatzhaft ist."

„Ich? Hab' nur jesagt, was Se jesagt ham!"

„Himmel, Marie! Also natürlich ist es schön, euch hier zu haben. Aber hier auf Treskow war es immer so, daß wer ißt, auch arbeitet. Versteht das nicht falsch! Haben jetzt im Winter nicht mehr so viel zu tun wie sonst, aber Hände werden immer gebraucht."

Frau Morin legte beruhigend ihre Hand auf Antonias Schulter.

„Wir werden nach Kräften tun, was von uns erwartet wird. Nur bitte vergiß nicht, wir sind harte Landarbeit nicht gewohnt."

Antonia nickte und fühlte sich dank der freundschaftlichen Berührung erleichtert.

„Darum geht es auch gar nicht. Nur beim Füttern helfen oder Marie zur Hand gehen. Die Arme bräuchte schon lange eine Hilfe. Das ist alles. Vielleicht noch die Eier aus dem Hühnerstall holen oder auf die Pferde aufpassen, wenn sie draußen sind. Wird euch schon kein Leid geschehen. Nur haltet euch von meiner Mutter fern!"

„Warum denn das?"

„Sie liebt es, meine Beschlüsse zu vereiteln. Wenn ich zum Beispiel sage, die Kühe brauchen Mineralfutter, dann kommt sie und erzählt das Gegenteil."

„Hat das einen tieferen Grund?"

„Weiß nicht. Wünschte, ich könnte ihre Tiefen ausloten, dann wäre vieles einfacher."

Theo zündete sich eine Zigarette an und ging langsam durch den Raum.

„Wer hat denn die Leitung des Gutes?"

„Mein Vater hat es in seinem Testament ausdrücklich mir vermacht."

„Aha."

Antonia schien in Eile zu sein und öffnete die Tür.

„Laßt euch Zeit. Habe noch zu tun. Nach dem Mittagessen zeige ich euch den Hof, und ihr erfahrt mehr über die harte Landarbeit."

Theo folgte ihr auf den gepflasterten Hof und sah die junge Frau davoneilen. Derweil stand Frau Morin in der Küche und sah der Köchin zu.

„Na, dann! Was ist zu tun?"

„Nuscht! Setzen Se sich, un' halten Se mir nich' auf."

„Aber mit dir reden darf ich?"

„Wenn Se wollen."

„Was ist da zwischen Antonia und ihrer Mutter?"

„Jeht mir nuscht an."

„Aber ..."

„Ich bin hier anjestellt. Was de Familie macht, interessiert mich, seit ich hier bin, nich'. Un' immerhin is' Treskow schon meine Stelle jewesen, da war's Fräuleinche' noch nich' jeboren!"

Der Rundgang nach der Mittagsmahlzeit war kurz, aber beeindruckend gewesen. Theo stand in der großen Scheune und besah sich all die Gerätschaften. Aus dem Augenwinkel sah sie den alten Eberhardt, der sorgfältig den Hof kehrte und aufschaute, als ihn Frau Treskow ansprach. Antonias Mutter hatte sich seit der Ankunft der Königsbergerinnen kaum blicken lassen, entsprechend groß war die Neugierde Frau Krauses. Sie ging raschen Schrittes auf die beiden zu und grüßte. Frau Treskows Worte erstarben, und sie schickte den alten Mann mit einer Handbewegung weg.

„Frau Krause, wie gefällt Ihnen der Besitz?"

„Habe nicht viel Ahnung von solchen Dingen, aber ich bin überwältigt von der Größe des Gutes."

„Ich will unser Licht nicht unter den Scheffel stellen, aber es gibt noch viel größere Besitzungen. Die Rittergüter haben ein mehrfaches unserer Fläche. Treskow ist gerade groß genug, uns zu ernähren."

„Aha! Und Ihre Tochter verwaltet es ganz alleine?"

„Sie versucht sich darin."

„Gelingt es ihr?"

„Ich muß immer ein scharfes Auge auf alles haben."

„Kann ich verstehen. Eine derart junge Frau, woher soll die wissen, was gerade vonnöten ist."

„Sie sprechen gelassen aus, was mich zutiefst beunruhigt. Ein solcher Hof braucht Erfahrung, nicht die Eilfertigkeit der Jugend!"

„Haben Sie darüber mit Ihrer Tochter gesprochen?"

Frau Treskow faltete andächtig die Hände vor der Brust.

„Was soll eine Mutter denn machen, außer es versuchen?"

„Wie meinen Sie das?"

Theo sah die Frau aufmerksam an und erkannte, daß sie sich völlig anspannte.

„Man kann leider nicht normal mit ihr reden. Sie ist oftmals vollständig verbohrt. Man muß immer auf der Hut sein, da sie einen Dickschädel besitzt, gegen den man nur schwerlich ankommt."

„Auf der Hut sein? Bedeutet das, daß Sie Angst haben?"

Frau Treskows Kopf schnellte nach oben, als wollte sie ihre Gesprächspartnerin aus der Höhe anblicken.

„Angst? Nein! Das ist die denkbar falscheste Umschreibung! Ich liebe meine Tochter, wie es eine Mutter eben tut."

„Verzeihen Sie meine Wortwahl. Natürlich hat eine Mutter keine Furcht vor dem eigenen Kind. Aber doch Respekt vor der Gutsherrin?"

„Hat Ihnen das Antonia erzählt?"

„Wie meinen Sie das?"

„Daß sie Herrin auf Treskow ist?"

„Nun, ich konnte es einem Gespräch entnehmen, und der Stolz, mit dem sie uns alles hier gezeigt hat, spricht ebenfalls dafür."

Frau Treskow drehte sich unvermittelt um.

„So, so!"

Theo spürte, daß sie ihre Neugierde zügeln sollte, und wünschte der davongehenden Mutter noch einen schönen Tag. Sie setzte ihre Runde fort, schaute in den Pferdestall und hörte dabei aufgeregte Stimmen aus dem Raum am Ende des langen Stallgebäudes. Rudolfs Baß grollte bis auf den Hof.

„Das wird ja immer doller!"

Antonia nickte, und besah sich den Papierbogen in ihrer Hand.

„Weiß wirklich nicht, warum sie mir das auf meinen Schreibtisch gelegt hat!"

„Na, Se missen doch informiert sein."

„Nein, Rudolf! Glaube nicht, daß das der Grund war."

Theo klopfte an den Rahmen der weit geöffneten Tür.

„Habt ihr Streit?"

Kupinski nickte, und Antonia schüttelte den Kopf.

„Ärger, aber nicht miteinander."

„Aha."

Die junge Frau sah ihren Angestellten traurig an.

„Meinst du, du mußt auch weg?"

Er lachte kehlig und steckte sich seinen angelutschten Stumpen zwischen die Zähne.

„Himmel, nee! Was sollen die mit ei'm wie mir? Ich mit 'm Jewehr? Mit eine' Hand kann ich doch nich' schießen!"

„Und wer hat bei der Winterjagd im letzten Jahr den Rehbock geschossen?"

„Das wissen Sie un' ich. Aber sollen die mal komm'! Ohne mei'm Handschuh da seh' ich aus wie 'n echter Krüppel. Un' so schlecht kann's ums Reich jar nich' bestellt sein, daß se Invalide an de Front holen."

Frau Krause stand aufmerksam lauschend in der Tür.

„Du hast nur eine Hand? Ist mir nicht aufgefallen!"

Rudolf ließ ein Streichholz aufflammen und sog paffend an seinem Zigarrenrest.

„Soll auch so sein!"

„Worum geht es denn eigentlich?"

Antonia drückte der Freundin den Zettel in die Hand. Die enge Schreibmaschinenschrift ließ Theo die Augen zusammenkneifen.

„Erlaß des Führers über die Bildung des deutschen Volkssturmes.

Nach fünfjährigem schwerstem Kampf steht infolge des Versagens fast aller unserer Verbündeten der Feind an einigen Fronten in der Nähe oder an den deutschen Grenzen. Er strengt seine Kräfte an, um unser Reich zu zerschlagen, das deutsche Volk und seine soziale Ordnung zu vernichten. Sein letztes Ziel ist die Ausrottung des deutschen Menschen. Trotzdem ist unsere Lage keine andere, als sie im Herbst 1939 war. Damals standen wir ganz alleine der Front unserer Feinde gegenüber. In wenigen Jahren ist es uns gelungen, durch einen ersten Großeinsatz unserer deutschen Volkskraft die wichtigsten militärischen Probleme zu lösen, den Bestand des Reiches und damit Europas für Jahre hindurch zu sichern. Während nun der Gegner glaubt, zum letzten Schlag ausholen zu können, sind wir entschlossen, den zweiten Großeinsatz unseres Volkes zu vollziehen.

Zur Verstärkung der aktiven Kräfte unserer Wehrmacht und insbesondere zur Führung eines unerbittlichen Kampfes überall dort, wo der Feind den deutschen Boden betreten will, rufe ich daher alle waffenfähigen deutschen Männer zum Kampfeinsatz auf.

Ich befehle:

1. Es ist in den Gauen des großdeutschen Reiches aus allen waffenfähigen Männern im Alter von 16 bis 60 Jahren der deutsche Volkssturm zu bilden. Er wird den Heimatboden mit allen Waffen und Mitteln verteidigen, soweit sie dafür geeignet sind.

2. Die Aufstellung und Führung des deutschen Volkssturmes übernehmen in ihren Gauen die Gauleiter. Sie bedienen sich dabei vor allem der fähigen Organisatoren und Führer der bewährten Einrichtungen der Partei, SA, SS, des NSKK und der HJ."

Sie überflog den Rest und ließ das Papier sinken.

„Ist doch Wahnsinn!"

Antonia nickte und nahm der Frau das Blatt mit dem Hitlerbefehl wieder ab.

„Wie der ganze Krieg, und ..."

„Schicken die das jetzt an jeden Haushalt?"

„Weiß ich nicht. Hat mir meine Mutter auf den Schreibtisch gelegt."

„Aus der Post?"

„Nein, die Post geht zuerst durch meine Hände."
„Woher hat sie es dann?"
„Nehme an, von Romeike oder seiner Sekretärin."
„Romeike, das ist doch Ediths Vater?"
„Unser so ehrenwerter Ortsgruppenleiter."
„Dann war er persönlich hier?"
„Glaube ich nicht."
„Du sagst, die Post geht über dich. Öffnest du jeden Umschlag?"
„Nein, wenn es nicht an mich adressiert ist, lasse ich die Briefe selbstverständlich zu!"
„Kann es also doch mit der Post ..."
„Nein, meine Mutter hat in den letzten Tagen keine Post bekommen."
Theo spielte in Gedanken versunken mit einigen Haarspitzen.
„Gibt ja nicht nur die Post!"
„Was willst du damit andeuten?"
Ihr herumschweifender Blick traf den Rudolfs. Sie sah ihm freundlich, aber starr in die Augen. Er gab lächelnd seine gelben Zähne preis und erwiderte ihren Blick.
„Nee, ich bin nich' kein jeheimer Bote, das wär' mir viel ze anstrengend!"
„Wie kommst du darauf?"
„Frau Krause, ich bin zwar nur 'n Arbeiter, aber eins un' eins macht auch bei uns zweie!"
„Glaube ich dir. Aber irgend etwas schmeckt mir an der ganzen Sache nicht."
Antonia zog Theo zur Seite und sprach leise mit ihr.
„Die Leute sind mir wohlgesinnt. Da gibt es keinen, der aus der Reihe tanzt, dafür lege ich meine Hand ins Feuer!"
Kupinski nickte und ging zur Tür.
„Unser Fräuleinche' wird's schon richten. Das glauben wa alle janz fest!"
Er verschwand zu seiner Arbeit, und die junge Treskow sah sich unruhig im Raum um.
„Wie meinst du das mit dem Schmecken?"
„Kann ich dir noch nicht genau sagen. Müssen einfach mal Punkt für Punkt über alles reden, was in den letzten Monaten hier passiert ist."
„Mit Romeike?"
„Mit dem, mit deiner Mutter und darüber, was mit Edith so alles geschehen ist. Und auch der Mord an deinem Vater!"
„Wozu?"
Theo Krause rieb sich mit einer Hand den Nacken und sah zur Decke des niedrigen Raumes.
„Gährt und brodelt etwas auf Treskow!"

„Kann man wohl sagen!"

„Ich verspreche dir, wir finden heraus, wer diesen Kessel anheizt!"

Karin rieb sich die Finger und besah sich seufzend die Kuppen.

„Ich habe schon kein Gefühl mehr in den Händen!"

Marie grinste und lud sich den nächsten Haufen Federn auf die Schürze.

„Das legt sich."

An diesem Winterabend saßen alle Frauen außer Antonias Mutter bei einer Beschäftigung, die Federreißen genannt wird. Die Federn wurden Stück für Stück mit der Hand abgestreift und mit ihren Häutchen von den größeren und kleinsten Kielen gezogen. So gewann man die Füllung für die schweren Betten. Die Köchin war bester Laune, rieb sich dann und wann die von den herumfliegenden Federteilchen juckende Nase und lachte.

„Von fünfzig Jänse' Daunen fein steck' ich in dem Brautbett rein."

Theo stand auf und bewegte die verspannten Schultern.

„Toni, noch mal: Dein Vater wurde im Wald gefunden, seine Kleider aber waren voller Morast?"

„Habe ich dir doch alles schon erzählt."

„War er überall voller Moor?"

„Wie?"

„Na, lag er auf oder im Sumpf?"

Die junge Frau besah sich die Federn auf ihrem Schoß und dachte angestrengt nach.

„Auf! Wenn er im Moor gelegen hätte, dann wäre er auf Nimmerwiedersehen versunken."

„Vielleicht sollte gerade das eintreten."

„Daß er versinkt?"

„Ja."

„Aber er kannte sich aus wie kein anderer! Wäre nie in das Moor bei dem Birkenwäldchen geritten!"

„Was macht dich so sicher, er hat doch Pferde gesucht? Seinen Gaul habt ihr doch auch bis zum Hals im Sumpf gefunden."

„Kein Gaul und nicht bis zum Hals!"

„Entschuldige! Pferd! Habt ihr hier noch mehr Moore?"

„Etliche. Einige sind trockengelegt und werden abgestochen."

„Darin könnte niemand mehr versinken?"

„Auch dort gibt es Untiefen. Die Torfstecher kennen sich gut aus. Wissen Bescheid über den Sumpf und sind sich im klaren, wo sie gehen können und wo nicht."

Theo setzte sich und fuhr mit der eintönigen Arbeit fort.

„Na also."
„Was?"
Marie konnte es nicht mehr mitanhören und sah Theo grimmig an.
„Unser juter Herr is' tot. Könn' Se ihm nich' im Frieden ruhen lassen?"
Karin nickte und sah ihre Freundin verärgert an.
„So denke ich auch. Was soll das Ganze denn überhaupt?"
„Nun, ich versuche mir ein Bild zu machen von den Geschehnissen, um herauszufinden, ob wir hier sicher sind."
„Wovor?"
„Vor dem langen Arm der Partei."
Antonia holte ein blütenweißes Taschentuch aus ihrer Hosentasche und schneuzte sich ihre gereizte Nase.
„Keine Furcht! Sind doppelt abgesichert. Einmal durch Ediths Vater und dann noch von der SS."
Karin sah Antonia schräg an.
„Romeike dient unserer Sicherheit?"
„Er kann es sich zumindest nicht mehr erlauben, hier ..."
Marie klatschte in die Hände, so daß es staubte.
„Wir sin' hier nich' im Herrenklub! Federreißen is' 'n jemütliches Jeschäft!"
„Also, Romeike ..."
Antonias Stimme wurde vom lauten Alt der Köchin abgeschnitten. Die sang aus voller Brust und hoffte darauf, daß alle einstimmten.
„Christinchen jing im Jarten, drei Rosen wollt se warten. De eine blühet weiß, de andere rot. Die dritte war der bittre Tod."
Doch niemand tat ihr den Gefallen, und sie verstummte. Theo beugte sich nach vorn, um eine neue Ladung Federn aufzuheben.
„Wenn Ediths Vater uns wohlgesinnt ist, dann können wir bestimmt von ihm unsere Einweisung bekommen und die Lebensmittelkarten."
Die junge Romeike zuckte mit den Schultern.
„Ich glaube nicht, daß er uns gewogen ist."
„Aber Toni sagte doch, daß er uns zum Schutz diene."
Antonia bewegte seufzend den Kopf hin und her.
„Ja und nein. Ja, was den Schutz vor neuen Durchsuchungen angeht. Nein, was seine Gesinnung betrifft."
Karin legte ihre Hände in den Schoß.
„Bitte, nun verstehe ich gar nichts mehr. Es ergibt keinen logischen Sinn."
Antonia hatte eine umfassende Erklärung auf den Lippen, doch Edith kam ihr zuvor.
„Mein Vater hat nicht viel für Treskow übrig! Vor allem nicht für Antonia. Aber er kann nicht so, wie er will, da ich ihn sonst um

seine Reputation brächte. Das weiß er ganz genau, und nichts wäre für ihn schlimmer, als die Uniform ausziehen und wieder Finanzbeamter in Gleiwitz sein zu müssen."

„Dann muß er ja ordentlich Dreck am Stecken haben!"

„Wie man es nimmt."

Die Lehrerin zupfte wieder an den Federn herum und rieb die Lippen aufeinander.

„Und wie nimmt man es?"

Theo ließ keine Antwort zu.

„Hast du Gleiwitz gesagt?"

„Gütiger Himmel, ja. Aber was soll das denn jetzt?"

„Toni, du hast mir doch von deiner Familie erzählt."

„Ja und?"

„Alles war ganz ausführlich. Ich erinnere mich an Leopold, Karl, Ferdinand, Emilie, Johannes und an diese Nonne."

„Agnes. Und? Habe das zum großen Teil von Tante Emilie. Die konnte manchmal gar nicht aufhören, mir über Verwandte zu erzählen. Aber wieso fragst du?"

„Was weißt du über die Familie deiner Mutter?"

„Nicht viel."

„Also, was?"

„Sie kommt aus Schlesien."

„Und?"

„Papa sagte immer, sie kommt von den Großkapitalisten. Ihre Familie hat irgendeine Fabrik."

„Weiter?"

„Mehr weiß ich auch nicht."

„Himmel, denk nach! Das gibt es doch gar nicht, daß du nichts über deine Großeltern weißt!"

„Woher sollte ich?"

„Habt ihr nie Oma und Opa besucht?"

„Nicht das ich wüßte. Vielleicht, als ich noch ganz klein war."

„Komische Familienverhältnisse! Aber ihren Geburtsort kennst du doch? Ist sie aus Gleiwitz?"

Antonia zuckte hilflos mit den Schultern, und Karin wurde es nun zu bunt.

„Theo!"

„Ja?"

„Halt die Luft an! Du strapazierst nicht nur die Gastfreundschaft, sondern auch unser aller Gemüt!"

Marie stand auf, kippte den Inhalt ihrer Schürze zurück auf den Boden und nickte.

„Frauensleut' debattieren nich', se sing'!"

Die Lehrerin versuchte sich krampfhaft einer passenden Melodie zu erinnern. Doch ihr fielen nur Fahrtenlieder ein, welche sie mit ihren Schülern gesungen hatte. Marie kam ihr zuvor und sang mit Inbrunst.

„Brich an, du schönes Morgenrot ..."

Edith war schon in ihrem Sessel vor dem Kamin im Arbeitszimmer eingeschlummert. Antonia saß hinter dem Schreibtisch und bemühte sich, alle Belege und Zahlen für den nahenden Jahresabschluß zu ordnen. Das Klopfen an der Tür kam ihr wie gerufen.

Theo stand mit zwei Gläsern und einer Flasche Wein im Eingang.

„Weiß, daß es spät ist. Darf ich trotzdem reinkommen?"

Antonia bedeutete ihr, leise zu sein. Die Ältere blieb sogleich stehen, und ihre Stimme lag wie Samt im Raum.

„Störe ich?"

Die junge Treskow schüttelte den Kopf und stand auf. Dann schob sie Theo sanft in die Halle und zog die Tür lautlos ins Schloß.

„Schickt dich der Himmel?"

„Nein, die Neugier!"

„Ist mir einerlei. Also, wohin?"

„Ist noch jemand in der Küche?"

Antonia sah einen schmalen Lichtschein unter dem Türspalt.

„Warte hier."

Frau Krause sah gespannt hinter Antonia her, die durch die Halle zum Eingang des großen Salons ging. Auf ein Zeichen von Antonia folgte ihr Theo mit dem Wein und den Gläsern in den riesigen Raum. Die junge Gutsherrin entzündete nur eine Kerze und machte sich sofort am Kamin zu schaffen. Das helle Feuer wärmte und spendete ausreichend Licht. Beide Frauen rückten einen Sessel nahe vor den Kamin und setzten sich. Theo entkorkte den Wein und goß ein.

„Habe gestört?"

„Nicht direkt. Edith schläft schon."

„Bist du genauso gespannt wie ich?"

Antonia nippte an ihrem Glas.

„Kann man wohl sagen!"

„Was willst du wissen?"

„Habe mich bisher nicht getraut zu fragen, was deine Neugier, deine Fragerei bezüglich meiner Familie soll. Also, wonach suchst du hier?"

„Nach nichts anderem als du!"

„Wie?"

„Die Wahrheit!"

„Verzeih, warum?"

„Weil wir alle nur mit Wahrheit leben können."

Antonia stutzte und besah sich im lodernden Schein ihr Glas.

„Was machst du eigentlich beruflich?"

„Versuche, Wahrheiten ans Licht zu bringen."

„Polizei?"

„Himmel hilf, nein!"

„Was dann?"

„Hast du schon einmal von Freud gehört?"

„Willst du mich verschaukeln? Freud und Leid, oder was?"

„Nein, Sigmund Freud!"

„Laß mich nachdenken."

Lange saßen die beiden da, den Blick auf das Feuer gerichtet, und schwiegen.

„Fällt mir nichts dazu ein. Willst du mir weiter Rätsel aufgeben?"

„Nie und nimmer. Also, Freud hat etwas begründet, das man Psychoanalyse nennt."

„Aha."

„Ich habe Philosophie studiert, bis zur Graduierung."

„Doktor?"

„Ist lange her! Der Sinn des Lebens hat mich immer beschäftigt, aber davon wird man bekanntlich nicht satt. Habe dann als Helferin bei einem Arzt angefangen. Verdiente nicht viel, aber es reichte zum Leben. Dieser Arzt war wegen seiner eigentümlichen Methoden bald in der ganzen Stadt verschrien. Er verschrieb nicht einfach Tabletten, sondern die Patienten wurden eingehend befragt."

„Ein Spitzel?"

„Damals hat man an so etwas noch nicht gedacht. Deutschland war eine Republik. Wissenschaft und Kultur standen in nie gekannter Blüte."

„In Königsberg?"

„Wahrscheinlich auch dort, aber ich war damals in Berlin."

„Denke, du bist aus Ostpreußen?"

„Bin ich auch, aber studieren konnte man als Frau damals nicht überall. Die Albertina hatte zwar einen ausgezeichneten Ruf, aber die Leitung war überaus konservativ. Frauen studierten nur vereinzelt und auch nur für das Lehramt oder Medizin."

„Dann hast du in Berlin studiert?"

„Berlin, Heidelberg, Leipzig."

„Bist ganz schön herumgekommen."

„Ja, ja. Aber zurück nach Berlin. Mein Chef fuhr damals regelmäßig nach Wien, um dort Vorträge und Vorlesungen von Freud zu hören. Anfänglich interessierte mich das nur wenig, ich fuhr sozusagen als lebender Stenoblock mit."

Antonia lachte über Theos Sprachstil und trank einen Schluck Wein.

„Alles sehr interessant, aber was hat das mit mir und Treskow zu tun?"

„Ungeduld ist keine Tugend."
„Hast du das von meiner Mutter?"
Theo stand auf, ging dicht an den Kamin und wärmte ihre Hände.
„Nein!"
Die junge Frau lehnte sich in ihrem Sessel zurück, trank ihr Glas leer und sah durch das Kristall in den Feuerschein.
„Also gut, erzähl einfach weiter."
„Klingt da Unlust durch?"
„Ungeduld! Hast du ja schon bemerkt."
Theo drehte sich um und rieb sich die erwärmten Hände.
„Will mich kurz fassen. Im Hause Freud, in Wien, gab es einen Zirkel, der sich regelmäßig traf, und Freud wurde so etwas wie ein väterlicher Freund für uns."
„Uns?"
„Ich heiratete meinen Arbeitgeber und hieß von da an Bernstein."
„Du warst verheiratet, mit einem Juden?"
„Ja. War verheiratet mit einem wunderbaren Menschen. Einem Arzt, der helfen wollte und konnte, indem er nach den Gründen suchte."
„Ist mir zu hoch."
Theo setzte sich und goß die Gläser voll.
„Für alles, was der Mensch tut, gibt es einen Anlaß, und auch Krankheiten haben Ursachen. Aber nicht alle Krankheiten werden von Bakterien oder anderen manifesten Dingen verursacht. Jeder Mensch hat eine Seele, die ihn genauso beeinflußt wie der Körper. Kranke Seelen können den Körper krank machen."
„Aha, er war also Irrenarzt."
„Blödsinn!"
„Hoppla! Danke für die Blumen!"
„Nimm es nicht persönlich! Wir waren also immer auf der Suche nach Wahrheit. Nach der Ursache von Magenleiden oder anderen inneren Krankheiten."
„Sind hier alle gesund!"
„Äußerlich ja."
„Theo, bitte! Kann doch nicht die ganze Zeit Rätsel lösen."
Frau Krause prostete der jungen Treskow zu und nahm einen kräftigen Schluck.
„Habe über die Jahre meiner Arbeit mit Mosche eine Menge gelernt über Realitäten und Menschen und wie sie damit umgehen. Bin sensibel geworden für Dinge, die man nicht mit dem bloßen Auge erkennen kann. Und mit diesem Hintergrund, sage ich dir: Hier stimmt etwas nicht!"
„Mosche?"
„Mein Mann hieß Moses."

„War wohl ein ganz großer in seinem Fach?"

„Er war Mitglied der DPG."

„Wie?"

„Deutsche Psychoanalytische Gesellschaft. Im Herbst '33 standen die Zeichen auf Sturm; er wollte eigentlich bleiben, aber Kollegen aus der Leitung des Instituts überzeugten ihn, daß es besser sei zu gehen."

„Er war auch in der Leitung dieser Gesellschaft?"

„Nein, dazu war er zu bodenständig. Ihn zog es mehr zu seinen Patienten als zur Forschung. Nichtsdestotrotz hat er zusammen mit Fenichel, Landauer und Reich Deutschland verlassen."

„Du bist geblieben."

„Ich habe mit mir gerungen, wirklich! Mosche war ein Teil meines Lebens, aber eine Existenz in Amerika konnte ich mir nicht recht vorstellen. Kann ja noch nicht einmal Englisch. Wir trennten uns, mit dem Versprechen, daß er mich nachholt, wenn er finanziell wieder auf festen Füßen steht."

„In der Schule sagte man uns, der Jude verspricht immer und hält nie."

„Laß bitte diese Hetze! Man hat mich gezwungen, mich von ihm scheiden zu lassen. Da war es aus mit Amerika. Judenhure haben sie mich genannt."

Antonia richtete sich auf und sah die grauhaarige Frau eindringlich an.

„Hast du ihn so geliebt wie Karin?"

Theo hielt dem Blick der jungen Frau stand, obwohl sich etwas in ihr zusammenzog.

„Habe ihn verehrt, unsere Arbeit genossen. Karin liebe ich mit dem Herzen!"

„Und wieso meinst du, daß hier etwas nicht stimmt?"

„Toni, um das herauszufinden, bedarf es mehr als nur die paar Brocken, die du mir bis jetzt vor die Füße geworfen hast."

„Brocken?"

„Entschuldige! Bist immer so sparsam mit Einzelheiten. Ich weiß, es ist deine Art, dich auf das scheinbar Wesentliche zu beschränken, aber es macht deinen Blick eng."

„Eng, wofür?"

Theo stand auf und schob ihren Sessel so hin, daß sie der jungen Frau genau gegenüber saß.

„Weißt du, es ist wie ein Mosaik. Bevor man nicht alle Steine an den richtigen Platz gerückt hat, kann man nicht erkennen, was es ist."

„Verstehe ich. Und was sind die Mosaiksteinchen?"

„Deine Erinnerungen, deine Erfahrungen, dein Wissen und das von Edith."

„Was in Teufels Namen hat sie damit zu tun?"

Theo nippte an ihrem Wein, der dank des nahen Kamins schon beinahe zum Glühwein geworden war.

„Wie hast du sie kennengelernt? Wart ihr zusammen in der Schule?"

„Du meinst, in der Volksschule?"

„Ja."

„Nein. Hatte die ersten Jahre Privatunterricht, wie es Sitte war bei uns. Außerdem ist Edith drei Jahre jünger als ich."

„Wo war eure erste bewußte Begegnung?"

Antonia ließ die Erinnerung an die verhaßten Kartoffelkäfer nach ihrem Glas greifen, und sie sprach mehr zum Boden als zu Theo.

„Beim Käfersammeln."

„Habt ihr euch dort angefreundet?"

Die junge Frau saß wieder zurückgelehnt und rieb sich die Lippen nach einem Schluck.

„Um Gottes willen, sie war doch die Tochter des Ortsgruppenleiters! Mein Vater sagte immer, man soll sich von solchen Subjekten fernhalten."

„Dein Vater, um auf das Mosaik zurückzukommen, ist ein zentraler Stein."

„Aber er ist doch tot."

„Hast du dir einmal Gedanken über die Umstände seines Todes gemacht? Aber zurück zu Edith; der Kartoffelacker hat euch auf jeden Fall nicht zusammengebracht."

„Er ist umgebracht worden."

„Dazu später! Jetzt zu Edith!"

„Na ja, es war zu der Zeit, als mein Vater verschwunden war. Ich bin deshalb mit meiner Mutter nach Schloßwalde gefahren."

„Um von Romeike zu erfahren, wo er ist?"

„Nein, oder ja. Weiß auch nicht so genau. Vater war unauffindbar, die Polizei konnte offenbar nichts tun, und so sind wir zum Ortsgruppenleiter gefahren."

„Deine Mutter und du. Und was geschah dort?"

„Mutter ging zu ihm ins Büro."

„Und du?"

„Mußte draußen bleiben. Nichts für die Ohren eines Mädels."

Theo spielte mit ihren Haarspitzen und nickte.

„Und Edith?"

„Sie kam herein und hat mich in ihr Zimmer gebeten."

„Und?"

„Nichts und. War ein bißchen neidisch, denn sie hatte Platten von Zarah und eine Stube, die gereicht hätte, um fünf unterzubringen."

„Was sagte dein Gefühl, außer Neid auf diese Schallplatten?"

„Hexenkessel."

„Was meinst du damit?"

„Weiß nicht, es tobte und brodelte in mir."

„Was war der Grund? Habt ihr euch berührt?"

Antonia spürte ein taubes Gefühl in den Fingerspitzen, welches sie dem Weingenuß zuschrieb, und zögerte.

„Ihr Haar, ihr Gesicht und ..."

„Was?"

„Es ist spät, und ich bin ein wenig beschwipst."

„Also was?"

Die junge Frau stand auf, sog den Rest aus ihrem Glas, bewegte die fruchtig-prickelnde Flüßigkeit im Mund und schluckte.

„Körper."

„Ihr Körper?"

„Edith ist das Schönste, das mir jemals im Leben begegnet ist!"

„Was ist es an ihrem Körper?"

Antonia schüttelte andeutungsweise den Kopf und stellte ihr Glas auf den Kaminsims. Ein zaghaftes Klopfen brachte Theo um eine erneute Frage. Die junge Treskow drehte sich unsicher um.

„Herein!"

Edith stand in der Tür.

„Du hast mich einfach im Sessel vergessen?"

Antonia eilte zu ihr und umarmte sie.

„Ich könnte dich niemals irgendwo vergessen!"

Matthieu wischte seine von Wagenschmiere verklebten Finger an einem dreckigen Lappen ab.

„Ça va!"

Eberhardt nickte, und Rudolf stieß den Belgier schroff an.

„Kannste auch auf deutsch?"

Der kräftige schwarzhaarige Bursche grinste und warf den Lappen neben den Wagen.

„Geht!"

„Na siehste, so versteh' ich's auch."

Kupinski und Matthieu hieften das Wagenrad auf die gefettete Nabe und brachten es an seinen Platz. Eberhardt eilte dazu und schob die handtellergroße Muffe auf die Achse. Ein dicker Sicherungssplint wurde in die Achse geführt und mit Zangen auseinandergebogen. Die Männer wuchteten den Wagen von den Steinen, die ihnen die Arbeit an der Wagenachse ermöglichten, und klatschten, als das Rad auf der Erde stand, zufrieden in die schmutzigen Hände.

„Das war's!"

Rudolf nahm die Deichsel auf, und die beiden anderen schoben den Wagen über den Hof. Sorgfältig wurde er an seinen Platz zu den übrigen Fahrzeugen gestellt und das nächste Gefährt auf den Hof bugsiert. Es war kein Vergnügen, bei der Kälte mit der zähen Wagenschmiere zu hantieren, doch Kupinski bestand darauf, die Überprüfung und Schmierung aller Kutschen und Wagen abgeschlossen zu haben, bevor der erste Schnee fiel.

In eine alte Jacke von Marie verpackt, war Theo zu den Männern gegangen und half nach Kräften. Rudolf empfand die Frau eher als Behinderung, mußte man ihr doch jeden Handgriff erst erklären. Als Antonia sie auf dem Hof suchte, deutete Eberhardt nur zum Pferdestall. Dort fand sie Theo mit rotgefrorener Nase in der Sattelkammer und schrak zusammen.

„Himmel, was wird denn das?"

„Rudolf hat gesagt, ich solle alles einfetten."

Antonia nahm Bricks Sattel auf ihren linken Arm und befühlte kopfschüttelnd die von hart gewordenem Lederfett grauweiß gefärbte Sitzfläche.

„Bißchen sehr viel."

„Hat gesagt, ich solle nicht sparen."

„Mit Fett?"

„Weiß ich doch nicht. Hat mich hierher gebracht, mir Fettdose, Bürste und Lappen hingeworfen und ist wieder gegangen."

Antonia trat vor die Tür und holte tief Luft.

„Rudolf Kupinski!"

Der alte Mann ahnte, daß dieser Appell nichts Gutes bedeuten konnte. Seit Jahren war er nicht mehr bei vollem Namen gerufen worden. Zunächst zögerte er, doch dann ging er, langsamer als gewohnt, das schlecht rasierte Kinn reibend, hinüber, wo die junge Frau breitbeinig in der Tür stand.

„Fräulein?"

„Was hast du Luntus ihr gesagt?"

Der scharfe Tonfall ließ ihn die Kappe vom Kopf reißen.

„Sin' Se doch nich' gleich so glupsch. Lederzeug fetten kann doch jedes Kind."

„Dann schau dir die Bescherung an!"

Er ging zögerlich in die Sattelkammer, sah kurz auf einen der Sättel, die auf dem Tisch lagen, und warf seine Mütze ärgerlich auf den Boden.

„Konnt' doch nich' wissen, daß die noch nich' ma' ..."

Frau Krause war aufgestanden. Ihr war klar, daß sie einen enormen Fehler gemacht haben mußte, und sie sah schuldbewußt zu Boden.

„Wohl zuviel Fett?"

Antonia rieb die kalten Handflächen lange aneinander.

„Kannst nichts dafür. Geh in die Küche und wärm dich auf."

Theo hob die Kappe des alten Mannes auf, reichte sie der jungen Treskow und schlich an den beiden vorbei zur Tür.

„Komme für den Schaden selbstverständlich auf."

„Bitte geh. Über alles Weitere sprechen wir später."

Frau Krause war überhaupt nicht wohl in ihrer Haut, als sie über den Hof trottete und in der warmen Küche verschwand. Antonia sah Rudolf streng an und streckte ihm seine Mütze entgegen.

„Hast du ihr gesagt, sie soll nicht sparen?"

Er fuhr mit der Handfläche über den von hartem Fett stumpfen Sattel.

„Hab' jesagt, se soll's anständig machen."

„Aha, und?"

„Is' doch klar! Wissen Se doch auch, daß Lederzeug beim Putzen nich' jut wird, wenn man nich' ordentlich scheuern un' bürsten ..."

„Hast du ihr das so erklärt?"

„Das weiß doch jeder! Un' weil ich dacht', ich erinner' se besser, damit se nuscht falsch ..."

„Kupinski, geh mir aus den Augen!"

Matthieu kam zu den beiden geschlendert.

„Die letzt' Kalesch' is' auch gemacht fertisch. Eber'ar' tut kehr' la remise."

Der alte Mann antwortete nicht und ging wie geheißen davon.

„Was is' mit die Rüdolf?"

„Sieh dir das Unglück an."

Der Belgier ging hinein, und Antonia hörte, wie er mehrfach die Hände zusammen schlug.

„Merde!"

„Kupinski hat das verbockt! Wie kommt er bloß auf die dusslige Idee, Theo an das Sattelzeug zu lassen?"

„La madame wollt' 'elf' bei die voiture. Mais, sie 'at nischt ge'abt die Wisse', was es braucht zu tun. Rüdolf hat gesagt très schlimm' Wort', weil sie immer war in die Weg. Er dacht', es sein besser, sie mach' ein chose für Frau'."

„Das haben wir jetzt davon, daß ihr Männer immer genau wissen wollt, was Frauensarbeit ist!"

„Mais ..."

„Kein Aber!"

„Lassen misch sprech'!"

„Gut, aber mach es kurz!"

„Wir sein fertisch mit die Kutsch' un' die andere voiture. S'il vous plaît, lass' Sie versuch' misch, die Fehler von die Freund zu mach' weg."

„Mir soll es recht sein."

„Merci!"

Zunächst machte er Feuer in dem kleinen Eisenofen in der Kammer, um mit der Wärme Fett und Leder weicher zu bekommen. Sie besah sich noch eine Weile sein geschäftiges Treiben und ging dann zu den Kühen.

Matthieu war warm geworden, und er zog sich bis auf sein dickes Flanellunterhemd aus. Mit Kraft, Geschick und dem Willen, den entstandenen Schaden zu beheben, wienerte er auf Tarantinos Sattel herum.

Eberhardt kam herein; der herbe Geruch warmen Leders zog ihm in die Nase, und er schaute dem jungen Kerl müde zu.

„Sollst rüber in de Schmiede, Rudolf macht …"

„Sein misch egal, was er mach'!"

„Hat's Eisen im Feuer für die kaputten Jabeln. Er braucht 'n starken Arm für 'm Hammer."

„Isch 'ab' encore Eise' en feu, für die gute Will' von Mademoiselle!"

Eberhardt besah sich den strahlend gewienerten Sattel von Brick und zuckte mit den Schultern.

„Willst wohl nich' arbeiten?"

„Sag' lui, ihn wird treff' eine 'ammer, wenn er nischt komm' 'er."

Eberhardt zwang seine von Kälte und Rheuma steifen Knie, ihn den langen Weg über den Hof, an Ställen und Scheunen vorbei, bis zur kleinen hofeigenen Schmiede zu tragen. Nachdem der Alte ihm Bericht erstattet hatte, lief Kupinski hinüber zum Pferdestall. Ärgerlich stieß er die Tür zur Sattelkammer auf und polterte hinein.

„Fauler Hund!"

Matthieu warf den weichen Lappen in einem Bogen auf den Tisch und nickte, ein hämisches Grinsen im Gesicht.

„Wenn du noch sag' un mot, du kannst mach' die Arbeit, et isch geh' nach die forge!"

Rudolf strich mit den Fingerspitzen über die Sitzfläche von Bizerkas Sattel.

„Glatt wie 'm Kinderarsch."

„Et gerauht auf an die rischtisch Stell'!"

Der alte Mann setzte sich auf einen der Hocker und zog verlegen seinen Stumpen aus der Brusttasche.

„Willst wohl 'ne Entschuldigung?"

„Non! 'ilf misch bei die Arbeit, un' wir sein weiter Freund'."

„Aber ich hab' drü'm 'n Eisen im Feuer! Weißt doch, die gebrochenen Zinken wollten wa heut' …"

„Ecoute-moi! Die Mistgabel' lauf' nisch davon. Mais die Ärger von Mademoiselle sein auch da demain."

„Dämän?"

„Die nächste Tag!"

Rudolf setzte seine Mütze ab und beugte sich nach vorn. Nachdem er seinen Handschuh entsprechend ausgerichtet hatte, stützte er die Ellbogen auf die Oberschenkel und legte das Kinn in die Hände.

„Wir ham wohl Mist jebaut?"

„Oh, oh! Tu! Du gemacht die Fehler. Mais ist nischt schlimm die Sach'. Diese Mittagszeit, wir können tout ça vergess'. Compris?"

Der alte Mann zog seine dicke Jacke aus und hängte sie an einen Nagel.

„Meinst, man soll Fehler beheben?"

„Zuerst gesteh' ein. Dann machen die Best' davon."

Rudolf nahm eine grobe Bürste in die Hand und schrubbte wie besessen auf Ludgers dick eingefettetem Sattel herum.

„Einjestehen tu ich nuscht! War nich' mein Fehler, daß das Weib auf'm Hof nach Arbeit jesucht hat!"

Die beiden Männer taten nach Leibeskräften alles Nötige, um das Malheur zu beheben. Lange schwiegen sie bei der Arbeit, dann setzte sich Rudolf und gönnte sich eine Zigarrenpause. Er zündete sich den billigen Stumpen an und qualmte wie ein Dampfroß. Der Belgier hob die Arme und ließ sie wieder sinken, um die gleichförmigen Putzbewegungen auszugleichen. Dann setzte auch er sich und sah traurig, mit Sorgenfalten auf der Stirn, auf den Tisch. Dem Alten entging der Blick des sonst so lebensfrohen jungen Kerls nicht. Er zog eine frische Zigarre aus der Brusttasche und hielt sie ihm vor die Nase.

„Hier."

„Merci, isch nischt rauch'."

Rudolf steckte die Tabakrolle wieder ein und fuhr sich, seinen Stumpen fest zwischen den Zähnen, mit dem Unterarm über die schweißige Stirn.

„Macht dir zu schaffen, wejen's Fräulein?"

„Non, non. Wir mach' alles wie muß sein."

Kupinski nickte und bleckte die gelben Zähne.

„Also nich' unser Fräulein! Denn kann's nur noch wejen deine Russin sein."

„Elle est très belle. Schön wie le soleil! Isch 'ab nie erlebt ein' Frau comme ..."

„Red weiter! Ich hab' auch lang' keine Frau mehr jehabt! Erzähl schon, wie is' es mit ihr?"

„Elle ..."

Dem Belgier stiegen Tränen in die Augen, und er ging mit großen Schritten zu dem aufgehängten Zaumzeug. Kupinskis Blick folgte ihm.

„Wie, äll?"

„Elle va!"

„Sprich deutsch mit mir! Was, älwa?"

„Sie sein weg!"

„De Russin hat dir verlassen? Mensch, haste ihr was anjetan?"

„Wir wollt' epouser, nach die 'itler. Mais all' sein weg. Tous les Gefang' sein weg! Über die Nacht!"

„De Jefangenen sin' wegjebracht?"
„Tous!"
„Tuu?"
„All'!"
Rudolf wußte überhaupt nicht, was er dem armen Kerl sagen sollte. So warf er seinen Zigarrenrest auf den Boden, trat heftig darauf und trieb zur Arbeit an.
„Bewejung hilft immer!"
„Isch werd' sie nischt seh' wieder!"
„Junge, so wie de jebaut bist, kannste jede ham! Vergiß se, wa ham noch 'ne Menge zu tun!"
Matthieu drehte sich um, wischte sich verstohlen die Tränen ab und ging mit noch mehr Energie an die ungeliebte Arbeit. Kein Wort fiel mehr, auch nicht, als der letzte Sattel wieder in Ordnung gebracht war. Doch wie der Geruch von Leder und Fett hing ein Gedanke im Raum: Warum waren diese Gefangenen so rasch weggebracht worden?

Eberhardt machte sich schnaufend an dem in die Wand zwischen Arbeitszimmer und Bibliothek eingelassenen Kachelofen zu schaffen.
Mit kräftigen Bewegungen am Rost schüttelte er Asche in den Aschkasten, regulierte erfahren die Luftzufuhr und warf Feuerholz nach. Dann stand er leise ächzend neben dem großen Wärmespender und rieb sich sein linkes Knie.
„Is' so recht?"
Edith sah abwesend von ihrem Buch auf und nickte.
„Es kann gar nicht warm genug sein."
„Se wer'n sich, mit Verlaub, verweichlichen. Soviel Hitz' is' nich' jesund für 'm jungen Körper."
„Wäre es dir nicht auch lieber, hier am Ofen zu sitzen, die Füße warm und ein Buch in der Hand?"
Er schlurfte zur Tür und setzte seine Mütze wieder auf.
„Hab in mein' Le'm immer warme Füß' jehabt, und mit de Bücher, das is' was für Leut', die Sitzfleisch ham. Ich bin lieber in Bewejung."
„Danke für ..."
„Nuscht ze danken, de Öfen waren im Winter immer mein Fach."
Er verließ die Bibliothek und machte sich wieder auf den Weg zu seiner Arbeit auf dem Hof.
Edith vertiefte sich wieder in ihre Lektüre. Sie genoß es sehr, daß ihr Antonia die Benutzung der Bibliothek erlaubt hatte. Schon zu Hause hatte sie alles Lesbare verschlungen, doch dem Vergleich mit

dieser Unzahl an Bänden konnte der Bücherschrank im Haus Romeike nicht standhalten. Hier fand sie auch endlich etwas anderes als Alfred Rosenberg und ähnliche Parteiautoren. Selbstverständlich war auch die Literatur auf Gut Treskow überwiegend frei von verpönten Schriftstellern, doch die Auswahl schien ihr selbst für die nächsten kalten Winter ausreichend.

Das Leben Goethes von Georg Witkowski fesselte sie derart, daß sie das Klopfen an der Tür völlig überhörte. Theo kam herein und lächelte.

„Wirst noch an dem Stuhl festwachsen."

Die junge Frau schreckte hoch, sah sich um und legte schnell ihr gehäkeltes Lesezeichen ein.

„Ich habe dich gar nicht hereinkommen hören."

Die ältere Frau ging lässig durch den weitläufigen Raum und nahm Edith das Buch aus der Hand. Geschickt schlug sie die Seiten auf, wo das Häkelbändchen steckte, und ließ ihre Augen über die Frakturschrift wandern.

„Sie wehrte seinem stürmischen Drängen so lange, bis sie dauernd ihn ihren Heiligen nennen durfte, der dem Gelübde der Resignation treu blieb, nicht um des Gelübdes willen. Sie hat ihm solches Entsagen vorgelebt, getreu den Worten, die sie …"

Edith war aufgestanden und entzog Theo das Buch.

„Wenn du etwas lesen möchtest, bedien dich bitte. Aber dies hier ist schon vergeben."

Frau Krause nickte mit einem vielsagenden Grinsen. Sie schlenderte zum Kachelofen und lehnte sich mit dem Rücken dagegen.

„Ordentlich warm hier herinnen."

Die junge Frau setzte sich wieder und schaute Theo neugierig an.

„Eberhardt ist ein wahrer Feuerteufel; wenn du ihm sagst, er soll anheizen, dann gibt er sein Bestes."

„Könnte er einmal bei uns im Gärtnerhaus versuchen."

„Wenn du ihn darum bittest, macht er das bestimmt."

„Ohne Kohlen wird selbst ihm das schwerfallen."

„Na ja, du wirst dem alten Kerl doch nicht auch noch zumuten wollen, für euch die Kohlen aus dem Keller zu schleppen."

Theo löste sich von der Wärmequelle, nahm einen der Biedermeierstühle und stellte ihn neben den von Edith.

„Du traust mir wohl alles zu?"

Die junge Frau wurde sichtlich verlegen und spielte mit der großen Schleife am Kragen ihres Kleides.

„Wie meinst du das?"

Theo streckte die Beine aus und sah auf ihre schmutzigen Schuhe.

„Du traust mir zu, daß ich die Kohlen von Eberhardt schleppen ließe, wenn es welche gäbe?"

„Wie, wenn es Kohlen gäbe?"

„Weißt nicht, daß es auf Treskow keine Kohlen mehr gibt?"
„Woher sollte ich!"
„Hat dir deine Toni nichts davon gesagt?"
„Nein."
Frau Krause stand auf und schob ihren Stuhl so, daß sie Edith ins Gesicht sehen konnte.
„Erzählt dir wohl nichts von dem, was hier so vor sich geht."
„Wir sprechen nur selten über ihre Geschäfte."
„Warum?"
„Es gibt so wenig Zeit, die wir tatsächlich allein miteinander verbringen können. Ich habe mir erbeten, daß sie dann nicht von ihren Pferden, Geldschwierigkeiten, Kühen oder anderen Dingen anfängt, die mit ihrer Arbeit zu tun haben."
„Hast kein Interesse an dem Gut?"
„Ich verstehe zu wenig von diesen Sachen."
„Ist aber von Wichtigkeit!"
„Was?"
„Deine Anteilnahme."
„Grundgütiger! Karin ist Lehrerin; hast du, allein aufgrund dieser Tatsache, Lust, all die Dinge zu begreifen, mit denen sie sich den ganzen Tag beschäftigt?"
Theo studierte aufmerksam Ediths Körpersprache und Mimik.
„Sie war nie auf meine Hilfe angewiesen."
Die junge Frau rieb sich sichtlich nervös die Fingerspitzen.
„Toni braucht meine Hilfe auch nicht!"
„Denkst du?"
„Das weiß ich sogar!"
„Voreiliger Schluß!"
Edith stand auf und legte ihr Buch auf die Sitzfläche des Stuhles. Ärgerlich ging sie zum Ofen und legte beide Hände an die warmen Kacheln.
„Was bringt dich zu einer solchen Einschätzung?"
Theo löste sich langsam von ihrem Sitz und stellte sich hinter Edith. Vorsichtig legte sie ihre Hände auf deren Schultern und begann, ihre verspannten Halsmuskeln zu massieren.
„Hast Einflußmöglichkeiten."
Leicht erschauernd genoß Edith die entkrampfenden Berührungen.
„Du meinst meinen Vater?"
Frau Krause spürte, wie sich die Schultern unter ihren Fingern erneut anspannten.
„Du magst ihn nicht?"
„Das weißt du doch! Ich habe euch ja erzählt, was er mit mir gemacht hat!"
„Er ist ein Schwein, ja! Aber warum?"

„Mein Gott, ich weiß doch nicht, warum er den Treskows immer etwas anhängen will. Da mußt du schon Toni fragen, die hat diesbezüglich mehr Einblick."

„Wie war das damals, wollte er wirklich ganz Treskow sozusagen dem Erdboden gleichmachen?"

„Er fragte immer und immer wieder nach Antonia und nach Dingen, die mit ihrem Vater zu tun hatten. Irgend etwas Politisches."

„Weißt du mehr von diesen Dingen?"

Edith drehte sich abrupt um und sah Theo weinerlich an.

„Was wird das hier denn? Muß ich mich vor dir auch noch fürchten?"

„Was oder wer ängstigt dich denn?"

„Vor allem Tonis Mutter."

„Da mußt du keine Angst haben!"

„Was macht dich so sicher? Schließlich hat sie mir schon gedroht, mich in ein Lager bringen zu lassen!"

„Meinst du, sie hätte so viel Macht?"

„Ich weiß es nicht. Aber diese Vorstellung ängstigt mich zu Tode!"

Theo nahm das Mädchen bei der Hand und setzte sie auf den freien Stuhl. Sie stellte sich hinter sie und legte eine Hand auf Ediths Nacken. Sorgsam rieb sie ihr den Hals und sprach in sehr weichem, beruhigendem Ton.

„Sei ganz gelöst. Hier kann dir wirklich niemand etwas anhaben. Entspann dich, suche die Mitte deines Körpers zu fühlen."

Edith hatte alles im Sinn, nur nicht Entspannung. Doch die samtene Stimme und das Wohlgefühl der Massage ließen ihre Gedanken zerfließen wie Butter in der Sonne. Theos Finger spürten die Hitze von Ediths Haut, und ihre Stimme wurde noch seidiger.

„Konzentriere dich nur auf dich. Ruhig, ganz friedlich, nur auf dich."

Sie wartete einen Moment auf Protest, dann löste sie ihre Hand vom warmen Hals der jungen Frau, ging um sie herum und setzte sich vor sie auf den Boden.

„Vermißt du deine Mutter?"

„Ja, natürlich."

„Wo ist sie jetzt?"

„In Amerika."

„Du liebst sie?"

„O ja. Sie war eine so wunderbare Mama."

„Dein Vater, war er auch ein wundervoller Papa?"

Edith zuckte einen Moment zusammen, doch sofort löste sie sich wieder.

„Früher, als wir noch mit Mama zusammen waren, konnte er sehr lieb sein."

„Richtig liebevoll?"

„Ja! Ich war seine Prinzessin, und er war der König, der mir alles schenkte."

„War es auch noch so, als deine Mutter wegging?"

„Nicht mehr ganz. Er hatte mehr zu tun als damals als Finanzbeamter. Er war in der Partei und immer auf Veranstaltungen, Vorträgen und Schulungen, mal in München, mal in Nürnberg, dann in Berlin. Aber er brachte mir immer schöne Geschenke mit."

„Für die Prinzessin."

„Von ihrem König."

„Deine Eltern kamen aus Schlesien?"

„Meine Mutter; mein Vater ist in der Nähe von Danzig geboren, er kam als Beamter nach Gleiwitz."

„Deine Mutter, was war sie für eine Frau?"

„Sie war schön, immer fröhlich, und wenn sie Klavier spielte, sprang einem das Herz vor Freude."

„Spielst du auch Klavier?"

„Sie hat es mir beigebracht, schließlich spielte sie in einem Orchester. Es war schön, ihre Hände auf den meinen zu spüren, wenn sie mir eine neue Sonate beibrachte. Seit sie weggegangen ist, habe ich kein Klavier mehr angerührt."

„Warum?"

„Sie war, nein, sie ist, Pianistin, und ich bin mir sicher, niemals so gut spielen zu können wie sie."

„Spielt sie heute noch?"

„Ich weiß es nicht genau, aber vor einiger Zeit hat sie noch ein Konzert in der Metropolitan Opera gegeben."

„Kam sie aus einer einfachen Familie?"

„Nein, mein Großvater hatte eine große Maschinenfabrik. All seine Töchter bekamen eine gute Ausbildung."

„Deine Mutter hat mehrere Geschwister?"

„Drei Schwestern."

„Kennst du deine Tanten?"

„Nur Christiane, die zweitjüngste; sie lebt auch in Ostpreußen."

„Wie seid ihr denn von Schlesien hierher gekommen?"

„Vater hatte sich in der Partei verdient gemacht, bekam hier einen Posten, und wir zogen um."

„War das schlimm für dich?"

„Die Freunde zu verlieren, ich meine, die von der Schule, das war nicht einfach, aber ich hatte ja meine Eltern."

„Und dann in Schloßwalde, wie war es da für dich?"

„Wir waren nicht gleich in Schloßwalde. Meine Vater hatte eine untergeordnete Arbeit in Preußisch Holland. Wir kamen erst etwas später nach Schloßwalde."

Theo setzte sich gerade hin; ihr Rücken schmerzte wegen der ungewohnten Haltung.

„Dein Vater hat sich hochgedient?"
„So kann man das sagen. Mit jedem neuen Auftrag, mit jeder neuen Position wurden die Vorwürfe gegenüber meiner Mutter lauter, die sich nicht von ihrem Klavier trennen wollte."
„Sie war selbstbewußt erzogen worden."
„O ja, das habe ich ja bereits erwähnt. Jede Tochter meines Großvaters wurde nicht einfach so in die Ehe geschickt. Mama sagte einmal, jede habe wohl den bekommen, den sie verdient hat. Mein Vater war zu Beginn der Ehe unmusikalisch wie ein Elch, und somit hatte meine Mutter ihre Aufgabe, wie sie meinte. Gertrude, die Jüngste, hatte einen recht alten Mann geheiratet. Mama lachte immer über ihre jüngste Schwester, die auch etwas hätte lernen sollen, es aber vorzog, in die Ehe zu gehen. Meine Mutter sprach einige Male von ihr, und daß sie wohl die Aufgabe habe, Alter und Jugend zu verbinden."
„Gelang dieses Unterfangen?"
Edith kam nicht mehr dazu, zu antworten, denn Frau Morin hatte, ohne vorher anzuklopfen, die Bibliothek betreten. Sie sah ihre Freundin auf dem Boden und ließ die Schultern hängen.
„Ist das eine Sitzung?"
Theo hatte Mühe aufzustehen und lächelte gequält.
„Gespräch."
„Aha, auch gut. Es gibt Essen."
Frau Krause nahm Edith vorsichtig bei der Hand.
„Danke, Karin, wir kommen gleich."

Marie rieb mit der flachen Hand über die angelaufene Scheibe des kleinen Fensters, das zum Hof hinaus ging. Draußen war es dunkel, und sie spähte mit zusammengekniffenen Augen auf das Thermometer, welches am Rahmen angebracht war.
„Na nu', jeht ja noch."
Sie eilte zurück zum Herd, auf dem das Wasser für den Kaffee kochte. Ohne einen Topflappen gebrauchen zu müssen, ergriff sie den Wassertopf und goß dessen Inhalt in die große, emaillierte Kaffeekanne. Um ihn warmzuhalten, stellte sie den Kaffee an den Rand der großen Herdplatte, und drehte sich müde um. Gähnend ging sie zum Tisch und machte sich auf einem Holzbrett ihr Frühstücksbrot. Der Traum, der ihr in der letzten Nacht den Schlaf geraubt hatte, ging ihr immer noch nicht aus dem Kopf. Sie konnte sich sonst nur selten an ihre Träume erinnern und hielt dies deshalb für ein schlimmes Vorzeichen. Sie schob ihr Frühstücksbrett von sich, als könne sie damit das Traumbild von Frau Treskow, die zum Schafott geführt wurde, und das schallende Gelächter der Menschen, welche

diesen letzten Weg amüsiert verfolgten, vertreiben. Nervös fuhr sie sich mit einer Hand übers Gesicht.

„Herrjott, da Unterjang!"

Ihre Überspannung legte sich in dem Moment, als sie jemanden über den Hof kommen hörte. Sie zog ihre Stulle wieder zu sich heran und tat einen kräftigen Biß. Theo kam herein und schüttelte sich.

„Morgen, Marie."

Die Köchin nickte und kaute mit dicken Backen. Frau Morin trat ebenfalls durch die kleine Tür und warf sie hinter sich zu.

„Guten Morgen und einen guten Appetit."

Marie schluckte ihren Bissen herunter und stand auf.

„Se sin' aber frieh."

Die Lehrerin war sogleich zum Herd gelaufen und hielt ihre frostig-kalten Hände über die Wärmequelle.

„Es ist geradezu biestig kalt in unsrer Behausung. Wer kann da schon länger als nötig im Bett bleiben?"

„Nu', das is' erst da Anfang. Hier bei uns kann's, wenn's denn richtich kommen tut, ernst kalt wer'n."

Karin rollte der ostpreußische Tonfall der Köchin in den Ohren, und sie drehte sich mit einem Schmunzeln um.

„Was hilft dagegen?"

Marie zog die Kaffeekanne kratzend über die Herdplatte und sah der gepflegten Frau kurz ins Gesicht.

„Warmes Unterjewand."

„Gehst du mit langer Unterwäsche ins Bett?"

Die Köchin war inzwischen dabei, für die beiden zu decken, und schaute mit einem unbemerkten Augenzwinkern in eine Tasse die sie zum Tisch trug.

„Na nu', wenn's denn recht kalt wird, denn jehen wa hier mit alles, was wir so anham, in de Betten."

Theo setzte sich auf die Bank hinter dem großen Tisch und nickte.

„Tja, hier auf dem Land herrschen andere Sitten!"

„Ihr wollt mich doch veräppeln!"

Die dicke Angestellte goß dampfenden Ersatzkaffee in die Tassen und belustigte sich über Karins ängstlichen Gesichtsausdruck.

„Mit 'm Winter machen wa nich' kein Scherz!"

Frau Krause versuchte möglichst besorgt dreinzuschauen und erheiterte sich innerlich an der Furcht ihrer Freundin, als Rudolf hereinkam.

„Morchen!"

Nur Karin und Theo begrüßten ihn. Marie stellte ihm wortlos seinen Becher, auf dem Kaiser Wilhelm und Kaiser Franz Josef mit schwarzem Reichsadler und mit den Zahlen 1914/15 in Rot darunter abgebildet waren, auf den Tisch und goß ihm ein. Er nahm das

Gefäß in die Hand und schlürfte hörbar. Nach mehreren geräuschvollen Schlucken stellte er den Becher zufrieden ab und rieb sich seine schlechte Rasur.

„Sin' Se aus'm Bett jefallen?"

Frau Morin nahm sich einen der Stühle, schob ihn an den Tisch und sah den alten Mann hilfesuchend an.

„Rudolf! Es kann doch nicht wirklich angehen, daß man hier mit Kleidern ins Bett gehen muß!"

„Ham Se schlecht jeträumt?"

„Nein! Es ist nur fürchterlich kalt in unserem Domizil, und ..."

„Einen schönen guten Morgen allerseits."

Munter wie selten stand Antonia in der Tür, die aus der Halle in die Küche führte, und sah aus wie eine Lichtgestalt. Da sie heute nichts draußen zu tun hatte, trug sie ihr Haar ausnahmsweise offen. Die sonst üblichen Reithosen fehlten, dafür umspielte ein sanft gemustertes Kleid ihren kräftigen, schlanken Körper. Wie vom Blitz gerührt sprang der alte Mann auf und begrüßte sie. Die anderen starrten sie an und murmelten etwas. Sie machte zu große Schritte für ihre Garderobe, was aber nicht mehr ins Gewicht fiel, als sie sich auf die Bank gesetzt hatte. Mit einem geschickten Handgriff schob sie ihr langes, beinahe schwarzes Haar nach hinten und lächelte so, daß sogar ihrer ehemaligen Lehrerin für einen Moment der Atem stockte.

„Habt ihr Kröten gefrühstückt?"

Dieser Satz beendete jegliche Bewunderung.

„Nein, haben die Nacht über dem Erfrierungstod getrotzt!"

Theos Satz stand wie eine Drohung im Raum. Marie ließ sich von alledem nicht beeindrucken. Mit einem sonderbaren Gesichtsausdruck schenkte sie der jungen Frau Kaffee ein.

„Himmel, Se könn' ja 'ne wunderschöne junge Dame sein!"

„Danke, Marie. Also, was ist mit dem Erfrierungstod?"

Frau Morin stand auf und sah Antonia auf eine Weise an, die diese an ihre Schulzeit erinnerte.

„Ich will nicht aufdringlich sein, aber unser Quartier scheint wenig für den Winter geeignet!"

Wie aus der Schule gewohnt, sprang Antonia von ihrem Sitz auf.

„Wird sich ändern lassen, Frau Morin!"

Vier Augenpaare starrten die junge Frau gespannt an. Die spürte die Blicke und setzte sich wieder. Karin drehte sich verlegen um und nickte verstohlen.

„Also, wenn es sich ändern läßt, dann wie?"

Rudolf hatte seinen Becher geleert und stand auf, mit einer Hand in der Brusttasche nach einem Stumpen tastend.

„Es Järtnerhaus war schon immer schlecht mit de Heizung. Is' ja nuscht da, nur de kleinen Öfchen. Mit 'm Kamin kann man nich' kein Feuer halten über de Nacht, und Kohlen sin' aus."

Marie folgte dem Gespräch, während sie geschwind das Frühstück für alle auf den Tisch brachte.

„Kommt mir jerade jelejen, daß de Sprache auf die Kohlen is'. Wo is' 'n unser Eberhardt?"

Rudolf verstand sofort, was die Köchin damit meinte.

„Der mieht sich noch mit seine' Rheumasalbe. Aber mit 'm Matthieu zusamm' kann er dir bestimmt köhlern."

Theo bestrich eine Brotscheibe mit Schmalz und streute etwas Salz darauf.

„Köhlern?"

„Na nu', Holzkohle machen, für 'm Küchenherd. Mit Holz kann man zwar kochen, aber für 'm Backofen muß ich 'ne stetige Hitze ham, das jeht nich' nur mit Holz."

„Könnte er nicht ein paar zusätzliche Holzkohlen für uns …"

Antonia lachte und schüttelte den Kopf.

„Kannst ja mal zuschauen, wie das geht mit dem Köhlern."

„Großer Aufwand?"

„Genau! Den Luxus leisten wir uns nur für die Küchenfeuerung, das ist schon mehr als genug."

Karin Morin hatte sich auf die Bank zu den anderen gesetzt und hielt ihre Tasse in beiden Händen.

„Dann muß uns, in Gottes Namen, etwas anderes einfallen."

„Und was?"

„Ich muß ehrlich gestehen, daß mir nicht wohl dabei ist, wenn für uns noch zusätzlicher Aufwand betrieben werden müßte. Ich schlage vor, wir packen unsere sieben Sachen und …"

„Is' doch kei 'm Aufwand nötich! Se könn' doch ins Jästezimmer ziehen, da ham Se's mollig mit 'm Kachelofen!"

Antonia zog die Augenbrauen hoch und hörte auf zu kauen.

„Müßt' ich wohl vorher meine Mutter fragen."

Die Erwähnung von Frau Treskow ließ alle Versammelten schweigen.

Rudolf verschwand ohne ein weiteres Wort auf dem Hof.

Tiefgrau hing der Himmel und ließ es nicht Tag werden. Theo stromerte dick angezogen über den Gutshof. Sie sah mal in diesen Stall und mal in jene Scheune. Mit jedem Schritt, den sie tat, wurde ihr klarer, daß sie sich eine Aufgabe suchen mußte. Sie konnte nur schwerlich damit umgehen, daß ihr nach ihrer Großtat in der Sattelkammer niemand mehr eine Arbeit anvertrauen wollte. Mit diesem Gedanken im Kopf spazierte sie weiter und fand sich bald unter dem großen Torbogen wieder. Die Eichenallee war ihr bisher kaum aufgefallen. Das welke Laub an den Ästen rauschte im Wind, und sie schritt, den Blick nach oben gerichtet, den Weg entlang. Die düsteren, Schnee verheißenden Wolken mochten ebensowenig weichen wie die schneidende Kälte. Ihre Augen wanderten zum Ende des breiten Fahrweges und ruhten auf der mit Rauhreif überzogenen Landschaft.

Kindheitserinnerungen stiegen in ihr auf. Sie dachte an ihre Eltern und den älteren Bruder, der es im November nie abwarten konnte, bis Schnee fiel und er endlich mit seinem selbstgebauten Pferdeschlitten durch die Gegend jagen konnte. Sie ging immer langsamer, während die Molltöne eines Klaviers in ihrer Phantasie erklangen. Die unendliche Stille und die Melancholie der ostpreußischen Winter holten sie mit diesen imaginären Lauten ein.

Auf der Höhe des vom Blitz getroffenen Baumes blieb sie stehen und starrte ihn an. Der obere Teil war gespalten; das verkohlte Holz war mit einer dünnen, schillernden Schicht Eiskristallen überzogen. Wie von einer unsichtbaren Hand geführt, ging sie zu dem Baum und lehnte sich gegen den dicken Stamm.

Bäume waren in ihrer Kindheit und Jugend so etwas wie Freunde gewesen, und es schien, als böte gerade dieser ihr eine neuerliche Kameradschaft an. Sie sah sich verstohlen um und umfaßte den Stamm mit beiden Armen, doch er war so mächtig, daß sie ihn nicht wie die früheren stummen Kumpane ganz umarmen konnte.

„Willst du mir zeigen, daß ich hier ein Nichts bin?"

Fragend sah sie hinauf zu den verkohlten dicken Ästen. Ein eisiger Windstoß ließ sie erschauern, und der Baum, vom Wind erfaßt, schien zu knurren. Sie löste die Umarmung und zog nicht nur wegen der Kälte die Schultern hoch.

„Treskow braucht Kohlen, und ich werde sie beschaffen!"

Sie ging los, und mit jedem Schritt zurück zum Hof wurde sie schneller. Als sie die Treppen zum Haupthaus hinaufeilte, war sie völlig außer Atem. Sie betrat die Halle und hastete zur Tür des Arbeitszimmers. Nur kurz blieb sie stehen, um Luft zu schöpfen, dann klopfte sie und trat ein, ohne auf Antwort zu warten. Antonia saß hinter dem wuchtigen Schreibtisch und sah auf.

„Wohl in Eile?"

Theo schloß die Tür und drehte sich um. Vor dem Kamin saßen Karin und Edith in zwei Sesseln, Bücher in den Händen. Die Grauhaarige zog ihre Wollmütze vom Kopf und öffnete ihre warme Jacke.

„Muß mit dir reden."

„Immer zu, bin Aug' und Ohr."

„Gibt immer einen Weg!"

„Ja, und wohin?"

„Habe lange überlegt. Wäre nicht gut, hier ins Haus zu ziehen."

„Die Urlaubsromantik?"

„Deine Mutter!"

„Theo, ich glaube dir ja eine Menge, aber daß du dich vor meiner Mutter fürchtest, gestatte, das finde ich lachhaft!"

„Keine Angst! Distanz! Notwendiger Abstand."

„Mosaik?"

„Genau!"

„Also?"

„Werde Heizmaterial besorgen."

Edith stand auf und ging zum Schreibtisch. Zögernd setzte sie sich auf die Kante und sah Theo fragend an.

„Willst du im Wald Holz machen?"

„Nein! Gibt doch Zuteilungen."

„Die willst du einfordern?"

„Warum nicht?"

Antonia lehnte sich in ihrem Stuhl zurück und sah auf das dicke Rechnungsbuch vor ihr.

„Habe doch schon alles versucht. Gibt kein Brennmaterial für Private! Alles für die Wehrmacht, die Züge und den Endsieg! Die Russen stehen ..."

„Weiß, wo die Russen stehen. Meinst du, der saubere Herr Romeike friert sich wegen der Russen den Hintern ab?"

Edith sprang aufgeregt von der Tischkante auf und wirkte hilflos.

„Theo, du willst doch nicht zu meinem Vater?"

„Nein!"

Die junge Treskow ging langsam um den großen Arbeitstisch, bis sie dicht vor Frau Krause stand.

„Was dann?"

„Entweder es gibt Zuteilungen, dann bekommen wir die Kohlen ganz legal, oder ich mache mich auf den Weg und verspreche, daß, wenn ich wiederkomme, wir Heizmaterial für den ganzen Winter haben!"

Nun hielt es Karin nicht mehr in ihrem Sessel.

„Ich warne dich!"

„Wovor? Nach Berlin zu fahren?"

„Exakt!"

„Sollen wir hier vor die Hunde gehen?"

„Mein Gott! Hungern oder frieren wir etwa?"

„Kann noch kommen."

„Du weißt besser als wir alle, daß du nicht mehr die Hebel in Bewegung setzen kannst, die dir noch im Sommer zur Verfügung standen! Theo, bitte laß es, es wäre Selbstmord! Sei doch nicht blind. Es gibt niemanden mehr, der uns helfen könnte!"

„Niemand traut mir noch etwas zu, seit ich die Sache mit den Sätteln verbockt habe. Ich will, verdammich noch mal, nicht als Pensionsgast hier herumhocken!"

Antonia spürte, daß sie Theo aufhalten mußte.

„Wenn du Betätigung suchst, frag mich."

„Gestatte, nun darf ich lachen! Was willst du mir in die Hand geben, einen Wischkodder? Jede hat ihre Talente; meine sind es, Kontakte zu knüpfen und Dinge zu organisieren. Warum sollten wir daraus nicht Nutzen ziehen?"

In diesem Augenblick handelte die junge Treskow nur nach ihrem Instinkt. Freundlich, aber bestimmt schickte sie Karin und Edith nach draußen und setzte sich wieder auf ihren Stuhl hinter dem Schreibtisch.

„Setz dich!"

Theo zog ihre gefütterte Winterjacke aus und nahm auf dem Stuhl Platz, der auf der anderen Seite des Tisches stand.

„Willst mir einen Tadel verpassen?"

„Offen mit dir reden."

„Ich warte."

„Wußtest damals gut Bescheid über Schoenhals und so."

„Kluges Kind."

„Laß die Überheblichkeit! Wie die Sache damals ausgegangen ist, weißt du doch?"

„Aber es gibt noch ..."

Antonia stützte beide Arme auf die Tischplatte und beugte sich nach vorn.

„Ihr habt hier noch nicht einmal einen offiziellen Zuzug! Wie weit willst du dich eigentlich aus dem Fenster lehnen, ehe du begreifst, daß du abstürzen kannst?"

„Kenne doch noch Wege!"

„Theo, wenn du wirklich mit der Sache im Sommer zu tun hattest, dann gibt es für dich gar keinen Weg mehr, außer völlig ruhig zu bleiben, auch wenn es kalt ist! Sage nur Lager, sonst nichts!"

Frau Krause sah sie abschätzig an.

„Was weißt du denn schon!"

„Genug! Kann dir sogar auswendig hersagen, wie unsere neue Reichsregierung hätte aussehen sollen! Glaubst du mir nicht?"

„Wie sollte ich! Die Zusammensetzung der neuen Regierung kannten nur Eingeweihte. So etwas kann dir nur im Traum eingefallen sein."

Antonia baute sich hinter ihrem Schreibtisch auf.

„So, meinst du? Dann hör gut zu. Generalstatthalter und Wehrmachtsoberbefehl: Beck. Präsident: Leuschner. Kanzler: Goerdeler. Staatssekretär: Schwerin von Schwanenfeld. Willst du auch noch die Ministerien hören?"

Theo wurde blaß und schüttelte den Kopf.

„Auswendig gelernt?"

„Nein. Konnte ich mir ganz einfach merken."

„Hat dir Schoenhals das gesagt?"

„Der hätte sich eher die Zunge abgebissen."
„Woher dann?"
„Handschriftliche Aufzeichnungen meines Vaters."
„Hast du sie noch?"
„Um Himmels willen, nein! Sonst säße ich bestimmt schon im Gefängnis oder sonstwo. Schoenhals hatte mich angewiesen, alles zu vernichten."
„Wieso wärst du im Gefängnis?"
„Na, die Gestapo und die SS haben hier doch alles auf den Kopf gestellt."
„Wann?"
„Das war am Tag des Anschlags."
„Nichts und niemand ist mitgenommen worden?"
„Sind alle noch hier. Gedroht haben sie uns, und die arme Edith hat es schlimm erwischt, sie mußte zurück zu ihrem Vater. Frag nicht, was da ..."
„Noch mal! Die waren hier, und nichts ist passiert?"
„O doch, die haben sogar die Ställe auf den Kopf gestellt."
„Dein Vater war da aber schon tot?"
„Menschenskind, hast du ein löchriges Gedächtnis. Habe dir doch erzählt, daß wir ihn Ende Juni beerdigt haben. Warum?"
Theo stand auf, rieb sich lange die Hände und starrte durch das Fenster in die frühe Dämmerung.
„Wenn es um deinen Vater gegangen wäre, wärt ihr alle unter Nacht und Nebel gefallen."
„Wie?"
„Sippenhaft."
„Ach so! Ja, und? Damit haben die uns damals auch erschrecken wollen."
„Seid trotzdem alle unbehelligt geblieben."
„Kann man so nicht sagen."
„Niemand wurde verhaftet."
„Das stimmt."
Die ältere Frau rieb sich die Stirn mit der flachen Hand und riß ihren Blick vom Fenster los.
„Dann waren die nicht wegen der Zugehörigkeit deines Vaters zu der Gruppe hier. Sonst hätten die zumindest dich mitgenommen und ausgequetscht wie eine Zitrone. Es muß eine Anzeige oder ähnliches vorgelegen haben."
„Gegen wen denn?"
„Könnte ich dich fragen."
Antonia sah an sich herab und lächelte ein wenig über ihr Kleid, das durch das breitbeinige Stehen über die Knie nach oben gerutscht war. Sie nahm die Beine zusammen und richtete ihre Kleidung.

„Macht alles keinen Sinn. Wer sollte uns anzeigen?"

„Die Herren von der Partei kommen nicht einfach so gelaufen! Wer wußte von den Unterlagen deines Vaters?"

„Niemand."

„Wirklich niemand? Könnte es nicht sein, daß sie jemand zufällig gefunden hat?"

„Nein, ausgeschlossen, meine Mutter ließ noch nicht einmal mich in das Arbeitszimmer."

„Die Papiere waren also hier."

„Ja, in einem Geheimfach."

„Ist demnach nicht ausgeschlossen, daß deine Mutter sie gefunden hat."

„Ja, aber wozu sollte sie uns anzeigen? Sie war völlig durch den Wind nach diesem nächtlichen Aufruhr."

„Könnte sie?"

„Mag sein, sie hatte ja nach dem Testament meines Vaters gesucht."

Theo setzte sich auf einen der Sessel vor dem Kamin und streckte die Beine aus.

„Irgend etwas schmeckt mir nicht an der Sache."

„Was?"

„Weiß noch nicht. Ist alles völlig ungewöhnlich. Die Gestapo kommt nicht zu Besuch und geht dann wieder. Vor allem nicht, wenn du am hellen Tag bei Schoenhals warst und dich dieser Sendler dabei gesehen hat."

„Sie haben eben einfach nichts gefunden. Aber vielleicht hat Sendler versucht, uns etwas anzuhängen."

Frau Krause steckte bedächtig eine Selbstgedrehte in ihre Zigarettenspitze.

„Den gibt es ja auch noch."

„Wie meinst du das?"

„Den Verräter; du hast von ihm erzählt."

„Hat meinen Vater angezeigt."

„Geht alles irgendwie nicht zusammen. Wenn Sendler wirklich ein Spitzel war, hätte er genug von der Aktivität der Gruppe gewußt. Der ganze Verein wäre hochgegangen. Hätte gar keinen 20. Juli gegeben. Warum hat er also angeblich nur deinen Vater angezeigt?"

Antonia hatte keinen blassen Schimmer, worauf Theo hinauswollte, und wurde ungeduldig.

„Was soll das Ganze? Mein Vater ist tot, und wir müssen sehen, wie es weitergeht."

Die ältere Frau zündete sich langsam ihre Zigarette an und blies das Streichholz aus.

„Er wurde von einem SS-Mann umgebracht."

„Habe ich alles erzählt."

„Einem SSler, der dich dann auch noch angreift."
„Himmel, ja!"
„Der den Befehl hatte, dich zu töten."
„Laß uns doch nicht wieder davon anfangen. Es ist vorbei; er ist jetzt ein Garant für unsere Sicherheit."
„Ja, ja, ja. Aber wer steckte hinter alledem?"
„Wie meinst du das?"
„Hast du nicht selbst gesagt, Romeike hätte ..."
„Nun ist gut. Habe langsam genug von deinem Gewühle in alten Geschichten!"
„Kind! Warum sollte dich ein SS-Mann am hellichten Tage angreifen, um dich zu töten? Wenn etwas gegen dich vorgelegen hätte, hätten die dich bei der Durchsuchung mitgenommen und fertig."
„Er hatte einen Befehl."
„Sagt er."
„Herrgott, Theo!"
Frau Krause, die in ihrem Element war, zog genüßlich an ihrer Zigarette. Je ärgerlicher Antonia wurde, desto ruhiger und sicherer wurde Theo.
„Der Kerl hieß Borkmann."
„Borkenhagen."
„Hast gesagt, er sei ein Verwandter von Romeike."
„Ja, ein Neffe oder so etwas. Mußt Edith fragen. Er schützt uns, schließlich habe ich ihm sein Leben geschenkt."
„Noch so eine Sache. Ein Kerl, der zum skrupellosen Töten ausgebildet wurde, soll Schwierigkeiten haben, eine junge Frau um ihr Leben zu bringen?"
„Hatte eben die Pistole!"
„Wie auch immer. Dieser Mensch, das schwöre ich dir, schützt nicht euch, sondern sich selbst, oder er deckt jemanden, und das mit viel Geschick und Einsatz."
Antonia holte tief Luft und sah an die Decke des Zimmers.
„Romeike?"
Theo warf die Kippe in den Kamin und hob die Schultern.
„Wird sich weisen. Noch haben wir nicht das ganze Mosaik vor Augen."

Es war still geworden auf dem Gut. Eine mildere Luftströmung aus Westen hatte zwar die Kälte weichen lassen, dafür aber den ersten Schnee gebracht. Unberührt lag die weiße Pracht über dem Land.

Den wenigen Fußspuren folgend, stapfte Frau Morin auf der weichen, schillernden Schneedecke zum Kuhstall. Sie zog die Stalltür auf und trat in die vom Mistgeruch erfüllte Wärme, doch sie konnte niemanden finden.

„Antonia?"

Ein Kopftuch tauchte zwischen zwei Kühen auf.

„Was gibt es?"

Karin ging die breite Stallgasse entlang und besah sich die Hinterteile der Kühe.

„Kann ich dir helfen?"

Die junge Frau kam zwischen den Tieren hervor und schüttelte den Kopf.

„Glaube nicht, daß das hier etwas für dich ist."

„Was machst du denn?"

„Die Kuh hat eine entzündete Zitze. Verarzte ich gerade."

Frau Morin ging näher zu ihr, was zur Folge hatte, daß sie einer der in Dauerbewegung befindlichen Kuhschwänze streifte. Sie zuckte kurz zusammen und besah sich sofort ihre Wolljacke.

„Kann das nicht jemand vom Personal machen?"

„Könnte schon, aber jeder hat eben seinen Aufgabenbereich. Marie das Federvieh, Matthieu und Edith Schweine und Pferde, Rudolf Maschinen, Gebäude und Wagen, tja, und Eberhardt das Futter und die Rinder."

„Warum doktert dann nicht er an dem stinkenden Vieh herum?"

Antonia packte Watte und die Tinktur, mit der sie das Euter behandelt hatte, gewissenhaft in die Stallapotheke und trug sie zurück an ihren Platz.

„Habe auch meine Pflichten, und es wäre ein schlechter Tausch."

„Wieso?"

Sie ging zum Wasserhahn und wusch sich die Hände.

„Melken."

„Das kann doch nicht schlimmer sein, als mit bloßen Händen an offenen Wunden herumzufingern."

„Ist keine offene Wunde, und wenn, wäre es auch nicht schlimm. Macht mir nichts aus. Außerdem, hast du einmal durchgezählt?"

„Was?"

„Die Kühe."

Karin drehte sich um und ließ ihren Blick schweifen.

„Siebenundzwanzig."

Antonia lachte so laut, daß die Tiere unruhig wurden.

„Biologie ist nicht dein Fach!"

Die Lehrerin kam sich plötzlich vor wie ein Schulkind und zuckte hilflos mit den Schultern.

„Wie?"

Antonia war neben einem anderen Tier in die Knie gegangen und besah sich dessen linken Hinterhuf.

„Kühe sind die mit den großen Eutern."

„Sehr witzig!"

Die junge Frau schabte mit einem sehr scharfen Messer am Hufhorn der Kuh herum.

„Hast doch wissen wollen, warum ich froh bin, nicht melken zu müssen."

„Ja."

„Frühmorgens und spätnachmittags muß siebzehn Tieren das Euter gewaschen und gemolken werden. Dann muß die Milch noch regelmäßig zur Molkerei. Ein Teil davon geht zur Meierei, damit wir unseren Käse bekommen."

„Das kann doch nicht so viel Arbeit sein."

„Hast du eine Ahnung! Eberhardt hat den Dreh raus, und selbst er braucht zum Melken fast eine Viertelstunde pro Tier."

„Kein Wunder, bei dem Tempo, das er so an den Tag legt."

Nun wieder ganz in ihrer Rolle als Lehrerin, stellte sich Frau Morin, den Hals etwas gereckt, in die Mitte der Stallgasse und gab ihr Wissen über Kühe und Milch zum Besten. Antonia beachtete die Ausführungen kaum und begutachtete den Gesundheitszustand des nächsten Rindes. Gekonnt öffnete sie das Maul des Tieres und sah hinein.

„Bos taurus, zehn Liter Milch am Tag. Klingt richtig gut. Da drüben, der kleine Schemel, ist der Melksitz. Entlocke einfach diesem Bos einen Liter."

Karin war nun bei ihrem Ehrgeiz gepackt. Sie holte sich den Holzhocker und stellte ihn neben eine Kuh, deren Euter ihr besonders groß und ergiebig erschien.

„Ich brauche einen Eimer!"

Antonia war mit einem Hufkratzer beschäftigt und sah nur kurz auf.

„Anmelken kannst du ohne."

Frau Morin setzte sich und besah mit einer gewissen Anspannung den Bauch der Kuh.

„Muß ich diese Milchdrüse waschen?"

„Milchdrüse, Himmel hilf! Hoffentlich hast du keine kalten Hände."

„Waschen oder nicht?"

„Ganze Sätze! Melken!"

Die Lehrerin mußte grinsen und griff beherzt nach einer Zitze, die sie an etwas Unanständiges denken ließ.

„Wie viele von den Fortsätzen betätigt man?"

Froh darüber, die eintönige Arbeit einen Moment vernachlässigen zu können, stand Antonia bereits dicht neben dem Rind, das Opfer von Karins Melkversuch sein sollte.

„Zwei."

„Gegengleich?"

„Ja, aber du vergißt dein Deutsch!"
„Muß der Stallgeruch sein."
„Na, wie auch immer, vorwärts!"
Karin nahm zwei Zitzen in ihre durch die innere Anspannung noch kälteren Hände und zog daran. Die Kuh gab einen jämmerlichen Laut von sich, und Frau Morin zog und drückte noch kräftiger. Antonia hatte Mühe, das aufgebrachte Tier zu beruhigen.
„Fertig!"
„Was? Ist doch noch kein Tropfen aus dem Vieh herausgekommen!"
Die junge Frau rieb der Kuh mit flacher Hand den Nacken, und ein ruhiges Muhen zeigte ihr, daß diese keinen Schaden genommen hatte.
„Will dir nicht zu nahe treten, aber deine Stärken liegen auf anderem Gebiet."
Frau Morin stand auf und schaute schuldbewußt auf den Hocker, der vor ihren Füßen stand.
„Das denke ich auch."
„Ediths Abitur ist eher deine Sache."
Karin streichelte das gekräuselte, störrische Stirnhaar der Kuh, die sie gerade eben noch malträtiert hatte.
„Deine Freundin wird keine Schwierigkeiten haben, ihr angestrebtes Ziel zu erreichen. Sie ist begabt, wortgewandt und kann sogar eine Fremdsprache. Nur mit ihrer Aufmerksamkeit hapert es ein wenig. Sie scheint öfterdings völlig abwesend. Latein ist auch nicht ihre Stärke, aber daran kann ich nicht viel ändern."
„Nichts ändern? Das nehme ich dir nicht ab! Hast doch über Jahre versucht, mich und meine Sprache zu ändern."
Die Lehrerin ließ den Kopf der Kuh los und schob sich zwischen den Tieren auf die Stallgasse.
„Ich habe niemals versucht, dich zu ändern! Als Lehrer kann man fördern oder auch fordern, aber man kann keine natürliche Anlage korrigieren."
Antonia besah sich die Hufe und das winzige Euter einer jungen Kuh.
„Das sehen Schüler, wenn sie Lehrern gegenüberstehen, anders."
Karin zuckte mit den Schultern und knetete sacht ihre kalten Hände.
„Aber du, du kannst Menschen ändern."
„Keine Rätsel!"
„Ich will dir keine Denksportaufgabe aufgeben, aber du hast Theo diese blödsinnige Idee, nach Berlin gehen zu wollen, ausgeredet. Das ist mehr, als ich jemals fertiggebracht hätte."
„Ich soll das gemacht haben?"
„Ja! Und wie, in Teufels Namen, hast du das geschafft? Sie ist, wenn sie sich einmal etwas in den Kopf gesetzt hat, stur wie ein Panzer. Was hast du getan?"

„Nix!"
„Bitte hör auf, mich mit Wortbrocken abzuspeisen!"
„Stallgeruch!"
„Mein Gott, ich werde dich niemals wieder auf deine Hackfleischsätze ansprechen!"
„Freut mich! Was willst du denn wissen?"
„Will sie immer noch nach Berlin fahren?"
„Nein."
„Also, warum bitte?"
„Wahrheit."
Nun wurde es Frau Morin zu bunt, und ihre Stimme schrillte durch den Stall.
„Treskow!"
Die zuckte zusammen und nahm Haltung an.
„Will nicht unhöflich sein, aber hat Theo nicht mit dir darüber geredet?"
„Nein! Seit wir in das Haupthaus gezogen sind, schleicht sie herum wie ein Fuchs auf der Fährte."
„Vielleicht fühlt sie sich nicht wohl. War doch nicht leicht für euch, aus dem Gärtnerhaus umzuziehen."
„Nein, nein, das ist es nicht. Endlich haben wir wieder ein warmes Zimmer. Das ist uns beiden wichtiger als Nebensächlichkeiten wie eine romantische Urlaubsstimmung. Aber eines macht mich stutzig: Sie liest des Nachts, wenn sie meint, ich schlafe, in mitgebrachten Büchern. Ich erkenne sie beinahe nicht mehr. Also, um welche Wahrheit geht es diesmal?"
Antonia sah sich im Stall um und spürte eine seltsame Beklemmung.
„Diesmal?"
Karin ging langsam zurück zu der Kuh, die ihren Melkversuchen widerstanden hatte, und griff sich den Schemel. Sie trug ihn auf den zementierten Durchgang, nahe zu Antonia, und setzte sich darauf.
„Wenn sie Blut geleckt hat, ist sie nicht mehr aufzuhalten. Sie meint eine Spürnase zu haben für Dinge, die im Verborgenen liegen."
„Menschliche Seele?"
„Du weißt davon?"
„Hat mir von ihrer Arbeit mit dem Doktor erzählt."
„Dann wirst du mehr wissen! Du mußt doch informiert sein, an was oder wem sie sich nun verbissen hat, wenn sie nicht mehr ihre ursprünglichen Pläne verfolgt!"
Antonia war das alles ein bißchen zuviel, und sie versuchte, Informationen und Gedanken sorgfältig zu trennen.
„Theo wollte Kohlen, dafür ist jetzt Edith zuständig. Habe ihr unsere Lage geschildert, und sie scheint bereit zu sein, mit ihrem Vater darüber zu sprechen."

„Das ist alles? Ihr habt doch sicherlich noch über anderes gesprochen!"
„Mit Edith?"
„Nein, du und Theo!"
Die junge Frau betastete den Bauch eines Ochsen und grinste.
„Haben wir."
„Du willst nicht mit mir darüber reden?"
„Um ehrlich zu sein, nein. Mir ist die dauernde Fragerei von Theo schon zuviel. Wenn du etwas von ihr wissen willst, frage sie bitte selbst."
„Sie fragt dich aus?"
Antonia ließ es an Aufmerksamkeit mangeln, und während sie versuchte, das Maul des Ochsen zu öffnen, schnappte er nach ihrer Hand. Sie war reaktionsschnell genug, um eine Verletzung zu vermeiden. Leicht verärgert sah sie über den wuchtigen Leib des Rindes Karin an.
„Nicht nur sie, du auch!"

Die frühe Dunkelheit drückte auf die Gemüter, und in stummer Gleichgültigkeit gingen die Frauen in der Küche ihrer Beschäftigung nach. Marie unterbrach diese dumpfe Atmosphäre, indem sie das Licht einschaltete und für sie ungewohnt schrill ihre Stimme erhob.
„Wenn Se de Hälfte von die Kartoffeln abschneiden tun, denn wird's en Hungerwinter wer'n!"
Edith grinste, hatte sie sich doch schon die ganze Zeit über Theos Schältechnik gewundert. Die schüttelte ihren Pagenschnitt.
„Schäle Kartoffeln immer so."
„Na nu', denn is' kein Wunder, warum's in Kenigsberch nuscht mehr zem Essen jibt!"
Die junge Rothaarige lachte und nahm einen weiteren Erdapfel. Sie hatte den Bogen raus; dünn entfernte sie die Schale und stach geschickt dunkle Stellen aus.
„Ich schäle deine mit, dafür habe ich dann einen Wunsch frei."
Theo legte ihr Messer auf den Tisch und sah Edith neugierig an.
„Wunsch?"
„Es ist so schön draußen. Bitte mach mit mir einen Spaziergang."
„Nichts lieber als das."
Marie waren die Küchenfeen mehr Last als Hilfe, da sie immer ein Auge auf deren Tun haben mußte. Sie wischte ihre Finger an einem Schürzenzipfel ab.
„Denn jeht euch mal de Beine vertreten."
„Nein, erst wenn alles erledigt ist."

„Nuscht da, de paar Kartoffelche' mach' ich schon selber!"

Frau Krause verstand den Unterton der Köchin und nahm Edith die Arbeit aus der Hand.

„Sie hat bestimmt recht. Laß uns rausgehen, ehe es ganz dunkel wird."

Minuten später stapften die beiden dick verpackt durch den Schnee die Eichenallee entlang. Edith wunderte sich darüber, daß Theo vor dem toten Baum kurz anhielt, und sie hatte den Eindruck, sie zwinkere ihn an.

„Hast du etwas im Auge?"

„Wie meinst du?"

„Du hast doch gerade geblinzelt."

„Sah nur so aus."

Schweigend gingen sie nebeneinander her. Ihre Augen schweiften über die verschneite Landschaft. Plötzlich blieb Edith stehen und sah Theo hilfesuchend an.

„Seit ihr hier seid, hat sich Toni verändert."

„So? Wie denn?"

„Sie scheint an irgend etwas zu knabbern. Ich meine, nichts was mit dem Hof zu tun hat. Sie hat mir richtige Löcher in den Bauch gefragt!"

„Worüber?"

„Über meinen Vater."

„Und was hast du ihr gesagt?"

„Alles, was ich weiß."

Frau Krause ging gelassenen Schrittes weiter und besah sich die weiße Pracht, welche der Natur ein völlig anderes Gesicht gab.

„Dein Vater ist aus Schlesien?"

„Nein, das habe ich dir doch schon erzählt, er wurde als Beamter dorthin versetzt. Aber fängst du jetzt auch wieder an mit der Löcherei?"

„Nein."

Sie gingen stumm weiter. Die nahende Dämmerung veränderte die Stimmung über dem Schnee zu einer schwermütig-eisigen Sinfonie. Edith fühlte sich wie ein Pendel, das keinen Ruhepunkt findet. Aufgewühlt sah sie sich um, der Hof war kaum mehr zu erkennen, und sie zupfte Theo am Ärmel.

„Warum, in drei Teufels Namen, fragt ihr beide immer nach Schlesien?"

Frau Krause sah zum Himmel auf. Ihr Schweigen jagte Edith eine Gänsehaut über den Rücken. Als suche sie Schutz, hakte sie sich bei der Älteren unter, und sie gingen weiter. Schnee knirschte unter ihren Sohlen.

„Er hat, was auch immer der Grund für deine Nachfragen ist, wirklich nichts mit Schlesien zu tun!"

„Aber deine Mutter."
„Das weißt du doch schon alles!"
„Wie du meinst. Sollten dann auch wieder kehrtmachen."
„Hast du Angst, wir könnten uns verlaufen?"
„Habe nie Angst."
Edith sah ihr Gegenüber fast entsetzt an.
„Niemals? Auch nicht alleine im Dunkeln?"
Theo blieb stehen und schaute ihr aufmerksam in die Augen.
„Warum sollte ich?"
„Ich fürchte mich oftmals entsetzlich, vor allem davor, irgendwann einmal alleine ohne Toni durchs Leben gehen zu müssen."
„Verlustangst. Wahrscheinlich bedingt durch den Weggang deiner Mutter."
„Meine Mutter hat doch nichts mit Toni zu tun!"
„Vordergründig nicht."
„Theo, ich verstehe dich nicht. Was meinst du mit vordergründig?"
„Es war nicht erfreulich für dich, daß deine Mutter dich verlassen hat."
„Ist das nicht normal?"
„Doch, schon. Aber solcherlei schmerzhaften, unerfreulichen Erinnerungen, vor allem aus der Kindheit, können zu pathogenen Angstzuständen führen. Die Erinnerungen an derartig Schlimmes verschwinden nicht wie andere Erinnerungen, sondern bleiben als aktive, unbewußte Kraft zurück. Man vergißt so etwas nicht, man verdrängt es höchstens. Und immer, wenn man sich einer ähnlichen Situation ausgeliefert sieht, kann das scheinbar Vergessene auf einer unterbewußten Ebene wieder durchschlagen. Angst oder sogar körperliche Krankheiten können die Folge davon sein."
Edith kroch die Kälte an ihren Beine hoch, und sie trat von einem Fuß auf den anderen.
„Das ist mir, ehrlich gesagt, zu hoch."
Theo nickte und ging langsam zum Hof zurück.
„Mußt du auch nicht verstehen. Wollte dir nur verdeutlichen, daß man Angst auch überwinden kann."
„Man kann sie also doch vergessen?"
„Nein, aber man kann daran arbeiten."
„Am Vergessen?"
Die ältere Frau blieb stehen und besah sich den Schnee vor ihren Füßen.
„Wenn ich hier jetzt mit dem Fuß scharre, kommt etwas ans Licht, das scheinbar vergessen ist, zugedeckt von Eiskristallen. Ich kann den Weg, das Gras, den Sand freilegen und es mir anschauen. Wenn mir danach ist, kann ich mir dabei vorstellen, wie der Weg im Sommer ausgesehen hat und so Empfindungen in Erinnerung rufen, die

nichts mit meinem Spaziergang im Dunkeln, bei Kälte und im Schnee zu tun haben."

„Aber ich will nicht graben."

„Warum denn nicht? Erinnerungen an Vergangenes können helfen, den derzeitigen Zustand erträglicher zu machen."

„Das glaube ich nicht."

Theo sah Edith kurz an, setzte sich in den Schnee, warf etwas nach ihr und grub ein vereistes Grasbüschel aus.

„Ich zum Beispiel mag den Winter nicht sonderlich. Er erinnert mich an meine Kindheit, an lange Nachmittage, die ich über Handarbeiten verbringen mußte. An meine beiden Brüder, die mich, weil sie Eskimo spielen wollten, im Schnee begruben, denn sie meinten, ich wäre nun ihre Eskimofrau in einem Iglu. Ich hatte damals furchtbare Angst. Aber das Grasbüschel hier zeigt mir, daß es etwas unter dem Schnee gibt, das man ausgraben kann. Auch mich hat man ausgegraben. Aber ich habe keine Furcht mehr vor dem Schnee, weil ich an der Oberfläche gegraben habe, bis ich zum Eigentlichen kam."

„Das ist ja grauslich."

„Was?"

„Was deine Brüder da gemacht haben."

„Wohl wahr. Aber es ist nicht vergessen, nicht verdrängt, sondern verarbeitet. Ich kann mich heute in den Schnee setzen und weiß, er tut mir nichts."

Edith setzte sich neben Theo und ergriff ihre Hand.

„Du meinst, der Schnee in meinem Falle ist meine Mutter?"

Der älteren Frau stieg die Kälte in die Hüften, und sie wäre am liebsten aufgestanden, doch sie zwang sich, sitzen zu bleiben.

„Kann sein."

„Was mußt du wissen, um das herauszufinden?"

Frau Krause schob sich einen Handschuh unter ihren eiskalten Po.

„Sprich einfach über das, was dir einfällt."

Die junge Romeike lehnte sich mit ihrer Schulter gegen Theo und sah in den bewölkten Nachthimmel.

„Mir kommt nur meine Familie in den Sinn."

„Ist doch prächtig."

„Ja, da sind meine Mutter, die Schwester meines Vaters, mein Vater und sein Bruder."

„Kannst du mir helfen, mir von allen ein Bild zu machen?"

„Mama habe ich dir schon beschrieben."

„Ja, liebevolle Frau, Pianistin. Hast du mir ihren Namen schon verraten?"

„Nein, ich finde ihn zu unbedeutend für einen so wunderbaren Menschen."

„Namen sind nie gewöhnlich, nur Menschen können es sein!"
„Mama heißt Paula."
„Und wie hieß sie mit Nachnamen?"
„Na, Romeike."
„Nein, ich meine, vor der Heirat?"
„Winterstein."
„Aha. Was ist eigentlich mit diesem Borkenhagen?"
Schlagartig wurde Edith bewußt, in welcher Kälte sie saßen, und sie stand auf.
„Komm, wir holen uns noch den Tod!"
Theo quälte ihre schmerzhaft steifen Glieder, bis sie endlich stand, und hatte den unbezwingbaren Wunsch nach einer Zigarette. Sie brauchte einige Zeit, bis sie mit klammen Fingern eine in ihre Zigarettenspitze gesteckt und sie angezündet hatte.
„Waren bei Borkenhagen."
Edith schaute neugierig zu, wie Theo mit tiefen Zügen rauchte.
„Albert ist der Sohn von Tante Gerlinde und Onkel Bernhard."
„Bernhard ist der Bruder deines Vaters?"
„Nein, Gerlinde ist seine ältere Schwester; Vaters Bruder heißt Gustav."
„Albert scheint dir nicht zu behagen?"
Die beiden Frauen strebten schnellen Schrittes zum Wärme verheißenden Hof.
„Er war für mich immer ein netter Kerl, bis diese Sache da passierte."
„Mit Antonia?"
„Ich weiß nicht, wie er versuchen konnte, sie umzubringen!"
Theo entfernte die Kippe mit zittrigen Fingern aus ihrer Zigarettenspitze und warf sie in den Schnee.
„Werden wohl noch eine Weile nach Wahrheiten graben müssen."
Sie gingen zügig weiter, bis Edith stoppte.
„Das alles nur wegen mir?"
„Nicht nur. Hier ist etwas in Schieflage, und ich will wissen, was und warum!"

Antonia sah auf den Bogen mit ihrer großen, geschwungenen, leicht nach rechts geneigten Handschrift und las still. Zufrieden nickte sie und beendete den Brief mit dem üblichen Heil Hitler und ihrer Unterschrift. Sie nahm einen Briefumschlag aus einem der Fächer im Schreibtisch und adressierte ihn. In der Hoffnung, daß die Zeilen nicht zu spät kämen, faltete sie den Bogen, steckte ihn in das Kuvert und klebte es zu. Sofort stand sie auf und trug den Brief in die Halle, um ihn neben das Telefon zu legen. Marie kam aus dem

Keller herauf, einen kleinen geflochtenen Korb mit Steckrüben vor dem Bauch.

„Na, Fräuleinche', wie ham wir's?"

„Gut, daß ich dich treffe. Wie kommt es, daß Eberhardt den Brief verbummelt hat?"

„Se meinen's Schrei'm von wejen dem Arbeitsdienst?"

„Erraten."

„Na nu', er hat 'm mir in de Küche jebracht, weil's doch für dem Wolfjang war. Hab' den Brief dann aufs Brett beim Radio jelegt."

„Und dort hat er dann fast zwei Wochen im Küchendunst geschmort! Leute, Leute, habt ihr denn so gar kein Gefühl für Dringliches? Hast doch am Stempel gesehen, daß es etwas Offizielles ist!"

„Jeht mir nuscht an, wenn's doch für 'm ..."

„Marie! Das war die Einberufung des Jahrgangs 1928 zum Reichsarbeitsdienst!"

„Hab' mir nuscht jedacht dabei, wo doch unser Kleiner schon an de Front is'."

„Mein Gott, gerade du, die genau weiß, wann der Kerl geboren ist, hast dir nichts dabei gedacht, als du Jahrgang '28 gelesen hast? Kann es wirklich kaum glauben!"

„Na nu', er is' doch bei die Soldaten."

„Wie dem auch sei. Habe ein paar erklärende Worte geschrieben, damit unser Sparwein keinen Ärger bekommt."

„Er wird's Ihn' bestimmt danken."

„Ja, ja. Aber wenn in Zukunft Post für ihn kommt, geht die wie alle andere über meinen Schreibtisch!"

„Nu', jawoll."

Die junge Frau ging zurück in ihr Arbeitszimmer und setzte sich widerwillig hinter den klobigen Schreibtisch. Ihr Sinn stand so gar nicht nach Papierkram, der überhaupt kein Ende zu nehmen schien. Trotz Kälte, Schnee und Sturm aus Nordost war ihr mehr danach, einen Ritt zu machen, zumal Karin sie hatte wissen lassen, daß sie gerne reiten lernen würde. Sie sah auf die mit Unterlagen gepflasterte Tischplatte und vermißte ihre Freundin, die sonst lesend neben dem Kachelofen oder vor dem Kamin saß. Mit zusammengebissenen Zähnen zwang sie sich, einen Hefter über die Schweinemast aufzuschlagen. Sorgfältig übertrug sie Daten und Preise über Verkauf und Eigenschlachtung von Borstenvieh in die Unterlagen und warf dann wütend den Stift auf den Tisch.

„Edith amüsiert sich sonstwo, und ich darf hier den Buchhalter spielen!"

Die schlanke Frau stand derart energisch auf, daß der schwere Schreibtischsessel nach hinten zu kippen drohte. Sie kümmerte sich nicht darum und eilte aus dem Zimmer. Rasch lief sie nach oben, zog sich um, schnappte Pulswärmer und Mütze und rannte wieder hinunter. In der Halle hatte sie ein wenig Mühe, ihre in dicke Wollsocken verpackten Füße in die Reitstiefel zu zwängen. Wie vom Teufel verfolgt, rannte sie aus dem Haus hinüber zum Pferdestall. Hastig riß sie die Tür auf und fand den Stall leer. Völlig überrascht warf sie die Stalltür wieder zu und sah sich um. In einiger Entfernung sah sie Eberhardt, der im Winter den Hofbesen mit der Schneeschippe zu vertauschen pflegte. Geruhsam schaufelte der Alte frischen Schnee von dem Weg zum Gänsestall.

„Eberhardt!"

Er sah auf und drehte sich behäbig um. Ihm war völlig schleierhaft, warum seine junge Herrin so rennen mußte.

„Nich' so schnell, 's is' glatt!"

Antonia stand vor ihm und sah in sein faltiges Gesicht, das trotz der Kälte keine Farbe annehmen wollte.

„Wo sind die Pferde?"

„Draußen."

„Weiß ich! Wo?"

„De janze Mischpoche is' mit de Pferde wech. Da rieber."

Sie sah seinen ausgestreckten Arm an und nickte.

„Westkoppel!"

Er beugte sich langsam nach vorn und schippte weiter.

„So wird's sein."

Der rasche Fußmarsch zur Koppel hatte sie ins Schwitzen gebracht. Aus der Ferne sah sie beinahe alle am Zaun der Koppel stehen. Die Pferde tollten auf der großzügig umgrenzten Fläche im Schnee. Sie hetzte weiter und erreichte zuerst Karin und Edith. Ihre Freundin war gerade dabei, der Lehrerin das Geheimnis des selbständigen Aufsteigens auf ein Pferd preiszugeben.

„Und immer nur von links."

„Hat das einen Grund?"

Edith zuckte mit den Schultern, als Antonia endlich am Ort des Geschehens angekommen war.

„Wenn die Tiere rausgelassen werden, möchte ich informiert werden!"

Karin schreckte ob des schroffen Tonfalls zusammen und drehte sich abrupt um. Mit eisigem Gesichtsausdruck sah sie ihre ehemalige Schülerin an.

„Treskow, dein Ton gefällt mir nicht!"

Sie sah Frau Morin kopfschüttelnd an und eilte weiter. Dann entdeckte sie Rudolf, der mit Theo zusammenstand. Die beiden schienen zu streiten.

„Nuscht mehr im Wehrmachtsbericht über unser Ostpreußen, de letzten Meldungen kam' am Anfang vom Monat über de Rominter Heide."

„Mann, so dumm kannst du doch nicht sein! Ist doch völlig klar, daß der im Oktober zum Stehen gebrachte Angriff der Sowjets denen nur zum Atemholen dient."

Er rieb sich mit einer Hand über seine Bartstoppeln.

„Könnten recht ham. De ham sich bestimmt zurückjezogen. Is nu' nich' kein Wetter mehr für 'm offnen Kampf."

Theo nickte und steckte sich eine Zigarette an.

„Der militärischen Leitung ist das auch durchaus klar!"

„Is' der Führer deswejen nach Berlin jegang', wo er doch so lange in der Wolfsschanze jewesen war?"

„Mensch, Mann! Der Führer friert sich doch hier nicht den Arsch ab, wenn in der Reichshauptstadt endlich sein Bunker unter der Reichskanzlei fertig ist. Der weiß, was los ist. Die Russen kommen frühestens Anfang nächsten Jahres wieder. Aber dann, ja dann wird allen klar sein, warum er in seinem Bunker sitzt und nicht in Rastenburg."

Obwohl sie völlig verärgert über die Entführung ihrer Pferde war, stand Antonia neben den beiden und sog jede Silbe des hitzigen Gesprächs auf, als ob ihr nach Informationen dürstete. Rudolf kaute auf seiner kalten Zigarre und brummelte in die Kälte.

„Was soll er denn auch de Winterschlacht aus die Provinz führen! In Berlin laufen de Fäden zusamm', da sitz da Stab, da kann man was bewechen. Hier is' Ruhe, aber wa ham ja auch noch de Westfront un' Italien."

Theo zog an ihrer Zigarette und blies den Rauch energisch in die kalte Luft, wo er zu einer Wolke gefror.

„Hier ist Ruhe, meinst du? Mann, wo lebst du eigentlich? Anfang des Monats, bei dem großen Angriff der Russen, da hat die Wehrmacht, nachdem die Sowjets wieder vertrieben waren, in Nemmersdorf Leichen gefunden. Ein ganzes Städtchen ausgelöscht, Frauen lebend an Scheunentore genagelt, Kinder geschlachtet wie Vieh! Was meinst du dazu? Ist das Ruhe? Und wenn die wieder einfallen, ich sage es dir, dann bleibt hier kein Auge trocken!"

Der alte Mann wischte sich mit dem Handballen einen Tropfen von der Nase.

„Se möjen reden wie 'm Mann, aber Se sin' doch bloß 'ne Frau. En Weiberhirn versteht nuscht vom Krieje. De Ostfront wird stehen wie 'ne Mauer! Da jeht kein Meter deutschem Boden an 'n Bolschewik'!"

Nun hatte die junge Treskow genug. Sie stellte sich breitbeinig vor ihren Angestellten und sah ihm hart in die Augen.

„Wer hat Erlaubnis gegeben, die Pferde aus dem Stall zu holen?"

„Nu', ich e'm."
„Himmel Herrgott ..."
Theo unterbrach die immer noch wütende junge Frau.
„Mach mal halblang! Ist doch alles in bester Butter. Mehr Aufsicht können deine Zossen gar nicht haben."
„Darum geht es nicht!"
„Worum denn?"
„Kann doch hier nicht jeder machen, was er will!"
Karin war zu den dreien hinübergeschlendert und schüttelte den Kopf.
„Treskow versucht sich als Despot. Das kennen wir ja schon. Wenn ihr in der Schule etwas gegen den Strich ging, hat sie immer ein Donnerwetter veranstaltet. Ihr Lateinlehrer zum Beispiel hatte sie einmal aufgefordert, die Tafel zu wischen. Ein Aufstand brach los, da sie nicht für den Tafeldienst eingeteilt war. Geendet hat das alles vor dem Direktor."
„Hat mir eine gescheuert, das Schwein!"
„Das ist, in dieser Situation, sein gutes Recht gewesen. Aber daß du zurückgeschlagen hast, hätte für dich beinahe den Verweis von der Schule bedeutet!"
„Laß mich nicht von jedem schlagen."
Edith hatte das Gespräch aufmerksam verfolgt, nahm ihre Liebste zaghaft am Arm und zog sie zu sich.
„Toni, bitte!"
Die sah ihre Freundin ärgerlich an und merkte, daß beim Anblick dieser wunderbar grünen Augen ihr Zorn verflog.
„Was?"
„Wir können nichts dafür!"
„Daß Rudolf ..."
„Nein, für deinen Unmut! Schau doch, deine Pferde tummeln sich im Schnee. Ein wunderbarer Anblick, genieß ihn doch einfach."
„Du findest die Pferde wundervoll?"
Edith zog ihre Mütze vom Kopf und schüttelte ihr dichtes rotes Haar. Gleichzeitig schob sie ihre Liebste sanft und doch energisch zur Umzäunung der Koppel. An den Holzstangen angekommen, legte sie ihren Kopf an Antonias Schulter.
„Ich liebe dich und damit auch alles, was du liebst!"
„Pst, nicht so laut!"
Edith drehte mit einem Zeigefinger eine Locke ihres langen Haares und lachte ungewohnt laut.
„Du bist manchmal sonderbar!"
„Warum?"
„Kein Warum! Sieh dich um, freu dich doch endlich wieder daran, daß wir hier zusammensein können. Du mußt keine Angst haben."

Antonia kletterte behende über die Umzäunung und sprang auf der anderen Seite in den Schnee.

„Habe keine Angst! Niemals!"

Alle Umstehenden sahen der schlanken jungen Frau ihre Kraft und Energie an, während sie wie ein Füllen mit ihren Trakehnern durch den Schnee sprang. Als sei sie nicht an die Regeln der Physik gebunden, sprang sie beinahe aus dem Stand auf Bricks Rücken. Ein kurzes Buckeln des Pferdes ließ alle Zuschauer den Atem anhalten, doch dann gewann Antonia die Kontrolle, und ihre Stute ging lammfromm im Kreis.

„Gib mir doch bitte den Leimtopf herüber."

Edith sah auf, nickte und schob den Topf über den Tisch. Karin nahm den kleinen Pinsel heraus, streifte ihn am Rand des Bottichs ab und tupfte vorsichtig etwas Kleber auf die Mitte eines großen Strohgebildes, das sie kunstvoll gebastelt hatte. Mit ruhiger Hand legte sie die Schlaufe des Bindfadens, an welchem das Werk später hängen sollte, in den Leim und preßte sogleich einen Strohstern darauf. Geduldig wartend, bis der Kleber trocknete, hielt sie fest und sah den anderen Frauen zu. Ediths geschickte Finger schnitten buntes Papier aus, das sie zu einer langen Girlande aus ineinander geschlungenen, gleich großen Röllchen zusammenklebte. Antonia bearbeitete mit viel Goldbronze Nadelbaumzapfen, und Marie pinselte mit der gleichen Farbe Nüsse an.

Die Tür vom Hof her ging auf, und der eisige Wind wehte ein paar Schneeflocken herein. Rudolf trat sich stampfend die Füße vor der Tür ab und beeilte sich, den Eingang wieder zu schließen. Er stand kaum in der Küche, da waren die luftigen Eiskristalle geschmolzen, und dank der getrockneten Torfstücke, die Marie immer wieder in den mächtigen Küchenherd geworfen hatte, gewann der Raum rasch wieder seine behagliche Wärme.

„De Weibsleut' emsig wie de Bien'. So lob ich's mir."

Keine der Frauen sah von ihrer Arbeit auf, und der alte Mann fühlte sich zu wenig beachtet. Aufmerksamkeit heischend schwang er das, was er mitgebracht hatte, durch die Luft. Tannennadelduft umspielte die Nasen, und Theo drehte sich um.

„Ja, meine Herren! Wo soll das Monstrum denn hin?"

Ohne aufzuschauen, lackierte Marie weiter Walnüsse.

„Sin' se nu' endlich fertich, de Kränz'?"

Rudolf legte das wuchtige Gebinde aus Tannenreisig auf den Küchenboden und zog seine mit Schaffell gefütterte Jacke aus.

„Matthieu bringt gleich noch 'ne Ladung."

Theo staunte weiterhin über den riesenhaften Adventskranz.

„Der paßt doch auf keinen Tisch!"

Antonia blies vorsichtig die Farbe auf einem Zapfen trocken.

„Soll er auch nicht. Der große Kranz wird in der Halle aufgehängt."

Karins Stern war inzwischen trocken, und stolz hielt sie ihn an seinem Bändel in die Höhe.

„Der Kranz sieht in der großen Halle bestimmt herrlich aus. Kommen auch richtige Kerzen darauf?"

„Nu' was denken Se denn! Ohne Lichter wär's doch wie 'm Glas ohne Schnaps!"

Marie verstand den Alten sofort und stand auf. Er folgte ihr zur Speisekammer. Während Rudolf seinen Machandel bekam, um den Theo ihn beneidete, bastelten die anderen fleißig weiter. Er würzte die schwere Wärme mit dem Rauch einer Zigarre, die jedoch keine von der billigen Sorte war, mit der er sonst die Luft verpestete. Nachdem Marie ihm einen zweiten Schnaps zugestanden hatte, setzte er sich völlig zufrieden auf einen der Stühle und sah den Frauen zu.

„So 'ne jemütliche Veranstaltung hab' ich schon lang nich' mehr jesehen auf Treskow. Fehlt nur noch en richt'jer Grog."

Theo lächelte und strich sanft mit dem Zeigefinger über den Storch, den sie aus Karton ausgeschnitten hatte.

„Wasser, Rum, Zucker! Macht Hitze im Körper und den Kopf frei."

Rudolf sog schmauchend an seiner Zigarre und verzog den Mund.

„Rum muß, Zucker kann, Wasser brauch' nich' ..."

Marie hatte gerade eine bissige Bemerkung für den Alten auf den Lippen, als Matthieu hereinschneite.

„Bon dieu, isch 'abe kalt wie eine Zapf' aus Eis!"

Er warf die beiden Kränze, die er im Arm hatte, ohne Rücksicht auf den Tisch, drehte sich um und schloß die Tür. Die Frauen beeilten sich, ihre Basteleien unter den Nadelzweiggebinden hervorzuholen, und Antonia warf den Zapfen, den sie immer noch in einer Hand hielt, auf den Tisch.

„Hat dich ein Pferd getreten?"

Der kräftige Belgier zerrte die Wollmütze vom Kopf, die ihm Marie gestrickt hatte, eilte zum Herd und hielt seine frostkalten Finger über die heiße Eisenplatte.

„Pardon? Isch nischt war bei die Pferd'!"

Marie nahm einen der Kränze vom Tisch und besah ihn sich.

„Na, so 'n hübscher Einfall mit de roten Schleifen! Ham wa noch nich' jehabt, so 'n schön' Kranz!"

Leise in die Hände klatschend, pflichteten Edith und Karin ihr bei. Selbst Antonia konnte sich der Begeisterung nicht verschließen.

„Marie, es soll uns nicht schlecht gehen, wenn alle so kräftig bei den Adventsvorbereitungen sind. Was meinst du, Grog oder Bärenfang?"

Beinahe zeitgleich riefen Theo und Rudolf nach dem Grog. Marie ging zum Herd und stemmte beide Hände in die Hüften.

„Nu', mir wär 'm Bär'nfang lieber, denn müßt' ich nuscht mehr kochen."

Edith wandte ihre Aufmerksamkeit von Karins Strohgebilden ab und sah sinnend über den Tisch.

„Wie, es gibt heute nichts zu essen?"

Rudolf lachte so, daß beinahe die Tassen im Geschirrschrank bebten.

„Marjellche', Bär'nfang is' Essen un' Trinken zegleich, sacht man bei uns."

Marie hatte das alkoholische Getränk schnell zubereitet. Nachdem die ersten Tassen verabreicht waren, hob sich die Stimmung in der Küche schnell, denn die Versammelten hatten seit dem Frühstück nichts mehr gegessen.

„Toni, bitte, ich muß an die Luft."

Antonia prostete leicht trunken Rudolf zu und nahm Edith kaum wahr. Die stand auf und zog ihre Liebste am Ärmel.

„Bitte komm mit hinaus!"

Mit geschlossenen Lidern legte die junge Treskow den Kopf langsam in den Nacken und nickte.

„Gehen wir."

Edith lief in die Halle, wo ihre Winterjacke hing, und ihre Freundin folgte ihr mit leicht unsicherem Gang.

„Luft wird mir guttun."

„Toni, bist du betrunken?"

„Nein!"

Sie griff ihre Jacke, und ohne sie überzuziehen, folgte sie Edith ins Freie. Der Sturm hatte nachgelassen; trotzdem durchfuhr die Kälte Antonias Körper wie ein Nadelstich. Rasch schlüpfte sie in die warme Jacke und zog ihren Schal aus der Tasche. Edith sah in das dichte Schneetreiben.

„Ob das irgendwann noch einmal aufhört?"

Die junge Treskow schlang einen Knoten in den Schal und knöpfte ihre Jacke zu.

„Hoffentlich! Einen so frühen, strengen Winter hat es schon lange nicht mehr gegeben. In Königsberg war es die letzten Jahre um diese Zeit immer noch viel milder."

„Du sehnst dich manchmal nach der Stadt, nicht wahr?"

„Jetzt nicht mehr. Am Anfang, als ich wieder hier war, fand ich den Hof und das Land gräßlich öde. Weit und breit nichts, wo man sich hätte amüsieren können. Aber nun ist Treskow mein Leben geworden, und um nichts in der Welt möchte ich hier weggehen."

„Aber das Filmtheater vermißt du doch?"

„Kino wäre schon schön. Aber um ehrlich zu sein, seit Zarah in Schweden ist, gibt es einfach keine guten Filme mehr."

„Du und deine Leander. Was findest du bloß an ihr?"

„Ihre Haarfarbe."

„Nicht Karotte und nicht rote Bete."

„Aber wunderschön! Würde gerne ein paar Schritte gehen, sonst frieren wir hier noch fest. Die da drin merken das in ihrer Rumlaune gar nicht, und morgen früh sind wir Schneemänner."

Die Frau mit der Haarfarbe, die der von Zarah Leander wirklich sehr ähnlich war, hakte sich bei ihrer Freundin unter, und sie marschierten über den Hof.

„Du, ich habe es mir überlegt."

„Was?"

„Ich fand es sehr schön von dir, daß du mich nicht weiter bedrängt hast."

Antonia blieb stehen und sah ihre Geliebte ernst an.

„Klingt irgendwie bedrohlich. Habe ich was falsch gemacht?"

„Nein, eben nicht. So habe ich Zeit gehabt, mir das alles durch den Kopf gehen zu lassen."

„Spann mich nicht auf die Folter! Was?"

„Die Sache mit meinem Vater."

„Ach, vergiß es. Habe mir überlegt, daß es das beste sein wird, wenn Karin zu deinem Vater geht und ihm die Angelegenheit wegen ihrer Einweisung vorträgt. Sage dir, wenn sie richtig zur Form aufläuft und noch dazu eines ihrer schicken Kleider anhat, da kann dein Vater gar nicht anders, als ..."

„Meinst du?"

„Hast sie so noch nicht erlebt. Sie hat einmal einen Obersekundaner, der in einem Laden eine Tafel Schokolade geklaut hat, mit ihrem Auftreten aus dem Polizeirevier geholt. Und am nächsten Tag haben die Polizisten ihr sogar noch einen Strauß Blumen geschickt!"

„Das mag ja sein, aber ich kenne meinen Vater. Der ist nicht Parteileiter geworden, weil er mutig oder tapfer ist. Ihn haben sie genommen, weil er durch und durch Beamter ist, pingelig bis zum Erbrechen."

„Karin wickelt auch ihn um den Finger."

„Toni, bitte, glaube mir doch! Sie könnte nackt vor ihm tanzen, sobald sie Treskow nur erwähnt, ist bei ihm Schluß."

Antonia ging ein paar Schritte weiter, hob die Hände vor den Mund und blies warmen Atem auf ihre kalten Finger.

„Hast recht. Treskow ist ein rotes Tuch für ihn."

„Ganz genau! Deswegen möchte ich das machen."

„Wie du meinst, aber ich komme mit!"

„Sehr gerne. Wir könnten wieder einmal zusammen ausreiten."

„Nicht bei der Witterung, da kann man höchstens einmal einen kurzen Ritt wagen. Vielleicht einmal um den Hof herum. Wäre zu gefährlich bis Schloßwalde. Kenne mich zwar gut aus, aber wenn der Schnee so vom Wind getrieben wird, hat man keine richtige Sicht und verliert leicht die Orientierung."

Edith nahm den Arm ihrer Freundin und drückte deren kalte Hand an ihr Gesicht.

„Der Schnee wird bestimmt einmal aufhören. Reitest du dann mit mir?"

„Galopp?"

„Ich verspreche dir: auch Galopp!"

In der Küche ging es hoch her. Maries Stimme schepperte über die Töpfe und Pfannen auf dem Herd hinweg. Rudolfs brummender Baß verlieh dem Gesang etwas Verruchtes. Man war dabei, Matthieu das Lied von Annchen und Ulrich beizubringen. Theo schlug mit ihrem Glas den Takt auf dem großen Holztisch, und Eberhardt nickte dazu, immer wieder an seiner Tasse mit Grog nippend.

„Schön Annchen wollt' spazierengehn,
Der Ulrich wollte mit ihr gehn."

Der Frohsinn im Küchendunst verstummte, als Frau Treskow eintrat. Alle Augen ruhten auf ihr, und Marie schob geräuschvoller als nötig einen Topf über die heiße Herdplatte.

„Frau Treskow, zu Diensten!"

„Warum singt ihr nicht einfach weiter? Ich habe lange keinen Gesang vom Gesinde gehört!"

Theo, die gerade ihr Glas an die Lippen gesetzt hatte, blieb schier der Schluck im Halse stecken, und sie hustete ausgiebig. Die Köchin, die dem Alkohol weniger zugesprochen hatte als die anderen, versuchte mit energischem Rühren in einem Topf Frau Treskow dazu zu bewegen, den eigentlichen Anlaß für ihr plötzliches Auftauchen preiszugeben.

Antonias Mutter besah sich die Unordnung auf dem Tisch. Schließlich blieb ihr Blick an dem großen Adventskranz hängen, der neben einem leeren Stuhl auf der Erde lag.

„Welch stattliches Gebinde! Marie, warum habt ihr noch keine Kerzen befestigt und das Prachtstück aufgehängt?"

Der dicken Angestellten wurde ganz mulmig bei dem Gedanken, einer der angetrunkenen Männer müsse jetzt auf die hohe Leiter steigen und das Monstrum an die mehrere Meter hohe Decke der Halle hängen. In gewohnter Manier wischte sie ihre Hände an der Schürze ab und sah die Gnädige treuherzig an.

„Wenn's recht is', nach 'm Essen."

Frau Treskow war zum Tisch gegangen und zog mit betont spitzen Fingern an einer der roten Schleifen des Kranzes.

„Mir soll es ja egal sein. Aber das da hat etwas geradezu obszön Billiges! Wer hatte denn diesen geschmacklosen Einfall? Rote Schleifen! Das sieht ja aus wie in einem Boudoir!"

Schuldbewußt den Kopf gesenkt, wollte Matthieu sich schon melden, als Theo mit ihrem Glas auf den Tisch klopfte.

„Meine Idee! Finde, Rot hat so etwas Feierliches."

„So, meinen Sie? In meinem Hause gibt es keine roten Schleifen und Rüschen! Rot ist niveaulos und aufdringlich! Wenn es denn schon Schleifen sein müssen, dann bitte ich doch um goldene."

Frau Krauses Verstand war hellwach, und sie sah Antonias Mutter aufmerksam an.

„Was verbinden Sie mit dieser Farbe, die Ihnen so penetrant erscheint?"

„Sie sind offenbar nicht darüber in Kenntnis gesetzt worden, daß in diesem Jahr mein Mann verstarb. Es wäre mehr als geschmacklos, dem besinnlichen Advent eine derart gewöhnliche Note zu geben!"

Theo saß ganz bewußt völlig entspannt auf ihrem Platz, und die Hände ruhten in ihrem Schoß.

„Kenne die Lage in diesem Hause."

Frau Treskow machte einen Schritt rückwärts und verschränkte ihre Arme vor der Brust.

„Um so schlimmer!"

„Bitte?"

„Daß Sie Rot wählten!"

„Ist eine warme Farbe. Die der Liebe!"

Ohne äußeren Anlaß machte Frau Treskow erneut einen Schritt nach hinten und schüttelte verärgert den Kopf.

„Niemals! Ich lasse aus meinem Heim kein Dirnenhaus machen!"

„Was löst diese Vorstellungsverknüpfung bei Ihnen aus?"

Frau Treskow fühlte die Blicke der Anwesenden wie Nadelstiche auf der Haut und eilte zur Tür.

„Ich bin nicht bereit, mit Ihnen darüber zu diskutieren, schon gar nicht vor den Angestellten!"

Wie selbstverständlich stand Theo auf und ging zu der an der Tür Stehenden.

„Habe nichts dagegen einzuwenden, in einem privateren Rahmen mit Ihnen zu sprechen."

Antonias Mutter schüttelte verhalten den Kopf und öffnete die Tür zur Halle.

„Ich wünsche dies nicht!"

Edith stand auf der obersten Stufe der Treppe, die zum Hof ging, und sah mit einigem Stolz an sich herab. In Reithosen und in von ihr selbst auf Hochglanz gebrachten Reitstiefeln kam sie sich vor wie ein Jockey. Die Tür hinter ihr ging auf, und Karin trat neben sie.

„Bei der Kälte wollt ihr tatsächlich reiten?"

In ihrer erwartungsvollen Erregung spürte Edith nichts von den Außentemperaturen, die etwas unter dem Gefrierpunkt lagen.

„Toni sagt, es sei ideales Wetter. Der Wind hat sich gelegt, und es schneit nicht."

„Mag ja sein, aber ihr friert euch doch die Finger ab."

„Hast du gefroren bei deinen Reitübungen?"

Frau Morin fiel sogleich der Muskelkater ein, der sie nach ihren Reitstunden für Tage beinahe bewegungsunfähig gemacht hatte.

„Nein, natürlich nicht! Ich habe auch gerackert wie eine Irrsinnige, um dies dumme Tier überhaupt zu bewegen."

Edith hatte ihre ersten Reitversuche wohl schon vergessen. Sie drehte sich mit heiterem Lächeln um und hob eine Hand.

„Pferde sind nicht dumm, höchstens ihre Reiter!"

„Danke für das Kompliment."

Antonia führte Bizerka gesattelt und getrenst aus dem Stall.

„Na, Karin? Auch Ambitionen?"

„Himmel, nein!"

Die junge Treskow übergab die Schimmelstute ihrer Liebsten.

„Halte sie in Bewegung."

„Ja, mach' ich. Aber warum hat das denn so lange gedauert? Gibt es Probleme?"

„Mußte erst noch die Hufstollen aufsetzen."

Frau Morin zog es trotz der schmerzlichen Erfahrungen, die sie bei ihren ersten Reitversuchen gemacht hatte, zu dem Pferd, und sie eilte die Treppe hinunter.

„Wozu braucht man denn Hufstollen?"

Antonia war erneut im Stall verschwunden und kam nach wenigen Augenblicken mit Tarantino wieder heraus.

„Sind dafür da, daß die Pferde nicht ausrutschen."

Der stattliche Hengst war unruhig wie selten. Selbst Antonia hatte einige Schwierigkeiten, ihn soweit zu beruhigen, daß sie aufsitzen konnte. Karin konnte sich des Gefühls der grenzenlosen Bewunderung nicht erwehren, als die dunkelhaarige junge Frau im Sattel saß und konzentriert versuchte, die wilden Bewegungen des Hengstes zu versammeln. Mit nicht weniger Anerkennung sah sie, wie Edith den Bügel längte, aufsaß und dann das linke Knie nach oben zog, um den Sattelgurt nachzuziehen. Schließlich kürzte sie den Bügel und überprüfte ihren Sitz, wie Antonia es sie gelehrt hatte.

Die junge Treskow bekam davon nichts mit. Sie war mit den Bocksprüngen Tarantinos beschäftigt, und es schien ihr wie eine Erlösung, als Edith mit der Zunge schnalzte. Der Hengst bekam den ersehnten langen Zügel und rannte beinahe aus dem Stand los wie ein Blitz. Antonia war klar, daß nun ihre Freundin gefordert war, da Bizerka, im Gegensatz zu manch anderem Pferd aus dem Stall Treskow, nicht den Hang dazu hatte, unmotiviert anderen Pferden nachzurennen. Als sie das Gefühl hatte, ihr Hengst habe seine Bewegungswut ein wenig ausgetobt, brachte sie ihn zum Stehen. In der Gewißheit, Edith sei immer noch auf dem Hof, versuchte sie es mit Gehorsamsübungen, die eigentlich nur trainierten Dressurpferden abzuverlangen waren. Entsprechend unverständig reagierte Tarantino. Doch Sekundenbruchteile später war er davon befreit, da Bizerka samt Reiterin vorbeigaloppierte.

Antonia lachte, klopfte ihrem Pferd den Hals und machte sich daran, ihre wie der Wind davoneilende Freundin einzuholen.

„Aber nun mal hoppla! Warte auf mich!"

Auf der Höhe ihrer Liebsten angekommen, verlangsamte sie das Tempo bis zum Arbeitstrab. Edith saß ausnehmend gut im Sattel und hatte offenbar keine Schwierigkeiten, ihrer Stute die gleiche Gangart zu vermitteln.

„Bin überrascht!"

Die Pferde trabten in etwa zwei Meter Abstand nebeneinander her, und Edith saß ebenso korrekt aus wie die junge Treskow.

„Das mußt du wirklich nicht. Reiten lernt man beim Reiten."

„Eben! Fällt doch nicht vom Himmel, so was!"

Ediths Zähne blitzten wie der Schnee im Sonnenlicht.

„Bitte, laß uns weiter ..."

„Ja, wird besser sein. Aber bevor ich dir gar nichts mehr beibringen kann, noch eine Spezialität."

Antonia zeigte ihr, wie man mit kurzgeschnallten Bügeln den Rennsitz eines Jockeys einnehmen kann. So ging es dann weiter durch die Winterlandschaft. Edith erschien dies zunächst unbequem, doch dann, den Wind im Haar und die kalte Luft im Gesicht, konnte sie die Begeisterung für diese Art des Reitens verstehen.

Von ferne konnte man schon die Umrisse des Städtchens erkennen. Die Zeit war wie im Fluge vergangen, und Bizerka schien froh darüber, daß die scharfe Gangart verlangsamt wurde. Die Stute schnaubte tief, ihr hitziger Atem stand wie eine kleine Wolkenwand vor ihren Nüstern, und sie hob und senkte mehrfach den Kopf, als ob sie zustimmend nickte. Edith längte im Schritt ihre Bügel, als Tarantino und seine Reiterin, einen großen Bogen nehmend, auf sie zugeritten kamen. Dem Hengst schien es noch nicht genug zu sein, und er tänzelte herum, als wolle er sie erneut auffordern.

„Na, schon genug?"

Edith besah sich die dampfenden Flanken des Schwarzbraunen und zog den Kopf zwischen die Schultern.

„Mit dir möchte ich ans Ende der Welt reiten."

„Dann auf! Ist noch ein Stück bis dahin!"

„Mein vorläufiges Ende liegt vor uns."

Antonia zog ihren rechten Handschuh aus und schob eine Haarsträhne, die ihr ins Gesicht gefallen war, geschickt in ihr dichtes, streng nach hinten geflochtenes Haar zurück.

„Wird schon nicht so schlimm werden. Bin doch bei dir."

„Darüber möchte ich kurz mit dir reden."

„Kein Problem, aber laß uns die Pferde bewegen, es ist kalt, und die Tiere sind schweißig."

Im leichten Trab näherten sie sich Schloßwalde. Beinahe märchenhaft wirkte die Stadt im Winterbild.

„Es wird schon arg genug werden, wenn mein Vater mich in Reithosen sieht. Mein Ansinnen wird ihn auch nicht gerade begeistern."

„Keine Angst! Wird nichts geschehen, ich bin da."

„Das ist es eben. Ich wollte dich bitten, nicht mit hineinzukommen. Wenn er dich sieht, weiß ich nicht, wie er reagiert."

„Soll dich mit ihm alleine lassen? Nein, um nichts in der Welt!"

„Ich bitte dich darum! Außerdem muß sich ja jemand um die Pferde kümmern."

„Dachte, dein Vater hat Personal?"

Edith ließ ihre Stute in den Schritt fallen.

„Natürlich, aber niemanden, der sich mit Pferden auskennt."

„Aber Decken habt ihr doch wenigstens?"

„Ich werde sehen, was sich machen läßt."

„Das ist nicht dein Ernst! Hättest mir sagen müssen, daß ..."

Ediths Schluchzen unterbrach den barschen Ton. Tränen rannen heiß über ihr vom Wind ausgekühltes Gesicht. Schließlich lag die Furcht vor ihrem Vater wie Blei auf ihr.

„Was willst du denn noch von mir?"

Antonia sah ihre Geliebte an, und ihr war ebenfalls zum Heulen zumute.

„Edithche', schon gut! Kein Wort mehr von mir! Alles wird so gemacht, wie du es für richtig hältst."

„Pferdedecken? Nee, Fräuleinche', so was ham wa hier nich'!"

„Irgendwelche Decken?"

Der alte Mann besah sich die schweißdampfenden Pferde, nickte und eilte über den Hof. Er verschwand in der Garage und kam mit einer alten Wolldecke, die etwa die Größe einer Tischdecke hatte, zurückgeschnauft.

„Ham nur eine, is' leider auch 'n bißchen Altöl dran."

„Danke für die Mühe. Wird wohl besser sein, wir führen sie auf dem Hof herum!"

„Nee, ich ..."

„Was, nee?"

„Na, ich hätt' 'ne Bitte an Se. Ich hab' schon so lang auf kei'm Pferd mehr jesessen. Dürft' ich's wagen?"

Antonia schwang sich in den Sattel von Tarantino und staunte nicht schlecht, als der Alte ohne Mühe Bizerka bestieg.

„Kavallerie?"

„Da wollt' ich mal hin, als junger Hüpfer, weil wir hatten nämlich zu Hause auch Pferd'. Nich' so schöne wie die Ihren, aber mir hat's jelangt."

Im Hause Romeike war alles wie immer. Frau Pawelcke erschien Edith noch beleibter, wie sie hinter ihrem Schreibtisch stand, den rechten Arm in die Luft gereckt.

„Heil Hitler!"

„Ist mein Vater da?"

Die Dicke schien im Deutschen Gruß erstarrt zu sein, und ohne auf weitere Äußerungen zu warten, ging Edith zur Bürotür. Kurz und außergewöhnlich heftig schlug sie ihre Knöchel gegen das lackierte Holz und trat sofort ein. Ihr Vater saß, in Papiere versunken, nur im Hemd hinter seinem Schreibtisch und sah nicht auf.

„Pawelcke, Sie wissen, daß ich nicht gestört werden will!"

„Vater?"

Sein Kopf zuckte nach oben, und er sah die junge Frau an, als sei ihm ein Geist erschienen.

„Du?"

„Ja, und ich will es kurz machen. Deine Zeit scheint knapp bemessen zu sein."

Angesichts seiner Tochter wurde ihm heiß und kalt. Seine aufbrandenden Gefühle ließen ihn schweigen. Edith vermied es, ihm direkt ins Gesicht zu schauen. Sie fühlte sich wie jemand kurz vor der Hinrichtung, der noch ein letztes Mal etwas zu seiner Verteidigung sagen darf.

„Wenn du es wünschst, werde ich dich regelmäßig besuchen, dich auch zu Parteiveranstaltungen begleiten. Dafür möchte ich von dir den Stempel für den Zuzug zweier Leute."

Romeike saß wie vom Donner gerührt hinter dem Tisch und bewegte die Lippen wie ein Weihnachtskarpfen kurz vor der Zubereitung. Endlich entfleuchten seinem Mund stimmlose Worte.

„Zuzug oder Einweisung?"

Sie traute ihren Ohren nicht. Ihr Herr Papa schien wie verwandelt; er drohte nicht, er forderte noch nicht einmal.

„Vater?"

Romeike standen Tränen in den sowieso schon roten Augen.
„Du willst mich freiwillig besuchen?"
„Ja! Was ist der Unterschied?"
„Wie?"
„Welchen Unterschied gibt es zwischen Zuzug und Einweisung?"
Er erhob sich von seinem Stuhl und ging auf seine Tochter zu. Sie erwartete nichts Gutes und wich bis zur Tür zurück.
„Bitte, laß mich!"
„Himmel, ich würde dir nie etwas tun! Du bist meine einzige Tochter. Mein ein und alles!"
Der jungen Frau wurde fast schlecht, und sie sah ihm nun doch ins Gesicht. Hart ruhten ihre grünen Augen auf ihm, und sein Blick senkte sich.
„Wenn du wieder hier bist, bekommst du alles, was du willst! Ich werde dich nicht fragen, warum, du bekommst es einfach!"
„So plötzlich? Hast du vergessen, daß du mich in den Keller gesperrt hast?"
Er kratzte sich lange mit der linken Hand den Hals.
Edith kannte diese Marotte ihres Vaters. Immer wenn er ängstlich oder nervös war, brach dieser Zwang durch, sich um den Kehlkopf herum blutig zu kratzen .
„Ich konnte damals nicht anders."
„So! Was hat dich dazu gezwungen?"
Wie ein Bär im Käfig trat er von einem Bein auf das andere und suchte schließlich sein Heil darin, daß er ein paar große Schritte durch den Raum machte und zur Schnapsflasche griff, die auf dem kleinen Tisch bei der Sitzgruppe stand. Unruhig goß er sich einen Doppelten ein. Seine wulstigen Lippen schienen das kleine Glas verschlingen zu wollen, und er schnaufte.
„Es ist einsam ohne dich."
„Mag sein. Nun erkläre mir doch endlich den Unterschied zwischen Zuzug und Einweisung!"
Er nahm den nächsten Schnaps und schien ruhiger zu werden.
„Du bist immer noch auf Treskow?"
„Tut das etwas zur Sache?"
Romeikes Fingernägel schabten wieder an gewohnter Stelle.
„Kind, ich möchte nicht, daß dir etwas geschieht! Ein Vater kann eben nicht aus seiner Haut, deshalb …"
„Mir passiert schon nichts! Ich bin in guten Händen."
„Das glaubst du. Ich sage dir, ganz im Vertrauen, nur hier bist du wirklich sicher."
Die junge Frau zog ihre Handschuhe aus, steckte sie in die großen Taschen ihrer Jacke, die einmal Antonias Bruder gehört hatte, und rieb sich die klammen Finger.

„Nimm es mir nicht übel, aber nach den Erlebnissen hier bin ich anderer Meinung."

Romeike nickte schwach und genehmigte sich noch einen Klaren.

„Ich meine, du meinst, ich könnte ...? Nein, Edith, hier wird dir kein Leid mehr geschehen. Das ist ausgestanden! Nur auf Treskow ... Wie auch immer, nimm dich vor Sieglinde, ich meine, vor der gnädigen Frau in acht!"

Edith war der Umstand, daß ihr Vater Antonias Mutter beim Vornamen genannt hatte, nicht ins Bewußtsein gedrungen. Sie wertete seine Aussage als neuerliche Kampagne, um ihr das Gut und die Leute zu vermiesen und ihre Rückkehr zu bewirken.

„Was ist mit dem Zuzug?"

Er sah sie weinerlich an, zog seine Uniformjacke über und begann sie zuzuknöpfen.

„Um welche Personen handelt es sich denn? Woher kommen sie, und wollen diese Leute länger bleiben?"

„Mußt du das wissen?"

Mit seiner Jacke, an welcher er gerade mit einiger Mühe den letzten Knopf an seinen Platz zu bringen versuchte, war Romeike wieder in seiner Rolle als Parteiführer. Sein Hals glühte vor Röte, aber er war nun wieder ein Machtmensch, und damit war auch der Kratzzwang überwunden.

„Ich kann nicht einfach so einen Blankostempel geben. Man hat mir eine Aufgabe übertragen, die ich nach bestem Wissen und Gewissen erfüllen muß!"

Sie hatte die Veränderung in seinem Tonfall wohl bemerkt. Angesichts der Tatsache, daß Toni draußen auf sie wartete, wurde sie bestimmter und auch lauter, als es sonst ihrem Naturell entsprach.

„Es handelt sich um Theodora Krause und Karin Morin aus Königsberg."

„Ausweispapiere?"

Durch die Ritzen der Fenster pfiff brausend der kalte Wind, und die junge Frau dachte erneut an ihre Freundin und die Pferde vor der Tür. Sie machte auf dem Absatz kehrt, um zurück nach draußen zu laufen.

Romeike sprang hinter ihr her und hielt sie am Arm fest.

„Wo willst du hin?"

Sie machte sich schon auf das Schlimmste gefaßt und war bereit, lauthals nach Antonia zu schreien, doch er ließ von ihr ab und schüttelte traurig den Kopf.

„Etwas Zeit mußt du mir schon geben, um die Formulare auszufüllen."

Edith stand an der Tür und zitterte am ganzen Leib. Nachdem er sie angefaßt hatte, war ihr Mut völlig verflogen, und sie kämpfte mit den Tränen. Ihr war danach, wegzulaufen, doch das Kratzen der

Feder in der Hand ihres Vaters ließ sie ausharren. Er tauchte die Spitze seines Schreibgeräts erneut in das Tintenfaß auf seinem Tisch und sah auf.

„Karin Morin, und wie hieß diese Krause noch?"

„Theodora."

„Geburtsdaten?"

„Weiß ich nicht."

„Hm."

Die junge Frau war hin- und hergerissen zwischen panischer Angst und endloser Freude. Ihr Vater drückte einen Stempel erst in ein Stempelkissen, dann auf die beiden Formblätter.

„Die mußt du noch fertig ausfüllen, und die Duplikate gehen an mich zurück."

Sie nickte ängstlich, und Romeike zog eine Schublade auf. Seine dicken Finger hielten Lebensmittel- und sonstige Bezugsscheine fest, und er sah die dünnen Kartonblätter an.

„Ich vertraue dir! Es werden doch keine versteckten Juden sein?"

„Nein, es sind keine Juden."

Er schob alle Papiere über den Schreibtisch und seufzte tief. Seine Tochter näherte sich schüchtern, nahm jedes Blatt einzeln in die Hand, besah es und steckte dann alles eilig in die Innentasche ihrer Jacke. Sie war dermaßen erfreut über die Legitimierung von Karin und Theo, daß sie ihren Vater spontan umarmte.

„Danke!"

Dicke Tränen standen ihm in den Augen. Er fühlte sich gleichzeitig als Held und als Verräter.

„Edith, sonst geht es dir wirklich gut?"

Sie nahm Abstand von ihm und wollte nun endlich zur Tür, als sie der Besorgnis in seiner Stimme gewahr wurde.

„Wie meinst du das?"

„Hast du genug zu essen, Kleider und ..."

„Kohle!"

Er sah sie verdattert an.

„Brauchst du Geld?"

„Geld? Nein! Treskow braucht Kohlen, damit wir über den Winter kommen."

„Ich weiß, sie haben keine Zuteilung bekommen."

„Du weißt davon?"

„Ich bin nicht allmächtig, aber was hier im Kreis vor sich geht, ist mir durchaus bekannt."

„Dann hast du das veranlaßt!"

„Kind, es gibt Kräfte zwischen Himmel und Erde, die ..."

„Auf Wiedersehen, Vater! Wegen der Besuche schreiben wir uns."

Er sah ihr resigniert nach.

„Ihr bekommt Brennmaterial, das bin ich dir doch schuldig!"

Seine Tochter war schon in der Halle und rannte wie vom Teufel verfolgt die Treppen hinab und um das Haus. Sie fand den Hof leer, und düstere Verzweiflung stieg in ihr auf. Hatte ihre Freundin sie hier allein gelassen, oder war sie von den Schergen ihres Vaters abgeführt worden? Von einem Weinkrampf geschüttelt, krümmte sich Ediths Körper nach vorn, und sie kniete auf den Eisresten nieder, die den Reinigungsversuchen Pröcks widerstanden hatten.

„Toni!"

Der alte Mann hatte seinen Spaß an dem kleinen Ausritt. Nicht nur das Pferd unter seinem Sitzfleisch, auch der Anblick dieser gutaussehenden jungen Frau beflügelten seine müden Knochen. Er reagierte beinahe wie ein trotziges Kind, als Antonia zur Rückkehr mahnte.

„Och, Fräulein, nur noch 'n bißchen."

Sie gönnte ihm ihr unvergleichliches Lachen und schüttelte den Kopf.

„Ein andermal vielleicht."

Pröck konnte ihre natürliche Fröhlichkeit geradezu spüren und war unfähig, seinen Blick von ihrem Gesicht mit den braunen Augen und den hohen Wagenknochen loszureißen.

„Das sagen Se doch nur so."

„Nun zeige mal, was du noch kannst. Ein schöner Trab, und ich verspreche fest, wiederzukommen."

Der Chauffeur hatte nichts vergessen, was die Reitkunst betraf, und Bizerka trabte an. Überkorrekt aussitzend machte er eine Runde um Antonia und ihr Pferd und ritt davon. Sie hatte darauf gesetzt, daß Bizerka schon zu müde sei, und hatte verloren. Mit einem Schulterzucken setzte sie Tarantino in Bewegung. Minuten später fanden sich Pferde und Reiter auf Romeikes Hof ein. Antonia sah ihre Freundin auf der Stufe vor dem Nebeneingang sitzen und winkte ihr gelassen.

„Schon fertig?"

Edith rührte sich nicht, sah noch nicht einmal auf. Die junge Treskow vermutete einen Übergriff ihres Vaters und sprang sofort vom Pferd. Wütend rannte sie auf ihre Liebste zu, kniete vor ihr nieder und nahm sie, ohne auf den neugierigen Blick des Fahrers zu achten, in den Arm.

„Wenn dieser Sauhund dich wieder geschlagen hat, dann bringe ich ihn um!"

Edith heulte laut schluchzend und war unfähig, ein Wort zu sprechen. Zum Letzten entschlossen stapfte ihre Freundin über den Hof und war schon an der Ecke, um zum Haupteingang zu gelangen.

„Toni, nicht!"

„Was sein muß, muß sein! Werde ihn zur Schnecke machen, das ist doch das mindeste!"

So schnell es ihre weichen Knie erlaubten, eilte Edith der Freundin hinterher. Am Aufgang zum Haus hatte sie sie eingeholt.

„Nicht, bitte!"

„Deine Befürchtungen in allen Ehren. Mir geschieht schon nichts! Kann es nur nicht weiter zulassen, wie der Dreckskerl mit dir umgeht!"

„Mir ist nichts getan worden! Ich hatte Angst um dich!"

„Um mich?"

„Als ich aus dem Haus kam, war der Hof leer. Keine Menschenseele konnte mir sagen, wo du geblieben bist. Ich hatte ..."

„Schon gut. Ganz ruhig, ich bin bei dir."

Sie stützte ihre Liebste, die einem Zusammenbruch nahe war, und ging langsam mit ihr zu den Pferden, die von Pröck auf dem Hof herumgeführt wurden. Mit einem Kopfnicken zitierte sie den Alten herbei, wies ihn an, Edith auf ihr Pferd zu helfen, und stieg auf.

Froh darüber, daß Edith sich auf Bizerkas Rücken wieder zu erholen schien, ging es schweigend im Schritt nach Hause. Antonia war es, als sei eine Ewigkeit vergangen, bis sie ihre Freundin endlich in der feuchtwarmen Küche des Gutes abliefern konnte. Die Köchin war soeben bei den Hühnern und hatte Karin ihr Reich zur Aufsicht überlassen. Die Lehrerin war gerade dabei, Klopse zu machen, und sah nicht von ihrer Arbeit auf, als die beiden jungen Frauen hereinkamen.

„Na, genug gefroren?"

Antonia nickte und zog geräuschvoll die Nase hoch.

„Bitte, ich muß die Pferde absatteln, kümmere du dich um Edith."

Die Lehrerin drehte den Kopf und wunderte sich über Ediths Aussehen. Das rote Haar war in Auflösung, und sie saß zusammengesunken auf einem Stuhl.

„Na, war doch ein bißchen viel auf einmal?"

„Das kann man wohl sagen."

Frau Morin ließ die Fleischbällchen liegen und wusch sich die Hände. Mit dem Küchenhandtuch zwischen den Fingern setzte sie sich zu Edith und ermunterte sie zum Erzählen. Derweil beeilte sich Antonia, Bizerka und Tarantino stallfertig zu machen. Das Sattelzeug warf sie ungewohnt nachlässig auf den Tisch in der Sattelkammer und rannte zurück in die Küche, wo sie Edith in Karins Armen vorfand. Marie war inzwischen wieder da und kümmerte sich um die Klopse.

„Na, Fräuleinche', schon fertich?"

„Himmel, Edith, was in aller Welt war los mit dir?"

Frau Morin gefiel der drohende Unterton in Antonias Stimme nicht.

„Ist das alles?"

„Nein, oder doch! Will wissen, was passiert ist!"

„Sie hat sich beinahe zu Tode geängstigt, weil sie dachte, du seist verhaftet worden."

„Daran ist dieser verfluchte Pröck schuld, der hat ..."

„Bitte, sei friedlich!"

Die junge Frau nickte, und Marie brachte ihr eine Tasse heißen Kaffee.

„Ausziehen un' hinsetzen!"

Antonia befolgte die Anweisung mit einer Mischung aus Protest und Verzweiflung.

„Gibt es Milch?"

Edith sah auf, nickte, und mit einer langsamen Bewegung schob sie den irdenen Milchtopf über den Tisch.

„Karin und Theo haben ihre Papiere."

Diese frohe Botschaft konnte die junge Treskow, die selbst nicht wußte, warum sie so geladen war, nicht begeistern.

„Schön. Aber mir egal! Was ist mit dir?"

„Das hat Karin doch schon gesagt."

„Und mehr war nicht?"

Frau Morin stand auf und sah ihre ehemalige Schülerin streng an.

„Du Hackklotz! Hast du kein Gespür für Verzweiflung?"

„Entschuldige, Karin! Aber ich bin doch wirklich nur mit diesem Chauffeur einmal ums Karree geritten, wegen der Pferde."

„Mag ja sein. Aber du hattest deiner Freundin nichts von deinem Vorhaben gesagt. Sie hatte Angst um dich, verstehst du, um dich! Sie hat angenommen, daß du von Helfern ihres Vaters aus dem Verkehr gezogen worden wärst!"

„Dummes Zeug! War doch außer dem Fahrer niemand ..."

„Treskow!"

Edith brach die Auseinandersetzung ab, indem sie hart mit der flachen Hand auf den Tisch schlug.

„Seid still!"

Marie zuckte ob der schrillen Stimme zusammen und sah sowohl Karin als auch Antonia gesenkten Hauptes dasitzen. Ihr Blick wanderte zu Edith, die einen Schluck Getreidekaffee nahm.

„Himmel, ihr seid schlimmer als die Pest!"

„Hast recht!"

Mit beiden Händen fuhr Edith sich durch ihr dichtes rotes Haar.

„Treskow bekommt wohl Kohlen!"

Niemand traute sich zu reagieren, bis auf die Köchin. Die wischte sich die großen Hände an ihrer Schürze ab und grinste wie ein Honigkuchenpferd.

„Kinder, Kinder, un' dafür spielt ihr 'm Unterjang!"

Marie kroch mit steifen Gliedern unter ihrer dicken Federdecke hervor, mühte ihren massigen Körper auf die Bettkante und schlüpfte in ihre warmen, schaffellgefütterten Puschen. Es erschien ihr ungewohnt warm im Raum, und sie stand auf, eine Hand in den Rücken stützend. Wegen der ungewohnten Wärme vergaß sie, ihren gesteppten Morgenmantel überzuziehen, wie sie es sonst tat, wenn sie den Weg ins Badezimmer der Gesindeunterkunft antrat. Müde schlurfte sie über den Gang und hörte Stiefelschritte.

„Matthieu?"

Doch es war nicht die Stimme des notorischen Frühaufstehers, die durch eine geschlossene Tür auf den Flur brummte. Marie ging zielsicher zu dem Zimmereingang und pochte mit geschlossener Faust an das Holz.

„Rudolf, is' dir was?"

Der Eingang wurde geöffnet, und Kupinski, in voller Montur, grinste die beleibte Frau im Nachthemd an.

„Haste fliejende Hitz'?"

Ihr wurde bewußt, daß sie kaum etwas anhatte, und sie verschränkte die Arme vor ihren mächtigen Brüsten.

„Un' du, haste Igel im Bette?"

„Keine Zeit zum Plachandern, ich muß los. Anjeheizt is'!"

„Hab' ich jemerkt. Träumste noch von de Auste?"

„Nee! Laß mich jehen. Es is' mein Jeburtstagsjeschenk fürs Fräulein."

„Frieh uffstehen?"

Er ging zurück in sein Zimmer, nahm seinen fertig gepackten leinenen Rucksack vom Tisch, löschte das Licht und stapfte an der Frau im Nachtgewand vorbei.

„En Reh oder vielleicht auch 'n Bock!"

Antonia stand dick angezogen, eine Jagdbüchse geschultert, auf dem Hof und trat von einem Bein auf das andere.

„Hat dich der Bettzipfel nicht losgelassen?"

Kupinski zog einen Handschuh über seine Hand und ging nickend auf die junge Frau zu.

„Wenn Se so wollen, ja. De Marie ..."

„Keine Einzelheiten! Los, sonst wird es Mittag, bevor wir auf dem Stand sind!"

„Herzlichen Glückwunsch zum Jeburtstag, Fräulein."

„Danke."

Ohne weitere Worte stapften sie die Allee hinab und wandten sich gen Osten. Es war ein langer Marsch, den Antonia genoß. Nichts schien sich zu regen und zu rühren, nur der knirschende Klang des überfrorenen Schnees unter ihren Stiefeln begleitete sie. Langsam dämmerte es, und die Kälte hatte die Gesichtszüge der Wanderer erstarren lassen. In Rudolfs Bartstoppeln hingen über der Oberlippe gefrorene Eisteilchen. Der Tag nahte mit schneidend kalter, ruhiger Luft. Über einer Landschaft, die wohl nie mehr auftauen wollte, öffnete sich der Himmel zunächst in leichter Röte und ging dann über in ein Blau, das einen zu blenden schien.

Endlich hatten sie die Felder erreicht, wo der Ansitz war und Rudolf Rehe vermutete. Er wußte Antonias Schweigen zu schätzen, war doch ihr Bruder, wenn es zur Jagd ging, geschwätzig wie ein Waschweib gewesen.

Die Strahlen der Sonne ließen Reif und Eis über dem Land funkeln wie rohe Diamanten. Die lautlose Stille gab Antonia das Gefühl, die Zeit atmen und Sekunden des unberührten Naturerlebens aufsaugen zu können. Unnachahmlich war der Blick von oben über die weißen Felder und das kleine Wäldchen. Man bestieg den Hochsitz, und die Zeit des Wartens begann. Rudolf holte einen Flachmann aus der Innentasche seiner Jacke, schraubte den Verschluß ab und bot der jungen Frau Schnaps an.

„Zweites Frühstückche'?"

„Das Zielwasser gehört dir allein."

Er nippte kurz an seinem Fläschchen und stieß sie sacht an.

„Heren Se?"

In diesem Augenblick vernahm auch sie das leise Knacken im angrenzenden Gehölz und nickte. Kupinski griff nach der Flinte, die zwischen ihnen stand, und entsicherte die Waffe. Suchend starrten zwei Augenpaare auf den Waldrand. Ein kleiner Vogel flog auf, was beide zu noch größerer Aufmerksamkeit veranlaßte. Ein Schwarm Saatkrähen zog krächzend über sie hinweg gen Westen. Wieder ein die Stille durchbrechendes Geräusch. Antonia war sich sofort darüber im klaren, daß dies keine Rehe waren. Rudolf nickte ihr zu und drückte ihr das Gewehr in die Hand. Sie legte die Flinte kurz an, stellte sie aber dann gleich wieder neben sich.

Ein wuchtiger Keiler war aus dem Wald getreten und rüsselte, den Schnee in kleinen Wolken aufwirbelnd, nach Nahrung. Als Zeichen dafür, daß sie schießen solle, nickte der Alte in die Richtung des Tieres. Doch sie hielt nur den kalten Lauf des neben ihr stehenden Gewehres fest. Für sie war es eine Inspiration, dem Wildschwein zuzusehen; das Jagdgewehr war für sie nur ein Vorwand gewesen, um endlich wieder einmal so etwas erleben zu dürfen. Nichts sollte geschehen, was diese himmlische Stille und Friedlichkeit stören würde.

Kupinski schien erregt und griff nervös über ihren Schoß hinweg nach der Flinte. Sie unterband seinen Jagdeifer, indem sie ihm freundschaftlich auf die Finger schlug. Dieses Geräusch genügte bereits, um den kräftigen Keiler zu verscheuchen.

„Se ham …"
„Still, Rudolf! Ich genieße meinen Geburtstag."
„Da hätten Se auch allein spazierenjehen könn'!"
„Wohl kaum. Nur du kennst diese wunderbaren Plätze!"
Er verstand das Kompliment und schwieg betreten. Dann nahm er einen neuerlichen Schluck aus seinem Schnapsfläschchen und deutete mit dem Flachmann auf sie.
„Was is' es denn, was Se hier im klirrenden Frost so jenießen? Sonst waren Se doch bei de Jagd nich' so zimperlich!"
„Wenn Saison ist, im Herbst, dann ist es etwas anderes. Aber nun, wie soll ich es dir erklären? Jetzt ist es der sehnliche Wunsch, meine Tiere aus dem Wald nur zu sehen."
„Se möjen 's mir entschuldigen, aber ich tu nuscht nich' verstehen, was Se mein'."
Antonia stand auf, streckte den rechten Arm aus und deutete einen Halbkreis an.
„Hast mir das schönste Geschenk gemacht! Kann sie spüren, diese unendliche Verbundenheit mit allem hier um uns herum! Das hier ist mein Zuhause!"
„Wenn ich's die Marie erzähl', denn macht se mir den schönsten Zinnober. Wildschwein wär' auf die Weihnachtstaje der richt'ge Braten jewesen."
Sie lächelte ihn so an, daß ihm schlagartig die Hitze ins Gesicht stieg.
„Bitte laß mich noch ein wenig die Stille genießen, dann können wir uns Marie und ihren Vorhaltungen unterwerfen. Gesetzt den Fall, daß jemand von uns beiden ihr von dem Keiler erzählt."
Ihm war plötzlich klar, warum er die junge Treskow so schätzte. Diese Mischung aus Menschlichkeit, Macht, Güte und Bestimmtheit war etwas, das er bisher nie bei seiner Herrschaft erlebt hatte. Er lehnte sich auf dem unbequemen Sitz zurück und versuchte die Welt mit ihren Augen zu sehen. Sein Blick fiel auf Schnee.

Edith hastete in die Halle und zog ihre dicke Jacke aus. Mit geschwinden Schritten war sie an der Küchentür und stieß sie auf.
„Sie kommt!"
Marie zog ihre bretthart gestärkte Schürze einmal mehr in Form und eilte, von Theo und Karin flankiert, in den großen Salon. Schnell wurden die Kerzen auf der Torte entzündet, und gespannte Erwartung lag im Raum. Es dauerte einige Augenblicke, bis Antonia, von einem großen Zettel in der Küche geleitet, im Salon erschien. In diesem Moment erhoben sich die Frauenstimmen zu einem Geburtstagslied. Die junge Treskow war gerührt von dem Empfang und grinste wie ein frischgebadetes Kind. Als erstes

stürmte Edith auf sie zu, umarmte sie herzlich und hauchte ihr, nachdem sie sich einmal umgesehen hatte, schüchtern einen Kuß auf die Lippen.

„Ich wünsche dir alles Liebe!"

Zahlreiche Umarmungen und Wünsche folgten. Matthieu, der erst nach dem Lied den Raum betreten hatte, ergoß sich in französischen Worten und küßte das Geburtstagskind schmatzend mehrfach auf beide Wangen. Antonia fühlte sich wie auf einem Karussell. Als sei sie nicht fähig, selbst zu gehen, wurde sie zum Geburtstagstisch geschoben.

Karin übernahm, ganz Lehrerin, die Erläuterung, von wem welches Präsent sei. Danach rief Theo, daß die junge Frau erst die Kerzen ausblasen und sich etwas wünschen müsse. Antonia holte tief Luft und konnte alle Lichter bis auf eines auspusten. Edith hauchte die letzte Kerze aus, was Marie und Karin Tränen in die Augen trieb. Ohne dazu aufgefordert zu sein, sang Matthieu mit hellem Tenor ein belgisches Glückwunschlied, was Karin die Gelegenheit gab, sich die Tränen aus den Augen zu wischen und ihre Nase mit dem Taschentuch zu betupfen.

„Diese gar wundervolle Torte ist von Marie."

Antonia besah sich hungrig das hübsche Werk aus Buttercreme.

„Soll ich sie anschneiden?"

Beinahe andächtig ließen sich alle die Torte schmecken, und die Stimmung hob sich. Alle waren im Gespräch miteinander, als ohne Vorwarnung die Tür zwischen großem und kleinem Salon aufging. Steif schritt Antonias Mutter in den weitläufigen Raum und winkte ihrer Tochter mit übervornehmer Geste.

„Hättest du die Güte, kurz zu kommen?"

Antonias Laune stürzte hörbar ab.

„Siehst, ich bin beschäftigt!"

„Ich habe den Wunsch, dir zu gratulieren."

„Bitte, dann setz dich zu uns. Ein Gedeck ist schnell geholt."

Alle am Tisch sahen Frau Treskow an und bemerkten den Widerwillen in ihrem Gesicht.

„Nur eine Minute, bitte."

Antonias Blick senkte sich zunächst, dann suchten ihre Augen Hilfe bei Edith. Ihre Freundin nickte kaum merklich, und die junge Frau stand auf.

„Entschuldigt mich, laßt euch nicht stören. Bin gleich wieder zurück."

Mit gemischten Gefühlen folgte sie ihrer Mutter. Der kleine Salon war überheizt, die Luft hing schwer und nahm ihr den Atem. Frau Treskow reichte ihr mit lang ausgestrecktem Arm die Hand.

„Alles Gute."

„Danke."

„Ich habe hier noch etwas für dich."

Antonia sah, wie sich ihre Mutter umdrehte und zu einem der kleinen Tische ging. Sie nahm eine unverpackte Schachtel und übergab sie ihrer Tochter mit eiserner Miene.

„Dein Vermächtnis."

Die junge Frau nahm den Deckel ab und starrte wie gebannt auf die goldene Taschenuhr. Sie erkannte das uralte Familienerbstück, das bisher stets vom Vater zum Sohn weitergereicht worden war.

„Steht das in Vaters Testament?"

„Es soll eine Geste der Wertschätzung sein."

„Entschuldige. Verstehe nicht ganz."

Man sah der älteren Frau an, daß sie sich nicht wohl fühlte. Ihr Teint war kalkweiß, und ihre Lippen bebten sichtbar.

„Du wolltest doch alles. Ich gebe dir nur, wonach du sowieso trachtest."

Das Kästchen wurde hart auf ein Möbelstück gestellt.

„Nein, Mutter! Geschmacklosigkeiten kannst du dir für andere Zeiten aufsparen. Heute ist mein Geburtstag, und ich bin nicht bereit, mir das weiter anzuhören."

Antonia war schon an der Tür, als ihre Mutter ihr nachkam. Ihre Stimme hatten einen sentimental-weinerlichen Unterton.

„Warte! Ich wollte dir noch sagen, daß ich dich und Edith gerne zum Adventstee eingeladen hätte."

Die junge Treskow nickte wortlos und verließ Mutters Reich.

Die frische, kalte Luft Antonia gut. Sie stapfte mit großen Schritten den Weg entlang und hielt innerlich Zwiesprache. Edith, Theo und Karin, die dem Angebot eines gemeinsamen Spazierganges gefolgt waren, versuchten leicht atemlos, das vorgegebene Tempo zu halten. Karin schnaufte und blieb schließlich stehen.

„Ich dachte, dies sollte ein Spaziergang werden. Auf ein Wettrennen war ich nicht vorbereitet."

Edith hakte sich bei der Lehrerin unter und wiegte den Kopf.

„Die Sache mit der Uhr macht Toni zu schaffen. Immer wenn sie mit etwas nicht im reinen ist, reitet sie oder sie rennt."

Theo trat von einem Bein auf das andere und blies ihren Atem in die vor den Mund gehaltenen Hände.

„Der Schachzug von Mama Treskow ging gehörig in die Hosen."

„Wie meinst du das?"

„Wasch mir den Pelz, aber mach mich nicht naß!"

„Bitte?"

„Diese Frau versucht, das Vertrauen ihrer Tochter wiederzugewinnen, ohne ihre feindliche Haltung aufgeben zu müssen."

„Theo, ich verstehe kein Wort!"
„Macht nichts!"
Frau Krause drehte sich um und rannte los, um Antonia einzuholen. Die beiden anderen sahen ihr ärgerlich nach, und Karin schüttelte den Kopf.
„Krause, Krause, wenn das mal nicht ein Schuß in den Ofen ist!"
Theo hatte völlig außer Puste die junge Frau erreicht.
„He, Fräulein Schnell!"
„Laß mich!"
„Nix da! Jetzt wird geredet, sonst kriegst du noch ein Magengeschwür!"
„Und wenn. Auch kein Fehler!"
„Verdammt, so geht das nicht weiter!"
„Was?"
„Weißt du genau!"
Antonia hatte keine Lust, mit jemandem zu reden, und setzte ihren geschwinden Marsch fort. Doch Frau Krause ließ sich auch in diesem hartnäckigen Fall nicht abwimmeln. Obwohl es ihr sichtlich schwerfiel, paßte sie sich Antonias Schritt an und hastete schweigend neben ihr her. Dieser Wettkampf endete erst nach beinahe einer Stunde, und als die junge Frau endlich stehenblieb, fühlte Theo sich wie ein Greis.
„Meine Mutter ist eine Kuh!"
„Bravo, schrei es heraus."
„Sie will etwas, das ich nicht begreifen kann!"
„Sag mir ins Gesicht, was es ist!"
„Mich fertigmachen!"
„Gut! Brüll es in die Welt hinaus!"
Antonia sah Theo in das von Anstrengung und Kälte gerötete Antlitz.
„Was?"
„Dein Gefühl."
Die junge Treskow atmete tief durch und rieb ihre Lippen derart fest aufeinander, daß sie ihre Farbe verloren.
„Angst kann man nicht schreien."
„Warum nicht?"
„Geht eben nicht! Habe sonst nie Angst. Weiß nicht, was man damit macht!"
Theo Krause wußte, daß der Moment gekommen war, um die zornige Gutsherrin in den Arm zu nehmen. Zunächst stieß sie auf Widerstand, doch dann legte die junge Treskow ihren Kopf auf Theos Schulter, und warmer Atem traf ihr Ohr.
„Habe über alle unsere Gespräche nachgedacht."
„Die mit deiner Mutter?"

„Nein, mit dir. Hast doch tagelang nur Fragen gestellt, über Familie und solche Sachen."

„Ja, und?"

„Habe mir einmal alles aufgelistet, was ich weiß."

„Prima!"

„Gibt da eine geradezu beängstigende Verbindung."

Theo schlang ihre Arme fester um Antonias kräftigen Körper.

„Ich weiß."

„Wie, du weißt?"

„Bin ähnlich vorgegangen. Habe nach einem Gespräch mit Edith das Teilchenbild zusammensetzen können."

Antonia befreite sich aus der Umarmung und stellte sich breitbeinig vor die grauhaarige Frau, die, da sie ihre Handschuhe vergessen hatte, einmal mehr mit ihrem Atem versuchte, die tauben Finger zu erwärmen.

„Sie haßt mich, nicht wahr?"

„Vermutungen! Laß uns Tatsachen besprechen."

„Gut, du zuerst."

Frau Krause wünschte sich nun an einen Kamin mit einem Sherry und einer Zigarette.

„Gibt diese unsägliche Verflechtung. Deine Mutter Sieglinde ist die Schwester von Paula Romeike."

„Ja, darauf hat mich Tante Emilie gebracht. Die klavierspielende Schwester und der Finanzbeamte."

„Deine Mutter hat offenbar dir gegenüber nie ihren Mädchennamen erwähnt."

„Nein! Über ihre Herkunft wurde nie geredet. Hatte wahrscheinlich damit zu tun, daß Papa nicht wollte, daß jemand erfährt, daß er ins Großkapital eingeheiratet hat."

„Aber profitiert hat er davon."

„Du meinst die Mitgift meiner Mutter?"

„Genau. Aber egal, das ändert heute auch nichts mehr."

„Wohl wahr. Ich habe in all den Unterlagen, die ich gesichtet habe, nichts finden können, was auf die Familie meiner Mutter hinweist."

„Hm. Deutet darauf hin, daß sie die Papiere in Händen hatte, bevor du sie bekamst. In wirkliche Aufregung hat mich versetzt, daß die Schwester von Ediths Vater die Mutter des SS-Mannes ist, der dir ans Leben wollte."

„Borkenhagen?"

„Ganz genau!"

„Himmel, wird ja alles immer verworrener!"

„Könnte es nicht sein, daß deine Mutter diese Unterlagen, die du vernichtet hast, auch gesehen und Romeike davon in Kenntnis gesetzt hat?"

„Möglich. Aber warum sollte sie eine Durchsuchung durch die Partei riskieren? Hätte den Kram doch auch gleich beim Ortsgruppenleiter abliefern können."

„Gute Frage. Mag sein, daß sie dich da mit hineinziehen wollte. Dich ausliefern, ohne daß sie damit in direkte Verbindung gebracht werden konnte."

„Traue ich ihr nicht zu!"

„Verstehe, du buhlst innerlich immer noch um ihre Zuneigung."

„Mich interessiert im Moment nur die Sache mit der Uhr!"

Theos Wunsch nach einer Zigarette war so übermächtig, daß sie unbewußt an einem ihrer eisigen Finger lutschte.

„Deine Mutter versucht damit wohl etwas zum Ausdruck zu bringen, das sie nicht in Worte fassen kann."

„Wozu?"

„Hat sie nicht dich und Edith zum Tee eingeladen?"

„Ja, und? Meinst du, ich gehe da hin?"

Frau Krause besah sich ihre blaugefrorenen Finger.

„Deine Mutter ist ein Mensch mit manischem Charakter. Sie ist ein Sammelsurium aus Frustration, Resignation, Depression und Aggression."

„Und?"

„Folge der Einladung. Sie will damit dein Vertrauen wiedererlangen. Vielleicht wissen wir danach mehr."

Antonia stapfte weiter durch den Schnee.

„Nie und nimmer! Weiß doch jetzt schon, worauf es hinauslaufen wird. Vorhaltungen! Nichts als Vorwürfe!"

„Hast du einmal in Erwägung gezogen, daß diese Geste mit der Uhr ein Zeichen dafür sein könnte, daß sie dich als Herrin auf Treskow anerkennt?"

„Dazu brauche ich keine Uhr!"

„Toni, begreife doch! Deine Mutter scheint nicht nach üblichen Verhaltensmustern zu agieren. Sie nimmt immer Umwege in ihrem Tun. Warum, das weiß ich noch nicht."

„Soll sie doch. Habe schon genug einstecken müssen! Habe nicht vor ..."

„Dickschädel! Hast du einmal daran gedacht, daß deine Mutter eine Schlüsselposition einnimmt, weniger im Heute als in der Vergangenheit?"

„Sie? Nein!"

„Dann nimm dir deine Aufzeichnungen über die Familie noch einmal vor!"

„Wozu? Ich weiß nun, daß ich mit Edith verwandt bin und weitläufig wohl auch noch mit diesem SS-Schwein. Reicht mir vollkommen!"

Theo war entschlossen, zum Gut zurückzugehen, da sie nun nicht mehr viel ausrichten konnte.

„Denkst nur bis zu deiner eigenen Nasenspitze!"

Antonia lief in die entgegengesetzte Richtung und war ärgerlich auf sich selbst. Nach wenigen Metern hielt sie an, drehte sich um und schaute Theo nach.

„Deswegen hat mich dieser Borkenhagen nicht umbringen können."

Sie rannte hinter Frau Krause her und erreichte sie, leicht außer Atem.

„Denkst du etwa, daß meine Mutter auch bei dem Mord an Papa ihre Finger im Spiel hatte?"

Die ältere Frau steckte ihre kalten Hände noch tiefer in die Taschen ihrer Jacke und sah über die schneeweiße Landschaft.

„Möglich."

„Wenn ich diesen Gedanken weiterspinne, dann ..."

„Nicht zu hastig! Bisher sind alles nur Vermutungen, die schlußendliche Wahrheit verlangt nach Beweisen."

Schweigend gingen die beiden zurück zum Hof. Da sie völlig mit ihren unerfreulichen Gedanken beschäftigt waren, fiel ihnen bei ihrer Ankunft der Lastwagen vor dem Haupthaus gar nicht auf. Erst Ediths freudige Rufe rissen sie aus ihren Überlegungen.

„Mädels, schaut doch!"

Antonia zog die Stirn kraus, als sie den Kopf hob. Ein Mann wuchtete sich einen Sack Kohlen auf den Rücken und trug ihn zum Außeneingang des Kellers. Edith umarmte ihre Freundin herzlich.

„Na, das ist doch eine Geburtstagsüberraschung!"

Theo schlug der jungen Frau ohne Vorwarnung herzlich auf die Schulter.

„Na bitte, Kohlen für Treskow!"

Die Köchin stand vor dem Bügelbrett und genoß die trockene Wärme, die das Plätteisen verströmte. Die Waschtage lagen ihr in den Gliedern. Zwar war sie es durchaus gewohnt, alle zwei Wochen große Wäsche zu machen, aber das wintereisige Wasser, in welchem die Wäsche mehrfach geschwenkt werden mußte, tat der Gicht in ihren Fingern nicht gut. Zwar hatten Karin und Edith versucht, ihr nach Kräften zur Hand zu gehen, doch die Angestellte war zu penibel, um den Waschvorgang ganz in fremde Hände zu legen.

Hinter dem hochgehaltenen *Völkischen Beobachter* stieg Rudolfs Zigarrenqualm auf. Marie spritzte etwas Wasser auf die gestärkte Bluse, zog den Stoff glatt und senkte das Bügeleisen auf das Tuch.

„Was Neues im Reich?"

„Hm."

„Wo steht de Ostfront? Im Wehrmachtsbericht is' nuscht davon."
„Stillstand. De Iwans sin' doch nich' bekloppt."
„So, sin' se nich'?"
„De ham mehr Erfahrung mit 'm Winter als de Herren in Berlin."
Die Köchin faltete die Bluse schrankfertig und griff nach dem nächsten Wäschestück in dem übervollen Korb.
„Un' was macht da Führer un' de Seinen im Bunker zu Berlin?"
Er blätterte geräuschvoll um.
„Unser Führer is' umjezogen. Seit jestern jeruht der Herr de Winterschlacht vom Adlernest aus zu führen."
„In de Berge, da in Bayern?"
„Nee, nich' auf'm Obersalzberg. Er is' im Taunus, irjendwo im Gau Hessen-Nassau."
„Davon hab' ich im Le'm noch nuscht jehört. Hessen-Nassgau, wo soll das denn sein?"
„Nich' Nassgau, Nassau!"
„Is' mir auch recht."
„Das is' janz im Westen."
„Ach, da bei de Holländer. Na, wenn hier nuscht passieren tut, muß er auch nich' in de Wolfsschanze rumhocken. Nu' kümmert er sich wohl um de Westfront."
Wie ein Sturmwind kam Frau Krause in die Küche. Sie fragte nicht lange, sondern ging einfach in die Vorratskammer und kam mit einer Schnapsflasche wieder heraus. Marie sah die Frau, die zu ihrem Erstaunen ausgesprochen schick gekleidet war, ärgerlich an.
„Saufen Se jetzt schon am hellen Mittach?"
Theo bemächtigte sich eines Glases aus dem Schrank und entkorkte ganz undamenhaft die Flasche mit den Zähnen. Kupinksi fuhr sich gierig dreinschauend mit der Zunge über die Lippen und griente auffordernd.
„Is' noch 'n Glas da?"
Die Frau im geschmackvoll teuren, blauen Kostüm griff ein weiteres Glas und ging zum Tisch. Den Korken noch zwischen den Lippen schenkte sie großzügig ein. Sie mußte Rudolf sein Glas nicht reichen. Er war aufgestanden und riß es ihr förmlich aus der Hand. Beide leerten die kleinen Becher in einem Zug, und rasch war der nächste eingegossen. Marie stellte krachend ihr Eisen auf den Herd und stemmte ihre Fäuste in die Hüften.
„Saufgelaje vorm Mittach! Nich' in meine Küche!"
Frau Krause sah auf den Boden und bearbeitete ihre Unterlippe mit den Zähnen.
„Himmel Herrgott! Wie haltet ihr es nur mit der aus?"
Rudolf hatte sich die Flasche genommen und besah sich fragend den Flaschenhals.
„Mit de Marie?"

Theo schüttelte den Kopf, und die Köchin schaute sie neugierig an.
„Es Fräulein?"
„Nein, ihre Mutter!"
Marie nahm das zweite Eisen, bevor es zu heiß wurde, vom Herd und ging zurück zur Bügelwäsche.
„Was wollten Se denn von de gnä' Frau?"
„Nur mit ihr reden."
„Un' se wollte nich'?"
Theo kippte den Inhalt ihres Glases herunter und schüttelte sich kurz.
„Die ist wie ein Granitblock!"
„Ham Se was anderes erwartet? Die Frau hat ihre Lektion jelernt!"
„Wie?"
„Im Grunde jeht's mir ja nuscht an, aber de Frau Treskow, die hat nich' keine schöne Zeit hier jehabt."
„Und weiter?"
Die Angestellte sah den Blusenkragen an und schien sich schlagartig daran zu erinnern, wem das Kleidungsstück gehörte.
„Ich bin hier nur auf Lohn un' Brot. Ich seh' nuscht, un' heren tu ich auch nuscht von die Herrschaft!"
Frau Krause, vom Schnaps beflügelt, nickte und eilte aus dem Raum. Kupinski sah ihr hinterher und griff nach der Flasche auf dem Tisch.
„Was 'n mit der los?"
Marie zog mit spitzen Fingern an einem losen Knopf an der Bluse.
„Laß de Pranken von de Flasche, sonst schick' ich dir zum Holzhacken!"
Er zuckte mit den Schultern, ließ von der Flasche ab und schaute griesgrämig drein.
„Weibervolk!"
„Wenn du's hier nich' aushältst, denn mach dir auf, un' tu deine Arbeit!"

Wie ein zufriedener König saß Antonia vor dem dicken Rechnungsbuch und betrachtete stolz die Eintragungen.
„Himmel Herrgott, das wäre geschafft!"
Edith drehte sich lächelnd in ihrem Sessel vor dem Kamin um.
„Hast du jetzt Zeit?"
„Nein. Muß endlich die Milchunterlagen wieder in einen ansehnlichen Zustand bringen."
Ohne ein Klopfen schwang die Tür auf, und Frau Krause stürmte herein. Sie trug einen Packen Papier unter dem Arm und machte

den Eindruck einer Dozentin, die mit Verspätung zur Vorlesung eilte.

„Deine Mutter ist wirklich ein Brocken!"

Die junge Frau klappte das dicke Buch vor sich zu und nickte.

„Weiß ich."

Theo nahm sich einen Stuhl, schob ihn nahe an den Schreibtisch und warf ihre Aufzeichnungen auf das Rechnungsbuch.

„Den Tee mit ihr kannst du dir getrost sparen!"

„Ach, auf einmal. Die ganze Zeit treibst du mich, und nun ..."

„Ja, ja! Bin doch auch nicht der liebe Gott!"

Edith stand langsam von ihrem Sessel auf und lachte.

„Den hatte ich mir ehrlich gesagt auch anders vorgestellt."

„Dein Vater, hat er dich auch als Kind geschlagen?"

„Wie, auch?"

„Stell dich nicht dümmer, als du bist. Meine die Sache mit dem In-den-Keller-Sperren und der Prügel."

„Früher wäre er, glaube ich, nicht im Traum darauf gekommen. Ich war seine ..."

„Prinzessin! Hast du erzählt, ja. Aber es muß doch einen Grund oder Auslöser gegeben haben, daß er dir von einem Tag auf den andern so zusetzt. Was wollte er?"

Der jungen Frau war es mehr als unangenehm, sich an diese Dinge erinnern zu müssen.

„Er wollte Informationen über Treskow."

„Welcher Art?"

Antonia ärgerte sich über die harte Art der Befragung. Auch hatte sie Theos Schnapsfahne registriert, und wie zum Kampf bereit, stellte sie sich hin, die Fäuste auf die Tischplatte gestützt.

„Nicht in diesem Ton!"

„In welchem dann?"

„Werden über solche Dinge reden, wenn du wieder nüchtern bist."

„Ho, ho! Die Herrin auf Treskow spricht ein Machtwort! Soll ich jetzt in Sack und Asche gehen?"

„Tu was du willst, aber solange du keinen klaren Kopf hast, gibt es hier kein Wort mehr!"

Edith rieb sich nervös die kühlen Hände und sah auf den Parkettboden.

„Hört sofort auf zu streiten!"

„Suche keinen Streit! Suche nach Wahrheiten!"

„Gut, was willst du von mir hören?"

„Was hat dein Vater gesagt? Jede Einzelheit kann wichtig sein!"

Die Sommersprossen in Ediths Gesicht verblaßten.

„Er wollte von mir hören, daß Antonia etwas auf dem Kerbholz hat."

„Was genau?"

„Er hat nie nach konkreten Sachverhalten gefragt. Toni sollte Dreck am Stecken haben, und ich sollte ihm sagen, was es ist."

„Das wollte er aus dir herausprügeln."

„Ja! Ich dachte, es ginge um unsere Liebe und daß Tonis Mutter meinem Vater gegenüber vielleicht etwas angedeutet hat. Er hätte mich totschlagen können, ich hätte kein Wort preisgegeben!"

„Du hast also die Vermutung, daß Frau Treskow Kontakt zu deinem Vater hatte?"

„Könnte schon sein. Als Toni in Pommern war, ganz bestimmt."

Theo steckte sich mit einem leisen Nicken eine ihrer selbstgedrehten Zigaretten an und ging zum Kamin.

„Toni, fährt deine Mutter selbst oder reitet sie?"

„Sie ist eine Dame! Nie und nimmer nähme sie Zügel in die Hand. Abgesehen davon, mag sie Pferde nicht sonderlich."

„Heißt also, einer der Männer hätte sie fahren müssen."

„Ja."

„Na, da habe ich doch einen Zeitvertreib für die nächsten Stunden."

„Wieso?"

„Die Kerle ausfragen, wer wann deine Mutter wohin gefahren hat."

„Wenn einer fährt, dann Rudolf, und aus ihm wirst du kaum etwas herausbekommen."

„Ist er schon so verkalkt? Macht doch sonst einen lebhaften Eindruck."

„Das hat nichts mit seinem Geisteszustand zu tun, eher mit der Geisteshaltung. Ich selbst stolpere dann und wann mit meiner Neugierde über diese Hürde. Es ist nämlich ein ehernes und seit Jahrhunderten angewandtes Gesetz, daß Angestellte zu tun haben, was ihnen von der Herrschaft angewiesen wird. Fragen oder Einwände gibt es einfach nicht."

„Verstehe nicht ganz. Meinst du, ich will einen Aufstand anzetteln?"

Die junge Frau warf den Kopf in den Nacken und schaute grinsend an die Decke des Raumes.

„Wird dir kaum gelingen! Nein, was ich sagen will, ist, daß dir niemand Auskunft geben wird, wer wann warum und wohin gefahren wurde."

Theo warf den Rest ihrer Zigarette in die lodernden Flammen und drehte sich um.

„Krautjunkersches Mittelalter! Leibeigene dürfen nicht sprechen, sonst wird ihnen die Zunge herausgeschnitten."

Ediths Phantasie blühte dank dieses Satzes, und sie schüttelte sich.

„Ich finde, daß du einen Hang zur Übertreibung hast."

Antonia nickte heftig und sah Frau Krause lachend an.

„Inquisition wie im Mittelalter; damit könnten wir meiner Mutter den Mund öffnen."

„Deine Frau Mama ist so wenig mitteilsam, daß sie noch nicht einmal mit glühenden Eisenspitzen zur Aussage gebracht werden kann."

„Dann hast du doch mit ihr gesprochen?"

„Natürlich saßen wir nicht schweigend einander gegenüber. Aber auf belanglose Fragen hin machte sie den Eindruck, als fühle sie sich in die Ecke gedrängt."

„Ist bei deiner penetranten Fragerei auch kein Wunder."

„War nicht aufdringlich. Wollte nur ihre Seelentiefe ausloten. Bin ganz subtil vorgegangen. Hatte vor, sie aus einem lockeren Gespräch heraus assoziieren zu lassen."

„Was war euer Thema?"

„Die Farbe Rot."

„Wie in Gottes Namen kommst du denn auf so etwas?"

„Intuitiv."

„Und?"

„Sie verschloß sich völlig. Konnte dann nur noch klare Fragen stellen, und noch nicht einmal die beantwortete sie, obwohl sie völlig unverfänglich waren. Ihre Haltung, ihr Ausdruck sagten mir die ganze Zeit, daß sie etwas verheimlicht, etwas, dessen Aufdeckung sie für überaus gefährlich hält."

„Das siehst du einfach so?"

„Es gibt Methoden, die ... Aber damit will ich die Sache nicht unnötig komplizieren. Ich brauche euch! Eure Eindrücke, euer Wissen."

„Wofür?"

„Mädels, für die Wahrheit!"

„Welche?"

„Das weiß ich noch nicht konkret. Aber Ahnungen sind es nicht, die wichtig sind! Ediths Vater kann uns weiterbringen. Sein Verhalten, das sich offensichtlich, aus welchem Grund auch immer, grundsätzlich geändert hat. Die nicht nachvollziehbaren, aber wahrscheinlichen Besuche deiner Mutter bei ihm und nicht zuletzt das bizarre Verhalten dir gegenüber. Was treibt eine Mutter dazu, mit ihrer Tochter in einer Art Kriegszustand leben zu wollen?"

Edith schüttelte lange den Kopf und ging hinüber zu ihrem Sessel.

„Das reicht für den ganzen Winter."

„Haben wir wenigstens was zu tun."

Antonia stand auf und griff sich Theos Papierstapel.

„Wie ich dich kenne, hast du schon für uns alle vorgedacht."

„Wohl, wohl! Treskow, setzen, eins!"

Frau Krause bekam ihre Aufzeichnungen in die Hand gedrückt, und Antonia brachte einen Stuhl und einen weiteren Sessel zum Kamin.

„Dann schieß mal los."

Theo zog gekonnt ein Blatt hervor und besah es sich hochkonzentriert.

„Also, da gibt es die Treskows, Wintersteins und Romeikes."

„Kenne ich alles schon!"

Edith warf ihrer Freundin einen ärgerlichen Blick zu.

„Immer nur du! Ich möchte hören, was Theo dazu zu sagen hat."

„Danke! Dachte schon, es hätte niemand mehr Interesse an echter Grundlagenarbeit! Es gibt also August, Emilie, Leopold, Karl, Agnes, Ferdinand und Johannes Treskow. Dazu kommt Tonis Mutter Sieglinde, geborene Winterstein, sowie Paula, Paula Romeike. Es gibt zwar noch zwei Schwestern, aber die Familie Winterstein erschöpft sich damit für uns. Kommen wir zu den Romeikes. Edith war zwar karg in ihrer Erzählung, aber immerhin habe ich hier Gerlinde, Friedrich und Gustav auf meinem Zettel stehen. Friedrich, dein Vater, und Gerlinde, die verheiratete Borkenhagen, sind für uns von Interesse."

Antonia seufzte und dachte an die Arbeit, die noch auf ihrem Schreibtisch lag.

„Alles schon bekannt! Wenn du es weiter so ausführlich machst, haben wir wirklich den ganzen langen Winter etwas zu tun!"

„Oh, Fräulein Ungeduld hat noch eine Verabredung?"

„Liegt auf dem Tisch dahinten!"

„Toni, deine Tante und ihr Bruder haben doch sicherlich mit dir über deine Familie gesprochen."

„Am laufenden Meter!"

„Gab es etwas Auffälliges?"

„Kannst einem wirklich den letzten Nerv töten! Habe dir doch alles schon erzählt!"

„Weißt du was? Habe keine Lust mehr, mit jemandem, der derart kontraproduktiv ist, meine Gedanken zu teilen! Geh einfach zu deinem Kram da, der anscheinend so wichtig ist, und laß mich und Edith in Ruhe!"

Antonia nahm das Angebot erleichtert an und ging zurück an ihren Platz hinter dem wuchtigen Möbel. Ihre Liebste schaute ihr verständnislos nach. Die junge Treskow schien tatsächlich ihre Schreibarbeit vorzuziehen, und Edith wandte ihre ganze Aufmerksamkeit Theo Krause zu, die ein weiteres Blatt aus ihrem Stapel mit in Falten gelegter Stirn ansah.

„Also gut. Albert Borkenhagen ist nicht nur mein Cousin, sondern auch mit Toni verwandt."

Theo schaute von ihrer Niederschrift in die langsam kleiner werdenden Flammen im Kamin.

„Gedankenfehler. Der gleiche, den Antonia schon gemacht hat. Borkenhagen ist der Sohn der ältesten Schwester deines Vaters, also kein Blutsverwandter zu unserer vielbeschäftigten Gutsherrin."

„Himmel, das ist alles so verworren! Wie soll man denn da den Überblick behalten?"

„Nicht einfach, aber machbar. Bleiben wir bei Borkenhagen, der als SS-Mann nicht fähig war, eine mehr oder minder wehrlose junge Frau zu töten."

Antonia warf ärgerlich ihren Bleistift auf den Schreibtisch.

„War nicht wehrlos!"

Theo klappte ihr silbernes Etui auf und nahm eine Zigarette heraus, deren Papier aus alter Zeitung war.

„Aber hallo! Dachte, du bist in anspruchsvoller Arbeit vertieft?"

„Bin ich auch, aber so etwas ..."

„Was? Klingt da der Wunsch durch, als Held anerkannt zu werden? Alleine gegen die SS? Nein, Toni, ich sage dir ganz klar auf den Kopf zu: Wenn er wirklich einen Befehl der SS gehabt hätte, dann hätte er sein Werk zu Ende gebracht. Er hatte nur eine Anweisung, nur ein väterliches Wort von Romeike, daß diese Person, nämlich du, verschwinden müsse. Was meinst du, hätte seine Truppe mit ihm getan, wenn er einen Befehl nicht ausgeführt hätte? SS und Befehlsverweigerung? Lachhaft! Er hätte tot sein müssen, um in Ehren aus der Sache herauszukommen!"

„Aber ..."

„Keine Einwände! Borkenhagen ist immer noch Sturmbannführer. Nichts und niemand konnte ihm etwas anhaben, und warum?"

„Kein SS-Befehl."

„Endlich hast du es begriffen!"

Edith war den Tränen nahe und schluckte mehrfach, bevor sie sprechen konnte.

„Mein Vater, Borkenhagen und Toni ... Ich habe entsetzliche Angst!"

„Dein Vater hat, vermute ich, sein Verhalten dir gegenüber geändert, nachdem dieser Borkenhagen versucht hatte, Antonia aus dem Weg zu räumen. Während Toni in Pommern weilte, spielte Mama hier ein Stück, das Macht um jeden Preis heißen könnte. Was fällt euch dazu ein?"

Edith hielt es nicht mehr in ihrem Sessel. Sie sprang auf und hielt sich die geballte Faust vor den Mund.

„Als ich bei meinem Vater wegen eurer Einweisung vorsprach, da sagte er, daß ich nur bei ihm sicher sei. Er sprach von Sieglinde, verbesserte sich und sagte dann wieder Frau Treskow, daß ich mich vor ihr ..."

Nun brach Ediths Selbstbeherrschung zusammen, und sie begann hemmungslos zu weinen. Antonia eilte zu ihrer Liebsten und nahm sie in die Arme.

„Theo, jetzt reicht es, wirklich!"

Frau Krause atmete tief durch.

„Edith, was solltest du?"

Die schluchzte und vergrub ihr Gesicht an Antonias Brust.

„Mich vor ihr in acht nehmen."

„Mein lieber Herr Gesangsverein, dein Vater weiß scheinbar über einiges Bescheid. Nur wir stochern im Nebel. Aber für heute lassen wir es gut sein, Mädels."

Der Herrensalon, seit Monaten ungenutzt, war ein Ort der Weihnachtsvorbereitungen geworden. Der großzügige, an die Bibliothek anschließende Raum mit seiner im strikten englischen Stil gehaltenen Einrichtung war erfüllt von dem Duft des Gebäcks, das in großen Blechdosen auf seinen Auftritt wartete. Antonia saß auf dem Boden und bemalte mit ruhiger Hand eine kleine Holzfigur, den Schimmelreiter. Ihre Freundin kauerte auf einem Hocker vor einem niedrigen Tisch und war mit der Herstellung von Pracherweib, Gabenkorb, Bär und Storch aus Stroh und Dörrfrüchten beschäftigt. Frau Morin saß nahe dem Kachelofen, still in eine Stickerei vertieft. Wie ein frischer Wind kam Theo herein. Ihr Gesicht war vor Kälte noch ganz rot.

„Oh, die Mägdelein bei stummer Beschäftigung!"

Karin sah von ihrem Damast auf und verzog den Mund.

„Na, was hast du bekommen?"

Frau Krause legte ihre Hände flach an den Ofen und zuckte mit den Schultern.

„Was es auf unsere Karten eben so gibt. Aber die Fahrt war ein Genuß! Kam mir vor wie in einem Buch von Dostojewski. Die Dame im Schlitten gegen den klirrenden Frost wohl in Bärenfelle gehüllt, und der treue Kutscher läßt die Peitsche knallen. Himmlisch!"

Antonia tauchte ihren Lackpinsel in die Verdünnung und sah Theo mit einer schiefen Grimasse an.

„Hat unser Hochwohlgeboren keine Sonderzuteilungen ergattern können?"

„Bin froh, daß ich überhaupt etwas gekriegt habe. Die armen Leute im Laden waren völlig damit beschäftigt, Absagen zu verteilen. Kein zusätzlicher Zucker, keine Mandeln, kein Fett diesmal."

„In der Zeitung stand doch, es gäbe Sonderzuteilungen."

„Pro Kopf zwei Eier. Die habe ich dann doch lieber den armen Städtern überlassen."

„Sonst nichts?"
„Doch, für Kinder und Jugendliche 125 Gramm Süßwaren."
Edith spielte verträumt mit einem Strohhalm.
„Auf Schokolade hätte ich ..."
„Ist nicht! Bist doch schon über sechzehn, oder?"
Die junge Treskow stand auf, streckte sich und stemmte beide Hände in den Rücken.
„Keine Mandeln? Das verzeiht Marie dem Führer nie!"
„Habe ich ihr schon gesagt."
„Und?"
„Die Frau hat immer eine Überraschung auf Lager. Meinte, das wäre kein Untergang, dann müßten wir die Elendsdinger wenigstens nicht abschluppen."
„Wohl wahr. Dafür ist aber auch Essig mit den Pfefferkuchen."
Theo lachte und wärmte ihre Rückseite am Kachelofen.
„Nicht wenn man Marie heißt."
„Soll ich jetzt an Wunder glauben?"
„Nein, an Kartoffelmarzipan."
„Laß die Späße!"
„Ist kein Scherz! Marie macht Marzipan aus Kartoffeln und Mandelaroma. Sie meint, sie hätte schon Marzipan gemacht, als es gar nichts mehr gab."
Frau Morin legte ihre Stickerei auf die Knie und rieb sich die Finger der rechten Hand.
„Diese Frau ist ein wirkliches Gottesgeschenk."
Edith winkte Frau Krause zu sich, da sie eine helfende Hand beim Zusammenbinden einiger Strohteile benötigte. Alle machten sich schweigsam wieder an ihr Werk. Nur Karin summte leise und doch für alle hörbar ein Weihnachtslied. Diese wohlige Atmosphäre wurde durch Rudolf jäh beendet.
„Fräulein, komm' Se doch mal, bitte."
„Was liegt denn an?"
„Ihre Brick lahmt auf'm linken Vorderbein."
Als verfolge sie der Leibhaftige, stürmte die junge Frau aus dem Zimmer und war Minuten später dick angezogen auf dem Weg zur Koppel, wo Kupinski die Pferde zum Auslauf hingebracht hatte. Er stand schon an der hohen Umzäunung und nickte ihr zu. Eine Hand auf eine Holzstange gelegt, stellte sie sich an den Zaun und rieb sich mit der anderen Hand das Kinn.
„Kein Zweifel, sie geht lahm."
Mit einem Sprung war sie auf der obersten Holzstange und hüpfte auf die verschneite Koppel.
„Brrick! Brrrick, meine Süße!"
Wie alle anderen Pferde hörte auch die Stute auf ihren Namen und kam langsam getrottet. Antonia tätschelte ihren Hals, legte kurz

ihre Wange an die weiche Nase des Pferdes und bückte sich dann. Mit einem geübten Griff legte sie das angewinkelte Bein der Stute auf ihren Oberschenkel, betastete und besah sich Bein und Huf.

„Das Eisen muß runter, da verwächst sich etwas!"

„Soll ich Werkzeug holen?"

„Nein, laß mal. Nehme sie mit in den Stall, da ist besser arbeiten."

Kurze Zeit später stand die Stute, ihres Hufeisens ledig, im Stallgang, und ihre Besitzerin schüttelte den Kopf.

„Komm mal her, das mußt du dir ansehen!"

Der alte Mann beugte seinen Kopf über das auf Antonias kräftigem Schenkel ruhende Pferdebein, und mit der Zange, die sie zum Ziehen der Nägel benutzt hatte, zeigte sie auf eine entzündete Stelle.

„Sieht nich' jut aus."

„Pfusch vom Schmied! Der Nagel für das Eisen ist abgebrochen und hat sich nach und nach ins Fleisch getreten."

„Was wollen Se jetzt machen? Sollen wa 'm Kobbelschuster holen?"

„Dem noch Geld in den Rachen schmeißen? Nein, ich hole den Rest raus. Bis alles abgeheilt ist, gibt es Salbe, und Brick bleibt unbeschlagen."

Die junge Treskow war gerade auf dem Weg zur Sattelkammer, wo die Stallapotheke für die Pferde hing, als ein Wehrmachtslastwagen auf den Hof polterte. Der Wagen hielt, und als der Motor abgestellt worden war, konnte sie ein Stöhnen und Weinen von der Ladefläche hören. Innerlich auf alles gefaßt, straffte sie sich, als ein junger Kerl in schmutzig-heruntergekommener Uniform von dem LKW sprang. Der Soldat klopfte mit geballter Faust gegen die Holzwand der Ladefläche, und der dröhnende Diesel wurde wieder in Betrieb gesetzt. Das Klagen ging im Motorenlärm unter, und der Wagen holperte, eine dicke Rußwolke hinterlassend, wieder vom Hof. Der verdreckte Kerl sah die junge Frau aus munteren Augen an, und endlich erkannte sie ihn.

„Sparwein! Wolfgang! Was machst du denn hier?"

„Heimaturlaub!"

„Was hattet ihr denn da geladen?"

„Verwundete. Arme Kerls! Aber jetzt sin' se auf'm Weg in' richt'ges Lazarett!"

„Da konntest du so einfach mitfahren?"

„Klar, de hatten doch 'n Weg hier lang."

„Meine ich nicht. Warst doch die ganze Zeit mit den Halbtoten da zusammen."

„Den' hab' ich erzählt, daß ich zur schönsten Frau von janz Ostpreußen fahren tu! Das hat se munter jehalten."

Sie legte zur Begrüßung eine Hand auf seine Schulter

„Wußte gar nicht, daß du eine Freundin hast. Aber jetzt sei erstmal herzlich willkommen."

Ihre Berührung kam ihm vor wie ein Ritterschlag, und er nahm militärisch-korrekte Haltung an.

„Verzeihen Se, aber ich hab' keine Freundin. De schönste Frau vom janzen Gau sin' Sie!"

Dieser Satz ließ ihr bang werden, und sie trat einen Schritt zurück.

„Dein Zimmer ist, wie es war. Geh, wasch dich und lauf dann zu Marie, die wird toll vor Freude."

„Un' Sie?"

„Habe noch zu tun."

Es war nicht leicht, die Köchin auf ihrem Stuhl zu halten, doch Karin tat ihr Bestes, indem sie einfach Maries Hand hielt, während Edith geschwind die Überreste des Abendessens abräumte. Theo verteilte derweil kleine Gläser auf dem Tisch, und Antonia kam mit einer Flasche von Rudolfs Gebranntem aus der Vorratskammer.

Nach den ersten Schlucken war klar, daß aus dem Buben ein Landser geworden war. Er rauchte, fluchte und soff wie ein Großer. Matthieu fand den jungen Mann, der immerzu vom Führer, dem Endsieg und den großen Taten der Wehrmacht plapperte, wenig sympathisch und zog sich noch früher als gewöhnlich zurück. Marie sah, wie Wolfgang sich den nächsten Magrietsch eingoß, und konnte ihre mütterlichen Gefühle nicht zurückhalten.

„Jungche', langsam!"

Rudolf blies dicke Wolken Zigarrenqualm in die Luft und nickte.

„Mensch, du wirst noch janz besoffen!"

„Un' wenn schon! Bei meine' Einheit, da ham wa noch janz anders zujelangt! Jeden A'md ham wa Kartoffelschnaps bekomm', bis …"

Edith unterbrach ihn und sah ihn treuherzig an.

„Warum denn, um Gottes willen, gibt es Schnaps für die Jungs?"

„Wa sin' Männer! Männer im Feld, keine Kinder! Jeder is' gleich', da an de Front, da jibt's nur de Parole, ran an' Feind!"

Frau Krause genehmigte sich auch noch einen und stieß mit Wolfgang an.

„Und was wird werden?"

Der Junge kippte den Schnaps so schnell wie diejenigen zuvor und sah glasigen Blicks auf den Brotlaib in der Mitte des großen Tisches, den Edith offenbar beim Abräumen vergessen hatte. Sein Gesicht wurde zu dem eines Kindes, das kurz vor der Weihnacht seinen Wunschzettel schreibt. Er schien durch den Tisch hindurch in unerreichbare Ferne zu blicken.

„Ich wer'n Held wer'n! Hab' da schon 'n Ziel im Auje. Hab' 'ne Fahrt jemacht, mit 'm Motorrad! DKW RT 125, dolles Ding! Ich mach' in de Wehrmacht 'n Motorradführerschein, und denn jeht's als Kradschütze an de Front! De Heldenerfolje könnt ihr denn im Radio heren!"

Rudolf stieß Eberhardt an, der einmal mehr auf der Bank eingeschlafen war.

„Komm, da Tag is' vorbei, un' morjen is' schneller, als wa glau'm!"

Dieses Zeichen zum Aufbruch verstanden alle. Karin, Theo und Edith, letztere zögerlich, begaben sich nach oben. Eberhardt und Rudolf warteten noch, bis Marie mit dem Zustand ihrer Küche zufrieden war, und geleiteten die beleibte Köchin hinüber zum Gesindehaus. Antonia löschte das Licht und zerrte den sichtlich betrunkenen jungen Mann an die frostige Nachtluft.

„Wo dein Bett ist, weißt du wohl noch."

Er nickte auf wackligen Beinen und sah ihr nach, wie sie auf die Treppe, die hinauf zum Haupteingang führte, zuschritt.

„Antonia!"

Sie schrieb es dem Schnaps zu, daß er sie beim Vornamen nannte, und drehte sich lächelnd um.

„Ab in die Koje!"

„Is' noch zu frieh für mich! Außerdem wollt' ich dir was sachen."

Sie ging zurück zu ihm und sah ihn ernst an.

„Kann mich nicht erinnern, dir das Du angeboten zu haben."

Ihm schien dieser Einwand egal zu sein. Er tappte zwei Schritte nach vorn und warf sich ihr an den Hals.

„Ich liebe dich!"

Sie befreite sich aus der Umklammerung und schob den betrunkenen Jungen von sich weg.

„Wird Zeit, daß du ins Bett kommst und deinen Rausch ausschläfst!"

Er schüttelte den Kopf, wie es nur Betrunkene tun, und brüllte wie ein Stier in die Dunkelheit.

„Nee, hör zu! Für mich biste de schönste Frau auf die Erde!"

Antonia war es nun genug; sie drehte sich um und ging wortlos zur Treppe. Er folgte ihr, umfaßte sie und preßte seinen Körper von hinten an sie. Seine heißen Lippen fanden rasch den Weg zu ihrem Hals, und wilde Küsse befeuchteten ihren Nacken. Sie konnte seine Erregung spüren und war hin- und hergerissen zwischen Wut und Mitleid.

„Sparwein, laß das!"

Nichts auf der Welt hätte ihn dazu gebracht, die Frau seiner Träume loszulassen.

„Hab' de janze Zeit nur an dich jedacht!"
Sie war kräftig genug, um ihn von sich wegzustoßen.
Gezielt trat sie ihm mit ihrem Stiefel knapp unter dem Knie gegen das Schienbein. Er jaulte auf und begann zu toben. Zunächst schrie er nur, dann schlug er mit seinen Fäusten nach ihr. Geschickt wich sie ihm aus und suchte ihn mit Worten zu beruhigen. So begann ein irrer Tanz über den Hof, dem Rudolf ein Ende bereitete, indem er den Kerl am Kragen packte und ihn mit einer Schleuderbewegung zu Fall brachte.
„Jehen Se, Fräulein. Ich erledig' das!"

Die Köchin war ein Abbild der Verzweiflung, wie sie so tränenüberströmt auf der Kante ihres Bettes saß. Edith stand draußen vor der versperrten Tür und klopfte zaghaft an.
„Marie?"
„Laßt mir meine Ruh'!"
„Himmel, Marie, mach auf! Wir wollen über alles reden."
„Ich hab' nuscht ze sachen!"
Edith lehnte sich mit dem Rücken gegen den Zimmereingang und brüllte in den kargen Flur des Gesindehauses.
„Du darfst dich nicht dafür verantwortlich machen, daß alles so gekommen ist!"
Die Angestellte wischte sich mit einem geblümten Taschentuch über das verweinte Gesicht und schneuzte sich.
„Ich hab' den Bowke hier einjeführt, da war er noch nich' zwölf. Der sollt' raus aus die ärmliche Verhältnisse von de Tajelöhner. Ich hab' mein janzes Vertrauen in dem Kerl jesetzt, war wie 'ne Mutter für ihm, und denn macht er so 'ne Sachen."
Die junge Frau konnte das schluchzende Weinen der Köchin hören und legte aufgeregt beide Hände auf die hitzigen Wangen.
„Er wird nicht bleiben. Er fährt heute ab!"
„Noch schlimmer! Da jeht er zerick dahin, wo se ihm so verdor'm ham! Das Jungche' hätt' de Weihnacht hier verbring' sollen! Ich hätt 'm schon wieder zerechtjebojen!"
Theo kam eiligen Schrittes in den Hauseingang und faßte Edith am Arm.
„Rudolf ist mit ihm auf dem Weg zum Bahnhof."
„Mein Gott, bin ich froh, daß dieser entsetzliche Mensch weg ist!"
„Mädel, der junge Mann ist einfach so, wie er eben ist. Da ist nichts Furchtbares dran. Er ist verliebt, und das ist etwas ganz Natürliches."
„Natürlich? Er hat Toni Gewalt angetan!"

„Hat er nicht, das weißt du ganz genau! Habe mit ihm gesprochen. Er wollte ihr nur seine Gefühle ausdrücken, und daß dies bei einem Bauernbub nicht so gallant abläuft wie bei anderen Männern ist ein Umstand, den man als Entschuldigung für ihn werten muß."

Edith löste sich von der Tür und stapfte wütend den Flur entlang.

„Hast du den Verstand verloren? Du nimmst den Widerling auch noch in Schutz?"

„Kind, ich analysiere nur. Gefühle haben oftmals nichts mit Verstand zu tun! Müßte gerade dir eingängig sein. Hätte dein Verstand dir erlaubt, dich in Antonia zu verlieben?"

„Nein, aber ich bin auch nicht einfach so über sie hergefallen!"

Theo nickte, klopfte sacht an Maries Tür und sah derweil die junge Rothaarige mit einem Lächeln an.

„Er ist weg. Damit hat sich die Sache für dich! Antonia geht damit viel freier um."

„O ja, die Starke, die sich nichts anhaben läßt! Alle lieben sie, da kann sie ja auch ..."

Marie unterbrach den Wortwechsel, indem sie ihre Tür aufschloß. Sie kam heraus und band sich ihre Schürzenbänder im Rücken.

„Sin' Se ruhig! Ich hab' de Last auf meine' Schultern, un' damit is' fertich!"

Frau Krause stand einen Augenblick vor der Köchin und umarmte sie dann spontan.

„Deine Muttergefühle für den Jungen in allen Ehren, aber du bist die allerletzte, die Verantwortung übernehmen muß! Auch du hättest nichts gegen die Empfindungen des Jünglings unternehmen können. Noch nicht einmal seine eigene Mutter hätte ihn von seinem Tun abbringen können! Ein verliebter, besoffener Bengel, wer soll den aufhalten?"

Marie entspannte sich und legte ganz kurz ihren Kopf auf Theos Schulter. Bei dieser Berührung empfand sie etwas, das sie schon lange vergessen oder verschüttet glaubte.

„Jefühle könn' manchmal so übermächtich sein."

Frau Krause sah ihr liebevoll ins Gesicht.

„Eben, und niemand kann dafür zum Schafott geführt werden!"

„Nur wenn er nich' zu de Wehrmacht jekomm' wär', denn ..."

„Dann hätte es wahrscheinlich etwas länger gedauert, aber im Ergebnis wäre es das gleiche geblieben."

„Nu is' er bald zerick an de Front."

Edith verließ das Gesindehaus und ertappte sich bei einem bösen Gedanken.

„Da gehört er hin. Hoffentlich knallen die Russen das Schwein bald ab!"

Karin stand gedankenversunken in der Halle und schüttelte den Kopf. Schnell war sie an der Tür zum Arbeitszimmer und stieß sie ohne anzuklopfen auf. Mit Schwung warf sie die Tür ins Schloß, legte in Lehrermanier die verschränkten Hände auf den Rücken und ging steifen Schrittes durch den Raum.

„Kinder, ich habe für vieles Verständnis, aber mein Kalender ist mir heilig!"

Drei fragende Augenpaare sahen sie an, und ihre Freundin zuckte mit den Schultern.

„Und weiter?"

„Er ist weg! Verschwunden!"

Antonia besah sich interessiert ein Blatt von Theos Aufzeichnungen.

„Wirst ihn verlegt haben."

Die Entrüstung über diese Bemerkung war Frau Morin deutlich anzusehen.

„Treskow! Im Gegensatz zu dir pflege ich Ordnung zu halten. Meine persönlichen Dinge haben ihren festen Platz."

„Schon gut. Mußt du deswegen so brüllen?"

Edith, die auf dem Teppich vor dem Kamin saß, bewegte ihre bloßen Zehen vor dem wärmenden Feuer.

„Ist dein Kalender rot eingebunden?"

„Ja."

„Vorhin habe ich ein solches Büchlein beim Telefon gesehen."

Frau Krause grinste und steckte sich betont gelassen eine Zigarette an.

„Das hättest du so nicht sagen dürfen. Lehrer sind nämlich unfehlbar, vor allem was ihre pedantische Ordnung betrifft."

Edith wußte nichts mit dieser Aussage anzufangen. Karin verzog den Mund, und Antonia konnte nicht anders, als laut zu lachen. Frau Morin sah ihre Freundin herausfordernd an.

„Dein Schönstes ist es, meinen Berufsstand lächerlich zu machen. Und du und deine Ordnung? Da darf auch kein Buch von seinem Platz weggenommen werden!"

„Wissenschaftliches Arbeiten erfordert, daß man immer weiß, wo man nachzuschlagen hat."

„Ach ja, die Frau Doktor. Und hier findet gerade eine Privatvorlesung der Dozentin für Unsichtbares und Unbewußtes statt!"

Edith mochte den keifenden Ton zwischen den beiden nicht.

„Himmel Herrgott! Wenn ihr streiten wollt, dann tut das bei euch im Zimmer!"

Theo blies den Rauch ihrer Zigarette absichtlich zu ihrer Liebsten hin.

„Du siehst, du störst."
„So muß es wohl sein. Und du verstörst die armen Mädels gerade mit deiner Tiefenpsychologie."
Antonia winkte Karin zu sich und strahlte sie mit ihrem unwiderstehlichen Lächeln an.
„Wenn du es genau wissen willst, setz dich zu uns und hör zu. Ist spannend wie eine Kriminalgeschichte."
Frau Krause zerquetschte den Rest ihrer Zigarette im Aschenbecher.
„Im Grunde genommen ist es auch eine."
Nun war Karins Neugierde geweckt, und rasch stand ihr Stuhl bei den anderen vor dem Kamin.
„Ich bin Aug' und Ohr!"
Edith drehte sich auf dem Teppich so um, daß sie Frau Morin ansehen konnte.
„Wir haben gerade einige Dinge besprochen, die in den letzten Monaten geschehen sind. Jede hat ihr Wissen eingebracht, und nun haben wir, wie Theo sagt, ein kristallklares Bild vor uns."
Die Raucherin steckte sich die nächste Zigarette an, griff sich einige Blätter ihrer für andere kaum leserlichen Unterlagen und verlieh ihrer sowieso schon sonoren Stimme etwas Geheimnisvolles.
„Wir haben unser Mosaik trefflich zusammengesetzt. Das Bild ist völlig klar, nur eine Begründung fehlt uns noch."
„Meine Liebe, deine Vorreden waren auch schon einmal besser."
„Mag sein. Also, Frau Treskow hatte die Absicht, ihren Ehemann loszuwerden. Es könnte sogar sein, daß sie selbst den Auftrag gegeben hat, ihn ermorden zu lassen. Wahrscheinlich tat sie das, um das Gut zu bekommen und damit endlich die Macht, die sie sich immer ersehnte. Wir sollten dies nicht falsch verstehen, keine Macht um ihrer selbst willen, nein, als Kompensation für die Lieblosigkeit, die sie über Jahre hatte ertragen müssen."
„Theo, du spinnst!"
Antonia sah Karin ausgesprochen ärgerlich an.
„Sei jetzt still oder geh wieder deinen heiligen Kalender suchen!"
„Für die Witwe Treskow schien alles so einfach; schließlich war ihr Mann in undurchsichtige politische Dinge verstrickt und dazu noch mit seinen Geschwistern zerstritten. So konnte man den Rahmen der Beisetzung des Gatten kleinstmöglich halten, zumal die Schwestern und Brüder nicht einmal vom Tode August Treskows in Kenntnis gesetzt wurden. Doch eines hatte sie offenbar nicht bedacht: das Testament ihres Mannes. Sie war noch nicht einmal als Vorerbin eingesetzt worden. Nein, Ländereien und Befehlsgewalt gingen direkt auf Antonia über."
Karin, die all die Vorgespräche nur am Rande oder gar nicht mitbekommen hatte, stand entrüstet auf.

„Mein Gott, das ist ja geradezu geisteskrank, was du da von dir gibst! Wenn du solch unglaubliche Gedanken hast, verdirb doch bitte die Kinder nicht damit!"

Antonia schüttelte gelangweilt den Kopf.

„Kinder?"

„Na ja, heranwachsende junge Frauen eben, die sich noch von solchen Horrorgeschichten beeinflussen lassen."

Nun verblüffte Ediths Reaktion alle Anwesenden. Sie sah die Lehrerin treuherzig mit ihren grünen Augen an.

„Kalender suchen!"

Frau Krause unterdrückte ein zwanghaft in ihr aufsteigendes Lachen und fuhr mit ihren Thesen fort.

„Man muß sich dabei vor Augen halten, daß diese Frau, warum auch immer, nicht zu normalen Gefühlsäußerungen fähig ist. Ihre hilflose Wut konzentrierte sich auf ihre Tochter. Aber da war noch dieser Anwärter auf eine Verlobung, ein Strohhalm, an den sich diese unglückliche Frau klammerte. Sie glaubte, mit der Verheiratung ihrer Tochter endlich ans Ruder zu kommen. Doch auch das ging schief. Toni machte ihr einen Strich durch die Rechnung, und so stürzte die Frau schließlich in eine tiefe Depression."

Nun war es Karin endgültig zu bunt geworden, und sie verließ ohne ein Wort den Raum. Edith schaute ihr gedankenversunken nach.

„Vielleicht hat Karin ja recht, und das sind alles nur Hirngespinste."

Antonia stand von ihrer Sitzgelegenheit auf und nahm, ihre Liebste mit den Armen umschlingend, auf dem Teppich Platz.

„Klingt alles plausibel!"

Bedingt durch ihre eigene Anspannung, entwickelte sich Frau Krause zum Kettenraucher.

„Alkohol wird von solchen Charakteren immer gerne genommen, um Rettung zu finden. Man kann so wunderbar neben sich stehen und sich selbst bemitleiden. Mama Treskow erholte sich also von dieser Phase mit der nächsten Manie. Der himmlische Vater schien nun ihre Rettung zu sein. Zuflucht und Anlaß zum Vorwurf geben Bibel und Kirche immer. Vor allem, wenn man irgendwie ahnt, daß ihr beide nicht nur einfach freundschaftliche Bande pflegt."

Edith lag friedlich in den Armen ihrer Geliebten und sah an die stuckverzierte Decke des Arbeitszimmers.

„Wir waren immer vorsichtig. Wie sollte sie etwas gemerkt haben?"

„Ist eine andere Schiene. Mütter merken immer viel mehr, als Töchter glauben. Da reicht schon eine veränderte Mimik, und Toni hat, so wie sie ihren Zukünftigen abblitzen ließ, genug Raum gegeben für mütterliche Vermutungen."

„Aha."

„Ja, Mädels, jetzt aber weiter. Wenn ihr noch mehr wissen wollt über Eltern-Kind-Bindung, ein andermal! Wo war ich? Ach ja, Alkohol und der liebe Gott. Nun, so wie die Dinge stehen, wußte damals allein sie, daß ihr verwandt seid. Bigotterie, diese Verwandtschaft und angenommene Liebesbeziehung. Unsägliche Kombination, egal, wen es trifft! Teuflisch, und so interpretierte deine Mutter dies wohl auch. Und gerade dann noch Fremde einquartiert und später die Russen, vor denen sie aus welchem Grund auch immer offenbar pure Angst hat, auf dem Gut. Für sie war es wohl eine Prüfung, ob sie dem Teufel widerstehen könne. Dies war auch die Zeit, in welcher du, Edith, deine absonderlichen Erfahrungen mit deinem Vater gemacht hast."

Die junge Frau schmiegte sich in den Arm ihrer Freundin und zog die Stirn kraus.

„Theo, da gerät deine Zeitplanung aus dem Gefüge. Die Attacken meines Vaters fanden statt, bevor die Russen auf Treskow waren."

„Hm, wie auch immer. Es scheint mir, als hätte Tonis Mutter deinen Vater irgendwie aktiviert. Irgendwo mußte sie hin mit ihren Aggressionen."

Frau Krause lehnte sich zurück und starrte konzentriert vor sich hin.

„Nein, du hast völlig recht! Habe vorgegriffen. Borkenhagen dürfen wir nicht vergessen."

Edith nickte und rieb zärtlich den Kopf an ihrer Freundin.

„Und die ganzen Militärs und Parteiler, die bei meinem Vater immer wieder mal zum Besäufnis waren."

„Hm, es könnte da ein Zusammenhang bestehen. Ist aber zu schwer zu durchschauen. Also, Cousin Albert, Obersturmführer der SS ..."

„Sturmbannführer!"

„Feinheiten! Tut nichts zur Sache! Was auch immer er genau wollte, es ging gehörig nach hinten los. Romeike war dabei die treibende Kraft, wahrscheinlich auch im Auftrage der Gnädigen. Ist auch gleich. Er hatte mit Borkenhagen seine letzte Trumpfkarte ausgespielt. Um Antonia aus dem Weg räumen zu können, mußte man ihr irgend etwas Ungesetzliches nachweisen. Deine Mutter wußte wahrscheinlich schon vor dir von den umstürzlerischen Aufzeichnungen deines Vaters. Das Attentat auf den Führer war ein glänzender Vorwand, diese Unterlagen gegen die eigene Tochter zu verwenden. Daher diese Durchsuchung, bei der ungewöhnlich wenig passierte."

Antonia stand abrupt auf und ging mit großen Schritten im Zimmer auf und ab.

„Du meinst, meine Mutter hat höchstselbst die SS ins Haus geholt?"

„Dazu müßte man unseren Ortsgruppenleiter befragen. Wie dem auch sei, du hattest den ganzen Kram, den deine Mutter noch für existent hielt, vernichtet."

„Hatte ich schon lange vor der Durchsuchung!"
„Gab es etwas, das du übersehen hast und wovon deine Mutter wußte?"
„Gott verdammt, ja, der Brief! Die Zeilen von Schoenhals! Lagen ganz offen auf meinem Schreibtisch."
„Und deine Mutter hat diese Nachricht an sich genommen und weitergleitet?"
„Nein, ich habe den Brief gegessen. Lag noch immer auf dem Tisch, als die Parteikerle schon auf dem Hof waren."
Edith sah ihre Freundin angewidert an.
„Du hast ihn wirklich gegessen?"
Theo winkte mit einer Hand zur Ruhe und kaute mit leicht geöffneten Lippen auf ihrer Zigarettenspitze.
„Ist völlig klar! Die verfängliche Nachricht mußte in direktem Bezug zu Toni stehen. Deine Mutter gehört schließlich auch zur Familie, und wenn sie den Brief gehabt hätte, dann wäre sie verdächtig gewesen."
Sichtlich aufgeregt griff sich Antonia einen von Theos Zetteln und deutet mit dem Blatt auf die Urheberin der Zeilen.
„Weiter!"
„Der gute alte Romeike hatte wieder einen Schlag ins Kontor bekommen. War bestimmt nicht angenehm für ihn, sich nach der fehlgeschlagenen Durchsuchung den Gesang der Partei anhören zu dürfen. Die lassen sich nämlich nicht gerne zum Narren eines Emporkömmlings machen. Was blieb ihm also, Frau Treskow und die Gestapo im Nacken, anderes übrig, als seiner Tochter mit Gewalt zuzusetzen. Seine letzte Hoffnung, Toni doch noch dingfest zu machen."
Die junge Rothaarige stand nun ebenfalls auf und ging zum wärmenden Feuer.
„Deswegen mußte er mich prügeln und erniedrigen?"
„Menschen in einer Zwangslage tun oft Dinge, die ihnen sonst nicht im Traum in den Sinn kämen."
„Dann hätte er sich zumindest bei mir entschuldigen können."
„So wie du mir das Wesen deines Vaters beschrieben hast, hätte er dies bestimmt auch gerne getan. Aber damit hätte er sich selbst entlarvt. Außerdem hat er sich quasi bei dir entschuldigt."
„Ach, davon weiß ich ja gar nichts!"
Obwohl Theo wußte, daß der selbstgezogene Tabak ihre Lungen wie ein Torpedo attackierte, mußte sie sich eine neue Zigarette in die Spitze stecken.
„Überleg doch mal! Karins und mein Zuzug! Er hätte bestimmt auch anders verfahren können. Und die Kohlen für Treskow hatte er wahrscheinlich nicht bei sich im Keller liegen!"
Edith drehte sich um, und Tränen stiegen ihr in die Augen.

„Und dann noch zu Tonis Geburtstag."

„Eben! Der Mann ist eigentlich viel zu emotional für seine Position. Aber das kann uns einerlei sein."

„Mir ist das überhaupt nicht egal!"

„Kann dich ja verstehen. Aber er hat sich zum Handlanger machen lassen!"

„Wenn er doch nicht anders konnte?"

„Er hätte! Gerade in seiner Stellung hätte er gekonnt!"

„Dann haßt er mich gar nicht wirklich?"

Theo paffte wie ein Schlot.

„Ja und nein. Er kann es wohl nicht ertragen, daß du außerhalb seiner Einflußsphäre bist. Aber er liebt dich auf seine Weise."

„Reden wir jetzt über Romeike, oder geht es um Treskow?"

„Die Herrin auf Treskow fordert ihr Recht! Diese allgewaltigen Junker waren mir schon immer zuwider!"

Theos scherzhafte Bemerkung gelangte bei der jungen Gutsherrin in den völlig falschen Hals.

„Wie du meinst! Kannst ja gehen! Bin selbst in der Lage, meine Dinge zu regeln!"

Edith nahm ihre Liebste sacht am Arm und sah sie treu an.

„Toni! Mein Gott, Toni, das sollte ein Witz sein."

Die kniff die Augen zusammen und versuchte ein Lächeln.

„Verdammich! Bin schon völlig aus der Fassung!"

„Begreiflich. Kommen wir zurück zum Thema! Deine Mutter will das Gut. Es dir abspenstig zu machen gelingt ihr nicht. Also bleibt ihr als einziger Hebelpunkt Edith. Ihre Vertreibung scheint ihr der letzte Weg, dich zum Weggang zu bewegen, da sie instinktiv und nicht unrichtig vermutet, daß du deiner Angebeteten folgen würdest."

„Hat sie die Rechnung ohne den Wirt gemacht!"

„Ja, dein Dickschädel reichte bis zu dem Zeitpunkt, als du nach Pommern gingst."

Antonia suchte Halt bei ihrer Freundin, und ihr war zum Heulen zumute.

„Wie wahr! Hatte eine verdammt harte Zeit mit ihr, als ich aus Stolp zurückkam."

„Tja, und dann tauchten wir aus Königsberg auf. Deine Frau Mama konnte ihr Spiel nicht mehr offen fortsetzen. Hinzu kommt noch, daß Vater Romeike scheinbar nicht weiter über seinen eigenen Schatten springen kann; am Beispiel der Kohlen leicht zu verstehen. Seine Schwägerin befindet sich nun in der gleichen gefürchteten und gehaßten Lage wie vor ihrem Entschluß, deinen Vater loswerden zu wollen."

Als Rudolf in die Küche kam, war alles Geschirr schon abgeräumt. Man sah ihm bereits an der Frisur und Rasur an, daß er immer noch nicht nüchtern war. Marie stand am großen Schüttstein und spülte mit Karins Hilfe die vom Vorabend verbliebenen Mengen an Porzellan.

„Na, hat der Bettzipfel dir endlich losjelassen?"

„Herrjott, schrei doch nich' so!"

Frau Morin lachte die Köchin an und stellte eine Meißner-Tasse auf den großen Tisch.

„Das Punschrezept mußt du mir verraten!"

Marie nahm die Hände aus dem warmen Wasser und wischte sie an ihrer Schürze ab.

„Wie? Sehen Se sich doch den Buschabau da an!"

„Meinst du seine Frisur?"

„Na, zum Barbutz könnt' er zwar auch mal wieder, aber ich mein' sei'm Zustand. Da Unterjang auf die janze Linie!"

„Ich weiß; mein Kopf ist auch noch nicht so ganz frei von Weihnachtsgeistern."

„Jut, also Wasser mit Zitronenschale aufkochen und denn Weißwein rin. Wenn's denn nach die Zitrone riechen tut, kommt da Rum da rein, un' heiß trinken is' wichtich!"

„Und wie viele Flaschen Wein und Rum hast du uns angedeihen lassen?"

Rasch hatte die Köchin eine Tasse Kaffee für Rudolf eingegossen und stellte sie ihm vor die Nase.

„Jenug, wie Se sehen könn'."

Kaum hatte der Alte den ersten Schluck laut schlürfend getrunken, rannte er aus der Küche.

„Nu' kolkt er wieder auf'm Hof!"

„Der arme Kerl."

„Na, nu' bloß kein Mitleid! Wer saufen kann, kann auch de Foljen aushalten."

Die letzten Teller und Tassen waren auf ein Tablett gestapelt, und Karin trug es unter Maries wachsamem Blick aus der Küche. Als die Lehrerin zurückkam, roch es in der Küche nach angebratenem Speck. Sie sah der beleibten Frau über die Schulter in einen mächtigen Topf.

„Ich bin mir nicht sicher, ob soviel Speck das Richtige ist für die verkaterten Mägen."

„Hier jab's immer de Weihnachtsarfte am ersten Weihnachtstaje, is' so Tradition."

„Speck?"

„Graue Erbsen mit Speck."

Karin zog es die Magengegend zusammen, und sie zuckte mit den Schultern.
„Brauchtum ist manchmal schwer zu durchschauen."
„Ham Se auch 'ne Schwäche an Sitten un' Jebräuche'?"
„Na ja, wie man es nimmt."
Nachdem sie das Gericht fertig angesetzt hatte, drehte sich Marie mit einem träumerischen Gesichtsausdruck um.
„Frieher, da ham wa noch richtich de alte Überlieferung jepflegt. In de Rauchnächte' sin' de Häuser un' Ställe ausjeräuchert wor'n, um de bösen Jeister ze vertrei'm. In die Christnacht ham wa 'ne Axt auf jede Schwellen von die Viehställe jelegt. De Anjestellten, wo de Landwirtschaft jemacht ham, sin' im jedem Viehstall un' im Jarten jegang' un' ham de Tiere' un' Pflanzen de Jeburt des Herrn verkündet."
„Das muß lange her sein."
„Das war noch de letzten Jahre so. Aber nu' ham wa ja kaum noch Viehzeug, un' sowieso hat sich alles so verändert, seit unser gnädijer Herr nich' mehr is'. Wenichstens ham wa unterm Lichtbaum de Lieder jesung' un' sin' in de Kirche jefahren."
„Himmel ja, das war ungeheuer anrührend. Dieser Kinderchor in der Kirche war einfach wunderschön. Auch die Heimfahrt, als wir alle wegen dieses frostig-beißenden Windes zusammenrückten und *Stille Nacht* sangen. Ich werde das nie vergessen!"
„Sehen Se, so schön kann's Brauchtum sein. Muß nich' immer alles so modern sein, mit Musik von die Schallplatten un' so 'ne Sachen. Dem janzen modernen Klumpatsch is' noch unser Unterjang!"
Mit den letzten Worten auf den Lippen griff sich Marie einen kleinen Sack, der in einer Ecke stand, und ging mit ehrfurchtsvollem Gehabe nach draußen. Karin ging ihr neugierig nach und konnte verfolgen, wie die Köchin andächtig in jeden Stall ging und dem Vieh Erbsenstroh unterstreute. Die Hühner und das andere Geflügel bekamen zusätzlich noch Erbsen vor die Schnäbel gestreut.
„Füttert man sonst nicht morgens und abends?"
Maries wulstige Lippen umspielte ein Lächeln, das Karin bei ihr noch nie gesehen hatte.
„Das is' kei'm Futter. Das sin' Weihnachtserbsen!"
„Legen die Hühner davon besser?"
„Weiß man nich'. De Erbsen sollen an de Erbsünde erinnern, de ham wa doch alle auf die Schultern."
Karin war taktvoll genug, ihr Lachen zu unterdrücken.

Als Edith mit zwei Stück Kuchen aus der Vorratskammer kam, hatte sie etwas von einem Dieb an sich, der unerkannt zu entkommen suchte. Sie stellte die beiden Teller auf den großen Küchentisch und wartete, bis Antonia den Kakao fertig gekocht hatte. Glücklich wie kleine Kinder saßen die zwei schließlich dicht nebeneinander und besahen sich Ediths Weihnachtsgeschenk für Antonia. Die junge Treskow hatte beide Backen voll mit Kuchen und Kakao. Sie deutete mit ihrem Zeigefinger auf den wohlgeratenen Plan für ihre zukünftige Reithalle.

„Wäre günstiger, den Eingang von der anderen Seite zu machen."

„Das kann schon sein, aber der Bau erlaubt ein solch großes Tor nur an dieser Seite."

„Wirst bestimmt ein glänzender Architekt!"

Marie stürmte herein und eilte sofort zu dem Topf mit dem brodelnden Erbsenbrei. Völlig durchgefroren kam Karin hinterher und gesellte sich zu den Frauen an den Tisch.

„Aber hallo! Kakao! Könnte da noch ein Schluck für mich übrig sein?"

Edith schob bereitwillig ihre Tasse über den Tisch und grinste.

„Also ich, wenn ich mir die Bemerkung erlauben darf, gehe um diese Jahreszeit nur mit Jacke nach draußen."

„Manchmal bleibt einem keine Zeit für Vernunft."

Ein kleines rotes Lämpchen neben dem Herd signalisierte Marie einen Wunsch der gnädigen Frau. Eilig band die Köchin eine frische Schürze um und verschwand aus der Küche. Sie gab sich mit Theo die Klinke in die Hand. Frau Krauses zerfurchte Stirn spiegelte deutlich den hämmernden Schmerz hinter derselben wider.

„Morgen, Mädels."

„Kakao gefällig?"

„Herrgott, hast du die Absicht, mich umzubringen? Ein Hering oder Fleischbrühe könnten mich wieder in Schwung bringen."

„Wie wäre es mit Speckerbsen?"

„Hast die Absicht, mich zu vergiften?"

Edith besah sich die Ältere mitleidsvoll.

„In der Kanne, da am Rand des Herdes, ist immer Getreidekaffee."

Theo ging zum Schrank, um sich eine Tasse zu holen.

„Endlich jemand, der mir nicht nach dem Leben trachtet."

Marie flog förmlich in die Küche, riß die kleine Tür der an der Wand hängenden Hausapotheke auf und schraubte ein dunkelbraunes Glas auf. Die Tabletten legte sie auf einen eilends aus dem Schrank genommenen Unterteller und hastete davon. Karin schaute derweil auf den ordentlich gezeichneten Grundriß.

„Offenbar gibt es auf Treskow ein Bauvorhaben?"

Edith strich stolz wie ein Pfau den Plan mit beiden Händen glatt.

„Nur einen Umbau."

„Aha, wenn ich diese Zeichnung richtig einschätze, wird es eine Art Scheune."

Antonia schüttelte energisch den Kopf.

„Reithalle! Für die Dressur!"

Gerade wollte Frau Morin etwas sagen, als die Köchin, leicht außer Atem, in den Raum kam.

„Fräuleinche', Ihre' Frau Mutter jeht's jar nich' jut!"

„Kommt vom Saufen."

Marie schaute schuldbewußt auf ihre ausgetretenen Holzschuhe.

„Lauter Leichen. Ich hätt' wohl besser mit 'm Rum jespart!"

Theo nickte kaum merklich, und Antonia stand auf.

„Mußt dir keine Gedanken machen! Jeder muß für sich selbst wissen, wann es genug ist."

Frau Krause schüttelte, soweit es ihr pochender Schädel erlaubte, den Kopf. Die Angestellte war wieder am Herd und rührte mit einem langen Holzlöffel in der Erbsensuppe.

„Da ham Se recht! Aber 'ne Mutter zu de Weihnacht so allein ze lassen, is' auch nich' jerad' de feine Art."

„Himmel, was soll ich denn machen? Ihr die Hand halten, nach alledem, was geschehen ist?"

„De Christzeit is' 'n Aujenblick für de Versöhnung. Unser Herrjott verzeiht uns, un' denn könn' ..."

„Marie, danke, es reicht!"

Karin sah Antonia mit hochgezogenen Augenbrauen an.

„Sie hat vollkommen recht, dein Dickschädel muß nicht immer durch die Wand! Reiche ihr zur Weihnacht die Hand. Es kann doch nur besser werden zwischen euch beiden."

„Wenn ihr anscheinend alle einer Meinung seid, ziehe ich eben los."

Theo war aufgestanden und zur Apotheke gegangen. Sie besah sich das Etikett der Flasche, die Marie vor kurzem aufgeschraubt hatte, und entnahm, ohne zu fragen, drei Aspirin. Als sie sich wieder umdrehte, die sich auflösenden sauer-bitteren Pillen schluckend, stand Antonia an der Tür.

„Toni, warte!" krächzte Frau Krause, die wegen des Medikaments Probleme mit dem Sprechen hatte. Die junge Frau war gerade dabei, ihr offenes Haar mit einer Schleife zu einem Zopf zu binden.

„Hast du dich verschluckt?"

Endlich erlöste der lauwarme Kaffee Theo von ihren Sprechschwierigkeiten.

„Was du vorhast, mag moralisch richtig erscheinen, aber nimm dich bitte in acht!"

„Meine Mutter wird mir schon nicht an die Gurgel springen."
Mehr als sonst zeigten Frau Krauses Augen ihre Konzentration.
„Schlechter Moment, bin noch halb besoffen! Toni, bin mir inzwischen sehr sicher, daß deine Mutter seelisch krank ist. Will mich ganz kurz fassen, kann dir später alles erklären. Sie ist ein Vorzeigemodell manisch-depressiver Zustände und einer Übertragungsneurose!"
„Und wenn schon. Sie ist mindestens noch so betrunken wie du."
Schon war die junge Frau aus der Küche verschwunden. Theo sah ihr resigniert nach.
„Um so schlimmer!"
Edith reckte neugierig den Hals.
„Zustände und Neurosen? Was bedeutet das alles?"
„Kurz oder lang?"
Karin Morin sah ihre Liebste entnervt an.
„Kürzer als kurz!"
„Manisch-depressiv bedeutet, mal himmelhoch jauchzend und mal zu Tode betrübt zu sein. Die erwähnte Neurose ist eine narzistische Störung. Äußert sich in diesem Falle darin, daß Mama ihren Haß, ihre Wut, ihre Enttäuschung und was weiß ich noch alles, die sie gegenüber ihrem verstorbenen Mann entwickelt hat, auf Antonia überträgt."
Ohne daß sie es wollte, entfuhr Edith ein gellender Schrei. Antonia konnte diesen Hilferuf nicht mehr hören. Sie war furchtlos in den von ihrer Mutter seit Monaten okkupierten Salon getreten und hatte zunächst mit Weihnachtsgrüßen und Belanglosigkeiten ihre Zeit vertan. Nachdem sie den hilflosen Zustand ihrer Mutter erkannt hatte, entschloß sie sich, ihr all die Thesen und Vorwürfe, die Theo in den Raum gestellt hatte, zu unterbreiten.
Während Antonias Wortschwall anhielt, hatte Frau Treskow ihre Bibel ergriffen und preßte sie fest vor die Brust.
„Nun, werte Mutter! Was hast du dazu zu sagen?"
Die ältere Frau rang nach Luft und schüttelte mit geistesabwesendem Blick lange den Kopf. Eine Mischung aus grausamer Wut und entsetzlicher Angst kochte in ihr. Doch der vom Alkohol benebelte Kopf war nicht fähig, dies zum Ausdruck zu bringen.
„Lügen! Nichts als Lügen!"
Antonia sah die Unterlippe ihrer Mutter beben, als fröre sie.
„Gut, dann stell richtig! Sag mir die Wahrheit!"
Frau Treskow hatte den unwiderstehlichen Wunsch nach einem Glas Gebrannten. Ihr kam diese Situation wie ein Alptraum vor, den man nur mit einem Sprung aus dem Fenster beenden konnte. Doch dazu fehlte ihr noch der Mut. Mit Blicken, Worten und Gesten drang ihre Tochter weiter in sie. Nun hielt sie es nicht länger aus. Eine fremde Macht schien ihr zu befehlen, zum Fenster zu gehen und es zu öffnen.

„Ich kann nicht mehr!"

Die junge Treskow verzog angewidert das Gesicht, als ihre Mutter die Fensterbank erklomm.

„Was auch immer dich zu deinem Tun treibt, es ist keine Lösung!"

„O doch!"

Antonia verschränkte die Arme vor dem Brustkorb und mußte lachen.

„Hast du ernsthaft vor, aus dem Fenster zu springen?"

„Ihr treibt mich doch in den Tod!"

„Wir?"

„Dein Vater, du und alle hier!"

„Mama, wir sind im Erdgeschoß!"

Die Frau auf der Fensterbank sah nach unten in den glitzernden Schnee. Nadelstiche trafen ihr Hirn, und sie kletterte seufzend zurück in den kleinen Salon. Wie ein gehetztes Tier rannte sie aus dem Raum, stieg die Stufen zum ersten Stock hinauf und ließ sich, nachdem sie die Tür versperrt hatte, atemlos auf ihr Bett fallen. Wie Blitze zuckten Gedankenbruchstücke, Bilder und Stimmen durch ihren Kopf, denen sie sich zu entziehen suchte, indem sie die Augen schloß. Und plötzlich wurde ihr für einen Augenblick klar, was sie getan hatte.

Sie lag eine geraume Weile auf ihrem Bett, um dann aufzustehen und übernervös in ihrem Zimmer auf und ab zu laufen. Sie hatte das Empfinden dafür verloren, wie lange sie in Bewegung gewesen war, als sie sich endlich auf der Bettkante niederließ und beschloß, diesen Raum niemals wieder zu verlassen.

Geschickt wie er war, hatte Matthieu sich aus Stoffresten einen bunten Wams genäht. Wie ein Gockel stolzierte er mit der grellen Jacke in der Küche auf und ab.

„Ist sisch ein' gut' Gruß für die neue Jahr!"

Marie sah ihn grinsend an.

„Macht ihr das so bei euch zu Haus'?"

„Mais non! Für hier ist sisch die passende Kleid!"

„Bunt wie 'n Pfingstochs'! Na, wenn de meinst …"

Frau Krause kam mit Rudolf in den warmen Raum. Matthieu im Blick, warf sie lässig etwas Unförmiges auf den Tisch.

„Karneval ist erst in ein paar Wochen."

Rudolf nahm mit ärgerlicher Miene das Ding, welches Theo so nachlässig behandelt hatte, wieder vom Tisch und hielt es wie ein Küken in der Hand.

„Damit schmeißt man nich' rum!"

Marie zuckte mit den Schultern und ging zurück an ihren Herd.

„Haste wieder 'n Knaller jebaut?"
„Aber jawoll! '45 muß mit 'm Donnerschlach begrüßt wer'n!"
Der Belgier besah sich neugierig Kupinskis Ersatzhand, in welcher der aus Schießpulver und Kartonage gebastelte Böller lag.
„Donerschla'?"
„Mann, de bist jetzt so lang in Deutschland! Wann begreifste endlich, daß wir hier Gs un' Hs ham?"
„Weiß isch!"
„Denn sag Hitler!"
„Non, nischt dies' Nam'!"
„Himmler!"
„Non!"
„Heydrich!"
„Impossible!"
„Sag was, mit G un' H!"
„Wenn die 'immel 'ell is', dann isch geh' nach die Feld."
„Kreuzdonnerwetter! Himmel! Hell!"
„Oui! 'immel! 'ell!"
„Kannste überhaupt atmen?"
„Quoi?"
„Wie?"
„Wie!"
„Leck mich!"
Theo folgte dieser Auseinandersetzung schmunzelnd.
„Laß gut sein, Rudolf! Sonst laß ich dich Königsberg sagen!"
„Na un'? Kenigsberrch!"
„Eben!"
Kupinksi steckte sich mit verständnislosem Blick seinen Stumpen zwischen die Zähne und ließ den Knallkörper in einer der großen Außentaschen seiner Jacke verschwinden.
„Königsberch!"
Matthieu bog sich vor Lachen, ging zu Rudolf und schlug ihm herzlich auf die Schulter.
„'itler!"
„Stiesel!"
„Lcuntous!"
Rudolf fiel beinahe der Zigarrenrest aus dem Mund, so amüsiert war er.
„Siehste! Kannste doch schon!"
„Wir 'abe' Arbeit mit die Schwein'!"
Kupinskis intakte Pranke schmetterte auf die Schulter des jungen Kerls hernieder, und die beiden verließen, wie ein Liebespaar umschlungen, die Küche. Marie schob einen der großen Töpfe auf ihrem Herd herum und schüttelte den Kopf.
„Männer!"

Frau Krause trat lächelnd an die korpulente Frau heran.
„Sind zu nichts nutze."
Die Köchin drehte sich um und hatte angesichts dieser verwegenen Frau das Empfinden, ihre Beine trügen sie nicht länger.
„Darf ich Se, mit Verlaub, Theo nenn'?"
„Aber immer! Darauf Brüderschaft!"
„Se mein' am hellen Tach en Schnaps?"
„Will dich nicht in Verlegenheit bringen. Meinetwegen auch Milch."
„Nee, da drauf jibt's 'n Machandel!"
Die beiden Frauen standen sich gegenüber, die Schnapsgläser in Brusthöhe gehalten.
„Theo."
Die Köchin hatte Mühe mit ihrer Atmung.
„Marie."
Klingend trafen die Gläschen aufeinander, und ihr Inhalt ergoß sich in ausgedörrte Kehlen. Frau Krause schnaufte seelig, während Marie husten mußte. Theo nahm die Köchin sanft am Arm und schürzte die Lippen.
„Auf Brüderschaft."
Marie schwanden die Sinne, und sie schob die Grauhaarige schroff von sich.
„Nich' hier in de Küche!"
„Komm, was ist denn schon dabei?"
Die Lippen der beiden Frauen trafen sich, und ein Pfeifen, wie es sonst Bauernburschen Mägden angedeihen lassen, durchdrang die Küche.
„Wenn das Karin erfährt ..."
Der Köchin schoß das Blut in die Wangen, und sie beeilte sich, an ihren Herd zu kommen. Theo zeigte völlig gelassen mit dem Schnapsglas auf Antonia.
„Brüderschaft zum Jahresende. Was ist schon dabei?"
„Wenn meine Frau Mama wüßte, was sich hier in der Küche so tut, träfe sie glatt der Schlag! Verbrüderung mit dem Personal! Na, Marie, wie war das mit dem Untergang?"
Die Köchin wäre am liebsten vor der Kochstelle im Boden versunken.
„Sin' Se nich' arg mit mir!"
„Teufel, warum sollte ich? Meinetwegen könnten wir alle Brüderschaft trinken, nur der Gedanke, Eberhardt küssen zu müssen, läßt mich davon Abstand nehmen."
Theo stellte ihr Gläschen auf die Anrichte und grinste.
„Vermute, von Matthieu ginge da mehr Gefahr aus, der frißt dich doch schon alleine mit den Augen auf!"
„Wie dem auch sei. Habe nichts gesehen. Wollte eigentlich nur fragen, wann es Essen gibt."

„'ne Stunde wer'n Se sich schon noch jedulden missen."

„Prächtig! Falls etwas sein sollte, ich bin drüben im Jungbullenstall."

Frau Krause sah die junge Frau neugierig an.

„Gibt es da etwas Besonderes?"

„Bespreche mit Edith den Umbau. Im neuen Jahr soll es losgehen."

„Warte, ich ziehe mir nur meine Jacke über!"

Marie meinte die Blicke der jungen Herrin spüren zu können. Zögerlich drehte sie sich um und starrte auf den Boden.

„Se denken doch nich' ..."

„Wie sagst du immer: Ich sehe nichts, und gehört habe ich auch nichts!"

„Se missen nich' mein' ..."

Theo kam wie ein Wirbelwind in den überheizten Raum.

„Los, zu neuen Taten!"

Mit gleichmäßig großen Schritten gingen die beiden über den Hof zum Stall, wo Edith schon wartete.

„Mein Gott, Toni, hast du deine Socken nicht gefunden? Ich bin schon ganz taubgefroren!"

Antonia lachte laut, und der leere Stall verstärkte den Klang ihrer Stimme.

„Von Liebesszenen kann ich mich nicht einfach so losreißen!"

„Liebesszenen?"

Theo verzog den Mund und sah sich in dem Gebäude um.

„Also, was soll das hier werden?"

Die junge Treskow stieß sie freundschaftlich an und grinste.

„Reithalle."

Edith fühlte sich angespornt und machte mit beiden Armen ausladende Bewegungen.

„Diese und jene Wand und die ganzen Einstände werden eingerissen. Nur die Mauer da muß wegen der statischen Belastung stehen bleiben. Toni ist damit zwar nicht ganz einverstanden, aber ich werde sie schon noch davon überzeugen, daß ohne diese Wand die große Dachfläche an Stabilität verliert. Der gesamte Zementboden wird dann mit Holzbohlen belegt und ..."

Aus der Küche erklang ein mehrstimmiges Lied. Rudolf stand inmitten des Hofes und schwankte, den Kopf in den Nacken gelegt, wie ein Grashalm im Wind. Sein Blick galt dem bedeckten, völlig schwarzen Himmel. Er bemerkte nicht, wie Theo neben ihn trat und ebenfalls nach oben schaute.

„Was gibt es denn da?"

„Schnee, könnt' sein."

„Komm doch wieder rein. Ist doch viel gemütlicher. Wir singen alte Lieder, und zu trinken gibt es auch noch."

Während er seinen Kopf wieder in die ursprüngliche Lage brachte, schien er das Gleichgewicht vollkommen zu verlieren. Frau Krause umfaßt seine Hüfte, und er sah sie traurig an.

„Da Knaller war 'n Verrecker!"

„Kannst du doch nichts dafür."

„Doch, doch! Hab' de Jacke ausgezojen un' der Stiesel hat sein Bier drieber jekippt! War feucht, 's Pulver!"

„Wer weiß, wieviel Knallerei wir in diesem Jahr hier noch bekommen."

„Se mein' de Russen?"

„Der Krieg steht doch vor unsrer Haustür."

„Se mein' Kenigsberch?"

„Das auch. Ostpreußen wird im Frühjahr wahrscheinlich nicht mehr so friedlich sein wie all die Jahre zuvor."

„De Front steht wie ein Mann! Ruhe is', weil de Iwans wissen, wie man mit 'n Winter umjehen muß. Aber wir wissen's doch auch!"

Theo steckte sich geruhsam eine Zigarette in ihre Spitze und bot dem Alten eine an.

„Ja, Ruhe ist. Ruhe vor dem Sturm."

Er lehnte mit betrunkener Geste die Zigarette ab.

„Teufelszeug! Nur der reine Tabak is' jesund. Papier macht de Lunge krank."

Frau Krause ging schmauchend ein paar Schritte über das vereiste Pflaster. Ihre Gedanken lösten sich, kreisten um die Ereignisse des letzten Jahres und konzentrierten sich auf die letzten Wochen. Sie war nun fest entschlossen, zu ihrem Baum zu gehen, um mit dem vergangenen Jahr abzuschließen. Da waren die privaten Auseinandersetzungen mit ihrer Freundin, die mehr als nötig an Antonia zu hängen schien. Sie hatte Sehnsucht nach dem Stadtleben, und natürlich beschäftigten sie die Vermutungen bezüglich Treskow und vor allem Antonias Mutter, für die sie bisher noch keine handfesten Beweise erbringen konnte.

Rudolf schaute der Frau nach und entschloß sich, den gleichen Weg zu nehmen. So war er auch gleich zur Stelle, als Frau Krause ausrutschte und fiel. Trotz seiner Trunkenheit reichte er ihr gallant seine Hand und half ihr auf.

„Blei'm Se hier, sonst stürzen Se noch mal!"

Sie stand dicht vor Rudolf, wurde plötzlich völlig klar und schob all ihre Gedanken weg.

„Hast recht! Laß uns auf der Bank am Haus zusammen in den Neujahrshimmel schauen!"

Kupinskis unsichere Schritte ließen sie noch wacher und aufmerksamer werden. Er meinte, sie zu geleiten, doch tatsächlich stützte sie ihn. Bei der Bank am Haus angekommen, schob sie ihn auf die Sitzfläche, lächelte ihn an und lief in die Küche. Vom Tisch nahm sie sich rasch zwei Gläser und ergatterte eine volle Schnapsflasche, mit der sie neben dem Alten in der Kälte Platz nahm.

„Was hältst du von Brüderschaft?"

„Mit Ihn'?"

„Warum nicht?"

Er sah ihr ins Gesicht, fand sie nicht unattraktiv und riß seine Mütze vom Kopf.

„Se mein', so richtich?"

„Natürlich!"

Rudolf ließ sich nicht lange bitten, und sie goß ein.

„Theo, eigentlich Theodora!"

„Rudolf."

Das Ritual nahm seinen Lauf und gipfelte in einem Kuß auf die Lippen. Frau Krause hatte völlig andere Gedanken, goß ihm erneut sein Glas voll und nickte ihm zu.

„Auf dich!"

Es dauerte geraume Zeit, bis er nicht mehr Herr seiner Sinne war. Theo unterstützte dies durch fortwährendes Einschenken und war angesichts der sich leerenden Flasche ein wenig verzweifelt darüber, wieviel der Mann vertragen konnte. Doch ihre Trinkfestigkeit brachte ihn schließlich dazu, sie als wirkliche Verbündete anzusehen. Völlig besoffen legte er sein dünn behaartes Haupt auf ihre Schulter und seufzte.

„Du bist mir 'n Weib!"

„Na, du bist aber auch ein Kerl!"

„Mit dir kann man Pferde klauen."

Sie ahnte, daß nun der Zeitpunkt gekommen war, wo der Schnaps seine Zunge löste.

„Ist schon schwer geworden, hier auf dem Gut, seit der Herr tot ist?"

„Wie man's nimm'. Es Fräulein is' bliss… blitzgescheit un' macht all …"

„Aber ihr Vater hätte doch bestimmt einiges anders gemacht?"

Er machte es sich mehr und mehr an ihrer Schulter bequem, und sie hatte schon die Befürchtung, daß er einschlafen könnte. So schob sie ihn in eine aufrechte Sitzposition und sah ihn aufmerksam an.

„Dein Herr, der Treskow, wie war er denn so?"

„Juter Mann!"

„Und?"

„Na, nu', hat so seine eijenen Sachen jehabt."

„Die Politik?"

Sich straffend, saß er plötzlich kerzengerade auf der Bank.

„Se mein' de Feff… Treffen mit seine' Kameraden?"
„Genau."
„Ho, der Mann war 'n jeriss'ner Hund! Immer korrekt, aber jerissen. Natürlich sin' wa mit 'm Wajen auch zu seine Politikfreunde jefahren. Da konnt' ich in Lebenzi… Nebenzimmer sitzen un' hab' Kaffee jekriegt. Aber da sin' wa nich' immer hinjefahren."
„Aha! Wo wart ihr denn sonst noch?"
Er schien zu zögern, was sie dazu bewegte, sein Glas erneut mit Schnaps zu füllen. Es waren die letzten Tropfen. Er nahm es nickend an und trank mit der gleichen Geschwindigkeit wie zuvor.
„Weißte, was 'n Bordell is'?"
„Bezahlte Liebe, ja."
„Herrenzirkel, sachte er zu seine' Frau dazu. Treffen mit 'n Herrn Schoenhals sollte ich sachen, wenn ma' mir jefragt hätt'. Un' wir sin' los, immer in de gleiche Absteije. Mann, Theo, ich sach' dir! Fraun von alle' Kaliber! Manchmal hab' ich auch meinen Spaß jehabt, der Herr hat's bezahlt. Aber später dann mußt' ich immer zerick zum Jut un' ihn denn wieder abholen. Der Herr sachte, wär' sicherer."
„Wie lange ging die Freude denn?"
„Mür … für mir?"
„Nee, für deinen Herrn?"
Er nahm ihr die Flasche aus der Hand und besah sie sich lange.
„Nuscht mehr da."
„Kann noch etwas holen."
„Würs… würdste für mir tun?"
„Herrgott, wir sin' doch jetzt Brüder."
Er drehte seinen Kopf und sah ihr aus geringem Abstand ins Gesicht.
„Brü'er! Denn kannste auch de janze Jeschichte heren!"
„Nur zu."
„De janze Sache is' aufjeflojen. Da Herr Ortsgruppenleiter hat 'm Laden durchsuchen lassen, wejen Wehrkraftzersetzung un' so. Den Herrn hat er sozesachen von de Nutte runterjeholt."
„Aha, Romeike! Und dann?"
„Nuscht."
„Wie?"
Rudolf fiel nach vorn, und sein Oberkörper lag auf den Schenkeln. Er schluckte kurz und erbrach sich dann geräuschvoll. Mit dem Handrücken wischte er sich fahrig über den Mund und klappte wie ein Taschenmesser wieder nach oben.
„Nu' isses raus!"
„Wolltest mir noch etwas sagen."
„De gnä' Frau hat's denn erfahren."
„Von dir?"

„Nee, un' nich' wenn se mir Jeld jeboten hätt', hätt' ich 'n Alten verraten. Is' doch Ehrensache!"

„Romeike! Klar wie Brühe."

„De gnä' Frau hat wohl so 'ne Sache jeahnt. Ich mein', mit 'ne Liebschaft, de Marie hat mal was anjedeutet. Aber 'n Puff, das hat se irjendwie aus de Bahn jebracht."

„Sie wußte es also ganz genau."

Er kratzte sich lange am Kopf und nickte dann.

„Paar Taje später hat se anspann' lassen. Hat mir jesagt, wo's hinjeht, un' ich hab' gleich jewußt, das kann nich' jutjehen. Der Romeike hat schon vorm Frauenhaus uff uns jewartet. Hat jeregnet, da bin ich mit rein. Dem fetten Kerl hat's richtig Spaß jemacht, die arme Frau das Elasi... Ebalisi..."

„Etablissement."

„Jenau! Er war im Jesicht wie 'n Schulbub. Immer hat er so mit de Arme jewackelt und jelacht hat er. Ich sach's dir, da is sojar mir janz blümerant jeworden."

„War da noch Betrieb?"

„Nee, alles zu. De Frauen sin' weg un' ab im Lajer! De arme Gnädige hat irjendwann janz komisch aus de Wäsche jeschaut, bei all das rote Plüsch un's rote Licht un' de Bilder an de Wand mit nackende Fraun mit rotjeschminkte Münder!"

„Und Romeike?"

„Der hat se 'nen Aujenblick allein jelassen un' is' mit so 'n Stück Unterwäsche wiederjekomm'. Wie 'n Fähnchen hat er 'n Schlüpfer jeschwenkt, als ob er nich' alle auf die Reihe hätt'."

„Hat Frau Treskow irgend etwas gesagt?"

„Se hat janz komisch jeguckt und denn jelacht. Nich' wie wir so über 'm Witz lachen tun, nee, so wie damals de Agnes jelacht hat, als ihre Mutter im Kindbette jestor'm is'."

„Irre?"

„De Agnes? Nee, de is' nu' Nonne."

„Nein, das Lachen?"

„Weiß nich', e'm janz merkwürdich!"

„Sonst hat sie nichts gesagt?"

„Auf die Heimfahrt hat se de janze Zeit so still in sich rin erzählt. Das einzije, was ich heren konnt', war immer wieder: rot."

Ohne anzuklopfen, kam die Pawelcke in das Büro des Ortsgruppenleiters von Schloßwalde.

„Die Männer sin' angetreten!"

Romeike haßte Kälte mehr noch als schlechtes Essen oder billigen Schnaps. Er zögerte, seinen dick mit Fell gefütterten Mantel überzuziehen, doch Erich Koch, der wie alle anderen Gauleiter nach dem 20. Juli 1944 zum Reichsverteidigungskommissar ernannt worden war, hatte persönlich bei ihm angerufen, um ihm seine Beschlüsse mitzuteilen. So konnte Romeike nicht anders und mußte zu den Männern hinaus auf den Hof. Den Frost möglichst lange meidend, nahm er nicht den Weg über die Vordertreppe, sondern wählte den Dienstbotenausgang. Vor ihm stand ein trauriger Haufen alter Männer, denen die Kälte anzusehen war. Sogar der inzwischen reichlich hinfällige Eberhardt Plotnitz trat auf dem Hof des Parteileiters von einem kalten Fuß auf den anderen. Sein Kumpel Rudolf stieß ihn an.

„Mensch, de siehst aus wie 'm Mädel, das aufs Klo muß!"

Romeike knöpfte seinen schweren Mantel zu und erhob die Stimme.

„Kerls, ihr seid jetzt Volkssturmmänner! Ihr habt die Ehre, mit der Wehrmacht und allen anderen Kräften unser geliebtes Deutschland verteidigen zu dürfen. Unser über alles geschätzter Führer hat dies beschlossen, und unser Gauleiter hat mir persönlich den Auftrag erteilt, euch für eure ehrenhafte Aufgabe anzuweisen und einzuteilen."

Einige der alten Männer hatten trotz kältesteifer Knochen korrekte Haltung angenommen und warfen sich in die Brust.

„Jawoll, Ortsgruppenleiter!"

Die anderen standen mehr oder weniger hilflos herum und hofften, daß dies Schauspiel bald ein Ende nähme. Romeike ging zu einem der strammstehenden Männer und legte, wie er es auf einem Zeitungsbild von Hitler gesehen hatte, seine Hand auf dessen Schulter. Der Alte vergaß schlagartig seine Gebrechen und stand regungslos. Ediths Vater besah sich die Orden auf der Brust des Erste-Weltkrieg-Teilnehmers und nickte anerkennend.

„Nicht schlecht. Welcher Dienstgrad?"

„Oberleutnant!"

„Name?"

„Dangeleit!"

„Kriegsverdienstkreuz zweiter Klasse und dazu noch das Infanteriesturmabzeichen, aha!"

„Jawoll, Ortsgruppenleiter. Mit Verlaub, sechs Verwundungen, einmal Gas!"

„Tapfer, solche Männer brauchen wir!"

Romeike machte ein paar Schritte rückwärts und besah sich den Rest seiner Truppe.

„Vorerst könnt ihr weiter bequem stehen! Ich will euch kurz sagen, was ihr zu tun habt. Ihr Volkssturmmänner sollt die Befestigungen, die unser Gauleiter während des Sommers hat errichten lassen, besetzen. Das wird ein hartes Stück Arbeit werden, aber ihr müßt immer daran denken, es geschieht für unseren Führer und unser Volk!"

Er winkte einen heraus, flüsterte ihm etwas ins Ohr, und der zwang seine alten Beine im Laufschritt zum Schuppen. Von dort kam er mit Pröck zurück, der die letzte Nacht damit verbracht hatte, Gewehre zu reinigen und auf ihre Tauglichkeit zu überprüfen. Jeder trug einige Kriegswerkzeuge im Arm. Ordentlich zusammengestellt, wurden die Waffen auf dem Hof präsentiert. Der Ortsgruppenleiter schrie nun mehr, als daß er sprach; schließlich tat Hitler nichts anderes, um die Massen zu begeistern.

„Ihr seid nicht irgendeine Truppe! Ihr seid unser ostpreußischer Beitrag für den zweiten Großeinsatz unseres Volkes, den es nun zu vollziehen gilt. Unser Führer Adolf Hitler sagt, daß es gelingen muß und wird, den Vernichtungswillen der Feinde zu brechen, sie wieder zurückzuwerfen und so lange vom Reich abzuhalten, bis die Zukunft Deutschlands, seiner Verbündeten und damit auch Europas gewährleistet ist. Er fordert den totalen Einsatz aller deutschen Menschen, und wir als Ostpreußen wollen da nicht zurückstehen!"

„De wollen uns als Kanonenfutter."

Rudolfs Kumpan vom Gut Treskow hatte instiktiv den rechten Arm nach oben gereckt und zischte ihn an.

„Is' nu' unsere Aufjabe, jutzemachen, was de jungen Schnösel verbockt ham!"

„Du bist doch meschugge!"

Neben Kupinski stand ein trotz seines hohen Alters baumlanger Kerl und sah ihn verbittert an.

„Wohl Judenfreund?"

„Nee, wieso sollte ich?"

„Meschugge, is' 'n Judenwort!"

Rudolf kam nicht dazu, etwas zu antworten, denn Romeikes Stimme dröhnte, sich hysterisch überschlagend, erneut durch die kalte Luft.

„Aufstellung! In Zweierreihe!"

Frau Pawelcke stand trotz des Frostes nur in Bluse und Rock neben ihrem Chef und hielt einen offenen Karton in den Händen. Romeike erhob wieder seine Stimme.

„Reihe eins, rantreten!"

Die Männer tippelten mehr, als daß sie marschierten, und dem ersten wurde die Armbinde gegeben, welche jeder Volkssturmmann zu tragen hatte. Der schwarze Stoffstreifen, dessen korrektes Anlegen am linken Oberarm Romeike persönlich überwachte, trug die Aufschrift „Deutscher Volkssturm – Wehrmacht". Vor und hinter dem Schriftzug war der Reichsadler mit dem Hakenkreuz in den Fängen abgebildet. Es gab auch einfache weiße Stoffstücke, die schwarz bedruckt waren und als Zeichen der Echtheit den Stempel des Parteileiters trugen.

„Und im Laufschritt marsch!"

Die Alten schleppten sich, möglichst in der Reihe bleibend, über das gefrorene Pflaster.

„Links kehrt! Und halt!"

Keuchen und murmeln war zu hören.

„Ruhe im Glied! Antreten! Und einzeln rantreten!"

Diesmal wurde jedem feierlich sein Soldbuch, welches zugleich als Personalausweis diente, in die Hand gedrückt.

„Ohne Tritt, marsch! Halt! Und rechts um! Aufstellen zum Durchzählen!"

So stand ein zusammengewürfelter Haufen alter Männer in klirrender Kälte, und morsche Knochen übten sich in militärisch korrekter Haltung. Dem Ortsgruppenleiter gefiel inzwischen trotz eisiger Temperaturen sein Tun. Er ließ die Alten marschieren, Haltung annehmen und wieder marschieren. Schließlich schienen ihm einige als Zugführer und Gruppenführer geeignet zu sein. In Marschallsart winkte er sie heraus und tat ihre von nun an geltende Befehlsgewalt mit lauter Stimme kund.

Die wenigen Waffen kamen zur Verteilung, und dann mußten die alten Männer nach Romeikes Kommandos mal schneller, mal langsamer weiter auf und ab marschieren. Endlich gab er sich mit dem Ergebnis des Exerzierens zufrieden und ließ den zuvor mit starken Worten in seine Ehrenpflicht als Kompanieführer eingesetzten, hochdekorierten Dangeleit die Stahlhelme ausgeben.

Am Vortag hatten ein paar Pimpfe auf jeden der Helme die Kodierung der Einheit in weißer Farbe pinseln müssen. Zackig führte der Kompanieführer das Aufsetzen des Helmes vor, auf dem 25/45/1 stand. Nach einem kurzen Gespräch mit Romeike ließ er die greisen Männer strammstehen und brüllte überlaut die Bedeutung der Zahlen in die Winterluft.

„25, unser Gau Ostpreußen, Volkssturmbataillon 45, 1. Kompanie! Rührt euch!"

Knirschend bewegten sich gichtgeplagte Füße auf dem gefrorenen Schnee.

„Noch Fragen?"

Ohne Aufforderung trat einer aus der Reihe, steckte seine kalten Hände tief in die Hosentaschen und stand krumm wie eine alte Weide.

„Was is' mit de Uniformen?"

Dangeleit sprang förmlich auf den Mann zu.

„Ruhe! Zurück ins Glied!"

Der gebeugte Kerl schlurfte zurück an seinen Platz, und der Kompanieführer ergoß eine lange Rede hinsichtlich Meldung und Verhalten gegenüber Vorgesetzten über die Frierenden. Rudolf hatte das Gefühl, als fröre der Eisenhut auf seinem Schädel fest.

Man übte schier endlos Grüßen und Meldung machen. Inzwischen ebenfalls reichlich fußkalt, machte Romeike dem nun ein rasches Ende.

„Herhören! Der Volkssturmmann hat selbst für seine Ausrüstung zu sorgen. Uniformjacken, soweit verfügbar, bekommt ihr demnächst!"

Karin schlug immer wieder die Handflächen aneinander und ging stocksteif im Zimmer auf und ab.

„Das kann doch nicht angehen! Solche Vorwürfe, und sie sagt keinen Ton dazu!"

Theo lümmelte rauchend in einem Sessel, ihre dickbestrumpften Fußsohlen an den Kachelofen gepreßt.

„Ist eben so."

„Diese Person hat ihren Mann auf dem Gewissen. Seit Tagen wissen wir davon, und dir fällt nicht mehr ein?"

„Was willst du machen? Ein Geständnis aus ihr herausprügeln?"

„Die Polizei verständigen!"

„Was soll das? Bist doch sonst so weitblickend! Man kann sie anzeigen, ja. Aber wenn sie weiter schweigt, vielleicht sogar von ihrem Recht der Aussageverweigerung Gebrauch macht, steht Aussage gegen Aussage. Spätestens dann wird sie Romeike einschalten, und meinst du wirklich, der belastet sich selbst? Der gibt Frau Treskow das beste Leumundszeugnis, und damit hat sich die Geschichte für sie. Und wir? Wir haben dann wahrscheinlich nicht nur die Polizei am Hals!"

„Damit hätte diese Frau schließlich, was sie wollte."

Theo zog lässig an ihrer Zigarettenspitze.

„Wenn die Frau Schach spielte, hätte sie gute Aussichten, es zum Großmeister zu bringen. Jeder ihrer Züge ist bestens abgesichert."

„Mein Gott, ich wünschte, ich wüßte von all dem Schrecklichen nichts!"

„Glaube ich dir! Was meinst du, wie es deinem Augenstern jetzt dabei geht?"

„Wem?"

„Na, Toni!"

„Was?"

„Meinst du, ich bin blind? Wenn Edith nicht wäre, dann ..."

„Du hast doch nicht mehr alle beieinander!"

„Dann erkläre dich! Warum rennst du dauernd in diesen kalten, zugigen Stall, schleppst Steine und schwärmst mit ihr vom Dressurreiten? Kannst dich doch gerade mal so auf einem Gaul halten."

Die Tür ging auf, Edith kam herein und schreckte zusammen.

„Oh, ich störe wohl?"
„Ja!"
„Nein!"
Die junge Frau sah zwischen den beiden Streithähnen hin und her.
„Ich kann nur ahnen, warum ihr euch in den Haaren habt. Nur, bitte, vergeßt doch den Zwist, wir gehen bitteren Zeiten entgegen. Außer Matthieu ist kein Mann mehr auf dem Hof. Könnt ihr euch vorstellen, was im Frühjahr auf uns zukommt, wenn es so weitergeht?"
Theo stand auf, durchquerte betont gelassen den Raum und warf den Rest ihrer Zigarette in den Kamin.
„Arbeit, nichts als Arbeit."
Karin starrte angestrengt auf den Parkettboden und schüttelte den Kopf.
„Mädel, du hast ja so recht! Man muß in die Zukunft blicken."
„Ganz genau, und was auch immer ihr auszufechten habt, Streit hat dieser Hof schon genug gesehen!"
„Kompliment! Aus der Nestflüchterin ist eine geworden, die der Welt die Stirn bietet! Keine Ambitionen mehr, wegzulaufen?"
Edith wurde ob dieser Worte einen Hauch rot.
„Deine Einschätzung ehrt mich, aber hier geht es nicht um mich."
Gelangweilt klangen die Worte aus Frau Krauses Mund.
„Es geht um Treskow?"
„Nein, auch das nicht. Es geht um euch!"
Karin nickte versonnen und drehte sich so, daß sie ihre Freundin ansehen konnte.
„Wenn du Marie läßt, dann …"
„Was soll ich denn mit Marie?"
„Dasselbe wie ich mit einer anderen Person!"
„Nebbich! Völlig meschugge!"
Edith konnte nicht anders, als die beiden hemmungslos anzuschreien.
„Wie die Kinder!"
„Aber hallo!"
Drei Köpfe flogen herum und starrten Antonia fassunglos an, die von ihrer Arbeit in der zukünftigen Reithalle schmutzig-staubig war.
„Alle ruhig? Gut! Erzähle euch jetzt einen Scherz vom Führer. Schickt alte Männer ohne Ausrüstung mit ein paar Schippen und Gewehren ins verschneite Ostpreußen, damit sie die Russen aufhalten!"
Edith sah ihre Liebste traurig an.
„Rudolf und Eberhardt sind zurück?"
„Und wie! Bis wir die beiden wieder aufgetaut haben, ist der Krieg bestimmt vorbei."

„Volkssturm."

„Ja."

„Habe schon nicht begriffen, warum Kinder in den Krieg ziehen müssen! Jetzt noch alte Leute, das schlägt dem Faß den Boden aus!"

Die junge Rothaarige hatte Tränen in den Augen.

„Das Faß ist nur leider unsere Heimat!"

„Komischer Vergleich!"

Edith hakte ihre trübselig dreinschauende Freundin unter und suchte Halt an ihr.

„Wenn mein Vater jetzt schon alte Männer im Auftrag des Führers in die Kälte hinausschickt, dann hat, um bei dem Wortspiel zu bleiben, das Faß schon keinen Boden mehr!"

„O ja, dein Papa, der Allmächtige! Darf ich dich daran erinnern, daß er eigentlich bis zum Hals in der Scheiße steckt!"

„Er kann doch nichts für die Befehle!"

„Nein, kann er nicht! Auch nicht, wenn sie aus dem Mund einer seelisch gestörten Frau kommen?"

„Das ist ungerecht!"

Karin pflichtete Edith redegewandt und wortgewaltig bei, während ihre Freundin sich derweil auf die Suche nach ihrem Zigarettenetui machte.

„Fertig?"

„Theo, du bist die Pest!"

„Kann sein. Aber seht ihr nicht ein, daß wir uns …"

Das Klopfen an der Tür ließ alle verstummen. Marie kam herein und nickte freundlich.

„Herrschafte', Essen is' fertich!"

Ein stechend kalter Wind blies den Männern um die Nase, als endlich die Uniformjacken verteilt wurden. Die stammten nicht nur von allen möglichen Waffengattungen und waren noch dazu teils reichlich verschlissen, sie reichten auch nicht aus, um alle einzukleiden. Ein Teil der Männer blieb ganz unmilitärisch in dicker Arbeitskleidung, und so erschien der Trupp noch immer bunt zusammengewürfelt. Die Armbinde war das einzig Verbindende in der Kleidung der armen Kerle, und Dangeleit schüttelte höchst unzufrieden den Kopf.

„Aufstellung!"

Mühsam richtete sich die Mannschaft in einer langen Reihe aus.

„Achtung! Rechts um! Marsch!"

Es ging in die geräumige Garage des Ortsgruppenleiters. Dort waren ein langer Tisch und einige Stühle aufgestellt worden.

„Alle Waffen auf den Tisch!"

Stumm luden die Männer die Gewehre, Flinten und Karabiner, welche sie ein paar Tage zuvor erhalten hatten, auf den Tisch. Dazu gesellten sich noch einige Jagdbüchsen und etliche Pistolen, die aus eigenen oder Gutsbeständen mitgebracht worden waren.

„Männer! Was ist das Gewehr?"

„Die Braut des Soldaten!"

Rudolf nahm seinen Blick nicht von seiner 08, wollte er doch unter keinen Umständen, daß jemand seine Pistole in die Hand nahm. Entsetzt starrte er dem Kompanieführer auf die dürren Finger, als er ausgerechnet seine Waffe vom Tisch griff.

„Gute alte 08-15. Prächtig gepflegtes Stück! Wer ist der Besitzer?"

„Is' meine."

„Ist das eine Meldung, du Hund? Soll ich dir auf'm Hof Liejestütz' machen lassen?"

Rudolf verstand den Seitenhieb sofort, wußte der Kompanieführer doch von seiner fehlenden Hand. Er hatte Dangeleit schon früher nicht leiden mögen, denn er hatte ihm vor Jahr und Tag einmal die Liebste ausgespannt.

„Hör zu, du Kriegsheld, nu' is' jut! Wa sin' hier 'n mächtich alter Haufen, un' nur, weil se dir anno '17 'n paar Orden an de Brust jehängt ham, mußte jetzt nich' uns so schikanieren!"

Ein anderer pflichtete Kupinski heftig nickend bei.

„'n größten Dwatschkopp von de Gejend ham se uns vor de Nase jesetzt!"

„Ruhe!"

Unfrieden machte sich mit lautem Gemurmel Luft.

„Leute, bitte, seid ruhig! Ich steh' mir hier auch nich' zum Vergnüjen de Beine im Bauch. Romeike will's so, un' damit hat's sich!"

„Sehen wa auch so, aber dein Ton tut uns nich' jefallen!"

„Ihr seid, verdammich noch mal, Soldaten! Da kann ich doch nich' tun, als hätt' ich's mit kleine' Kinder!"

Einer der Gruppenführer stellte sich mit Stiefelknallen neben Dangeleit.

„Männer, hier gilt Standrecht! Wer meutert, kommt an die Wand!"

Bedrückende Stille herrschte im Raum. Der Kompanieführer warf lässig die Pistole auf den Tisch und sah Rudolf eisern an.

„Waffe zerlegen, reinigen und zusammenbauen!"

Kupinski beeindruckte so manchen der Umstehenden, wie er in kaum fünf Minuten dem Befehl nachkam. Stolz schob er mit einem satten Geräusch das Magazin in die Pistole.

„Melde gehorsamst, Waffe klar!"

Dangeleit nickte ausdruckslos.

„Habt ihr's jesehen?"

„Jawoll!"

„Alle Waffen zerlegen, reinigen und zusammenbauen!"

Heilloses Durcheinander machte sich auf dem Tisch breit, und Rudolf war froh, seine Pistole fest in der Hand zu halten. Es dauerte und dauerte, bis Dangeleit mit der Faust auf den Tisch schlug.

„Jenug! De Iwans wer'n Hackbraten aus euch machen! Ihr seid langsamer als de Buben von die HJ!"

Die Männer brummelten und suchten die restlichen Teile ihrer Gewehre und Pistolen zusammen. Der Kompanieführer ging um den Tisch.

„Kupinski, noch mal! Mit Erklärung!"

„Wie de meinst. Also, Magazin raus, Verschluß bis zum Anschlag nach hinten ziehen un' durch hochdrücken vom Verschlußhebel offen halten. Patron'lajer un' Magazin nachprüfen. Rohrhaltehebel nach unten, Verschluß 'ne Kleinigkeit zerickziehen. Verschlußhebel ausrasten un' denn mit de Hand nach vorn. Rohr, Schließfeder un' Führung vom Griffstück trenn' un' Schließfederführung rausnehm'. Aufpassen mit de Feder, de muß langsam entspannt wer'n. Rohr rausnehm'. Mit de Stahlbürste reinijen, ölen un' denn wieder zusamm'."

Erst jetzt merkten einige der Männer, daß Kupinski nur eine brauchbare Hand hatte. Um so mehr bewunderten sie, wie er seine Pistole in Windeseile wieder zusammenzusetzen vermochte. Dangeleit lief die Zeit davon, und er beschloß, die Sache mit der Waffenpflege auf später zu verschieben.

„Männer, antreten!"

Minuten später ging es auf Lastwagen hinaus ins Gelände.

Durchgefroren und durchgeschüttelt saßen die alten Männer nebeneinander, als der LKW hielt. Man vermutete eine neuerliche Panne, da die Wagen kaum jünger als die Männer schienen, denn schließlich war alles neue, brauchbare Gerät an der Front.

„Absitzen!"

Eberhardt quälte sich hoch und griff sich mit beiden Händen in den Rücken.

„Nu' jeht das wieder los!"

Die Zeit verrann, während die Alten sich von der Ladefläche mühten.

„Aufstellung!"

Gefrorener Schnee knirschte unter den Stiefeln.

„Trupp eins, da rüber! Zwei, dorthin!"

Dangeleit schrie weiter seine Befehle in die eisige Luft, während Rudolf, nur mit einem Spaten in der Hand, langsam den Weg mit seiner Abteilung nahm. Sie stoppten auf einer rauh verschneiten Fläche, an deren Seite sich eine riesige Schneewehe aufgetürmt hatte.

„Gräben orten un' freiräum'!"

Die alten Männer stapften über den weißen Boden und wußten, daß sie den Rest des Tages die Ehrenpflicht hatten, in Schnee, Eis und beinhart gefrorener Erde zu wühlen. Mit wenig Enthusiasmus folgten sie dem eisernen Befehl und versuchten mit ihrem spärlichen Gerät, die im Sommer von HJlern und Arbeitsmännern gezogenen und teils eingestürzten oder zugefrorenen Panzergräben freizulegen. Nicht, daß die Zwangsverpflichteten harte Arbeit scheuten, das waren sie von ihren Höfen gewohnt. Doch sinnlose Unterfangen wurden im bäuerlichen Betrieb meist umgehend eingestellt, da sonst kostbare Arbeitskraft vergeudet wurde. Doch hier herrschten andere Regeln. Schon seit Anbeginn der Aktion hatte sich stiller Ärger darüber unter den Beteiligten breitgemacht und steigerte sich nun langsam, aber unablässig zu einer Stimmung, die eine Meuterei nicht ausschloß. Einer warf seine Schaufel mit hilfloser Geste in den Schnee.

„Vermaledeiter Scheißdreck! Bei mir ze Haus, da liecht allet still!"

Rudolf schippte, so tief es der Frost erlaubte, und nickte.

„Wa sin' auf'm Jut. Da missen jetzt de Weiber melken un' füttern."

„Is' doch immer gleich, de Herrschaften ruhen sich auf'm Sofakisse' aus, un' wir machen 'n Dreck!"

„Nee, bei uns is' das nich'! Nu' aber 'ne Männerhand, de kann nich' von zwei Weiberarme ersetzt wer'n!"

Einer, der eine Jacke der Luftwaffe anhatte, kam dazu und schob sich zum zigsten Male die viel zu langen Ärmel hoch.

„Reichsverteidigung un' Ehrenpflicht. Da scheiß' ich doch drauf! Wenn unser Führer das hier sehen könnt', denn hätt' der Romeike nuscht mehr zu lachen!"

„Dämlack! Da feine Herr Hitler hat's doch befohlen. Der hockt mit sei'm Arsch in die warme Bude und schiebt Truppen auf de Karte hin un' her!"

Ein Gruppenführer kam zu den Männern und stellte seine Spitzhacke an sein Bein gelehnt ab.

„Mensch, was ihr hier so redet, dafür kann man euch aufhängen! Wir müssen stehen wie ein Mann. Wir sind de Nachhut und gleichzeitig de Pioniere für unsere tapferen Jungs da im Osten!"

„Mit die fuffzehn Knarren un' damit, daß wa Schnee von ei'm Haufe' uff'n andern schippen tun? Da lacht doch de Großmutter!"

„Ihr seht nich' 'n janzen Zusammenhang! De Gräben missen frei sein, wenn de Front verkürzt ..."

„Verkürzt! Scheißdreck mit verkürzt! Vorwärts mit 'm Rückzug! Wenn unsere Wehrmacht hier in die Gräben zu liejen kommt, denn sin' doch de janzen Höfe un' Jüter östlich von hier schon im Dutt! Denn is' Ostpreußen doch nur noch 'n Trümmerfeld!"

„Wir alle müssen eben Opfer bringen. Das ist unsere verdammte Pflicht!"

Rudolf nickte und zuckte mit den Schultern.

„Is' ja alles richtich. Aber wenn's im Frühjahr taun tut, denn is' hier Schlamm. Da jibt's nich' keine Gräben mehr!"

„Noch is' nicht Frühling!"

„Heißt das, da Russ' kommt noch vorher?"

Der Gruppenführer hob seine schwere Hacke an und ging wieder an die Arbeit.

„Verdammt, was weiß ich?"

Die Männer standen weiter beisammen und spekulierten über die Lage. Plötzlich ließ sie eine bellende Stimme zusammenschrecken.

„Ruhe da drüben!"

Dangeleit schritt in Feldmarschallspose auf die Alten zu.

„Wenn ihr nich' gleich eure Schippen nehmt, denn halte ich persönlich hier Standjericht!"

Diese Drohung fuhr den Männern mehr noch als die Kälte in die Knochen, und sie schaufelten nach Leibeskräften den teils zu Eisschollen gefrorenen Schnee aus den Gräben.

Wie ein Tier im Käfig ging Romeike vor seinem Schreibtisch auf und ab. Er war gefangen in einer Situation, die ihn einmal mehr überforderte, und plötzlich beschleunigte sich sein Schritt. Er riß die Tür zur Halle auf, durchquerte sie eilends und verschwand hinter einer anderen Tür. Wie immer in solcher Lage rebellierte seine Verdauung, und er verbrachte geraume Zeit des frühen Tages auf dem Abort. Doch im Gegensatz zu sonst fand er auch dort keine Ruhe. Er kippte, da die Wasserleitung schon seit Tagen eingefroren war, den Inhalt eines Eimers nach. Wie von Furien gehetzt, begab er sich wieder in sein Büro und hoffte auf Anrufe oder ähnlich ablenkende Erscheinungen. Nach weiterem minutenlangem Auf- und Abgehen gönnte er sich, obwohl es noch nicht einmal Zeit zum Frühstück war, einen Schnaps. Der Alkohol befriedete seinen aufgeregten Magen, doch seine desolaten Gedanken konnte diese kleine Menge nicht beruhigen. Er ging zu seinem Schreibtisch und besah sich, langsam seinen Hals kratzend, die Landkarte, auf der er seit Monaten den Frontverlauf eingezeichnet hatte. Eine dicke geschlängelte, handgezeichnete Linie zog sich von der Memel, knapp an Schloßberg vorbei, zur Narew und führte über Pultusk, Warschau, Magnuszew, Pulawy, Sandomierz, Baranow an die Weichsel.

Er war schon lange darüber informiert, daß sich in den frühen Morgenstunden des Vortages die sowjetischen Armeen mit einem überwältigenden Materialeinsatz zum Angriff in Bewegung gesetzt hatten. Nach den letzten telefonischen Informationen hatte er dicke Pfeile auf die Landkarte gemalt, und diese behagten ihm überhaupt nicht. Die Heeresgruppe Mitte sollte Ostpreußen verteidigen; ihr gegenüber stand ein massives Aufgebot der dritten weißrussischen Front.

„Die wollen wohl direkt über Insterburg, Goldap, Königsberg und Kreuzburg an die Ostsee, die dreckigen Schweine!"

Wieder lief er aufgeregt im Zimmer hin und her und hoffte, es käme etwas, das ihn von seiner Verantwortung erlöste.

Doch es kam nichts und niemand, und er traute sich, einen vor vielen Jahren als Provisorium erstellten Plan über die Evakuierung der ostpreußischen Bevölkerung aus einer Schublade zu nehmen. Er war nur vage, denn so weit sollte es ja nie kommen. Deutschland sollte nach Osten wachsen und nicht nach Westen hin kleiner werden.

„Wir müssen weg!"

Er besah sich beide Karten und spürte Hilflosigkeit und Angst. Keine Angst um die noch ahnungslose Bevölkerung, sondern um sich selbst.

„Die vom Reich schicken bestimmt bald einen neuen Räumungsplan, und dann nichts wie weg!" mutmaßte er.

Diese Annahme beruhigte ihn; schließlich hatte er vor kurzem von einem Freund, der beim Oberpräsidium des Reichsverteidigungskommissars arbeitete, gehört, daß es wohl einen gut durchdachten Plan zur Räumung der Provinz gäbe. Darauf wartete er nun händeringend, konnte er als Verantwortlicher die Stadt doch nicht verlassen wie eine Ratte das sinkende Schiff. Er setzte sich und fuhr mit dem rechten Zeigefinger die dicke Frontlinie nach. Da kam endlich eine willkommene Unterbrechung.

„Ortsgruppenleiter, der Dangeleit ist hier."

„Rein mit ihm!"

„Heil Hitler!"

„Heil Hitler."

„Herr Romeike, Se missen sich de Gräben anschauen! So jeht's nich' weiter!"

„Herrgott, Sie haben die volle Befehlsgewalt über Ihre Truppe!"

„Nützt mir nuscht! Hab' mir de Ackerei lange jenuch anjesehn. Wenn Se Ihr'n Befehl von o'm ausjeführt ham wollen, denn muß schweres Jerät ran un' nich' alte Männer mit Schaufeln!"

„Dann kann ich es auch nicht ändern!"

„Kein Bagger?"

„Dangeleit, wenn das Reich Bagger hätte, wären sie schon da!"

„Ortsgruppenleiter, denn missen Se wenichstens de Moral von die Truppe aufbauen helfen! Wenn's so weiterjeht, denn renn' de alten Zausel wech!"

„Nix da! Es gilt Militärrecht!"

„Weiß ich! Denn nehm' Se sogleich Ihre Dienstpistole mit un' tun, was sein muß!"

„Ich? Dafür bin ich nicht zuständig! Das ist Sache der ..."

„Jammern Se doch nich' rum! Se wissen doch besser als ich, wer's Sachen hat!"

Romeike stand ins Gesicht geschrieben, daß er am liebsten verschwunden wäre. Widerwillig schloß er die oberen Knöpfe seines Hemdes und zog seine Jacke über. Der Kommandierende kochte innerlich vor Wut, während er zusehen mußte, in welch behäbigem Tempo der Parteimann seine Uniform zuknöpfte. Romeike haßte den Frost heute noch mehr. Trotzdem schritt er möglichst würdevoll neben Dangeleit her und wies Pröck an, den Wagen zu holen. Der Fahrer brachte schließlich den Mercedes neben dem Lastwagen zum Halten.

Der Ortsgruppenleiter hätte vor Kälte schreien mögen, als er seinen Dienstwagen verließ. Doch es half nichts, er mußte hinaus zu den Gräben. Ein langer Fußmarsch durch teilweise knietiefen Schnee machte ihn noch mißmutiger. Endlich erreichten sie eine Abteilung, die mit Hacken und Schaufeln den knochenhart gefrorenen Boden bearbeitete.

„Achtung!"

Den alten Männern war die Mühsal anzusehen; trotzdem stellten sie sich in ordnungsgemäßer Haltung auf.

„Stillgestanden."

Dangeleit übernahm das Kommando von dem Gruppenführer und sah den Männern in die müden, verschwitzten Gesichter.

„Rührt euch!"

Dann sah er den Ortsgruppenleiter eisern an und machte mit einem Arm eine weitläufige Bewegung.

„Hier sin' überall irjendwo Gräben, die Se ham im Sommer anlejen lassen. Ham Se wenichstens 'nen Plan? De Männer schippen in jeder Rinne längs, un' denn is' da jar nuscht!"

„Mann, wie soll ich denn wissen, wo die Gräben sind? Mir wurde kein Plan abgeliefert!"

„Wir sin' da Volkssturm un' nich' 'ne Pioniereinheit! De Männer hier sollen an die Waffen un' nich' im Schnee gra'm! Ich hab' auch jedacht, de Kerls wollen einfach nich' un' hab' jedroht, jeden erschießen zu lassen, der nich' spurt. Aber hier jibt's nuscht für uns zu tun! 'ne Kampfeinheit is' zum Kämpfen da!"

Romeikes Blick schweifte über die weiße Landschaft.

„Ich mache die Befehle nicht!"

Dangeleit nickte und rieb sich seine dünn behandschuhten Hände.

„Nee, aber Se sin' für de Ausführung verantwortlich! Un' hier is' nuscht mehr auszeführen! Ihre Aufjabe is', das unsern jeschätzten

Erich Koch beizebijen! Da kann man sojar junge Kerls mit mürb machen, un' ich hab' …"

„Schon gut, schon gut! Ich schaue mir das hier an, und dann sehen wir, wie es weitergeht."

Nach wenigen Minuten war auch Romeike klar, daß dies ein hoffnungsloses Unterfangen war. Es war ihm sichtlich unangenehm, den innerlich aufgebrachten Alten einzugestehen, daß sich die Sache mit den Gräben erledigt habe.

„Männer, ihr seid weiter der Rückhalt des Reiches! Das dürft ihr niemals vergessen!"

Romeike stapfte durch die Winterlandschaft und wies Dangeleit an, alle Männer zusammenrufen zu lassen. Rasch versammelten sie sich, in der Hoffnung, es ginge nach Hause.

„Stillgestanden!"

Ediths Vater versuchte in bellendem Ton, eine möglichst feurige Rede zu halten, die bei den durchgefrorenen alten Männern mit verhaltener Freude aufgenommen wurde. Schließlich schickte er sie mit der Auflage nach Hause, sich alle drei Tage bei ihm auf dem Hof zum Appell zu versammeln und ansonsten auf alles zu schießen, das russisch aussah.

Während der Heimfahrt besah er sich seine kurzgeschnittenen Fingernägel, die zwanghaft immer wieder seinem Hals zusetzten. Ihm war überhaupt nicht wohl, einen solchen Entschluß gefaßt zu haben, ohne ihn vorher mit der Obrigkeit abzustimmen. Zumal er wußte, daß die Rote Armee im Raum Tilsit-Ragnit, Schloßberg und auch anderswo ihre militärische Stärke zeigte.

Es war zugig kalt auf dem Speicher des Haupthauses, und draußen herrschte frostige Klarheit. Mattes Winterlicht erhellte den Raum. Unterstützt durch die Segnungen einer Deckenlampe, kramten die beiden jungen Frauen in geöffneten Koffern und Kisten. Antonia erschauderte, denn diese Klänge hatte sie seit langer Zeit nicht mehr vernommen. Ihre Freundin sah sie überrascht an.

„Ein Cello!"

„Meine Mutter."

„Sie spielt ein Instrument?"

„Was soll die Frage? Hörst du doch. Früher hat sie manchmal stundenlang Chopin gespielt. Frag mal Marie danach, die mußte immer weinen bei der Musik."

„Chopin hat meine Mutter auch oft gespielt."

„Ist eben eine musikalische Familie."

„Spielst du auch ein Instrument?"

„Mußte Geige lernen."

„Ach? Ich hätte nun geglaubt, daß du den Flügel im großen Salon zu …"

„Mutter haßt Klaviermusik."

„Na, dann wundert es mich nicht, warum dieses Prachtstück so verstimmt ist."

„Du hast gespielt?"

„Himmel, nein! Nach den ersten Akkorden war es mir unmöglich, weiter die Finger zu bewegen. Es klang zu scheußlich! Aber wo ist deine Geige?"

„Irgendwo auf dem Dachboden!"

„Du magst Geige nicht?"

„Ich wollte, wenn überhaupt, Cello spielen."

„Wie deine Mutter?"

„Blödsinn! Hat doch nichts mit ihr zu tun! Ist nur wegen des wunderbaren Klangs! Violinen schreien, Celli sprechen."

„Wie kannst du das sagen!"

„Was?"

„Daß diese Abneigung nicht mit deiner Mama zusammenhängt?"

„O ja, meine Mutter! Hier ein Geheimnis, und dort Unerklärliches."

„Warum wirst du so wütend? Theo sagt, daß die Mutter-Tochter-Bindung überaus prägend ist."

„Lassen wir meine Mutter, und Theo ist auch nicht allwissend!"

„Was ist los mit dir? Du benimmst dich, als hätte man dir …"

„Finde es einfach unglaublich, daß wir beide Cousinen sind und es nicht wußten!"

Edith hielt ein altes Nachthemd hoch und besah es.

„Ach, Toni, wenn nur die ganzen alten Kleider reden könnten, dann wüßten wir …"

„Auch nicht mehr! Was meinst du, was das für ein Geschrei wäre, hier auf dem Dachboden!"

„Die hätten uns zumindest nichts verheimlicht!"

„Du meinst, wie meine Eltern?"

„Es ist doch merkwürdig, daß sie nie über die Familie sprachen. Als meine Mama noch da war, haben wir schon über Verwandtschaft gesprochen. Sie hat mir Fotografien gezeigt, aber ich war noch so jung und wußte mit den ganzen Gesichtern nichts anzufangen. Hier ein Onkel, da eine Tante, und dann die Kinderbilder."

„War bestimmt auch ein Foto von mir dabei!"

„Toni, wenn ich das bloß noch wüßte, aber ich kann mich nicht erinnern! Meine Mutter war ab dem Frühjahr '39 weg, und das war schwer genug. Ich war ja erst zwölf, und wer weiß da schon, was vorgeht um einen herum."

„Und du hast nie nachgefragt, zum Beispiel bei deinem Vater?"

„Hast du denn …"

Marie kam herein und besah sich die Unordnung.

„Nu', ausjepackt is' schnell, un' wer räumt wieder auf?"

„Machen wir gleich, wenn wir fertig sind."

„Un' nehmen Se nur de wirklich alten Sachen fier de Sammlung!"

„Keine Sorge, wir werden schon nicht die Kleiderschränke plündern!"

Die schwergewichtige Köchin machte sich auf den Weg zurück ins Parterre, in ihre Küche. Etwas atemlos trat sie in den feuchtwarmen Raum und sah Karin und ihre Freundin am Tisch sitzen.

„Na, nuscht zu tun?"

„Wer ist denn der Musikant hier im Hause?"

Marie machte sich sogleich daran, den Teig für die Kartoffelkeilchen fertigzumachen.

„De gnä' Frau."

Theo beugte sich vor und nickte.

„Sehr schwerer Strich."

Karin setzte zu sprechen an, als Matthieu hereinkam. Der Belgier hetzte durch den Raum und hielt seine durchfrorenen Finger über den Herd.

„Une carte postale!"

Marie schob ihn beiseite.

„Laß mir zufrieden mit dei'm Postall! Hab' zu tun!"

Karin sah ihn neugierig an.

„Wer schreibt denn?"

„Poste militaire. Kann nischt lese' die Schrift!"

„Mann, haste verjessen, was zu tun is'? Willste bei de Frauensleut' im Warmen hocken?"

„Mais non! 'abe nur gebracht la poste."

Er war schon wieder auf dem Weg auf den Hof, als ihm Theo etwas nachrief.

„Pardon?"

„Machst du die ganze Arbeit jetzt alleine?"

„Non, nur wenn niemand is' da."

„Und ist gerade jemand da?"

„Non! Excusez-moi, isch muß zu die Schwein'!"

Theo stand auf, griff sich ihre Jacke, die neben ihr auf der Bank lag, und eilte ihm nach. Karin besah sich derweil die einfache Postkarte.

„Marie, sagt dir Sparwein etwas?"

„Herrjott, da Wolfjang!"

„Der ungehobelte Bengel, der Toni an ..."

„Der Bowke is' herzensjut! Was soll er denn machen, so als Bauernjunge? Dem hat niemand jesagt, wie man mit de Fräuleins umjehen muß! Bei die Wehrmacht, da ham se 'n mir verdor'm!"

„Du hängst sehr an ihm?"

„Dummes Zeuch!"

Sie nahm Karin die Karte aus der Hand, und ihre Lippen bewegten sich, während sie die kaum zu entziffernde Sütterlinschrift las. Frau Morin sah, wie sich der Ausdruck in Maries Gesicht veränderte. Tieftraurig warf sie die Karte auf den Tisch, wischte sich mit ihrem Blusenärmel über die feuchte Nase und stellte sich leise schniefend vor den Herd. Karin nahm die Feldpostkarte und stand, trotz jahrelanger Leseerfahrung als Lehrerin, vor einem kleinen Rätsel.

„Menschenskind, ist der Kerl überhaupt zur Schule gegangen?"

„Sechs oder sieben Jahr' Volksschule hat er schon jemacht!"

„Ich kann kaum ein Wort verstehen!"

„Na, nu', er schreibt e'm, wie man's spricht!"

„Insterburg! Na, dann ist er ja nicht mehr weit von zu Hause!"

Marie kam wieder an den Tisch und bat die gepflegte Dame um die Karte. Karin gab sie ihr bereitwillig und konnte die Bewegtheit in der Stimme der Angestellten spüren.

„Ihr Lieben! Hoff das alles sein Gang nehm tut. De Zeite hier wern härter. Hab schon in die Näh von Gumbinnen zwei russische Panzer kampfunfähich jemacht! Bin einfach drauf, hab jewartet bis de stehenbleim und ihrn Deckel aufmachen. Granate entsichert, jezählt un denn rein mim Ei. Dafür hab ich schon zwei Panzervernichtungsabzeichen am rechtm Ärmel. Jedes eins in Silber un wenn ich insjesamt fünf Panzer im Nahkampf ohne dem Jebrauch von Panzerabwehrwaffen erledigen tu, denn jibts Abzeichen in Jold. Es Fräulein soll nich mehr arg sein auf mir, ich tu doch auch nurn Mann sein! Grüße an alle. Eur Wolfjang."

Marie seufzte so, daß es Karin die Tränen in die Augen trieb. Sie stand auf und wollte durch etwas Radiomusik die schwermütige Frau auf andere Gedanken bringen. Der Gesang von Marika Rökk schien die Köchin neue Kraft finden zu lassen. Nach einer Weile sang sie mit gewohnt kräftiger Stimme einen Schlager mit. Sie ließ sich auch nicht stören, als Edith und Antonia mit jeweils einem Arm voll Kleidungsstücken in die Küche kamen.

„Puh, wenn ich die schon singen höre!"

„Wen, Marie?"

„Nein. Magda Schneider!"

Der Gesang aus dem Volksempfänger wurde bald durch Marschmusik unterbrochen.

„Sag an, Marie. Worin sollen wir die milden Gaben denn verstauen?"

„So viel muß doch nich' sein!"

Edith sah sie offen an.

„Doch! Es ist doch für die Männer da draußen, auch für Rudolf und Eberhardt!"

„De ham hier jenuch anzeziehen! Wenn die klagen tun, denn strick' ich den' jeder 'ne lange Unterhose!"

Karin hatte die Goebbelsschnauze lauter gedreht und lauschte dem Wehrmachtsbericht.

„Kinder, seid doch mal still!"

„Kalter Kaffee!"

„Ruhe!"

„Im ostpreußischen Grenzgebiet lag beiderseits der Rominter Heide schweres Artilleriefeuer auf unseren Stellungen. Zahlreiche bataillonsstarke Angriffe der Sowjets wurden abgewiesen ..."

„Wissen wir doch alles schon. Die stehen vor unserer Haustür!"

„Treskow, Ruhe!"

Es herrschte eine merkwürdige Stimmung in der Stadt. Kaum jemand war auf den Straßen. Das Feuerwehrgebäude am Marktplatz diente als Annahmestelle für die Volksopfersammlung. Antonia und Edith banden ihre Pferde am Brunnen auf dem Platz an und schnallten die mitgebrachten Säcke ab. Nur wenige Frauen standen vor dem langen Tisch und gaben ihre Bündel ab. Über dem Tisch, hinter welchem auch Frau Pawelcke Dienst tat, hing eines der üblichen Spruchbänder: *Der Führer erwartet dein Opfer für Wehrmacht und Volkssturm!*

Eine alte Frau stellte einen kleinen Karton auf den Tisch.

„'Hitler."

Die Pawelcke riß den Packen auf.

„Heil Hitler!"

Sie hob jedes Stück daraus in die Luft und sah es abschätzig an.

„Nee, Frau Fischer! Der Führer will Ausrüstungsgegenstände, Kleidungsstücke, un' keine Fetzen!"

Die gebeugte Alte zuckte mit den Schultern und nahm ihre Pappschachtel wieder an sich.

„Hab' doch schon alles abjeliefert. Ham ja selber kaum noch 'n Rock! Was wollen Se denn noch?"

Die Dicke im Uniformmantel warf das Mitgebrachte verächtlich unter den Tisch.

„Das da taugt höchstens noch für de Spinnstoffsammlung!"

„Bitte, denn e'm für die Sammlung."

„Was soll dieser Ton?"

„Herrjott, ihr habt uns doch de letzten zehn Jahr' schon fast de Haare vom Dassel jesammelt. Ich hab' zwei Männer an de Front verloren! Was wollen Se noch, Frau Pawelcke?"

Edith legte ihre Säcke auf den Tisch und nahm die alte Frau sacht am Arm, um sie davon abzubringen, sich um Kopf und Kragen zu reden.

„Muttchen, lassen Sie es gut sein. Sie haben Ihre Pflicht getan und wollen doch keinen Ärger."

Die alte Frau starrte ihr ins Gesicht, und Entsetzen klang in ihrer Stimme.

„Heil Hitler, Fräulein Ortsgruppenleiter!"

Die junge Frau erschrak und sah der davoneilenden Alten nach.

„Himmel, die Arme sah ja aus, als hätte sie den Leibhaftigen vor sich!"

Antonia warf gleichmütig ihren Leinensack auf den Tisch.

„Tja, liebe Edith. Bist eben eine Respektsperson."

Frau Pawelcke riß zackig den rechten Arm nach oben.

„Heil Hitler!"

Die junge Treskow knotete das Säckel auf und kippte den Inhalt auf den Tisch.

„Wieso? Ist er krank?"

Die Dicke schnaufte vor Wut. Edith versuchte sie mit einem ordentlichen Deutschen Gruß zu besänftigen.

„Frau Pawelcke, wie geht es denn so?"

„Fräulein Romeike. Na, machen Se noch einen Abstecher beim Herrn Papa?"

„Ist er zu Hause?"

Die Parteisekretärin packte die Dinge aus den Treskowschen Beständen unbesehen in eine große Kiste.

„Ja, und er wäre bestimmt sehr froh, Sie mal wieder zu Jesicht zu kriegen."

„Mal schauen. Wir müssen noch rüber zu Schmitz."

„Da werden Se heut' kein Glück haben."

Antonia setzte ihre Wollmütze ab und zog die Augenbrauen hoch.

„Geschlossen?"

„Na, wie man's nimmt."

Edith nahm die von der Dicken sorgfältig gefalteten Leinensäcke vom Tisch.

„Wie nimmt man es denn?"

Als sei sie unglaublich beschäftigt, fuhr Frau Pawelcke mit dem linken Zeigefinger über die Namen auf einer Liste.

„Da fragen Se am besten Ihren Herrn Vater."

Antonia war schon zurück bei den Pferden, als Edith nachkam.

„Laß uns kurz hinübergehen zu meinem Vater."

Die junge Treskow tätschelte Arnim den Hals und sah in den grau bewölkten Himmel.

„Wenn der mich sieht, dann ..."

„Laß es uns versuchen, bitte. Ich will wissen, was hier vorgeht. Wenn Schmitz schon nicht mehr hier ist, da muß man doch wissen, was los ist."

„Was wird schon los sein? Der Russe vor der Tür, keine Zuteilung, keine Ausgabe auf Karte!"

„Eben!"

„Gott, Edith, auf die paar Linsen können wir auch verzichten."
„Ja, Treskow nährt sich selbst! Aber was ist mit den Leuten hier?"
„Na gut. Wie du willst."
„Du kommst mit?"
„Muß auf die Pferde aufpassen!"
„Ach, und was ist mit Pröck?"
„Heiliger Bimbam, den habe ich ja ganz vergessen! Nee, Edith, ich warte hier!"
„Was ist denn jetzt passiert?"
„Kann nicht mitkommen!"
„Du hast also doch Furcht vor meinem Vater!"
„Ich? Niemals!"
„Warum stellst du dich dann so an?"
„Wegen Pröck!"
„Der alte Mann! Was soll der von dir wollen?"
„Hat noch etwas gut bei mir."
„Darf ich das Geheimnis erfahren?"
„Damals habe ich doch die Pferde mit ihm bewegt."
Edith fuhr es durch die Glieder; zu gut konnte sie sich an die tiefe Verzweiflung erinnern, die sie empfunden hatte, als ihre Freundin nicht mehr am verabredeten Ort war.
„Das wirst du diesmal schön bleiben lassen! Du kommst nämlich mit rein!"
„Wenn der Mann nicht völlig verkalkt ist, wird das schwer möglich sein."
Antonia erzählte ihrer Liebsten die Geschichte und senkte den Kopf.
„Wußte doch, daß du wahrscheinlich schon wartest. Habe ihm dann für einen schönen Trab zurück zum Haus versprochen, noch mal für einen Ritt zurückzukommen."
Ediths Anspannung löste sich in Gelächter auf.
„Laß mich das machen."
Antonia atmete tief durch, als sie auf Romeikes Hof ankamen. Kein Mensch war weit und breit zu sehen. Edith stieg ab und lief ins Haus. Nach einigen Augenblicken kam sie wieder heraus.
„Du kannst ganz getrost sein, Pröck ist nicht da. Wir stellen die Pferde einfach in die Garage."
„Zu den Benzinkutschen? Nein, da holen sich die Tiere ja eine Vergiftung!"
„Keine Sorge, das einzige Automobil ist unterwegs."
Es war überwarm in Romeikes Büro, und er schien untröstlich, nichts außer Schnaps anbieten zu können. Mehr noch verwirrte ihn die hochgewachsene Dunkelhaarige, die sich partout nicht setzen wollte. Er war ihr lange nicht begegnet und konnte kaum seine Augen von ihr lassen. Sie war kräftig und doch schlank. Ihr klassi-

sches Gesicht mit den ausgeprägten hohen Wangenknochen und den dunklen Augen elektrisierte ihn. Er kannte ihre Mutter nur zu gut, aber er fand keine Ähnlichkeit zwischen den beiden. Allein wie sie dastand, kerzengerade, die Beine schulterbreit, die Hände auf dem Rücken, ihre Reitgerte haltend, ließ ihn innerlich noch verkrampfter werden.

„Nun, Kinder. Wie geht es euch?"

Edith sah, wie seine Hand versuchte, den Kragen zu weiten.

„Vater, was ist mit Schmitz?"

„Na ja, nichts eben."

„Ist es dir unangenehm, daß wir hier sind? Wir können auch wieder gehen."

„Nein, nein! Bleibt, bitte! Ich freue mich, dich zu sehen!"

Antonia trat zwei Schritte vor und schaute ihm hart in die Augen.

„Herr Romeike! Bin es nicht gewohnt, meine Zeit mit Allgemeinplätzen zu verschwenden! Es gibt also keine Zuteilungen mehr?"

Der Ortsgruppenleiter fühlte kalten Schweiß auf der Stirn.

„Darf ich Sie Antonia nennen?"

„Nein!"

Nun begann seine linke Hand unkontrolliert an seinem Hals zu schaben.

„Die Versorgungslage ist zur Zeit kritisch."

„Aha, und weiter?"

„Sie auf Treskow sind doch weitestgehend unabhängig!"

Antonia ging zum Schreibtisch, und ihre Stiefeltritte dröhnten in Romeikes Ohren.

„Natürlich! Kann ich Ihrer Äußerung entnehmen, daß Sie auf einen Dank für die Fuhre Kohle warten?"

Er erkannte den Habitus von Antonias Vater und hatte nur noch einen Wunsch: einen Schnaps.

„Nein, ich erwarte keinen Dank von Ihnen!"

„Gut! Also, was ist?"

„Wie?"

„Herrgott noch mal! Sie sind Parteileiter und zu keiner konkreten Aussage fähig? Was ist? Wenn die Versorgung nicht klappt, was funktioniert dann noch?"

„Ich kann Sie nicht …"

Edith stand auf und ging zu ihrem Vater. Mit einem Klaps auf den Arm löste sie seine Verspannung, und die Hand am Hals hielt inne.

„Vater! Was wir wissen wollen, ist, wie steht es um uns?"

Er setzte sich hinter seinen Schreibtisch und sank in sich zusammen.

„Ich will offen zu euch sein. Die Armeeleitung, so habe ich erfahren, hält die Räumung der Ostprovinzen für dringlich. Aber Koch lehnt das kategorisch ab!"

Antonia nahm die Hände vom Rücken, und ihre Finger spielten mit der Gerte.

„Unser Gauleiter kann das so einfach?"

„Er ist Reichsverteidigungskommissar, wie alle ehemaligen Gauleiter. An ihm geht nichts vorbei!"

„Seit wann?"

„Seit dem entsetzlichen Anschlag auf den Führer!"

Antonia schob sich eine Locke aus dem Gesicht.

„Auch wenn es nichts mehr zu fressen gibt?"

Wortwahl und Tonfall trafen ihn bis ins Mark.

„Sie sind doch unabhängig!"

„Papa, Treskow und die anderen Güter, ja. Aber was ist mit den anderen?"

Er drehte sich um und schmatzte begierig nach einem Schnaps.

„Ich kann es doch nicht ändern!"

„Was?"

„Alles, so wie es ist! Jeder kommt gelaufen und will etwas von mir!"

Antonia wandte sich ab und ging zur Tür.

„Memme!"

„Fräulein Treskow!"

„Ja?"

„Ich habe Befehlen zu folgen!"

„Weiß ich!"

„Ich kann die Lage nicht ändern!"

„Mein Gott, Ihnen ist doch völlig egal, wer Ihnen Befehle erteilt! Das kann auch meine Mutter sein! Sie befolgen doch alles, wahrscheinlich auch, wenn ich Ihnen sagte, Sie sollen aus dem Fenster springen!"

„Nein, Fräulein, so ist das nicht!"

Sie klopfte ärgerlich mit der Reitgerte gegen ihren Stiefelschaft.

„Ach?"

„Ich sage Ihnen jetzt, was ich weiß!"

„Ich warte!"

„Schmitz ist weg! Kein Mensch weiß, wohin! Und wir hier, wir müssen warten. Koch hat befohlen, lediglich das Gebiet etwa zehn Kilometer hinter der Hauptkampflinie von Zivilpersonen räumen zu lassen! Wir müssen Vertrauen haben in unseren Führer; er allein weiß, was zu tun ist!"

Antonia verließ wortlos den Raum, und Edith folgte ihr. Romeike schaute seiner Tochter nach.

„Kind, ich warne dich bestimmt, wenn es wirklich schlimm wird!"

Sie warf die Tür hinter sich zu.

„Das ist aber wohl auch das mindeste!"

Matthieu saß auf einem Stuhl in der Küche, pfiff schräg ein Lied und nähte mit einer dicken Ahle an einer Stiefelnaht. Plötzlich sah er ärgerlich auf und schüttelte den Kopf. Sein Blick galt Eberhardt, der geräuschvoll sein Mittagsnickerchen auf der Bank abhielt.

„Die Mann sägt eine ganz' Wald!"

Rudolf faltete die Zeitung zusammen und nahm seinen durchgekauten Stumpen aus dem Mund.

„Den Seinen jibt's da Herr im Schlaf."

„Pardon?"

„Hier jibt's bald kein Pardon nich' mehr!"

„Sacre! Isch näh' die Stiefel, so schnell isch kann!"

„Quatsch mit de Stiefel! Hier bei uns is' bald da Teufel los!"

„Angriff von die Russ'?"

„Das is' kein Angriff mehr, das is' ... Na, ich weiß nich'!"

„Erzähl!"

„Herrjott, du wirst wohl bald wieder nach dei'm Belgien komm', wenn's so weiterjehen tut!"

„Merveilleux! Et pourqoui?"

Kupinski lutschte an seiner Zigarre und verzog das Gesicht.

„Daß du ma' nich' zufällich dein Französisch verjißt!"

„'tschuldigung! Mais was ist?"

„Na, de roten Brüder machen janz schön was los! De Zeitung hier is' schon paar Taje alt. Aber seit 'm sechzehnten, da stehen de Russen vor Krakau, wahrscheinlich ham se's schon jenomm'. Im Warschau stehen noch vier Bataillone von uns, Majenkranke wahrscheinlich, unterm Befehl vom Festungskommandanten, un' de Landverbindung vom Westen nach Ostpreußen is' abjeschnitten!"

„Bon dieu! Ist sisch ein Katastrophe!"

„Kannste laut sachen! Wenn nich' en Wunder passiert, denn hocken wa hier alle fest!"

Theo kam herein und trug einen Korb Wäsche vor sich her.

„Die Männer beim Verdauen!"

Rudolf grinste und zündete seine kalte Zigarre an.

„Muß auch sein!"

Sie setzte sich und sortierte zerschlissene Sachen aus.

„Und wo waren die Gespräche?"

„Nuscht für Weibsleut'!"

„Ach so, die üblichen Zoten!"

„Nee, Militärisches!"

„Kommt mir wie gerufen! Was hältst du von der Lage? Entkommen gibt es doch jetzt nur noch über das zugefrorene Haff, über die Nehrung nach Westen?"

„Du bist im Bilde!"

„Na, gehört sich doch!"
Matthieu stellte den fertigen Stiefel neben seinen Stuhl.
„Die Deutsch' immer noch wart' auf die Wunder!"
Kupinski blies seinen Qualm quer über den Tisch.
„Ja, da brauchen wa 'n Wunder. Jetzt macht nämlich da Iwan 'n Sack zu!"

Man konnte die Anspannung förmlich greifen. Entgegen ihren Gewohnheiten und Prinzipien rauchte Karin eine von Theos Zigaretten. Die beiden hatten einen langen Spaziergang gemacht und waren übereingekommen, allen möglichst schonend beizubringen, daß sie das Gut verlassen wollten.

Marie trällerte verhalten einen Schlager und wusch das Geschirr ab. Karin und Theo sahen sich immer wieder an, doch keine der beiden fand den Mut zum Sprechen. Edith bereitete dieser Anspannung ein Ende, indem sie das Radio anmachte. Doch statt der erhofften Tanz- oder Operettenmusik erklang blechern der Wehrmachtsbericht.

„Im östlichen Grenzgebiet Ostpreußens scheiterten erneute Durchbruchsversuche der Bolschewisten südlich Gumbinnen. In den Straßen der Stadt selbst wird erbittert gekämpft. Zwischen Insterburg und Tilsit wechselten die feindlichen Angriffe mit unseren Gegenangriffen. Nach erbitterten Kämpfen konnte der Feind in Tilsit eindringen …"

„Edith, bitte schalte das aus!"
Die junge Frau sah Karin schulterzuckend an und würgte die Goebbelsschnauze ab.
„Himmel, ihr schaut drein wie sieben Tage Regenwetter! Ich dachte, etwas Musik …"
„Wir haben etwas mitzuteilen."
„Hoppla, das klingt ja sehr feierlich! Soll ich Toni holen?"
Theo spielte nervös mit ihrem Feuerzeug.
„Wäre gut."
Marie stellte scheppernd einen Teller auf einen Stapel, rieb dann das Küchenhandtuch zwischen ihren Händen und sah Frau Krause offen an.
„Nu' mach' keine Staatsanjelegenheit draus!"
Karin sah die Dicke ärgerlich an, und ihr Ton war schnippisch.
„Ach so, Theo hat mal wieder geplaudert!"
„Nuscht hat se! Das merkt doch 'm Blinder, daß ihr wech wollt!"
Die blendend aussehende Blonde stand auf und ging zu der Angestellten.
„Du wirst uns kaum aufhalten!"
Marie nahm den nächsten Teller aus der Spüle und rieb ihn trocken.

„Ich nich', aba da Stiem!"
„Habt ihr schon euren eigenen Geheimcode?"
Theo schüttelte den Kopf und grinste.
„Nee! Stiem, das ist der Schneesturm da draußen."
Die Küchentür flog auf, und Antonia kam mit großen Schritten herein.
„Was gibt es denn so Wichtiges?"
Edith kam nach, schloß die Tür und setzte sich. Gespannt sah sie Karin an, die ihr schräg gegenüber stand und sich ihres Lehrergesichtsausdrucks befleißigte.
„Herrschaften, die Lage rundherum sieht alles andere als rosig aus. Die Stoßrichtung der Sowjets geht offenbar in Richtung Ostsee."
Antonia mochte weder die Art, wie Frau Morin dreinschaute, noch die Weise, wie sie, leicht auf den Füßen wippend und die Hände hinter dem Rücken verschränkt, dastand.
„Gibt das jetzt eine Heimatkundestunde?"
„Treskow!"
Theo schüttelte den Kopf und sah ihre Liebste ärgerlich an.
„Laß mich machen!"
„Wie du meinst!"
„Fasse mich kurz! Glaube nicht, daß die Wehrmacht hier noch einmal das Ruder herumreißen wird. Haben lange darüber nachgedacht. Beschluß ist, wir werden weggehen."
Edith stiegen Tränen in die Augen, und sie schluckte mehrfach.
„Du meinst … ihr meint, die Lage ist aussichtslos?"
„Kritisch. Für meinen Geschmack zu brenzlig. Habe kein Verlangen, russischen Soldaten in die Hände zu fallen."
„Aber dies ist unsere Heimat!"
„Ja und nein. Wir sind hier nur Gäste. Um offen zu sein: An eurer Stelle würde ich nicht warten, bis die Front zusammengebrochen ist!"
Antonia stand noch breitbeiniger als üblich in der Mitte der weitläufigen Küche, die Fingerspitzen beider Hände aneinandergelegt.
„Gibt es keine Möglichkeit, euch zum Bleiben zu überreden?"
„Kaum. Aber ihr solltet ebenfalls ernsthaft über eine Flucht nachdenken!"
„Flucht, wenn ich das schon höre! Sehe ich aus, als würde ich einfach so wegrennen? Nein! Treskow …"
„Toni!"
„Was?"
Ediths Stimme hatte etwas bedrohlich Trauriges.
„Man hat bisher nichts Gutes gehört über die Russen. Denk doch nur an die Berichte im November, über Nemmersdorf. Die Bolschewiken haben Frauen und Kinder einfach so dahingemetzelt!"

„Glaube schon lange nicht mehr alles, was bekanntgegeben wird! Was sollen die von oben uns denn schon erzählen? Sind doch darauf bedacht, daß wir die Russen hassen. Stell dir vor, was wäre, wenn bekannt würde, die Kerle seien ganz nett? Kein verdammter Mensch würde mehr auf die Rote Armee schießen!"

Theo nickte verhalten.

„Mag sein, daß die Heeresleitung einiges aufbauscht, um die Wehrkraft zu erhalten. Kann aber auch sein, daß dies alles wahr ist. Möchtest du dann den Russen in die Hände fallen?"

Marie stemmte beide Hände in die Hüften.

„Pack is' das! Ham Se de Sache mit 'm Huhn verjessen?"

„Himmel, ja! Das war nicht recht! Aber ein Huhn? Wer weiß, vielleicht hatten die Kerle wirklich einfach nur Hunger!"

„Nee, Fräulein! De sin' von mir aufs beste versorcht worden!"

„Aus dem Schweinetrog?"

„Nu', ich hab's jeden Tach frisch anjesetzt. War allet drin, Kartoffeln, Rüben un' jut gekocht!"

Antonia drehte sich um und starrte den großen Geschirrschrank an.

„Bringt uns alles nicht weiter! Ihr wollt weg, und damit ist gut."

Karin war aufgestanden und legte sanft eine Hand auf Antonias kräftige Schulter.

„Du nimmst das alles zu persönlich! Bitte begreife doch, daß wir nicht gehen wollen, weil es uns hier nicht mehr gefällt! Wir haben einfach nur Angst!"

„Herrgott, wenn jeder wegen seiner Angst wegrennen würde, da wäre ich auch schon lange nicht mehr hier!"

Theo grinste verstohlen und steckte sich eine Zigarette in ihre Spitze.

„Immerhin ein Erfolg! Die scheinbar Unbezwingbare kann endlich von ihren Ängsten sprechen."

„Laß deinen Tiefenblödsinn! Danach steht mir nun überhaupt nicht der Sinn!"

Rudolf kam völlig unbefangen mit Matthieu im Schlepp in die warme Küche. Er blickte kurz durch die Runde, die wie ein Tribunal anmutete.

„Weiberrat?"

Matthieu schloß die Tür zum Hof und schob den alten Mann seitwärts zur Bank. Die versammelten Frauen starrten ihn an, und er kam sich vor wie ein Eindringling.

„Mon dieu, stör' ..."

„Halt's Maul!"

Alle Augen richteten sich auf Antonia, die den armen Kerl so schroff zum Schweigen gebracht hatte. Sie atmete tief durch und rieb sich mit beiden Händen den Nacken.

„Marie, bitte Gläser!"

Kupinski stand zufrieden lächelnd neben der Tür und begann seine dicke Jacke und seine Stiefel auszuziehen.

„Das lob' ich mir!"

Nur der Belgier fühlte sich trotz angekündigtem Schnaps gar nicht wohl. Fast schüchtern schälte er sich aus seiner fellgefütterten Jacke und hängte sie an einen der Haken neben dem Eingang.

„Mesdames! Isch nischt versteh' die Situation!"

Frau Krause stand auf und eilte zu ihm. Unter neugierigen Blicken plauderte sie französisch mit ihm, was schließlich von Rudolf unterbrochen wurde, der Matthieu markig auf die Schulter schlug.

„Nu' is' jut mit dei'm Auswärts! Wa warten auf'n Schnaps!"

Die angespannte Stimmung verflog mit dem ersten Machandel. Nur der plötzliche Abgang Antonias störte die Weinseligkeit ein wenig.

Feuchtfröhlich ging es her, und Theo ließ es sich nicht nehmen, auch noch mit Matthieu Brüderschaft zu trinken. Derweil saßen Edith und Karin ins Gespräch vertieft nebeneinander und redeten über Universitäten, an welchen Frauen Architektur studieren konnten. Selbst Marie schien losgelöst von allem und wagte zu Tanzmusik aus dem Volksempfänger ein paar Schritte mit Rudolf, der sich als geschickter Tänzer erwies.

„Mann, wo hast 'n das jelernt?"

„Herrjott, ich war doch auch mal jung!"

Zunächst glaubten alle in der Küche an eine atmosphärische Störung, die den Klang des Radios verzerrte. Doch als Antonia in die Küche gestürmt kam, merkten alle, daß etwas anderes die laute Musik störte.

„Herrschaften! Meine Mutter scheint den Lärm aus der Küche nicht zu schätzen."

Alle schwiegen, und Marie schaltete sofort den auf volle Lautstärke gedrehten Apparat ab. Schwermütig hing der im Ton teilweise unsaubere Klang des Cellos im Haus. Nachdem alle eine Weile gelauscht hatten, beschloß man stillschweigend, die Gnädige nicht weiter zu reizen.

Die junge Treskow, die sich dem Timbre des Instruments am wenigsten entziehen konnte, beschloß nun, doch ein Teil der feuchtfröhlichen Gesellschaft zu werden.

Alle waren mehr oder minder betrunken, als es spät zu Bett ging. Doch dank Frau Treskow folgte eine unruhige Nacht. Das Cello brachte alle, die im Haupthaus schliefen, schier zur Verzweiflung, bis nach langer Zeit endlich Stille auf Treskow einkehrte.

Es war stockdunkel, als Antonia aufstand und den Kachelofen anfeuerte. Ihr war, als sei sie von Donner wach geworden, doch ein Blick aus dem Fenster zeigte ihr, daß die Wetterlage der Jahreszeit entsprechend friedlich, kalt und einigermaßen klar war. Sie wusch rasch ihr Gesicht, als sie wieder ein dumpfes Grollen hörte. Diesmal wurde auch ihre Freundin davon wach.

„Toni?"

„Bin schon auf."

„Was ist das?"

„Weiß nicht! Klingt wie Geschütze."

Edith räkelte sich unter der Decke und blinzelte, um im Dunkeln etwas zu erkennen.

„Meinst du nicht auch, Theo und Karin haben recht?"

„Ist mir gleich! Heute ist Pferdetag!"

Beinahe gleichzeitig setzte sich Romeike in sein kaltes Auto, und Pröck fuhr an.

Auch dem Ortsgruppenleiter war Nachtschlaf nicht vergönnt gewesen, wußte er doch, daß sich nun das Schicksal Ostpreußens und damit auch das seine entschied. Er wußte, daß, während die vierte Armee alles daransetzte, den sowjetischen Vormarsch an der Südflanke zu verlangsamen, der Gegner in ihrem Rücken zum Frischen Haff nach Norden durchbrach.

Es wurde noch nicht hell, als er auf Treskow ankam. Auf dem Hof, vor dem völlig dunklen Haus, lief er hin und her. Da ging die Tür des Pferdestalls auf, und Antonia kam heraus. Sie war weder darauf gefaßt, ihn hier anzutreffen, noch war sie in der Stimmung, nur ein Wort mit ihm zu wechseln. Sie hatte anderes im Kopf, da Tarantino aus nicht zu klärender Ursache in seiner Box lag und nicht aufstehen wollte.

„Können Sie mir sagen, wo ich meine Tochter finde?"

„Im Bett!"

„Und wo ist das bitte?"

„Geht Sie nichts an!"

„Fräulein, bitte, ich muß mit ihr sprechen."

„Na schön, warten Sie hier. Ich hole sie."

Kurze Zeit später kam die junge Frau wieder aus dem Haus geeilt. Sie hatte ein altertümliches Hörrohr in der Hand, deutete damit auf Ediths Vater und rannte förmlich an ihm vorbei zum Pferdestall.

„Sie kennen sich ja aus. Ihr Fräulein Tochter wartet in der Bibliothek auf Sie!"

„Aber ..."

Die junge Treskow war schon im Stall verschwunden, um dem Hengst den Leib abzuhören. Pröck ließ es sich nicht nehmen, ihr zu folgen, nachdem er Romeike ordentlich um Erlaubnis gefragt hatte.

Zögerlich ging der Ortsgruppenleiter die Treppe hinauf. Trotz der strengen Morgenkälte schwitzte er wie ein Fieberpatient. Diese Hitzewallung war nicht nur dadurch verursacht, daß er eine gewisse Furcht vor dem Gespräch mit seiner Tochter hatte, viel schlimmer war der Gedanke, möglicherweise Sieglinde Treskow, und gar in Ediths Beisein, zu begegnen. Noch bevor er sich dazu durchrang, den letzten Schritt zur Tür zu wagen, öffnete sich der wuchtige Eingang, und Romeike schloß instinktiv die Augen.

„Vater! Hat dir Toni nicht gesagt …"

„Ditchen!"

„Was, bitte, willst du zu so früher Stunde?"

Er rieb sich aufgeregt die Hände.

„In erster Linie dich um Verzeihung bitten."

Edith empfand eine Mischung aus Mitgefühl und Genugtuung.

„Komm doch erst einmal herein."

„Meinst du?"

Sie sah an sich herab und deutete mit einem Kopfnicken an, daß sie für eine Unterhaltung vor der Tür nicht angezogen sei. Er folgte ihr raschen Schrittes in die Bibliothek, wo sie ihm einen Platz zuwies und sich vor das Feuer im Kamin setzte.

„Du möchtest dich also entschuldigen?"

„Kind, ich war in einer außergewöhnlichen Situation."

„Wann?"

„Immer, seitdem der alte Treskow ums Leben kam."

„Dann stimmt es also?"

„Was?"

„Daß du ihn hast umbringen lassen."

„Nein! Ich habe nur einen Befehl weitergeleitet."

„Von wem?"

„Ist das denn noch so wichtig? Ich möchte dir nur versichern, daß …"

„Vater, wer?"

Sein bisher weinerlicher Gesichtsausdruck veränderte sich zu einer seiner Tochter sehr bekannten Miene des Schweigens. So hatte er in ihrer Kindheit oftmals geschaut, wenn ihre Mutter wissen wollte, was er denn nun wieder Wichtiges auswärts zu erledigen habe. Sie ließ ihm seinen Willen, obwohl ihr die Frage nach wie vor auf der Seele brannte.

Umständlich knöpfte er erst seinen Mantel und dann die oberen Knöpfe seines Uniformrocks auf. Seine linke Hand verschwand für einen Augenblick tief unter dem Stoff, und er reichte ihr dann mit einem sonderbaren Ausdruck in den Augen einen prallen Umschlag. Sie nahm das Kuvert an und erkannte, daß es sich um eine stattliche Summe Geldes handelte. Sofort streckte sie ihm den Umschlag wieder entgegen.

„Willst du mich kaufen?"

„Nein! Dies ist sozusagen dein Erbe. Ich nehme an, du kommst schon alleine durch."

„Wie meinst du das?"

„Du möchtest doch sicher nicht mit mir gehen?"

„Vater, trotz deines Versuchs, dich zu entschuldigen, würde ich Treskow nicht verlassen. Für keine Summe der Welt!"

„Das dachte ich mir schon."

„Aha. Wozu dann ..."

Es folgten mehr oder weniger unverständliche Ausführungen über militärische Dinge, die mit Ortsnamen gespickt waren.

„Vater, bitte ..."

Sogleich ergoß sich ein weiterer Wortschwall aus Befehlen und einem Sammelsurium von Dienstgraden und Namen über sie, die sie zum Teil noch nie gehört hatte.

Derweil war Pröcks rechtes Ohr schon ganz rot, als er sich mühsam erhob. Er gab Antonia das Hörrohr.

„Se ham völlich recht, der Hengst hat 'ne Kolik, die sich jewaschen hat! In dem Pferd gurjelt un' brodelt's, wie wenn man Marmelade kocht."

„Teufel, so weit war ich auch schon! Aber woher?"

„Wird sich 'n Magen überladen ham."

„Kann nicht sein!"

„Nu', denn vielleicht Würmer?"

Die junge Treskow ging in die Knie, hob etwas auf und besah sich aufmerksam den Kot des Tieres.

„Keine Würmer! Möglicherweise ein Darmverschluß?"

„Nee, Fräulein, da würd' beim Pferd 's Herz schneller schlagen, schon alleine wejen die Verjiftung. Se wissen doch, daß sich bei Behinderung vom Darmdurchjang beim Pferd gleich Gifte entwickeln tun!"

„Ja, weiß ich. Mann Gottes, an dir ist ein Roßdoktor verlorengegangen!"

„Se schmeicheln mir!"

„Nein! Danach ist mir, verdammt noch mal, gar nicht zumute! Kann eigentlich nur noch am Futter liegen."

„Hm, aber nich' an jiftige' Pflanzen oder Schimmel!"

Sie durchwühlte den halb vollen Futterkorb an der Wand des Einstandes. Mit Tränen in den Augen hielt sie dem Fahrer die Hand hin. Er rieb mit drei Fingern in Antonias kräftiger Handfläche und nickte.

„Zu kurz gehäckselt! Das is' kein Futterstroh!"

Antonia war drauf und dran, dem alten Mann um den Hals zu fallen, wußte sie nun dank seiner Hilfe, daß Tarantino nicht ernstlich krank war. Doch sie kam nicht einmal mehr dazu, ihm zu danken, da der Ortsgruppenleiter nach ihm brüllte. Sie sah ihn davoneilen, und ein Gedanke schnitt ihr wie eine Rasierklinge ins Hirn. Matthieu hatte am Vorabend die Pferde versorgt.

Marie stand pfeifend vor dem Schüttstein und wusch ein Stück graugrünen Pansen. Ein zischender Laut ließ sie aufschauen. Karin Morin stand mit völlig verknittertem Gesicht in der Tür.

„Psst, bitte!"

Marie freute sich insgeheim darüber, daß diese Frau einmal nicht ausschaute wie aus dem Ei gepellt. Das Haar der Blonden lag, obwohl es gekämmt war, mehr oder weniger wirr um ihren Kopf.

„Na, ausjeschlafen?"

Theo Krause, die nun den Raum betrat, sah nur unwesentlich besser aus.

„Morgen, Marie!"

„Herrjott, was 'n mit dir jeschehen?"

Karin war trotz ihres schmerzenden Schädels noch klar und damit bissig genug, der Köchin eine schnippische Antwort zu verpassen.

„Wie immer ganz direkt und vor allem persönlich!"

Theo griff sich mit ihrer kühlen Hand an die Stirn.

„Karin, bitte!"

„War wohl 'n bißchen zeviel?"

Frau Krause setzte sich und nickte, als sei sie nackensteif.

„Wie spät ist es überhaupt?"

„Wenn's recht is', jibt's in 'ne Stunde Mittach."

„Die anderen sind alle schon auf?"

„Was denn sonst? Nur de Frau Treskow hat sich bis jetzt nich' jemeldet."

„Kann ich mir vorstellen!"

„Wie?"

Karin hatte ihren Kopf auf eine Hand gestützt und versuchte der in ihr aufsteigenden Übelkeit Herr zu werden.

„Die Dame hat uns mit ihrem Cello noch bis in den Morgen begleitet!"

„De Mädel ham nuscht davon erzählt! Un' überhaupt, so 'n schönes Instrument, das kann ei'm jar nich' wachhalten. Ich könnt' manchmal heulen, wenn ich se spielen hör'."

„Nach Heulen war mir heute nacht auch! Aber statt in Tränen auszubrechen, haben wir noch eine Flasche Wein getrunken!"

Marie sah Theo lächelnd an.

„Na, denn isses Mittachessen jerade 's Richtige!"

Karin war so überhaupt nicht nach Essen.

„Was, bitte, gibt es denn?"
„Kenigsbercher Fleck!"
„Könnte ich vorher einen Kaffee bekommen?"
Theo war zu Marie hinübergegangen und sah ihr über die Schulter.
„Was ist denn Fleck?"
Die Köchin war zunächst damit beschäftigt, Frau Morin eine Tasse Getreidekaffee einzuschenken.
„Wollen Se Milch?"
„Danke, nein!"
Eilig stellte Marie die Tasse samt Unterteller vor Karin ab und ging zurück zum Herd. Dank Theos Nähe war sie plötzlich ungewohnt unruhig.
„Ich denk', de bist aus Ostpreußen?"
„Wie? Natürlich bin ich von hier."
„Denn kennste 'n Kenigsbercher Fleck nich'?"
„Nee!"
Marie versuchte die Frau anzuschauen, ohne jedoch ihren Blick zu treffen.
„Denn wirste bis zum Essen warten missen."
Die Zeit verging wie im Flug, zumal die beiden Abreisenden noch einige Dinge zu packen hatten. Endlich saßen alle in der Küche versammelt, und zu Karins Verwunderung standen Bier und Schnaps auf dem Mittagstisch, was sonst nie der Fall gewesen war.
„Gesegnete Mahlzeit!"
Frau Morin probierte, was ihr von Marie großzügig auf den Teller geladen wurde.
„Schmeckt sehr gut, aber was ist das?"
Edith grinste in ihren Teller hinein.
„Das ist eigentlich ein Katerfrühstück, aber wenn man Marie heißt, kann man auch ein richtiges Essen daraus machen."
„Und was ist da drin?"
„Das weiß hier doch sojar 'n Mann! Nu', Pansen, Markknochen, Sellerieknollen, Petersilienwurzeln, Zwiebeln, Möhren un' Majoran. Salz, Pfeffer un' Essig nach Justo."
Es hatte ihr zwar geschmeckt, doch die Erwähnung von Kuhmagen war für Frau Morin zuviel. Mit rebellierenden Innereien verließ sie strammen Schrittes die Küche. Die anderen ließen es sich weiter schmecken, vor allem das frischgebackene Brot und natürlich auch das Bier. Man war schon draußen auf dem Hof, als Karin wieder dazukam.
„Na, wa dachten schon, Se blei'm doch noch!"
„Nein, nein, auf gar keinen Fall!"
Edith war sofort bei der Lehrerin und griff sie sichtlich bewegt am Arm.

„Zu und zu schade, daß du weggehst!"
„Man sieht sich bestimmt wieder."
„Meinst du?"
„Dort werden wir sein, wenn alles vorüber ist."
Den Zettel aus Karins Hand in ihren Fingern, konnte Edith nun nicht mehr anders; laut schluchzend umarmte sie die blonde Frau, die die gleichen Gefühle zeigte. Es folgten Minuten des Verabschiedens und Umarmens, bis schließlich Theo und die Köchin einander gegenüberstanden.
„Marie, halte dich tapfer!"
Die Angestellte erinnerte sich an das Gefühl, das sie bei Theos Ankunft gehabt hatte. Nun machte sie, was ihr schon lange ein Bedürfnis war: Sie legte ihre abgearbeiteten Hände auf die Wangen des dank tiefer Stirnfalten so markanten Gesichts.
„Ich wünsch' dir alles Jute!"
Man stand auf dem Hof herum, und es schien, als könne man sich nicht voneinander trennen. Karins Blicke waren bei Antonia und Edith. Rudolf starrte verhohlen Frau Morin an. Matthieu sah Antonia hin und her gehen, und Marie konnte ihre Augen kaum von Theo losreißen. Schließlich trieb die Lehrerin zum Aufbruch. Karin und Theo gingen jeweils mit einem Koffer los, den sie sich mit Matthieus geschickter Hilfe und dicken Schnüren auf den Rücken geschnallt hatten.
„Unser restliches Gepäck holen wir, wenn das alles hier vorüber ist!"
Schon ein paar Schritte entfernt, drehte Theo den Kopf.
„Und, Toni, sei vorsichtig, wenn deine Mutter rot sieht!"
„Werde schon mit ihr fertig werden."
Alle sahen den beiden nach, bis sie außer Sichtweite waren. Die Versammlung auf dem Hof löste sich rasch auf, denn allen war klar, daß sich die Arbeit nicht von alleine machte.
Antonia ging mit großen Schritten hinter Matthieu her, der nun das Ziel ihres Zornes wurde. Mit einem harten Griff an seine Schulter hielt sie ihn auf.
„Was ist mit dem Futterstroh passiert?"
„Rien!"
„Wenn du mir weiter ins Gesicht lügst, lernst du mich noch ganz anders kennen!"
„Isch nischt lügen!"
„Was war gestern mit dem Pferdefutter?"
„War gut, wie immer! Alle Menge' 'ab isch gewoge'. 'afer et Stroh et …"
„Stroh hast du gewogen?"
„Non, mais …"
„Was war los beim Füttern? Hast du wieder eine Freundin im Stall gehabt?"

„Non, non, non!"

„Hör zu, du Hund! Kannst auch gleich deinen Klumpatsch nehmen und den beiden Frauen nachlaufen!"

„Pourqoui?"

„Tarantino!"

Er zuckte gehörig zusammen und gab nach langem Zögern zu, zu wenig Futterstroh geholt und aus Bequemlichkeit dem letzten zu fütternden Pferd etwas von dem Stroh zum Einstreuen untergemischt zu haben. Die junge Treskow war froh darüber, daß er sich nicht weiter dumm stellte. Sie wies ihn kurz zurecht und schlug ihm dann freundschaftlich auf die Schulter.

„Du bleibst!"

Ähnliches klang Frau Pawelcke in den Ohren, während ihr Vorgesetzter es vorzog, mit seiner Geliebten das Weite zu suchen.

Romeike bestieg mit der gertenschlanken Polin den Wagen, und Pröck fuhr los. Die Sekretärin, nach wie vor eine glühende Anhängerin Hitlers, die noch immer an den Endsieg glaubte, schrie hinter dem davonfahrenden Wagen Unzweideutiges her und zog sich in die fahnengeschmückte Halle und an ihren Schreibtisch zurück.

Matthieu schlug mit einem schweren Hammer immer wieder auf Mauerreste im ehemaligen Bullenstall. Antonia arbeitete ebenfalls wie besessen am Umbau der Reithalle. Doch immer, wenn der Belgier den Hammer sinken ließ, um eine Verschnaufpause einzulegen, wurde der jungen Frau ganz mulmig. Man konnte nun zu allen Tages- und Nachtzeiten Kriegslärm hören. Das tiefe Wummern von großkalibrigen Geschützen war inzwischen so nah, daß manchmal in der Küche das Geschirr im Schrank klapperte.

Antonia war innerlich völlig zerrissen. Einerseits konnte und wollte sie sich nicht vorstellen, Treskow zu verlassen, andererseits belebten Maries Horrorgeschichten von russischen Soldaten ihre Phantasie derart, daß sie am liebsten gleich weggelaufen wäre.

Endlich hob Matthieu wieder den Hammer und überdeckte mit regelmäßigen, dumpfen Schlägen den Geschützdonner. Wie beflügelt schippte Antonia Mörtel und Steinreste in die Schubkarre und machte sich mit der Last auf den Weg nach draußen. Sie kippte den Schutt auf einen inzwischen stattlich angewachsenen Haufen und schob die leere Karre zurück zum Stall.

„Fräuleinche'!"

„Was liegt an, Rudolf?"

„Ham Se eijentlich de Pistole vom gnädigen Herrn noch?"

„Nein, warum?"

„Wo is' die denn abjeblieben?"
„Guter Mann, dein Gedächtnis wird auch immer schlechter. Die haben sie doch bei der Durchsuchung im Sommer mitgenommen."
„Ach, jetzt, wo Se's sachen, erinner' ich mir."
Die junge Treskow schippte weiter, und der Alte trat nahe zu ihr.
„Aber de Mauser vom Großvater is' doch noch im Haus?"
„Ja, aber das Ding ist doch noch aus dem vorigen Krieg."
„Hm, wenn se jut im Öl is', denn kann so 'n alter Rückstoßlader heute noch sei'm Dienst tun."
„Kann sein."
„Schießen ham Se ja jelernt?"
„Was soll das? Weißt genau, daß ich schießen und auch treffen kann. Papa hat mich den Umgang mit jeder Waffe im Hause gelehrt, da war ich kaum vierzehn!"
„Nu', ich will nich' unken, aber wir Männer sin' immer auf'm Abruf. Jede Stunde kann's sein, daß wa mit 'm Volkssturm los missen."
„Weiß ich."
„Ham Se schon mal 'ne Pistole zerlegt un' …"
„Rudolf, bitte! Habe zur Zeit anderes zu tun!"
„Kann schon sein, aber es is' doch wichtig!"
Die junge Frau verzog ihr Gesicht.
„Was ist wichtig?"
„Daß Se alles wissen über Waffen! Schießen kann jeder Dumschack, aber 'ne Waffe in Ordnung halten, dazu braucht's was!"
„Grundgütiger, wenn du unbedingt willst, setzen wir uns nach dem Mittag zusammen."
„Un' wenn wa dann schon wech sin'?"
„Kreuzdonnerwetter!"
„Nu', dem Donnerwetter ham wa ja schon jenug!"
Antonia wurde sich nun wieder des Grollens in der Ferne bewußt, und sie sah in den tiefgrauen Himmel.
„Gut, ich hole die Pistole. Treffen uns in der Sattelkammer. Mach Feuer!"
„Wie Se wünschen."
Minuten später saßen die beiden in der Kammer, und Rudolf ließ die junge Frau die Pistole zerlegen. Vor ihr auf dem Tisch lagen die fünf Einzelteile der C 96, und Rudolf erklärte ihr jedes Teil genau.
„Gut, und jetzt?"
„Setzen Se se wieder zusamm'."
„Gut."
Er ließ sie die 9-mm-Pistole nochmals zerlegen, reinigen, ölen und wieder zusammensetzen.
„Willst du mich um den Verstand bringen?"
„Nee, um Jottes willen, nee! Heren Se, es is' lausig kalt. De Pistole muß immer jut im Öl sein, daß se auch macht, was Se von ihr erwar-

ten tun! 'ne schlecht jepflegte Waffe hat schon einige' im Krieg 's Le'm jekostet!"

„Mag sein! Habe nicht vor, an diesem Krieg teilzunehmen!"

„Un' wenn denn so 'n Russ' Ihn' ans Le'm will?"

„Ach, woher denn?"

„Von überall her, e'm!"

Er sah sich in der Pflicht, Antonia mehr noch als es ihr Vater schon getan hatte, in den Gebrauch der Pistole einzuweihen. Er ging mit ihr nach draußen und ließ sie schießen, nicht ohne von ihrer hohen Trefferzahl beeindruckt zu sein. Er zeigte ihr das Nachladen beim Schießen und war schließlich erst zufrieden, als sie mit verbundenen Augen die 96er Mauser auseinandernehmen und wieder zusammensetzen konnte.

„So is' recht! Nu' kann Ihn' nuscht mehr jeschehen!"

Sie besah sich ihre grauschwarzen Finger und lachte.

„Hast mir meine Zeit gestohlen!"

Er ergötzte sich an ihrem Lachen.

„Vielleicht kann's Ihn' helfen in de Not!"

Sie stand auf und ging zur Tür, die Pistole locker in der Hand.

„Gesichert! Darf ich wegtreten, Herr General?"

Als beide die Sattelkammer verließen, winkte Matthieu vom Haupthaus her.

„'ab' gesucht überall nach eusch! Manger, vite!"

Keiner der zum Mittagessen am Tisch Versammelten mochte die Stimme aus dem Radio. Trotzdem hörten sie alle wie gebannt zu, während die immer gleichmütige und doch militärisch klingende Männerstimme die Frontlage beschrieb.

„Im Südwestteil Ostpreußens verstärkte sich besonders im Raum Deutsch-Eylau/Allenstein der Druck der Bolschewisten nach Norden.

Im östlichen Ostpreußen dehnte der Gegner seine Angriffe auch auf den Abschnitt südlich der Rominter Heide aus. Zwischen Filipow und Insterburg wurden alle Durchbruchsversuche des Gegners in harten Kämpfen vereitelt ..."

„Das is' unser Unterjang!"

„Psst, Ruhe!"

„Zwischen Insterburg und dem Kurischen Haff wird mit eingebrochenen Panzerkräften der Sowjets erbittert gekämpft.

In Kurland führten die Bolschewisten zwischen der Küste und der Windau südlich Frauenburg und nordwestlich Doblen zahlreiche Aufklärungsvorstöße, die verlustreich für sie abgewiesen wurden."

Edith stand auf und stellte das Radio leise.

„Davon, daß wir uns das anhören, wird es auch nicht besser!"

Rudolf nickte, lutschte an seinem Stumpen und drehte schließlich die Zigarre zwischen zwei Fingern.

„Was sagt denn der Herr Ortsgruppenleiter?"

„Himmel, woher soll ich das denn wissen!"

Die junge Frau ahnte, daß ihr Vater kaum Manns genug war, bis zum bitteren Ende die Stellung zu halten, doch diese Vermutung wollte sie hier nicht zum Besten geben.

Ein Klirren ließ Frau Pawelcke hochschrecken. Schläfrig sah sie auf den Wecker auf ihrem Nachttisch: Viertel vor zwölf. Sie stand auf, schlüpfte in ihre Filzlatschen und schlurfte in die Küche. Hier vermutete sie die Ursache des Geräusches. Sie knipste das Licht an und sah sich um.

„Peterchen! Na, wo ist denn mein Mutzekaterchen?"

Ihre Katze ließ sich nicht blicken, auch fand die Sekretärin nichts, was den Lärm hätte verursachen können. Müde drehte sie sich um und griff zum Lichtschalter, als es hart an ihre Tür klopfte.

„Pawelcke! Wir wissen, daß Se da sin'!"

Sie wußte nichts mit dem Geschrei vor ihrer Wohnungstür anzufangen. Ohne Eile holte sie ihren Morgenmantel, zog ihn über und öffnete die Tür. Ihr blieb fast das Herz stehen. Im Treppenhaus standen Dutzende von Leuten, die bei ihrem Erscheinen in wildes Brüllen verfielen. Reflexartig schob sie ihre Tür wieder zu, doch ein fester Schuh stand schon dazwischen.

„Wo ist Romeike?"

Sie konnte kaum atmen; irgend etwas schnürte ihr die Kehle zu.

„Weiß ich nicht!"

Eine recht stämmige Frau trat nach vorn und machte Anstalten, Frau Pawelcke an ihrem Bademantel in den Hausflur zu zerren. Eine andere hielt sie zurück.

„Laß man, Lotte. Erst wollen wa doch heren, was de feine Dame ze sachen hat!"

„Ich? Was soll ich denn sagen? Der Herr Ortsgruppenleiter wird im Bett sein!"

„Stellen Se sich nich' dumm! Im Parteihaus is' doch keine Sau mehr! Niemand hat uns aufjemacht!"

Alle ihre Bemühungen, aus diesem Alptraum zu erwachen, mißlangen. So fühlte sie kaum die harten Griffe, die ihre Arme nach vorn zogen. Ihr wurde auch nicht bewußt, daß sie vom aufgebrachten Mob die Treppen hinuntergezerrt wurde. Erst als die frostige Nachtluft sie traf, gab sie es auf, an einen Traum zu glauben.

„Laßt mich sofort los! Ich werde sonst gegen jeden einzelnen von euch ein Verfahren ..."

Ein Schlag traf sie in die Nierengegend.

„Halt's Maul!"

Die aufgebrachten Bürger von Schloßwalde trieben die leicht bekleidete Frau durch die Straßen zum Haus des Ortsgruppenleiters.

Mit Knüffen und Hieben wurde sie die Treppe hinaufgescheucht.

„Aufmachen!"

„Hab' doch keinen Schlüssel, der is bei mir ..."

Ihr wurde übel, als sie zusehen mußte, wie die aufgebrachte Meute die Tür aufbrach und in das Haus stürmte. Von zwei Bauersfrauen wurde sie draußen festgehalten. Schnatternd vor Kälte stand sie da, bis die Horde wieder aus dem Gebäude kam.

„Nuscht! Da drin is' nuscht un' niemand. Unser Joldfasan is' abjehauen!"

Ein dumpfer Donnerschlag ließ alle zusammenzucken. Eine Frau stieß der Pawelcke mit der Faust hart gegen den Brustkorb.

„Na, wo is' er denn? Wo is' de Parteijewalt? Wo is' der, der uns sachen soll, wann wa endlich jehen könn'?"

Die Dicke im Morgenmantel weinte bittere Tränen.

„Weg is' er!"

„Aha! Wie schön für ihm! Un' was is' mit uns, sollen wa warten, bis da Russ' uns aus de Häuser treiben tut?"

Frau Pawelcke straffte sich, wischte die Tränen von der Nase und aus den Augen.

„Leute, ich kann nichts dafür, was Romeike macht oder nicht! Ich konnte ihn nicht zurückhalten! Ich stehe zu unserem Führer Adolf Hitler, zu unserem Reich, das wir gegen alle Anfechtungen verteidigen werden! Und ich verspreche euch, alles zu tun, was in meiner Macht steht!"

Plötzlich reichte ihr eine Frau ihren dicken Mantel.

„Se mein', da Führer haut uns hier wieder raus?"

„Das meine ich nicht, das weiß ich!"

Die Gruppe stand unentschlossen auf der breiten Treppe herum.

„Was könn' Se denn machen?"

„Hört zu, Leute! Ich weiß aus Andeutungen von Romeike, daß es einen Räumungsplan für die gesamte Gegend gibt! Der liegt verschlossen in einem Panzerschrank bei der Kreisleitung in Preußisch Holland. Ich werd' telefonieren und anfragen, was mit dem Plan is'!"

Die Stimmung wendete sich zu Pawelckes Gunsten. Eine Frau wurde angewiesen, zu deren Haus zu laufen und der frierenden Parteiangestellten etwas zum Anziehen zu holen.

Die Dicke zog den Mantel enger um sich und ging rasch zum Telefon. Sie wußte die Nummer des Kreisleiters auswendig.

„Heil Hitler! Verzeihen Sie die späte Störung. Ortsgruppenleiter Romeike wüßte nun langsam gerne, wie es mit der Evakuierung steht! Vor seinem Haus haben sich die Einwohner versammelt!"

Sie wurde weiterverbunden und bekam schließlich zur Antwort, daß der Kreisleiter sich angesichts der vorrückenden Front in der Pflicht sähe, beim Regierungspräsidenten nachzufragen und später zurückzurufen.

„Leute, es kann noch dauern mit den Auskünften!"

Die Zeit verging nur langsam. Immerhin war sie nun wieder korrekt mit weißer Bluse, dunkelblauem Rock und der Uniformjacke bekleidet. Die anderen vertrieben sich die Stunden damit, die Zentralheizung in Betrieb zu setzen und die Vorräte aus der reich bestückten Küche zu genießen, bis endlich das Telefon klingelte.

„Schloßwalde, Ortsgruppenleiter!"

„Romeike, bitte!"

„Verzeihen Sie, der Herr Ortsgruppenleiter hat sich hingelegt. Ich soll die Nachricht notieren."

„Gut, schreiben Sie! Truppen sind zum Gegenangriff übergegangen! Keinerlei Grund zur Aufregung. Gauleiter weist auf Anfrage an, Ruhe zu bewahren! Die Lage ist unter Kontrolle!"

Frau Pawelcke legte auf und versuchte möglichst ruhig den Menschen in der Halle mitzuteilen, daß sie bleiben sollten und daß keine Gefahr für die Bevölkerung bestünde. Man solle sich an die Anweisungen des Bauernführers halten und Ruhe bewahren.

Marie ging in ihrem Zimmer auf und ab. Der Gefechtslärm ließ sie keine Ruhe finden. Murmelnd sprach sie ein Gebet, als sie ein Motorengeräusch auf dem Hof hörte. Sie hatte sich nicht ausgezogen, um zu Bett zu gehen, wußte sie doch, daß sie bei ihren stetigen Untergangsgedanken niemals Schlaf gefunden hätte. Sie sah rasch auf ihren Wecker; es war vier Uhr in der Frühe. Zögerlich verließ sie ihr Zimmer, nahm ihren Mantel vom Haken im Flur und ging auf den Hof. Ein Motorrad stand an die Wand des Haupthauses gelehnt. Am Nummernschild erkannte sie, daß es ein Kraftrad der Wehrmacht war, und sie beschleunigte ihren Schritt. Ein völlig steifgefrorener Kradmelder stapfte auf sie zu. Er sah recht merkwürdig aus in seiner Montur, die aus einer verdreckten Schutzkleidung bestand. Die Schöße seines Kradmantels hatte er zwischen den Beinen durch nach hinten geschlagen und dort verknöpft. Der störrische, graugrüne Gummimantel knarzte wegen der Kälte bei jedem Schritt. Mit ausholenden Bewegungen öffnete er eine der beiden großen Brusttaschen seines Überziehers und hielt rasch eine Zigarette und Feuer in der Hand.

„Heil Hitler! Sind Sie von der Herrschaft?"

„Nee."

Er trat von einem Bein auf das andere und rauchte hastig.

„Denn man hopp! Alle wach machen!"

„Ja, ja, ich lauf' gleich los. Kommen Se, Se könn' sich in die Küche 'n wenig aufwärm'!"

Er folgte ihr in den immer noch warmen Raum. Es dauerte nicht lange, bis die junge Treskow, halb angezogen, das offene Haar ungekämmt, vor ihm stand. Sie erkannte erst nach mehrmaligem Hinsehen seinen Dienstgrad.

„Obergefreiter, was liegt an?"

Ihm war es peinlich, die dünnbekleidete Schöne anzusehen.

„Packbefehl!"

Marie brachte dem noch gar nicht so alten Soldaten eine Tasse rasch heiß gemachter Brühe, die er, sich mehrfach bedankend, annahm.

„Was heißt 'n das?"

„Die Gutsleute sollen sich für den Treck fertig machen und auf weitere Befehle warten! Alle Güter werden geräumt!"

„De Russen?"

Er gab ihr die Tasse zurück und nickte.

„Warten Se auf weitere Befehle vom Ortsgruppenleiter oder vom Bauernführer!"

„Herrjott, da Unterjang!"

Antonia stand hilflos im Türrahmen und wußte nicht, woran sie als erstes denken sollte. Der Soldat verabschiedete sich, und Marie brachte ihn auf den Hof. Er nahm sein Motorrad von der Wand, stieg auf, trat den Kickstarter und brauste davon.

Als die Köchin wieder in die Küche kam, war die junge Herrin verschwunden. Fortan herrschte hektische Betriebsamkeit auf Gut Treskow. Zunächst rannten alle bis auf Frau Treskow wie aufgescheuchte Hühner hin und her, bis Antonia alle in der Küche versammelte.

„Wo ist meine Mutter?"

„De sacht, es is' noch ze frieh zum Aufstehen!"

„Hol sie, in drei Teufels Namen, aus ihrem verdammten Bett!"

Edith kicherte hysterisch.

„In dessen Namen wird deine Mutter niemals aufstehen!"

Antonia strafte ihre Freundin mit einem bitterbösen Blick, während Marie ihr Möglichstes tat, um Frau Treskow zu den anderen in die Küche zu bringen. Antonia verteilte die Aufgaben und gab Anweisungen bezüglich des Packens.

„Zwei Wagen! Nur das Nötigste! Ein Wagen für uns, der zweite für Futter, Proviant und Wasser!"

„Welsch' Pferd'?"

„Vor Wagen eins Ludger und Bizerka. Wagen zwei, Brick und Bonzo! Ich reite Tarantino, Edith bekommt Arnim, und Markgraf geht als Ersatzpferd!"

Matthieu rannte wie von Furien gehetzt zu seiner Arbeit, und sie wandte sich an Eberhardt.

„Futter für mindestens drei Tage, besser für vier. Hafer, Kraft- und Mineralfutter, wenig Heu und Stroh, nimmt zuviel Platz weg!"

„Aber füllt de Bäuche!"

„An unsere Bäuche müssen wir auch denken!"

Endlich kam auch die Gnädige in die Küche.

„Herrschaften! Was sind das für neue Bräuche?"

Antonia sah ihre Mutter kalt an.

„Der Führer läßt uns evakuieren!"

„Hast du das schriftlich?"

„Nein!"

„Na, da kann ja jeder kommen."

„Du hast, wie immer, keine Ahnung!"

Marie versuchte zu schlichten, indem sie sich demonstrativ zwischen die zwei Frauen stellte und abwechselnd in ihre aufgebrachten Gesichter sah.

„Da junge Soldat hat 'n Befehl zum Packen jeje'm. Wa sollen auf weitere Befehle warten!"

Antonia nickte bestätigend und begann mit der Köchin die aufzuladenden Lebensmittel zu besprechen. Edith saß am Tisch und schrieb fleißig auf, was an Nahrung mitsollte.

„Am besten nehmen wir ein paar von den Hühnern mit."

Marie rieb sich die geröteten Hände.

„Nu', ich weiß nich', ob ich noch zum Schlachten kommen tu!"

„Die nehmen wir lebend mit!" kicherte Frau Treskow still.

Man konnte die nervöse Anspannung im Raum, die sich schlagartig in Antonias kräftiger Stimme entlud, förmlich greifen.

„Hast sie doch nicht mehr alle beisammen! Lebendes Federvieh mitnehmen! Wie stellst du dir denn das vor?"

Auch Antonias Mutter ließ es nicht an Lautstärke mangeln.

„Wenn die erst einmal tot sind, frieren sie bei diesen Temperaturen zu Eis! Willst du sie etwa lutschen?"

Antonias Gesicht rötete sich vor Zorn.

„Kochen müssen wir sie wohl, ob sie tot sind oder nicht!"

Erneut sah sich die Köchin in der Pflicht, die Lage zu entschärfen.

„Fräuleinche', Se kümmern sich vielleicht ma um Ihre Pferd'!"

„Aber …"

„Nuscht mit aber! Un' gnä' Frau, Se möjen sich doch bitte um Ihre persönlichen Sachen kümmern. Ich komm' nu' nich' dazu, fier Se zu packen."

„Wie, ich soll alleine …"

Edith stand auf und gab Marie den von ihr geschriebenen Zettel.

„Frau Treskow, ich will Ihnen gerne zur Hand gehen."

Immer wieder liefen Marie und Edith auf den Hof, um sorgsam verpackte Nahrungsmittel aus Keller und Küche aufzuladen. Matthieu schleppte schnaufend Kanister mit schon gefrorenem Wasser heran und wuchtete sie auf den zweiten Treckwagen. Antonia besah sich ständig die bepackten Fuhrwerke, zerrte hier an einem Stück Zeltplane und verschnürte dort eine lose hängende Leine. Wie aus dem Nichts stand plötzlich Rudolf neben ihr.

„Fräulein!"

„Mann, wo kommst du denn her?"

„Bin weg, als ich jehört hab', das jeräumt wer'n soll."

„Kann dich den Kopf kosten!"

„Kostet mir nuscht! Die ham doch nich' kein' Überblick, wer wo sein soll!"

„Wo steckt eigentlich Eberhardt?"

„Is' abjehauen, der feije Sack!"

„Hat aber noch unser Futter gepackt!"

„Macht 'n auch nich' zum Held!"

„Erwarte von niemandem Heldentaten!"

„Wissen wa doch! Deswejen werd' ich auch hier blei'm. Bin nich' zum Draufjänger jeschaffen, der wo junge Fraun auf'm Treck beschützen kann!"

„Aber ..."

„Nee, ich bleib'! Vieh muß versorcht wer'n, un' wenn Se wiederkomm', wenn alles vorbei is', denn finden Se de Wirtschaft so, wie Se se verlassen ham!"

„Wenn es dein Entschluß ist, bitte!"

Antonia war den Tränen nahe. Sie wollte nicht, daß er ihre Rührung sah und stiefelte mit großen Schritten zum Haus. Sie sah hinauf zum Himmel, der langsam hell wurde. Auf der Treppe wischte sie sich mit dem Handrücken über die kaltfeuchte Nase, trat in die Halle und hob den linken Arm.

„Alles fertig zum Abmarsch!"

„Nichts da! Keiner verläßt mein Gut!" schnitt ihre Mutter ihr das Wort ab.

„Wenn ich sage, daß ..."

„Wir sind hier nicht bei den Hottentotten! Wenn wir auf Befehle warten sollen, tun wir das auch!"

„Ach, meinst du?"

„Wenn es soweit sein soll, wird Romeike es uns wissen lassen!"

Edith stand mit hängenden Schultern und weinerlichem Blick vor Frau Treskow. Sie konnte nicht anders, als sich der Worte von Marie zu befleißigen.

„Das ist unser Untergang!"

Niemand verstand recht, was sie genau damit zum Ausdruck bringen wollte. Sie weinte laut, daß nun alles verloren sei und sie dem Tod preisgegeben. Fast hysterisch versuchte Edith die anderen zu überzeugen, daß der Ortsgruppenleiter nichts mehr befehle und man besser früher als später verschwände. Antonia konnte es nicht länger mitansehen, nahm die Liebste in den Arm und beruhigte sie.

„Edith! Wird alles gut werden."

Der Anblick der eng umschlungenen Frauen veranlaßte Frau Treskow, sich zurückzuziehen. Auch die anderen schauten betreten auf ihre Schuhe oder an die hohe Decke. Edith legte den Kopf leise flüsternd an die Schulter ihrer Geliebten.

„Mein Vater hat seinen Hintern schon lange in Sicherheit gebracht!"

„Hast die ganze Zeit davon gewußt?"

„Nein, nicht direkt! Er war nur so unglaublich angespannt, und sein Hals war völlig blutig gekratzt. Ich denke, er wird schon über alle Berge sein. Er war nie jemand, der sich gestellt hat."

„Dann sitzen wir wohl ganz schön in der Patsche! Woher sollen wir denn nun wissen, wo wir hin sollen?"

„Mein Gott, er hat so viel gesagt, als er hier war. Mir war ganz schummrig von all den Worten, Befehlen und Namen. Aber eines habe ich ganz klar verstanden: Der einzige Weg aus Ostpreußen heraus geht über das Haff!"

„Dann laß uns gehen! Werde die anderen schon überzeugen, mitzukommen, auch ohne diesen dwatschen Befehl!"

Die junge Treskow richtete sich klar und hell an die Versammelten. Sie war bemüht, ohne große Umschweife zur Sache zu kommen. Nachdem sie ihre kurze Ansprache beendet hatte, standen Rudolf, Marie und Matthieu dicht beieinander und beratschlagten.

„Antonia!"

Alle Köpfe drehten sich nach oben, wo Frau Treskow auf der Balustrade stand, und auch ihre Tochter sah nach oben.

„Was willst du? Unbedingt hierbleiben, auf Kommandos warten? Bitte, ich stelle es dir frei!"

Scheinbar völlig gelassen, stand die Gnädige im ersten Stock, ihre Hände vor der Brust gefaltet. Sie hatte das orgiastische Gefühl, endlich zu kriegen, was sie immer schon haben wollte. Wohlwollend blickte sie auf das hernieder, was ihr als kleinmütiger Pöbel erschien.

„Mein Entschluß steht fest! Ich werde Treskow nicht aufgeben!"

„Du? Du willst Treskow?"

„Ja!"

Antonia hatte einen Blick in den Augen, der allen unbekannt war. Demonstrativ nahm sie Marie eine alte, selbstgestrickte Jacke aus der Hand, die diese ihr vor wenigen Minuten aufgedrängt hatte. Langsam schritt sie die Treppe nach oben und zog die rote Joppe über die drei Pullover, die sie schon anhatte. Auf der Balustrade angekommen, konnte sie das Flackern in den Augen ihrer Mutter erkennen.

„Rot! Du! Das Unglück, in Rot! Die Rote Armee steht vor der Tür!"

„Russen! Bin im Bilde."

„Du weißt gar nichts!"

Ihre Mutter griff sie heftig schnaufend am Arm und zog sie energisch in ihr Schlafzimmer. Hysterisches Lachen erfüllte den Raum.

„August hat es bestellt durch dich, das rote Verderben! Huren und unser Elend!"

Antonia sah eine Flasche auf dem Schminktisch und beeilte sich, ihrer Mutter einen Schnaps einzuschenken. Nach dem zweiten Klaren wurde die aufgebrachte Frau ruhiger.

„Bei Gott, das hatte nichts mit Politik zu tun! Politik war mir immer egal, auch seine Pferde waren mir egal!"

„Wovon redest du?"

Sie sah ihre Tochter nicht einmal an und sprach einfach weiter.

„All dieses Wissen hat mir endlich genutzt, mir und Friedrich! Aller Verdacht fiel auf diese miesen Umstürzler! Ich war immer der tiefen Überzeugung, das Gut besser leiten zu können als dein Vater! Aber ich war nur seine Frau! Ich war seine Frau, bis ich wußte, daß er immer wieder zu in Schloßwalde stadtbekannten Straßenmädchen ging. Friedrich hat mich aufgeklärt über deinen sauberen Vater! Kann eine Frau Gemahlin eines Ehebrechers sein?"

„Mutter, du hast Papa tatsächlich ..."

„Ich war in dieser Lasterhöhle! Rotes Licht, roter Plüsch, rote Schleifen um Blumengebinde und der Gestank eines billigen Parfüms! Dieser Schmutz mußte aus meinem Leben verschwinden!"

Antonia sah ihre Mutter an, doch sie fühlte nicht die von diesem Geständnis erhoffte Erlösung. Angewidert ließ sie die Frau, die offenbar auf Absolution wartete, zurück.

Marie kam endlich die Treppe herunter, und Antonia schaute sie auffordernd an.

„Können wir endlich los?"

„Se will unbedingt blei'm!"

„Habe ich dir doch gleich gesagt."

„Nu', was machen wa jetzt?"

„Rudolf will nicht weg, Matthieu drückt sich auch unentwegt vor einer Entscheidung, und mit dir weiß ich auch nichts Rechtes anzufangen."

„Na nu', ich weiß nich'. Wenn de gnä' Frau blei'm tut, denn muß ich auch hier sein."

Der jungen Gutsherrin schwirrte der Kopf. Was war vorrangig: Treskow, Edith, sie selbst oder ihre Verantwortung gegenüber dem Personal? Diese Gedankenflut ließ sie nach draußen zu ihren Pferden laufen. Sacht legte sie ihre Wange an Bricks weiche Schnauze und kraulte deren Mähne.

„Was soll ich denn bloß machen!"

Edith trat an ihre Seite und legte die Hand auf die Schulter ihrer Liebsten.

„Die sind schlimmer als ein Sack voller Flöhe!"

„Wem sagst du das!"

„Toni, wenn du willst, bleiben wir hier."

„Gott, wenn ich könnte, wie ich wollte, blieben wir auch! Aber wenn tatsächlich die Russen hier auf den Hof marschieren, haben wir nichts mehr zu lachen!"

„Du glaubst also auch diese Geschichten?"

„Wenn nur ein Fünkchen davon wahr ist, ist es Grund genug, das Weite zu suchen."

„Dann sollten wir die anderen ..."

„Den anderen lassen wir die beiden Wagen. Wir packen uns einen Schlitten und gehen los. Wenn die abfahren, können sie uns in kurzer Zeit einholen."

Es dauerte nicht lange, bis ein Rodel mit allem Notwendigen bepackt war. Antonia ging noch einmal ins Arbeitszimmer, um sorgfältig verpackte Unterlagen einzustecken. Als sie wieder in die Halle trat, stand ihre Mutter gesenkten Hauptes vor ihr. Sie bedachte sie nur mit einem flüchtigen Blick.

„Bitte! Treskow ist dein!"

Frau Treskow wünschte sich nichts sehnlicher, als daß ihre Tochter ihr sagte, daß sie recht gehandelt habe.

„Ännchen!"

Sie konnte die tiefe Verachtung für ihre Mutter nicht mehr in Worte fassen und spuckte vor ihr auf den Boden.

„Antonia!"

Die junge Treskow machte zwei Schritte zum Ausgang, und die Situation geriet zu einer Groteske. Hysterisch schreiend lief die ältere Frau hin und her.

„Du hast dich doch nur als Gutsbesitzer aufgespielt, um deinen lüsternen Spaß zu haben! Nun rennst du feige davon, statt den Besitz zu verteidigen!"

Sie ließ ihre Mutter, die ihr wie eine Fremde vorkam, einfach stehen. Marie suchte die Gnädige ohne sichtbaren Erfolg zu beruhigen. Weinen, Lachen und Schreien gellten gleichzeitig durch die Halle.

Derweil führte Antonia die Gespanne auf die große Tenne, wo es weniger zugig war. Todtraurig besah sie sich ihre über alles geliebten Pferde und spielte mit dem Gedanken, ob sie die Tiere nicht erschießen sollte. Sie hörte Schritte und schob die Idee beiseite. Ediths warme Stimme war wie Balsam für ihre wunde Seele.

„Marie will bleiben!"

„Und Matthieu?"

„Ich kann ihn nirgends finden!"

„Auch gut. Wir sollten jetzt los!"

„Ganz alleine? Ohne jeglichen Schutz?"

„Werde schon auf uns aufpassen!"

Da Marie und Rudolf auf dem Gut bleiben würden, beschloß sie, die Tiere in deren Obhut zu lassen. Zumal sie wie alle anderen nicht damit rechnete, daß dies ein Abschied für länger sein sollte. Edith legte die dicke Plane über den Schlitten, und ihre Liebste verschnürte sie.

„Nach dem Krieg, wenn das alles hier endlich vorbei ist, wird es schon wieder primich gehen!"

Erneut stand man zum Abschied versammelt. Marie war derart bewegt, daß sie kein Wort herausbringen konnte, und auch Rudolf schämte sich seiner Tränen nicht.

„Daß Se uns jesund blei'm!"

„Keine Sorge! Nur sieh zu, daß die Iwans meinen Trakehnern nichts zuleide tun!"

„Ich werd' se hüten wie mei'm Augapfel!"

Antonia legte sich das rasch gebastelte Geschirr für den Schlitten um die Schultern und zog an.

„Wenn ihr doch noch nachkommt, treffen wir uns in Schloßwalde am Brunnen auf dem Markt!"

Edith küßte Marie, gab Rudolf kurz die Hand und folgte ihrer Freundin.

„Seid auf der Hut!"

Er nickte, und Maries Stimme klang gebrochen durch die Winterluft.

„Mein Ermland will ich preisen, wo ich auch immer bin; mein Leben soll beweisen, daß ich Ermländer bin. Will bleiben fromm un' jut ..."

Die Rösser waren ausgespannt, und Rudolf hatte alle Hände voll zu tun, um die Ladung wieder an ihren Platz zu bringen. Geschützdonner klang aus allen Himmelsrichtungen, und er fluchte wie ein Berserker, war doch der Belgier immer noch nicht aufzufinden.

„Schöne Reden kann der Hund halten! Mit sei'm Französisch de Frauen janz verkehrt machen, un' wenn man ihm brauchen tut, denn is' er wech!"

Sein Blick fiel auf die Gnädige, welche auf dem Hof unterwegs war, als sei tiefster Friede. Er sah sie noch zur Treppe stolzieren und verschwand dann mit seiner Last zum Futterlager.

Frau Treskow setzte ihren Fuß auf die erste Stufe, als ein asiatisch aussehender Soldat, die Kalaschnikow im Anschlag, in geduckter Haltung um die Hausecke kam. Vereinzelt fielen nahe Schüsse. Der Mongole schrie etwas, und einige seiner Kameraden stürmten den Hof. Der einfache Soldat sah die Frau an und riß sie am Arm die Treppenstufen hinauf.

„Frau! Komm!"

„Na, hören Sie mal! Ich bin Herrin auf diesem Gut!"

Auch wenn er sie verstanden hätte, hätte es nichts daran geändert, daß er Beute machen wollte. Er hatte die Frau als erster gesehen und wollte sie offenbar nicht mit seinen Kameraden teilen. Mit eisernem Griff zerrte er sie durch die Halle in eines der Zimmer.

„Frau, komm!"

Erst als er seinen schweren Mantel und den Hosenstall zu öffnen begann, dämmerte es ihr, was er vorhatte. Bloße Verzweiflung beflügelte ihre Kräfte. Da der Kerl gerade mit sich selbst beschäftigt war, konnte sie sich losreißen und war, noch bevor er folgen konnte, am Gewehrschrank. Sie riß die Tür auf und griff eine Flinte. Er stürmte auf sie zu.

„Stoi!"

Sie lud durch und schoß. Ein markerschütternder Schrei erfüllte nicht nur das Zimmer. Die Schrotladung hatte das Gesicht des Mongolen zerfetzt, und er brach zusammen. Das alles schien sie nicht weiter zu kümmern. Das Gewehr in der Hand, ging sie wie in Trance ins Arbeitszimmer. Sie setzte sich hinter den Schreibtisch und wartete. Doch niemand schien den Schuß und den Schrei gehört zu haben, denn schließlich knallte es unentwegt auf dem Hof.

Draußen fand ein wildes, irres Treiben statt. Soldaten in schmutzigen braunen Uniformen rissen Stalltüren auf und gebärdeten sich wie losgelassen. Wahllos wurde Vieh geschlachtet, und aus dem ersten Stockwerk flogen Möbel auf den Hof. Es dauerte Stunden, bis sich dieser Wahnwitz etwas gelegt hatte. Marie hatte sich in einem ehemaligen Eisfach des Vorratsschrankes in der Küche versteckt. Mühevoll kroch sie aus dem Loch und bewegte ihre schmerzenden Glieder.

Die Russen waren beinahe still mit Plündern und Zerstören beschäftigt. Diese Ruhe nutzte Marie und lief hinüber in den kleinen Salon. Ihre Herrin war nicht da; dafür saß dort ein russischer Major und tat sich an den Alkoholika gütlich. Er winkte sie zu sich heran. Der Köchin stand der Angstschweiß auf der Stirn, und sie suchte nach Worten. Irgend etwas brachte sie dazu, ihn auf polnisch anzusprechen. Dies schien ihr die einzige Möglichkeit, um ungeschoren davonzukommen. Der Major, schon leicht betrunken, stand auf und schritt auf sie zu. Sie erstarrte, als er sie anfaßte und schließlich umarmte.

„Babuschka! Ja Jewgeni Michailowitsch! Krieg 'ier jetzt vorbei!"

Sie nickte zögerlich und fragte ihn auf polnisch, ob er nicht essen wolle. Er drückte ihren massigen Leib noch fester an sich.

„Da! Da! Chotschu ..."

Dann küßte er sie mehrfach auf beide Wangen und ließ sie los. Den Klaps auf ihren Po, den er ihr mitgab, verzieh sie ihm, wenn er bloß der Gnädigen nichts angetan hatte. Noch bevor sie in die Küche ging, um dort anzufeuern, sah sie in den anderen Räumen nach. Schließlich hörte sie Stimmen aus dem Arbeitszimmer. Leise trat sie an die Tür und schob sie einen Spaltbreit auf. Ein struppig aussehender Kerl mit Gewehr im Anschlag war dabei, sich vor Frau Treskow auszuziehen.

„Stoi! Spasibo, stoi!" schrie Marie.

Der Russe drehte sich um. In diesem Moment schob sich Antonias Mutter den Lauf der Jagdflinte, die der Soldat neben ihrem Stuhl nicht bemerkt hatte, in den Mund und drückte ab. Die Köchin klammerte sich mit beiden Händen an der Türklinke fest. Der Major kam aus dem kleinen Salon gerannt, nahm die dicke Frau fast behutsam in den Arm und besah sich das blutige Unglück. Mit harten Worten schickte er den Soldaten aus dem Haus. Marie bat ihn, sie loszulassen, und begab sich zum Tisch. Sie wollte weinen, doch ihr Inneres war wie versiegelt. Auf dem Tisch fand sie einen Abschiedsbrief. Maries Hände zitterten, als sie die Worte las. Frau Treskow bat darin ihre Tochter um Verzeihung und darum, umgehend auf Treskow beerdigt zu werden.

Antonia übergab unwillig das Zuggeschirr an Edith, die sich nutzlos vorkam, immer nur nebenhergehen zu müssen.

„Jetzt anziehen!"

Edith schien es, als sollte sie eine Tonnenlast bewegen. Sie stemmte sich in die Riemen, und endlich begann der Schlitten zu gleiten.

Eisiger Wind blies unerbittlich durch jedes Knopfloch der Mäntel. Die Wege und Straßen waren vereist oder durch Schneewehen unpassierbar. Aus allen Richtungen kamen schier endlose Schlangen von Menschen und Wagen. Die aufgebrachte Menge ließ sich durch nichts in Bahnen lenken und blockierte so die Kreuzung auf dem Weg nach Schloßwalde. Wenige hundert Meter vor der Stadt kam schließlich alles zum Stillstand. Edith war unter ihren dicken Pullovern und dem schweren Mantel schweißnaß.

„Wenn wir hier warten, bis sich das aufgelöst hat, sind wir erfroren."

„Könnten da über das Feld gehen. Ist Kraftarbeit, aber du kennst doch den Weg?"

Edith deutete schwer atmend in Richtung Stadt.

„Natürlich, wir gehen hier lang. Dort, am Haus von Wiedemanns, kommen wir direkt auf eine kleine Straße."

„Na denn, nichts wie los!"

Mit ihrem Schlitten ackerten sie über das offene Feld und gelangten so auf weiteren Umwegen endlich in die Stadtmitte. Um zu sehen, ob doch noch jemand von Treskow gekommen war, schlugen sie sich bis zum völlig überfüllten Marktplatz durch.

„Kannst du ein Gespann von uns entdecken?"

„Sehe gar nichts, außer Köpfen!"

„Hier können wir nichts ausrichten. Bitte laß uns nachsehen, ob wenigstens die Pawelcke noch da ist, um uns Auskunft zu geben, wie und wo es jetzt weitergeht."

„Halte das für keinen guten Einfall!"

„Warum?"

„Mensch, wir wollen doch weg und nicht in Schloßwalde ..."

„Bitte!"

„Na gut."

Es dauerte schier endlos, bis sie vor dem Haus des Ortsgruppenleiters angekommen waren. Immer wieder standen sie vor blockierten Straßenkreuzungen und mußten, von Ediths Ortskenntnis geleitet, Umwege nehmen. Im Haus Romeike standen alle Türen und viele Fenster offen. Die junge Treskow blieb beim Schlitten, und Edith lief in das große Gebäude. Überall lagen Akten verstreut, die teilweise brannten. Alle Zimmer waren geplündert; in einigen saßen alte Mütterchen, ihre Enkel auf den Knien, und wärmten sich an den knisternd brennenden Papieren. Edith kam das vor wie ein Alptraum, und sie rannte zurück nach draußen.

„Tatsächlich, die Ratten haben das sinkende Schiff verlassen. Es ist niemand mehr da."

„Dann laß uns weitergehen."

„Warum denn? Es wird bald dunkel, und dort drinnen ist es wärmer. Ich kenne mich doch bestens aus im Haus. Wir machen uns ein Feuer und übernachten hier."

„Hätten wir auch auf Treskow bleiben können! Die paar Kilometer, meinst du, die geben Butter bei die Fische?"

Ein herannahendes Flugzeug und das infernalische Stakkato eines Maschinengewehrs ließ beide zusammenzucken. Ohne lange zu überlegen, rannten sie in den offenen Hauseingang. Die einschlagenden Kugeln wirbelten Schnee hoch. Wild schreiend kam eine junge Frau gelaufen und brach unmittelbar vor dem Aufgang zum Haus zusammen. Unter der Toten war das Quäken eines Säuglings zu hören. Edith machte einen Schritt nach vorn zur Treppe, doch ihre Freundin hielt sie im letzten Moment zurück.

„Bleib hier!"

„Aber da liegt ein Kind!"

„Dem kannst du jetzt auch nicht helfen."

„Das arme Wurm erfriert doch!"

Antonia sah vorsichtig nach draußen. Der Tiefflieger war verschwunden, und auf der Straße herrschte ein Tumult. Ein alter Mann schlug mit einem Ochsenziemer auf zwei Pferde ein, und der Wagen, den sie zogen, polterte über den Leichnam. Die junge Treskow eilte die Treppe hinab und winkte ihrer Liebsten.

„Müssen hier weg, bevor eine Panik ausbricht."

Edith folgte rasch und kniete sich neben die Frauenleiche.

„Aber das Kind!"

Antonia nahm Edith am Arm und zog sie zum Schlitten. Sie hob das von der Kälte steife Geschirr auf, zog es über und stemmte sich gegen das Gewicht. Mit einem kleinen Ruck setzte sich der Rodel in Bewegung, und sie bahnte sich mit möglichst gleichmäßigen Schritten einen Weg aus der brodelnden Stadt heraus. Sie war schon ein ganzes Stück gegangen, als sie Ediths Stimme hörte.

„Warte!"

Sie hielt an und drehte sich um. Ihr blieb die Luft weg, als sie ihre Freundin mit einem Bündel kommen sah. Edith trug das Kind der toten Frau im Arm und drückte es wärmend an sich.

„Wir können es doch nicht hier erfrieren lassen."

„Vermaledeiter Scheißdreck!"

Antonia stiegen vor Wut die Tränen in die Augen.

„Habe meine Pferde auf Treskow gelassen, weil es unterwegs für sie nuscht zu fressen gibt! Was willst du denn dem Kind geben?"

„Weiß ich noch nicht. Vielleicht etwas von unseren Sachen und ein bißchen heiße Milch."

„Milch? Wo willst du denn hier Milch herbekommen?"

„Wir werden schon etwas finden."

Antonia zog die Schultern hoch und schüttelte den Kopf. Energisch machte sie sich daran, den Schlitten wieder in Bewegung zu setzen, und stapfte durch den knirschenden Schnee. Sie passierte einen Treckwagen, von dem, wie nach Rettung winkend, ein blutiger Arm baumelte. Die vor dem mächtigen Karren stehenden Pferde dauerten sie zwar, doch sie hielt nicht an. Ihr Entschluß stand fest, nichts und niemandem zu helfen, als sich selbst und ihrer Liebsten.

Sie waren noch nicht am Ortsausgang angekommen, als der Säugling in Ediths Armen herzerweichend schrie.

„Toni, warte mal. Ich glaube, es muß gewickelt werden."

Die junge Treskow ging zu ihrer Freundin, nahm ihr das Kleine aus den Armen und eilte damit zurück in die Stadt.

„Toni, wo willst du hin?"

„Bleib beim Schlitten!"

Edith sah wehmütig, wie Antonia mit dem Kleinkind im Trubel verschwand. Als die Geliebte ohne das Bündel zurückkehrte, schnürte es ihr den Hals ab. Doch sie wagte nicht, danach zu fragen. Die junge Treskow stand schließlich neben ihr und lächelte ein wenig.

„Hast du auch solchen Hunger?"

„Ich? Ja!"

Antonia ließ ihren Blick schweifen und streckte den rechten Arm aus.

„Dort drüben sind wir aus der Bahn. Da machen wir Rast. Wird uns guttun."

Bis Antonia sorgfältig die letzten Dinge, die sie zur Vesper benötigt hatten, unter der Plane des Schlittens verpackte, war kein weiteres Wort gefallen.

Rasch war alles wieder festgezurrt, und es ging in die Nacht hinein. An eine weitere Rast oder gar an Schlaf war nicht zu denken, zumal weit und breit keine Unterkunft zu finden war.

Dieser Umstand verband sie mit all den anderen, die durch die tiefschwarze Dunkelheit zogen. Die überwältigende Mehrheit der Trecks drängte, bedingt durch die militärische Lage, zur Küste. Die beiden Frauen versuchten, auf den nicht sehr breiten Wegen nicht von den wesentlich schnelleren Pferdewagen überrollt zu werden, und gingen meist neben den Pfaden. Dies war anstrengend, doch es erwies sich schon bald als Vorteil, denn lange Reihen von Wagen und Karren verstopften die Straße zwischen Maldeuten und Preußisch Holland. Trotz der unglaublichen Kraftanstrengung, die es erforderte, den Rodel durch den tiefen Schnee zu ziehen, freuten sie sich, schneller zu sein als die Wagen. Dieses Glücksgefühl endete jedoch jäh, als immer häufiger Gewehrschüsse zu hören waren und vereinzelt Russen auftauchten. Die Menschen in den langen Treckreihen waren zwar leichter für den Feind zu erkennen, doch waren sie immerhin zusammen und konnten sich gegen feindliche Einzelangriffe zur Wehr setzen.

„Toni, bitte laß uns zur Straße zurückgehen!"

„Damit wir von den Fuhrwerken zu Tode getrampelt werden?"

„Du hast es doch vorhin gesehen, wie der Mann da mit seinem Gewehr den Russen einfach umgeschossen hat!"

„Kann ich auch!"

„Womit denn, um Gottes willen?"

Die junge Treskow hielt an, zog die Mauser aus ihrer Manteltasche und hielt sie ihrer Liebsten unter die Nase.

„Damit treffe ich alles, was du willst."

Trotz der Sicherheit, die diese Waffe vermittelte, zogen sie es vor, sich immer, wenn unbekannte Gestalten in Sichtweite kamen, zunächst in den Schnee zu werfen. Dies erwies sich als die beste Strategie. Die Wagen auf dem Weg hielten immerfort an, um getötete Angehörige zu betrauern und damit den ganzen Zug auf der Straße zum Halten zu zwingen. Aufgebrachte Menschen, wildes Schreien und auch vehemente Angriffe aus den eigenen Reihen waren die Folge, bis es endlich weiterging, der schier endlosen Menschen- und Wagenschlange nach.

„Mein Gott, wo wollen die alle nur hin?"

„Wo wir auch hin wollen."

„Sollen wir uns so vielleicht Tausende von Kilometern weiterbewegen?"

„Hoffe doch nicht!"

„Hundert Kilometer?"

„Was weiß denn ich!"

Eine ungewöhnlich lärmende Horde kam hinter ihnen her. Die Männer sangen und sprangen, als kämen sie von einer Kirmes. Es waren befreite französische Kriegsgefangene, die sich nun unter die Flüchtlinge mischten. Einige von ihnen hatten unter ihre Koffer Holzleisten als Kufenersatz genagelt und zogen so ihre spärliche Habe hinter sich her. Einer hatte eine blau-weiß-rote Stoffahne um seine Schultern und trug die französischen Farben stolz wie ein gallischer Hahn durch die Eiswüste. Trotz des Johlens der Franzosen hörte Antonia das todbringende Geräusch.

„Edith! Hinlegen!"

Sekunden später pfiffen und knallten wieder Schüsse durch die mondlose Nacht. Die Tricolore bedeckte gnädig den stolzen Franzosen. Dieser Anblick ließ Edith die Fassung verlieren, und sie begann zu weinen. Ihre Freundin nahm sie in den Arm.

„Ruhig. Wird schon alles wieder werden!"

Augenblicke später hatte Edith ihre Beherrschung wiedergefunden und forderte das Geschirr. Mit mehr Kraft als nötig zog sie den Schlitten an.

„Was hast du eigentlich mit dem Kind gemacht?"

Antonia zog ihren dicken Pelzmantel enger um sich und schwieg.

„Ich halte das nicht mehr aus! Diese vielen Menschen machen mir angst!"

Die junge Treskow kaute scheinbar seelenruhig auf getrockneten Birnenschnitzen.

„Weißt doch selbst, daß die letzte Möglichkeit über das Haff geht."

„Gott, ja! Aber ich kann diese Massen nicht mehr ertragen! Können wir nicht wieder ein wenig abseits gehen?"
„Bieten dann am hellen Tag ein hübsches Ziel!"
„Wenn die wirklich wollen, erwischen sie uns auch hier in der Menge."
„Bitte spare deine Kraft! Geh weiter!"
„Aber ..."
„Edith, bitte!"
Ab und zu konnte man von ferne Stellungen erkennen, aus denen Reste der deutschen Truppen die Region mühsam verteidigten, von wo die Flüchtenden über das Eis des zugefrorenen Frischen Haffs ziehen sollten, um über die Nehrung in den Raum Danzig und von dort weiter nach Westen zu gelangen.
Man lief und lief, beinahe wie in Trance. Die Beine gingen vorwärts, ohne daß der Kopf recht davon wußte. Die beiden jungen Frauen legten nach genau festgelegten Zeiten Pausen ein und aßen Zwieback, Dörrobst, Rauchfleisch oder ein wenig Schokolade.
„Ein Königreich für einen Schluck heißen Kaffee!"
„Kann dir nur Wasser bieten."
„Du hast noch welches?"
Die junge Treskow griff in ihren dicken Pelzmantel, knöpfte den Wollmantel auf, den sie darunter trug, und holte ihre Feldflasche heraus, die sie sich um den Hals gehängt hatte.
„Nur ein Schluck! Ist nicht mehr viel."
Nicht nur für die beiden war es ein schier unlösbares Problem, daß alles, was Flüssigkeit enthielt, bei diesen Temperaturen geschwind zu einem Block gefror. So war die Freude groß, als sie endlich in Sichtweite einer Stadt kamen. Etliche Häuser der Frauenburger Weststadt standen in hellen Flammen.
„Bei Gott, da brennt ja alles!"
„Sehe ich."
„Dann laß uns die Stadt umgehen!"
„Bist du meschugge? Jeder Schritt, den wir zuviel tun, kann uns das Leben kosten! Außerdem bekommen wir nur dort etwas zu trinken!"
„Du mußt immer recht behalten, was?"
Ein wenig beleidigt von Antonias schroffem Ton, trottete Edith hinter ihrer Freundin her. Die beiden kämpften sich durch den überfüllten Ort bis zum Domplatz. An einer intakten Wasserstelle standen sie lange an, bis sie endlich ihre Feldflaschen füllen konnten. Danach wurden sie, ohne recht zu wissen, wie ihnen geschah, in der Masse zum Domberg geschoben. Dort, gleich neben dem Kopernikus-Turm, sorgte eine Wehrmachtsstreife, die nach Deserteuren suchte, für zusätzliche Aufregung. Die Kettenhunde rissen sogar einigen Frauen die Mützen und Kopftücher herunter, da sie in

ihren verhärmten Gesichtern männliche Züge zu erkennen glaubten. Dann schrien sie die armen Geschöpfe an, weiterzugehen. Eine alte Frau saß weinend auf ihrem Bündel und erhob zitternd ihre Stimme:

„Ich blick' vom Uferberg weit übers Frische Haff hinaus,
Unserer Lieben Frauen Burg im ganzen Land ihr schönstes Haus!"

Edith war sichtlich bewegt bei der Alten stehen geblieben, und so hätten sich die beiden Freundinnen um ein Haar aus den Augen verloren. Antonias kräftige Stimme brachte sie wieder zusammen.

Es blieb nicht einmal die Zeit für Vorwürfe, denn die Sowjets drängten mit Granatwerfereinsätzen und MG-Feuer zur Stadt vor. Die einschlagenden Geschosse ließen unter den Flüchtlingen eine Panik entstehen.

„Komm!"

„Da ist etwas vom Schlitten gefallen!"

„Verdammt! Müssen uns beeilen! Werden sonst von dem Mob totgetrampelt!"

Dank des Umstands, daß sie um einiges beweglicher waren als die Treckwagen, kamen sie recht gut zum Ufer des Haffs durch. Edith erinnerte sich daran, daß man an schönen Sonnentagen vom Karlsberg bei Frauenburg die Nehrung mit ihren kleinen Hügeln und Wäldern ganz deutlich erkennen konnte. Nun war der Blick in solch weite Ferne unmöglich. Sie sah nur Menschen, Wagen und weiter vorn eine bizarre Eislandschaft. Da lag es also vor ihnen, das Frische Haff mit seinen etwa siebzig Kilometern Länge und ungefähr zehn Kilometern Breite. Wie in Ehrfurcht erstarrt, standen sie und mochten nicht recht glauben, daß sie nun auch auf das Eis sollten.

„He! Machen Se Platz!"

Edith drehte sich um und sah in die müden, trüben Augen eines geschundenen Pferdes, das einen mächtigen Wagen zu ziehen hatte.

Der Alte, der das Tier am Halfter weiterzog, bedrängte sie nun körperlich. Die junge Treskow drehte sich um und sah den Mann streng an.

„Mensch, hat man dir keinen Benimm beigebracht?"

Der rauhe Satz zeigte Wirkung, und das Stoßen hörte auf. Langsam, Schritt für Schritt, kam man in der Menge vorwärts.

Nachdem die Eisstraße, die eigentlich als Nachschubweg für die vierte Armee angelegt worden war, völlig überlastet war mit Flüchtlingstrecks, beeilte sich eine kleine Pioniereinheit, einen Übergang bei Frauenburg anzulegen. Zusammen mit Feuerwehr und Polizeikräften schlugen sie entlang des Weges Löcher ins Eis und froren darin Nadelbäume und Markierungsstangen ein. So war eine etwa fünfzehn Meter breite Rinne entstanden, und Gendarmerie versuchte, mit Pistolen im Anschlag dafür zu sorgen, daß große Wagen nur in einigem Abstand auf das Eis fuhren, um die Fläche nicht zu stark zu belasten.

Antonia zog den Schlitten und bat Edith, den Weg vor ihnen mit im Auge zu behalten. Nach wenigen Kilometern erwies sich ihre Vorsicht als begründet. Nur knapp neben dem unebenen weißen Trampelpfad sahen sie ein eingesunkenes Fuhrwerk.

Ein böiger Südwind kündigte einen Wetterumschwung an, und es begann zu schneien.

„Kannst du was erkennen?"

„Toni, nein! Bitte laß uns stehenbleiben, wir verlaufen uns doch sonst."

„Können hier nicht bleiben! Weiter! Dem Fuhrwerk nach!"

In einem entsetzlichen Schneesturm tappten sie über die Eiswüste. Die Verwehungen häuften sich teilweise bis zu einem halben Meter hoch. Der Schneevorhang schluckte das fahle Winterlicht, und die beiden verloren schließlich den Anschluß an den vor ihnen fahrenden Treckwagen.

„Toni?"

„Weiter!"

Edith war vor Angst ganz übel, und sie war mehr als froh, als es plötzlich weniger schneite. Ihre Begeisterung fand ein jähes Ende mit dem nächsten Angriff von Tieffliegern, welche die bessere Sicht ebenfalls zu schätzen wußten. Kaum waren sie aufgestanden und wieder vor dem Schlitten, erschrak Edith über ihre Hochstimmung, die sie empfand, als sie feststellte, daß sie Glück im Unglück gehabt hatten. Der Wagen, den sie aus den Augen verloren hatten, war beschossen worden, von der markierten Strecke abgekommen und eingebrochen. Alle Insassen, bis auf eine alte Frau, die regungslos in einer eisigen Lache neben dem kaum noch sichtbaren Planwagen saß und anscheinend den Verstand verloren hatte, waren tot.

Doch selbst der Anblick dieser Irren dauerte sie nicht mehr. So ging es weiter, und ein paar dunkle Schatten am Horizont, die Antonia als Bäume auf der Nehrung deutete, dienten zur Orientierung. Ein gespenstisch grunzendes Knirschen ließ die beiden anhalten.

„Was ist das?"

„Weiß nicht!"

„Könnte es sein, daß das Eis bricht?"

„Kaum! Unser Gewicht hält das allemal!"

„Aber der Wagen vorhin ist doch auch eingebrochen!"

„Ja, und? Eis hat es eben an sich, daß es lebt. Habe ich bei unseren Fischteichen sehen können, wenn ich an mehreren Tagen nacheinander zum Schlittschuhlaufen gegangen bin. Je tiefer die Temperaturen sinken, desto größer wird die Spannung im Eis. Es drückt dann gegen das Ufer und schiebt Schollen oder Blöcke übereinander. Manchmal gibt es richtige Risse."

„Aber es hat gehalten!"

„Ja doch! Vor allem, wenn es schon so lange kalt ist, da hält ..."

Antonia verschlug es die Sprache. Sie standen plötzlich im dichten Nebel, und eine Orientierung schien unmöglich. Langsam tappten sie vorwärts, immer nach Lebenszeichen anderer Eiswanderer lauschend.

„Das ist unser Ende!"

„Weiter!"

„Wohin denn, bitte?"

„Geradeaus!"

„Und wenn es dunkel wird?"

„Sehen wir auch nicht mehr! Aber auch nicht weniger!"

Wie von Zauberhand lichtete sich plötzlich der Nebel. Sie sahen sich um und stellten fest, daß sie offenbar weit vom Treckweg abgekommen waren. Antonia suchte am Himmel nach der fahlen Sonne, um zumindest halbwegs die Richtung bestimmen zu können. Schließlich deutete sie nach links, und sie gingen weiter. Vor allem die beißende Kälte machte den Weg beschwerlich. Mutlosigkeit beklomm Edith, bis sie nicht weit entfernt etwas sah, das wie eine Kate anmutete.

„Dort! Vielleicht ist das eine Behausung?"

Antonia streckte ihren vor Anstrengung schmerzenden Rücken, war doch der Schlitten auf der ungemein unebenen Eisfläche nur schwer zu ziehen.

„Sind hier auf dem Wasser! Gibt hier keine Hütten!"

„Aber sieh doch hin!"

Wenige Minuten später standen sie davor. Es war ein verlassener, umgekippter Treckwagen, vor dem ein steifgefrorenes Pferd noch in seinem Kummet hing.

„Laß uns weiter!"

Edith lief los und sah sich um. Die junge Treskow erschrak über das laute Lachen ihrer Freundin und mutmaßte, daß die nun dem Wahnsinn anheimgefallen sei.

„Komm sofort zurück!"

„Ein Huhn!"

Antonia ließ den Schlitten zurück, um die Liebste zu holen.

„Wo?"

„Hier!"

„Lebt es?"

„Nein, nicht mehr. Es ist fertig für den Topf!"

„Hunger hätte ich schon."

„Und ich erst! Zwieback, Backpflaumen und Dörrfleisch kommen mir schon zu den Ohren wieder heraus!"

Antonias Blick streifte den Himmel, und sie suchte abzuschätzen, wie groß die Gefahr von Tieffliegern sei.

„Könnte gehen."

„Was, bitte?"

„Na, muß doch für mindestens eine Stunde ein Feuer gemacht werden, um das Huhn zu garen."

„So lange?"

„Zu lange! Laß uns weiter!"

„Toni, ich bin so gierig auf etwas Warmes."

Schließlich siegte der Hunger über die Vorsicht.

„Kannst du einen Topf finden?"

„Habe schon einen!"

„Primich!"

Eilig schuf Antonia im Windschatten des umgekippten Wagens eine passable Unterlage für ein Feuer. Holz aus Möbeln und vom Wagen wurde zertrümmert, eine Kochstelle gebaut, und schließlich konnte man das Fundstück in geschmolzenem Schnee kochen.

„Mir läuft jetzt schon das Wasser im Mund zusammen!"

„Habe auch Hunger wie ein Bär!"

„Was meinst du, wie lange das Fleisch braucht?"

„Marie hat immer gesagt, ein Suppenhuhn muß mindestens eine Stunde köcheln. Wenn es eine alte Henne ist, zwei oder länger."

„Bis dahin ist es aber bestimmt schon dunkel!"

Ihre Freundin suchte derweil auf dem Schlitten nach Salz. Endlich das gesuchte Gewürz in Händen, wollte sie ihrer Liebsten antworten, doch Schritte ließen sie den Kopf drehen.

Zwei Gestalten näherten sich dem Kochplatz. Die junge Treskow öffnete ihren schweren Pelz und nahm die Mauser aus ihrem Hosenbund. Rasch war die Waffe entsichert und schußbereit. Als die Wesen nahe genug waren, steckte sie ihre Pistole wieder ein. Denn es waren keine Russen, sondern zerlumpte Deutsche, die aussahen wie entflohene Sträflinge.

„Wir haben den Qualm vom Feuer gesehen."

„Und was wollt ihr?"

Einer der beiden hob den Deckel des Topfes.

„Mann, Emil! Die Weiber kochen gerade!"

„Hermann, da haben wir's ja richtig getroffen!"

Antonia stellte sich demonstrativ vor die Feuerstelle.

„Wüßte nicht, daß wir teilen wollten!"

Emil lachte dreckig und wischte sich mit einer Hand über seinen mit Eiskristallen durchsetzten Bart.

„Redet auch keiner vom Teilen!"

„Dann macht euch gleich wieder davon!"

Edith war gar nicht wohl, zumal der andere aufdringlich nach ihrem Namen fragte. Zwischen Antonia und Emil brauste ein wilder Wortwechsel. Hermann ließ von Edith ab.

„Die können wir doch gleich noch zum Nachttisch ..."

„Halt's Maul, Mann!"

Antonia straffte sich und nickte.
„Könnt mal beide das Maul halten!"
Nun trat Hermann auf sie zu und drohte ihr mit der Faust. „Eigentlich soll man Weiber ja nicht schlagen, aber hier ..."
Antonias Bewegungen waren für die Männer eher verwirrend. Die Kerle sahen nur, wie die schöne Schlanke ihren Mantel öffnete. Und das Erstaunen war groß, als sie, breitbeinig stehend, ihre Pistole auf sie richtete.
„Macht euch davon! Sonst geschieht ein Unglück!"
Emil schüttelte sich vor Lachen.
„Weibsvolk will jetzt schon schießen können! Komm doch, zeig uns, was ein Flintenweib kann!"
Die junge Treskow sah ihn kalt an und konzentrierte sich auf die Quaste seiner Wollmütze, die neben seinem rechten Ohr hing. Langsam legte sie ihren Zeigefinger auf den kalten Hahn, zielte ruhig und schoß. Der Bommel flog neben ihm in den Schnee.
„Teufel noch eins!"
Das war das letzte, was sie von den beiden Männern zu hören bekamen. Als sei der Leibhaftige hinter ihnen her, verschwanden sie in die Richtung, aus der sie gekommen waren.

Antonia konnte Kälte eigentlich gut aushalten. Winterspaziergänge oder Ritte über Schnee gehörten zu ihren Leidenschaften. Nun, mehr oder minder orientierungslos, wußte sie, warum. Das Schönste daran war die Heimkehr. Ein prasselndes Feuer im Kamin eines Salons, eine Tasse heißen Tees und etwas Gebäck, oder nur die warme Küche auf Treskow. Völlig gewiß, daß es von hier sobald keine Heimkehr gäbe, trottete sie weiter. Etwas Unbekanntes machte sich in ihr breit, ein Gefühl der Mutlosigkeit. Sie kämpfte dagegen an, wie gegen das Gewicht des Schlittens und die Unbilden der dunklen Kälte, doch es blieb.
Auch Edith war es leid, endlos durch die nachtschwarze Eisigkeit zu laufen. Sie suchte sich auf etwas Angenehmes zu konzentrieren, doch ihr Körper war stärker als all ihre Gedanken. Am schlimmsten empfand sie die Kälte im Gesicht und an den Händen. Die Nase hörte gar nicht mehr auf zu laufen, und die Lippen waren aufgesprungen. Trotz dicker Fäustlinge konnte sie die Daumen nicht regen, noch nicht einmal, um einen Knopf zu bewegen. Sie schmerzten derart, daß sie das Gefühl hatte, die Fingernägel lösten sich ab.
Die beiden Frauen konnten es kaum glauben, als sie wieder auf Menschen stießen.
„He, hallo da vorn! Wißt ihr, wo wir hier sind?"
Ein kleiner Junge rannte von dem vorderen Treckwagen zu ihnen.

„Se sin' auf die Nehrung!"

Ungläubig sahen sich die beiden Frauen an. Die junge Treskow konnte ihrer Freude nur noch dadurch Ausdruck verleihen, indem sie, scheinbar irre geworden, ihr Schulwissen zum besten gab.

„Frische Nehrung! Landstreifen. Entstanden durch Sandablagerung und Anschwemmung. Sechsundfünfzig Kilometer lang, 1,8 Kilometer breit. Höchste Düne bei Narmeln, fünfundvierzig Meter hoch. Bewohner der Nehrungsdörfer leben vom Fischfang und vom Fremdenverkehr. Größtes Seebad, seit 1850, Kahlberg mit 2,5 Kilometer langem Badestrand an der Ostsee. Jährlich von etwa fünftausend Kurgästen besucht. Bewuchs: Kiefern und Kaddig."

Der Knabe sah die Frauen völlig verstört an und rannte so schnell er konnte zurück zu seinem Wagen. So standen Antonia und Edith wieder allein, und in einer verzweifelten Umarmung suchten sie Halt aneinander. Glücklich, Ostpreußen unbeschadet entkommen zu sein, ließen sie voneinander nicht ab. Doch dann bereuten sie diese Gefühlswallung, denn weit und breit war plötzlich niemand mehr zu sehen.

„Hast du gesehen, wo die hingefahren sind?"

„Natürlich! Dort lang."

„Ich hatte den Eindruck, sie hätten eher diesen Weg da genommen."

Antonia übergab ihrer Freundin das Zuggeschirr.

„Bleib du hier! Ich suche nach Spuren."

„Um nichts in der Welt gehst du los, und ich warte hier!"

„Hast ja recht. Kann sowieso kaum die Hand vor den Augen erkennen."

Der Schlitten kam Edith immer schwerer vor, und sie hielt an, um eine Verschnaufpause zu machen.

„Meinst du, wir haben die richtige Richtung?"

„Weiß nicht. Da vorn ist etwas. Ziemlich groß!"

„Sind es Leute oder Treckwagen?"

„Nein, ein Schatten. Bewegt sich nicht."

„Vielleicht ein russischer Panzer?"

„Ist mir langsam auch egal!"

„Du kannst auch nicht mehr?"

„Können schon, aber ich habe das Gefühl, wir gehen im Kreis!"

„Das kann nicht sein, der Wind bläst immer von einer Seite."

„Wenn er zwischendrin gedreht hat?"

„Herrgott, Toni! Wie auch immer, laß uns eben auf den Panzer zulaufen!"

Es kostete beide viel Kraft und Überwindung, auf den Schatten zuzugehen. Doch als sie endlich davor standen, war es wie eine Erlösung, beinahe wie die von Antonia ersehnte Heimkehr nach einem Spaziergang. Vor ihnen lag eine heruntergekommene Bauernkate. Die junge Treskow ließ ihre Liebste warten und ging, die Pistole als Schutz in der Manteltasche, tapfer auf die Behausung zu.

Wie von Furien gehetzt kam sie zurück.

„Leer, niemand da!"

Gemeinsam zogen sie den Rodel vor die offene Haustür und trugen ihn hinein. Es erschien ihnen wie ein Gottesgeschenk, daß in der großen Stube ein Kanonenofen stand. Wie besessen liefen die beiden los, um Holz und anderes Heizmaterial zu suchen und es zu zerkleinern. Sie fanden sogar noch eine alte Zeitung, und so war das Anfeuern kein Problem mehr. Der Ofen rußte und rauchte, daß sie kaum noch atmen konnten.

„Der zieht nicht!"

Sie fanden rasch die Ursache dafür: ein gebrochenes Ofenrohr. Doch auch das ließ sich richten, und endlich wurde es warm in dem erbärmlichen Raum. Wie von einem Magneten angezogen, saßen sie vor dem Ofen. Doch die erfrorenen Gliedmaßen schmerzten beim Erwärmen so sehr, daß sie hätten schreien mögen. Der einsetzende Blutstrom ließ Finger und Zehen pochen. Mit zusammengebissenen Zähnen ertrugen sie den Schmerz, aßen, als er sich linderte, und fielen dann in einen ohnmächtigen Schlaf.

~~~

Die klirrende Kälte ließ Edith wach werden; mühsam bewegte sie ihre steifen Glieder und drehte sich langsam um.

„Toni?"

Sie rüttelte an ihrer Freundin, die sich unter einer Wolldecke vollkommen in ihren dicken Pelzmantel verkrochen hatte und nur schwer die Augen aufbekam.

„Was ist denn? Draußen ist doch noch alles dunkel."

„Ich bin vollkommen durchgefroren, bitte laß uns weitergehen."

Antonia wurschtelte sich aus dem Pelz, rutschte ein wenig herüber und packte Edith in das wärmende Fell. Rasch war beiden wohlig warm, und sie mochten sich niemals mehr trennen. Doch da knurrte etwas laut. Antonia legte ihre Hand auf Ediths Bauch.

„Hunger?"

„Und wie!"

Sie machten sich daran, die mitgeführten Nahrungsmittel zu einem Frühstück zusammenzustellen.

„Sollen wir nicht noch einmal Feuer machen? Ich hätte so gerne etwas Warmes zu trinken."

„Zu gefährlich."

„Hast du noch etwas Zwieback?"

„Ja, Moment."

„Danke."
~~~

„Ist heute der Sechsundzwanzigte?"
„Hm, ich glaube ja."
„Hat mein Vater Geburtstag."
„Ich glaube, er kann froh sein, daß er alles schon hinter sich hat."
Die junge Treskow schnitt etwas Speck ab, gab ihrer Freundin davon und schob sich einen Bissen in den Mund.
„Kommen schon durch!"
„Wenn wir nur zusammenbleiben können!"
„Wird schon!"
Edith verstaute alles wieder sorgsam auf dem Rodel, während Antonia vorsichtig das Bauernhaus verließ und in der rabenschwarzen Dunkelheit des frühen Morgens nach Panzern oder Truppen spähte.
„Weit und breit nichts zu sehen."
„Auch keine Treckwagen?"
„Nuscht!"
Sie schleppten den Schlitten nach draußen, und Edith schirrte ihre Liebste an. Der beißende Wind hatte etwas nachgelassen, doch es war immer noch unerbittlich kalt. Der fahle Sonnenaufgang bestätigte ihnen, daß sie die richtige Himmelsrichtung gewählt hatten. Das Ziehen des Schlittens war nicht mehr so mühevoll wie auf dem Eis, doch immer noch anstrengend genug. So beschlossen sie, sich dabei regelmäßig abzuwechseln.
Es war heller Mittag und die Sicht ausnahmsweise so gut, daß man mehr als einen Kilometer weit über die flache Landzunge schauen konnte, als Antonia plötzlich stehenblieb. Zunächst hielt sie die dunklen Punkte in weiter Ferne für eine Ansammlung der hier häufig zu findenden geduckten Kiefern. Bei längerem Hinsehen stellte sie jedoch fest, daß sich die Flecken am Horizont bewegten.
„Laß uns wechseln!"
„Wieso? Es ist noch nicht an der Zeit."
„Geht schneller, wenn ich ziehe."
Edith machte ihrer Beleidigung dadurch Luft, daß sie wie besessen den Schlitten weiterzerrte. Ihre Freundin lief ihr nach, bis der Rodel an einer Schneewehe umzukippen drohte. Edith kümmerte das nicht, ihr Blick galt dem weißen Untergrund, auf dem sie konzentriert nach Stellen für einen möglichst festen Tritt suchte. Antonia rannte, bückte sich und verhinderte, daß das Gefährt umkippte.
„Hoh!"
„Ich bin keins von deinen Pferden!"
Nun sah Edith das Debakel und entspannte die Zugleinen. Die junge Treskow zog mit enormer Kraft den Schlitten auf die Kufen und schritt dann lachend auf ihre Liebste zu.
„Ein Pferd von mir zieht nicht wie ein blinder Ackergaul!"
„Du wolltest doch, daß es schneller geht."
„Ja, aber man darf den Blick nach hinten nicht vergessen!"

„Aber ja doch! Fräulein Treskow weiß wie immer alles besser!"
„Laß uns nicht streiten, bitte! Habe da vorn Menschen gesehen."
Edith wurschtelte sich aus dem Zuggeschirr und starrte mit zusammengekniffenen Augen in die Weite.
„Wo?"
„Jetzt ist wieder Dunst aufgezogen."
„Bist du sicher, daß es Leute waren?"
„Nicht ganz."
Die nächsten Kilometer wurden in strammem Marschschritt zurückgelegt. Sie durchquerten eine Nebelwand, und Antonia fluchte fortwährend darüber, daß sie keinen Kompaß mitgenommen hatte. Als der Schleier sich lichtete, wurde es um sie herum wieder lebhafter. Menschen mit Handkarren und ein paar Pferdefuhrwerke nahmen den gleichen Weg wie sie. In der Ferne war ein Ort zu erkennen. Ein Mann brüllte so von einem Wagen, daß man glaubte, er habe den Verstand verloren.
„Das muß Elbing sein."
Antonia hielt an, und der Schlitten, nun auf glatter Fläche, rutschte ihr von hinten in die Beine.
„Verflucht!"
„Hast du dir weh getan?"
„Nein!"
„Mensch, Toni. Endlich eine Stadt!"
„Hoffentlich nicht Elbing!"
„Warum?"
„Weil wir an einen Hafen an der Ostsee müssen!"
„Wie kommst du denn jetzt darauf?"
„Dein Vater!"
„Wo?"
„Edith, er hat gesagt, der letzte Weg ginge über Haff und Nehrung!"
„Ich verstehe nicht, was du meinst."
„Am Ende der Nehrung liegt nicht Elbing!"
„Was dann?"
„Weiß ich auch nicht! Bete nur, daß es nicht Elbing ist!"
Mit jedem weiteren Schritt wurde klar, daß es sich um keine große Stadt handeln konnte, auf die sie zugingen. Allein der Anblick der Ortschaft beflügelte alle, und sie stapften etwas schneller durch den Schnee. Immer mehr Fuhrwerke und Leute wälzten sich auf den Ort zu.

Der Gedanke an frisches, fließendes Wasser und daran, endlich wieder von der Partei oder der Wehrmacht angewiesen zu bekommen, was nun weiter zu geschehen habe, ließ die Menschen sorglos werden. Vereinzelt wurden Kinder aus den Wagen geholt und tollten im Schnee, bis plötzlich ein gellender Schrei ertönte. Unwillkürlich sahen sie zum Himmel auf.

„Dort! Ein Flugzeug!"

Edith begann laut zu weinen, als sie erkannte, daß kein einzelner Flieger, sondern eine ganze Staffel auf sie zusteuerte.

„O Gott, unser Untergang!"

Trotz der überaus gefährlichen Lage mußte Antonia bei dieser Wortwahl lächeln. Das helle, fiepende Pfeifen der Jagdmaschinen dröhnte ihnen in den Ohren, und einige Pferdegespanne galoppierten ziellos durch den Schnee. Wagen kippten um und begruben Menschen unter ihrer Habe. Die junge Treskow sah eine Schneewehe, riß ihre Freundin am Ärmel mit sich, warf sie in den losen Schnee und fing an, das kalte Weiß über sich zu schaufeln. Nun begannen die Sowjets Bomben zu werfen. Es folgten endlose Salven aus den Bordwaffen. Nach einigen Minuten, die ihnen wie eine Ewigkeit erschienen, kehrte eine trügerische Ruhe ein. Nur das Stöhnen von Menschen und das Wimmern eines Kleinkindes waren zu hören. Antonia wagte es, den Kopf zu drehen, und lugte aus dem eisigen Versteck.

„Sind weg."

Edith zitterte am ganzen Leib.

„Und wenn sie wiederkommen?"

„Müssen los! Ist nicht mehr weit. Wenn wir erst in Danzig sind, haben wir das Schlimmste geschafft."

Plötzlich sprang eine Frau auf, die eben noch zusammengesunken neben ihrem Handkarren gesessen hatte.

„Ich kann nicht mehr, mir platzt der Kopf!"

Sie rannte wild um sich schlagend auf einen alten Mann zu, der versuchte, sein Pferd zu beruhigen.

„Die bringen uns doch alle um! Alle, ohne Ausnahme! Ich will nich' mehr, ich kann nich' mehr!"

Laut schluchzend brach sie neben dem Alten zusammen. Der sah sie ausdruckslos an, tätschelte seinem Roß den Hals, nahm es am Halfter und zog. Der große Wagen setzte sich in Bewegung, und die Frau blieb, von einem Weinkrampf geschüttelt, im Schnee liegen.

„Wir müssen ihr helfen!"

„Nein! Können wir jetzt nicht!"

„Aber die Frau hat zwei Kinder in ihrem Wagen."

„Kann es nicht ändern! Müssen alle sehen, wo wir bleiben."

„Das ist nicht dein Ernst!"

„Doch, und jetzt komm! Müssen weiter, ehe die Russen uns abknallen!"

Widerwillig ging Edith neben ihrer Freundin her.

„Hat dich das alles hier so hart gemacht?"

„Nein! Könnte auch heulen und schreien vor Angst, aber davon haben wir doch nichts!"

„Aber es befreit!"

„Wovon? Wir müssen weiter!"
„Und wohin?"
„Zu einem Hafen!"
Edith zog ihre Mütze fester über die Ohren und sah wehmütig in Richtung des Ortes, der nicht weit entfernt lag.
„Aber könnten wir nicht ..."
„Wer weiß, ob da nicht schon die Russen sind!"
„Und an der Ostsee sind sie nicht?"
„Danzig wird schon halten!"
„Danzig? Das ist doch noch so weit!"
„Nicht, wenn das hier nicht Elbing ist!"
„Ich verstehe dich nicht!"
„Heimatkunde!"
„Ja, und?"
„Wenn hier das Ende der Nehrung ist und wir uns an der Küstenlinie halten, sind es bis Danzig vielleicht noch zehn Kilometer."
„Und was willst du dort?"
„Weiß ich doch auch nicht! Vielleicht gibt es ja Schiffe für die Flüchtlinge."
Obwohl Edith die Gedankengänge ihrer Freundin nicht nachzuvollziehen vermochte, trottete sie hinter ihr her. So gingen sie Stunde um Stunde; mal waren Treckleute bei ihnen, dann waren sie wieder alleine. Sie aßen ohne rechten Hunger und ohne zu merken, welche Wegstrecke sie schon zurückgelegt hatten, und wechselten sie sich schweigend beim Ziehen des Schlittens ab.
Eine neuerliche Ablösung in dunkler Nacht stand an. Antonia befreite sich wie in Zeitlupe aus dem Geschirr.
„Du bist dran."
Ihre Freundin weigerte sich, die Gurte anzunehmen.
„Ich gehe keinen Meter mehr weiter!"
„Wie?"
„Du hast gesagt, bis Danzig sind es nur noch zehn Kilometer!"
„Habe mich eben geirrt."
„Mein Gott, ich kann einfach nicht mehr!"

Edith schleppte sich völlig entkräftet neben dem Schlitten dahin, jeder Schritt war ihr eine Mühsal. Antonias Nerven waren zum Zerreißen gespannt, mußte sie doch mit Engelszungen jeden Tritt von ihrer Freundin einfordern. Ein kleiner Buckel im Schnee brachte den Rodel fast zum Umkippen, und die junge Treskow machte ihrer Anspannung Luft.
„Verdammt noch mal! Verflucht! Verflixt! Kannst du nicht wenigstens auf den Schlitten achten?"

Edith zuckte nur müde mit den Schultern und begann zu weinen. Ihre Freundin maß den neuerlichen Tränen keine Bedeutung mehr bei, stemmte sich mit Kraft ins Geschirr und stapfte weiter. Ohne ein Wort zu verlieren, setzte Edith sich einfach in den Schnee. Müdigkeit, Angst und die Anstrengung hatten ihren Willen nun völlig erlahmen lassen. Die junge Treskow bemerkte zunächst ihr Fehlen nicht. Erst als sie haltmachte, weil sie Rauch zu riechen meinte, drehte sie sich um.

„Edith?"

Sie bekam keine Antwort. Aufgeregt warf sie das Zuggeschirr von sich und sah sich um.

„Edith!"

In der Stille der Dunkelheit klang ihr der eigene Ruf in den Ohren wider.

„Gott verdammich! Edith!"

Sie lauschte in die tiefschwarze Nacht und reckte den Hals, als sie Schritte zu hören glaubte.

„Edith?"

Nun ließ sie den Schlitten stehen, war ihr Edith doch wichtiger als alle Habe. Mit großen Schritten ging sie, den Schlittenspuren folgend, zurück.

„Edith!"

Wieder horchte sie in die Finsternis. Sie hörte etwas, das wie ein stilles Räuspern klang.

„Mensch, Edith, ich liebe dich!"

„Ich dich auch."

Sie fand die Geliebte im Schnee liegend. Ihre letzten Kräfte mobilisierend, hob sie sie auf und trug die Liebste, immer wieder nach den Spuren im Schnee sehend, zum Schlitten. Wie Stückgut warf sie Edith auf den bepackten Rodel. Die junge Treskow gönnte sich einen Augenblick des Verschnaufens und legte dann das Geschirr wieder um ihre Schultern.

„Halt dich fest!"

Es kam Antonia wie ein Traum vor, als sie, dem Geruch des Rauches und dem Anblick eines winzigen Lichtpunktes in der Dunkelheit folgend, vor einem kleinen Bauernhaus ankam. Sie machte sich vom Schlitten los und schlich auf die Kate zu. Durch ein Fenster konnte sie den Schein einiger Kerzen erkennen.

Als hätte sie den ganzen Tag nichts getan, rannte sie zum Schlitten zurück, trug ihre Liebste zum Haus und holte dann die Habe.

„Edith, Rettung!"

Die völlig depressive, kraftlose Frau öffnete ihre Augen, und ihre Freundin drehte ihren Kopf zu dem schwach erleuchteten Fenster.

„Sind wir zu Hause?"

„Noch nicht, aber es scheint ein warmer Platz für die Nacht zu sein."

Antonia verzichtete aufs Anklopfen und ähnliche Förmlichkeiten. Sie stieß die Tür des Hauses mit dem Fuß auf, trug ihre Freundin hinein und holte den Schlitten nach. Es gelang ihr, Edith zu überreden, auf eigenen Füßen den von Menschen bevölkerten Raum zu betreten.

„Guten Abend! Treskow mein Name, Antonia Treskow. Haben einen schlimmen Marsch hinter uns. Ist es wohl möglich, hier noch ein Plätzchen zu bekommen?"

„Komm' Se rein, un' machen Se de Türe wieder dicht!"

Sie machten Platz und stellten sich vor. Edith taute langsam wieder auf, sowohl körperlich als auch gefühlsmäßig. Antonia war erleichtert über die Besserung ihres Zustandes und ging, um vom Schlitten, den sie im Hausflur abgestellt hatte, Essen zu holen. Ediths Stimme gewann an Kraft, während sie in schillernden Farben ausmalte, was sie schon erlebt hatten.

„Und dann wurden wir wieder beschossen ..."

„Edith, wir wollen etwas essen."

„O ja, mein Hunger meldet sich."

Die Menschen in dem Zimmer schauten gierig, als Antonia eine Speckseite aus einem Leinentuch packte. Großzügig schnitt sie für sich und ihre Freundin davon ab, gab Edith ihren Teil, drehte sich dann um und hielt mit ausgestrecktem Arm den Speck in den Raum.

„Leute, auf meinem Gut ist es Sitte zu teilen!"

Die angebotene Räucherware löste die Spannung. Rasch bekamen die jungen Frauen dafür etwas Brot angeboten, und das enorme Stück Rauchfleisch wurde verteilt. Ein alter Mann zog eine Flasche Schnaps aus seiner Tasche und reichte sie herum. Ein anderer hatte Tabak bei sich, und einige der alten Männer drehten sich eifrig Zigaretten daraus. Man aß, trank, rauchte, und es herrschte fast Feststimmung.

„Wo sin' Se denn her?"

„Gut Treskow, bei Schloßwalde."

„Is' da auch schon da Russ'?"

„Weiß ich nicht. Sind weg, als der Räumungsbefehl kam."

„Steht nich' jut um uns!"

„Kann man wohl sachen!"

„Ja, de vierte Armee steht sich mit 'm Rücken zum Haff bei Heiligenbeil!"

„So weit is' es also mit unsere' Front ..."

„Noch viel besser, de ham de Front auf de Alle-Linie zerückjenomm'!"

Edith hatte von einer Frau lauwarmen Hagebuttentee zu trinken bekommen, der nun sein Recht forderte.

„Gibt es hier eine Toilette?"

Eine Frau mit derbem, rotem Gesicht schüttelte sich vor Lachen, und eine andere zupfte Edith am Ärmel.

„Se wer'n schon nach 'm Winterklo jehen missen."
„Auch recht. Und wo finde ich den Abtritt?"
„Hier is' Westpreußen zum Zuscheißen freijejeben!" äußerte sich eine Männerstimme belustigt.
Mit gehöriger Beklemmung ging sie nach draußen, um in der Düsternis ihrer Blase Erleichterung zu verschaffen. Der kalte Wind ließ sie sich beeilen. Kaum hatte sie die Hose wieder hochgezogen, sah sie eine zerlumpte Gestalt auf sich zukommen. Mit dem Hosenbund in beiden Händen rannte sie stolpernd zurück in die überfüllte Unterkunft.
„Mein Gott, da ist jemand!"
„Russen?"
„Keine Ahnung! Der sah aus wie der Tod persönlich."
Augenblicke später kam die Gestalt ins Haus, warf sich neben die Tür und zog die gespannten Blicke aller auf sich. Doch der für die Jahreszeit viel zu leicht bekleidete Mann hielt es nicht einmal für nötig, die Augen zu öffnen.
Vorher war Edith nicht aufgefallen, daß die Luft in dem brechend vollen Raum zum Schneiden war. Schließlich hatte ein jeder sich seit Tagen nicht waschen können. Diese Tatsache und der Qualm des selbstgezogenen Tabaks machten das Atmen nicht einfacher. Doch der Gestank, den der Neuankömmling verströmte, raubte nicht nur seinen unmittelbaren Nachbarn den Atem. Eine schwangere Frau mußte sich deshalb heftig erbrechen, und so entstand für einige endlose Minuten ein Tumult im Raum. Während der Boden gereinigt wurde, stellte sich einer der Männer dicht neben Antonia.
„Der Kerl stinkt wie die Pest! Ich bin dafür, daß wir ihn rauswerfen!"
„Ja, raus mit 'm!"
Der Zerlumpte neben dem Eingang schien sich nicht um das Geschrei zu kümmern. Erst als einer der Männer ihn mit seinem Stiefel hart anstieß, zuckte er hoch. Sein Blick hatte etwas Sonderbares, als er aufstand und Haltung anzunehmen versuchte.
„Jawoll!"
Niemand konnte damit etwas anfangen, und eine Frau ergriff die Initiative. Sie schob den Kerl, der den Neuen so rüde zum Aufstehen bewegt hatte, zur Seite und besah sich den Eindringling.
Der trug einfache Holzschuhe ohne Socken; sein dürftiger, schmutziger Mantel und die gestreiften Lumpen darunter boten ein Bild des Jammers. Vorsichtig seine erfrorenen Hände reibend, sah er sie aus seinen übergroß wirkenden Augen glasig an. Dann wanderte sein Blick, und er starrte ins Leere. Die Frau drehte sich um und schüttelte den Kopf.
„Los! Eene Decke her!"
Zögernd reichte ihr eine Hand eine alte löchrige Pferdedecke, und sie packte den übelriechenden Burschen darin ein. Sogleich

sorgte sie dafür, daß er ein Stück Brot bekam. Die vielen Augenpaare, die sich nichts entgehen ließen, sahen, wie er, einem Tier gleich, den Kanten verschlang.

„Danke."

Nun, da der Neuankömmling offenbar deutsch sprach, brach die Neugierde aller durch, und ein heilloses Durcheinander fragender Stimmen tobte. Antonia stampfte mit ihrem genagelten Winterstiefel auf den groben Holzboden.

„Herrschaften, Ruhe!"

Niemand sprach mehr.

„Jetzt macht Platz da am Ofen!"

Es bildete sich eine Gasse, und die junge Treskow stützte den Mann auf seinem Weg. Er drehte seinen Kopf, und die unnatürlich großen Augen jagten ihr einen Schauer über den Rücken.

„Setz dich, wärm dich auf!"

„Der Stinker muß raus hier!"

Antonia sah den Schreihals ernst an.

„Möchte nicht wissen, wie du stinkst, wenn du aus dem Lager kämst!"

Ein Mädchen, das dicht neben dem Ofen stand, riß die Augen auf.

„Se meinen, der kommt aus ei'm Lajer?"

„Wo soll der denn sonst herkommen? Schau ihn dir doch an!"

Der Zerlumpte rückte vom Ofen weg, denn die Hitze bekam ihm offenbar nicht.

„Will mich nur aufwärmen. Verschwinde dann wieder."

Antonia ging vor ihm in die Knie und sah ihn an. Als erstes fielen ihr seine völlig zerschundenen Hände auf. Blutige Risse und Frostschäden ließen sie wie rohe Rouladen aussehen.

„Solange ich hier bin, gehst du nicht wieder raus!"

Ein baumlanger Alter drängte sich zu ihr und griff sie hart an der Schulter.

„Dem Herrjott wohl direkt vom Arsch jefallen! Wohl so 'ne Adlige, oder warum tust du dich so aufspielen?"

Die junge Treskow schlug heftig auf die Pranke, die ihre Schulter im Klammergriff hielt.

„Mit Kerlen wie dir werde ich allemal noch fertig!"

Edith schob sich durch die glotzende Menge zu ihrer Freundin.

„Toni, bitte! Wir müssen hier doch zusammenhalten."

„Eben drum!"

Die junge Romeike drehte sich um und erhob ihre Stimme.

„Leute, hört zu! Keiner von uns ist freiwillig hierher gekommen. Das sollten wir nicht vergessen! Laßt uns mit dem Mann reden, danach können wir abstimmen, ob er bleibt oder geht."

„Abstimmen, wie bei de Anarchisten? Nuscht da! Wir bestimmen einen, der befiehlt, und was der sacht, wird jemacht!"

Wieder redeten alle durcheinander, bis eine sehr schmale Frau sich Gehör verschaffte.

„Männer! Immer mein' de Herrn, se hätten was ze sachen! Wer hat euch denn jeboren? Wer hat all die Jungs jeboren, die im Krieg da verheizt wor'n sin'? Du da, mit die laute Stimme? Du nich'! Ohne uns Frauen un' Mütter wärt ihr Mannsleut doch nur 'n kümmerlicher Spritzer auf die Hose von euerm Vater!"

Als hätte jemand den Befehl dazu gegeben, drängten sich all die alten Männer plötzlich in einer Ecke des Raumes. Schnaps und Zigaretten waren ihr stiller Protest gegen das, was im Raum schwebte.

Die Frau, welche gerade so glühend gesprochen hatte, kniete vor dem Ankömmling nieder.

„Ham dir übel zujerichtet!"

Er nickte, und sein abwesender Blick verschwand.

„Die Frau da hat recht, ich komme aus einem Lager."

„O mein Jott!"

„Den gibt es da nicht."

Edith brachte ihm den Hagebuttentee, von dem sie wenig zuvor getrunken hatte.

„Hier in der Gegend gibt es doch gar kein Lager."

„Wie kommen Sie denn darauf?"

„Das wäre sicherlich bekannt ..."

„Sie haben doch keine Ahnung!"

Er setzte sich auf, führte die Tasse an die Lippen und trank mit gierigen Schlucken.

„Im ganzen Reich gibt es Lager. Gefangenenlager, Konzentrationslager, Lager für Juden, für Russen und was weiß ich noch alles! Jeder weiß davon, aber niemand will es wahrhaben!"

„Nein, wir wußten wirklich nichts davon. Natürlich war man immer auf der Hut, nichts zu sagen oder zu tun, weil immer gemunkelt wurde, daß man sonst in ein Lager käme, zur Umerziehung oder so etwas."

„Umerziehung!"

„Ja."

„Haben Sie noch etwas zu trinken für mich?"

Niemand rührte sich, bis eine alte, dicke Frau einen Becher herüber reichte.

„Is' nur Wasser, ham sonst nuscht mehr!"

Wieder trank er überstürzt, als sei sein Durst unstillbar. Mit seinem roh-wunden Handrücken fuhr er sich über seine rissigen Lippen.

„Arbeiten! Und wer nicht mehr konnte, kam auf Transport, in die Gaskammer, oder kriegte den Genickschuß. Das ist die ganze Umerziehung!"

Eine Frau schlug beide Hände vor den Mund.

„Das kann ich nich' glau'm!"

Er rückte seinen schmerzenden Körper in eine andere Lage und seufzte tief.

„Ich konnte es auch nicht glauben, bis ich es mit eigenen Augen gesehen habe! Ich habe die Hölle auf Erden erlebt. Man sagt, daß es das Lager schon seit '39 gibt. Wir konnten im Sommer, bei klarem Wetter, Danzig sehen. Und ein Dorf lag nicht weit weg!"

Antonia war aufgestanden und bewegte ihre müden Beine.

„Sie klingen gar nicht wie ein Schwerverbrecher; was hat Sie denn dorthin gebracht?"

„Ich bin auch kein Verbrecher! Übrigens, mein Name ist Bruno Linder. BVer hatten wir kaum im Lager."

„BV?"

„Berufsverbrecher. Die wirklichen Mörder und Kinderschänder waren nicht bei uns, und wenn, dann in gehobenen Positionen. Die waren so eine Art Aufseher in den Blocks und bei der Arbeit. Von den richtigen Verbrechern, die doch trotz ihrer Schuld echte Deutsche waren, gab es nur wenige. Die meisten bei uns waren Männer, die angeblich nicht die rechte Gesinnung hatten, mit Jüdinnen verheiratet waren und sich nicht scheiden lassen wollten, oder Polen, die partout nicht deutsch sprechen wollten. Junge Kerle, die nicht an die Front wollten, oder Juden, die hin- und hergeschoben wurden zwischen den KZs. Das Judenlager war noch schlimmer. Vor allem, nachdem das Ghetto in Warschau liquidiert worden war. Die sind gestorben wie die Fliegen!"

Edith erinnerte sich an Ausführungen ihres Vaters und plapperte unbedacht los.

„KL! Der richtige Ausdruck ist KL, für Konzentrationslager!"

„Wenigstens einer, der davon weiß!"

Antonia sah ihre Liebste mit hochgezogenen Augenbrauen an.

„Du hast wirklich davon gewußt?"

„Nein, nein, nur der Ausdruck ..."

„Das Mädel ist eine von der Partei!" schrie einer wie besessen durch den Raum.

Eine Frau stieß den Schreihals an.

„Halt den Mund!"

Antonia sah Linder traurig an.

„Sie sprachen von einer Gaskammer. Was ist das?"

„Die gibt es erst seit dem letzten Frühjahr. Da kamen die Menschen in einen Raum und wurden mit Gas vergiftet. Früher gab es zu diesem Zweck einen speziell abgedichteten Eisenbahnwaggon der Kleinbahn, die ins Lager führte. Die kamen rein ins Gas und wurden dann verbrannt, im Krematorium."

„Mein Gott, das ist ja grauenvoll!"

„Ja und nein. Für viele war das Gas oder die Genickschußanlage ein lange herbeigesehnter Tod. Nicht das jähe Sterben war unsere

Hölle, sondern die Arbeit, die Schinderei ohne Essen. Die haben uns nur Dreck verfüttert, so was würden noch nicht einmal Schweine fressen, und dann gab es alles immer nur grammweise. Hundert Gramm verschimmeltes Brot, zehn Gramm Schmelzkäse oder mittags einen Schlag Suppe aus Rüben, die man noch nicht mal gewaschen hatte. Und das Leben in den miesen Unterkünften, zusammengepfercht zwischen Kranken und irrsinnig Gewordenen, in gräßlich überfüllten Räumen. Die stinkende Brühe, die auf einen herabfloß, wenn man in seinem Bett mit drei anderen unter einem mit Durchfall lag. Die Appelle, wo man stundenlang stehen mußte und nicht wußte, warum ..."

„Sei still!"

Er sah zu dem Mann auf, der aus der Ecke gebrüllt hatte.

„Wenn ich das hier überstehe, bin ich niemals mehr still! Kennst du Läuse? Ja? Wir hatten in unserem Bau soviel Läuse, daß sich das Stroh, auf dem wir lagen, bewegt hat!"

Edith beugte sich zu Linder vor und berührte sacht sein Gesicht.

„Es tut mir leid!"

„Mir auch!"

Antonia rieb sich die brennenden Augen und versuchte ein Lächeln.

„Nun haben Sie es ja beinahe geschafft! Jeder, der Sie hier raushaben will, bekommt es mit mir zu tun!"

Er schaute lange in ihr zwar müdes, aber doch ungemein schönes Gesicht. Sein Blick glitt über die Wangenknochen und heftete sich an ihre hohe Stirn.

„Sie haben Mut! Wenn ich so Ihre Augen sehe, muß ich an die denken, die Ende Juli ins Lager kamen. Es waren etwa hundertachtzig Männer und Frauen. Deutsche, wie wir später erfuhren, Sippenhäftlinge. Da waren Familienangehörige von dem Stauffenberg dabei! Aber Sie erinnern mich an eine, die ging so ungeheuer aufrecht und hatte Augen wie Sie."

Die junge Treskow spürte, wie sich ihr Hals zusammenschnürte.

„Von Stauffenberg? Mein Gott!"

„Der war nicht dabei, ich meine, der ohne Arm. Aber die Familie von ihm, und nicht nur die. Da waren noch die von Hassels und was weiß ich ..."

Antonia nickte zaghaft und atmete tief durch.

„Kann es mir vorstellen!"

Eine Frau brachte ihm eine weitere Tasse zu trinken.

„Un' wie ham Se's nu' fertich jebracht, wech ze komm'?"

„Wir hatten ja eine Menge Außenkommandos. Die wurden vor ein paar Tagen plötzlich aufgelöst, und wir sollten zum Hauptlager zurück. Man sagte uns etwas von Evakuierung, aber mir war sofort klar, daß uns niemand tatsächlich umquartieren wollte. Auf dem

Marsch zurück zum Hauptlager habe ich vorgestern das Weite gesucht! Ich mußte mich dauernd verstecken, überall waren deutsche Soldaten, aber ich wollte einfach zurück nach Hause. Von weitem habe ich dann den Rauch aus dem Schornstein bemerkt."

„Hier biste sicher!"

„So sicher wie ihr!"

„Wo liegt denn das Lager genau?"

„Im Wald, gleich neben der Ortschaft Stutthof. Die Leute aus dem Städtchen müssen den Qualm aus dem Lagerkrematorium bestimmt bemerkt haben."

„Stutthof, das liecht doch da bei Marienburch."

Linder stand auf, da seine von Entzündungen und eitrigen Geschwüren geplagten Beine schmerzten. Soweit es der spärliche Platz erlaubte, ging er hin und her.

„Da gibt es doch die Straße von Kahlberg auf der Nehrung hin zum Festland, und da, wo die Nehrung zu Ende ist, liegt Stutthof und die Hölle auf Erden!"

Es herrschte betretene Stille, waren doch die meisten der Flüchtlinge genau diesen Weg gekommen. Man suchte die eigene Bestürzung damit zu bekämpfen, daß dem Zerlumpten eilig dies und das zu essen gegeben wurde. Einige liefen nach draußen, um in Eimern Schnee zu holen und Waschwasser heiß zu machen. Schon allein die Angst vor den von Linder beschriebenen Läusen ließ die Männer, die ihn abschrubbten, besonders gründlich sein. Schließlich bekam er etwas Neues anzuziehen und einen Schnaps.

Die Frauen durften wieder hereinkommen, und eine griff sich eilends die abgelegte Häftlingsmontur, um sie unter der Zustimmung der anderen sogleich zu verbrennen. Dann endlich kehrte Ruhe ein, und man machte sich daran, Schlaflager zu bereiten. Nachdem das spärliche Licht gelöscht war, sanken Antonia und Edith eng aneinander geschmiegt in tiefen Schlaf.

Das hysterische Geschrei einer Frau, deren kleiner Sohn gerade gestorben war, ließ alle hochschrecken. Als die Mutter nach langen Mühen beruhigt werden konnte, hörte man von draußen das Rasseln von Panzerketten. Ohne lange zu überlegen, packte die junge Treskow all ihre Habe zusammen und auf den Schlitten. Sie schaffte die schwere Last zu einem Nebenausgang, und es war noch dunkel, als sie durch die kleine Pforte des mit dem Haus verbundenen Stalls ins Freie traten.

„Alles ruhig!"

„Ach, Toni, ich habe so gar keine Lust, wieder auf Wanderschaft zu gehen!"

Der Rodel stand im Schnee, und Antonia zog das Geschirr über.

„Nichts wie weg hier!"

„Romeike, Romeike! Sie hätten wir hier schon früher gebraucht!"

„Herr Generalleutnant, Sie schmeicheln mir!"

„Liegt mir fern! Sie sind einfach ein Mann, der organisieren kann. Die paar Tage, die Sie jetzt hier sind, haben mich davon überzeugt, daß Sie zu Größerem geschaffen sind."

„Ich bitte Sie, ich habe doch nur getan, was die Stadt bitter nötig hat!"

„Eben, Romeike! Ich halte Sie für fähig, den Laden hier zu schmeißen!"

Ediths Vater wurde bang ob der markigen Worte des Leutnants, hatte er doch nur versucht, sich durch parteidienliche Tätigkeiten Zugang auf ein Schiff zu verschaffen. Seine linke Hand kratzte völlig unkontrolliert am Hals.

„Zuviel der Ehre! Ich bin doch nur eine Landpomeranze und für diese Aufgaben zu unerfahren!"

„Blödsinn! Sie sind ein Mann, den Gotenhafen braucht!"

Romeike war klar, daß er offenbar auf der Liste derer stand, die hier die Stellung halten sollten. Schließlich waren eine Menge Offiziere, Parteileute und andere unterwegs, die weg wollten und offensichtlich mehr Einfluß hatten als er.

„Darf ich mir eine Bedenkzeit ausbitten?"

„Sie dürfen! Aber die Lage verlangt eine schnelle Entscheidung, den raschen Entschluß eines echten deutschen Mannes!"

Friedrich Romeike grüßte ordentlich und verließ das Büro des Generalleutnants, als sei er gerade degradiert worden. Seine Beamtenseele, die immer überkorrekte Arbeit von ihm verlangte, schien ihm nun zum Verhängnis zu werden. Zwar hatte er sich mit seiner Art, sich bei Vorgesetzten einzuschmeicheln, und mit seinem Können, was die Umsetzung von Verordnungen und Gesetzen betraf, örtlichen NS-Funktionären empfohlen und sich mit einigen angefreundet, doch nun wußte er, daß er andere Mittel einsetzen mußte.

Vor der Tür schlug ihm der Hexenkessel, der sich Gotenhafen nannte, entgegen. Raschen Schrittes begab er sich zu dem Hotel, in dem er untergekommen war. Die Stufen in den dritten Stock der Herberge kamen ihm vor wie ein Lauf gegen die Zeit. Völlig außer Atem stand er vor seiner Zimmertür. Er klopfte zweimal kurz und dreimal lang. Das Zeichen, das seine Geliebte öffnen ließ.

„Mara, zieh dich an!"

„Bin ich angezogen."

„Nicht den Lappen da! Zieh ein ordentliches Kleid an. Das mit der Perlmuttstickerei!"

„Gibt es sich Versammlung von die Partei?"

„Ja, ja. Und mach dich schön!"

Er ging in dem Hotelzimmer auf und ab wie ein gefangenes Tier, während sich Mara scheinbar alle Zeit der Welt nahm, um sich zurechtzumachen.

„Bist du bald fertig?"

Als sie vor ihm erschien, war er fern davon, sie noch bewundern zu können. Nichtsdestotrotz war die Polin herausgeputzt wie für einen Ball.

„Komm!"

„Nix schnell!"

„Halt den Mund!"

Er hatte nur einen Gedanken im Kopf: Ein Marineoffizier hatte bei einer Zusammenkunft Gefallen an seiner Freundin gefunden. Wie von Sinnen zerrte er die Frau im Ballkleid durch die Straßen Gotenhafens, bis sie endlich vor einem schmucken Jugendstilbau ankamen.

„Schmink dir die Lippen!"

Eilig sorgte Mara für zusätzliches Lippenrot, während er beim Wachhabenden um Einlaß bat. Endlich im Haus, ließ er die Frau stehen und eilte zum Arbeitszimmer des Offiziers. Kurzes Klopfen, Begrüßung und dann ging es zur Sache.

„Stöver, Sie hatten doch ein Auge auf Mara."

„Das schlanke Reh! Ja, warum?"

Romeike legte einen Umschlag auf den Schreibtisch.

„Sie können sie haben! Hier ist eine Summe, mit der Sie sie abfinden können, wenn Sie heim ins Reich gehen."

Der Marineoffizier verstand sofort und nahm das Kuvert an sich.

„Ihre Bedingungen?"

„Schiffspassage nach Westen! Auf einem der Pötte werden Sie mich doch unterkriegen?"

Stöver öffnete den Umschlag und besah sich die stattliche Summe.

„Die *Gustloff*!"

„Das KdF-Schiff?"

„Komfortabler geht es nicht."

„Ist mir alles recht! Wann?"

„Kommt auf die Lage an. Die Sollzahl an Flüchtlingen auf dem Schiff ist zwar erreicht, aber es gibt einen neuen Befehl."

„Aha, und der wäre?"

„Weitere Flüchtlinge an Bord zu nehmen."

„Dann werde ich mich beeilen!"

„Kaum nötig. Es mangelt nach wie vor an Geleitzügen. Man kann so einen 25000-Tonnen-Dampfer nicht ohne Schutz aus dem Hafen lassen."

„Sie informieren mich, wenn es soweit ist! Ich bin wie immer in der Zivilverwaltung zu erreichen."

Der Marineoffizier zählte, Daumen und Zeigefinger immer wieder mit der Zunge anfeuchtend, das Geld.

„Ist mir bekannt. Wo ist die Dame denn jetzt?"

„Draußen vor Ihrer Tür! Ich habe auch nicht vor, ihr noch einmal zu begegnen."

„Erklärungsnotstand?"

„Nein, keine Zeit! Ich werde umgehend in der Verwaltung zurückerwartet."

„Gut, gut, Romeike. Gehen Sie hier raus, und neben der Küche gleich links um die Ecke ist der Boteneingang."

„Danke!"

„Ich habe zu danken."

„Nicht doch."

„Heil Hitler!"

„Ich höre von Ihnen! Heil Hitler."

Menschenmassen, buchstäblich mit Kind und Kegel, drängten sich auf der Straße nach Danzig, weshalb die beiden Frauen erneut abseits der Straße gingen, bis sie auf eine Abteilung Wehrmachtssoldaten stießen.

„Hitler!"

Edith reckte den rechten Arm und grüßte ordentlich. Der bis zur Unkenntlichkeit vermummte Führer des Trupps sah den Schlitten mit der Habe der Frauen an.

„Sie wollen doch nicht nach Danzig rein?"

Edith lachte und schüttelte den Kopf.

„Natürlich gehen wir nach Danzig! Wir wollen hier raus und weg!"

Er sah sich in der Pflicht, seine Feldmütze abzusetzen, zog den Schlauchschal, den er unter ihr trug, von seinem Kopf, und feuerrotes Haar kam zum Vorschein. Dank des Schneelichts schien es, als sei sein Schopf von einem Heiligenschein umgeben.

„Ohne männlichen Begleitschutz rate ich Ihnen ernstlich davon ab! Die Stadt ist ein unsicheres Pflaster. Gehen Sie um die Stadt herum nach Gotenhafen, dort liegen Schiffe für die Flüchtlinge."

Antonia erfreute der Anblick zweier Goldköpfe, wie sie ihre rothaarige Freundin insgeheim zu nennen pflegte, und sie suchte an seinem Mantel nach seinem Rangabzeichen. Die beiden Winkel mit dem Stern verrieten ihr nicht nur seinen Grad, sondern auch, daß er schon mehr als sechs Dienstjahre auf dem Buckel hatte.

„Obergefreiter, in Danzig liegen doch bestimmt auch Schiffe!"

Er sah der hochgewachsenen Frau lange ins Gesicht.

„Ja, schon. Aber durch diese Stadt durchzukommen ist ein Ding der Unmöglichkeit. Selbst die Feuerwehr würde steckenbleiben!"

„Gotenhafen also."

Edith schaute ihre Liebste an.

„Das sind doch bestimmt noch mal zwanzig Kilometer?"

Der Soldat riß seinen Blick von Antonias Gesicht los und schüttelte anhaltend den Kopf.

„Nee, Mädel, höchstens zehn!"

Die junge Treskow stemmte sich im Zuggeschirr gegen das Gewicht des Schlittens, der ihr im tiefen Schnee wie eine Tonnenlast vorkam.

„Danke, und viel Glück!"

„Ebenso! Abteilung, marsch!"

Immer wieder drehte sich Edith nach den Landsern um, die langsam am Horizont verschwanden.

„Glaubst du denen?"

„Warum nicht! War ein alter Hase."

„Guter Gott, wenn nur die Lauferei endlich ein Ende hätte. Ich sehne mich so nach einem weichen, kuschligen Bett!"

„Wirst wohl noch ein Weilchen warten müssen."

„Warst du schon einmal in Gotenhafen?"

„Nein. Du?"

„Nein, auch nicht. Aber in Danzig war ich vor vielen Jahren, da war Mama noch da. Wir haben Tante Christiane besucht. Sie hatte gerade diesen von Jagubowitz geheiratet und wohnte in der Jopengasse."

„Aha. Christiane ist doch die, die jetzt in Ostpreußen ist?"

„Wenn sie noch dort ist."

„Apropos, weißt du, wo dein Vater abgeblieben sein könnte?"

„Der Feigling ist bestimmt schon im Westen. Er hatte ja Zeit genug."

„Wärst vielleicht doch besser mit ihm …"

„Bist du närrisch? Um nichts in der Welt wäre ich ohne dich irgendwohin gegangen!"

Antonia übernahm den Rodel wieder .

„Hm, sonst wäre ich wahrscheinlich auf Treskow geblieben. Wäre vielleicht besser gewesen."

„Wegen deiner Mutter?"

„Ach was, die kann meinetwegen bleiben, wo der Pfeffer wächst! Wegen meiner Tiere!"

„Rudolf paßt bestimmt gut auf deine Trakehner auf. Wenn wir dann in ein paar Wochen zurückkehren, reiten wir zusammen aus."

„Dein Wort in Gottes Ohr."

Wegen einsetzenden Schneefalls und entsprechend schlechter Orientierung war der Weg doch länger, als sie es sich vorgestellt hatten. Da sie für die Nacht kein Quartier hatten finden können, waren sie bis auf längere Verschnaufpausen zum Essen und zum wechselweisen Dösen in Bewegung gewesen. So trafen die beiden jungen Frauen recht entkräftet gegen Mittag in der chaotischen Stadt an der Ostsee ein.

„Kinder Gottes, wenn die alle auch auf Schiffe wollen, muß die Admiralität ja die gesamte Kriegsflotte mobilisieren."

„Kann sein."

„Bist du mit mir böse?"

„Nein, müde!"

„Wir finden hier bestimmt ein Plätzchen zum Ausruhen."

„Ausruhen können wir später."

„Wie?"

„Erst will ich eines von diesen verdammten Schiffen sehen!"

„Toni, laß uns bitte ..."

„Jetzt wird umgepackt. Alles, was wir noch haben, kommt in die beiden Rucksäcke."

„Aber eine Pause schadet doch nicht!"

„Edith, wir sind doch nicht tagelang gelaufen, um uns nun hier zur Ruhe zu setzen! Auf geht es, zur Anlegestelle, und dann sehen wir weiter!"

Mit ein bißchen Wehmut ließen sie den Schlitten, der sie so lange versorgt hatte, an eine Hauswand gelehnt stehen. Es war ein Schieben und Drängen auf dem Weg, doch die beiden hielten sich fest an der Hand, um einander nicht zu verlieren.

In der Stadt hatten sich, wie sie durch Gerüchte erfuhren, wohl über fünfzigtausend Menschen versammelt. Überall standen Pferdewagen. Rösser und mitgebrachtes Vieh schrien zum Teil entsetzlich, hatten die Tiere doch seit Tagen Höchstleistungen vollbracht und oftmals nichts zu fressen bekommen.

Ein paar Tage zuvor hatte der unerbittliche Sturm den Schnee zu hohen Dünen neben den Straßen zusammengeweht. Einige Karren und Wagen glichen Schnee- oder Eistransporten, die unter ihren Planen doch Menschen und deren Hab und Gut verbargen. Jedermann versuchte, in Schulen, Baracken oder auch Zelten einen Unterschlupf zu finden, um wenigstens dem eisigen Wind entgehen zu können.

Vor den eilig in Hafenschuppen oder offenen Holzbaracken eingerichteten Auffangstellen der Marine standen lange Schlangen und warteten auf eine Ration Suppe. Frauen mit Kindern allen Alters bettelten um Brot oder warme Milch oder suchten nach einem Arzt.

„Sollen wir es hier auch versuchen?"

„Was?"

„Etwas Warmes zu essen zu bekommen."

„Bei der Schlange stehen wir morgen früh noch da."

„Toni, ich habe solch ein Verlangen nach einer warmen Mahlzeit!"

„Meinetwegen da drüben. Da ist die Reihe kürzer."

Sie bahnten sich einen Weg über die Straße und standen vor einem großen, hellen Gebäude, über dessen Fenster im Erdgeschoß in altdeutschen Lettern, umrahmt von zwei Hakenkreuzfahnen, „Zivilverwaltung Gotenhafen" stand. Tumultartige Szenen spielten sich ab, als die zwischen den zwei Säulen des Eingangs postierten Soldaten die vordrängende Masse abwehrten. Die Stimme des Mannes in Parteiuniform, der hinter den Wachmännern stand, überschlug sich hysterisch.

„Verdammt noch mal! Wir können nichts für euch tun!"

Antonia nahm ihre Freundin, die sichtlich zusammengesunken auf den Eingang starrte, in den Arm.

„Haben doch noch genug zu kauen."

„Das ist unser Untergang!"

„Blödsinn! Laß uns etwas abseits gehen. Hinsetzen, Pause machen, essen."

„Du wolltest doch partout zum Hafen."

„Glaube, wir müssen beide erst mal Kraft tanken."

„Dort drüben gab es Warmes!"

„Wie du meinst. Stell dich in die lange Reihe und warte! Ich suche mir eine Seitenstraße und esse dort."

„Du willst mich bloß los sein!"

Die Gemütslage der jungen Treskow bewegte sich zwischen entsetzlicher Wut und Resignation.

„Herrgott! Wie kommst du denn jetzt darauf?"

„Dein Ton …"

Sie nahm ihre Liebste und zog sie aus der tosenden Menge in eine weniger belebte Umgebung. Antonia nahm ihrer Freundin den Rucksack ab, packte eine Decke aus, legte sie in einen Hauseingang und setzte Edith darauf.

„Rauchfleisch oder Käse?"

Die Rothaarige sah sich um und hielt den Atem an.

„Bei dem Gestank vergeht mir aller Appetit!"

„Hast recht, muffelt wie neben einer Jauchegrube."

Ein alter Mann in hohen, schlammverschmierten Stiefeln kam aus dem Haus und drängte an Edith vorbei. Die offene Tür und der Kerl selbst verströmten einen Dunst, der den beiden übel werden ließ.

„Mann Gottes! Stinkst wie ein Berserker!"

„Ihr seid wohl neu hier?"

„Gerade angekommen. Wollen zum Hafen."

„Das wollen se alle! Deswegen ham wa ja auch 'n Ausnahmezustand!"

Edith stand rasch auf und sah den Alten ernst an.

„Man hat den Notstand ausgerufen?"

„Nee! Hier ruft niemand nuscht mehr was aus!"

„Was meinen Sie dann?"

„Na, weswejen ich so stinken tu."

„Verstehe ich nicht."

„Nu', de Pumpen im Wasserwerk und an die Hebewerke von die Abwasseranlagen sin' stehenjeblieben. Da staut sich's Abwasser zurück. In vielen Kellern, aber auch sonstwo, sammelt sich de mehr oder wenijer jefrorene Fäkalienbrühe. Es jibt in der janzen Stadt kein funktionierendes Klo mehr."

„Und niemand tut etwas dagegen?"

„Doch, doch! In Gärten und öffentlichen Anlajen sin' Latrinen ausjehoben worden. Aber was sollen wa denn machen? So viele Leut', da waren die Abtritte schneller unbegehbar, als man gucken konnte. Sind einfach zu viele Menschen in die Stadt."

„Und du! Bist wohl von der Stadtverwaltung?"

Er sah Antonia bekümmert an.

„Wenn Se zum Hafen wollen, denn beeilen Se sich. Je näher die Russen komm', um so entsetzlicher sin' hier die Zuständ'! Verzweiflung in Reinkultur! Aber wer'n Se selbst merken, wenn die sowjetische Artillerie wieder schießen tut!"

Antonia schaute dem davoneilenden Mann nach und machte sich flugs daran, die Decke wieder in Ediths Rucksack zu stopfen.

„Hunger oder müde, egal! Kann man aushalten. Müssen weg, bevor die Rote Armee ankommt!"

Sich fest an der Hand haltend, schoben sie sich durch die Menge direkt ans Hafenbecken. Immer wieder suchten ihre Blicke sich an etwas festzuhalten, doch überall herrschte Chaos.

Beim Herablassen der Gangway eines der Schiffe setzte sich die riesige Menschenmasse in Bewegung. Lauthals wurden unvorstellbare Preise geboten, um an Bord gelassen zu werden. Edith erinnerte sich an das Geld, das sie von ihrem Vater bekommen hatte, und war drauf und dran, mitzubieten.

Immer wieder sah sich Romeike ängstlich um. Schließlich hatte er Furcht davor, daß jemand sein Weggehen beobachten könnte. Auf seinem Weg zum Hafen litt er unter der zwanghaften Vorstellung, Gauleiter Koch, Himmler oder sogar Hitler bemerkten seine Flucht und ließen ihn als Verräter erschießen. Doch seine Angst vor der Roten Armee war noch größer und ließ ihn schneller laufen.

Endlich stand er vor dem ehemaligen KdF-Schiff, an dessen Schornstein noch blaß das Hakenkreuz zu erkennen war. Er sammelte sich und ging scheinbar ohne Eile, am tobenden Chaos verzweifelter Menschen vorbei, auf das Schiff zu. Ohne größere Schwierigkeiten wurde er mit seinem kleinen Gepäck und nach kurzer Kontrolle seiner Papiere an Bord gelassen. Ein Stein fiel ihm vom Herzen, als er feststellte, daß bereits eine große Anzahl anderer Parteigrößen auf der *Gustloff* war. Romeike reckte immer wieder den rechten Arm und nahm Haltung an. Doch kaum einer der Versammelten machte sich noch diese Mühe, und man beschränkte sich darauf, allenfalls militärisch zu grüßen. Sofern man es noch nicht war, machte man sich möglichst formlos miteinander bekannt.

„Romeike! Wußte ich doch, daß Sie ein Organisationstalent sind!"

Ediths Vater drehte sich nach der Stimme um und fuhr innerlich zusammen.

„Herr Generalleutnant!"

„Ja, so trifft man sich wieder."

„Sie ..."

Der Offizier schlug ihm freundschaftlich auf die Schulter und nahm den Ortsgruppenleiter von Schloßwalde mit zu der für wichtige Persönlichkeiten reservierten Führersuite auf dem oberen Promenadendeck. Dort wurden Köstlichkeiten auf kleinen Tabletts serviert, und Romeike traf, vom Offizier als alter Kamerad vorgestellt, auf den Bürgermeister der Stadt mit seiner vielköpfigen Familie.

„Aha, einer aus der Provinz. Ich dachte, alle Parteileiter hätten die Aufgabe, die Evakuierung zu organisieren."

Romeike war peinlich berührt und kratzte sich am Hals.

„Diese Aufgabe kann man doch getrost als abgeschlossen betrachten."

„Auch wieder wahr. Sonst würde unsere schöne Stadt ja nicht aus allen Nähten platzen. Haben Sie keine Familie?"

„Eine Tochter."

„Na, dann stellen Sie uns die junge Dame einmal vor."

„Die geht ihre eigenen Wege."

Der Bürgermeister schaute kurz auf seine Kinderschar.

„Tja, wenn die denn mal groß sind, hat man einige Sorgen weniger."

Plötzlich verstummte der Gesprächslärm in der weitläufigen Suite. Der Führer des Schiffes, Korvettenkapitän Zahn erschien, seinen Hund Hassan neben sich straff an der Leine.

„Meine Damen und Herren, willkommen an Bord!"

„Herr Kapitän, wann ist denn ans Auslaufen zu denken?"

„Wahrscheinlich morgen. Man muß die Meldungen bezüglich der russischen U-Boote abwarten."

„Hat lange keine große Fahrt mehr gemacht, der Pott."

„Stimmt, deswegen wurde alles auch besonders gut überprüft."

„Sehr beruhigend! Wie viele Leute werden an Bord sein?"

„Weiß der Himmel, wahrscheinlich fünf- oder sechstausend. Wir sind zwar jetzt schon voll bis unters Dach. Aber man muß eben noch ein bißchen zusammenrücken. Schließlich sind wir auf keiner Vergnügungsfahrt."

„Sechstausend Flüchtlinge?"

„Nein, hundertdreiundsiebzig Mitglieder der Besatzung, etwa neunhundert Offiziere, Parteileute und Soldaten der Marine, fast vierhundert Blitzmädel, einhundertzweiundsechzig Verwundete, und nur der Rest sind Flüchtlinge."

„Ist das nicht zuviel für das Schiff?"

Der Kapitän schien es leid zu sein, mit Fragen überhäuft zu werden, und verschwand so unvermittelt, wie er gekommen war. Dieser jähe Abgang erinnerte den Bürgermeister an seine eigentlichen Pflichten, und er verabschiedete sich von seinen Lieben, um zurück in die Stadt zu gehen.

Man unterhielt sich, trank und aß, bis Stewarts in ordentlicher Livree den Anwesenden ihre Räumlichkeiten für die Nacht zeigten. Offizierskabinen waren zur Verfügung gestellt worden, doch es wurde auch hier eng, vor allem weil weiterhin mehr oder minder prominente Personen ankamen. Schließlich war dieses Schiff nicht irgend eines, sondern ein offizielles Parteischiff. Diese Tatsache machte sich auch der Kreisleiter von Gotenhafen zunutze, der gleich sein ganzes Gefolge mitbrachte.

Während die Prominenz sich bald bitter über die räumliche Beengung beklagte, lagerten draußen in der Stadt unzählige Menschen unter freiem Himmel, alle in der Hoffnung, auch noch auf diesen großen Dampfer gelangen zu können.

Hilflos sah Edith hin und her; inmitten dieser drängenden Massen war ihr nach Heulen zumute. Sie klammerte sich an den Gedanken, daß sie bald ihre Liebste wieder träfe. Die beiden jungen Frauen hatten sich bereits seit dem frühen Morgen getrennt, um auszukundschaften, wie man auf ein Schiff gelangen könne. Der Gestank und das Geschrei neben ihr ließen Edith den Kopf heben. Die kaum sichtbare Sonne stand schon hoch am Himmel, und sie hatte das beklemmende Gefühl, daß sie wohl noch eine Nacht in diesem Moloch verbringen müßte. Sie schob sich vorwärts, und ihr Blick glitt über das große Schiff am Pier. Sehnsüchtig besah sie sich den weißgestrichenen Schornstein des Dampfers. Plötzlich hielt sie die Luft an und kniff die Augen zusammen. Dort, auf dem Kapitänsdeck, konnte sie deutlich ihren Vater erkennen. Er stand dicht an der Reling, sah über die Menge und drehte sich zu anderen Uniformierten, die sich zuprosteten, um.

Mit aller Kraft versuchte sie zum Schiff zu gelangen, doch eine Mauer von Menschen versperrte ihr den Weg. Endlich hatte sie mit der Energie der Hoffnungslosigkeit dieses Hindernis überwunden und kam an den Abgang des Schiffes. Eine dicke Kette und Wachsoldaten versperrten den Hauptweg auf den Dampfer. Sie schob und drängte sich weiter zu einem kleineren Niedergang, doch auch hier standen Soldaten mit dem Sturmgewehr im Anschlag und verlangten von jedem, der auf das Schiff wollte, Ausweispapiere oder Passierschein.

Ihr schmerzte der Hals, als sie schreiend versuchte, den tosenden Lärm zu übertönen.

„Mein Vater ist da oben! Kann ich zu ihm?"

Einer der Soldaten hob sein Gewehr; das war die einzige Reaktion auf ihren Verzweiflungsruf. Tränen strömten über ihr Gesicht, als sie zum Treffpunkt mit Antonia ging.

„Edith?"

Sie warf sich in Antonias Arme und schluchzte steinerweichend.

„Mein Vater ist auf der *Gustloff*! Er könnte uns helfen!"

„Mach dir da keine Hoffnung! Den trifft der Schlag, wenn er weiß, daß du auf das Schiff willst! Glaube nicht, daß er einen Finger rühren würde, bei dem Dreck, den er am Stecken hat! Käme doch alles raus, wenn du an Bord wärst!"

„Ich würde ihn nicht verraten."

„Du nicht, aber ich! Oder willst du ohne mich los?"

Edith schnappte nach Luft und schüttelte den Kopf.

„Niemals gehe ich ohne dich, aber er ..."

„Goldengel, nicht den Kopf verlieren!"

„Hast du etwa einen Weg gefunden?"

„Habe ausgekundschaftet, daß eine große Gruppe Wehrmachtshelferinnen an Bord sein soll, alle in unserem Alter."

„Dann los, bevor das Schiff ablegt!"

„Gibt da ein Problem."

„Sag schon! Wir haben doch keine Zeit zu verlieren!"

„Sind alle blitzsauber in Uniform."

„Du meinst, dies scheußliche Blaugrau und die häßliche Feldmütze?"

„Ganz genau! Einschließlich mausgrauem Wintermantel."

„O Gott, ich habe doch Geld, kaufen wir uns solche Uniformen!"

„Habe alles versucht! Meinst du, eine gäbe freiwillig ihre Montur her? Für nichts in der Welt!"

„Und jetzt?"

„Keine Furcht, irgendwie schaffen wir es schon!"

„Die Uniformen zu ergattern?"

„Kaum! Auf ein Schiff zu kommen."

„Wie soll das denn gehen? Hier haben Tausende nichts anderes im Sinn als ein Schiff!"

„Wird schon! Bin mir sicher!"

„Warum?"

„Weil ich eine Treskow bin!"

„Himmel hilf uns!"

Antonia nahm ihre Liebste bei der Hand und zog sie neben sich her in die Stadt hinein. Edith wehrte sich heftig und übergoß sie mit

Unfreundlichkeiten. Kaum waren sie einige Minuten gegangen, als die junge Treskow Romeikes Polin erkannte.

„Da! Da steht Papas Liebchen!"

Ediths Blick schweifte und blieb an der bekannten schlanken Gestalt hängen, die ein heftiges Wortgefecht mit einem Marineoffizier hatte.

„Ja! Mara."

Wie von Sinnen zerrte Antonia ihre Freundin zu den Streitenden. Zunächst bekamen sie nur Wortfetzen mit, doch dann wurde klar, daß die Polin mit dem Mann gehen wollte, er dies jedoch kategorisch ablehnte. Sie waren nahe genug, um zu sehen, wie er sie mit ein paar Hundert Reichsmark abzuspeisen suchte. Edith blieb stehen, als sich Antonia von ihr löste. Derweil hatte die Polin das Geld angenommen und schlich, die Scheine zählend, davon.

„Hat wohl geklappt?"

Der Offizier sah sie völlig konsterniert an.

„Was?"

„Die loszuwerden!"

„Das geht Sie gar nichts an!"

„Und wenn ich Ihnen sage, daß diese Frau Mara heißt und Ihnen von Romeike zur Verfügung gestellt wurde?"

„Was wollen Sie?"

„Einen Weg auf die *Gustloff*!"

„Das geht nicht!"

„Wohlan! Dann suche ich mir jetzt einen Kettenhund und lasse Sie wegen Wehrkraftzersetzung an die Wand stellen! Ein Offizier der Marine, der einer Polin Geld gibt. Mann, da wurden andere schon für viel weniger aufgehängt!"

Ihm wurde die Zeit knapp, wollte er doch schnellstens zum Hafen.

„Sie können mir nicht drohen!"

„Zwei Plätze auf einem Schiff!"

„Da kann ich nichts machen."

„Nun, dann kann ich auch nichts machen!"

Sie sah ihm kalt in die Augen und holte tief Luft.

„Hilfe, Polizei!"

Stöver schaute sich aufgeregt um.

„Mach keinen Unsinn! Sei still!"

„Wie Sie wünschen. Also, was ist mit den Plätzen?"

„Auf der *Gustloff* ist wirklich nichts mehr zu machen!"

Antonia atmete erneut tief ein, bereit, noch lauter zu schreien. Er trat auf sie zu und legte den Zeigefinger seiner Rechten auf die Lippen.

„Die *Gustloff* macht gleich los! Der Kahn ist voll bis unters Dach! Da ist wirklich nichts zu machen!"

„Aber für Sie ist da noch ein Plätzchen, oder warum die Eile?"

„Ich rate Ihnen, gehen Sie zur *Admiral Hipper*. Suchen Sie Kontakt mit dem Ersten Offizier aufzunehmen; sein Name ist Bethmann. Bestellen Sie ihm Grüße von mir, ich habe nämlich noch etwas gut bei ihm."

„Aha. Und Ihr werter Name?"

Er drehte sich um und wollte davon. Sie lief ihm nach und hielt ihn am Ärmel seines dunkelblauen Mantels fest.

„Stöver. Ich heiße Stöver, und nun muß ich wirklich weg!"

Die beiden Frauen sahen ihm nach. Es war nach zwölf am Mittag, als sie wieder am Hafen angekommen waren. Im Geleit einiger kleinerer Schiffe sahen sie den riesigen Dampfer auslaufen.

Es blies ein heftiger Wind aus Osten, und Rudolf schaute in den Himmel, als ob er von dort Erlösung erhoffte. Wieder stieß er den Spaten in den harten Boden, und er fror trotz der körperlichen Anstrengung.

„Nee nu', das hat alles kein Zweck nich'!"

Nun stand er neben der etwa zwanzig Zentimeter tiefen langen Grube und stützte sich auf die Schaufel. Es war nun seine vordringlichste Aufgabe, dieses Loch, welches die letzte Ruhestätte der Gnädigen werden sollte, auszuheben. Auf dem Hof gab es kaum mehr etwas zu tun. Die Russen hatten alles Vieh dahingeschlachtet, so wie sie das Haus geplündert und die restlichen Möbel weggebracht hatten. In gleicher Weise waren sie mit den Lagerbeständen des Gutes umgegangen; die Getreidesäcke, welche die Tobsucht der Sieger unbeschadet überstanden hatten, waren lange aufgeladen und abtransportiert. Nur die Pferde waren noch da; schließlich hatte er Antonia versprochen, auf die Tiere aufzupassen, und den Schwur geleistet, daß die Trakehner nur über seine Leiche vom Hof gebracht würden. Nachdem die Pferde immer noch im Stall standen, war er sich gewiß, daß die Sowjets ein Einsehen hatten, daß diese edlen Tiere nicht zum Kriegseinsatz im Winter taugten. Schließlich waren die Trakehner nicht so genügsam wie die kleinen Pferde, die in den russischen Truppen ihren Dienst taten.

Er schulterte den Spaten und ging langsam den Weg um das Haus herum zum Kücheneingang. Bevor er in die ersehnte Wärme eintrat, stellte er die Schaufel an die Hauswand.

„Un' wenn mir de Marie auf Wasser un' Brot setzen tut, ich grab' nich' kei'm Zentimeter mehr!"

Er mußte sich selbst Mut zusprechen, war es doch Marie gewesen, die ihn antrieb, endlich das Grab für Antonias Mutter fertig zu machen. Der Köchin erschien es mehr als frevelhaft, wenn die von der Gnädigen so gehaßten Iwans das Grab schaufelten. Da außer ihm und den Russen kein anderer Mann mehr auf dem Hof war, konnte er sich Maries Wunsch nicht entziehen.

„Nich' einen Klumpen hack' ich mehr aus die Eiserde!"

Endlich war er mutig genug, in die Küche zu gehen, und seine Augen wurden einmal mehr übergroß; schließlich hatte er sich noch immer nicht an den Anblick des Kopftuches gewöhnt, das die beleibte Köchin seit einiger Zeit auch im Haus trug. Ihm schien es völlig unsinnig, warum sie sich bei der in der Küche herrschenden Hitze, über die sie seit Jahren klagte, auch noch den Kopf warmhalten mußte.

Er schlug die Tür hinter sich zu und beguckte sich die Handvoll Soldaten, die in unsäglicher Manier Essen in sich schaufelten.

„Ich schaff' das nich' mit 'm Loch! Da Boden is' hart wie Felsen."

Marie stellte einen weiteren Topf auf den Tisch und schaute den müden alten Mann streng an.

„Für was biste denn sonst noch nutze?"

Major Jewgeni Michailowitsch Kusserow besah sich die beiden.

„Was los sein?"

Marie schaute den Offizier lächelnd an.

„Nichts."

„Warum immer graben dann Loch?"

Die Köchin warf Rudolf einen bösen Blick zu, überließ ihn den Fragen des Russen und eilte zurück an ihren Herd.

„Was soll denn sein. Ich tu meine Arbeit."

Der Major stand auf.

„Was Loch haben Bedeutung?"

Rudolf sah den Mann in Uniform resigniert an.

„Soll's Grab werden, für de Gnädige."

Kusserow stand nickend vor Kupinski. Noch ehe ein weiteres Wort gesprochen wurde, sprang einer der am Tisch sitzenden Soldaten auf. Er hatte das Nicken des Ranghöchsten offenbar als Aufforderung verstanden. Schließlich stieß der Junge in grünbrauner Uniform den Alten hart an.

„Uri!"

„Was?"

„Uhr!"

„Was wollt ihr denn noch? Ich hab' euch doch schon ein Dutzend mal jesagt, des ich nuscht haben tu! Was wollt'a denn noch? Ihr habt doch schon alles aus'm Haus jeschleppt, was nich' ..."

Major Kusserow wies den Soldaten mit harten Worten zurück auf seinen Platz. Nun war auch Marie bei Rudolf und zog ihn ungewohnt nah an sich heran.

„Halt bloß dei'm Mund! Hast schon jenug jesagt!"

Leise wie er sprach klang seine Stimme wie ein Reibeisen.

„Was fragt der Kerl mich denn ..."

„Pst!"
„Die ham doch schon alles in Dutt jelegt un' ..."
„Mann Jottes! Wir ham es große Glück, daß ich de Kerls hab' zutraulich machen könn'. Der Major hängt an mir wie an seine Babusch. Mach du Stiesel nich' alles kaputt!"
„Wie seine was?"
Der Major trat neugierig an die beiden Alten heran.
„Schto?"
Jetzt war es an Marie zu handeln. Sie nahm Rudolfs Arm und zeigte den Russen eindrucksvoll seine Prothese. Dann sprach sie einige Worte polnisch. Kupinski war damit beschäftigt, seinen steifledernen Handschuh wieder an seinen Platz zu rücken, und wollte ärgerlich losbrüllen, als sich die dicke Köchin an seine Schulter lehnte.
„Still!"
Kusserow besah sich die beiden mit offensichtlichem Interesse.
„Mush?"
Marie nickte eifrig und drückte dem völlig verwunderten Kupinski einen Kuß auf die stoppelbärtige Wange.
„Da!"
„Was 'n nu' los?"
„Halt's Mundwerk", zischte Marie in sein Ohr und sprach weiter auf polnisch. Als sie geendet hatte, lachten alle Soldaten am Tisch. Marie nutzte diese Heiterkeit, um Rudolf zum Ausgang zu schieben.
„Soll ich wieder raus?"
„Hör zu, du bist jetzt für die mein verkrüppelter Ehemann. Un' halt nur dei'm Mund da draußen!"
Schon stand er alleine vor der Tür. Sein Blick richtete sich auf die von den Russen aufgehängten Rinderhälften, und ihm war nach Jammern zumute. Als trüge er eine Zentnerlast, schlurfte er zum Gesindehaus.
„Die Marie sei'm Mann soll ich sein? Nu', da versteh' noch einer de Welt!"
Kupinksi war noch nicht an der Tür zu der Unterkunft, die nur noch seine und Maries Heimstatt war, als zwei kaum zwanzigjährige Russen hinter ihm herkamen. Mit Händen und Füßen machten sie ihm deutlich, daß sie auf Wunsch des Majors mit ihm die Grabstätte für Frau Treskow fertigstellen sollten.
„Das hat de Marie erlaubt?"
Die beiden derben Jungengesichter schauten ihn ausdruckslos an, und der dickere von beiden zuckte mit den Schultern.
„Schto?"
„Nu', wenn's denn so sein soll. Kommt mit, ich jeb' euch Schaufeln und Hacken."
Die beiden Soldaten trotteten hinter Rudolf drein, als wären sie Hunde an einer unsichtbaren Leine. Schließlich hatte jeder einen

Spaten, und sie gingen zu der von Kupinski als Gottesprüfung empfundenen Grube.

Es war selbst für die jungen Männer schwierig, in der steinhart gefrorenen ostpreußischen Erde ein Grab auszuheben. Rudolf wies sie mit Gesten an, wie lang, breit und tief die Grube zu sein hatte. In diesem Moment empfand er es als sonderbare Gnade, immer noch zu leben, wußte er doch, wie sich die Russen auf anderen Höfen aufgeführt hatten.

„He, Junge, nich' so weit da drü'm. Siehste 'n Stock nich', den wo ich einjerammt hab'? Du nix graben da! Hier!"

Der schmächtige junge Kerl, der Rudolf ein wenig an Wolfgang erinnerte, nickte eifrig und versenkte die Spitzhacke mit Macht in den eisharten Boden.

Kupinski machte eine Pause und sah in den wolkendunklen Himmel. Ein Kälteschauer durchzuckte ihn, als er an Antonia dachte. Er stellte den Spaten an sein Bein gelehnt ab und wußte, daß dieses Frösteln nicht von der Außentemperatur kam, die weit unter Null lag. Er hatte Angst um sein Fräulein, die jetzt irgendwo unterwegs war, um nach Westen zu gelangen.

„Janz allein da draußen, ohne Mann. Wenn das ma' juhtjehen tut!"

Die Stimme des Majors riß ihn aus seinen Gedanken.

„Loch gut für Frau?"

Er sah Kusserow an, als sei der ein Gespenst, durch das er hindurchblicken könne.

„Wie?"

„Maria sagen, muß sein Loch wie auf Friedhof."

Erst die Art, wie Kusserow den Namen der Köchin auf der ersten Silbe betonte, ließ Kupinski aufhorchen.

„Se is' un' bleibt de Marie!"

„Du nicht zufrieden?"

Rudolf besann sich schlagartig und war wieder im Hier und Jetzt.

„Major Kusserow, bald sin' wa soweit. Einmeterfünfzig muß jenuch sein."

Es war nicht leicht, das relativ kleine Kriegsschiff zu finden. Beinahe wie in Trance trottete Edith neben ihrer Liebsten her und schaute ein paar auffliegenden Möwen nach.

„Toni, da!"

„Was?"

„Die *Hipper*!"

Vor und auf dem 10000-Tonnen-Kahn herrschte tumultartige Aufregung.

Zwei alte Männer droschen auf einen dritten ein, der versucht hatte, in Frauenkleidern auf das Schiff zu kommen. Am Fallreep stand ein Marinesoldat, der sich nicht um die Schlägerei kümmerte.

„Heil Hitler!"

Der Soldat tippte lässig mit zwei Fingern an seinen Mützenrand und nickte.

„Papiere!"

„Wir möchten gerne mit Bethmann sprechen, dem Ersten Offizier."

„In welcher Angelegenheit?"

„Persönlich und vertraulich."

Etwas wie Häme lag in seinem Gesichtsausdruck.

„Das haben hier schon Hunderte versucht."

Edith drängte sich nach vorn und sah den jungen Soldaten mit schräggelegtem Kopf und feuchten Augen an.

„Bitte!"

„Ich kann hier nicht weg!"

„Dann rufen Sie doch bitte jemanden."

„Wie denn, bei dem Höllenlärm?"

Antonia ging neben das Fallreep und sah nach oben auf die Brücke.

„Hee! Hallo! Offizier Bethmann! Stöver schickt uns!"

Der Marinesoldat schickte Edith zu ihrer Freundin.

„Toni, der Wachhabende will mit dir sprechen."

Ärgerlich ging sie zurück.

„War ich zu laut?"

„Mit Ihrem Organ könnten Sie Feldwebel werden!"

„Soll das ein Kompliment sein?"

Ihre direkte Art machte ihn sichtlich verlegen.

„Sie haben etwas von einem Stöver gerufen."

„Ja, und?"

„Kennen Sie den Mann?"

„Woher wüßte ich sonst seinen Namen!"

„Ich meine näher?"

Antonia rieb ihre kalten Hände aneinander.

„Tut das etwas zur Sache?"

„Na ja, wenn Sie den Halunken kennen, kann ich ja offen mit Ihnen sprechen."

„Bitte darum!"

„Dann wissen Sie von seiner Leidenschaft?"

Die junge Treskow dachte einen Moment lang nach.

„Die Leidenschaften von euch Kerls kann man doch an einer Hand abzählen!"

„Ich sehe, Sie sind wirklich im Bilde."

„Soll ich jetzt deswegen das Heulen bekommen?"

„Um Gottes willen! Nur, was für Stöver gilt, gilt auch für mich!"

Antonia wurde heiß und kalt, und sie fühlte sich wie jemand, der auf dünnem Eis ging.

„Dann hat er bei Ihnen auch etwas gut?"

„Ach so, die Geschichte meinen Sie. Nee, das Leben habe ich dem Hallodri noch nicht gerettet."

„Mann Gottes, können wir jetzt zu Bethmann?"

„Der ist nicht mehr an Bord."

„Hätten Sie auch gleich sagen können!"

„Ich wollte doch nur wissen, ob seine Verlobte seine Spielschulden bezahlen wollte."

„Ach! Bei Ihnen hat er wohl auch verloren?"

„Und wie! Ich habe ihm so was von die Hosen runtergezogen, das passiert einem nur einmal im Leben!"

„Das tut mir leid."

„Für ihn?"

Die junge Frau dachte schnell nach.

„Nein, eher für Sie."

„Sie sind lustig!"

„So, finden Sie?"

„Ihren Verlobten kriege ich in Kiel schon am Schlafittchen!"

„Die *Gustloff* fährt also nach Kiel."

„Wie, er ist auf der *Gustloff*, der Hund?"

„Natürlich! Wir kamen nur zu spät und hatten Anweisung, uns für diesen Fall bei Bethmann zu melden."

Der Gesichtsausdruck des Soldaten wurde betrübt.

„Dann ade, geliebtes Geld!"

„Wie?"

„Wenn die den Mordskahn, da sind über sechstausend Menschen drauf, mit dem kleinen Geleit an den dreckigen russischen U-Booten vorbeikriegen, dann fresse ich einen Besen und die Putzfrau dazu!"

Edith setzte ihren Rucksack ab und kramte darin. Endlich hatte sie den zerknitterten Umschlag in der Hand.

„Was schuldet der Lump Ihnen denn?"

„Noch eine Verlobte?"

Antonia lachte feixend.

„Die Handvoll Leidenschaften!"

„Der Kerl ist wirklich eine Schande für die ganze Armee! Fünfhundert!"

Edith zählte mit zittrigen Fingern und hielt einen Packen Scheine in die Höhe.

„Ihr Geld."

Der Soldat starrte mit weitaufgerissenen Augen auf das kleine Vermögen.

„Mann, was hat der, was ich nicht habe?"

Antonia trat dicht an ihn heran.

„Zwei Plätze auf einem Schiff!"

Er überlegte nicht lange und nickte.

„Mädels, kommt an Bord! Aber, um Himmels willen, steckt das Geld weg! Ich möchte nicht, daß jemand sieht, wie ich hier etwas annehme, da wäre in jeder Hinsicht der Teufel los! Ich hole es mir später."

Man nickte sich geheimnisvoll zu, und die beiden Frauen eilten auf das Schiff. Es waren fast vier Stunden seit dem Auslaufen der *Gustloff* vergangen, und Antonia suchte immer noch zwischen all den Menschen nach einem halbwegs windgeschützten Platz.

„Hier lassen wir uns nieder."

Edith stellte ihren Rucksack in die Ecke zu Antonias und zog eine Decke heraus. Rasch war sie ausgebreitet, und beide setzten sich, dicht nebeneinander in den Winkel gedrückt, darauf.

„Primich!"

„Dem Himmel sei Dank!"

„Und deinem Geld!"

„Haben wir noch etwas zu essen?"

„Genug, aber laß uns warten, bis hier etwas Ruhe eingekehrt ist. Gibt zu viele Neider!"

Aneinandergekuschelt und in Gedanken versunken saßen sie da und merkten nicht, daß das Schiff losmachte und die Danziger Bucht verließ. Erst als der Wachsoldat vor ihnen stand, kehrten sie wieder in die Wirklichkeit zurück.

„Wir sind auf See!"

Edith sah sich um; rundum lagerten die Menschen ähnlich wie sie.

„Sind das nicht zu viele Leute für so ein kleines Schiff?"

„Nein, unser Kapitän hat immer ein Auge drauf, daß nicht überladen wird! Sind nur knapp vierzehnhundert Flüchtlinge und einige Hafenarbeiter."

„Sind wir hier sicher?"

„Bei uns immer! Ich bin übrigens der Martin. Auf See treffen wir auf eine Eskorte, die T 36 ist dabei, ein erstklassiges Torpedoboot!"

„Welchen Kurs nehmen wir denn?"

„Auf Kiel. Immer nahe an der Küste entlang. Erst Pommern und dann ab mit uns!"

Edith hielt ihm ein mit einem Gummiband zusammengeschnürtes Taschentuch entgegen.

„Für dich."

„Ihr seid Gold wert! Wenn etwas Außergewöhnliches sein sollte, sage ich es euch sofort!"

„Danke!"

Die einbrechende Nacht ließ es bitter kalt werden, und die beiden Frauen hielten sich dick vermummt gegenseitig warm. Sie sprachen nicht, nur ab und zu berührten sie sich mit ihren vor Kälte wunden Lippen. Das lichtlose Dunkel bot endlich die Sicherheit, in Ruhe essen zu können, was sie mit großem Hunger taten.

„Mir wäre so nach heißem Tee!"

„Mir auch, oder besser noch nach einer Brühe! Maries Kalbsknochenbrühe!"

„Was sie wohl jetzt macht?"

Dank ihrem gefülltem Magen war Antonia zum Scherzen aufgelegt.

„Kinderr, das is' da Unterrjang!"

Edith prustete und wollte laut loslachen, als Martin vor ihnen stand und mit einer Taschenlampe auf den Boden leuchtete.

„Ihr seid ja lustig!"

„Ja und, warum nicht?"

„Weil uns die Russen von unten Schwierigkeiten machen!"

„U-Boote?"

„Hier wimmelt es von dem Dreckzeug!"

„Sind wir getroffen?"

„Das hättet ihr gemerkt. Aber es gibt ein Notsignal von der *Gustloff*. Wir haben Anweisung, volle Fahrt zu machen, auf den Pott zu."

„Ja, und?"

„Wir müssen alle auf Gefechtsstation, es kann also laut werden, wenn wir das Pack erwischen!"

„Wie spät ist es eigentlich?"

„Weiß ich nicht genau, halb zehn oder so."

Antonia und Edith hatten ihre Rucksäcke aufgeschnallt und standen an der Reling. Um sie herum war stiller Betrieb, waren doch alle auf dem Schiff angewiesen worden, nicht zu sprechen oder sonstigen Lärm zu verursachen.

Im Wasser waren dunkle Punkte zu erkennen, die teilweise um Hilfe riefen. Trotz Dunkelheit konnte man den großen Dampfer erkennen, der mit schwerer Schlagseite im Wasser lag. Man spürte und hörte das Manövrieren der *Hipper*. Immer wieder heulten die Motoren auf, und es ging mal vor, mal seitwärts und dann wieder zurück. Anscheinend konnte man nicht dicht genug an das große Schiff herankommen. Schließlich sahen sie, daß Netze ausgeworfen wurden, um nach den im Wasser Schwimmenden zu fischen. Auf der Brücke herrschte gespannte Betriebsamkeit. Der Funker hatte alle Hände voll zu tun.

„*Gustloff* sinkt querab. Position Stolpmünde – 55 Grad 7 Minuten Nord, 17 Grad 42 Minuten Ost."

Der Kapitän fluchte still.

„Drei Torpedotreffer! Den Kahn hätte man gar nicht aus dem Hafen lassen sollen! Sechstausendundfünfzig Menschen beim Teufel!"

„Herr Kap'tän, U-Boot-Meldung!"

„Das fehlt uns noch!"

Edith und Antonia wunderten sich, daß das Schiff, das nun so dicht bei dem Dampfer war, plötzlich Fahrt aufnahm und den Kurs änderte. Einander fest an der Hand haltend, starrten sie auf den sich entfernenden Schiffskörper.

„Dein Vater, ob er es geschafft hat?"

„Weiß ich doch auch nicht. Ich möchte einfach wieder nach Hause!"

„Zuhause, ja. Meine Pferde!"

Antonia nahm vor aller Augen ihre Liebste in den Arm und küßte mehrmals ihr Gesicht.

„Wir gehen zurück, sobald es möglich ist."

In ihrer Selbstvergessenheit bemerkten sie nicht, daß Martin schon seit einiger Zeit neben ihnen stand.

„Keine Trauer?"

Edith schreckte zusammen und begann zu weinen. Antonia drückte sie an sich und sah den Mann mit hochgezogenen Augenbrauen an.

„Stiesel!"

„Weint also doch um den Verlobten?"

„Welchen?"

„Na, Stöver, oder hatte sie mehrere? Sie sieht gar nicht so aus wie so eine ..."

„Was willst du?"

„Na, seit halb zwölf herrscht Klarheit."

„Worüber?"

„Die *Gustloff* ist mit Mann und Maus gesunken."

„Danke, Martin."

Als er noch einmal zurückblickte, sah er, daß sich die beiden Frauen innig küßten. Er schaute in den Himmel und nickte, als sei er damit einverstanden.

So vergingen Stunden, die sie engumschlungen an die Reling gelehnt saßen und einander unter Antonias Pelz und den Decken Wärme spendeten. Edith war eingeschlafen, und die junge Treskow legte sacht den Kopf ihrer Freundin auf einen der Rucksäcke und deckte sie sorfältig zu.

Dann stand sie auf und sah in die Dämmerung. Nach und nach veränderte sich das Licht über der Ostsee. Das Meer, sonst grau, erschien lichtblau, und ein schmaler gelber Rand über dem Wasser kündete den Morgen. Es war ihr, als sähe sie einen der Sonnenaufgänge auf Treskow, und sie ließ ihren Gedanken freien Lauf.

Sie fand sich reitend auf einem Weg wieder, der zu den Fischgewässern des Gutes führte. Ihr Blick wanderte über eine ungeheuere Vielfalt von Gelb und Grün. Die Farben schienen miteinander zu spielen. Das Wasser des Teiches lag ruhig, und die Sommerwolken spiegelten sich darin. Es roch nach Ufer und feuchtem Holz. Ein Seufzer drang aus ihrem Mund, sie schloß die Augen noch fester und sah den gelbsandigen Weg vor sich. Rechts einen Weidezaun, links sanft gewelltes Grün, soweit der Blick reichte, nur unterbrochen von einer mächtigen Birke, deren untere Zweige den Boden berührten. In der Ferne das Dunkelgrün des Waldes. Sie vermochte den würzigen Geruch des lichten Waldes zu riechen und sah, wie die Sonne durch das Laub brach. Gräserpollen kitzelten ihre Nase, als sie, am Arm berührt, zusammenzuckte.

„Toni?"

Edith sah in Antonias Augen, die etwas spiegelten, das sie nicht begreifen konnte.

Als die junge Treskow sich ihrer tatsächlichen Lage gewahr wurde, überkam sie tiefe Schwermut. Keine Verzweiflung, nur das Empfinden, das sie früher gehabt hatte, wenn der wehmütige Klang des Cellos das Treskowsche Haus erfüllte. Es war wie eine Berührung, die erstarb. Niemand sah, wie sie sich verstohlen die Tränen vom eiskalten Gesicht wischte. Gänzlich im unklaren darüber, was in ihrer Angebeteten gerade vorging, suchte Edith ihre Nähe.

„Wie lange das wohl noch dauern mag?"

„Bis nach Kiel?"

„Nein, bis wir wieder zu Hause sind!"

Ein Schmerz wie ein Nadelstich traf Antonias Herz, und sie mußte an ihre Pferde denken.

„Im Sommer sind wir bestimmt daheim! Dann geht es raus! Tarantino, Arnim und wir zwei, raus!"

Glossar

abschluppen – schälen, häuten
ambarschtig – gewaltig
ausgeblechte Kehle – Säuferkehle, an Alkohol gewöhnt (Bedeut.: der säuft alles)
Auste – Ernte
austen – ernten
Bärenfang – ein ostpreußisches Nationalgetränk, besonders im Winter beliebt. Dafür wird in nahezu hundertprozentigem Alkohol Honig aufgelöst, dazu kommen Zimt, Vanille, Nelke und ein Schuß Wasser. Wird frisch oder abgelagert getrunken.
Barbutz – Friseur
beschettern – sich krümmen vor Lachen
betuttern – bemuttern
Bijohn – Begonie: glühen wie eine (rote) Begonie = besoffen sein
bölken – schreien
Bowke – Gegensatz zu Marjell; Knabe, Junge, auch Straßenjunge
Buschabau – Gespenst
butschen – küssen
Dämlack – dämlicher Kerl
dammlig – dumm, dümmlich
Dassel – Kopf
druschlich – klein, dicklich, mollig
Dumschack – Blödmann
dwatsch – dumm, albern
Dwatschkopp – Trottel
frutten – verstehen
gebumfidelt – sich geschmeichelt, geehrt fühlen
Gewitterkerzen – auch Donnerkerzen genannt. Sehr dünne, besonders geweihte Kerzen, die vor allem im Ermland bei Gewitter angezündet wurden. Man sammelte sich zum Gebet, um den Blitzschlag abzuwehren.
Glumse – weißer Käse, Quark. Schmand mit Glumse war ein beliebtes Essen. (Glumsfladen, Glumskuchen, Glumstorte)
Glumskopp – einer, der weißen Käse statt Hirn im Kopf hat
glupsch – unfreundlich, mürrisch
Gniefke – Geizhals; einer, mit dem nicht gut Kirschen essen ist
Goebbelsschnauze oder Volksempfänger – ein einfaches Radio, mit dem nur deutsche Sender empfangen werden konnten
Gusto – Geschmack
Hindenburglicht – offenes Licht
Homske – Ameise
Hundehaare auflegen – den Kater mit einem Frühschoppen vertreiben
kalbeeken – eine Standpauke halten
Karbenad – Karbonade: gebratenes Fleisch
Kebsen – aufgetürmte Getreidegarben, die zum Trocknen vor dem Dreschen auf dem Feld stehen
Keilchen – länglich zugespitzte Klöße, eine ostpreußische Spezialität. Es gab Kartoffel-, Schmand-, Mohn- oder Pflaumenkeilchen.
klabastrig – wacklig, schadhaft, zerbrechlich (auch: alter, hinfälliger Mensch)
Kettenhunde – Feldgendamerie; der Name rührt von dem goldfarbenen Schild her, welches dieser Truppenteil an einer Kette um den Hals trug.
Klops – Fleischgericht aus Gehacktem, als saurer Klops oder Bratklops. In Königsberg waren Klopse ein Nationalgericht. Die Mädchengewerbeschule wurde daher im Volksmund „Klopsakademie" genannt.
Klotzkorken – Holzschuhe, vor allem der armen Leute, beste-

hend aus einer dicken Holzsohle und angenageltem Oberleder
Klumpatsch – unordentliches Zeug
Klunkermus – auf vielen Bauernhöfen die Morgen- oder Abendmahlzeit. Die Klunkern wurden aus Eiern und Mehl hergestellt, in entrahmte Milch getropft und darin mit etwas Salz und Zucker gekocht. Man aß dazu frischgebackenes Brot, das sich alte Leute in die Milchsuppe bröckelten.
kolken – sich erbrechen
Koppscheller – Pferdehändler, meist abfällig gemeint als Betrüger
kraalen – schreien (Kleinkinder)
krätsch – komisch, merkwürdig, durchgeknallt
Kuffeln – irdene Schüsseln
Kujel – Eber
Lorbaß – Junge, Faulenzer
Luntus – Nichtsnutz
Machandel – Wacholderschnaps
magritsch – angetrunken
Mandel – fünfzehn Stück, meist Eier
Marjell – Mädchen
Mutzkopp – Ohrfeige
Pimpf – Angehöriger des Jungvolkes in der Hitlerjugend
plachandern – sich herumtreiben, ein Schwätzchen halten
Pracherweib – Bettlerin
queimen – kränkeln
Reichswasserleiche – Spottname für die Schauspielerin Kristina Söderbaum, die in drei Filmen den Freitod im Wasser oder Moor suchte
schabbeln – schnippeln
schabbern – viel reden, geschwätzig sein
Schubiak – Nichtsnutz, liederlicher Mensch
Singbeutel – Schwätzer, Faulenzer
Spirkel – angebratener Speck
Stiesel – Lümmel, Dummkopf
Stolper Jungchen – Rohmilchkäse, ähnlich dem Handkäse
Tommys – Ausdruck für englische Soldaten
treij – trocken
Weinachtsarfte – am ersten Weihnachtstag gab es im Ermland ein Erbsengericht, welches an die Erbsünde erinnern sollte, die Arfte
zergen – ärgern
Zoch – Pflug